KB169865

The Education of
Little Tree
내 영혼이 따뜻했던 날들

The Education of Little Tree

내 영혼이 따뜻했던 날들 | 영한대역

포리스트 카터 지음 | 조경숙 옮김

아름드리미디어

일러두기

1. **시대와 세대를 초월한 '작은 고전'** 《내 영혼이 따뜻했던 날들》은 미국
에서 1976년 처음 출판된 뒤 곧 절판되었습니다. 하지만 뛰어난 작품
성과 이 책에 감동한 독자들의 성원에 힘입어 재출간되었으며, 1991
년에는 17주간 뉴욕타임스 베스트셀러에 오르고, 또 전미서적상연합
회가 선정하는 제1회 애비(ABBY)상을 수상하면서 '작은 고전'이라는
평가를 받기에 이릅니다. 우리나라에서도 이 소설은 10년 넘게 장기
베스트셀러를 기록하면서, 시대와 세대를 뛰어넘어 누구나 한 번쯤
은 꼭 읽어봐야 할 작품으로 자리 잡고 있습니다.

2. **원작의 완벽한 재수록과 아름다운 우리말 번역** 이 영한대역은 원작을
전혀 손대지 않고 있는 그대로 재수록하였습니다. 때때로 등장하는
사투리, 축약형 표현 등을 그대로 살려, 원작의 작품성을 훼손하지
않고 그 진가를 충분히 음미하도록 하였습니다. 또한 우리말 번역은
단어 대 단어, 문장 대 문장의 기계적인 번역을 피했습니다. 그럼으
로써, 원작의 느낌과 메시지를 더욱 깊이 있고 풍성하게 전달하고,
더불어 우리말 표현의 아름다움까지 맛볼 수 있게 하였습니다.

3. **원어민이 낭독한 MP3 CD 수록** 이 책에는 원어민이 녹음한 MP3 CD
가 함께 포함되어 있습니다. 이 원어민 낭독 CD를 적극 활용하여 읽기
뿐만 아니라, 듣기와 말하기 능력 향상에 큰 도움을 얻기 바랍니다.

Contents

Little Tree

$\mathcal{M}$a lasted a year after Pa was gone. That's how I came to live with Granpa and Granma when I was five years old.

The kinfolks had raised some mortal fuss about it, according to Granma, after the funeral.

There in the gullied backyard of our hillside shack, they had stood around in a group and thrashed it out proper as to where I was to go, while they divided up the painted bedstead and the table and chairs.

Granpa had not said anything. He stood back at the edge of the yard, on the fringe of the crowd, and Granma stood behind him. Granpa was half Cherokee and Granma full blood.

He stood above the rest of the folks; tall, six-foot-four with his big, black hat and shiny, black suit that was only worn to church and funerals. Granma had kept her eyes to the ground, but Granpa had looked at me, over the crowd,

내 이름은 작은 나무

아빠가 세상을 뜨신 지 1년 만에 엄마도 돌아가셨다. 나는 할아버지, 할머니와 함께 살게 되었다. 이때 내 나이 다섯 살이었다.

나중에 할머니에게 듣기로는 엄마 장례식이 끝나고 나서, 고아가 된 나를 놓고 친척들 사이에서 꽤나 시끌벅적한 말다툼이 있었다고 한다.

우리 가족이 그때까지 살던 통나무집은 언덕 중턱에 있었다. 친척들은 작은 개울이 흐르는 그 뒤뜰에 머리를 맞대고 서서, 내가 어디로 가는 게 좋을지 열심히 입방아를 찧고 있었던 것이다. 그 와중에도 페인트칠이 된 침대와 탁자, 의자 따위를 나누어 가지면서 말이다.

할아버지는 친척들 틈에서 벗어나 뜰 구석에 묵묵히 서 계셨다. 할머니도 할아버지 뒤에 가만히 서 계셨다고 한다. 할아버지는 체로키족¹의 피가 반 섞인 혼혈이고 할머니는 순수 체로키족이시다.

할아버지는 거의 2미터가 다 될 정도로 키가 커서 사람들 사이에 서면 머리 하나가 삐죽 솟았다. 거기다 할머니는 땅만 내려다보고 계셨지만 할아버지는 사람들 머리 너머로 계속 내 얼굴을 쳐다보고 계셨다고 한다. 큼지막한 검은 모자를 쓰시고, 교회 갈 때나 장례식

and so I had edged to him across the yard and held onto his leg and wouldn't turn loose even when they tried to take me away.

Granma said I didn't holler one bit, nor cry, just held on; and after a long time, them tugging and me holding, Granpa had reached down and placed his big hand on my head.

"Leave him be," he had said. And so they left me be. Granpa seldom spoke in a crowd, but when he did, Granma said, folks listened.

We walked down the hillside in the dark winter after-noon and onto the road that led into town. Granpa led the way down the side of the road, my clothes slung over his shoulder in a tow sack. I learned right off that when you walked behind Granpa, you trotted; and Granma, behind me, occasionally lifted her skirts to keep up.

When we reached the sidewalks in town, we walked the same way, Granpa leading, until we came to the back of the bus station. We stood there for a long time; Granma reading the lettering on the front of the buses as they came and went. Granpa said that Granma could read fancy as anybody. She picked out our bus, right on the nose, just as

때만 입는 반지르한 검은 양복을 입으신 채 말이다. 나는 한발한발 뜰을 가로질러 할아버지에게로 다가가 그 긴 다리에 매달렸다. 친척들이 떼놓으려 해도 부둥켜안은 손의 힘을 풀지 않았다.

할머니 말씀으로는 울지도 않고 고함도 지르지 않고, 오직 할아버지 다리만 꼭 부둥켜안고 있었다고 한다. 친척들은 떼내려 하고 나는 떨어지지 않으려 하면서 한참 동안 실랑이를 벌이고 있노라니, 할아버지가 가만히 몸을 굽혀 내 머리 위에 손을 얹어놓으시고는,

"그냥 내버려둬"라고 하셨다. 그러자 친척들이 일제히 내 몸에서 손을 뗐다. 할아버지는 좀체 사람들 앞에서 이야기를 하지 않으신다. 하지만 어쩌다 한마디 하시면 누구도 그 말을 거역하지 못한다는 게 할머니의 설명이셨다.

그날 오후 늦게 할아버지와 할머니, 나, 세 사람은 언덕을 내려와 마을로 이어지는 큰길로 나왔다. 한겨울이라 벌써 어둑어둑해지고 있었다. 내 옷가지를 싼 보따리를 어깨에 짊어진 할아버지가 길섶을 따라 앞서 걸으셨다. 나는 얼마 안 가 할아버지를 따라잡으려면 거의 뛰다시피 걸어야 한다는 걸 깨달았다. 내 뒤에서 따라오시던 할머니도 자주 치마를 들어올리면서 잰걸음으로 걷고 계셨다.

마을에 들어서고 나서도 우리의 이런 행진은 그대로 이어져, 할아버지는 여전히 저만큼 앞서 걸으셨다. 버스 정류장 뒤쪽에 닿을 때까지. 우리는 한참 동안 그곳에 서 있었다. 할머니는 버스가 들어오고 나갈 때마다 버스 앞쪽에 걸린 행선지 표지판을 일일이 읽어보셨다. 할아버지는 할머니가 누구보다도 글자를 잘 읽는다고 하셨다.

dusk dark was settin' in.

We waited until all the people were on the bus, and it was a good thing, because trouble set up the minute we set foot inside the door. Granpa led the way, me in the middle and Granma was standing on the lower step, just inside the door. Granpa pulled his snap-purse from his forward pants pocket and stood ready to pay.

"Where's your tickets?" the bus driver said real loud, and everybody in the bus set up to take notice of us. This didn't bother Granpa one bit. He told the bus driver we stood ready to pay, and Granma whispered from behind me for Granpa to tell where we were going. Granpa told him.

The bus driver told Granpa how much it was and while Granpa counted out the money real careful—for the light wasn't good to count by—the bus driver turned around to the crowd in the bus and lifted his right hand and said, "How!" and laughed, and all the people laughed. I felt better about it, knowing they was friendly and didn't take offense because we didn't have a ticket.

Then we walked to the back of the bus, and I noticed a sick lady. She was unnatural black all around her eyes and her mouth was red all over from blood; but as we passed,

과연 할머니는 우리가 탈 버스를 족집게처럼 정확하게 집어내셨다. 어느새 주변에는 땅거미가 내려앉고 있었다.

우리는 다른 사람들이 모두 버스에 올라탈 때까지 기다렸다. 그건 잘한 일이었다. 왜냐하면 우리가 버스에 발을 올려놓는 바로 그 순간부터 문제가 생겼기 때문이다. 할아버지가 제일 먼저 올라타시고, 그 다음에 나, 할머니는 차문 바로 안쪽 제일 낮은 승강구 계단에서 계셨다. 할아버지가 바지 앞주머니에서 물림쇠가 달린 지갑을 꺼내 버스 요금을 내려 했다.

"차표는 어디 있는 거요?"

운전사가 어찌나 크게 고함을 질렀던지, 차에 타고 있던 사람들 모두가 한꺼번에 우리 쪽으로 얼굴을 돌렸다. 그래도 할아버지는 눈 한 번 깜짝이지 않고, 지금 차비를 내려는 참이라고 말씀하셨다. 할머니가 내 어깨너머로 "어디로 가는지 말해요"라고 속삭이셨다. 할아버지는 할머니가 시킨 대로 운전사에게 말했다.

운전사가 얼마를 내라고 하자, 할아버지는 동전 하나하나를 찬찬히 살펴보면서 돈을 세어나갔다. 차 안의 불빛이 워낙 흐렸기 때문이었다. 그러자 운전사가 손님들에게 얼굴을 돌리더니, 오른손을 들어 보이고는 "하여간 못 말려!"라며 웃음을 터뜨렸다. 승객들도 모두 따라 웃었다. 사람들이 웃는 것을 보니 안심이 되었다. 우리가 차표가 없다고 해서 크게 악의를 품거나 화가 나지 않았다는 걸 알 수 있었기 때문이다.

그러고 나서 우리는 버스 뒤쪽으로 걸어갔다. 그때 웬 아주머니가

she put a hand over her mouth and took it off and hollered real loud, "Wa ... hooo!" But I figured the pain must have passed right quick, because she laughed, and everybody else laughed. The man sitting beside her was laughing too and he slapped his leg. He had a big shiny pin on his tie, so I knew they was rich and could get a doctor if they needed one.

I sat in the middle between Granma and Granpa, and Granma reached across and patted Granpa on the hand, and he held her hand across my lap. It felt good, and so I slept.

It was deep into the night when we got off the bus on the side of a gravel road. Granpa set off walking, me and Granma behind. It was cracking cold. The moon was out, like half of a fat watermelon, and silvering the road ahead until it curved out of sight.

It wasn't until we turned off the road, onto wagon ruts with grass in the middle, that I noticed the mountains. Dark and shadowed, they were, with the half-moon right atop a ridge that lifted so high it bent your head back to look. I shivered at the blackness of the mountains.

Granma spoke from behind me, "Wales, he's tiring out."

눈에 띄었다. 그 아주머니는 많이 아픈 것 같았다. 눈언저리는 온통 푸르죽죽한 멍이 들었고, 입가에는 시뻘겋게 핏자국이 묻어 있었다. 우리가 곁을 지나치려 하자 아주머니는 손으로 입술을 가렸다가 금방 도로 떼면서 큰 소리로 비명을 질렀다.

"아, 아야…… 푸우!"

하지만 웃는 걸 보니 아픈 건 금세 사라진 것 같았다. 다른 사람들도 모두 따라 웃었다. 아줌마 옆에 앉았던 아저씨도 자기 넓적다리를 손바닥으로 두들기면서 웃어댔다. 그 아저씨는 굵고 번쩍거리는 넥타이핀을 꽂고 있었다. 그래서 나는 이 부부가 부자이고, 필요하면 언제라도 의사에게 치료받을 수 있는 사람들인 걸 알았다.

나는 할머니와 할아버지 사이에 앉았다. 할머니가 손을 뻗어 할아버지의 손등을 가볍게 두드렸다. 그러자 할아버지도 내 무릎 위로 손을 뻗어 할머니 손을 가만히 잡았다. 편안했다. 그래서인지 나는 금방 잠이 들었다.

버스에서 자갈길로 내려섰을 때는 밤이 한창 이슥해서였다. 할아버지가 다시 걷기 시작했고 나와 할머니는 그 뒤를 따랐다. 유리가 쨍 하고 깨질 것처럼 공기가 차가웠다. 둥그런 수박을 반으로 쪼개 놓은 듯한 달이 얼굴을 내밀더니, 저 멀리 구부러져 돌아간 곳까지 우리 앞길을 은빛으로 비춰주었다.

자갈길을 벗어나, 가운데로는 풀이 자라고 양옆으로 마차의 바큇자국이 선명한 흙길로 들어서자 산이 바로 내 옆에 와 있는 것이 느껴졌다. 사실 이때 우리는 시커먼 산그림자 속에 들어가 있었다. 반

Granpa stopped and turned. He looked down at me and the big hat shadowed his face.

"It's better to wear out when ye've lost something," he said. He turned and set off again, but now it was easier to keep up. Granpa had slowed down, so I figured he was tired too.

After a long time, we turned off the wagon ruts onto a foot trail and headed dead set into the mountains. Seemed like we'd come straight up against a mountain, but as we walked, the mountains seemed to open up and fold in around us on all sides.

The sounds of our walking began to echo, and stirrings came from around us, and whispers and sighs began to feather through the trees like everything had come alive. And it was warm. There was a tinkle and a bobble and swishing beside us, a mountain branch rolling over rocks and making pools where it paused and rushed on again. We were into the hollows of the mountains.

The half-moon dropped out of sight behind the ridge and spewed silver light over the sky. It gave the hollow a gray-light dome that reflected down on us.

Granma began to hum a tune behind me and I knew it

달은 높은 산등성이 바로 위에 높다랗게 걸려 있어서, 올려다보려면 머리를 완전히 뒤로 젖혀야 했다. 나는 시커멓게 덮쳐누르는 듯한 산의 무게에 몸을 떨었다.

할머니가 내 뒤에서 소리쳤다. "웨일즈, 애가 지친 것 같아요."

할아버지가 걸음을 멈추고 뒤돌아보았다. 나를 내려다보는 할아버지의 얼굴은 널따란 모자 그늘에 가려 있었다.

"뭔가를 잃어버렸을 때는 녹초가 될 정도로 지치는 게 좋아."

할아버지는 이렇게 한마디 하시고는 다시 몸을 돌려 걷기 시작하셨다. 하지만 이번에는 따라잡기가 훨씬 쉬웠다. 할아버지가 걷는 속도를 늦춘 것이다. 그래서 나는 할아버지도 지쳤나보다고 생각했다.

그렇게 한참을 더 걸어가자 바퀴자국이 난 널찍한 길도 끝나고, 한 사람이 겨우 지나갈 만한 좁은 산길로 들어섰다. 언뜻 생각으로는 우리가 산을 짓밟으면서 앞으로 나갈 것 같았는데, 실제로 걸어보니 산이 손을 벌려 온몸으로 감싸주는 듯한 기분이 들었다.

발자국 소리가 조금씩 울리기 시작했다. 주위에 뭔가 꿈틀거리는 것들이 있었다. 만물이 다시 살아나기라도 하는 것처럼 속삭이는 듯한 소리와 숨소리들이 나무들 사이에서 새어나오기 시작했다. 이제 춥지는 않았다. 길옆에서는 찰방거리는 소리와 퐁퐁거리는 소리, 콸콸거리는 소리들이 뒤섞여 흘러갔다. 바위 위를 굴러 내려오면서 멈추는 곳마다 여울을 만들고, 다시 굴러 내려가는 시냇물 소리였다. 이제 우리는 깊은 계곡 속으로 들어서고 있었다.

어느새 반달은 맞은편 산등성이 뒤에 숨은 채 뿌연 은빛만을 하늘

was Indian, and needed no words for its meaning to be clear, and it made me feel safe.

A hound bayed so sudden, I jumped. Long and mourning, breaking into sobs that the echoes picked up and carried farther and farther away, back into the mountains.

Granpa chuckled, "That'd be ol' Maud—ain't got the smell sense of a lap dog—dependent on her ears."

In a minute, we were covered up with hounds, whining around Granpa and sniffing at me to get the new scent. Ol' Maud bayed again, right close this time, and Granpa said, "Shet up, Maud!" And then she knew who it was and she came running and leaping on us.

We crossed a foot log over the spring branch and there was the cabin, logged and set back under big trees with the mountain at its back and a porch running clear across the front.

The cabin had a wide hall separating the rooms. The hall was open on both ends. Some people call it a "gallery," but mountain folks call it a "dogtrot," because the hounds trotted through there. On one side was a big room for cooking, eating and settin', and across the dogtrot on the other side were two bedrooms. One was Granpa and Granma's. The

가득히 토해내고 있었다. 덕분에 계곡에는 회색빛 아치 같은 것이 드리워져 우리 모습을 희미하게 밝혀주었다.

할머니가 뒤에서 콧노래를 부르기 시작하셨다. 인디언 노래였다. 굳이 가사를 붙여 부르지 않아도 어떤 노래인지 대충 짐작이 갔다. 듣고 있노라니 마음이 편해졌다.

그때 갑자기 개 짖는 소리가 들렸다. 나는 화들짝 놀랐다. 길고도 구슬픈 듯한 울음소리가 오열하는 듯한 긴 여운을 남기고 울려퍼지면서 산속으로 도로 사라져갔다.

할아버지가 쿡! 하고 웃으셨다. "저건 모드라는 놈이야. 코로 냄새를 맡지 못하니까 귀로 어떻게 해보려는 거지."

잠시 후 우리는 여러 마리의 개에게 둘러싸였다. 개들은 할아버지 주위에서 낑낑거리기도 하고, 처음 보는 내 냄새를 맡으려고 킁킁거리기도 했다. 모드가 짖는 소리가 또 들렸다. 이번에는 아주 가까웠다. 할아버지가 "그만해! 모드" 하고 소리지르자, 그 소리 임자가 누군지 알아챈 모드는 쏜살같이 달려와 우리에게 뛰어들었다.

그리 넓지 않은 개울 위에 걸쳐진 통나무다리를 건너고 나니 조그만 오두막집이 있었다. 그 집은 산을 등지고 서 있었는데 앞쪽으로는 기다란 베란다가 시원스럽게 뻗어 있었고, 뒤쪽으로는 커다란 나무들이 서 있었다.

오두막집 가운데로는 약간 폭이 있는 마루가 있었고, 그 양옆으로 방들이 있었다. 마루 양끝은 그대로 바깥으로 통하게 되어 있었다. 그것을 마루라고 부르는 사람들도 있지만, 산사람들은 '개 통로'라

other was to be mine.

I laid out on the springy softness of deer hide webbing, stretched in the frame of hickory posts. Through the open window, I could see the trees across the spring branch, dark in the ghost light. The thought of Ma came rushing on me and the strangeness of where I was.

A hand brushed my head. It was Granma sitting beside me, on the floor; her full skirts around her, the plaited hair streaked with silver falling forward of her shoulders and into her lap. She watched out the window too, and low and soft she began to sing:

"They now have sensed him coming
  The forest and the wood-wind
 Father mountain makes him welcome with his song.
  They have no fear of Little Tree
  They know his heart is kindness
 And they sing, 'Little tree is not alone.'

 Even silly little Lay-nah
  With her babbling, talking waters
 Is dancing through the mountains with her cheer

고 불렀다. 개들이 주로 그곳으로 들락거렸기 때문이다. 이 마루를 사이에 두고 한쪽에는 부엌 겸 식당 겸 거실로 쓰는 커다란 방이 있었고, 다른 쪽에는 침실 두 개가 있었다. 하나는 할아버지와 할머니가 함께 쓰는 침실이었다. 남은 하나를 내 방으로 쓰기로 했다.

히커리나무로 만든 뼈대에다 사슴 가죽 띠를 팽팽히 묶어서 만든 침대는 부드럽게 쿨렁거렸다. 침대에 누우니 열린 창문으로 개울가에 서 있는 나무들이 희미한 빛 속에서 귀신처럼 시커멓게 보였다. 울컥 엄마 생각이 나고, 낯선 곳에 와 있다는 두려움이 몰려왔다.

그때 누군가가 내 머리카락을 쓰다듬었다. 침대 옆 마룻바닥에 앉아 계시던 할머니였다. 할머니는 널따란 치맛자락을 마루에 펼치고, 흰머리가 많이 섞인 땋은 머리를 어깨에서 무릎으로 늘어뜨리고 앉아 계셨다. 할머니도 나처럼 창밖을 바라보고 계셨다. 이윽고 할머니가 낮고 부드러운 소리로 노래하기 시작했다.

숲도, 가지를 스치는 바람도,

　　이젠 모두 그가 온 걸 알지.

아버지 산이 노래 불러 맞아준다네.

　　아무도 작은 나무를 무서워하지 않아.

　　작은 나무가 착한 걸 아니까.

모두가 소리 높여 노래하지. "작은 나무는 외톨이가 아니야."

장난꾸러기 라이나도

'Oh listen to my singing,

Of a brother come amongst us

Little Tree is our brother, and Little Tree is here.'

Awi usdi the little deer

And Min-e-lee the quail-hen

Even Kagu the crow takes up the song

'Brave is the heart of Little Tree

And kindness is his strength

And Little Tree will never be alone.'"

Granma sang and rocked slowly back and forth. And I could hear the wind talking, and Lay-nah, the spring branch, singing about me and telling all my brothers.

I knew I was Little Tree, and I was happy that they loved me and wanted me. And so I slept, and I did not cry.

졸졸졸졸 물소리 울리며

즐겁게 춤추며 산을 내려간다네.

　"내 노래 들어봐요.

　우리 형제가 찾아왔어요.

작은 나무는 우리 형제, 작은 나무가 여기 있어요."

어린 사슴 우스디도

　메추라기 미네리도

까마귀 카구까지 노래 부르네.

　"작은 나무는

　상냥하고, 강하고, 용감하다네.

작은 나무는 절대 외톨이가 아니야."

　할머니는 노래를 부르면서 몸을 천천히 앞뒤로 흔들었다. 그러자
나도 바람이 재잘거리고, 시냇물 라이나가 내 이야기를 노래 부르며
형제들에게 전하는 소리를 들을 수 있었다.

　나는 노래 속의 작은 나무가 바로 나라는 걸 알고 있었다. 산 형제
들이 날 좋아하고 나하고 같이 있고 싶어하는 걸 보니 기뻤다. 그래
서 나는 울지도 않고 편안하게 잠이 들었다.

The Way

$\mathcal{I}$t had taken Granma, sitting in the rocker that creaked with her slight weight as she worked and hummed, while the pine knots spluttered in the fireplace, a week of evenings to make the boot moccasins. With a hook knife, she had cut the deer leather and made the strips that she wove around the edges. When she had finished, she soaked the moccasins in water and I put them on wet and walked them dry, back and forth across the floor, until they fitted soft and giving, light as air.

This morning I slipped the moccasins on last, after I had jumped into my overalls and buttoned my jacket. It was dark and cold—too early even for the morning whisper wind to stir the trees.

Granpa had said I could go with him on the high trail, if I got up, and he had said he would not wake me.

"A man rises of his own will in the morning," he had spoken down to me and he did not smile. But Granpa had

자연의 이치

난로에서 옹이 많은 소나무 땔감이 타다타닥 기름 튀기는 소리를 내며 타는 동안, 가냘픈 몸집의 할머니가 저녁마다 삐걱거리는 흔들의자에 앉아 콧노래를 부르면서 모카신[2] 한 켤레를 만드는 데는 꼬박 일주일이 걸렸다. 할머니는 먼저 갈고리칼로 사슴 가죽을 찢어서 끈을 만든 다음, 빙 돌아가며 테두리를 꿰맸다. 이렇게 해서 구두가 완성되자 이번에는 그것을 물에 담갔다. 이 젖은 구두를 신고 방안을 왔다 갔다 하면서 구두를 말리는 일은 내 몫이었다. 이렇게 말리면 신발이 발에 딱 맞아 공기처럼 가볍게 느껴진다.

그날 아침, 자리에서 일어나 서둘러 멜빵바지를 입고 잠바 단추를 잠그고 난 나는, 드디어 모카신 속에 가만히 발을 집어넣었다. 주위는 아직 어둡고 추웠다. 나뭇가지를 뒤흔드는 아침 바람조차 불지 않는 이른 시각이었다.

할아버지는 "새벽에 일찍 일어나면 산꼭대기까지 데리고 가겠다"고 하셨다. 그러나 '깨워주겠다'고는 하시지 않았다.

"남자란 아침이 되면 모름지기 제 힘으로 일어나야 하는 거야."

할아버지는 조금도 웃지 않는 얼굴로 나를 내려다보시며 이렇게 말씀하셨다. 그렇지만 할아버지는 자리에서 일어나신 후 여러 가지

made many noises in his rising, bumping the wall of my room and talking uncommonly loud to Granma, and so I had heard, and I was first out, waiting with the hounds in the darkness.

"So. Ye're here." Granpa sounded surprised.

"Yes, sir," I said, and kept the proud out of my voice.

Granpa pointed his finger at the hounds jumping and prancing around us. "Ye'll stay," he ordered, and they tucked in their tails and whined and begged and ol' Maud set up a howl. But they didn't follow us. They stood, all together in a hopeless little bunch, and watched us leave the clearing.

I had been up the low trail that followed the bank of the spring branch, twisting and turning with the hollow until it broke out into a meadow where Granpa had his barn and kept his mule and cow. But this was the high trail that forked off to the right and took to the side of the mountain, sloping always upward as it traveled along the hollow. I trotted behind Granpa and I could feel the upward slant of the trail.

I could feel something more, as Granma said I would. Mon-o-lah, the earth mother, came to me through my moc-

시끄러운 소리를 내셨다. 내 방 벽에 쿵 하고 부딪치기도 하고, 유난스레 큰 소리로 할머니에게 말을 걸기도 하셨다. 사실 나는 그 소리 때문에 눈을 뜬 것이다. 덕분에 한발 먼저 밖으로 나간 나는 개들과 함께 어둠 속에 서서 할아버지를 기다릴 수 있었다.

"아니, 벌써 나와 있었구나!" 할아버지는 정말 놀랍다는 얼굴로 말했고,

"예, 할아버지." 내 목소리에는 뿌듯한 자랑이 묻어 있었다.

할아버지는 우리 둘레를 경중경중 뛰어다니는 개들에게 손가락을 내밀고 "너희들은 그냥 있거라"라고 지시했다. 개들은 꼬리를 사리면서도 졸라대듯이 코를 킁킁거렸다. 모드는 컹컹 짖기까지 했다. 그렇지만 어느 개도 우리를 따라오지는 않았다. 모두들 그 자리에 그대로 서서 빈 터를 빠져나가는 우리를 실망한 눈빛으로 바라보고만 있었다.

나도 시냇가 둑길을 따라 만들어진 야트막한 오르막길을 올라가 본 적은 있었다. 꼬불꼬불 구부러진 그 길을 가다보면, 돌연 꽤 널찍한 풀밭이 눈앞에 펼쳐진다. 할아버지는 그곳에 마구간을 지어 노새와 소를 기르고 있었다. 그러나 오늘 아침에는 그쪽 길로 가지 않고, 곧장 오른쪽으로 꺾어지더니 산허리를 돌아 올라가기 시작하셨다. 이 길은 계곡을 따라 이어지는 길이 그렇듯이 가파른 경사를 이루면서 위로 이어져 있었다. 나는 급한 경사를 온몸으로 느끼면서 종종걸음으로 할아버지 뒤를 따라 걸었다.

그런데 그전과는 뭔가 다른 게 느껴졌다. 할머니가 말씀하신 대로

casins. I could feel her push and swell here, and sway and give there ... and the roots that veined her body and the life of the water-blood, deep inside her. She was warm and springy and bounced me on her breast, as Granma said she would.

The cold air steamed my breath in clouds and the spring branch fell far below us. Bare tree branches dripped water from ice prongs that teethed their sides, and as we walked higher there was ice on the trail. Gray light eased the darkness away.

Granpa stopped and pointed by the side of the trail. "There she is—turkey run—see?" I dropped to my hands and knees and saw the tracks: little sticklike impressions coming out from a center hub.

"Now," Granpa said, "well fix the trap." And he moved off the trail until he found a stump hole.

We cleaned it out, first the leaves, and then Granpa pulled out his long knife and cut into the spongy ground and we scooped up the dirt, scattering it among the leaves. When the hole was deep, so that I couldn't see over the rim, Granpa pulled me out and we dragged tree branches to cover it and, over these, spread armfuls of leaves. Then,

어머니인 대지, 모노라가 내 모카신을 통해 나에게 다가온 것이다. 여기서는 볼록 튀어나오거나 밀쳐올라오고, 저기서는 기우뚱하거나 움푹 들어간 그녀의 존재가 내 몸으로 전해져왔다…… 그리고 혈관처럼 그녀의 몸 전체에 퍼져 있는 뿌리들과, 그녀 몸 깊숙이 흐르는 수맥의 생명력들도. 어찌나 친절하고 부드러운지 그녀의 가슴 위에서 내 몸이 통통 뛰는 것 같았다. 모두가 할머니가 말씀하신 그대로였다.

차가운 공기 탓에 내 입김은 뿜어져 나올 때마다 작은 구름을 이루었다. 저 멀리 아래쪽에 개울이 놓여 있는 게 보였다. 벌거벗은 나뭇가지 아래로 이빨처럼 자라난 고드름들에서는 물방울이 똑똑 떨어졌다. 더 높이 올라가니 길바닥에도 얼음이 깔려 있었다. 이제 어둠은 사라지고 새벽 회색빛이 사방을 뒤덮었다.

할아버지가 멈춰 서서 길섶 쪽을 가리켰다.

"여기가 야생 칠면조가 다니는 길이야. 한번 보련?"

나는 쭈그리고 엎드려 그 발자국들을 보았다. 그것은 가운데 동그라미를 중심으로 작은 막대기 같은 자국들이 사방으로 퍼져나간 모양이었다.

"이제 덫을 놓아볼까." 길을 따라가던 할아버지는 그루터기 아래에서 구덩이를 찾아냈다.

우리는 먼저 구덩이 위에 수북이 쌓인 나뭇잎부터 치웠다. 그러고 나자 할아버지는 긴 칼을 끄집어내서 눅눅한 땅을 파들어가기 시작했다. 파낸 흙은 낙엽들 사이에 뿌렸다. 가장자리를 볼 수 없을 정도

with his long knife, Granpa dug a trail slopping downward into the hole and back toward the turkey run. He took the grains of red Indian corn from his pocket and scattered them down the trail, and threw a handful into the hole.

"Now we will go," he said, and set off again up the high trail. Ice, spewed from the earth like frosting, crackled under our feet. The mountain opposite us moved closer as the hollow far below became a narrow slit, showing the spring branch like the edge of a steel knife, sunk in the bottom of its cleavage.

We sat down in the leaves, off the trail, just as the first sun touched the top of the mountain across the hollow. From his pocket, Granpa pulled out a sour biscuit and deer meat for me, and we watched the mountain while we ate.

The sun hit the top like an explosion, sending showers of glitter and sparkle into the air. The sparkling of the icy trees hurt the eyes to look at, and it moved down the mountain like a wave as the sun backed the night shadow down and down. A crow scout sent three hard calls through the air, warning we were there.

And now the mountain popped and gave breathing sighs that sent little puffs of steam into the air. She pinged and

로 구덩이가 깊어지자 할아버지는 나를 구덩이에서 끌어올렸다. 우리는 나뭇가지들을 끌고 와서 그 구덩이에 걸쳐놓고, 그 위에 나뭇잎 한 아름을 뿌려놓았다. 그러고 나서 할아버지는 그 긴 칼로 야생 칠면조가 다니는 길에서 구덩이로 비스듬히 이어지는 작은 도랑을 파더니, 주머니에서 붉은 인디언 옥수수 알갱이들을 꺼내 도랑을 따라 쭉 뿌려나갔다. 구덩이 속에도 옥수수 한 움큼을 던져넣었다.

"자, 이제 가자." 할아버지는 다시 숲길을 오르기 시작했다. 서릿발이 선 것처럼 땅에서 솟아오른 얼음들이 발밑에서 부서졌다. 맞은편 산이 훨씬 가까워졌다. 그럴수록 골짜기는 가늘고 길게 갈라져서 저기 까마득히 발 아래로 멀어졌다. 그 갈라진 바닥에는 칼날 같은 시냇물이 담겨 있었다.

우리는 길에서 벗어나 낙엽 위에 주저앉았다. 그때 마침 아침 해님이 계곡 건너편 산꼭대기로 머리를 내밀어 첫 햇살을 비추기 시작했다. 할아버지가 주머니에서 건빵과 사슴고기를 꺼냈다. 우리는 산을 바라보며 아침 식사를 했다.

산꼭대기에 폭발이라도 일어난 것처럼, 번쩍이는 빛줄기들이 하늘 위로 솟구쳤다. 얼음에 덮인 나뭇가지들은 햇빛을 받아 눈이 부실 정도로 반짝거렸다. 아침 햇살은 물결처럼 아래로 내려가면서 밤의 그림자들을 천천히 벗겨가고 있었다. 정찰을 맡은 까마귀 한 마리가 하늘을 날면서 날카롭게 깍깍 세 번 울었다. 아마 우리가 여기 있다는 걸 알리는 신호였으리라.

이제 산은 기지개를 켜며 일어나 천천히 하품을 하고 있었다. 하

murmured as the sun released the trees from their death armor of ice.

Granpa watched, same as me, and listened as the sounds grew with the morning wind that set up a low whistle in the trees.

"She's coming alive," he said, soft and low, without taking his eyes from the mountain.

"Yes, sir," I said, "she's coming alive." And I knew right then that me and Granpa had us an understanding that most folks didn't know.

The night shadow backed down and across a little meadow, heavy with grass and shining in the sun bath. The meadow was set into the side of the mountain. Granpa pointed. There was quail fluttering and jumping in the grass, feeding on the seeds. Then he pointed up toward the icy blue sky.

There were no clouds but at first I didn't see the speck that came over the rim. It grew larger. Facing into the sun, so that the shadow did not go before him, the bird sped down the side of the mountain; a skier on the treetops, wings half-folded ... like a brown bullet ... faster and faster, toward the quail.

품으로 토해낸 미세한 수증기들이 공중으로 흩어졌다. 해가 나무에서 죽음의 갑옷인 얼음을 서서히 벗겨감에 따라, 산 전체에서 살랑거리고 소곤거리는 소리들이 되살아났다.

할아버지도 나처럼 눈을 모으고 귀를 기울이고 계셨다. 아침 바람이 나무 사이에서 낮은 휘파람 소리를 일으키는 것에 맞추어 산의 소리도 점점 커져갔다.

"산이 깨어나고 있어." 산에서 눈을 떼지 않은 채 할아버지가 낮고 부드러운 목소리로 말씀하셨다.

"그래요, 할아버지. 정말 산이 깨어나고 있어요."

그때 나는 다른 사람들은 잘 이해할 수 없는 어떤 것을 할아버지와 내가 함께 받아들이고 있는 중이라는 걸 깨달았다.

밤의 그림자는 이제 점점 더 아래로 밀려나더니, 그리 넓지 않은 풀밭을 가로지르면서 뒷걸음질쳤다. 풀들이 무성하게 자란 그 풀밭은 햇빛을 받아 물결처럼 반짝였다. 그 풀밭은 산의 품속에 폭 안겨 있는 모양새였다. 할아버지가 손가락으로 가리키는 곳을 보니 메추라기들이 퍼덕거리고 날아다니면서 풀씨를 쪼아먹고 있었다. 다시 손을 든 할아버지가 이번에는 얼어붙은 듯한 푸른 하늘을 가리켰다.

구름 한 점 없이 맑은 하늘이었는데도 처음에는 아무것도 보이지 않았다. 그러다가 저 멀리 하늘 가장자리 쪽에서 얼룩 같은 것이 점점 커지며 다가왔다. 그림자가 자기보다 앞서가지 않도록 태양을 정면으로 마주해서 날아오던 그 새는, 갑자기 속도를 줄이는가 싶더니 산허리 쪽으로 방향을 틀었다. 스키 선수처럼 순식간에 나무 꼭대기

Granpa chuckled. "It's ol' Tal-con, the hawk."

The quail rose in a rush and sped into the trees—but one was slow. The hawk hit. Feathers flew into the air and then the birds were on the ground, the hawk's head rising and falling with the death blows. In a moment he rose with the dead quail clutched in his claws, back up the side of the mountain and over the rim.

I didn't cry, but I know I looked sad, because Granpa said, "Don't feel sad, Little Tree. It is The Way. Tal-con caught the slow and so the slow will raise no children who are also slow. Tal-con eats a thousand ground rats who eat the eggs of the quail—both the quick and the slow eggs— and so Tal-con lives by The Way. He helps the quail."

Granpa dug a sweet root from the ground with his knife and peeled it so that it dripped with its juicy winter cache of life. He cut it in half and handed me the heavy end.

"It is The Way," he said softly. "Take only what ye need. When ye take the deer, do not take the best. Take the smaller and the slower and then the deer will grow stronger and always give you meat. Pa-koh, the panther, knows and so must ye."

And he laughed, "Only Ti-bi, the bee, stores more than

위 하늘로 날아온 그 새는 날개를 반쯤 접더니…… 마치 갈색 총알처럼…… 아니, 그보다 더 빨리 메추라기를 향해 날아왔다.

할아버지가 쿡 하고 웃으셨다. "저놈은 탈콘, 매란다."

메추라기들이 후두두 날아오르며 잽싸게 숲 쪽으로 달아났다. 한데 그만 한 마리가 처지고 말았다. 매는 바로 그놈에게 달려들었다. 깃털이 하늘로 흩어지고, 두 마리 새는 한데 엉켜 땅으로 떨어졌다. 매의 날카로운 부리가 메추라기를 연방 쪼아댔다. 잠시 후 다시 하늘로 날아오른 매의 발톱에는 죽은 메추라기가 쥐어 있었다. 매는 다시 산허리 쪽으로 날아가더니 아득히 사라져버렸다.

나는 울지 않았다. 하지만 슬픈 얼굴을 하고 있었나보다. 할아버지가 이렇게 말씀하신 걸로 봐서 말이다.

"슬퍼하지 마라, 작은 나무야. 이게 자연의 이치라는 거다. 탈콘은 느린 놈을 잡아갔어. 그러면 느린 놈들이 자기를 닮은 느린 새끼들을 낳지 못하거든. 또 느린 놈 알이든 빠른 놈 알이든 가리지 않고, 메추라기 알이라면 모조리 먹어치우는 들쥐들을 잡아먹는 것도 탈콘들이란다. 말하자면 매는 자연의 이치대로 사는 거야. 메추라기를 도와주면서 말이다."

할아버지가 칼로 땅을 파더니 부드러운 뿌리를 뽑아냈다. 껍질을 벗기자 겨울용으로 비축된 즙이 방울져 솟아올랐다. 그것을 반으로 잘라 두꺼운 쪽을 나에게 주신 할아버지는 다시 부드럽게 말을 이었다.

"그게 이치란 거야. 누구나 자기가 필요한 만큼만 가져야 한다. 사

he can use ... and so he is robbed by the bear, and the coon ... and the Cherokee. It is so with people who store and fat themselves with more than their share. They will have it taken from them. And there will be wars over it ... and they will make long talks, trying to hold more than their share. They will say a flag stands for their right to do this ... and men will die because of the words and the flag ... but they will not change the rules of The Way."

We went back down the trail, and the sun was high over us when we reached the turkey trap. We could hear them before we saw the trap. They were in there, gobbling and making loud whistles of alarm.

"Ain't no closing over the door, Granpa," I said. "Why don't they just lower their heads and come out?"

Granpa stretched full length into the hole and pulled out a big squawking turkey, tied his legs with a throng and grinned up at me.

Ol' Tel-qui is like some people. Since he knows everything, he won't never look down to see what's around him. Got his head stuck up in the air too high to learn anything."

"Like the bus driver?" I asked. I couldn't forget the bus

슴을 잡을 때도 제일 좋은 놈을 잡으려 하면 안 돼. 작고 느린 놈을 골라야 남은 사슴들이 더 강해지고, 그렇게 해야 우리도 두고두고 사슴고기를 먹을 수 있는 거야. 흑표범인 파코들은 이 사실을 잘 알고 있지. 너도 꼭 알아두어야 하고."

여기까지 말한 할아버지는 웃음을 터뜨렸다.

"꿀벌인 티비들만 자기들이 쓸 것보다 더 많은 꿀을 저장해두지…… 그러니 곰한테도 뺏기고 너구리한테도 뺏기고…… 우리 체로키한테 뺏기기도 하지. 그놈들은 언제나 자기가 필요한 것보다 더 많이 쌓아두고 싶어하는 사람들하고 똑같아. 뒤룩뒤룩 살찐 사람들 말이야. 그런 사람들은 그러고도 또 남의 걸 빼앗아오고 싶어하지. 그러니 전쟁이 일어나고…… 그러고 나면 또 길고 긴 협상이 시작되지. 조금이라도 자기 몫을 더 늘리려고 말이다. 그들은 자기가 먼저 깃발을 꽂았기 때문에 그럴 권리가 있다고 하지…… 그러니 사람들은 그놈의 말과 깃발 때문에 죽어가는 셈이야…… 하지만 그들도 자연의 이치를 바꿀 수는 없어."

우리는 산길을 따라 왔던 길을 도로 내려왔다. 야생 칠면조 함정에 도착했을 때쯤에는 벌써 해가 우리 머리 위에 높이 떠 있었다. 아직 함정은 보이지도 않는데, 칠면조 소리부터 들렸다. 칠면조들이 구덩이에 빠진 것이다. 제놈들도 어지간히 놀랐던지 연방 꽥꽥거리며 소리를 질러대고 있었다.

"할아버지, 입구가 꽉 막힌 것도 아니잖아요? 그냥 머리를 숙이기만 하면 나올 텐데 왜 안 그러죠?"

driver fussing at Granpa.

"The bus driver?" Granpa looked puzzled, then he laughed, and kept laughing while he stuck his head back in the hole, pulling out another turkey.

"I reckin," he chuckled, "like the bus driver. He did kind of gobble now, come to think of it. But that's a burden fer him to tote around, Little Tree. Nothing fer us to burden our heads about."

Granpa laid them out on the ground, legs tied. There were six of them, and now he pointed down at them. "They're all about the same age ... ye can tell by the thickness of the combs. We only need three so now ye choose, Little Tree."

I walked around them, flopping on the ground. I squatted and studied them, and walked around them again. I had to be careful. I got down on my hands and knees and crawled among them, until I had pulled out the three smallest I could find.

Granpa said nothing. He pulled the throngs from the legs of the others and they took to wing, beating down the side of the mountain. He slung two of the turkeys over his shoulder.

할아버지는 배를 깔고 엎드린 채 구덩이 속으로 손을 집어넣어, 요란스럽게 떠들어대는 커다란 칠면조 한 마리를 끄집어냈다. 끈으로 그놈 발을 묶고 난 할아버지가 나를 쳐다보며 씽긋 웃으셨다.

"칠면조란 놈들도 일부 사람들하고 닮은 데가 있어. 뭐든지 다 알고 있는 듯이 하면서, 자기 주위에 뭐가 있는지 내려다보려고는 하지 않거든. 항상 머리를 너무 꼿꼿하게 쳐들고 있는 바람에 아무것도 못 배우는 거지."

"그 버스 운전사처럼요?" 나는 할아버지를 몰아세우던 그 버스 운전사를 잊을 수가 없었다.

"버스 운전사?" 의아한 얼굴로 되묻던 할아버지는 그제야 생각이 났는지 웃음을 터뜨렸다. 구덩이 속에 머리를 넣어서 또 다른 칠면조를 꺼내는 동안에도 할아버지는 웃음을 멈추지 않으셨다.

"그래, 그 버스 운전사처럼. 그 사람도 지금 이 칠면조처럼 꽥꽥거려댔으니까 그럴지도 모르지. 하지만 작은 나무야, 그건 어디까지나 그 사람이 짊어져야 할 짐이란다. 우리한테는 아무 문제도 없으니까 신경 쓸 필요 없단다."

할아버지는 다리를 묶은 칠면조들을 땅바닥에 늘어놓았다. 모두 여섯 마리였다. 그놈들을 손가락으로 가리키면서 할아버지가 다시 말을 이었다.

"나이는 대충 다 비슷한 것 같다…… 볏 두께를 보면 나이를 알 수 있거든. 우린 세 마리면 충분하니까, 작은 나무야, 네가 골라보렴."

나는 그놈들 주위를 빙 돌다가 땅에 털썩 주저앉아서 한 놈 한 놈

"Can ye carry the other?" he asked.

"Yes, sir," I said, not sure that I had done right. A slow grin broke Granpa's bony face. "If ye was not Little Tree ... I would call ye Little Hawk."

I followed Granpa down the trail. The turkey was heavy, but it felt good over my shoulder. The sun had tilted toward the farther mountain and drifted through the branches of the trees beside the trail, making burnt gold patterns where we walked. The wind had died in that late afternoon of winter, and I heard Granpa, ahead of me, humming a tune. I would have liked to live that time forever ... for I knew I had pleased Granpa. I had learned The Way.

자세히 관찰했다. 그러다가 일어나서 다시 그 둘레를 한 바퀴 돌았다. 신중해야 했다. 결국 나는 손과 무릎으로 땅바닥을 짚고 칠면조들 사이를 기어다니면서 비교를 하고 나서야 그중에서 가장 작은 세 놈을 집어낼 수 있었다.

할아버지는 아무 말도 하지 않고 나머지 세 마리의 다리에 묶인 끈을 풀어주었다. 풀려난 놈들은 날개를 파닥거리면서 저 아래쪽 산허리로 달아나버렸다. 남은 세 마리 중 두 마리를 어깨에 짊어진 할아버지가 다른 한 마리를 가리켰다.

"저놈은 네가 가져갈 수 있지?"

"예, 할아버지." 대답은 했지만 과연 내가 잘해냈는지 알 수가 없었다. 뼈가 두드러진 할아버지 얼굴에 장난스런 웃음이 서서히 번져 갔다. "네 이름이 작은 나무가 아니었더라면…… 작은 매라고 했을 게야."

나는 할아버지를 따라 산길을 내려왔다. 칠면조가 무거웠지만 어깨를 누르는 무게조차 기분 좋게 느껴졌다. 해는 벌써 저편 산으로 기울고 있었다. 길가 나뭇가지들 사이로 비쳐드는 햇빛 덕분에 앞길은 황금빛 줄무늬로 어른거렸다. 이렇게 늦은 겨울 오후가 되면 바람도 자게 마련이다. 앞서 가던 할아버지가 콧노래를 흥얼거리는 소리가 들려왔다. 이 시간이 영원히 계속될 수 있다면 좋을 텐데…… 내가 할아버지를 기쁘게 해드렸다! 나도 그 이치란 걸 배운 것이다!

Trailing through the mountains in the winter's evening sun
Walking through the patterns on the trail
Sloping towards the cabin; been on the turkey run
It's a heaven that the Cherokee knows well.

Watch along the mountain rim and see the morning birth
Listen for the wind song through the tree
Feel the life a'springing from Mon-o-lah, the earth
And you'll know The Way of all the Cherokee.

Know the death in life is here with every breaking day
That one without the other, cannot be
Learn the wisdom of Mon-o-lah,
*   and then you'll know The Way*
And touch the soul of all the Cherokee.

지는 겨울해 받으며 산길을 걷다보면
길 위에 난 발자국 따라 걷다보면
오두막집으로 이어지지. 야생 칠면조 다니는 길로
이게 바로 체로키의 천국이라네.

산꼭대기로 눈 들어 아침의 탄생 지켜보렴
나뭇가지 사이로 지나는 바람의 노래 들어보렴
대지인 모노라에서 생명이 솟는 걸 느껴보렴
그럼 체로키의 이치를 알게 될 거야.

새벽이 올 때마다 삶 속에 죽음 있고
죽음 속에 생명 있음을 알게 되리니
모노라의 지혜를 배우면,
　　　세상의 이치를 알게 될 거야
체로키의 영혼을 느낄 수 있을 거야.

Shadows on a Cabin Wall

*I*n the evenings of that winter, we sat in front of the stone fireplace. Lighter knots, taken from the centers of rotted stumps, sputtered and flickered from the thick, red resin, throwing on the wall shadows that jumped and contracted, only to leap up again, making the walls come alive with fantastic etchings appearing and disappearing, growing and receding. There were long silences while we watched the flames and the dancing shadows. Then Granpa would break the silence with some of his comments on the "readings."

Twice a week, every Saturday and Sunday night, Granma lit the coal oil lamp and read to us. Lighting the lamp was a luxury, and I'm sure it was done on account of me. We had to be careful of the coal oil. Once a month, me and Granpa walked to the settlement, and I carried the coal oil can with a root stuck in its snout, so that not a drop was spilled on the way back. It cost a nickel to fill it, and

할아버지와 조지 워싱턴

그 겨울 동안 우리는 밤마다 돌 벽난로 앞에 앉았다. 말라비틀어진 나무 그루터기 가운데 부분에서 뽑아낸 푸석푸석한 심지를 땔감 삼아 태우다보면, 두툼한 붉은 송진이 타닥타닥 탈 때마다 불꽃들이 튀고 일렁거렸다. 그러면 반대쪽 벽에 비친 우리 그림자가 늘어났다가는 줄어들고, 그러다가 갑자기 괴상하게 커지는가 하면, 또 순식간에 사그라들어 마치 환상 속의 그림을 보는 듯했다. 우리는 아무 말도 하지 않고 한참 동안 일렁이는 불꽃과 춤추는 그림자를 쳐다보며 앉아 있었다. 그러고 있을 때 '읽은 것'에 대한 자신의 생각을 이야기해서 이 침묵을 깨는 사람은 대개 할아버지였다.

일주일에 두 번, 토요일과 일요일 밤이면 할머니는 석유등잔을 켜놓고 우리에게 책을 읽어주셨다. 등잔을 켜는 건 우리에게 일종의 사치였다. 그런데도 이렇게 했던 건 물론 나 때문이었다. 석유기름은 정말 조심해서 아껴 써야 했다. 할아버지와 나는 한 달에 한 번씩 개척촌을 다녀오곤 했는데, 집으로 돌아올 때면 석유통을 들고 왔다. 그 일은 내 몫이었다. 나무뿌리를 잘라 만든 마개를 통 주둥이에 끼워넣어 막았는데, 그래야 오는 도중에 한 방울의 석유도 흘리지 않았다. 그 석유통을 가득 채우려면 무려 5센트가 있어야 했다. 할아버지

Granpa showed a lot of trust in me, letting me carry it all the way back to the cabin.

When we went, we always carried a list of books made out by Granma, and Granpa presented the list to the librarian, and turned in the books that Granma had sent back. She didn't know the names of modern authors, I don't suppose, because the list always had the name of Mr. Shakespeare (anything we hadn't read by him, for she didn't know the titles). Sometimes this caused Granpa a lot of trouble with the librarian. She would go and pull out different stories by Mr. Shakespeare and read the titles. If Granpa still couldn't remember by the title, she would have to read a page—sometimes Granpa would tell her to keep reading, and she would read several pages. Sometimes I would recognize the story before Granpa, and I would pull on his pants leg and nod at him that we had read that one, but it got to where it was kind of a contest— Granpa trying to say before I recognized it, and then changing his mind, and this got the librarian all confused.

She fretted some at first, and asked Granpa what he wanted with books if he couldn't read, and Granpa explained that Granma read us the books. After that she kept

는 집에 도착할 때까지 한 번도 간섭하지 않고 내가 알아서 들고 가도록 맡겨두곤 하셨다. 그만큼 나를 믿으셨던 것이다.

개척촌에 갈 때면 할머니가 적어준 책 목록도 항상 함께 가지고 갔다. 할아버지는 그 목록을 도서관 사서에게 보여주고, 할머니가 반납하라고 보낸 책들도 돌려주었다. 할머니는 현대 작가들 이름은 잘 모르셨던 것 같다. 그 목록에는 항상 셰익스피어 씨의 이름만 적혀 있었으니 말이다(할머니는 작품명까지는 잘 몰라서 우리가 읽지 않은 셰익스피어 작품이면 뭐든 괜찮았다). 이 때문에 때때로 할아버지와 도서관 사서 사이에서는 이런저런 실랑이가 벌어지곤 했다. 우선 사서는 여러 권의 셰익스피어 책을 꺼내 와서 그 제목을 할아버지에게 읽어주었다. 제목만 듣고서 할아버지가 기억해내지 못할 때는 한 쪽 정도를 읽어주었다. 할아버지가 계속 읽어보라고 하는 바람에 서너 쪽까지 읽는 일도 종종 있었다. 간혹 내가 할아버지보다 먼저 기억이 날 때면, 나는 할아버지 바짓가랑이를 잡아당기며 우리가 이미 읽은 책이라는 표시로 고개를 끄덕거렸다. 그러면 이번에는 할아버지와 나 사이에 일종의 기억력 시합 같은 분위기가 만들어졌다. 할아버지는 내가 알아내기 전에 먼저 말하려는 듯 애를 쓰곤 하셨다. 하지만 결국 알아맞히는 건 언제나 내 쪽이었다. 어쨌든 이 때문에 사서의 혼란은 더욱더 가중되었다.

처음에는 약간 신경질적이던 그 사서가 한번은 할아버지에게, 읽지도 못하는 책을 왜 빌려가느냐고 물었다. 그래서 할아버지는 할머니가 우리에게 읽어준다고 설명했다. 그 다음부터 그 여자는 우리가

her own list of what we had read. She was nice and smiled when we came in the door. Once she gave me a stick of red striped candy which I saved until we were outside. I broke it in two and split with Granpa. He would only take the little piece, as I didn't break it exactly even.

We kept the dictionary checked out all the time, as I had to learn five words a week, starting at the front, which caused me considerable trouble, since I had to try to make up sentences in my talk through the week using the words. This is hard, when all the words you learn for the week start with A, or B if you're into the B's.

But there were other books; one was *The Decline and Fall of the Roman Empire* ... and there were authors like Shelley and Byron that Granma hadn't known about, but the librarian sent them along.

Granma read slowly, bending her head to the book with her long hair plaits trailing to the floor. Granpa rocked with a slow creak, back and forth, and when we got to an exciting place, I always knew, because Granpa stopped rocking.

When Granma read about Macbeth, I could see the castle and the witches taking shape in the shadows, alive on the

읽은 책 목록을 따로 만들어 보관했다. 또 무척 다정다감한 사람이어서 우리가 도서관 문을 열고 들어서면 웃으며 반갑게 맞아주었다. 한번은 그 여자가 나한테 빨간 줄무늬가 있는 막대사탕을 주었다. 나는 밖에 나올 때까지 먹지 않고 두었다가 두 조각으로 잘라 할아버지와 나눠 먹었다. 할아버지는 작은 쪽을 집으셨다. 내가 정확하게 똑같이 두 조각으로 자르지 못했기 때문이다.

또 사전은 항상 빠뜨리지 않고 빌렸다. 사전의 첫 쪽부터 시작해서 일주일에 다섯 단어씩을 외우는 것이 내 과제였다. 이 일은 나에게 상당한 고민거리였다. 그냥 단어만 외우는 것이 아니라 한 주 동안 익힌 그 단어들을 써서 문장까지 만들어야 했으니 말이다. 한 주 동안 익힌 단어란 게 모두 똑같이 A면 A, B면 B로 시작되는 것밖에 없을 때, 이건 정말 힘든 일이었다.

다른 책들을 빌린 적도 있었다. 그중 하나가 《로마제국 쇠망사》였다…… 그리고 셸리나 바이런의 시도 있었다. 할머니가 모르는 사람들이었지만, 사서가 함께 빌려줘서 읽었던 것이다.

할머니가 기다랗게 땋은 머리를 마루 위까지 늘어뜨린 채 책에다 얼굴을 바짝 들이대고 천천히 읽어가노라면, 할아버지는 흔들의자를 앞뒤로 천천히 흔들며 귀를 기울여 듣고 계셨다. 그러다가 할아버지의 흔들의자가 갑자기 딱 멈춰 서면, 아니나 다를까, 그때는 이야기가 한창 재미있어지는 때였다.

할머니가 《맥베스》를 읽어줄 때는 오래된 성과 마녀들이 어둠 속에서 되살아나 우리 집 벽에 모습을 비추곤 했다. 겁에 질린 나는 할

cabin walls, and I'd edge closer to Granpa's rocker. He'd stop rocking when Granma got to the stabbings and the blood and all. Granpa said none of it would come about if Lady Macbeth had minded doing what a woman was supposed to do and kept her nose out of the business that rightly ought to have been done by Mr. Macbeth, and besides, she wasn't much of a lady, and he couldn't figure out why she was called such, anyhow. Granpa said all this in the heat of the first reading. Later on, after he had mulled it over in his mind, he commented that something was undoubtedly wrong with the woman (he refused to call her Lady). He said, however, he had seen a doe deer one time, that was in heat and couldn't find a buck, go slap-dab mad, running into trees and finally drowning herself in the creek. He said there was no way of knowing, because Mr. Shakespeare didn't indicate as such, but it all could be laid at the door of Mr. Macbeth—and indications was along that line—as the man seemed to have trouble doing just about anything.

He worried about it considerable, but finally settled on laying the biggest part of the fault on Mrs. Macbeth, because she could have taken out her heat-meanness in

아버지의 흔들의자 옆으로 바짝 붙어앉았다. 할머니가 유혈 낭자한 칼부림이 일어나는 장면을 읽기 시작하자 할아버지는 의자 흔드는 것을 멈추고, 맥베스 부인이 여자답게 처신하고 남편 맥베스가 정당하게 하려는 일에 일일이 간섭하지 않았더라면, 이런 일은 절대 일어나지 않았을 거라고 잘라 말했다. 게다가 그 여자는 너무나 숙녀답지 못하다, 어떻게 그런 여자가 숙녀라고 불리는지 납득을 못하겠다…… 우리가 처음으로 열심히 《맥베스》를 읽을 때 할아버지의 의견은 이랬다. 그러고 나서 며칠 후 할아버지는 혼자서 여러 가지 생각을 해보셨는지, 그 여자(할아버지는 이제 그 여자를 숙녀라고 부르지 않았다)가 뭔가 잘못한 건 틀림없지만, 예전에 발정난 암사슴을 본 적이 있는데 상대인 수사슴을 찾아내지 못하자 머리에 피가 끓어 미친 듯이 숲 속을 뛰어다니다가 결국 강물에 빠져 죽고 말더라, 세익스피어 씨가 확실하게 말해주지 않았으니 잘 알 수는 없지만, 그 여자가 그렇게 된 건 남편 탓일 수도 있다, 실제로 그렇게 생각할 만한 점이 있다, 사실 맥베스 씨는 무슨 일이든 제대로 하는 게 없는 것 같다는 이야기를 하셨다.

할아버지는 이 문제로 상당히 골머리를 앓으셨지만, 결국 가장 큰 잘못은 맥베스 부인에게 있다고 결론을 내리셨다. 그 여자가 발정이 났을 때의 초조감을 다른 사람을 죽이는 것으로 처리하지 말고 다른 방식으로, 예컨대 자기 머리를 벽에 부딪치는 식으로 처리할 수도 있었을 거라는 게 그 이유였다.

줄리어스 시저가 죽는 장면에서 할아버지는 시저 편을 들었다. 시

other ways, such as buttin' her head agin' a wall, if nothing else, instead of killing folks.

Granpa taken the side of Julius Caesar in his killing. He said he couldn't put his stamp on everything Mr. Caesar done—and, in fact, had no way of knowing all he had done —but he said that was the low-downest bunch he'd ever heard of, Brutus and all the others, the way they went slipping up on a feller, outnumbering him and stabbing him to death. He said if they had a difference with Mr. Caesar, they'd ought to made theirselves known and settled it square out. He got so het up about it that Granma had to quiet him down. She said we was, all present, in support of Mr. Caesar at his killing, so there wasn't anybody for him to argue with and anyhow, it happened so long ago, she doubted if anything could be done about it now.

But where we run into real trouble was over George Washington. To understand what it meant to Granpa, you have to know something of the background.

Granpa had all the natural enemies of a mountain man. Add on to that he was poor without saying and more Indian than not. I suppose today, the enemies would be called "the establishment," but to Granpa, whether sheriff,

저 씨가 한 일마다 모두 편들고 나서지는 않을 것이고, 또 사실 시저 씨가 어떤 일을 했는지 일일이 알 방도도 없지만, 브루투스와 그 일당들은 지금까지 들어본 적이 없을 정도로 비열한 인간들이다, 일부러 친구를 넘어뜨리고는 떼거지로 몰려들어 칼로 찔러 죽이다니! 시저 씨와 의견이 맞지 않는다면, 자신들의 생각을 확실하게 말해서 타협을 보고 문제를 해결할 수도 있지 않았는가라고 하시면서. 이 문제를 놓고 할아버지가 워낙 심하게 흥분하시는 바람에 할머니는 할아버지를 달래지 않으면 안 되었다. 할머니는, 이 자리에 있는 우리는 모두 다 죽임을 당한 시저의 편이다, 그러니 당신 생각에 반대하는 사람은 아무도 없다, 게다가 어쨌든 그건 워낙 오래전에 일어난 일이라 지금 왈가왈부해봤자 별 소용이 없다고 할아버지를 설득하셨다.

하지만 진짜 골칫거리는 조지 워싱턴과의 만남이었다. 할아버지에게 이 만남이 어떤 의미를 갖는지 이해하려면 잠시 그 배경에 대해서 먼저 알아둘 필요가 있다.

산사람인 할아버지에게는 온갖 천적(天敵)들이 있었다. 게다가 말할 필요도 없는 일이지만, 할아버지는 가난했고, 그리고 무엇보다도 인디언이었다. 지금 와서 돌이켜보면 그 적들을 '체제'라고 부를 수 있을 것이다. 하지만 보안관이든, 주나 연방의 밀주감독관이든, 정치가든 가릴 것 없이, 할아버지에게 그것들은 모두 '법'이었다. 할아버지에게 '법'이란 다른 사람들이 어떻게 살아가는지, 또 잘살고 있는지에 대해서는 눈곱만큼의 관심도 없으면서 무조건 권력만 휘

state or federal revenue agent, or politician of any stripe, he called them "the law," meaning powerful monsters who had no regard for how folks had to live and get by.

Granpa said he was a "man, full-growed and standing" before he knowed it was agin' the law to make whiskey. He said he had a cousin who never did know, and went to his grave-mound not knowing. He said his cousin always suspicioned that the law had it in for him because he didn't vote "right"; but he never could figure exactly which was the right way to vote. Granpa always believed that his cousin fretted himself into an early grave, worrying at voting time which was the way to vote, in order to clear up his "trouble." He got so nervous about it, he taken to heavy drinking spells, which eventually killed him. Granpa laid his death at the door of the politicians, who, he said, were responsible for just about all the killings in history if you could check up on it.

In reading the old history book in later years, I discovered that Granma had skipped the chapters about George Washington fighting the Indians, and I know that she had read only the good about George Washington to give Granpa someone to look to and admire. He had no regard

두르는 괴물을 뜻했다.

할아버지는 자신이 위스키를 만드는 것이 법에 어긋난다는 걸[3] 알기 전에는 "다 자란 어른으로 두 발로 우뚝 선 사내"였노라고 하셨다. 할아버지에게는 위스키 만드는 것이 왜 법에 어긋나는지 모르는 사촌이 한 명 있었는데, 그 사촌은 결국 그 이유를 알아내지 못한 채 무덤으로 갔다고 한다. 그 사촌은 항상 자기가 투표를 '제대로' 하지 않아서 그런 법률이 생긴 것 같다고 의심했다. 하지만 과연 어느 쪽에다 투표하면 제대로 하는 건지는 한 번도 정확하게 집어내지는 못했다. 할아버지는 그 사촌이 자기의 '고민거리'를 해결하려고 어느 쪽에 투표하는 게 좋을지를 너무 걱정하다가 그만, 젊은 나이에 무덤으로 가고 말았다고 믿고 계셨다. 사실 그 사촌은 그 문제에 너무 신경을 쓰다가 술주정꾼이 되었고, 그 때문에 일찍 죽고 말았던 것이다. 할아버지는 사촌이 죽은 게 정치가들 때문이라고 생각하고 계셨다. 역사를 되돌아보면 알 수 있듯이, 정치가는 역사상 모든 살인 행위에 책임이 있다는 것이 할아버지의 의견이었다.

한참 세월이 흐른 후, 나는 조지 워싱턴에 대해 쓴 그 낡은 역사책을 다시 읽어보았다. 그때 나는 할머니가 조지 워싱턴이 인디언과 싸운 부분을 읽지 않고 넘어간 것을 알았다. 할머니는 조지 워싱턴의 좋은 부분만을 읽어서 할아버지에게 우러러보고 존경할 만한 인물이라는 걸 보여주고 싶었던 것일 게다. 사실 할아버지는 앤드루 잭슨[4]이 무슨 일을 했는지 아무 관심도 갖지 않았고, 내가 기억하는 한 할아버지가 관심을 보인 정치가는 한 명도 없었다.

whatsoever for Andrew Jackson and, as I say, nobody else in politics that I can call to mind.

After listening to Granma's readings, Granpa began to refer to George Washington in many of his comments ... holding him out as the big hope that there could be a good man in politics.

Until Granma slipped up and read about the whiskey tax.

She read where George Washington was going to put a tax on whiskey-makers and decide who could make whiskey and who couldn't. She read where Mr. Thomas Jefferson told George Washington that it was the wrong thing to do; that poor mountain farmers didn't nothing but little hillside patches, and couldn't raise much corn like the big landowners in the flatlands did. She read where Mr. Jefferson warned that the only way the mountain folk had of realizing a profit from their corn was to make it into whiskey, and that it had caused trouble in Ireland and Scotland (as a matter of fact that's where Scotch whiskey got its burnt taste—from fellers having to run from the King's men and leaving their pots to scorch). But George Washington wouldnt listen, and he put on the whiskey tax.

It hit Granpa deep. He stopped his rocker but he didn't

하지만 할머니가 읽어주는 것을 듣고 난 다음부터 할아버지는 이런저런 얘기 속에서 조지 워싱턴에 대해 언급하기 시작했다…… 정치가 중에도 좋은 사람이 있을 수 있구나라는 희망에 사로잡혀가는 듯했다.

하지만 그것도 잠시뿐이었다. 할머니가 무심코 주세(酒稅) 부분을 읽고 말았기 때문이다.

할머니는 조지 워싱턴이 위스키 제조업자들에게 주세를 부과하려 하고, 허가를 받아야 위스키를 제조할 수 있게 만들려는 대목을 읽었다. 또 할머니는 토머스 제퍼슨 씨가 조지 워싱턴에게, 그건 잘못하는 것이다, 가난한 산사람들에게는 언덕배기의 작은 밭뙈기밖에 없기 때문에 평지의 대토지 소유자들처럼 많은 옥수수를 기를 수 없다고 말하는 대목도 읽었다. 또 할머니는 제퍼슨 씨가, 산사람들이 수확한 옥수수로 수입을 올리려면 위스키를 만드는 것 외에 달리 방법이 없다, 그 때문에 아일랜드와 스코틀랜드에서는 소요가 일어나기도 했다(사실 스카치 위스키가 탄 냄새를 갖게 된 것은 이 때문이다. 즉 농민들이 왕의 병사를 피해 달아나느라 증류용 단지가 눌어붙곤 했기 때문이다)고 경고하는 대목도 읽었다. 하지만 조지 워싱턴은 그 말을 듣지 않고 주세를 신설했다.

이 대목은 할아버지에게 심한 충격을 주었다. 할아버지의 흔들의자가 멈추었다. 그렇다고 할아버지 입에서 무슨 말이 나온 것도 아니었다. 할아버지는 멍하니 얼빠진 듯한 얼굴로 난롯불만 뚫어지게 쳐다보고 계셨다. 일이 잘못됐다고 느끼신 할머니는 책 읽기를 그만두

say anything, just stared into the fire with a lost look in his eyes. Granma felt sorry about it for after the reading she patted Granpa on his shoulder and slipped her arm around his waist as they went off to bed. I felt might near as bad about it as Granpa.

It was a month later, when me and Granpa was on the way to the settlement that I realized how he had been taken under. We had walked down the trail, Granpa leading, onto the wagon ruts ... and then alongside the road. Every once in a while a car passed us but Granpa never looked around for he never accepted a ride. But of a suddden, a car pulled up beside us. It was an open car, without windows, and had a canvas top on it. The man inside was dressed up like a politician and I knew Granpa wouldn't ride, but I got a surprise.

The feller leaned over and hollered above the chugging sound, "Want a ride?"

Granpa stood for just a minute, then said, "Thankee," and got in, motioning for me to get in the back. Down the road we went, and it was exciting to me at how fast we covered ground.

Now Granpa always stood and sat straight as an arrow,

고 일어나 할아버지의 어깨를 가만히 두드렸다. 그러고는 허리에 손을 둘러 할아버지를 일으켜 세우더니 침실로 데려가셨다. 그 이야기를 듣고 내가 느낀 충격 또한 할아버지에게 뒤지지 않을 만큼 컸다.

한 달쯤 후, 할아버지와 나는 개척촌으로 가는 길을 걷고 있었다. 할아버지가 여전히 그 문제에 사로잡혀 있다는 것을 안 것이 이때였다. 우리는 길을 따라 걸었다. 앞서 가던 할아버지는 처음에는 마차 바큇자국을 밟으며 길 한가운데로 걷다가 나중에는 길섶으로 걸어갔다. 때때로 차들이 우리 옆을 지나쳐갔지만 할아버지는 한 번도 돌아보지 않으셨다. 할아버지가 차를 얻어 타고 간다는 건 절대 있을 수 없는 일이었다. 그런데 갑자기 차 한 대가 우리 옆에서 멈췄다. 유리창이 달리지 않은 무개차였는데, 지붕에 캔버스 천 덮개가 씌워져 있었다. 안에 탄 사람은 정치가처럼 옷을 입고 있었다. 나는 당연히 할아버지가 타지 않을 거라고 생각했다. 그런데 놀라운 일이 일어났다.

그 남자가 몸을 밖으로 쑥 내밀고 서두르는 듯한 음성으로 고함을 질렀다.

"타고 가시겠소?"

그런데 잠시 가만히 서 있던 할아버지가,

"고맙소."

라고 하면서 차에 올라타시는 게 아닌가. 그러더니 나더러 뒷좌석에 타라고 손짓을 하셨다. 차가 길을 따라 달리기 시작했다. 나는 우리가 굉장히 빠른 속도로 길을 지나간다는 사실에 흥분했다.

but sitting in the car with his hat on, he was too tall. He refused to slouch, so he was forced to bend, back straight, toward the windshield. This gave him the appearance of studying the driving of the politician at the wheel, as well as the road ahead. It made the politician nervous, I could tell, but Granpa didn't pay him any mind whatsoever. Finally, the politician said, "Going into town?"

Granpa said, "Yep." We rode along some more. "Are you a farmer?"

"Some," Granpa said.

"I'm a professor at the State Teachers College," the professor said, and I thought he sounded right uppity about it, though I was surprised and pleased that he wasn't a politician. Granpa didn't say anything.

"Are you Indian?" the professor asked. "Yep," Granpa said.

"Oh," said the professor, like that explained me and Granpa entirely.

Of a sudden, Granpa whirled his head toward the professor and said, "What do you know about George Washington puttin' on the whiskey tax?" You would of thought that Granpa had reached over and slapped the professor.

할아버지는 언제나 그렇듯이 허리를 꼿꼿이 세우고 화살처럼 똑바로 앉아 계셨다. 하지만 모자까지 쓰고 그렇게 앉기에는 할아버지 키가 너무 컸다. 구부정하게 앉는 걸 싫어하는 할아버지는 결국 등줄기를 쭉 편 채로 앞유리창 쪽을 향해 상체를 숙일 수밖에 없었다. 이것은 앞쪽 도로를 살펴보는 자세이기도 했지만, 또 차 안의 그 정치가의 운전 솜씨를 관찰하는 듯한 모습이기도 했다. 그 정치가는 할아버지의 그런 자세에 신경이 쓰이는 눈치였다. 그렇지만 할아버지는 그 사람을 거들떠보지도 않았다. 마침내 정치가가 입을 열었다.

"마을까지 가십니까?"

"그렇소."

다시 차는 아무 말 없이 달려갔다. 그러다가 잠시 후……

"농부이신가요?"

"그렇다고 할 수 있죠."

"저는 주립사범대학 교수입니다."

그 말투로 보아 그 사람은 자신이 교수라는 사실이 꽤 자랑스러운 듯했다. 나는 놀라긴 했지만 정치가가 아니라서 안심이 되었다. 할아버지는 아무 말 없이 잠자코 계셨다.

"인디언이십니까?"

"그렇소."

"아하!"

그 사실이 나와 할아버지를 완전히 설명할 수 있기라도 한 것처럼 교수는 열심히 고개를 끄덕였다.

"The whiskey tax?" he shouted, real loud.

"Yep," Granpa said, "the whiskey tax."

The professor looked red and nervous of a sudden, and it dawned on me that he might have had something personal to do with puttin' the whiskey tax on himself.

"I don't know," he said. "Do you mean the General George Washington?"

"Was they more than one?" Granpa asked him, surprised. It surprised me too.

"Noooo," the professor said, "but I don't know anything about it." Which sounded kind of suspicious to me, and I could see it didn't set well with Granpa either. The professor looked straight ahead, and it seemed to me we was going faster and faster. Granpa was studying the road ahead through the windshield, and I knew right then why we had taken the ride.

Granpa spoke again, but his tone didn't hold much hope, "Do ye know if General Washington ever got a lick on the head—I mean in all them battles maybe a rifle ball hit him on the side of the head?" The professor didn't look at Granpa and was acting more nervous all the time.

"I, that is," he stuttered, "I teach English and I don't

그 순간 갑자기 할아버지가 교수에게 머리를 돌려 물으셨다.

"조지 워싱턴이 위스키 만드는 데 세금을 물린 걸 알고 있소?"

누가 봤으면 할아버지가 교수를 몸으로 밀어붙인다고 생각했을 거다.

"주세(酒稅)요?"

교수가 놀라며 굉장히 큰 소리로 고함을 질렀다.

"그렇소, 위스키세."

갑자기 교수의 얼굴이 벌게졌다. 교수는 눈에 띄게 초조해하기 시작했다. 그 모습을 본 나는 위스키에 세금을 매긴 일에 이 사람이 뭔가 관련이 있을지도 모른다고 생각했다.

"잘 모르겠는데요. 조지 워싱턴 장군 말입니까?"

"아니 그럼, 딴 사람이 또 있소?"

할아버지가 놀라서 물으셨다. 나도 깜짝 놀랐다.

"아, 아, 아닙니다. 그렇지만 나는 전혀 모르는 일인데요."

교수의 말투가 더더욱 수상쩍은 느낌을 갖게 했다. 할아버지도 잘 납득이 가지 않는 모양이었다. 교수는 똑바로 앞만 쳐다보고 있었다. 차 속도가 점점 더 빨라지는 듯했다. 할아버지는 앞유리창으로 도로를 살펴보고 있었다. 그제서야 나는 왜 할아버지가 차를 얻어 탔는지 알아챘다.

할아버지가 다시 말했다. 그러나 이번에는 그다지 기대하지 않는 말투였다.

"그럼 워싱턴 장군 머리에 총알이 스치고 지나간 건 알고 있소?

know anything about George Washington."

We reached the edge of the settlement and Granpa said we would get out. We wasn't anywheres near into where we was going. When we got out on the side of the road, Granpa taken off his hat to thank the professor, but he didn't hardly wait for us to hit the ground before he spun off in a cloud of dust. Granpa said it was about the kind of manners he expected from folks like that. He agreed that the professor acted suspicious, and that he could have been a politician making out to be a professor. He said lots of politicians moved around amongst honest people claiming they wasn't politicians. But, Granpa said, you couldn't discount him being a professor, for he had heard that more of them was crazy than not.

Granpa said he figured George Washington took a lick on the head some way or other in all his fighting, which accounted for an action like the whiskey tax. He said he had an uncle once that was kicked in the head by a mule and never was quite right after that; though he said he had his private opinion (never stated public) that his uncle used that on occasion; like the time a feller come home to his cabin and caught his uncle in bed with the feller's wife. He

아, 무슨 말이냐 하면 그렇게 많은 전투를 치렀는데 한 번쯤 총알이 옆머리를 스치고 지나갈 수도 있지 않았을까라는 거요."

교수는 할아버지에게 얼굴도 돌리지 않고 점점 더 신경질적으로 행동하기 시작했다.

"나는, 말하자면 영어를 가르치는 사람이오. 그러니 조지 워싱턴에 대해서는 아무것도 몰라요."

교수는 말을 더듬었다.

개척촌 입구에 이르자 할아버지는 교수에게 내리겠다고 하셨다. 우리가 가려던 곳까지 가려면 아직 한참 더 가야 하는 곳이었다. 길섶에 내려선 할아버지는 모자를 벗어 교수에게 고맙다는 인사를 했다. 하지만 교수는 인사가 끝나길 기다릴 새도 없이 흙먼지를 구름처럼 일으키며 허둥지둥 차를 몰고 가버렸다. 할아버지는 저런 족속들은 본래 예의가 저 모양이라고 말씀하셨다. 또 할아버지는 그 교수가 수상쩍게 행동했으며, 교수로 위장한 정치가일지도 모른다는 내 말에 동의하셨다. 정치가 중에는 자신이 정치가가 아닌 체하면서 선량한 사람들을 속이고 돌아다니는 놈들이 많다, 하지만 저 사람이 교수라고 하더라도 안심하면 안 된다, 교수들 중에도 미친 사람이 많다는 이야기를 들은 적이 있다는 것이 할아버지의 말씀이셨다.

또 할아버지는, 전투 중에 어느 땐가 한번 조지 워싱턴 머리에 총알이 스치고 지나갔을 것이다, 그러니까 위스키에 세금을 매기는 것 같은 일을 했을 것이라고 주장하셨다. 할아버지에게 삼촌이 한 분계셨는데, 노새에게 머리를 차인 뒤로는 정상인 적이 한 번도 없었

said his uncle run out in the yard on all fours, hunkered down like a hog and commenced to eat dirt. But, he said, nobody could tell whether he was puttin' it on or not ... leastwise, the feller couldn't. Granpa said his uncle lived to a ripe age and died peaceable in his bedstead. Anyway, he said it wasn't for him to judge. The condition of George Washington sounded reasonable to me and could of accounted for some of his other troubles.

다고 한다. 비록 때때로 삼촌이 그 사실을 참 잘 이용하고 있다는 생각을 한 적은 있지만(하지만 할아버지는 다른 사람들에게는 이런 이야기를 하지 않았다고 하셨다)…… 한번은 이웃집 남자가 자기 집에 돌아와보니 자기 마누라와 할아버지의 삼촌이 한 침대 속에 누워 있더란다. 그 이웃집 남자를 본 할아버지의 삼촌은 네 발로 기어서 뜰로 뛰쳐나가더니, 돼지처럼 땅바닥에 쭈그리고 앉아서 진흙을 집어 먹었다고 한다. 하지만 아무도 그가 일부러 미친 체하는 건지, 진짜 미쳐서 그런 건지 알 수가 없었다고 한다. 이웃집 남자는 특히나 더 그랬다. 할아버지의 삼촌은 오래오래 사시다가 침대 위에서 편안하게 죽음을 맞으셨다. 어쨌든 할아버지가 판단할 일은 아니었다는 말씀이었다. 하지만 조지 워싱턴이 총알에 맞았을 거라는 할아버지의 해석은 나한테 그럴듯하게 들렸다. 그래야 그가 일으킨 다른 문제들에 대해서도 설명이 될 수 있을 테니 말이다.

Fox and Hounds

$\mathcal{I}$t was late of a winter afternoon when Granpa took ol' Maud and Ringer into the cabin because he said he didn't want them embarrassed before the other hounds. I figured something was to happen. Granma already knew. Her eyes were twinkling like black lights and she put a deer shirt on me, just like Granpa's, and placed her hand on my shoulder like she done him, and I felt might near growed-up.

I didn't ask, but I hung around. Granma gave me a sack with biscuits and meat and said, "I'll sit on the porch tonight and listen; and I will hear you."

We went into the yard and Granpa whistled up the dogs and off we set, up the hollow by the spring branch. The hounds ran back and forth, hurrying us up.

Granpa kept his hounds for only two reasons. One was his corn patch where every spring and summer, he assigned ol' Maud and Ringer to stay and guard against deer,

붉은여우 슬리크

할아버지가 다른 개들 앞에서 난처하게 만들고 싶지 않다는 이유로 모드 할멈과 늙다리 링거를 오두막집으로 몰아넣은 건 한겨울의 늦은 오후였다. 무슨 일인가가 일어나려 하고 있었다. 할머니는 이미 알고 계셨다. 할머니의 검은 눈동자가 보석처럼 반짝거렸다. 할머니는 할아버지 것과 똑같은 사슴가죽 셔츠를 나에게 입혀주신 다음 한 손은 할아버지 어깨에, 그리고 나머지 한 손은 내 어깨에 올려놓으셨다. 왠지 어른이 다 된 것 같은 기분이 들었다.

한 번도 무슨 일이냐고 물어보지는 않았지만 나는 계속 두 분 뒤를 따라다녔다. 할머니가 비스킷과 고기가 든 주머니를 건네주면서 말씀하셨다.

"오늘 밤새도록 베란다에 앉아서 귀를 기울이고 있으마. 아마 네 소리를 들을 수 있을 게야."

마당으로 나가자 할아버지가 휘파람을 불어 개들을 불러모았다. 드디어 집을 나선 우리는 개울을 따라 나 있는 계곡길을 걸어 올라갔다. 개들은 앞서거니 뒤서거니 하면서 길을 재촉했다.

할아버지가 개를 기르는 이유는 두 가지였다. 하나는 옥수수밭 때문이었다. 봄, 여름이 되면 할아버지는 모드와 링거에게 사슴이나

'coon, hogs and crow getting all his corn.

Like Granpa said, ol' Maud had no smell sense atall and was practical worthless on a fox trail; but she had keen hearing and eyesight, and this gave her something she could do and take pride in knowing she was of worth. Granpa said if a hound or anybody else has got no feeling of worth, then it's a bad thing.

Ringer had been a good trail dog. He was getting old now. His tail was broke, which made him look disheartened, and he couldn't see nor hear very well. Granpa said he put Ringer with ol' Maud so he could help and feel that he was of worth in his old age; that it sort of dignified him, which it did for Ringer walked around right stiff-legged and dignified, especially during the periods when he was working at the corn patch.

Granpa fed ol' Maud and Ringer at the barn up in the hollow during corn raising time, for this wasn't far from the corn patch. They stayed there faithful. ol' Maud was Ringer's eyes and ears. She would see something in the corn patch and take off after it, raising howls like she owned that corn patch, and Ringer would follow, doing the same.

너구리, 산돼지, 까마귀 같은 짐승들이 옥수수밭에 접근하지 못하도록 망보는 일을 맡겼다.

할아버지 말씀으로는 모드도 사람인 자신처럼 냄새를 전혀 맡지 못하기 때문에 여우사냥에는 아무 쓸모가 없지만, 청력과 시력은 아주 날카로워서 충분히 잘해낼 수 있는 일이 있고, 또 그런 일을 맡기면 아주 자랑스러워한다는 것이다. 개든 사람이든 간에 자기가 아무 데도 쓸모없다고 느끼는 건 대단히 좋지 않다는 게 할아버지의 설명이셨다.

링거는 예전에는 뛰어난 사냥개였지만 지금은 너무 나이를 먹었다. 이제는 꼬리를 질질 끌고 다녀 볼꼴 사나운데다 옛날만큼 잘 보거나 듣지도 못했다. 할아버지가 링거를 모드와 짝지어준 것은, 링거가 모드를 도울 수 있게 하여 나이가 들어도 자신이 여전히 가치 있는 존재라는 걸 느끼게 해주기 위해서였다. 이 일은 링거에게 뿌듯한 자신감을 갖도록 해주었다. 그래서 특히 옥수수밭에서 일하는 계절이 되면 링거는 목을 한껏 치켜세운 채 네 다리를 씩씩하게 내딛으면서 주위를 돌아다니곤 했다.

옥수수가 자라는 계절이 되면 할아버지는 모드와 링거를 계곡에 있는 헛간에 데려다 놓았다. 헛간이 옥수수밭에서 그리 멀지 않은 곳에 있었기 때문이다. 두 마리 개는 충성스럽도록 열심히 옥수수밭을 지켰다. 모드가 링거의 눈과 귀가 되어주었다. 모드는 옥수수밭에서 뭔가 움직이는 게 보이면 밭 임자는 자기라는 듯이 컹컹거리며 달려가 그놈들을 쫓아냈다. 그러면 링거도 모드를 똑같이 따라 했다.

They'd go crashing through the corn; and maybe ol' Maud would run right past a 'coon if she didn't see it, for she sure couldn't smell it ... but Ringer, following behind her, could. He'd put his nose to the ground and go braying after that 'coon. He'd run that 'coon out of the patch and hold onto his trail by smell until he run into a tree. Then he'd come back kind of sad; but him and ol' Maud never give up. They done their job.

The other reason Granpa kept hounds was for pure fun, trailing fox. He never used dogs to hunt game. He didn't need them. Granpa knew the watering and feeding places, the habit and trails, even the thinking and character of all the game, far better than any hound could learn.

The red fox runs in a circle when he is chased by hounds. With his den in the center, he will start on a circle swing that measures maybe a mile, sometimes more, across the middle. All the time he's running, he'll use tricks: backtracking, running in water and laying false trails; but he'll stick to the circle. As he grows tired, he will make the circle smaller and smaller, until he retreats to his den. He "dens up," they call it.

The more he runs, the hotter he gets, and his mouth

이렇게 옥수수밭 사이를 달려갈 때, 냄새를 맡지 못하는 모드는 너구리 따위를 못 보고 지나치고 마는 일도 자주 있었다. 하지만 모드 뒤를 따라 달리는 링거는 그렇지 않았다. 눈과 귀가 좋지 않은 링거는 땅에다 코를 대고 냄새를 맡아가면서 너구리를 쫓아가다가 결국에는 나무에 부딪히곤 했다. 그러고 나면 링거는 축 처진 모습으로 돌아오곤 했지만, 링거와 모드는 절대 포기하지 않았다. 둘은 맡은 일을 충실히 해내고 있었다.

할아버지가 개를 기르는 또 다른 이유는 여우몰이를 하는 순수한 즐거움을 즐기기 위해서였다. 할아버지의 여우몰이는 보통 사냥과는 달랐다. 할아버지는 절대 개를 써서 짐승을 잡지 않으셨다. 그럴 필요가 없었던 것이다. 할아버지는 짐승들이 어디서 먹이를 먹고 물을 마시는지, 습관은 어떻고 다니는 길은 어디인지, 심지어 사고방식과 성격은 어떤지까지도 다 알고 계셨다. 아무리 뛰어난 사냥개라도 할아버지의 이런 지식들을 따라잡을 수는 없었다.

이를테면 붉은여우는 개한테 쫓길 때면 원을 그리며 달리는 습성이 있다. 가운데에 있는 자신의 굴을 중심으로 대략 지름 1.5킬로미터 정도, 아니, 때로는 그보다 더 큰 원을 그리기도 한다. 이렇게 달아나면서도 여우는 계속 잔재주를 부린다. 왔던 길을 되돌아가기도 하고, 물을 건너거나 눈속임 발자국을 만들어놓기도 한다. 하지만 그 원을 포기하는 일은 절대 없다. 여우는 피곤해지기 시작하면 점점 원을 줄여간다. 결국에 가서 여우는 자기 굴에 몸을 숨기는데, 산사람들은 이걸 '굴에 들었다'고 한다.

sweats out stronger smells that the dogs pick up on the trail, and so get louder with their baying. It is called a "hot trail."

When the gray fox runs, he runs in a figure 8, and his den is just about where he crosses his trail each time to make the 8.

Granpa knew the thinking of the 'coon too and laughed at his mischievous ways, and swore a solemn oath that, on occasion, the 'coon had laughed at him. He knew where the turkey ran, and could track a bee from water to hive with a look of his eye. He could make the deer come to him, because he knew his curious nature; and he could ease through a covey of quail without stirring a wing. But he never bothered them, except for what he needed and I know they understood.

Granpa lived with the game, not at it. The white mountain men were a hardy lot and Granpa bore with them well. But they would take their dogs and clatter all over the mountains chasing game this way and that, until everything run for cover. If they saw a dozen turkey, why they killed a dozen turkey, if they could.

But they respected Granpa as a master woodsman. I

달리면 달릴수록 붉은여우의 몸은 더워졌다. 그럴 때면 개들이 자취를 쉽게 잡아낼 수 있을 만큼 강한 냄새가 나는 침이 입에서 뚝뚝 떨어지고, 그럴수록 개들이 짖는 소리도 커져간다. 그 때문에 사람들은 여우의 침을 '뜨거운 자취'라고 불렀다.

반면에 회색여우는 8자 모양을 그리면서 달아난다. 8자 가운데 선이 매번 교차하는 바로 그곳에 회색여우의 굴이 있다.

할아버지는 너구리가 꾀를 내는 것도 읽을 수 있었다. 너구리가 어설픈 잔꾀를 부리는 걸 보면 할아버지는 이를 비웃곤 하셨다. 맹세컨대 너구리도 이따금 할아버지를 비웃었을 거라고 하시면서. 할아버지는 야생 칠면조들이 다니는 길도 잘 알고 있었고, 물가에서 벌집까지 날아가는 벌을 눈만으로 쫓아갈 수도 있었다. 또 사슴의 호기심 많은 성격을 이용해서 할아버지 가까이 오게 할 수도 있었으며, 깃털 하나 건드리지 않고 메추라기 무리 속을 살금살금 걸어다닐 수도 있었다. 하지만 할아버지는 필요한 만큼을 빼고는 절대로 동물들을 괴롭히지 않으셨다. 동물들도 이 점을 잘 알고 있는 듯했다.

할아버지는 그런 놀이들을 즐기긴 했지만 매달리지는 않으셨다. 할아버지는 거칠고 무모한 백인 산사람들에 대해서도 잘 참아주시는 편이었는데, 하지만 그 사람들이 개를 데리고 사냥감을 쫓으며 여기저기 쑤시고 다닐 때면 동물들은 모두 은신처로 숨어버렸다. 아마 그 사람들은 야생 칠면조 열두 마리를 보았을 때, 왜 열두 마리 모두 죽이면 안 되는지 절대 그 이유를 모를 것이다.

하지만 그 사람들도 할아버지를 고참 산사람으로 존경했다. 이것

could see it in their eyes and the touching of their hat brims when they met him at the crossroads store. They stayed out of Granpa's hollows and mountains with their guns and dogs, whilst they complained a lot about the game getting scarcer and scarcer where they was. Granpa often shook his head at their comments and never said anything. But he told me. They would never understand The Way of the Cherokee.

With the dogs loping behind, I trotted close behind Granpa, because it was that mysterious, exciting time in the hollows when the sun had sunk and the light faded from red to shady blood, and kept changing and darkening, as if the daylight was alive but dying. Even the dusk breeze was sly with a whisper as if it had things to tell that it couldn't say out open.

The game was going to its beds and the night creatures was coming out for the hunt. As we passed the meadow by the barn, Granpa stopped and I stood practical under him.

An owl was flying toward us down the hollow, moving in the air no higher than Granpa's head; and passed right by, making no sound, not a whisper nor whir of wing and settled silent as a ghost in the barn.

은 사거리 가게에서 그들을 만났을 때 드러나는 눈의 표정이나 모자 끝에 손을 갖다 대는 걸 보더라도 알 수 있다. 그래서 그 사람들은 자신들이 사는 곳의 사냥감이 갈수록 줄어들고 있다고 불평하면서도, 할아버지가 사시는 계곡과 숲으로 총을 든 채 사냥개들을 끌고 들어오지는 않았다. 할아버지는 그 사람들 이야기를 들으면서 자주 머리를 흔들곤 하셨지만, 그렇다고 무슨 말을 하시지는 않았다. 하지만 나중에 나에게 말씀하시기를 저 사람들은 체로키의 이치를 절대 이해하지 못할 거라고 하셨다.

뒤에서 펄쩍거리며 뛰어다니는 개들을 데리고, 나는 할아버지 등 뒤에 바짝 붙어 걸음을 잽싸게 놀렸다. 신비스러울 만큼 흥분되는 시간이 계곡 속을 흐르고 있었다. 이제 날은 완전히 저물었다. 아직 살아 있는 해가 서서히 죽어가기라도 하는 것처럼, 하늘은 저녁 노을의 붉은색에서 피처럼 거무칙칙한 빛으로 변해가며 조금씩 조금씩 어두워져갔다. 저녁 바람조차도 귓가에서 가만가만 살랑거렸다. 흡사 드러내놓고 떠들어대서는 안 되는 이야기를 갖고 있기라도 한 것처럼.

낮 동물들은 보금자리를 찾아들고 대신 밤 동물들이 먹이를 찾으러 나오는 시간이었다. 헛간 옆 풀밭을 가로질러 가던 할아버지가 갑자기 걸음을 멈추시는 바람에 나도 할아버지의 다리에 머리를 부딪치고 멈추어 섰다.

계곡 저 아래쪽에서 올빼미 한 마리가 우리 있는 곳으로 날아왔다. 기껏해야 할아버지 키 높이 정도나 될까? 그 정도로 낮게 날아

"Screech owl," Granpa said, "the one ye hear sometimes at night that sounds like a woman paining. Going to catch some rats." I sure didn't want to disturb that ol' owl and rat catching, and kept Granpa between me and the barn as we passed.

Dark fell in close, and the mountains moved in on either side as we walked. Before long, we came to a Y in the trail, and Granpa taken the left. Now there was no more room for the trail except right on the edge of the spring branch. Granpa called this the "Narrows." Seemed like you could stretch out your arms on either side and touch the mountains. Straight up they went, dark and feathered with treetops, and left a thin slice of stars above us.

Way off, a mourning dove called, long and throaty, and the mountains picked it up and echoed the sound over and over, carrying it farther and farther away until you wondered how many mountains and hollows that call would travel—and it died away, so far, it was more like a memory than a sound.

It was lonesome, and I trotted right up on Granpa's heels. None of the hounds stayed behind me, which I wished they would. They stayed ahead of Granpa, running back to him

오던 올빼미는 아무 소리도 내지 않고, 그야말로 숨소리나 날갯짓 소리 한 번 내지 않고, 곧바로 헛간 속으로 날아들어가 마치 유령처럼 조용히 자리를 잡고 앉았다.

"외양간 올빼미란다. 밤이 되면 여자가 신음하는 듯한 소리가 들릴 때가 가끔 있지? 올빼미가 쥐 잡을 때 내는 소리란다."

나는 그 올빼미가 쥐 잡는 걸 방해하고 싶지 않았다. 정말이지 그러고 싶은 생각은 눈곱만치도 없었다. 그래서 할아버지를 헛간 쪽으로 서시게 한 다음 서둘러 그곳을 벗어났다.

서서히 어둠이 우리를 덮쳐눌렀다. 올라갈수록 양쪽 산이 좁혀져 왔다. 이윽고 길이 Y자 모양으로 갈라지는 곳에 이르렀다. 할아버지는 왼쪽 길을 택하셨다. 여기서부터는 개울 오른쪽으로 난 좁다란 둑길을 제외하고는 길이 없었다. 양쪽 팔을 벌리면 산이 만져지기라도 할 것처럼 좁은 길이어서 할아버지는 이 길을 '칼길'이라 불렀다. 곧장 산 위쪽을 향해 뻗은 칼길은 새 깃털 같은 나무 그림자에 뒤덮여 컴컴했다. 하늘을 올려다보니 별 몇 개가 희미하게 반짝거리기 시작했다.

멀리서 산비둘기 우는 소리가 들렸다. 산은 목이 쉰 것처럼 컬컬하면서도 기다랗게 이어지는 그 울음소리를 재빨리 삼켰다가는 몇 번이고 도로 뱉어냈다. 그럴 때마다 그 소리는 점점 더 멀리 퍼져나갔다. 얼마나 많은 산과 계곡을 지나쳐갔는지 알 수 없을 정도가 되자 그 소리는 소리라기보다는 마치 오래된 기억처럼 그렇게 사그라져갔다.

now and then, whining and wanting him to send them off trailing.

The Narrows sloped upward, and before long I could hear big water running. It was a creek that crossed what Granpa called "Hangin' Gap."

We moved off the trail, up into the mountain above the creek. Granpa sent the dogs off. All he had to do was point and say, "Go!" and off they went, giving little yelps, like young'uns going berry picking Granpa said.

We sat down in a pine thicket above the creek. It was warm. Pine thickets give off heat, but if it's summertime, you want to sit amongst oak or hickory or some such, because pine gets plumb hot.

The stars were watering and moving around in the creek, riding on ripples and splashes. Granpa said we could commence to listen for the hounds in a little while, when they picked up ol' Slick's trail. That's what he called the fox.

Granpa said we was in ol' Slick's territory. He said he had knowed him about five years. Most people think that all fox hunters kill faxes, but it's not true. Granpa never killed a fox in his life. The reason for fox hunting is the hounds—to listen to their trailing. Granpa always called

왠지 쓸쓸한 기분이 든 나는 종종걸음을 치며 할아버지 발꿈치에 바짝 따라붙었다. 개들이라도 내 뒤에 있어주면 좋으련만 그놈들은 하나같이 할아버지 앞에서 왔다 갔다 뛰어다니고 있었다. 어서 여우 몰이에 보내달라는 듯이 코를 킁킁거리면서.

칼길은 꽤 가파른 오르막길이었다. 얼마 가지 않아 콸콸거리며 물 떨어지는 소리가 들렸다. 시냇물이 '하늘협곡'이라 불리는 곳을 가로지르면서 내는 소리였다.

그곳에서 우리는 길을 벗어나 시내 위로 펼쳐진 산속으로 들어갔다. 할아버지가 개들을 풀어놓았다. 그냥 손가락으로 앞을 가리키면서 "가라!"고 했을 뿐이지만, 개들은 낮게 컹컹거리면서 눈 깜짝할 사이에 산속으로 흩어졌다. 할아버지는 어린애들이 좋아라고 산딸기 따러 가는 모습 같다고 하셨다.

우리는 시내 위쪽 소나무 숲 속에 앉았다. 그곳은 따뜻했다. 소나무 무리들이 열을 내기 때문이다. 하지만 여름이라면 떡갈나무나 히커리류의 나무 그늘에 앉는 편이 나을 것이다. 소나무 밑에 앉으면 더 더울 테니까.

시냇물에 비친 별들이 물결에 흔들리기도 하고 물살을 타고 부서지기도 했다. 할아버지는 이제 좀 있으면 개 짖는 소리를 들을 수 있을 거라고 하셨다. 붉은여우 슬리크의 자취를 찾아냈을 때 개들이 보내는 신호였다. 슬리크(교활한)는 할아버지가 그 여우에게 붙여준 이름이었다.

할아버지는 우리가 지금 슬리크의 영토 안에 앉아 있다고 말씀하

off the hounds when the fox denned up.

Granpa said that when things had got monotonous for ol'
Slick he had gone so far as to come and set in the edge of
the cabin clearing, trying to get Granpa and the hounds to
trail him. It sometimes caused Granpa all manner of trou-
ble with the hounds, as they yelped and bayed, with ol'
Slick leading them up the hollow.

Granpa said he liked to slip up on ol' Slick when he was
cantankerous and not in the mood for trailing. When a fox
wants to den up, he will use ingenious tricks to throw off
the hounds. When he is playful, he will play all over the
countryside. He said the best part was that ol' Slick would
know he was being paid back for sashaying around the
cabin and troubling Granpa. ·

Sure enough, the moon broke over the mountain, a quar-
ter used up. It sprinkled patterns through the pines and
splashed lights off the creek, and made thin silver boats of
the fog tearings sailing slow through the Narrows.

Granpa leaned back against a pine and spraddled out his
legs. I done the same thing, and put the vittle sack right by
me as it was my responsibility. Not far off a big bay sound-
ed, long and hollow.

셨다. 할아버지가 슬리크를 알게 된 것은 대략 5년쯤 전이라고 하셨다. 사람들은 여우 사냥꾼이라면 누구나 여우를 죽이는 것으로 생각하지만, 그건 전혀 사실이 아니었다. 할아버지는 지금까지 한 번도 여우를 죽인 적이 없었다. 여우몰이를 하는 이유는 개들 때문이었다. 할아버지는 개들이 쫓아다니는 소리를 듣기만 하시다가 여우가 굴로 들어갔다 싶으면 개들을 도로 다 불러들였다.

슬리크는 단조로운 생활이 지겨워지면 오두막이 있는 빈 터까지 내려와 어슬렁거리기도 했다. 할아버지와 개들더러 자기를 쫓아오라고 부추기는 셈이었다. 그러면 흥분한 개들이 컹컹거리고 짖어대면서, 슬리크를 쫓아 계곡 위쪽으로 달려가곤 했다. 이 때문에 할아버지는 엄청 골치를 썩곤 하셨다.

할아버지는 슬리크가 심술이 나고 쫓겨다니고 싶어하지 않을 때 슬리크 앞에 나타나는 걸 즐기셨다. 그 여우는 굴 속에 들어가고 싶어지면 개들을 따돌리려고 온갖 속임수를 다 썼다. 반대로 쫓기는 게 재미있을 때는 계속 이리저리 돌아다니면서 장난을 치곤 했다. 할아버지는 가장 좋은 건 오두막집 주위를 어슬렁거려 할아버지를 골치 아프게 만든 벌을 받는다는 걸 슬리크가 알도록 해주는 것이라고 하셨다.

어김없이 약간 이지러진 달이 산 위로 올라왔다. 달빛은 소나무 사이를 지나면서 어른거리는 무늬를 흩뿌리고 시냇물 위로 빛을 쏟아부었으며, 칼길 사이로 가느다란 은빛 배 모양의 안개 가닥들이 천천히 떠다니도록 만들었다.

"That's ol' Rippitt," Granpa said, and laughed low, "and it's a damn lie. Rippitt knows what's wanted ... but he can't wait, so he makes out like he's hit a trail-scent. Listen to how falsified his bay sounds. He knows he's a'lying." Sure enough, it did sound that-a-way.

"He's damn shore lying," I said. Me and Granpa could cuss when we wasn't around Granma.

In a minute the other hounds let him know, as they howled around him, not baying. In the mountains they call such a "bluffer dog." There was silence again.

In a little while a deep bay broke the stillness. It was long and far off, and I knew right then it was the real thing, because it carried excitement in it. The other hounds took it up.

"That was Blue Boy," Granpa said, "up and comin' to have the best nose in the mountains; and that's Little Red right behind him ... and there's Bess." Another bay chimed in, this one kind of frantic. Granpa said, "And there's ol' Rippitt, gittin' in on the last."

They was in full voice now, moving farther and farther away, their chorus echoing backward and forward until it sounded like hounds all around. Then the sound disap-

할아버지는 소나무에 등을 기대고 두 다리를 뻗었다. 나도 똑같이 흉내 내며 내 책임으로 맡겨진 음식 보따리를 내 옆으로 끌어당겨 놓았다. 그다지 멀지 않은 곳에서 길고, 어딘지 텅 빈 것 같은 커다란 개 울음소리가 들려왔다.

할아버지가 낮은 소리로 웃으면서 말씀하셨다.

"리핏 놈이군. 저 개자식, 거짓말을 하고 있어. 뭘 찾아야 되는지 알고 있으면서…… 그런데 참을성이 없는 거야. 그래서 사냥감 냄새를 발견하기라도 한 것처럼 거짓말을 하고 있어. 잘 들어봐, 짖는 소리가 거짓말하는 것처럼 들리지? 리핏 자신도 자기가 거짓말을 하고 있다는 걸 아는 거야."

정말 그랬다. 짖는 소리는 과연 그렇게 들렸다.

"거짓말을 하다니, 정말 개자식이에요."

내가 말했다. 나와 할아버지는 근처에 할머니가 계시지 않을 때는 멋대로 욕을 하곤 했다.

금방 다른 개들이 리핏을 둘러싸고 나무라는 듯한 소리가 들렸다. 이럴 때는 개들이 컹컹거리며 짖지 않고 으르렁거렸다. 산에서는 이런 개를 '허풍쟁이 개'라고 불렀다. 다시 주위는 쥐 죽은 듯이 조용해졌다.

얼마 안 있어 이번에는 굵다랗게 짖는 소리가 침묵을 깨뜨렸다. 길고도 멀리까지 가는 소리였다. 그 소리에는 흥분이 실려 있었기 때문에 이번에는 진짜라는 걸 금세 알 수 있었다. 다른 개들도 함께 짖어대기 시작했다.

peared.

"They're on the backside of Clinch Mountain," Granpa said. I listened hard, but I couldn't hear anything.

A nighthawk went "SEEeeeeeee!" from the side of the mountain behind us, cutting the air with a sharp whistle. Across the creek, a hoot owl answered him, "WHO ... WHO ... WHOAREYouuuuu!"

Granpa laughed low. "Owl stays in the hollow, hawk stays on the ridges. Sometimes ol' hawk figures there's easy pickins around the water and ol' owl don't like it."

A fish flopped a splash in the creek. I was beginning to get worried. "Reckin," I whispered to Granpa, "that them hounds is lost?"

"Nope," Granpa said, "we'll hear 'em in a minute, and they'll come out on t'other side of Clinch Mountain and run across that ridge in front of us."

Sure enough they did. First they sounded far-off, then louder and louder; and they came, baying and yelping, longways along the ridge facing us and crossed the creek somewhere down below. Then they came along the side of the mountain behind us and set off again for Clinch Mountain. This time they ran on the near side of Clinch

"블루보이구나. 산에 들어오면 저놈 코가 제일 예민해지지. 바로 이어서 짖는 건 리틀레드고…… 저건 베스군." 미친 듯이 짖는 소리가 새로 끼어들었다. 그러자 할아버지가 말씀하셨다. "그리고 저건 늙다리 리핏이고. 결국 다 끝나고 나서 끼어드는군."

이제 개들은 합창이라도 하듯 큰 소리로 짖어대면서 점점 멀어져 갔다. 개들의 합창이 앞뒤로 계속 메아리를 치는 바람에 우리 주위는 온통 개들 천지인 것처럼 느껴졌다. 소리는 한참 동안 그러고 나더니 사라져갔다.

"클린치 산 뒤편에 있나보다." 귀를 쫑긋 세워보았지만 나에게는 아무 소리도 들리지 않았다.

우리 뒤편 산 쪽에서 날아온 쏙독새의 울음소리가 날카로운 호루라기 소리처럼 하늘을 찢고 지나갔다. "쉬이이이이……" 계곡 맞은편에 있던 부엉이가 그 소리에 대답했다. "부…… 부…… 부엉엉엉엉엉……"

할아버지가 낮은 소리로 웃으셨다.

"부엉이는 계곡에 살고 쏙독새는 산등성이에 사는데, 때때로 쏙독새는 물가로 내려와 사냥을 하는 게 더 쉽겠다고 생각하지. 부엉이는 그게 마음에 들지 않는 거고."

시냇물에서 물고기 한 마리가 물방울을 튀기면서 펄쩍 뛰어올랐다. 걱정이 된 나는 작은 소리로 할아버지에게 속삭였다.

"개들이 길을 잃은 건 아닐까요?"

"아니, 그렇지 않다. 좀 있으면 개 짖는 소리를 듣게 될 거야. 클린

Mountain and we heard them all the way across it.

"Ol' Slick is tightening up the circle," Granpa said, "this time, after they cross the creek, ol' Slick may lead 'em right in front of us." Granpa was right. We heard them splashing across the creek not far below us ... and while they was splashing and baying Granpa set up straight and grabbed my arm.

"There he is," Granpa whispered. And there he was. Coming along through willow poles on the creek bank, it was ol' Slick. He was trotting, with his tongue hanging out and a bushy tail dangling kind of careless behind him. He had pointed ears, and he jogged along real pickety, taking his time to go around a pile of brush. Once he stopped, lifted a front paw and licked it; then he turned his head back toward the baying of the hounds and came on.

Down in front of me and Granpa, there were some rocks that stuck up in the water, five or six of them that went out nearly to the middle of the creek. When ol' Slick reached where the rocks were, he stopped and looked back, like he was judging how far away the hounds was. Then he sat down, calm as you please with his back to us, and just sat there, looking at the creek. The moon glinted red off his

치 산 저편으로 나와서 저기 산등성이를 돌아 우리 있는 곳으로 올 테니 걱정 말아라."

정말 할아버지 말씀대로였다. 처음에는 멀리서 어렴풋하게 들릴 듯 말 듯하던 개 짖는 소리가 조금씩 조금씩 커져갔다. 멍멍거리고 컹컹거리는 그 소리들은 우리 앞의 산등성이를 따라 보이지 않는 선을 그리면서 꽤 오랫동안 들려왔다. 그러더니 저 아래쪽 어딘가에서 계곡을 건넜는지, 짖는 소리는 다시 우리 뒤쪽의 산등성이를 돌아서 클린치 산 쪽에서 들려왔다. 이번에는 클린치 산 이쪽을 따라 달리고 있는지 소리가 끊이지 않고 들렸다.

"슬리크 놈이 원을 좁혀가나보다. 이번에 시내를 건너고 나면 슬리크 놈이 개들을 끌고 우리 앞에 모습을 보일 게야."

할아버지 말이 맞았다. 개들이 시냇물 건너는 소리가 들렸다. 우리가 앉은 자리에서 그다지 멀지 않은 곳이었다. 첨벙거리는 물소리와 짖는 소리를 들은 할아버지는 윗몸을 똑바로 일으켜 세우시더니 내 팔을 잡았다.

"봐! 저놈이야." 할아버지가 속삭였다. 시내 둑 위에 있는 버드나무 사이로 한 마리 여우가 모습을 드러냈다. 바로 슬리크였다! 여우는 혀를 축 늘어뜨리고 더부룩한 꼬리를 아무렇게나 늘어뜨린 채 종종걸음을 치고 있었다. 그러더니 뾰족한 귀를 쫑긋 세운 채 마치 행진을 하는 것처럼 천천히 걸음을 옮기기도 하고, 덤불이 나타나면 빙 돌아서 가기도 했다. 또 걸음을 멈추고는 앞발을 들어올려 날름날름 핥기도 했다. 그렇게 속임수를 쓰고 난 슬리크는 개 짖는 소리

coat, and the hounds was coming closer.

Granpa squeezed my arm. "Watch him now!" Ol' Slick jumped from the creek bank out onto the first rock. He stopped there a minute and danced on the rock. Then he jumped to the next one and danced again, then the next and the next until he reached the last one, nearly in the middle of the creek.

Then he came back, jumping from rock to rock, until he reached the one closest to the creek bank. He stopped and listened again; then stepped into the water and splashed up the creek, until he was out of sight. He sure cut the time close, because he had no more than disappeared when here come the hounds.

Blue Boy was leading with his nose right on the ground. Ol' Rippitt was crowding him, and Bess and Little Red was bunched right behind. Now and then, one of them would raise their nose and give out a "OOOWOOOO-oooooooooh!" that tingled your blood.

They came to where the rocks went out into the creek and Blue Boy never hesitated; out he went, jumping from rock to rock, and the rest of them right behind.

When they reached the last rock in the middle of the

가 나는 쪽을 돌아보고는 다시 걸음을 옮기기 시작했다.

우리 발 아래쪽 시내에는 바위들이 물 위로 삐죽삐죽 솟아 있었다. 그중 몇 개는 징검다리를 이루며 시냇물 한가운데까지 이어져 있었다. 그 바위들 있는 곳에 왔을 때 슬리크는 걸음을 멈추고 뒤를 돌아보았다. 개들과의 거리를 재는 모양이었다. 그러더니 우리에게 등을 보인 채 시냇물을 바라보는 자세로 그 자리에 가만히 앉았다. 달빛을 받아 털빛이 붉게 반사되었다. 개 짖는 소리가 점점 가까워지고 있었다.

갑자기 할아버지가 내 팔을 꽉 붙들었다. "이제부터 잘 봐!"

슬리크는 시냇가 둔덕에서 첫 번째 바위 위로 폴짝 뛰었다. 그곳에 잠깐 서 있는가 했더니 갑자기 살랑살랑 춤추는 듯한 몸짓을 했다. 두 번째 바위 위로 폴짝 건너간 여우는 다시 한 번 춤을 추었고, 그 다음 바위에서도, 또 그 다음 바위에서도…… 결국 여우는 시냇물 한가운데에 있는 마지막 바위 위로 올라섰다.

여우는 다시 바위 하나하나씩을 되짚어 물가에서 가장 가까운 바위 위로 돌아왔다. 그곳에 서서 가만히 귀를 기울이던 슬리크는 마침내 물속으로 발을 집어넣었다. 찰박거리며 헤엄치는 여우의 모습은 순식간에 상류 쪽으로 사라져버렸다. 최대한 치밀하게 시간을 잰 것이 틀림없었다. 그놈이 사라지자마자 곧바로 개들이 모습을 드러낸 것을 보더라도 말이다.

블루보이가 코를 땅바닥에 대고 제일 앞서 왔다. 리핏이 그와 한덩어리를 이루면서 뒤를 따랐고, 그 다음은 베스와 리틀레드가 또 다른

creek, Blue Boy stopped but ol' Rippitt didn't. He jumped right in, like there wasn't no doubt about it, and started swimming for the other bank. Bess jumped in behind him and started swimming too.

Blue Boy raised his nose and commenced to sniff the air, and Little Red stayed there on the rock with him. In a minute here come Blue Boy and Little Red jumping back on the rocks toward us. They reached the bank, and Blue Boy led the way. Then he hit ol' Slick's trail and bayed long and loud, and Little Red chimed in.

Bess reversed herself while she was still swimming and come back, while ol' Rippitt was running up and down the other bank at a total loss. He was howling and yelping and running back and forth with his nose on the ground. When he heard Blue Boy, he hit the creek water in a dive and swam so hard he splashed water over his head until he made it to the bank and taken up the trail behind the rest of them.

Me and Granpa laughed so hard we nearly fell off the mountain. I did lose my foot-bracing hold on a pine sapling and rolled into cocklebur bushes. Granpa pulled me out and we was still laughing while we picked the

짝을 이루며 바싹 따라붙었다. 때때로 그중 한 놈이 코를 하늘로 치켜들고 "우우우…… 우우……!" 하고 울어대는 소리를 들으면, 누구라도 흥분해서 피가 끓어오르는 듯한 느낌을 받게 마련이다.

개들이 징검다리 바위들 있는 곳까지 왔다. 블루보이는 조금도 주저하지 않고 바위에서 바위로 건너뛰었다. 다른 개들도 모두 블루보이 뒤를 바싹 쫓았다.

시내 한가운데 있는 마지막 바위에 이르렀을 때 블루보이는 갑자기 걸음을 멈추었다. 하지만 리핏은 그렇게 하지 않았다. 리핏은 전혀 의심할 건더기가 없다는 듯이 물속으로 풍덩 뛰어들더니 반대편 개울가로 헤엄쳐가기 시작했다. 베스도 리핏을 따라 물속으로 뛰어들어 헤엄치기 시작했다.

블루보이는 코를 치켜들고 공중에 대고 냄새를 맡기 시작했다. 리틀레드도 블루보이와 함께 바위 위에 그대로 서 있었다. 이윽고 두 마리는 바위를 되짚어 우리가 있는 쪽 시냇가로 올라섰다. 이번에도 역시 블루보이가 앞장섰다. 드디어 슬리크의 자취를 찾아낸 블루보이가 길고 큰 소리로 짖었다. 리틀레드도 맞장구를 치듯이 함께 짖었다.

헤엄을 치던 베스도 몸을 돌려 다시 이쪽으로 되돌아왔다. 리핏만이 어쩔 줄 몰라 하면서 시냇가 저쪽에서 아래위로 뛰어다니고 있었다. 리핏은 짖기도 하고 끙끙거리기도 하다가, 땅에 코를 대고 왔다 갔다 뛰어다니기도 했다. 리핏은 블루보이가 짖는 소리를 듣고 나서야 다이빙이라도 하듯이 물속에 첨벙 뛰어들어 헤엄을 쳤다. 어찌나 텀벙거리면서 헤엄을 치는지 머리 꼭대기까지 물보라가 일었다. 개

burrs out of my hair.

Granpa said he knowed ol' Slick would pull that trick, and that's why he chose the place for us to set. He said that, without a doubt, ol' Slick had set close by and watched the dogs his own self.

Granpa said the reason ol' Slick had waited so long for the hounds to get close is that he wanted his scent to be fresh on the rocks, figuring that the hounds' feelings would take over from their sense, when they got excited. It worked too, with ol' Rippitt and Bess; but not with Blue Boy and Little Red.

Granpa said he had many's the time seen that same kind of thing, feelings taking over sense, make as big a fools out of people as it had ol' Rippitt. Which I reckin is so.

It had broke day and I hadn't even noticed. Me and Granpa moved down to the creek bank clearing and et our sour biscuits and meat. The dogs was baying back around and coming along the ridge in front of us.

The sun topped the mountain, sparkling the trees across the creek and brought out brush wrens and a red cardinal.

Granpa slid his knife under the bark of a cedar tree and made a dipper by twisting one end of the bark. We dipped

울가로 올라선 리핏은 그제서야 다른 개들을 뒤쫓아갔다.

할아버지와 나는 그야말로 배꼽을 잡고 웃었다. 너무 심하게 웃다가 언덕에서 굴러 떨어질 뻔했을 정도였다. 나는 소나무 줄기에다 발을 버티고 앉아 있었는데, 웃느라고 발에 힘이 풀리는 바람에 그만 도꼬마리 덤불 속에 처박히고 말았던 것이다. 할아버지가 나를 일으켜 세우고 머리에 붙은 가시 열매들을 떼주었지만 그 사이에도 우리는 웃는 것을 멈추지 않았다.

할아버지는 슬리크가 그런 속임수를 쓸 거라는 걸 미리 알고 계셨다고 한다. 그 때문에 그 자리에 앉아서 기다리고 있었다는 것이다. 그리고 슬리크도 근처 어딘가에 앉아서 개들의 모습을 지켜보고 있었을 게 틀림없다고 하셨다.

슬리크가 그렇게 오랫동안 개들이 가까이 오기를 기다렸던 것은 돌들에 자기 냄새를 뚜렷하게 남기기 위해서였다. 슬리크는 개들이 흥분하면 감각보다 감정이 앞선다는 것을 알고 있었던 것이다. 사실 리핏과 베스의 경우에는 그 예측이 맞아떨어졌다. 하지만 블루보이와 리틀레드는 그렇지 않았다.

할아버지는 예전에도 이런 일을 많이 봤다고 하셨다. 사람들 중에도 감정이 앞서는 바람에 리핏처럼 사람들의 조롱거리가 되는 경우가 많다고 하시면서. 내가 생각해도 그럴 것 같았다.

벌써 날이 밝았는데도 나는 깨닫지 못하고 있었다. 시냇가 빈 터로 내려와 자리를 잡은 우리는 건빵과 고기를 먹었다. 개들은 우리 뒤쪽에서 한 바퀴 빙 돌아가며 짖어대더니, 이제는 우리 앞에 보이

water from the creek, cold, where you could see the pebbles on the bottom. The water had a cedary taste that made me hungrier, but we had et all the biscuits.

Granpa said ol' Slick might come up the farther creek bank this time, and we would get to see him again; but we would have to sit quiet. I didn't move, not even when the ants crawled up on my foot, though I wanted to.

Granpa saw them, and said it was all right to brush them off—ol' Slick wouldn't see me do that. Which I did.

In a little while the hounds were below us again, down the creek, and then we saw him, lazying up the creek bank on the other side with his tongue hanging out. Granpa give a low whistle and ol' Slick stopped and stared across the creek at us. He stood there a minute, with his eyes crinkled up like he was grinning at us; then he snorted and trotted on out of sight.

Granpa said ol' Slick snorted because he was disgusted, being caused all this inconvenience. I remembered ol' Slick had it coming to him.

Granpa said some fellers told that they had heard about foxes "swapping out," but he had ac'tually seen it. He said years ago, he had been fox trailing and was sittin' on a

는 산등성이로 와 있었다.

산꼭대기 위에 올라선 아침 햇살에 계곡을 가로질러 서 있던 나뭇잎들이 반짝이고, 굴뚝새와 홍관조가 깨어 일어났다.

할아버지는 칼로 베어낸 삼나무 껍질의 한쪽 끝을 비틀어 국자 모양으로 만들었다. 우리는 그걸로 차고 맑은 계곡물을 떠 마셨다. 물이 어찌나 맑은지 개울 바닥의 자갈 하나하나가 또렷이 보였다. 삼나무 맛이 나는 그 물을 마시니 배가 더 고픈 것 같았다. 하지만 이제 건빵은 남아 있지 않았다.

할아버지는, 슬리크 놈을 다시 한 번 보게 될 텐데 이번에는 맞은편 개울가에 모습을 나타낼 것이다, 하지만 절대 움직이지 말고 가만히 앉아 있어야 한다고 주의를 주었다. 개미가 내 발 위로 기어올랐지만 나는 꾹 참고 가만히 있었다.

할아버지가 그 모습을 보셨다. 할아버지는 개미를 털어내는 건 괜찮다, 그 정도는 슬리크도 못 볼 거라고 하셨다. 그래서 나는 개미를 발에서 털어낼 수 있었다.

잠시 뒤 개들이 다시 시내 아래쪽에 나타났다. 그때 우리 눈에 슬리크의 모습이 들어왔다. 여우는 혀를 길게 빼문 채 맞은편 시냇가를 느릿느릿 올라오고 있었다. 할아버지가 낮게 휘파람을 불자 슬리크는 걸음을 멈추고 시내 너머에 있는 우리를 뚫어지게 쳐다보았다. 눈을 가늘게 뜨고 1분 정도 그 자리에 서 있던 여우는 우리를 비웃듯이 코를 킁킁거리며 총총걸음으로 사라져버렸다.

슬리크가 코를 킁킁거린 건 이런 번잡한 일을 만들어낸 자기 자신

hillock above a meadow clearing. He said the fox, a red one, come along with the hounds behind him and stopped at a hollow tree and give a little bark. He said another fox come out of that hollow tree, and the first one got in. Then the second fox trotted off, leading the dogs on the trail. He said he moved close to that tree and could hear that ol' fox actually snoring while the hounds was passing a few feet from him. He said that ol' fox had so much confidence in hisself that he didn't give a lick-damn how close them dogs come around him.

Here comes Blue Boy and the pack up the creek bank. They bayed every step or two ... it was a strong trail. They passed out of sight and in a minute, one bay split off from the rest and broke up into yelps and howls.

Granpa cussed. He said, "Damn! Ol' Rippitt is trying to cut acrost again and cheat on ol' Slick. He's gone and got hisself lost." In the mountains, such is known as a "cheater hound."

Granpa said we would have to set up a hollering and baying ourselves to guide ol' Rippitt back to us, and that would call off the trailing, because the other dogs would come too. So we did.

한테 진절머리가 났기 때문이라는 게 할아버지의 설명이었다. 나는 슬리크가 당연히 치러야 할 대가를 치른 거란 생각이 들었다.

할아버지는 여우가 '둔갑술'을 부린다는 이야기를 들었다고 말하는 사람들이 있는데, 사실 당신은 실제로 그걸 본 적이 있다고 하셨다. 몇 년 전 여우몰이를 나갔다가 풀밭 위쪽에 있는 언덕에 앉아 있을 때였다고 한다. 얼마 안 있어 붉은여우가 개들한테 쫓겨서 달려오더니 속이 빈 나무 앞에서 멈추었다. 그놈이 나무 앞에서 두세 번 짖자 그 빈 나무 속에서 다른 여우 한 마리가 나왔다. 그러자 첫 번째 놈은 나무 속으로 들어가고 두 번째 놈이 쫓아오는 개들을 끌고서 총총걸음으로 달아났다. 할아버지가 나무 곁으로 가보니 그 속에서 여우의 코 고는 소리가 들리더란다. 개들이 바로 코앞을 지나가고 있었는데 말이다. 자신의 잔재주에 얼마나 자신이 있었던지 개들이 그렇게 가까이 지나가도 여우는 쥐뿔도 신경을 안 쓰더라는 것이다.

시내 둑 위로 블루보이와 다른 개들이 모습을 드러냈다. 개들은 한두 걸음마다 계속 짖어댔다…… 그만큼 여우의 체취가 강했던 것이다. 개들이 다시 시야에서 사라졌다. 그런데 얼마 안 있어 무리에서 떨어졌는지 한 마리만 심하게 짖어대기 시작했다.

할아버지가 욕설을 퍼부었다.

"개자식! 리핏 놈! 잘난 척 나서더니 슬리크한테 속았구나. 가다가 길을 잃다니." 산에서는 이런 개들을 '사기꾼 개'라고 부른다.

리핏이 우리 있는 쪽으로 찾아오도록 하려면 큰 소리로 고함을 질러 신호를 보낼 수밖에 없었다. 그러면 다른 개들도 그 소리를 듣고

I couldn't give the long holler like Granpa—it was almost like a yodel—but I did tolerable well, Granpa said.

In a little while here they come, and ol' Rippitt was ashamed of what he had done. He hung back behind the others; hoping, I reckin, that he would pass unnoticed. Granpa said it served him right and maybe this time it would learn him that you can't cheat without making unnecessary trouble for yourself. Which proves out as reasonable.

The sun had slanted into the afternoon when we left Hangin' Gap, back down the Narrows toward home. The dogs dragged their feet in the trail and I knew they were tired. I was too and would have had a hard time making it if Granpa hadn't been so tuckered that he walked along slow.

It was dusk evening when we sighted the cabin clearing and Granma. She was out on the trail to meet us. She picked me up, though I could have made it, and put an arm around Granpa's waist. I guess I was tuckered, for I fell asleep on her shoulder and didn't know when we got to the cabin.

우리한테로 올 것이다. 결국 이쯤에서 우리는 여우몰이를 포기해야 했다.

나는 도저히 할아버지처럼 길게 소리를 지를 수 없었다. 그 소리는 요들송하고 비슷했다. 하지만 할아버지는 나도 숨을 꽤 잘 참는 편이라고 칭찬해주셨다.

얼마 후에 개들이 우리 있는 곳으로 왔다. 리핏은 자기 행동이 부끄러웠는지 슬금슬금 다른 개들 꽁무니에 가 숨었다. 아마 그러면 안 보일 거라고 생각하는 것 같았다. 할아버지는 이번 일이 리핏한테 도움이 될 거라고 하셨다. 이번 일만 보더라도 알 수 있듯이 다른 사람을 속이려 하면 도리어 자기 자신이 곤란에 빠지게 된다는 걸 깨달았을 거라고 하시면서. 사실 그랬다.

우리가 하늘협곡을 떠난 것은 오후가 되고 나서였다. 우리는 칼길을 따라 집으로 걸어 내려갔다. 개들은 다리를 질질 끌면서 느릿느릿 걸었다. 지쳐서 그랬던 것이다. 나도 피곤했다. 만일 할아버지가 그렇게 어슬렁거리면서 천천히 걷지 않으셨더라면 도저히 따라잡을 수 없었을 것이다.

오두막집의 빈 터와 할머니가 우리 눈에 들어온 것은 저녁 땅거미가 깔릴 무렵이었다. 할머니는 우리를 마중하려고 길까지 나와 계셨다. 아직 걸을 힘이 남아 있었는데도 할머니는 나를 안아주셨다. 나머지 한쪽 팔은 할아버지의 허리에 두르신 채. 피곤하긴 무척 피곤했나보다. 어느새 할머니 어깨에 기대어 곯아떨어진 나는 언제 오두막집에 도착했는지도 몰랐다.

"I Kin Ye, Bonnie Bee"

$\mathcal{L}$ooking back, I guess me and Granpa was pretty dumb. Not Granpa, when it came to mountains or game or weather or any number of things. But when you got into words and books and such, well, me and Granpa took the decision to Granma. She straightened it out.

Like the time the lady asked us for directions.

We had been to the settlement and was on our way back home, and pretty heavy loaded. We had so many books that we split them up. Granpa was put out about the number of books. He said the librarian was pushing too many on us every month, and he was getting different people tangled up in the stories.

For the past month he had been arguing that Alexander the Great sided with the big bankers at the Continental Congress and tried to undercut Mr. Jefferson. Granma had been telling him that Alexander the Great was not politicking at that time, and as a matter of fact, was not living at

"당신을 사랑해, 보니 비"

돌이켜보면 할아버지와 나는 말수가 적은 편이었던 것 같다. 물론 할아버지는 산이나 사냥, 날씨를 비롯한 몇몇 문제들에 대해서는 전혀 그렇지 않았다. 하지만 단어라든가 책 같은 것들이 문제가 될 때면 할아버지와 나는 모든 판단을 할머니에게 맡겨버렸다. 그러면 할머니는 그때마다 명쾌한 결론을 내려주곤 하셨다.

웬 부인이 길을 물어본 경우만 해도 그랬다.

할아버지와 나는 개척촌에 갔다가 집으로 돌아오던 중이었다. 손에 든 짐이 꽤 무거운 편이었다. 책이 하도 많아서 둘이서 나눠 들고 오고 있었던 것이다. 할아버지는 책이 너무 많다고 투덜대셨다. 도서관 사서가 매달 갈 때마다 너무 많은 책을 내놓는 바람에 이야기에 나오는 사람들이 뒤엉켜서 뒤죽박죽되고 말았다는 것이다.

지난 한 달 내내 할아버지는 알렉산더 대왕이 대륙회의[5]에서 대은행가 편을 들어 제퍼슨 씨를 깎아내리려 했다고 우기셨다. 할머니가 알렉산더 대왕은 그 시대의 정치가가 아니며, 사실 그 당시에는 살아 있지도 않았다고 설명해주었지만, 할아버지는 조금도 고집을 꺾지 않으셨다. 할 수 없이 우리는 알렉산더 대왕에 대해 쓴 책을 다시 한 번 빌려 보기로 했다.

that time. But Granpa had it stuck in his mind, so we had to get the book back on Alexander the Great.

Granpa was tolerable sure that the book would prove out as to what Granma said. I was tolerable sure myself as I had never known Granma to miss when it come to knowing what was in books.

So, in the back of our minds, all the time, we knew Granma was right and Granpa had come down pretty heavy on the idea that it was getting too many books that was the cause of the confusion. Which sounded reasonable to me.

Anyhow, I was carrying one of Mr. Shakespeare's books and the dictionary, along with the can of coal oil. Granpa had the rest of the books and a can of coffee. Granma loved coffee and I figured, like Granpa, that the coffee would help out when we got to Alexander the Great, for the entire thing had been a worriment to Granma for the solid month.

We was on the road from the settlement, me walking behind Granpa, when a big black car pulled up beside us and stopped. It was the biggest car I had ever seen. There were two ladies and two men in the car, and it had glass windows that slid right down into the door.

그 책을 보면 할머니 말이 사실로 드러나리란 건 할아버지도 잘 알고 계셨다. 나 역시 책에서 알게 된 것 중에서 할머니가 틀리는 일은 한 번도 본 적이 없었다.

사실 우리 마음 깊은 곳에서는 언제나 할머니가 옳다는 것을 알고 있었다. 할아버지는 책을 너무 많이 읽는 게 혼란의 원인이라는 쪽으로 생각을 굳히고 계셨다. 나 역시 그 생각에 동감이었다.

어쨌든 그날 나는 석유통과 함께 셰익스피어 씨의 책 한 권과 사전을 양손에 나눠 들었고, 할아버지는 나머지 책들과 커피 한 통을 들고 가셨다. 커피는 할머니가 좋아하셨다. 그래서 할아버지 생각에도 그랬지만 내 생각에도, 한 달 내리 할머니 속을 썩인 알렉산더 대왕에 대한 문제도, 할머니가 커피 한 잔만 마시고 나면 멋지게 해결될 것 같았다.

으레 그렇듯이 개척촌에서 이어진 길을 할아버지는 앞장서고 나는 그 뒤에서 걷고 있을 때였다. 갑자기 커다란 검은색 승용차 한 대가 우리 옆으로 다가오더니 멈춰 섰다. 지금까지 한 번도 본 적이 없을 만큼 큰 차였다. 차 안에는 여자 두 사람과 남자 두 사람이 앉아 있었다. 그 차는 문짝 속으로 똑바로 미끄러져 들어가는 유리창을 가지고 있었다.

나는 전에는 한 번도 그런 걸 본 적이 없었다. 할아버지 역시 그랬다. 그래서 우리 두 사람은 그 여자가 손잡이를 돌려 유리를 완전히 내릴 때까지 뚫어져라 그것만 쳐다보고 있었다. 나중에 할아버지는 가까이에서 자세히 들여다보고는 문 사이에 가는 틈이 있어서 그 틈

I had never seen such before, nor had Granpa, for we both watched the window while it slid out of sight as the lady cranked on it. Later, Granpa told me that he inspected it right close and there was a narrow slit in the door that allowed the glass to go down. I didn't see it, for I was not tall enough.

The lady was fine dressed with rings on her fingers and big bobbles that hung down from her ears.

"Which way do we go to get to Chattanooga?" she asked, and you couldn't hardly hear the motor running on the car.

Granpa set the coffee can down on the ground and balanced his books on top of it so they wouldn't get dirty. I set down my coal oil can; for Granpa always said that if you was spoken to, treat such with proper respect and give full attention to what was being said. After we had done that, Granpa lifted his hat to the lady, which seemed like it made her feel bad for she hollered at Granpa, "I said, which way do we go to get to Chattanooga? Are you deef?"

Granpa said, "No, ma'am, my hearin' and health is fine today, thank ye. How's your'n?" And Granpa meant it; for it was custom to inquire about such as how people was

으로 유리가 들어가게 되어 있더라고 알려주셨다. 나는 키가 작아서 그것까지는 볼 수 없었다.

손가락에 반지를 몇 개씩 낀 그 부인은 멋진 옷을 입고 귀에는 커다란 귀걸이를 달고 있었다.

"채터누가로 가려면 어디로 가야 해요?" 그 여자는 이렇게 물었다. 자동차 모터가 덜덜거리는 소리는 거의 들리지 않았다.

할아버지는 커피통을 바닥에 내려놓고 책들을 더럽히지 않으려고 그 위에다 잘 놓았다. 나는 나대로 석유통을 내려놓았다. 왜냐하면 다른 사람이 말을 걸어왔을 때, 나름의 예의를 표하면서 무슨 말을 하는지 잘 새겨들으려면 그렇게 해야 하는 것이라고 할아버지가 누누이 가르쳐주셨기 때문이다. 어쨌든 그렇게 하고 난 후, 할아버지는 그 부인을 바라보면서 모자를 들어 보였다. 하지만 그게 비위를 건드렸는지 그 여자는 할아버지에게 고함을 버럭 질렀다. "내가 물었잖아요? 채터누가로 가는 길이 어디냐니까? 당신 귀머거리예요?"

"아닙니다, 부인. 오늘은 귀도 잘 들리고 몸 상태도 아주 좋습니다. 고맙습니다. 부인은 어떠십니까?" 사실 이런 때 상대방 안부를 물어보는 것은 예의가 아닌가! 할아버지가 한 일은 그 이상도 그 이하도 아니었다. 그런데도 그 부인은 할아버지 말에 화가 머리끝까지 치민 것처럼 행동했다. 우리는 깜짝 놀랐다. 아니, 그 여자가 그랬던 건 우리 때문이 아니라 차 안에 탄 다른 사람들이 다른 일로 키득거리며 그 여자를 놀렸기 때문인지도 몰랐다.

그 여자는 더 큰 소리로 악을 썼다. "도대체 우리한테 채터누가로

feeling. Me and Granpa was a little surprised when the woman acted like it made her mad, but that could have been because the other folks in the car was laughing at something she must have done.

She hollered louder, "Are you going to tell us how to get to Chattanooga?"

"Why yes, ma'am," Granpa said. "Well," the lady said, "tell us!"

"Well," Granpa said, "first off, ye're headed wrong, which is east. Ye want to go west. Now not dead west, but sly off jest a shade to the north, about where that big ridge is, over yonder ... and that ought to take ye there." Granpa lifted his hat again, and we bent to take up our loads.

The lady stuck her head out of the window. "Are you for real?" she hollered. "What road do we take?"

Granpa straightened up, surprised. "Why, I reckin whichever one goes west, ma"am—bearing in mind to sly off toward the north."

"What are you, a couple of foreigners?" the lady hollered.

Now this set Granpa back; it did me too, for I had never heard that word, and I don't think Granpa had either. He looked at the lady for a dead minute, and then he said, real

가는 길을 가르쳐줄 거예요, 말 거예요?"

"아, 물론 가르쳐드립죠."

"자, 그럼 말해봐요!" 그 여자가 다시 명령조로 고함을 질렀다.

"에, 뭣보다도 방향을 잘못 잡았어요. 동쪽으로 가고 있잖아요. 그곳은 서쪽으로 가야 하거든요. 하지만 똑바로 서쪽은 아니니까 방향을 조금만 더 북쪽으로 틀면 되겠군요. 저 멀리 큰 산이 보이지요? 저 산허리를 돌아서 쭉 가면…… 채터누가에 도착하게 됩니다." 말을 끝낸 할아버지는 다시 모자를 들어 보였다. 그런 다음 우리는 허리를 굽혀 짐을 집어들었다.

그런데 그 여자가 창문 밖으로 머리를 쑥 내밀더니 악을 쓰듯 고함을 질렀다. "우리한테 가르쳐준 길이 진짜로 맞아요?"

할아버지는 깜짝 놀라서 굽혔던 몸을 벌떡 일으켰다. "예? 서쪽으로 가는 길은 저 길인데요, 부인. 약간 북쪽으로 꺾어져야 한다는 걸 잊지 마십시오."

"당신들 두 사람 말이지, 외지인들 아냐?" 그 여자가 버럭 따지듯이 물었다.

그 말에 할아버지가 그 여자 쪽을 향해 다시 몸을 돌렸다. 나도 그랬다. 전에는 한 번도 그런 말을 들어본 적이 없었기 때문이다. 내 보기에는 할아버지도 그런 것 같았다. 잠시 그 여자 얼굴을 뚫어지게 쳐다보던 할아버지가 입을 열었다. 낮지만 단호한 말투였다. "그럴 거요."

그 큰 차는 붕 하고 가버렸다. 차 방향도 바꾸지 않고 오던 그대로 동쪽으로 가버렸다. 틀린 길로 간 것이다. 할아버지는 머리를 흔들

firm, "I reckin."

The big car taken off, still headed the way it had been going, which was east, and the wrong way. Granpa shook his head and said in his seventy-odd years, he had struck up with some crazy people, but the lady proved up to any of them. I asked Granpa if she could have been a politician, but he said he had never heard of a lady being a politician—though she could have been the wife of one.

We turned off onto the wagon ruts. Always, on the way back from the settlement, when we got on the wagon ruts, I commenced to think of something to ask Granpa. He always stopped when he was spoken to, as I say, to give full consideration to whatever was said. This gave me a chance to catch up. I reckin I was little for my age (five going on six) for the top of my head come just above Granpa's knees, and I was always in a continual trot behind him.

I had fallen back a good ways and was trotting hard, so I had to might near holler, "Granpa, have ye ever been to Chattanooga?"

Granpa stopped. "Noooo," he said, "but I nearly went there oncet." I caught up and set down my coal oil can.

면서, 당신이 칠십여 년을 살면서 이런저런 미친 사람들을 많이 만났지만 저 여자는 그중에서도 유별나다고 하셨다. 내가 할아버지에게 그 여자가 정치가일지도 모른다고 하자, 할아버지는 "여자 정치가가 있다는 말은 지금껏 들어본 적이 없다. 정치가의 마누라일지는 모르겠지만"이라고 하셨다.

우리는 다시 바퀴자국을 밟으면서 걷기 시작했다. 개척촌에서 돌아올 때면 나는 언제나 할아버지에게 물어볼 이런저런 것들을 생각해내곤 했다. 내가 말을 걸면 할아버지는 항상 걸음을 멈추셨다. 앞에서 말했듯이 다른 사람이 말하는 걸 잘 새겨들으려고 그렇게 하시는 것이다. 나는 그 틈을 이용해 할아버지를 따라잡곤 했다. 그즈음의 나는 (얼마 안 있으면 만 여섯 살이 될 나이였는데도) 나이에 비해 몸집이 작았다. 머리꼭지가 할아버지 엉덩이에 간신히 닿을 정도였으니 말이다. 그래서 할아버지 뒤를 따라가려면 거의 항상 종종걸음으로 달리다시피 걸어야 했다.

그때도 꽤 힘들게 종종걸음을 치는 판인데도 할아버지와의 사이가 꽤 벌어져 있었다. 그래서 나는 거의 고함을 지르다시피 하여 할아버지를 불러세웠다. "할아버지! 할아버지는 채터누가에 가보셨어요?"

"아니." 할아버지가 걸음을 멈추고 말씀하셨다.

"하지만 거의 갈 뻔했던 적은 한 번 있었지." 드디어 나는 할아버지를 따라잡아 석유통을 잠시 길바닥에 내려놓을 수 있었다.

"지금부터 한 20년 전쯤 됐을 거야…… 아니, 30년 전이던가. 하

"Must have been twenty ... maybe thirty years ago, I reckin," Granpa said. "I had an uncle, Enoch was his name, youngest of Pa's brothers. He was gittin' age on him, and when he liquored up would ofttimes git addled in the head and wander off. Well, Uncle Enoch disappeared which he oft did on high lonesomes, back in the mountains, but this time it stretched out to three er four weeks. Set us to sending inquiries with travelers. Word come back that he was in Chattanooga, in jail. I was set to go and fetch him out, when he showed up at the cabin."

Granpa paused to give thought to it, and begun to laugh. "Yessir, he showed up barefooted, with nothing but some old floppy britches on that he had to hold up with one hand. He looked like he had been set upon by boar 'coons ... he was that skint up. Turned out, he had walked back ever step of the way through the mountains." Granpa stopped to laugh, and I set down on the coal oil can, which rested my legs.

"Uncle Enoch said he had got liquored up and didn't recollect about how he got there; but he woke up in a room in a bed with two women. He said he had just commenced to climb out of bed and disassociate hisself from them when a

여간 에녹이라는 할아버지 삼촌이 있었어. 막내삼촌이었지. 그 삼촌은 꽤 나이가 들어서까지도 술에 취하면 온 천지를 헤매고 다니는 버릇이 있었어. 술에 취하면 머릿속이 엉망진창으로 엉클어졌던 것 같아. 에녹 삼촌이 술에 취해서 산속 깊숙이 사라져버리는 일은 전에도 자주 있었지. 그런데 이번에는 3주가 지나도, 4주가 지나도 돌아오지 않는 거야. 행상들을 통해 여기저기 수소문해봤더니 그 삼촌이 채터누가의 감옥에 있다는 말이 들려오지 않겠어? 그래서 내가 가서 데려오려고 집을 막 나서려던 참인데, 삼촌이 집 안으로 불쑥 들어서지 않겠니?"

할아버지는 그때의 일이 떠오르는지 잠시 말을 중단하고 웃기 시작하셨다. "그래, 맨발에다가 걸친 거라곤 낡고 헐렁헐렁한 바지 하나뿐이었어. 그것도 흘러내리지 않게 한 손으로 부여잡고 있어야 했으니…… 너구리한테 쥐어뜯기라도 한 것처럼 온몸이 상처투성이였고…… 나중에 들어보니까 줄곧 산속을 걸어서 집으로 돌아왔다는 거야." 할아버지가 다시 웃음을 터뜨리는 바람에 이야기는 또 한 번 끊어졌다. 덕분에 나는 석유통 위에 앉아서 느긋하게 다리를 쉴 수 있었다.

"에녹 삼촌 말로는 얼마나 취했던지 자기가 어떻게 채터누가까지 갔는지 도무지 기억이 안 나더라는 거야. 그런데 깨어보니 웬 방 안 침대 위에 누워 있더래. 자기 양옆으로 여자 두 명이 함께 누워 있고 말이야. 후닥닥 침대에서 내려와 그 여자들한테서 달아나려는데, 갑자기 문이 쾅 하고 열리더니 웬 덩치 큰 사내가 뛰쳐들어와 미친

banging set up on the door and a big feller busted in. The feller was mad and said one of the women was his wife and the other'n was his sister. Seems like Uncle Enoch had somehow or other got associated with practical the entire family.

"Uncle Enoch said the women set up and commenced to holler fer him to pay the feller something, and said the feller was hollering, and Uncle Enoch was casting about trying to find his pants. Though he doubted there was any money in the pockets, he knowed he had a cuttin' knife; fer the feller 'peared like he meant business. But he couldn't find his pants, having no way in the world of knowing what he done with them, and there was nothing else fer him to do so he leapt out a window. Trouble was, the window was two stories up, and Uncle Enoch hit spraddled out in gravel and rock; that's how he got skint up.

"He hadn't a stitch of clothes on, but he found a window shade, having brought it down with him. He said he wrapped the window shade 'round his private parts, and set about to hide until dark. Trouble was, he couldn't find no place to hide; stepped out slap in the middle of a bunch of folks rushing around this-a-way and that. He said they

듯이 화를 내더라는 거야. 여자 한 명은 자기 마누라고, 다른 한 명은 자기 여동생이라고 하면서 말이야. 그랬으니 어쨌거나 에녹 삼촌은 그 자리에서 그 집 식구를 전부 만나본 게 아닌가 싶어."

"에녹 삼촌 말로는 여자들은 여자들대로 일어나서 그 남자한테 돈을 좀 집어주라고 고함을 지르고, 남자는 또 남자대로 계속 소리를 지르고 해서 정신이 하나도 없었다더군. 그 와중에도 에녹 삼촌은 바지를 찾으려고 바닥을 이리저리 기어다녔대. 돈이 있을 것 같지는 않았지만 주머니에 칼이 들어 있다는 건 알고 있었거든. 그 덩치 큰 사내놈이 뭔 일이라도 저지를 것처럼 하도 풀세게 날뛰니까 말이야. 그런데 아무리 찾아도 바지가 안 보이는 거야. 어디다 벗어뒀는지 생판 기억도 나지 않고 말이야. 그러니 다른 무슨 뾰족한 방법이 있었겠어? 창문을 넘어서 달아나는 수밖에. 그런데 그게 문제였던 거야. 그 창문은 2층방 창문이었거든. 거기다 길바닥은 자갈과 돌멩이투성이였으니 살갗이 많이 까졌지."

"삼촌은 실오라기 한 올 걸치지 않은 상태였는데, 보니까 손에 커튼 쪼가리가 쥐여 있더래. 뛰어내릴 때 붙잡았다가 찢어진 거였겠지. 그걸 허리에 두르고는 어두워질 때까지 숨어 있으려 했는데 적당한 곳이 한 군데도 없었다지 뭐냐. 그래서 길 한복판에서 이리 뛰고 저리 뛰고 하다가 다행히 사람들이 몰려 있는 곳에 끼어들긴 했는데, 이 사람들이 또 예의라곤 전혀 모르는 사람들이어서 다시 다른 쪽으로 달아나려고 했지. 그런데 그때 그만, 경찰이 와서 감옥으로 끌고 가더라는 거야."

had no manners atall and he liked to got run over twicet. The law got him and put him in jail.

"The next morning, they give him some pants and a shirt and shoes too big fer him, and put him out with some more fellers sweeping up the streets. Uncle Enoch said they was less than a round dozen of them, all told, doing the sweeping, and he didn't see any way in the world they could ever git that place cleaned up. He said people was throwing things down on the streets faster than they could sweep it up. He said he saw no point atall to the thing, and determined he would leave. First chancet he got, he broke and run. Feller grabbed his shirt, but he run out of it; run out'n his shoes too, but he held up his pants. He said he run into some trees and hid out 'til dark, when he got his bearings by the stars and struck out fer home. Taken him three weeks to make it acrost the mountains, grazing on acorns and hickor'nuts like a hog. Cured Uncle Enoch's liquoring ... wouldn't never go near a settlement again, far as I know. Nope," Granpa said, "I never been to Chattanooga; ain't goin' neither."

I made up my mind right then that I wasn't ever going to Chattanooga myself.

"다음 날 아침이 되자 그 사람들이 바지하고 윗도리하고 신발을 줬는데, 너무 커서 맞는 게 하나도 없었다는구나. 그러고는 거리 청소를 하라고 다른 사람들하고 같이 내몰더래. 에녹 삼촌 말로는 열 명 남짓 되는 사람들이 청소하는 걸로는 평생 가도 깨끗해질 것 같지 않은 거리로 말이야. 청소하는 것보다 훨씬 더 빠른 속도로 사람들이 거리에다 쓰레기를 버려대는 판이었으니. 이러다간 죽을 때까지 가도 일이 끝나지 않겠다고 생각한 삼촌은 결국 내빼기로 작정을 했지. 그렇게 작정을 하고 나서 얼마 안 됐을 때, 기회다 싶은 순간이 왔어. 삼촌은 잽싸게 빗자루를 집어던지고 달렸지. 웬 남자가 뒤에서 셔츠를 잡아당겼지만 뿌리치고, 신발도 벗어던지고. 하지만 바지만은 꼭 붙잡고 죽을 둥 살 둥 달렸다더군. 아무도 따라오지 않는 걸 확인한 삼촌은 숲 속에 가만히 숨어서 어두워질 때를 기다렸어. 별이 뜨면 집으로 오는 방향이 어느 쪽인지 알 수 있으니까 말이야. 그렇게 해서 몇 개나 되는 산을 넘어 집까지 오는 데 꼬박 3주가 걸렸다더구나. 돼지처럼 도토리하고 히커리 열매만 주워먹으면서 말이야. 혼쭐이 난 에녹 삼촌은 그 다음부터는 절대 술을 안 마셨지…… 그리고 내가 알기로는 개척촌 근처에는 두 번 다시 가지 않았어. 암! 그리고 나도 채터누가에는 절대로 가지 않았단다."

할아버지 이야기를 듣고 나도 채터누가에는 절대 가지 않겠다고 마음먹었다.

그날 밤 저녁 식사를 하고 있을 때, 갑자기 할머니에게 물어볼 것이 생각났다. "할머니, 외지인이란 게 뭐예요?"

We was at supper that night when it crossed my mind to ask Granma and so I said, "Granma, what is foreigners?"

Granpa stopped eating, but he didn't look up from his plate. Granma looked at me and then at Granpa. Her eyes twinkled. "Well," she said, "foreigners is people that happen to be someplace where they wasn't born."

"Granpa said," I explained, "that he reckined we was foreigners." And I told about the lady in the big car and how she had said we was foreigners, and Granpa said he reckined. Granpa pushed his plate back. "I reckined that we wasn't borned down there on the side of the road, which made us foreigners to them parts. Anyhow it's another one of them dadblamed words [he always used "dadblamed" instead of "damn" in front of Granma] that we can do without. There is, I have always said, too dadblamed many words."

Granma agreed that there was. Granma didn't want to get into the word business. She had never, for example, got the words "knowed" and "throwed" disentangled with Granpa. He said that "knew" was something you got which nobody had ever used, and that the word, therefore, was "knowed." And he said "threw" was how you got from one

할아버지가 잡수시던 손을 잠시 멈추었지만 접시에서 얼굴을 들지는 않았다. 나를 쳐다보고 난 할머니는 할아버지에게로 얼굴을 돌렸다. 할머니의 눈이 반짝 빛났다. "아, 외지인이란 건 자기가 태어나지 않은 곳에 들른 사람을 말하는 거란다."

"할아버지가요, 우리가 외지인일 거라고 하셨거든요." 나는 할머니에게 이렇게 말하고 나서, 커다란 차에 타고 있던 여자가 우리더러 외지인이 아니냐고 했고, 할아버지는 그럴 거라고 했다는 이야기를 해드렸다. 드디어 할아버지가 먹던 접시를 밀어놓으셨다.

"아니, 내 말 뜻은 우리가 그따위 길가에서 태어난 건 절대 아니니까 그 사람들한테는 우리가 외지인이란 거였다고. 어쨌든 그런 말은 안 쓰고도 충분히 잘살 수 있는 지겨운 말들 중 하나야. 내가 늘상 그랬잖아. 지겨운 말들이 너무 많다고 말이야(할아버지는 할머니 앞에서는 '빌어먹을'이란 말 대신에 '지겨운'이란 표현을 쓰셨다)."

할머니도 그 점에는 동의하셨다. 하지만 할머니는 할아버지의 언어 문제에 끼어들고 싶어하지 않으셨다. 예컨대, 할머니는 할아버지가 'knowed'니, 'throwed'니 하는 말들을 쓰는 걸 막을 수 없었다. 할아버지 말로는 'knew'라는 것은 다른 사람이 한 번도 써보지 못한 새 물건을 가리키는 것이기 때문에, '알았다'고 할 때는 'knew'가 아니라 'knowed'가 맞다는 것이다.[6] 또 'threw'라는 건 문 이쪽에서 저쪽으로 지나갈 때 쓰는 말이라서 '던졌다'고 할 때는 'throwed'가 맞다는 것이다.[7]

세상 사람들이 쓰는 말이 줄어들면 그만큼 세상에서 일어나는 문

side of a door to the other side, and therefore it was "throwed." He wouldn't budge on it, as what he said made sense.

Granpa said if there was less words, there wouldn't be as much trouble in the world. He said privately to me that there was always some damn fool making up a word that served no purpose except to cause trouble. Which is reasonable. Granpa favored the sound, or how you said a word, as to its meaning. He said folks that spoke different words could feel the same thing by listening to the sound of music. Granma agreed with him, because that's the way they talked to each other.

Granma's name was Bonnie Bee. I knew that when I heard him late at night say, "I kin ye, Bonnie Bee," he was saying, "I love ye," for the feeling was in the words.

And when they would be talking and Granma would say, "Do ye kin me, Wales?" and he would answer, "I kin ye," it meant, "I understand ye." To them, love and understanding was the same thing. Granma said you couldn't love something you didn't understand; nor could you love people, nor God, if you didn't understand the people and God.

Granpa and Granma had an understanding, and so they

제도 줄어들 거라는 게 할아버지의 지론이셨다. 어느 땐가는 나한테만 몰래, 세상에는 으레 돼먹지 못한 멍청이들이 있게 마련이지만, 문제를 일으키는 것 말고는 아무 쓸모도 없는 말들을 만들어내는 게 바로 그 멍청이들이라고 이야기한 적도 있었다. 일리 있는 말씀이었다. 할아버지는 말의 뜻보다는 소리, 즉 말투를 더 마음에 새겨들으셨다. 할아버지는 언어가 서로 다른 민족이라도 음악을 들을 때는 같은 것을 느낀다고 주장하셨다. 할머니도 같은 생각이셨다. 또 사실 할아버지와 할머니가 이야기를 나누는 게 바로 이런 식이었다.

할머니의 이름은 보니 비(Bonnie Bee), '예쁜 벌'이었다. 어느 늦은 밤, 할아버지가 "I kin ye, Bonnie Bee"라고 말하는 걸 들었을 때, 나는 할아버지가 "I love ye"("당신을 사랑해")라는 뜻으로 말하고 있다는 걸 알았다. 그 말에서 느껴지는 분위기가 그랬던 것이다.

또 할머니가 이야기를 하다가 "Do ye kin me, Wales?"라고 물으실 때가 있다. 그러면 할아버진 "I kin ye"라고 대답하신다. 이해한다는 뜻이다. 할아버지와 할머니에게 사랑과 이해는 같은 것이었다. 할머니는 이해할 수 없는 것은 사랑할 수 없고, 또 이해하지 못하는 사람을 사랑할 수는 더더욱 없다, 신도 마찬가지라는 이야기를 하시곤 했다.

할아버지와 할머니는 서로 이해하고 계셨다. 그래서 두 분은 서로 사랑하고 계셨다. 할머니는 세월이 흐를수록 이해는 더 깊어진다고 하셨다. 할머니가 보시기에 그것은 유한한 인간이 생각하거나 설명할 수 있는 것들 너머에 있는 어떤 것이었다. 그래서 두 분은 그것을

had a love. Granma said the understanding run deeper as the years went by, and she reckined it would get beyond anything mortal folks could think upon or explain. And so they called it "kin."

Granpa said back before his time "kinfolks" meant any folks that you understood and had an understanding with, so it meant "loved folks." But people got selfish, and brought it down to mean just blood relatives; but that actually it was never meant to mean that.

Granpa said when he was a little boy his Pa had a friend who ofttimes hung around their cabin. He said he was an old Cherokee named 'Coon Jack, and he was continually distempered and cantankerous. He couldn't figure out what his Pa saw in old 'Coon Jack.

He said they went irregular to a little church house down in a hollow. One Sunday it was testifying time, when folks would stand up, as they felt the Lord called on them, and testify as to their sins and how much they loved the Lord.

Granpa said at this testifying time, "'Coon Jack stood up and said, 'I hear tell they's some in here been talking about me behind my back. I want ye to know that I'm awares. I know what's the matter with ye; ye're jealous because the 'kin'이라고 불렀다.

할아버지 설명에 따르면, 할아버지가 태어나시기 전 옛날에는 '친척(kinfolks)'이라는 말이 이해하는 사람, 이해를 함께하는 사람, '사랑하는 사람(loved folks)'이란 뜻으로 쓰였다고 한다. 그런데 사람들이 갈수록 이기적으로 되는 바람에 이 말도 단지 혈연관계가 있는 친척을 뜻하는 것으로 바뀌고 말았다. 하지만 그건 본래의 말뜻과는 아무 관계도 없었다.

할아버지가 어렸을 때 할아버지의 아버지, 즉 나에게는 증조할아버지가 되시는 분에게 친구가 한 사람 있었다. 그분은 할아버지 집에 자주 놀러 오곤 하셨다. 그분은 나이 든 체로키족으로 너구리 잭이라는 별명을 갖고 있었는데, 사실 항상 너구리처럼 심통을 부리거나 짜증을 내곤 했다. 그래서 너구리 잭의 어디가 마음에 들어서 증조할아버지가 사귀시는지 할아버지는 짐작이 가지 않았다고 하셨다.

할아버지네는 일요일이면 어쩌다 한 번씩 계곡 입구에 있는 작은 교회에 나가곤 했다. 어느 일요일, 신앙고백 시간이었다. 말하자면 주님이 자신에게 강림했다고 느끼는 사람들이 차례로 일어나서 자기 죄를 고백하고, 자신이 얼마나 주님을 사랑하는지 시험받곤 하는 시간이었던 것이다.

그런데 이 고백 시간에 너구리 잭이 갑자기 벌떡 일어났다.

"여기 있는 사람들 중에 몇몇이 내 등 뒤에서 나를 놓고 쑤군거린다는 걸 알고 있어. 난 그 사실을 똑똑히 알고 있다구. 당신들이 뭣 땜에 그러는지도 알아. 교회 임원 모임에서 나에게 찬송가 상자 열

Deacon Board put me in charge of the key to the songbook box. Well, let me tell ye: any of ye don't like it, I got the difference right here in my pocket.'"

Granpa said, shore enough, 'Coon Jack lifted his deer shirt and showed a pistol handle. He was stomping mad.

Granpa said that church house was full of some hard men, including his Pa, who would soon as not shoot you if the weather changed, but nobody raised an eyebrow. He said his Pa stood up and said, "'Coon Jack, every man here admires the way ye have handled the key to the songbook box. Best handling ever been done. If words has been mistook to cause ye discomfort, I here and now state the sorrow of every man present."

'Coon Jack set down, total mollified and contented, as was everybody else.

On the way home, Granpa asked his Pa why 'Coon Jack could get away with such talk, and Granpa said he got to laughing about 'Coon Jack acting so important over the key to the songbook box. He said his Pa told him, "Son, don't laugh at 'Coon Jack. Ye see, when the Cherokee was forced to give up his home and go to the Nations, 'Coon Jack was young, and he hid out in these mountains, and he

쇠를 맡긴 게 샘나 그렇지? 좋아, 그렇다면 모두들 잘 들어. 그게 마음에 들지 않는 사람이 있으면 지금 당장 나오라구. 내가 가진 걸로 해결해줄 테니."

아니나 다를까 너구리 잭은 사슴가죽 셔츠를 홱 젖히더니 권총 손잡이를 보여줬다고 한다. 미친 듯이 발을 쾅쾅 구르면서.

할아버지 말로는 교회 안은 증조할아버지를 포함하여 너구리 잭 정도는 너끈히 감당할 수 있는 건장한 사내들로 가득 차 있었다고 한다. 날씨가 좀 바뀌었다고 금방 총을 뽑아들 사람들은 아니었지만, 그렇다고 하더라도 아무도 나서는 사람이 없었다. 할 수 없이 증조할아버지가 일어나서 잭에게 말씀하셨다. "잭, 자네가 찬송가 열쇠를 어찌나 잘 간수하는지 여기 있는 사람들 모두가 감탄하고 있어. 지금까지 책임을 맡은 사람들 중에서 자네가 제일이래. 행여 자네 기분에 거슬리는 이상한 소문이 떠도는 일이 있다면, 내가 지금 이 자리에서 맹세하지만, 여기 있는 사람들 모두가 슬퍼할걸세."

너구리 잭은 그제야 마음이 풀리는지 만족스런 얼굴로 자리에 앉았다. 다른 사람들도 그제야 휴! 하고 한숨을 내뱉었다.

집으로 돌아오는 길에 할아버지는 증조할아버지에게 너구리 잭이 왜 그 정도 일을 가지고 흥분하는지 물어보았다. 기껏해야 찬송가 상자 열쇠가 아닌가, 그게 뭐 그렇게 중요한 일인가, 그러는 너구리 잭이 도리어 웃긴다고 하면서. 그때 증조할아버지는 할아버지에게 이렇게 말씀하셨다.

"애야, 너구리 잭을 비웃으면 안 된다. 너도 알다시피 체로키족이

fought to hold on. When the War 'tween the States come, he saw maybe he could fight that same guvmint and get back the land and homes. He fought hard. Both times he lost. When the War ended, the politicians set in, trying to git what was left of what we had. 'Coon Jack fought, and run, and hid, and fought some more. Ye see, 'Coon Jack come up in the time of fighting. All he's got now is the key to the songbook box. And if 'Coon Jack seems cantankerous ... well, there ain't nothing left for 'Coon Jack to fight. He never knowed nothing else."

Granpa said, he come might near crying fer 'Coon Jack. He said after that, it didn't matter what 'Coon Jack said, or did ... he loved him, because he understood him.

Granpa said that such was "kin," and most of people's mortal trouble come about by not practicing it; from that and politicians.

I could see that right off, and might near cried about 'Coon Jack myself.

고향에서 쫓겨나 인디언 연방으로 강제이주 당할 때 너구리 잭은 혈기왕성한 젊은이였다. 잭은 산속으로 달아나 열심히 싸웠어. 그러는 동안에 남북전쟁이 터졌는데, 잭은 이번에는 연방군(북군)을 물리치면 땅과 집을 되찾을 수 있을지 모른다고 생각했어. 잭은 또다시 열심히 싸웠지. 그러나 결과는 둘 다 패배로 끝나고 말았어. 전쟁이 끝나자 이번에는 정치가들이 들어와서 우리에게 남아 있던 얼마 안 되는 것들까지 뺏어가려고 했지. 너구리 잭은 또 싸웠어…… 그러다가는 달아나 숨고, 또다시 나와서 싸우고…… 너도 알다시피 너구리 잭은 평생 싸우는 것밖에 해온 게 없어. 이제 그놈이 갖고 있는 유일한 재산이 바로 그 찬송가 열쇠란 말이다. 네 보기에 너구리 잭이 심통을 부리는 것처럼 보였다면…… 그건 아마 이제 싸울 게 아무것도 남아 있지 않아서일 거야. 잭은 그것밖에 할 줄 모르거든."

할아버지는 이 이야기를 듣고 너구리 잭이 너무 안돼서 울 뻔했다고 하셨다. 그 다음부터 할아버지에게는 너구리 잭이 무슨 말을 하고, 어떤 행동을 하는가는 중요하지 않았다. 할아버지는 그를 사랑하게 되었던 것이다. 그를 이해할 수 있었기 때문이다.

할아버지는, 그런 게 'kin'이며, 사람들 사이에 일어나는 분쟁의 대부분은 이것을 실천하지 않기 때문에 일어난다고 하셨다. 물론 할아버지는 "아, 거기다 정치가 때문에 일어나는 분쟁도 있지만"이라고 덧붙이는 걸 잊지 않으셨다.

나는 할아버지의 말 뜻을 충분히 이해할 수 있었다. 게다가 너구리 잭 때문에 나 역시도 울 뻔했다.

To Know the Past

𝒢ranma and granpa wanted me to know of the past, for "If ye don't know the past, then ye will not have a future. If ye don't know where your people have been, then ye won't know where your people are going." And so they told me most of it.

How the government soldiers came. How the Cherokee had farmed the rich valleys and held their mating dances in the spring when life was planted in the ground; when the buck and doe, the cock and peahen exulted in the creation parts they played.

How their harvest festivals were held in the villages as frost turned the pumpkins, reddened the persimmon and hardened the corn. How they prepared for the winter hunts and pledged themselves to The Way.

How the government soldiers came, and told them to sign the paper. Told them the paper meant that the new white settlers would know where they could settle and

과거를 알아두어라

할아버지와 할머니는 내게 지난 일들에 대해 알려주고 싶어하셨다. "지난 일을 모르면 앞일도 잘 해낼 수 없다. 자기 종족이 어디서 왔는지를 모르면 어디로 가야 될지도 모르는 법"이라고 하시면서. 이 때문에 두 분은 나에게 옛날 일들에 대해 거의 다 이야기해주셨다.

정부군이 들어온 이야기며, 체로키족이 비옥한 골짜기에서 농사짓던 이야기, 생명들이 싹트는 봄이 되면 열리는 짝짓기 춤 잔치 이야기와, 수사슴과 암사슴, 수탉과 암탉이 발정 나서 새끼를 갖게 되는 이야기까지.

또 서리가 내려 호박이 무르익고 감이 발갛게 익고 옥수수가 여물어가는 늦가을 무렵이면 열리던 추수감사제 이야기와 자연의 이치에 따를 것을 맹세한 후에야 벌어졌던 겨울사냥 이야기도 빠뜨리지 않으셨다.

그중에서 정부군이 인디언들을 강제이주 시킨 이야기는 이렇다.

어느 날 정부군 병사들이 찾아와 종잇조각 하나를 내보이며 서명하라고 했다. 새로운 백인 개척민들에게 체로키족의 토지가 아닌 곳에 정착해야 한다는 사실을 알려주는 서류라고 하면서. 체로키들이 거기에 서명을 하자, 이번에는 더 많은 정부군 병사들이 대검을 꽂

where they would not take land of the Cherokee. And after they had signed it, more government soldiers came with guns and long knives fixed on their guns. The soldiers said the paper had changed its words. The words now said that the Cherokee must give up his valleys, his homes and his mountains. He must go far toward the setting sun, where the government had other land for the Cherokee, land that the white man did not want.

How the government soldiers came, and ringed a big valley with their guns, and at night with their campfires. They put the Cherokees in the ring. They brought Cherokees in from other mountains and valleys, in bunches like cattle, and put them in the ring.

After a long time of this, when they had most of the Cherokees, they brought wagons and mules and told the Cherokees they could ride to the land of the setting sun. The Cherokees had nothing left. But they would not ride, and so they saved something. You could not see it or wear it or eat it, but they saved something; and they would not ride. They walked.

Government soldiers rode before them, on each side of them, behind them. The Cherokee men walked and looked

은 총으로 무장을 하고 찾아왔다. 병사들 말로는 그 종이에 적힌 내용이 바뀌었다는 것이다. 이제 그 종이에는 체로키들이 자기들의 골짜기와 집과 산을 포기하겠다는 내용이 적혀 있었다. 체로키들은 저 멀리 해 지는 곳으로 가야 했다. 그곳에 가면 체로키들이 살도록 정부에서 선처해준 땅, 하지만 백인들은 눈곱만치도 관심을 보이지 않는 땅이 있었다.

정부군 병사들은 그 드넓은 골짜기를 총으로 빙 둘러쌌다. 밤이 되면 빙 돌아 피워놓은 모닥불이 총을 대신했다. 병사들은 체로키들을 그 원 속으로 밀어넣었다. 다른 산과 골짜기에 살고 있던 체로키들까지 끌고 와 우리 속에 든 소, 돼지처럼 계속 그 원 안으로 밀어넣었다.

이런 상태로 꽤 많은 시간이 흘렀다. 이제 체로키들을 거의 다 잡아들였다고 생각한 그들은 마차와 노새를 가져와, 체로키들에게 해가 지는 그곳까지 타고 가도 좋다고 했다. 체로키들에게 남아 있는 것은 아무것도 없었다. 하지만 그들은 마차를 타지 않았다. 덕분에 체로키들은 무언가를 지킬 수 있었다. 그것은 볼 수도 입을 수도 먹을 수도 없는 것이었지만, 그들은 그것을 지켰다. 그것을 지키기 위해서 그들은 마차를 타지 않고 걸어갔다.

정부군 병사들은 체로키들의 앞과 뒤, 양옆에서 말을 타고 갔다. 체로키 남자들은 똑바로 앞만 쳐다보고 걸었다. 땅을 내려다보지도 않았고 병사들을 쳐다보지도 않았다. 남자들 뒤를 따라 걷던 여자들과 아이들도 병사들 쪽을 쳐다보지 않았다.

straight ahead and would not look down, nor at the soldiers. Their women and their children followed in their footsteps and would not look at the soldiers.

Far behind them, the empty wagons rattled and rumbled and served no use. The wagons could not steal the soul of the Cherokee. The land was stolen from him, his home; but the Cherokee would not let the wagons steal his soul.

As they passed the villages of the white man, people lined the trail to watch them pass. At first, they laughed at how foolish was the Cherokee to walk with the empty wagons rattling behind him. The Cherokee did not turn his head at their laughter, and soon there was no laughter.

And as the Cherokee walked farther from his mountains, he began to die. His soul did not die, nor did it weaken. It was the very young and the very old and the sick.

At first the soldiers let them stop to bury their dead; but then, more died—by the hundreds—by the thousands. More than a third of them were to die on the Trail. The soldiers said they could only bury their dead every three days; for the soldiers wished to hurry and be finished with the Cherokee. The soldiers said the wagons would carry the dead, but the Cherokee would not put his dead in the wag-

기나긴 행렬의 맨 뒤쪽에는 아무 쓸모 없는 텅 빈 마차들이 덜그럭거리며 따라왔다. 체로키는 자신들의 영혼을 마차에 팔지 않았다. 땅도 집도 모두 빼앗겼지만, 체로키들은 마차가 자신들의 영혼을 빼앗아가도록 내버려두지 않았다.

백인들이 사는 마을을 지나갈 때면 백인들은 양옆으로 늘어서서 체로키들이 지나가는 모습을 지켜보곤 했다. 처음에 백인들은 덜그럭거리는 빈 마차들을 뒤에 달고 걸어가는 체로키들을 보고 멍청하다고 비웃었다. 체로키들은 웃는 사람들 쪽으로 고개를 돌리지 않았다. 그 모습을 보고 백인들도 입을 다물었다. 이제 웃는 사람은 아무도 없었다.

고향 산에서 멀어져가자 사람들이 하나둘 죽어가기 시작했다. 비록 체로키의 혼은 죽지도 약해지지도 않았지만, 어린아이와 노인들과 병자들이 그 까마득한 여행길을 견디기는 힘들었다.

처음에는 병사들도 행렬을 멈추고 죽은 사람을 묻을 시간을 주었다. 하지만 점점 더 많은 사람들이 죽어갔다. 그 수는 순식간에 몇 백 몇 천으로 불어나, 결국 전체의 3분의 1이 넘는 체로키들이 행진 중에 숨을 거두었다. 그러자 병사들은 3일에 한 번씩만 매장할 시간을 주겠노라고 했다. 하루라도 빨리 일을 마치고 체로키들에게서 손을 떼고 싶은 게 병사들의 심정이었다. 병사들은 죽은 사람들을 수레에 싣고 가라고 했지만, 체로키들은 시신을 수레에 누이지 않고, 자신들이 직접 안고 걸었다.

아직 아기인 죽은 여동생을 안고 가던 조그만 남자아이는 밤이 되

ons. He carried them. Walking.

The little boy carried his dead baby sister, and slept by her at night on the ground. He lifted her in his arms in the morning, and carried her.

The husband carried his dead wife. The son carried his dead mother, his father. The mother carried her dead baby. They carried them her dead arms. And walked. And they did not turn their heads to look at the soldiers, nor to look at the people who lined the sides of the Trail to watch them pass. Some of the people cried. But the Cherokee did not cry. Not on the outside, for the Cherokee would not let them see his soul; as he would not ride in the wagons.

And so they called it the Trail of Tears. Not because the Cherokee cried; for he did not. They called it the Trail of Tears for it sounds romantic and speaks of the sorrow of those who stood by the Trail. A death march is not romantic.

You cannot write poetry about the death-stiffened baby in his mother's arms, staring at the jolting sky with eyes that will not close, while his mother walks.

You cannot sing songs of the father laying down the burden of his wife's corpse, to lie by it through the night and to rise and carry it again in the morning—and tell his old-

면 죽은 동생 옆에서 잠이 들었다. 아침이 되면 그 아이는 다시 여동생을 안고 걸었다.

남편은 죽은 아내를, 아들은 죽은 부모를, 어미는 죽은 자식을 안은 채 하염없이 걸었다. 병사들이나 행렬 양옆에 서서 자신들이 지나가는 걸 쳐다보는 사람들에게 고개를 돌리는 일도 없었다. 길가에 서서 구경하던 사람들 중 몇몇이 울음을 터뜨렸다. 하지만 체로키들은 울지 않았다. 어떤 표정도 밖으로 드러내지 않았다. 그들에게 자신들의 마음을 내비치고 싶지 않았다. 체로키들은 마차에 타지 않았던 것처럼 울지도 않았다.

사람들은 이 행렬을 눈물의 여로라 불렀다. 체로키들이 울었기 때문이 아니다. 그들은 울지 않았다. 사람들은 그 말이 낭만적으로 들리기 때문에, 또 그 행렬을 옆에서 구경하던 사람들의 슬픔을 표현해주기 때문에, 그렇게 불렀다. 하지만 죽음의 행진은 절대 낭만적일 수 없다.

과연 누가 어미의 팔에 안긴 채 뻣뻣하게 죽어 있는 아기, 어미가 걸어가는 동안 감기지 않은 눈으로 흔들거리는 하늘을 노려보고 있는 아기를 소재로 시를 지을 수 있겠는가?

과연 누가 밤이 되면 아내의 주검을 내려놓고 온밤 내내 그 옆에 누워 있다가 아침이 되면 일어나 그 주검을 옮겨가야 하는 남편과, 장남에게 막내의 시신을 안고 가라고 말해야 하는 아버지, 그리고 쳐다보지도…… 말하지도…… 울지도…… 고향 산을 떠올리지도 않는 이들을 소재로 노래할 수 있겠는가?

est son to carry the body of his youngest. And do not look ... nor speak ... nor cry ... nor remember the mountains.

It would not be a beautiful song. And so they call it the Trail of Tears.

All of the Cherokee did not go. Some, skilled in the ways of mountains, fled far back into the bosom of her hollows, the raceways of her ridges, and lived with their women and children, always moving.

They set traps for game but sometimes dared not go back to the traps, for the soldiers had come. They dug the sweet root from the ground, pounded the acorn into meal, cut poke salat from the clearings, and pulled the inner bark from the tree. They fished with their hands under the banks of the cold creeks and moved silent as shadows, a people who were there but not seen (except by a flicker of illusion), not heard; and they left little signs of their living.

But here and there they found friends. The people of Granpa's Pa were mountain bred. They did not lust for land, or profit, but loved the freedom of the mountains, as did the Cherokee.

Granma told how Granpa's Pa had met his wife, Granpa's Ma, and her people. He had seen the faintest of signs on the

그것은 절대 아름다운 노래가 될 수 없을 것이다. 그래서 사람들은 그 행렬을 눈물의 여로라 불렀다.[8]

체로키들 모두가 그 행렬에 끌려간 것은 아니었다. 산길에 익숙한 일부 체로키들은 깊숙한 계곡이나 먼 산등성이 쪽으로 달아났다. 이들은 아내와 아이들을 데리고 끊임없이 옮겨다니면서 살았다.

이들은 덫을 놓아서 짐승을 잡곤 했는데, 가끔은 군대가 그곳까지 들어오는 바람에 덫을 놓아둔 곳으로 돌아가지 못하는 때도 있었다. 또 이들은 땅에서 부드러운 뿌리들을 캐내거나, 도토리를 빻아 가루로 만들거나, 개간지에서 기른 얼마 안 되는 작물을 거두거나, 나무의 속껍질을 벗겨내어 끼니를 때웠다. 차가운 개울물 속에서 맨손으로 물고기를 잡는 일도 있었지만, 이때도 변함없이 이들의 움직임은 그림자처럼 조용했다. 그래서 설사 그 자리에 있던 사람이라도 (잠깐 바람처럼 휙 지나가는 느낌 외에는) 그들을 보지도 듣지도 못했다. 사실 그들은 자취를 남기는 법이 거의 없었다.

하지만 동료들끼리는 잘 찾아냈다. 우리 증조할아버지의 가족들도 모두 산에서 나고 자란 사람들이었다. 그들은 토지나 재산을 탐내지 않았다. 다른 체로키들이 그러했던 것처럼 그들이 원했던 것도 오로지 산속에서의 자유로운 생활뿐이었다.

증조할아버지가 증조할머니와 그 가족을 만난 이야기는 할머니가 해주셨다. 어느 날 증조할아버지는 계곡 둑 위에서 아주 희미한 흔적 하나를 찾아냈다. 그것을 본 증조할아버지는 집으로 가서 사슴 뒷다리를 가져와, 흔적이 있던 자리에 놔두었다. 총과 칼도 그 옆에

banks of a creek. He had gone home and brought back a haunch of deer and laid it there in a little clearing. With it, he had laid his gun and his knife. The next morning he came back. The deer haunch was gone, but the gun and the knife were there, and lying beside them was another knife, a long Indian knife, and a tomahawk. He did not take them. Instead he brought ears of corn and laid them by the weapons; he stood and waited a long time.

They came slowly in the late afternoon. Moving through the trees and halting and then coming forward again. Granpa's Pa reached out his hands, and they, a dozen of them—men, women, children—reached out their hands and they touched. Granma said they each had to reach across a long way to do it, but they did.

Granpa's Pa grew up tall and married the youngest of the daughters. They held the hickory marriage stick together and put it in their cabin, and neither of them broke it as long as they lived. She wore the feather of the red-winged blackbird in her hair and so was called Red Wing. Granma said she was slender as a willow wand and sang in the evenings.

Granma and Granpa spoke of his Pa in his last years. He

함께 두었는데, 다음 날 아침에 다시 가보니 사슴 뒷다리는 온데간데없고, 총과 칼만 그 자리에 그대로 있었다. 게다가 그 옆에는 기다란 인디언 칼 한 자루와 도끼까지 나란히 놓여 있었다. 증조할아버지는 그것들을 그대로 놔둔 채 집에 가서 옥수수를 가져왔다. 할아버지는 옥수수자루를 무기 옆에 놓고 오랫동안 서서 기다렸다.

오후 늦게 그들이 천천히 다가왔다. 나무 사이를 걸어오다가 잠시 멈추어 주위를 살핀 다음 다시 앞으로 걷는 식으로 하면서 말이다. 증조할아버지가 손을 내밀며 그들에게 다가갔다. 그러자 남자, 여자, 아이들까지 모두 합쳐 열두 식구나 되는 그 집 사람들도 모두 하나같이 손을 내밀며 걸어왔다. 마침내 그들의 손과 증조할아버지의 손이 맞닿았다. 할머니 말로는 서로 손이 맞닿기까지 꽤 먼 거리였는데도 그들은 그렇게 손을 내밀고서 걸었다고 한다.

얼마 안 있어 키가 훌쩍 자란 증조할아버지는 그 집안의 막내딸과 결혼했다. 두 분은 히커리나무로 만든 혼인 지팡이를 함께 붙들고 혼인서약을 한 다음, 그 지팡이를 평생 동안 집 안에 잘 모셔두었다. 증조할머니는 찌르레기의 붉은 깃털을 항상 머리에 꽂고 다녔기 때문에 붉은 날개라고 불렸다. 버드나무처럼 날씬했던 증조할머니는 저녁이 되면 항상 노래를 불렀다.

할아버지와 할머니는 증조할아버지의 말년 모습에 대해서도 이야기해주셨다. 증조할아버지는 남북전쟁[9]의 용사였다. 증조할아버지는 존 헌트 모건 장군이 이끄는 남부 연합군 특공대에 가담하여, 보이지 않는 머나먼 곳에 앉아 자신의 종족과 집을 위협하는, 얼굴

was an old warrior. He had joined the Confederate raider, John Hunt Morgan, to fight the faraway, faceless monster of "guvmint," that threatened his people and his cabin.

His beard was white. Age was overtaking his gauntness; and now when the winter wind bit through the cracks of his cabin, the old hurts came to life. The saber slash that ran the length of his left arm; the steel had hit the bone, like a meat axe. The flesh had healed, but the bone marrow thumped with pain and reminded him of the "guvmint" men.

He had downed half a jug that night in Kain'tuck, while the boys heated a ramrod over the fire and seared the wound and stopped the blood. He had climbed back in the saddle.

The ankle was the worst of it. He hated the ankle. It was big and cumbersome where the minnie ball had chewed it in passing. He hadn't noticed it at the time. It had been the wild exuberance of a cavalry charge that night in Ohio. The fever for combat, that marked his breed, was running high. There was no fear, only exultation, as the horse moved fast and light over the ground, as the wind whipped a storm in his face. Exultation that brought the rebel Indian

없는 유령, '정부(북부 연방군)'에 대항하여 싸웠다.

증조할아버지의 수염이 하얗게 세었다. 나이 탓에 몸도 무척 쇠약해져 오두막집 틈새로 겨울바람이 파고들 때마다 옛 상처가 도지곤 했다. 증조할아버지의 왼쪽 팔에는 기다랗게 팬 칼자국이 있었다. 마치 짐승 잡을 때 내리치는 도끼처럼 그렇게 억세게, 쇠칼이 할아버지의 팔뼈를 내리쳤던 것이다. 상처는 아물었지만 뼈의 통증은 기회 있을 때마다 고개를 들었다. 그렇게 뼈가 욱신거리고 아파오면, 증조할아버지는 어김없이 그 상처를 만들어낸 '정부' 사람들을 떠올리곤 했다.

케인턱 전투에서의 그날 밤, 소년병이 불에 달군 꽂을대를 상처에 대어 피를 멈추게 하는 동안, 증조할아버지는 반 독이 넘는 술을 마셨다. 하지만 피가 멈추자 증조할아버지는 다시 말안장에 올라탔다.

그러나 뭐니뭐니해도 제일 끔찍한 흉터는 발목에 있었다. 증조할아버지는 발목을 쳐다보기도 싫어하셨다. 복숭아뼈는 작은 탄환이 뚫고 지나가면서 완전히 으깨버리기에는 너무 굵고 성가신 존재였다. 증조할아버지는 그 당시에는 부상을 당한 것도 모르셨다고 한다. 오하이오에서의 그날 밤, 한 기병대원을 휘감았던 것은 야생마처럼 끓어오르는 뜨거운 투지였다. 티끌만큼의 두려움도 없었다. 혈관은 오로지 환희로 고동쳤다. 빠른 속도로 질주하던 말이 땅을 차고 가볍게 뛰어오르자 바람이 폭풍처럼 얼굴을 때리고 지나갔고, 환희에 찬 증조할아버지의 심장과 목구멍에서는 거칠고 찢는 듯한,

yell rumbling from his chest and out his throat, screaming, savage.

That's why a man could get half his leg mangled and not know it. Not until twenty miles farther on, when they reconnoitered in the dark of a mountain hollow, and he stepped from the saddle and his leg buckled under him, the blood sloshing in his boot like a full well bucket, did he notice the ankle.

He relished thinking of that charge. The memory of it softened his hatred for the cane—and the limp.

The worst of the hurts was in the gut; in his side, near the hip. That's where the lead was never taken out. It gnawed, like a rat chewing at a corn crib, night and day; and never stopped. It was eating away at his insides; and soon now, they would stretch him out on the floor of the mountain cabin and cut him open, like a butchered bull.

The putridness would come out; the gangrene. They would not use anesthetics, just a swig from the mountain jug. And he would die there on the floor, in his blood. No last words; but as they held his arms and legs in the death throes, the old sinewy body would bow up from the floor, and the wild scream of the exulting rebel's challenge to

저 반골(叛骨)의 인디언 고함소리가 저절로 터져나왔다.

무릎 밑이 날아갔는데도 몰랐다고 하는 사람이 있을 수 있는 것이 바로 이 때문일 것이다. 발목에 총을 맞은 것도 모르고 증조할아버지는 40킬로미터 정도를 더 가면서 어두운 산골짜기를 정찰했다고 한다. 임무를 마친 증조할아버지가 말에서 내리려고 발을 땅에 딛는 순간, 갑자기 다리가 픽 하고 꼬꾸라졌다. 살펴보니 구두 속이 우물물을 가득 담은 두레박처럼 피로 철벅이고 있었다. 그제서야 증조할아버지는 발목을 다쳤다는 것을 알았다.

증조할아버지는 자주 이날 밤의 돌격을 떠올리곤 하셨다. 그때 생각을 하다보면 자신이 절름발이가 되어 지팡이를 써야 하는 데 대한 혐오감을 그나마 누그러뜨릴 수 있었다.

제일 심한 상처는 옆구리 부분의 내장 속에 있었다. 그곳에는 끄집어내지 못한 납탄이 들어 있었다. 그 납탄은 옥수수자루를 갉아먹는 쥐처럼 단 한 번도 멈추는 법 없이 밤낮으로 증조할아버지의 육체를 파먹어들어갔다. 드디어 그 납탄은 증조할아버지의 몸속을 완전히 갉아먹고 말았다. 이제 머지않아 사람들은 그를 산골 오두막집 마룻바닥에다 누이고 도살당하는 황소처럼 그의 배를 가를 것이다.

사람들은 마취제를 쓸 엄두도 내지 못한 채, 산에서 빚은 술 한 사발만을 들이켜게 하고 나서, 그의 배를 갈라 고름이 가득 고인 썩은 살덩이를 끄집어낼 것이다. 그러고 나면 그는 피로 흥건한 마루 위에서 그대로 죽어가리라. 마지막 말도 끝내 하지 못한 채. 하지만 사람들이 단말마의 고통에 몸부림치는 그의 팔다리를 붙잡고 있는 동

hated government would come from his throat and he would die. Forty years it had taken the "guvmint" lead to kill him.

The century was dying. The time of blood and fighting and death; the time he had met, and by which he had been measured, was dying. There would be a new century, with another people marching and carrying their dead, but he knew only the past—of the Cherokee.

His oldest son had ridden off to the Nations; the next oldest dead in Texas. Now, only Red Wing, as in the beginning, and his youngest son.

He could still ride. He could jump a Morgan horse over a five-rail fence. He still bobbed the horses' tails, out of habit, to leave no tail hair on the brush to be followed.

But the pains were worse and the jug didn't quieten them as it had. He was coming to the time of being spread-eagled on the floor of the cabin. And he knew it.

The fall of year was dying in the Tennessee mountains. The wind bit the last of the leaves from hickory and oak. He stood, that winter afternoon with his son, halfway down the hollow; not admitting that he couldn't climb the mountain anymore.

안, 늙었지만 강건한 그의 육체는 활처럼 팽팽하게 굽어오를 것이며, 그의 목에서는 증오스런 정부를 향한, 열정적인 반역자의 야만스런 고함소리가 터져나올 것이다. 그는 그렇게 죽어갈 것이다. 사실 '정부'가 그를 죽이는 데는 40년이란 세월이 필요했다.

그 세기가 죽어가고 있었다. 피와 투쟁과 죽음의 시대, 증조할아버지가 온몸으로 맞부딪쳤고 또 저울질 당했던 그 시대가 죽어가고 있었다. 이제 또 다른 사람들이 자기네의 시신을 들쳐 업고 걸어갈 새로운 세기가 다가오고 있었던 것이다. 하지만 증조할아버지는 과거, 오로지 체로키의 과거만을 알고 있었다.

그의 맏아들은 인디언 거주지역으로 쫓겨났고, 둘째 아들은 텍사스에서 죽고 말았다. 이제 애초에 그러했던 것처럼 그의 곁에 남은 사람은 붉은 날개와 막내아들뿐이었다.

그는 여전히 말을 탈 수 있었다. 모건 특공대 시절에는 말을 타고 다섯 칸 울타리를 뛰어넘던 증조할아버지였다. 그에게는 아직도 덤불에 꼬리털을 남겨 추적당하는 일이 없도록 말꼬리를 치켜들게 한 채 달리는 습관이 있었다.

하지만 갈수록 고통이 심해져 예전과 달리 술로도 고통을 잠재울 수 없었다. 통나무집 마룻바닥에 사지를 큰대 자로 벌리고 드러누워야 할 때가 다가오고 있었던 것이다. 증조할아버지는 그 사실을 알고 있었다.

테네시 산중의 한 해가 저물어가던 때였다. 차가운 바람이 히커리나무와 떡갈나무의 마지막 잎새를 때려대고 있었다. 그 겨울날 오

They watched the naked trees, stark on the ridge against the sky; as though they were studying the winter slant of sun. They would not look at each other.

"Reckin I'll not be leavin' ye much," he said, and laughed soft, "best ye could git from that cabin would be to touch a lighter knot to it fer a hand warming." His son studied the mountain. "I reckin," he said quietly.

"Ye're a man, full and with family," the old man said, "and I'll not hold ye to a lot ... 'ceptin' we stretch our hand to clasp any man's as quick as we'll defend what we was give to believe. My time is gone, and now the time will be something I don't know, fer you. I wouldn't know how to live in it ... no more'n 'Coon Jack. Mind ye've little to meet it with ... but the mountains'll not change on ye, and ye kin them; and we be honest men with our feelings."

"I mind," the son said. The weak sun had set behind the ridge, and the wind bit sharp. It came hard for the old man to say ... but he did. "... and ... I ... kin ye, son."

The son did not speak, but he slipped his arm around the old, skinny shoulders. The shadows of the hollow were deep now and blurred the mountains black on either side of them. They walked slowly in this fashion, the old man

후, 증조할아버지는 막내아들인 할아버지와 함께 계곡 중간쯤에 서 계셨다. 그래도 증조할아버지는 이제 더 이상 산을 오르지 못한다는 사실을 인정하지 않으셨다.

두 사람은 하늘을 배경으로 산등성이 위로 앙상하게 벌거벗은 채 뻣뻣하게 서 있는 나무들을 쳐다보았다. 겨울해가 어떻게 지는지 연 구라도 하는 사람들처럼. 두 사람은 서로의 얼굴을 쳐다보지 않았다.

"너에게 남겨줄 게 별로 없구나." 증조할아버지는 낮은 소리로 웃 으셨다. "저 오두막집에서 건질 수 있는 거라고 해봐야 손을 녹이려 고 불쏘시개를 뒤적거리는 정도일 테니."

아들은 산에 대해 연구라도 하는 사람처럼 산에서 눈을 떼지 않고 가만히 대답했다. "그럴 겁니다."

"넌 다 큰 사내야. 거기다 딸린 식구까지 있구. 그러니 이러쿵저러 쿵 잔소리할 필요는 없을 성싶다…… 다만 우리가 믿는 걸 지키려고 할 때는 한시바삐 손을 내밀어 다른 사람과 손을 잡도록 해라. 우리 시대는 갔다. 지금 오고 있는 너희의 시대가 어떻게 될지 나로서는 알 수 없다. 그 시대를 어떻게 살아가야 하는지도 모르겠고…… 너 구리 잭도 그럴 게다. 그런데 너한테 남겨줄 것조차 없으니…… 하 지만 산만은 언제나 변함없을 거다. 너도 누구보다 산을 좋아하니 다행이고. 우리는 자기 감정에 솔직한 사람이 되어야 한다."

"명심하겠습니다." 아들이 조용히 대답했다. 마지막 햇빛이 산등 성이 너머로 사라지고 나자 살을 에는 바람이 몰아쳤다. 이제 노인 은 입을 떼기조차 힘들었지만…… 다시 말을 이었다.

touching his cane to the ground, down the hollow to the cabin.

It was the last walk and talk Granpa had with his Pa. I have been many times to their graves; close together, high on a ridge of white oak, where the leaves fall knee-deep in autumn, until they are whipped away by mean winter winds. Where only the hardiest Indian violets poke tiny and blue around them in the spring, timid in their presence before the fierce and lasting souls who weathered their time.

The marriage stick is there, hickory and gnarled, unbroken still, and filled with the notches they carved in it each time they had a sorrow, a happiness, a quarrel they had mended. It rests at their heads, holding them together.

And so small are the carved names in the stick, you must get down on your knees to read: Ethan and Red Wing.

"그리고…… 아들아…… 난…… 너를 사랑한다(I kin ye)."

아들은 아무 말도 하지 않고 늙고 앙상한 노인의 어깨를 팔로 감쌌다. 이제 계곡에 드리워진 그늘은 한층 더 진해졌고, 양옆에서 굽어보던 산봉우리의 시커먼 윤곽선도 어둠 속에 묻혀갔다. 두 사람은 그 자세 그대로 천천히 걷기 시작했다. 증조할아버지는 지팡이로 땅을 짚으면서 계곡에서 오두막까지 걸어내려왔다.

이것이 할아버지가 증조할아버지와 함께한 마지막 산책이었으며 마지막 대화였다. 나도 증조할아버지와 증조할머니의 무덤에 여러 번 가보았다. 그 무덤들은 흰참나무가 서 있는 높은 산등성이에 나란히 앉아 있었다. 가을이 되면 무덤가에는 무릎까지 쑥쑥 빠질 만큼 낙엽이 쌓였다. 그러다 무정한 겨울바람이 불기 시작하면 모두 다 날아가버리긴 했지만. 그러고 나서 봄이 오면 강인한 인디언 제비꽃들이 땅을 뚫고 나와 작고 푸른 꽃을 피운다. 자신들의 시대를 격렬하고 끈질기게 살다 간 영혼들을 머뭇머뭇 위로라도 하는 듯이.

히커리나무로 만든 혼인 지팡이도 뒤틀리긴 했지만 여전히 부러지지 않은 채 그곳에 꼿꼿이 서 있었다. 그 지팡이에는 그분들이 슬플 때나 기쁠 때, 싸웠을 때마다 표시해둔 자국들이 가득 새겨져 있었다. 그 지팡이는 그분들의 머리맡에서 두 분을 하나로 묶어주었다.

지팡이에 새겨진 두 분의 이름은 워낙 작아서 무릎을 꿇고 자세히 들여다보고서야 읽을 수 있었다. 두 분의 이름은 에단과 붉은 날개였다.

Pine Billy

*I*n the wintertime, we carried leaves and put them on the corn patch. Back in the hollow, past the barn, the corn patch flattened out on either side of the spring branch. Granpa had cleared it a little ways up the sides of the mountain. The "slants," as Granpa called the sloping sides of the corn patch, didn't raise good corn, but he planted it anyhow. There wasn't much flat ground in the hollow.

I liked gathering the leaves and putting them in the tow sacks. They were light to carry. Me and Granpa and Granma would help each other fill the sacks. Granpa would carry two, and sometimes three sacks. I tried to carry two, but couldn't make much headway at it. Kneedeep for me, the leaves were like a brown snowfall on the ground, dappled with the yellow paint of maple leaves, and the red of bee gum and sumach bushes.

We would come out of the woods and scatter the leaves over the field. Pine straw too. Granpa said some pine straw

파인 빌리

겨울이 되면 우리는 낙엽들을 긁어모아서 옥수수밭 고랑에다 뿌리곤 했다. 헛간을 지나 골짜기 안쪽으로 들어가면 작은 시내를 사이에 두고 양쪽으로 옥수수밭 고랑이 길게 펼쳐져 있었다. 할아버지가 산비탈을 경작해서 만든 밭이었다. 경사가 꽤 급해서 할아버지는 그 밭을 '비탈밭'이라 불렀다. 그다지 질 좋은 옥수수가 수확되는 것은 아니었지만, 그래도 할아버지는 개의치 않고 그곳에다 씨를 뿌렸다. 그 골짜기에는 그곳 말고 달리 평평한 땅이 없었다.

나는 낙엽을 긁어모아서 자루에 담는 일을 좋아했다. 가벼워서 운반하기도 쉬웠다. 할아버지와 할머니, 나, 세 사람은 서로 도와가면서 자루를 채우곤 했다. 할아버지는 한꺼번에 두 자루, 때로는 세 자루씩도 옮기셨다. 나도 자루 두 개를 짊어지고 낑낑대보기도 했지만 몇 걸음 못 가서 주저앉고 말았다. 내가 보기에 무릎까지 푹푹 빠지는 낙엽들은 땅 위에 가득 쌓인 갈색 눈이었다. 단풍나무의 노란색과 고무나무와 옻나무의 붉은색이 점점이 얼룩진 갈색 눈.

우리는 이렇게 숲을 들락거리면서 밭에다 낙엽들을 뿌렸다. 또 솔잎도 뿌렸다. 땅을 산성으로 만들려면 마른 솔잎을 좀 뿌려줘야 한다는 게 할아버지의 설명이셨다. 그렇다고 너무 많이 뿌려서는 곤란

was necessary to acid the ground—but not too much.

We never worked so long or hard that it got tedious. We usually was "drawed off," as Granpa put it, to something else.

Granma would see yellowroot and dig that up; and that led her to some ginseng, or iron root ... or calum ... or sassafras ... or lady's slipper. She knew them all, and had a remedy for any ailment of which I have ever heard. Her remedies worked too; though some of the tonics I would as soon not have drunk.

Me and Granpa usually run across hickor'nuts, or chinkapins and chestnuts; sometimes black walnuts. It wasn't that we special looked for them, it just seemed to happen. Between our eating and gathering nuts and roots, and seeing a 'coon or watching a peckerwood, our leaf carrying would get down to practical nothing.

As we would walk down the hollow in evening dusk, all of us loaded with nuts and roots and such, Granpa would cuss under his breath where Granma couldn't hear him, and then he'd announce that next time we was not going to get "drawed off" to such foolishness; and were going to spend the whole time carrying leaves. Which always

하지만.

그렇지만 지겨워질 만큼 오래 힘들게 일하지는 않았다. 그렇게 되기 전에 우리는, 할아버지 표현대로 '기분전환' 삼아 다른 일에 한눈을 팔곤 했던 것이다.

할머니는 누런 뿌리가 눈에 띄면 파내곤 하셨다. 캐내보면 그것은 도라지거나…… 칼룸…… 사사프라스…… 개불알꽃의 뿌리 따위였다. 할머니는 이런 약용식물들에 대해 잘 알고 계셨다. 덕분에 할머니가 만드신 약들은 효과가 좋았다. 이런 것들이 있으면 지금까지 내가 들어본 온갖 병들을 고칠 수 있었다. 하지만 강장제 중에는 두 번 다시 먹고 싶지 않을 만큼 맛이 쓴 것도 있었다.

반면에 나와 할아버지는 히커리나무나 친카핀나무, 밤나무나 때로는 검은 호두나무의 열매들을 줍곤 했다. 그것들은 우리가 애써 찾아내려 하지 않아도 마치 우연히 그런 것처럼 우리 눈이 닿는 그 자리에 떨어져 있었다. 이렇게 중간중간 가져온 것을 먹고, 나무 열매와 뿌리를 모으고, 너구리나 딱따구리 따위를 구경하다보면 나뭇잎 운반하는 일은 지지부진할 수밖에 없었다.

저녁 어스름을 등지고 골짜기를 걸어내려오는 우리 세 사람 손에는 나무 열매나 뿌리 같은 것들이 한아름씩 들려 있었다. 그때마다 할아버지는 할머니가 못 듣게 낮은 소리로 욕설을 퍼부으시다가, 결국 다음부턴 절대로 그런 멍청한 일로 '기분전환'하지 않을 것이며, 나뭇잎 운반하는 일만 하겠노라고 선언하곤 하셨다. 할아버지의 이런 선언은 나한테는 꽤 심각한 걱정거리였지만, 할아버지가 실제로

sounded mighty dismal to me; but it never happened.

Sack by sack, we got the field covered with leaves and pine straw. And after a light rain, when the leaves clung to the ground just enough, Granpa would hitch up ol' Sam, the mule, to the plow; and we turned the leaves under the ground.

I say "we," because Granpa let me plow some. I had to reach up over my head to hold the handles of the plow stock, and spent most of my time pulling all my weight down on the handles to keep the plow point from going too deep into the ground. Sometimes the point would come out of the ground, and the plow would skitter along, not plow- ing. ol' Sam was patient with me. He would stop while I pulled and strained at getting the plow upright, and then would move ahead when I said, "Giddup!"

I had to push up on the handles to make the plow point go into the ground; and so, between the pulling down and the pushing up, I learned to keep my chin away from the crossbar between the handles, for I was getting continual licks that jolted me up pretty bad.

Granpa followed along behind us, but he would let me do it. If you wanted ol' Sam to move to the left, you said,

그렇게 하신 적은 한 번도 없었다.

드디어 우리는 낙엽과 솔잎들로 밭을 완전히 덮었다. 이 상태에서 가벼운 비라도 한번 내려 나뭇잎들이 땅에 찰싹 달라붙고 나면, 우리는 노새인 '샘영감'에게 쟁기를 매어 땅을 갈아엎었다. 나뭇잎들이 땅속으로 들어가 밭의 영양분이 될 수 있게 말이다.

내가 '우리'라고 한 건 할아버지가 나에게도 쟁기를 끌어보게 해주셨기 때문이다. 나는 워낙 키가 작아서 손을 머리 위로 뻗어야 쟁기 손잡이를 잡을 수 있었다. 또 쟁기를 끄는 일보다 쟁기 손잡이에 몸무게 전체를 실어 쟁기날이 땅속에 너무 깊이 박히지 않도록 하는 데 더 많은 시간을 쏟을 때도 많았다. 때로는 쟁기날이 땅에 박히지 않아 밭을 가는 게 아니라 땅거죽만 긁어대는 일도 있었지만, 그래도 샘영감은 참을성 있게 기다려주었다. 샘영감은 내가 쟁기날을 완전히 땅에 박고 나서 "이려!"라고 말해야 비로소 천천히 앞으로 걸었다.

쟁기날을 땅속에 박을 때는 손잡이를 밀어올려야 했다. 이렇게 손잡이를 잡아내리고 밀어올릴 때는 손잡이를 가로지른 막대에 턱을 부딪히지 않도록 조심해야 한다. 그 막대에 한 번이라도 턱을 걸어채이는 날이면 머리가 띵할 정도로 따끔한 맛을 보게 된다.

할아버지는 어슬렁거리며 우리 뒤를 따라왔지만, 도와주지 않고 내가 하는 대로 내버려두곤 하셨다. 샘영감을 왼쪽으로 가게 하려면 "호!"라 하고, 오른쪽으로 가게 하려면 "지!"라고 하면 된다. 샘영감은 그냥 내버려두면 약간 왼쪽으로 가는 버릇이 있었다. 그때마다

"Haw!" and if you wanted him to move to the right, you said, "Gee!" Ol' Sam would meander off a little to the left and I would holler, "Gee!"; but he was hard of hearing and would keep meandering. Granpa would take it up, "Gee! Gee GEE! DAMMITOHELL! GEE!" and ol' Sam would come back to the right.

Trouble was, ol' Sam heard this so much, that he begun to connect up the total geeing and the cussing, and would not go right until he heard all of it; figuring natural, that to go right, it took the whole amount. This led to considerable cussing, which I had to take up in order to plow. This was all right until Granma heard me and spoke hard to Granpa about it. This cut down on my plowing considerable when Granma was around.

Ol' Sam was blind in his left eye, so when he reached the end of the field, he would not turn around going to his left, figuring he might bump into something. He would always turn to his right. When you're plowing, turning to the right works good at one end of the field; but at the other, it seems you have to turn a full circle, dragging the plow completely out of the field into bushes and briers and such. Granpa said we had to be patient with ol' Sam, as he

나는 "지!" 하고 소리를 쳐야 했다. 그런데 샘영감은 내가 외치는 소리를 듣지 못했는지 계속 왼쪽으로만 갔다. 그럴 때면 할아버지가 나서서 "지! 지! 지이! 이 빌어먹을 자식아, 지이!"라고 소리를 치셨다. 그제서야 샘영감은 오른쪽으로 돌아서곤 했다.

문제는 샘영감이 할아버지의 이런 욕설을 하도 자주 들어서 그게 무슨 호령 소리라도 되는 듯이 생각한다는 데 있었다. 사실 샘영감은 이 소리를 처음부터 끝까지 다 들은 다음에야 오른쪽으로 돌았다. 다시 말해 샘영감을 오른쪽으로 가게 하려면 욕설까지 포함하여 그 소리를 몽땅 다 질러야 했던 것이다. 꽤 심한 욕이었지만 쟁기를 끌려면 어쩔 수 없이 나도 그 욕을 해야 했다. 그래도 할머니가 듣지 않을 때는 아무 문제가 없었다. 그런데 하루는 내가 소리치는 것을 할머니가 듣고 말았다. 덕분에 할아버지는 할머니에게 따끔하게 한마디 들으셨고, 할머니가 옆에 계시는 동안 내 쟁기질 솜씨도 현저하게 줄고 말았다.

또 샘영감은 왼쪽 눈이 보이지 않았다. 그 때문에 밭고랑 끝에 가서 왼쪽으로 돌아야 할 때도 그러려고 하지를 않았다. 아마 뭔가에 부딪칠 걸로 생각하는 것 같았다. 그래서 언제나 오른쪽으로 돌곤 했다. 밭고랑의 한쪽 끝에서 오른쪽으로 도는 건 상관이 없지만, 다른 쪽 끝에서도 그러면 한 바퀴를 빙 돌아 왼쪽으로 돌려야 했는데, 그러려면 쟁기를 가시덤불이나 억센 풀들로 뒤덮인 밭고랑 밖으로 끌어내야 했다. 할아버지는 샘영감이 늙은 데다 한쪽 눈까지 멀었으니 우리가 참아야 한다고 하셨다. 그래서 나도 할아버지 말씀대로

was old and half-blind, so I was, but I dreaded every other turn at the end of the field; especially when there was a thicket of blackberry bushes waiting on me.

One time, Granpa was pulling and dragging the plow around through a mass of nettles, and stepped in a stump hole. It was a warm day, and yellow jackets had a nest in that hole. They got up Granpa's britches leg and he taken off hollering for the spring branch. I saw the yellow jackets come out, and I taken off too. Granpa flattened out in the spring branch, slapping at his britches and cussing ol' Sam. He might near lost his patience.

But ol' Sam stood patient and waited until Granpa got over it. Trouble was, we couldn't get near the plow. The yellow jackets was all stirred up and swarming around that plow. Me and Granpa got out in the middle of the field and Granpa would try to get ol' Sam to come forward, away from the yellow jacket nest.

Granpa would call, "Come on, Sam—come on, boy," but ol' Sam wouldn't move. He knew his business and he knew better than to pull a plow laying sidewise on the ground. Granpa tried everything; a considerable cussing, and he got down on all fours and brayed like a mule. I

참기로 했다. 하지만 두 번에 한 번 걸러 밭고랑 끝에 가서 한 바퀴씩 돌려야 할 때, 특히나 고랑 바깥에 블랙베리 덤불이 수북이 자라 있을 때는 온몸에 힘이 쭉 빠지는 건 어쩔 수 없었다.

그런데 한번은 쐐기풀 더미 사이로 쟁기를 잡아끌던 할아버지가 발을 헛디뎌 그만 나무 그루터기 밑의 구멍에 발이 빠지고 말았다. 그때는 따뜻한 봄날이어서 말벌들이 그 구멍에 둥지를 틀고 있었다. 말벌들이 바지에 새까맣게 달라붙은 걸 본 할아버지는 기겁을 할 듯이 놀라 고함을 지르며 개울물 속으로 뛰어들었다. 나도 말벌들이 구멍에서 웽웽거리며 잔뜩 몰려나오는 걸 보고는 줄행랑을 쳤다. 할아버지는 얕은 개울물에 철퍼덕 주저앉아 바짓가랑이를 탁탁 털면서 샘영감한테 욕을 바가지로 퍼부었다. 나는 할아버지가 참지 못하실 때도 다 있구나란 생각이 들었다.

그런데 샘영감은 벌집이 있는 그 자리에 그대로 서 있었다. 그곳에 가만히 서서 할아버지가 오시기만을 기다리고 있었던 것이다. 문제는 우리가 쟁기 있는 곳으로 갈 수 없다는 데 있었다. 그 쟁기 둘레는 새까맣게 무리 지어 붕붕거리며 날아다니는 말벌들 천지였다. 할아버지와 나는 밭 한가운데로 갔다. 할아버지는 벌집에서 멀리 떨어진 그곳으로 샘영감을 끌어낼 작정이었다.

할아버지가 샘을 불렀다.

"이리 와, 샘. 자, 이리 오라니까. 착하지."

하지만 샘영감은 꼼짝도 하지 않았다. 샘은 자기 할 일이 무엇인지 잘 알고 있었다. 땅 위에 가로누운 쟁기를 끌고 걷기보다는 차라

thought he brayed tolerable close to the sound of a mule; and once, ol' Sam leaned his ears forward and looked hard at Granpa, but he wouldn't move. I tried braying myself, but I couldn't touch Granpa's bray. When Granpa saw Granma had come up and was watching us on all fours in the middle of the field and braying, he quit.

He had to go into the woods and get a lighter knot, which he touched a match to and pitched in the stump hole. This smoked the yellow jackets away from the plow.

Going back to the cabin that evening, Granpa said it had been a worrisome puzzlement to him for many years whether ol' Sam was the dumbest mule in the world, or the smartest. I never figured it out myself.

I liked the field plowing, though. It growed me up. When we walked down the trail to the cabin, it 'peared to me that my steps was lengthening quite some bit behind Granpa. Granpa bragged on me a lot to Granma at the supper table and Granma agreed that it looked like I was coming on to being a man.

We were at the supper table one such evening, when the hounds set up a racket. We all went out to the front porch to see a man coming across the foot log. He was a fine

리 가만히 서 있는 게 옳다고 생각했던 것이다. 할아버지는 온갖 애를 다 썼다. 욕을 퍼붓다가 급기야는 네 발로 엎드린 채 노새처럼 울기까지 했다. 내 보기에 그것은 영판 노새 울음소리였다. 샘영감도 그 소리를 듣더니 귀를 앞으로 내밀고 할아버지를 뚫어지게 쳐다보았다. 그래도 움직이지 않는 건 여전했지만 말이다. 나도 노새 소리로 울어보려 했지만 할아버지만큼 잘되지 않았다. 이때 산등성이로 올라오는 할머니의 모습이 할아버지 눈에 들어왔다. 할머니는 밭 한가운데서 네 발로 기면서 노새 소리를 흉내 내는 우리를 어처구니없다는 듯 쳐다보셨다. 할 수 없이 우리는 이 흉내도 그만두어야 했다.

할아버지는 다른 방법을 생각해내셨다. 숲 속으로 들어가 나뭇가지를 주워온 할아버지는 성냥으로 가지에 불을 붙인 다음 벌집 구멍속에다 던져넣었다. 나뭇가지가 타면서 매운 연기가 나자 말벌들이 쟁기 주변에서 떨어져 나갔다.

그날 저녁 집으로 돌아오는 길에 할아버지는, 샘영감이 세상에서 가장 멍청한 노새인지, 아니면 가장 똑똑한 노새인지, 지금까지 몇 번이나 생각해봤지만 도무지 알 수가 없노라고 하셨다. 나로서도 참으로 풀기 힘든 수수께끼였다.

그래도 나는 밭 일구는 일이 좋았다. 밭을 갈다보면 내가 어른이 된 것 같았다. 밭 가는 일을 끝내고 집으로 돌아갈 때면, 할아버지 뒤를 따라 걷는 내 보폭이 전보다 쪼금 더 길어진 것 같기도 했다. 또 그런 날이면 어김없이 저녁 식탁에서 할아버지는 할머니에게 내 자랑을 한참씩 늘어놓곤 하셨다. 그러면 할머니도 내가 갈수록 어른스

looking feller, nearly tall as Granpa. I liked his shoes the best, they was bright yellow, high top, with white socks rolled around and lump tied to hold them up. His overalls struck him just above the socks. He had on a short black coat and a white shirt and had a little hat that set square on his head. He was carrying a long case. Granma and Granpa knew him.

"Well, it's Pine Billy," Granpa said. Pine Billy waved.

"Come in and stay awhile," Granpa said.

Pine Billy stopped at the doorstep. "Aw, I was just passing by," he said ... and I wondered where he was passing to, with just mountains behind us.

"Ye're gain' to stay and eat with us," Granma said, and got Pine Billy by the arm and led him up the doorsteps. Granpa taken his long case by the handle, and we all went in the kitchen.

I could tell right off that Granpa and Granma liked Pine Billy a lot. He had four sweet 'taters in his coat pockets and gave them to Granma. She made them into a pie right then, and Pine Billy et three pieces of it. I got one, and was hoping he would not eat the last piece. We moved away from the table to set by the fireplace and left the piece of

러워진다고 하면서 고개를 끄덕이셨다.

그날도 세 식구가 저녁 식탁에 둘러앉아 이런저런 이야기를 나누던 중이었다. 갑자기 개들이 시끄럽게 짖어대기 시작했다. 우리도 일어나서 앞베란다 쪽으로 나가보았다. 한 남자가 통나무다리를 건너 우리 집 쪽으로 오고 있었다. 그 남자는 얼굴도 잘생긴 데다 키도 거의 할아버지만큼 컸다. 하지만 그중에서도 특히 멋진 것은 그 남자의 구두였다. 굽 높고 밝은 노란색인 그 구두는 둥글게 말아 올려 고정시킨 하얀 양말과 잘 어울렸다. 또 멜빵바지 자락 길이도 양말 높이와 맞춤하게 맞아떨어졌다. 하얀 셔츠 위에 짧은 검은 코트를 입고, 머리에는 작은 모자를 반듯하게 쓴 그 남자의 손에는 기다란 가방이 들려 있었다. 그는 할아버지와 할머니가 잘 아는 사람이었다.

"아, 파인 빌리, 자네구먼."

할아버지가 인사하자 파인 빌리는 손을 흔들었다.

"자, 이리 들어와서 잠시 쉬었다 가게."

할아버지의 권유를 받은 파인 빌리는 문가에서 걸음을 멈추었다.

"아, 그냥 지나치던 참이었어요."

그 사람은 이렇게 말했는데…… 그럼 어디로 가려던 참이란 말인가? 우리 집 뒤에는 산밖에 없는데……

"잠깐 들어와서 저녁이라도 먹고 가게."

할머니는 이렇게 권하면서 파인 빌리의 팔을 잡아끌어 통나무집 계단 위로 올라서게 했다. 할아버지는 벌써 그의 기다란 가방을 받아들고 계셨다. 우리는 파인 빌리를 데리고 부엌으로 되돌아갔다.

pie in a pan on the table.

Pine Billy laughed a whole lot and said I was going to be bigger'n Granpa. Which made me feel good. He said Granma was purtier'n the last time he'd seen her, and this pleased Granma; Granpa too. I commenced to feel right good about Pine Billy, even if he had et the three pieces of pie—they was his 'taters.

We all set around the fire. Granma in her rocker and Granpa leaning forward in his. I figured something was up. Granpa asked, "Well, what's the news, Pine Billy, that ye hear around?"

Pine Billy leaned back on two legs of the straight-back chair. He took a finger and thumb and pulled out his lower lip and turned a little can upward, putting snuff in his lip. He offered the can to Granpa and Granma. They shook their heads. Pine Billy was sure taking his time. He spit in the fire. "Well," he said, "look's like I might have come up on something that'll fix me in good shape." He spit in the fire again and looked around at all of us.

I didn't know what it was, but I could tell it was important.

Granpa figured it was too, for he asked, "What is it, Pine

나는 할아버지와 할머니가 파인 빌리를 굉장히 좋아하신다는 걸 금세 알아차렸다. 파인 빌리는 주머니에서 고구마 네 개를 꺼내 할머니에게 드렸다. 그것들은 순식간에 맛있는 고구마 파이로 바뀌어 식탁에 올랐다. 그중 세 조각을 파인 빌리가 먹었다. 나도 한 조각을 먹었지만 마지막 남은 한 조각을 파인 빌리가 먹을까봐 가슴이 조마조마했다. 팬 속의 파이 한 조각을 그대로 남겨둔 채 우리는 식탁에서 일어나 불가에 자리잡았다.

파인 빌리는 잘 웃는 사람이었다. 그는 내가 할아버지보다 키가 더 클 것 같다고 했다. 이 말은 나를 정말 기분 좋게 만들었다. 또 그는 지난번에 뵀을 때보다 더 예뻐지신 것 같다고 하여 할머니를 기쁘게 해주었다. 할아버지도 마찬가지였다. 나는 갈수록 파인 빌리가 마음에 들었다. 비록 그가 파이를 세 조각이나 먹긴 했지만, 어차피 그건 그가 가져온 고구마로 만든 파이였다.

우리는 모두 불가에 둘러앉았다. 할머니는 흔들의자에 등을 기대고 앉았지만, 할아버지는 몸을 앞으로 쭉 내민 채로 앉으셨다. 뭔가 사건이 벌어지려 하고 있었던 것이다. 드디어 할아버지가 입을 떼셨다.

"자, 파인 빌리, 뭐 재미있는 소식 없나? 여기저기 돌아다니면서 들은 것 말일세."

파인 빌리는 등받이가 똑바른 의자의 두 다리가 위로 들려질 정도로 상체를 뒤로 쭉 뺐다. 그 상태에서 엄지와 검지를 써서 아랫입술을 잡아당긴 그는 가루담배통을 치켜들어 내민 입술 안으로 가루

Billy?" Pine Billy leaned back again and looked at the roof rafters. He clasped his hands across his stomach.

"Must'a been last Wednesday ... nooo, it was a'Tuesday, fer I'd been playin' at a Jumpin' Jody dance on a'Monday night; Tuesday it was. I come through the settlement on a'Tuesday. Ye know the po-liceman there, Smokehouse Turner?"

"Yes, yes, I've seed him," Granpa said, impatient.

"Well," Pine Billy said, "I was standing on the corner there, talking to Smokehouse, when this big, shiny car pulled into the fillin' station acrost the road. Smokehouse didn't notice it ... but I did. It had one feller in it, and he was dressed fit to kill; big city. He got out of his car and told Joe Holcomb to fill it up with gasoline. Well, I was watchin' 'em, all the time; and he looked around, kind'a sneaky. It hit me right off. I says to myself, 'That's a bigcity CRIMINAL.' Mind ye," Pine Billy said, "I didn't say it to Smokehouse. I jest said it to m'self. But to Smokehouse I says, 'Smokehouse, ye know I'm agin turning anybody in to the law ... but big-city criminals is different, and that feller over there looks total suspicious to me.'

"Smokehouse studied the feller and says, 'Ye could be

담배를 털어넣었다. 그가 할아버지와 할머니에게 가루담배통을 내밀었지만, 두 분은 머리를 저으셨다. 파인 빌리는 여유를 부리고 있었던 것이다. 불 속에다 침을 뱉는 일까지 마치고 난 그가 드디어 입을 열었다.

"음, 아무래도 내 꼴을 좀 그럴듯하게 만들어줄 일이 생길지도 모르겠어요."

그가 다시 한 번 불에다 침을 뱉고는 우리 세 사람을 둘러보았다.

그게 무슨 말인지 나로서는 알 수 없었지만, 뭔가 중요한 이야기라는 건 느낄 수 있었다.

아마 할아버지도 그러신 것 같았다. "그게 무슨 말인가, 파인 빌리?"라고 물으시는 걸 보면 말이다.

파인 빌리는 다시 한 번 몸을 뒤로 쭉 젖힌 채 천장의 대들보를 쳐다보았다. 그 자세로 자기 배 위에서 두 손을 깍지꼈다.

"틀림없이 지난 수요일이었을 거예요…… 아니 아니, 화요일이었구나. 점핑 조디 무도회에서 춤을 춘 게 월요일 밤이었으니. 맞아요, 화요일이었어요. 그날 개척촌을 들어갔죠. 아, 아저씨도 아시죠? 거기 경찰 말예요. 스모크하우스 터너라고……"

"암, 암, 알다마다. 나도 본 적이 있어."

할아버지는 재촉하듯이 맞장구를 치셨다.

"예, 그 사람요. 길모퉁이에 서서 그 사람하고 이야기를 하고 있는데, 번쩍번쩍 빛이 나는 커다란 차 한 대가 길 건너편 주유소로 들어가더라구요. 스모크하우스는 못 봤지만…… 나는 놓치지 않았죠.

right, Pine Billy. We'll jest have a look,' and he ambles acrost the road to the feller's car."

Pine Billy brought his chair down on four legs and spit in the fire and studied the logs a minute. I couldn't hardly wait to hear what happened to the criminal.

Pine Billy finished studying the logs and said, "Now ye know, Smokehouse cain't read ner write, and as I can make out lettering right fair, I follered him over, in case I was needed. The feller seen us comin' and got back in his car. We walked up and Smokehouse leaned on his winder and asked him politely what he was doing in the settle- ment. The feller was nervous, I could see, and said he was on his way to Floridy. Which sounded suspicious."

It sounded suspicious to me too, and I seen Granpa nod his head.

Pine Billy continued, "Smokehouse said, 'Where are ye from?' The feller said he was from Chicargo. Smokehouse said he reckined that was all right, but fer the feller to git on out of the settlement, and the feller agreed that he would. Now in the meantime ..." Pine Billy cocked his eyes around at Granpa and Granma "... in the meantime, I edged back behind the car and lettered out his tag plate. I

차 안의 남자 옷이 죽이더라구요. 도회지 사람이었던 거죠. 그 남자는 차에서 내리더니 조 홀콤에게 기름을 가득 채워달라고 했어요. 나는 그 사람한테서 눈을 떼지 않고 계속 지켜보고 있었지요. 그러자 그 사람도 주위를 둘러보는데, 그 눈이 꼭 뱀눈 같더라구요. 그 순간 뭔가 짚이는 게 있었지요. 나는 속으로 '저놈은 도회지 깡패가 틀림없어'라고 중얼거렸죠. 그런데 말입니다, 이제부터 잘 들으세요. 그때까지 스모크하우스에게는 그 이야기를 하지 않았어요. 그냥 마음속으로만 생각했던 거죠. 스모크하우스에게는 그냥 이렇게만 말했죠. '스모크하우스, 내가 밀고 따위나 하는 치사한 인간이 아니라는 건 자네도 알지…… 하지만 도회지 깡패들은 종류가 달라. 게다가 저기 있는 저놈은 여간 수상해 보이지 않으니……'"

"스모크하우스는 그 친구를 뜯어보더니 이렇게 말하더군요. '네 말이 맞을지도 몰라, 파인 빌리. 잠깐 가보자.' 그는 길을 건너 그 남자 차가 있는 곳으로 어슬렁거리며 다가갔어요."

다시 몸을 앞으로 세워 의자 네 다리가 모두 바닥에 닿게 한 파인 빌리는 불에다 다시 한 번 침을 뱉고 난 후 잠시 불타는 통나무를 쳐다보고 있었다. 나는 그 깡패한테 무슨 일이 일어났는지 듣고 싶어서 참을 수가 없었다.

드디어 통나무 관찰을 마친 파인 빌리가 다시 입을 열었다.

"그런데 아저씨도 아시다시피 스모크하우스는 읽지도 쓰지도 못하잖아요? 나는 그런 걸 잘하니까 내 도움이 필요할 수도 있겠다 싶어서 그 뒤를 따라갔지요. 그 남자는 우리가 오는 걸 보고 차 안으로

pulled Smokehouse aside, and I told him, 'He says he's from Chicargo, but—he's got a Illinoys tag on his car.' Ol' Smokehouse was on him like a bottle fly on syrup. He pulled that criminal out'n his car and stood him up aside of it, and asked him flat out ... 'If ye're from Chicargo, what are ye doin' with Illinoys tag on yer car?' Smokehouse knowed he had him. It caught the criminal flat-footed; he didn't know what to say; caught 'em in a barefaced lie, ye see. He tried to slick talk his way out'n it, but I'll say this fer ol' Smokehouse, he ain't all that easy to slicker."

Pine Billy was plumb excited now. "Smokehouse put the criminal in jail and said he would check it out; probably a big reward, and I'll git half of it. From the looks of the feller, it might be a bigger reward than me and Smoke-house either one has figgered."

Granma and Granpa both agreed that it sounded mighty promising and Granpa said he didn't hold with big-city criminals. Which I don't neither. We all saw pretty plain that Pine Billy was as good as rich.

But Pine Billy wasn't uppity about it. He said there could be the possibility that it wouldn't amount to a very big reward. He never put all his eggs in one basket, ner counted

도로 들어가더군요. 차 있는 곳까지 걸어간 스모크하우스는 창문에다 몸을 굽히고 점잖게 물었죠. 이곳에서 뭘 하고 있냐고요. 그 남자는 신경질적인 목소리로 자기는 지금 플로리다로 가는 중이라고 하더군요. 그런데 말하는 폼이 뭔가 수상하더라구요."

그건 나한테도 수상쩍게 느껴졌다. 할아버지를 쳐다보니 할아버지도 고개를 끄덕이고 계셨다.

파인 빌리가 이야기를 이어갔다. "스모크하우스가 그럼 어디서 오는 길이냐고 물으니 시카고에서 왔다고 하더군요. 그쯤에서 스모크하우스는 이제 됐으니까 한시바삐 마을을 떠나라고 했지요. 그 친구도 그러겠노라고 하더군요. 그런데 그 사이에……"

파인 빌리는 할아버지와 할머니를 돌아보며 눈짓을 했다.

"그 사이에 나는 차 뒤쪽으로 가서 차 번호판을 읽어보았지요. 그러고는 스모크하우스를 옆으로 끌고 가서 말했어요. '제 입으로 시카고에서 왔다고 했잖아? 그런데 번호판은 일리노이 주 거야.'[10] 그러자 스모크하우스는 꿀 만난 파리처럼 되어서 그놈을 물고늘어지더군요. 그 깡패를 차 밖으로 끌어내 차 옆에다 세워두고 닦달을 한 거지요…… '넌 시카고에서 왔다고 했잖아? 그런데 어떻게 일리노이 주 번호판을 달고 있어?'라고요. 스모크하우스가 정곡을 찔렀지요. 그 깡패는 속수무책으로 뒷덜미가 꽉 잡혔지요. 무슨 말을 해야 할지 몰라 쩔쩔매더라구요. 새빨간 거짓말이 드러나면 누구나 그렇잖아요? 입에 발린 말로 스모크하우스를 구슬렀지만 절대 그런 말에 쉽게 넘어갈 스모크하우스가 아니지요."

his chickens before they hatched. Which is sensible.

He said he had done some work on something else, just in case. He said the Red Eagle snuff company was holding a contest that paid five hundred dollars to the winner—practical enough to set a man up fer life. He said he had got hold of a entering paper and all you had to do was tell why you liked Red Eagle snuff. He said he labored over it before he filled it in, and come up with what he figured was the winningest answer that could be thought of.

Pine Billy said that most folks entering would say that Red Eagle was good snuff, and he said that too; but he went farther than that. He said he put down that it was the best snuff of any he had put in his mouth; and furthermore, he would never put any other kind of snuff in his mouth but Red Eagle, as long as he lived. He said that he used his head, because when the big men at the Red Eagle snuff company see that, then they would know they would eventually git all their money back, seeing as how Pine Billy would be continually using their snuff for the rest of his life. If they give the money to somebody that just said Red Eagle was good, and let it go at that, well, they was takin' a chance.

파인 빌리는 이제 자기 이야기에 흥분하고 있었다.

"스모크하우스는 그놈을 유치장에 처넣었어요. 철저하게 조사해야겠다고요. 거액의 현상금을 받게 될지도 모른대요. 그러면 나한테 반을 주겠다고 했어요. 그놈 옷 입은 걸로 봐서는 나나 스모크하우스가 생각하는 것보다 훨씬 더 많은 현상금을 받을지도 몰라요."

할아버지와 할머니는 정말 그럴 것 같다고 맞장구를 치셨다. 할아버지는 자신도 도회지 깡패라면 참지 못했을 것이라고 하셨다. 나도 그랬을 것 같았다. 우리 모두 파인 빌리는 이미 부자가 된 거나 마찬가지라고 느꼈다.

하지만 파인 빌리는 그 정도 가지고 그렇게 잘난 척하지 않았다. 그는 현상금이 그다지 큰 액수가 아닐 가능성도 '있다'고 말했다. 그는 한 바구니에 자기가 가진 달걀을 몽땅 집어넣거나, 알에서 병아리가 깨기도 전에 닭의 머릿수를 세는 일을 하지 않았다. 그건 현명한 일이었다.

파인 빌리는 그 일이 그르칠 경우를 대비해서 다른 일도 준비해놓고 있었다. '붉은 독수리' 담배 회사에서 500달러의 상금을 내걸고 감상문을 모집하고 있었던 것이다. 500달러라면 한 사람이 평생 먹고살 수 있는 돈이다. 파인 빌리는 응모 엽서를 이미 구해놓고 있었다. 이제 남은 일은 자기가 왜 붉은 독수리표 가루담배를 좋아하는지 적어넣는 것뿐인데, 파인 빌리는 엽서에다 적기 전에 정말로 골똘히 생각하여, 드디어 생각해낼 수 있는 최고의 답을 찾아냈다고 했다.

Pine Billy said them big fellers didn't take no chances, not with their money; that was why they was rich. He figured he pretty well had the Red Eagle proposition practically in his pocket.

Granpa agreed the money looked right certain. Pine Billy went to the door and spit out his snuff. He come back by the table and got the piece of sweet 'tater pie. I didn't mind as bad—though I still wanted it—but seein' as Pine Billy was rich, he probably deserved it.

Granpa got out his stone jug and Pine Billy took two or three swigs and Granpa took one. Granma coughed and got her jug of cough syrup. Granpa got Pine Billy to get his fiddle and bow, and play "Red Wing." Granpa and Granma tapped their feet. He sure could play pretty, and he sung it too:

> *"Now the moon shines tonight, on pretty Red Wing,*
> *The breezes sighing; the night birds crying*
> *While afar 'neath the stars, her brave is sleeping*
> *While Red Wing's weeping, her heart away."*

I went to sleep on the floor and Granma carried me to

파인 빌리의 설명에 따르면 이렇다. 대부분의 응모자들은 붉은 독수리표 가루담배의 품질이 좋다고 추어줄 것이다. 물론 자신도 그렇게 하겠지만 그것만으로는 부족하다. 자기는 붉은 독수리표 가루담배가 지금까지 자기가 맛본 담배 중에서 가장 좋은 가루담배라는 이야기를 적고 나서, 자기가 살아 있는 한 붉은 독수리표 말고는 다른 어떤 가루담배도 입에 대지 않겠다고 덧붙이겠다, 사람은 머리를 쓸 줄 알아야 한다, 자기 엽서를 붉은 독수리사의 높으신 양반이 본다면, 파인 빌리는 앞으로 남은 생애 동안 자기네 회사의 가루담배만 살 테니까 상금을 주더라도 결국 본전을 건질 수 있다는 걸 알게 될 것이다, 그냥 붉은 독수리표 가루담배가 좋다고만 이야기하는 사람에게 상금을 준다면 그건 도박이 아니겠는가?

또 파인 빌리는, 그런 높으신 양반들은 절대 자기 돈으로 도박을 하는 일이 없다, 그 사람들이 부자인 것도 다 그 때문이다, 그러니까 붉은 독수리사의 상금은 이미 자기 주머니 속에 들어온 것이나 다름 없다고 했다.

할아버지도 그 상금은 틀림없이 파인 빌리의 것이 될 것이라고 맞장구치셨다. 파인 빌리는 문밖으로 가서 입 안의 가루담배를 퉤하고 뱉었다. 다시 식탁 옆으로 돌아온 그는 남아 있던 고구마 파이 한 조각을 집어먹었다. 아직도 내가 그걸 먹고 싶은 마음이야 간절했지만, 파인 빌리는 부자라서 그걸 먹을 자격이 있다고 생각하니 그렇게 기분 나쁘지는 않았다.

할아버지가 돌로 만든 술병을 꺼내 오셨다. 파인 빌리는 두 잔인

bed. Last I heard was the fiddle. I dreamed that Pine Billy came to our cabin and he was rich and had a tow sack on his shoulder. It was full of sweet 'taters.

지 석 잔인지를 마셨고 할아버지는 한 잔만 드셨다. 할머니는 기침 때문에 감기 시럽약을 꺼내 와 드셨다. 할아버지의 부탁을 받은 파인 빌리는 긴 가방에서 바이올린과 활을 꺼내 〈붉은 날개〉를 켜기 시작했다. 할아버지와 할머니는 발로 박자를 맞추었다. 그의 연주 솜씨는 꽤 괜찮은 편이었다. 거기다 노래 솜씨도.

"오늘밤 아름다운 붉은 날개 위에 비치는 저 달빛이여,
바람은 한숨짓고 밤새는 슬피 우네.
저 머나먼 별빛 아래 붉은 날개의 용기는 잠들고,
그녀의 마음은 슬피 울며 날아가네."

할머니는 바이올린 소리를 듣다 어느 틈엔가 마룻바닥에 누워 잠이 든 나를 침대로 옮겨놓으셨다. 그날 밤 나는 파인 빌리가 우리 오두막으로 찾아오는 꿈을 꾸었다. 그는 이미 부자가 되어 있었는데, 어깨에 삼베 자루 하나를 짊어지고 있었다. 그 자루 안에는 고구마가 가득 들어 있었다.

The Secret Place

*R*eckin a million little critters live along the spring branch.

If you could be a giant and could look down on its bends and curves, you would know the spring branch is a river of life.

I was the giant. Being over two feet tall, I squatted, giant-like, to study the little marshes where trickles of the stream eddied off into low places. Frogs laid eggs; big crystal balls of jelly that had pollywogs dotted all through them ... waiting for the time to eat their way out.

Rock minnows darted to chase musk bugs scuttering across the stream. When you held a musk bug in your hand, it smelled real sweet and thick.

Once I spent a whole afternoon collecting some musk bugs, just a few in my pocket, for they are hard to catch. I took them to Granma, as I knew she loved sweet smells. She always put honeysuckle in her lye soap when she

나만의 비밀 장소

수많은 작은 생물들이 개천을 따라 살고 있다.

만일 거인이 되어 그 구불구불 흘러가는 개천을 위에서 내려다볼 수 있다면 개천이야말로 생명의 강이라는 것을 알 수 있을 것이다.

내가 바로 그 거인이었다. 키는 겨우 1미터 정도밖에 안 되었지만, 나는 거인처럼 쪼그리고 앉아 실개천들이 졸졸거리고 흘러내리면서 만들어낸 작은 웅덩이들을 연구하곤 했다. 개구리가 낳아둔 알들이 웅덩이 속에서 잠자고 있었다. 포도송이처럼 오글오글 모여 있는 젤리 모양의 투명한 작은 공들 속에는 검은 올챙이들이 점 모양으로 들어 있었다. 부화되어 나올 날을 기다리면서……

개울물 위를 가로지르며 돌아다니는 사향충을 잡으려고 황어들이 화살처럼 빠른 속도로 움직이고 다녔다. 사향충을 잡아서 손에 올려놓고 냄새를 맡아보면 진짜 진하면서 감미로운 냄새가 났다.

한번은 오후 한나절을 사향충 잡는 데 다 보낸 적도 있었다. 그래도 내 주머니 속에 들어 있는 건 두세 마리뿐이었다. 잡기가 쉽지 않았던 것이다. 나는 그놈들을 할머니한테 보여드렸다. 할머니가 감미로운 냄새를 좋아하시는 건 진작부터 알고 있었다. 비누를 만들 때면 언제나 그 속에다 인동덩굴 꽃을 섞곤 하셨으니까.

made it.

She was more excited about the musk bugs than I was, might near. She said she had never smelled anything so sweet and couldn't figger how she had missed out on knowing about musk bugs.

At the supper table she told Granpa about it before I could, and how it was the brandest new thing she had ever smelled. Granpa was struck dumbfounded. I let him smell of them and he said he had lived seventy-odd years, total unaware of such a smell.

Granma said I had done right, for when you come on something that is good, first thing to do is share it with whoever you can find; that way, the good spreads out to where no telling it will go. Which is right.

I got pretty wet, splashing in the spring branch, but Granma never said anything. Cherokees never scolded their children for having anything to do with the woods.

I would go far up the spring branch, wading the clear water, bending low through the green feather curtains of the weeping willows that hung down, trailing branch tips in the current. Water ferns made green lace that curved over the stream and offered holding places for the little

할머니는 사향충을 보자 내가 예상했던 것보다 훨씬 더 좋아하셨다. 할머니는 이렇게 감미로운 냄새는 한 번도 맡아본 적이 없다, 이런 멋진 벌레가 있는 걸 왜 지금까지 모르고 있었는지 알 수 없다고 하셨다.

그날 저녁 식탁에서 할머니는 내가 채 입을 열기도 전에, 그런 냄새는 정말이지 생전 처음 맡아봤다고 하시면서 할아버지에게 그 벌레 이야기를 하셨다. 할아버지는 그 이야기를 듣고 깜짝 놀란 얼굴을 하셨다. 나는 할아버지에게도 사향충 냄새를 맡아보시게 해드렸다. 그러자 할아버지는 70여 년을 살았지만 그런 냄새는 한 번도 맡아본 적이 없노라고 하셨다.

할머니가 나에게 잘했다고 칭찬해주셨다. 뭔가 좋은 일이 생기거나 좋은 것을 손에 넣으면 무엇보다 먼저 이웃과 함께 나누도록 해야 한다, 그렇게 하다보면 말로는 갈 수 없는 곳까지도 그 좋은 것이 퍼지게 된다, 그것은 좋은 일이라고 하시면서.

개울에서 물을 튀기며 다니는 바람에 옷이 젖었지만 할머니는 거기에 대해서는 한마디도 하지 않으셨다. 체로키는 아이들이 숲에서 한 일을 가지고 꾸짖는 법이 절대 없다.

가끔 난 개울 저 위쪽까지 올라가보곤 했다. 맑은 개울물을 건너기도 하고, 흐르는 물속에 가지 끝이 잠길 정도로 축 늘어진 버드나무 잎사귀들이 만들어낸 녹색 커튼 사이로 몸을 구부린 채 지나가기도 하면서. 개울 양쪽에는 물가에서 자라는 양치식물들이 초록 치마를 넓게 펼치고 작은 우산거미들에게 집 지을 장소를 제공하고 있었다.

umbrella spiders.

These little fellers would tie one end of a thin cable to the fern branch, then leap into the air, spilling out more cable in an umbrella and try to make it across to a fern branch on the other side. If he made it, he would tie the cable and jump back—back and forth—until he had a pearly looking net spread over the spring.

These were gritty little fellers. If they fell in the water, they got swept along in rapids and had to fight to stay on top and make it to the bank before a brook minnow got them.

I squatted in the middle of the spring branch and watched one little spider trying to get his cable across. He had determined that he was going to have the widest pearl net anywheres up and down the whole spring branch; and he picked a wide place. He would tie his cable, jump in the air and fall in the water. He'd get swept downstream, fighting for his life, crawl out on the bank and come back to that same fern. Then he'd try again.

The third time he come back to the fern and walked out on the end and laid down, crossing his front arms under his chin, to study the water. I figured he was might near give

이 작은 친구들은 양치식물의 줄기에다 가늘디가는 거미줄의 한 쪽 끝을 묶고는 공중으로 풀쩍 뛰어오른다. 좀 떨어진 곳에 있는 양치식물 줄기에다 거미줄을 연결하려는 것이다. 그렇게 해서 성공하면 거미는 줄을 줄기에다 묶고 난 다음 다시 아까의 그 줄기 쪽으로 되돌아간다. 앞뒤로 폴짝폴짝…… 이렇게 해서 진주처럼 빛나는 우산살 모양의 거미집이 개울 위에 펼쳐지게 되는 것이다.

이놈들은 덩치는 작아도 의지는 보통 굳센 친구들이 아니었다. 물에 빠지기라도 할라치면 잽싸게 기어나와 악착같이 높은 곳으로 기어올랐다. 한시바삐 물 밖으로 나가야 황어들이 채가지 못할 테니 말이다.

나는 실개울 한가운데에 쪼그리고 앉아서 작은 거미 한 마리가 자기 거미줄을 양쪽으로 연결하려고 애쓰는 것을 지켜보고 있었다. 그놈은 그 개울을 통틀어 다른 어디에서보다 더 넓은 거미집을 가지려고 작정했는지, 개울이 가장 넓게 벌어진 곳을 택했다. 거미줄 한쪽 끝을 양치식물에 묶고 난 거미는 공중으로 풀쩍 뛰어올랐다. 하지만 반대편 줄기에 닿기도 전에 그만 물 위로 떨어지고 말았다. 잠깐 물에 쓸려가던 그놈은 필사적으로 물살을 헤치고 나와 개울가로 기어올라갔다. 처음의 양치식물이 있는 곳으로 돌아온 거미는 다시 한번 공중으로 뛰어올랐다.

그놈은 세 번을 실패하고 나서 처음 위치로 다시 돌아오더니 막무가내로 뛰던 걸 중단했다. 대신 그놈은 줄기 끝 쪽으로 걸어가 아래를 내려다보며 엎드렸다. 물을 연구라도 하는 것처럼 턱 밑에다 앞

out—I was, and my bottom was numbing cold from squatting in the spring branch. He laid there thinking and studying. In a minute he got a thought, and commenced to jump up and down on the fern. Up and down. The fern got to rising and falling. He kept at it, jumping to move the fern down and riding it back up. Then, of a sudden, when the fern rose high, he jumped, letting out his umbrella—and he made it.

He was fired up proud and leapt around after he made it, until he nearly fell off. His pearl net become the widest I ever saw.

I got to know the spring branch, following it up the hollow: the dip swallows that hung sack nests in the willows and fussed at me until they got to know me—then they would stick out their heads and talk; the frogs that sung all along the banks, but would hush when I moved close, until Granpa told me that frogs can feel the ground shake when you walk. He showed me how the Cherokee walks, not heel down, but toe down, slipping the moccasins on the ground. Then I could come right up, and set down beside a frog and he would keep singing.

Following the spring branch was how I found the secret

발을 포개고 말이다. 나는 그놈이 포기할 것이라고 생각했다. 아니, 사실 포기하고 싶은 건 내쪽이었다. 실개울에 쪼그리고 앉아서 들여다보느라 차가운 물에 닿은 내 엉덩이가 얼얼한 판이었으니 말이다. 하지만 그놈은 그 자리에 꼼짝 않고 엎드린 채 생각하고 연구하고 있었다. 잠시 후 좋은 생각이 떠오른 것일까, 그놈은 양치식물 줄기 위에서 아래위로 폴짝거리며 뛰기 시작했다. 폴짝폴짝! 그러자 양치식물의 줄기가 아래위로 흔들리기 시작했다. 놈은 그 동작을 계속했다. 놈이 위로 뛰어오르면 줄기는 아래로 내려가고, 놈이 아래로 떨어질 때쯤이면 줄기가 위로 올라왔다. 그러더니 갑자기 줄기가 가장 높이 올라온 순간, 거미는 맞은편 줄기를 향해 펄쩍 뛰었다. 어느새 거미줄이 우산살처럼 좍 펼쳐졌다. 드디어 해낸 것이다.

건너뛰는 데 성공한 놈은 자랑스런 마음에 시동이라도 걸린 것처럼, 이쪽저쪽으로 풀쩍풀쩍 뛰어다녔다. 그러다가 거의 떨어질 뻔했지만, 어쨌든 이렇게 해서 놈의 진주 거미집은 지금까지 내가 본 중에서 가장 넓은 거미집이 되었다.

개울을 따라 골짜기 위쪽으로 올라갈수록 개울에 대해 더 많은 것들을 알게 되었다. 버드나무에 둥지를 트는 디프 제비들은 처음에는 내가 가까이 다가가면 시끄럽게 짹짹거리기만 하더니, 나하고 친해지고 나서는 내가 가까이 가면 머리를 둥지에서 내민 채 뭐라고 재잘거리며 말을 걸곤 했다. 개울가 여기저기서 울어대던 개구리들도 처음에는 내가 가까이 가면 울음을 뚝 그치곤 했다. 개구리들은 사람이 걸어오면 땅이 흔들리는 걸 느끼기 때문에 그런다고 할아버지

place. It was a little ways up the side of the mountain and hemmed in with laurel. It was not very big, a grass knoll with an old sweet gum tree bending down. When I saw it, I knew it was my secret place, and so I went there a whole lot.

Ol' Maud taken to going with me. She liked it too, and we would sit under the sweet gum and listen—and watch. Ol' Maud never made a sound in the secret place. She knew it was secret.

Once in the late afternoon me and ol' Maud was sitting with our backs against the sweet gum, and watching when I saw a flicker of something move a ways off. It was Granma. She had passed not far from us. But I figured she hadn't seen my secret place atall or she would of said something.

Granma could move quieter than a whisper through wood leaves. I followed her and she was root gathering. I caught up to help and me and Granma set down on a log to sort the roots out. I reckined I was too young to keep a secret, for I had to tell Granma about my place. She wasn't surprised—which surprised me.

Granma said all Cherokees had a secret place. She told

가 설명해주셨다. 할아버지는 나에게 체로키식으로 걷는 법을 가르쳐주셨다. 발꿈치를 땅에 대지 않고 발끝만으로 모카신을 땅에 끌듯이 하면서 걷는 것이다. 내가 이 걸음걸이를 익히고 나자 옆을 지나가도 개구리들은 우는 것을 그치지 않았다.

나만의 비밀 장소를 찾아낸 것도 개울을 따라 올라가던 중이었다. 그곳은 약간 산허리 쪽으로 올라선 곳에 있었다. 그곳은 월계수로 빙 둘러싸인 채 늙은 미국풍나무 한 그루가 굽어보고 있는, 그다지 넓지 않은 풀밭 둔덕이었다. 그곳을 본 순간 나는 그곳을 나만의 비밀 장소로 삼기로 작정했다. 그 뒤로 나는 심심하면 그곳에 들르곤 했다.

모드가 나를 따라다녔는데, 그 개도 그곳을 좋아했다. 우리는 미국풍나무 아래에 앉아서 가만히 귀를 기울이거나 주변을 구경하곤 했다. 그 비밀 장소에 오면 모드는 절대 소리를 내지 않았다. 그 개도 그곳이 비밀 장소라는 것을 알고 있었던 것이다.

어느 늦은 오후, 나와 모드가 미국풍나무를 등지고 앉아 있노라니, 뭔가 펄럭거리며 지나가는 것이 눈에 들어왔다. 할머니였다. 할머니는 우리가 앉은 곳에서 그다지 멀지 않은 곳을 지나가고 계셨다. 하지만 내 보기에 할머니가 내 비밀 장소를 눈치챈 것 같지는 않았다. 그랬더라면 나에게 말을 걸었을 것이다.

할머니는 나뭇잎 사이를 지나는 바람보다도 더 조용하게 움직일 수 있었다. 일어나서 할머니 뒤를 따라갔다. 할머니는 뿌리를 모으고 계시던 중이었다. 나는 할머니를 따라잡아 뿌리 캐는 일을 도와

me she had one and Granpa had one. She said she had never asked, but she believed Granpa's was on top of the mountain, on the high trail. She said she reckined most everybody had a secret place, but she couldn't be certain, as she had never made inquiries of it. Granma said it was necessary. Which made me feel right good about having one.

Granma said everybody has two minds. One of the minds has to do with the necessaries for body living. You had to use it to figure how to get shelter and eating and such like for the body. She said you had to use it to mate and have young'uns and such. She said we had to have that mind so as we could carry on. But she said we had another mind that had nothing atall to do with such. She said it was the spirit mind.

Granma said if you used the body-living mind to think greedy or mean; if you was always cuttin' at folks with it and figuring how to material profit off'n them ... then you would shrink up your spirit mind to a size no bigger'n a hickor'nut.

Granma said that when your body died, the body-living mind died with it, and if that's the way you had thought all

드렸다. 통나무 위에 걸터앉아 뿌리들을 골라낼 때였다. 비밀을 지키기에는 내 나이가 너무 어렸다. 결국 나는 할머니에게 내 비밀 장소에 대해 말하고 말았다. 그런데 할머니는 조금도 놀라지 않으셨다. 그 때문에 놀란 건 오히려 내 쪽이었다.

할머니는 체로키라면 누구나 자기만의 비밀 장소를 갖고 있다고 하셨다. 할머니 자신에게도 비밀 장소가 있으며, 할아버지에게도 있다, 지금까지 한 번도 물어본 적은 없지만 할아버지의 비밀 장소는 산꼭대기 가는 길 어딘가에 있다는 걸 알고 있다, 할머니 자신이 보기에는 대부분의 사람들이 자기만의 비밀 장소를 갖고 있는 것 같지만 확실하지는 않다, 한 번도 그 문제에 대해 조사해보지는 않았으니까, 하지만 비밀 장소는 누구에게나 꼭 필요한 것이라고 할머니는 말씀하셨다. 그 말을 듣자 나한테도 비밀 장소가 있다는 사실이 그럴 수 없이 뿌듯하고 자랑스러웠다.

할머니는 사람들은 누구나 두 개의 마음을 갖고 있다고 하셨다. 하나의 마음은 몸이 살아가는 데 필요한 것들을 꾸려가는 마음이다. 몸을 위해서 잠자리나 먹을 것 따위를 마련할 때는 이 마음을 써야 한다. 그리고 짝짓기를 하고 아이를 가지려 할 때도 이 마음을 써야 한다. 자기 몸이 살아가려면 누구나 이 마음을 가져야 한다. 그런데 우리에게는 이런 것들과 전혀 관계없는 또 다른 마음이 있다. 할머니는 이 마음을 영혼의 마음이라고 부르셨다.

만일 몸을 꾸려가는 마음이 욕심을 부리고 교활한 생각을 하거나 다른 사람을 해칠 일만 생각하고 다른 사람을 이용해서 이익 볼 생

your life there you was, stuck with a hickor'nut spirit, as the spirit mind was all that lived when everything else died. Then, Granma said, when you was born back—as you was bound to be—then, there you was, born with a hickor'nut spirit mind that had practical no understanding of anything.

Then it might shrink up to the size of a pea and could disappear, if the body-living mind took over total. In such case, you lost your spirit complete.

That's how you become dead people. Granma said you could easy spot dead people. She said dead people when they looked at a woman saw nothing but dirty; when they looked at other people they saw nothing but bad; when they looked at a tree they saw nothing but lumber and profit; never beauty. Granma said they was dead people walking around.

Granma said that the spirit mind was like any other muscle. If you used it it got bigger and stronger. She said the only way it could get that way was using it to understand, but you couldn't open the door to it until you quit being greedy and such with your body mind. Then understanding commenced to take up, and the more you tried to under-

각만 하고 있으면…… 영혼의 마음은 점점 졸아들어서 밤톨보다 더 작아지게 된다.

몸이 죽으면 몸을 꾸려가는 마음도 함께 죽는다. 하지만 다른 모든 것이 다 없어져도 영혼의 마음만은 그대로 남아 있다. 그래서 평생 욕심 부리면서 살아온 사람은 죽고 나면 밤톨만한 영혼밖에 남아 있지 않게 된다. 사람은 누구나 다 다시 태어나게 되는데, 그런 사람이 다시 세상에 태어날 때에는 밤톨만한 영혼만을 갖고 태어나게 되어 세상의 어떤 것도 이해할 수 없게 된다.

몸을 꾸려가는 마음이 그보다 더 커지면, 영혼의 마음은 완두콩알만하게 줄어들었다가 결국에는 그것마저도 완전히 사라지고 만다. 말하자면 영혼의 마음을 완전히 잃게 되는 것이다.

그런 사람들은 살아 있어도 죽은 사람이 되고 만다. 할머니는 어디서나 쉽게 죽은 사람들을 찾아낼 수 있다고 하셨다. 여자를 봐도 더러운 것만 찾아내는 사람, 다른 사람들에게서 나쁜 것만 찾아내는 사람, 나무를 봐도 아름답다고 여기지 않고 목재와 돈덩어리로만 보는 사람, 이런 사람들이 죽은 사람들이었다. 할머니 말씀에 따르면 그런 사람들은 걸어다니는 죽은 사람들이었다.

영혼의 마음은 근육과 비슷해서 쓰면 쓸수록 더 커지고 강해진다. 마음을 더 크고 튼튼하게 가꿀 수 있는 비결은 오직 한 가지, 상대를 이해하는 데 마음을 쓰는 것뿐이다. 게다가 몸을 꾸려가는 마음이 욕심 부리는 걸 그만두지 않으면 영혼의 마음으로 가는 문은 절대 열리지 않는다. 욕심을 부리지 않아야 비로소 이해라는 것을 할 수

stand, the bigger it got.

Natural, she said, understanding and love was the same thing; except folks went at it back'ards too many times, trying to pretend they loved things when they didn't understand them. Which can't be done.

I see right out that I was going to commence trying to understand practical everybody, for I sure didn't want to come up with a hickor'nut spirit.

Granma said your spirit mind could get so big and powerful that you would eventually know all about your past body lives and would get to where you could come out with no body death atall.

Granma said I could watch some of how it worked from my secret place. In the spring when everything is born (and always, when anything is born, even an idea), there's fret and fuss. There's spring storms like a baby borning in blood and pain. Granma said it was the spirits kicking up a fuss at having to get back into material forms again.

Then there was the summer—our growed-up lives—and autumn when we got older and had that peculiar feeling in our spirits of being back in time. Some folks called it nostalgia and sadness. The winter with everything dead or

있기 때문이다. 반대로 더 많이 이해하려고 노력하면 영혼의 마음도 더 커진다.

할머니는 이해와 사랑은 당연히 같은 것이라고 하셨다. 이해하지도 못하면서 사랑하는 체하며 억지를 부려대는 사람들이 있긴 하지만, 그런 사랑은 진정한 사랑이 아니라고 하시면서.

그 말을 듣고 나는 모든 사람을 잘 이해하기로 마음먹었다. 밤톨만한 영혼을 갖고 싶지는 않았기 때문이다.

영혼의 마음이 자꾸자꾸 커지고 튼튼해지면, 결국에는 지나온 모든 전생의 삶들이 보이고 더 이상 육신의 죽음을 겪지 않는 단계에 도달하게 된다고 할머니는 말씀하셨다.

할머니는 내 비밀 장소에서 그런 생명의 순환이 어떻게 이루어지는지 지켜볼 수 있을 것이라고 하셨다. 모든 것이 새롭게 탄생하는 봄이 되면(설사 그것이 그냥 생각일 뿐이라 해도 무엇인가가 태어날 때는 항상 그렇듯이) 흔들림과 소란이 일어난다. 영혼이 다시 한 번 물질적인 형태를 갖추려고 발버둥치기 때문이다. 그래서 봄에 부는 매서운 바람은, 아기가 피와 고통 속에서 태어나는 것처럼 탄생을 위한 시련이다.

그러고 나면 생명을 한껏 꽃피우는 여름이 온다. 그보다 더 나이가 들면 우리 영혼이 제자리로 돌아갈 날이 머지않았다는, 특이한 느낌을 갖는 가을이 지나가는데, 사람들은 그런 느낌을 애잔한 그리움이라 부르기도 한다. 겨울이 되면 모든 것이 죽거나 죽은 것처럼 보인다. 우리 몸이 죽었을 때처럼. 하지만 봄이 되면 다시 태어날 것

seeming to be, like our bodies when they die, but born again just like the spring. Granma said the Cherokees knew, and had learned it long ago.

Granma said I would come to know that the old sweet gum tree in my secret place had a spirit too. Not a spirit of humans, but a tree spirit. She said her Pa had taught her all about it

Granma's Pa was called Brown Hawk. She said his understanding was deep. He could feel the tree-thought. Once, she said, when she was a little girl, her Pa was troubled and said the white oaks on the mountain near them was excited and scared. He spent much time on the mountain, walking among the oaks. They were of much beauty, tall and straight. They wasn't selfish, allowing ground for sumach and persimmon, and hickory and chestnut to feed the wild things. Not being selfish gave them much spirit and the spirit was strong.

Granma said her Pa got so worried about the oaks that he would walk amongst them at night, for he knew something was wrong.

Then, early one morning, as the sun broke the mountain ridge, Brown Hawk watched while lumbermen moved

이다. 할머니 말씀으로는 체로키들은 오래전부터 이 사실을 터득하고 있었다고 하셨다.

할머니는 내 비밀 장소에 있는 늙은 미국풍나무에도 영혼이 있다는 걸 내가 언젠가는 깨닫게 될 것이라고 하셨다. 사람의 영혼이 아니라 나무의 영혼이. 할머니에게 이 모든 걸 가르쳐주신 분은 할머니의 아버지였다.

할머니의 아버지, 외증조부의 이름은 갈색 매였다. 나무가 생각하는 것까지 느낄 수 있을 정도로 무척 이해심이 깊은 분이셨다. 한번은 할머니가 아직 어린 여자아이였을 때, 외증조부는 집 근처 산에 있는 흰참나무들이 하나같이 겁을 먹고 들떠 있어 걱정이라고 하셨다. 외증조부는 참나무들 사이를 걸어다니면서 산 위에서 많은 시간을 보냈다. 그 나무들은 멋있게 생기고 키도 큰 데다 줄기도 곧게 뻗어 있었다. 그 나무들은 이기적이지도 않았다. 산짐승들의 먹이가 되는 옻나무와 감나무, 히커리나무와 밤나무들과 함께 자라고 있었던 것이다. 이기적이지 않았기 때문에 그 나무들은 크고 강한 영혼을 갖고 있었다.

흰참나무들의 불안이 커져가자 외증조부는 이제 밤 동안에도 나무들 사이를 걸어다니곤 하셨다. 뭔가 잘못되어가고 있는 것을 아셨기 때문이다.

그러던 어느 이른 아침, 해가 산등성이 위로 막 고개를 내밀고 있을 때, 외증조부는 벌목꾼들이 나무들 사이를 돌아다니는 모습을 보았다. 그 사람들은 흰참나무마다 표시를 하고 다녔다. 몽땅 잘라낼

through the white oaks, marking and figuring how to cut all of them down. When they left, Brown Hawk said, the white oaks commenced to cry. And he could not sleep. So he watched the lumbermen. They built a road up to the mountain over which to bring their wagons.

Granma said her Pa talked to the Cherokees and they determined to save the white oaks. She said at night, when the lumbermen would leave and go back to the settlement, the Cherokees would dig up the road, hacking deep trenches across it. The women and children helped.

The next morning, the lumbermen came back and spent all day fixing the road. But that night, the Cherokees dug it up again. This went on for the next two days and nights; then the lumbermen put up guards on the road with guns. But they could not guard all the road, and the Cherokees dug trenches where they could.

Granma said it was a hard struggle and they grew very tired. Then one day, as the lumbermen were working on the road, a giant white oak fell across a wagon. It killed two mules and smashed the wagon. She said it was a fine, healthy white oak and had no reason to fall, but it did.

The lumbermen gave up trying to build the road. Spring

작정을 한 것 같았다. 그들이 떠나자 외증조부 말씀으로는 참나무들이 울기 시작했다고 한다. 외증조부는 잠도 자지 않고 벌목꾼들이 하는 짓을 지켜보았다. 그 사람들은 산꼭대기까지 수레가 다닐 길을 닦기 시작했다.

외증조부가 체로키들에게 그 이야기를 하자, 모두 흰참나무들을 구하기로 의견을 모았다. 그래서 밤이 되어 벌목꾼들이 개척촌으로 되돌아가고 나면, 이번에는 체로키들이 나와 길 여기저기를 파헤치고 길을 가로지르는 깊은 도랑을 팠다. 여자와 아이들까지도 그 일을 도왔다.

다음 날 아침에 다시 돌아온 벌목꾼들은 온종일 시간을 들여 파헤쳐진 길을 고쳤다. 그러다 밤이 되면 다시 체로키들이 길을 파헤쳤다. 사흘이 지났을 때 벌목꾼들은 길에다 총 든 보초를 세웠다. 하지만 산꼭대기까지의 그 긴 길 전체에 모조리 보초를 세울 수는 없었다. 체로키들은 보초가 없는 곳을 골라 도랑을 파는 일을 계속했다.

그건 무척이나 힘든 투쟁이었다. 모두들 녹초가 될 만큼 지쳐갔다. 그러던 어느 날 벌목꾼들이 길을 고치고 있을 때, 커다란 흰참나무 한 그루가 마차 위로 넘어졌다. 노새 두 마리가 깔려 죽고 마차는 박살이 났다. 할머니 말로는 튼튼하고 잘 뻗은 나무여서 넘어질 이유가 하나도 없었는데 그렇게 넘어졌다고 한다.

드디어 벌목꾼들은 길닦이를 포기했다. 곧이어 봄비가 내리는 우기가 시작되었고…… 그 후 그들은 두 번 다시 돌아오지 않았다.

보름달이 꽉 찼을 때 체로키들은 흰참나무 숲에서 잔치를 벌였다.

rains set in ... and they never came back.

Granma said the moon waxed full, and they held a celebration in the great stand of white oaks. They danced in the full yellow moon, and the white oaks sang and touched their branches together, and touched the Cherokee. Granma said they sang a death chant for the white oak who had given his life to save others, and she said the feeling was so strong that it almost picked her up off the mountain.

"Little Tree," she said, "these things you must not tell, for it will not help to tell them in this world that is the white man's. But you must know. And so I have told you."

I knew then why we only used the logs that the spirit had left for our fireplace. I knew the life of the forest ... and the mountains.

Granma said that her Pa had such understanding that she knew he would be strong ... where he would know, in his next body life. She said she hoped soon she would be strong too; then she would know him, and their spirits would know.

Granma said that Granpa was moving closer to the understanding without knowing it, and they would be together, always, their spirits knowing.

모두들 둥글고 노란 달님 아래서 춤을 추었다. 그랬더니 흰참나무들도 가지를 서로 스치거나, 가지로 체로키들을 건드리면서 함께 춤추고 노래 불렀다. 또 다른 나무들을 구하기 위해 자기 목숨을 내던진 그 참나무를 애도하는 노래도 불렀다. 그 느낌이 워낙 강해서 할머니는 공중으로 붕 떠오르는 듯한 착각마저 들었다고 하셨다.

"작은 나무야, 이런 이야기는 절대 하면 안 된다. 백인들의 세상에서 그런 이야기를 해봤자 아무 쓸모도 없으니까 말이다. 하지만 넌 반드시 이 이야기를 알아둬야 해. 그 때문에 내가 너한테 얘기해주는 거란다."

그제서야 난 영혼이 빠져나간 마른 통나무만을 땔감으로 쓰는 이유를 알았다. 또 그때서야 비로소 숲과 산에도 생명이 있음을 알았다.

"너의 외증조부는 그렇게 이해심이 많은 사람이어서 그렇게 강하셨을 거야······ 다음번 생에서도 그렇게 이해심이 많으실 거고······ 나도 그렇게 강해졌으면 좋겠구나. 그러면 네 외증조부를 이해할 수 있을 것이고, 서로의 영혼을 이해할 수 있을 터이니······"

할머니는 이렇게 말씀하셨다.

또 할머니는 할아버지 자신은 느끼지 못하지만, 할아버지가 이해의 경지에 점점 가까워지고 있다는 이야기도 하셨다. 두 분은 서로의 영혼을 이해하기 때문에 항상 함께할 거라고 하시면서.

나는 할머니에게 나도 그런 경지에 이르면 뒤에 혼자 남지 않아도 되는지 물어보았다.

I asked Granma, reckin if I could get that way so I wouldn't be left behind.

She taken my hand. We walked a long way down the trail before she answered. She said for me always to try to understand. She said I would get there too, and I might even be ahead of her.

I said I didn't care a thing in the world about being ahead. It would suit me might near total if I could just catch up. It was kind of lonesome, always being left behind.

할머니가 내 손을 잡으셨다. 할머니가 내 질문에 대답하신 것은 산길을 한참 걸어내려오고 나서였다. 항상 이해하도록 노력하라는 말이었다. 그렇게 하면 나도 그곳에 닿을 수 있을 것이며, 할머니보다 앞설 수도 있다고 하시면서 말이다.

나는 앞서든 말든 그런 것에는 관심이 없다고 말했다. 다만 할아버지와 할머니를 따라잡을 수만 있다면 정말 좋겠다고 생각했다. 뒤에 혼자 남는 것은 정말 쓸쓸한 일이니까 말이다.

Granpa's Trade

*I*n all his seventy-odd years, Granpa had never held a job in public works. "Public works," to mountain folks, meant any kind of job that paid for hire. Granpa couldn't tolerate regular hire. He said all it done was used up time without satisfaction. Which is reasonable.

In 1930, when I was five years old, a bushel of corn sold for twenty-five cents; that is, if you could find anybody that would buy a bushel of corn. Which was not likely. Even if it had sold for ten dollars a bushel, me and Granpa could not have made a living at it. Our corn patch was too little.

Granpa had a trade though. He said every man ought to have a trade and had ought to take pride in it. Granpa did. His trade was handed down on the Scotch side of his family for several hundred years. Granpa was a whiskey-maker.

When you bring up whiskey-making, most folks outside the mountains give it a bad name. But their judgments are allowed at on what big-city criminals do. Big-city crimi-

할아버지의 직업

지금까지 칠십 평생을 살아오시는 동안 할아버지는 한 번도 소위 변변한 직장이란 걸 가져본 적이 없었다. 산사람들에게 '변변한 직장'이란 일정한 보수를 받고 고용되는 직업을 뜻한다. 하지만 할아버지는 다른 사람한테 고용되어 생활하는 것을 도저히 참아내지 못하는 분이셨다. 할아버지는 그렇게 해봤자 만족은 없고 시간만 낭비할 뿐이라고 주장하셨다. 맞는 말씀이었다.

내가 다섯 살이던 1930년에 옥수수 1부셸(약 25킬로그램)의 가격은 25센트였다. 옥수수 1부셸을 살 사람을 찾을 수 있다면 말이다. 물론 그게 그렇게 쉬운 일은 아니었지만. 아니, 설사 옥수수 1부셸의 값이 10달러였다 해도 우리 생활을 지탱하기는 힘들었을 것이다. 우리 밭의 옥수수 수확량이 워낙 적었기 때문이다.

그런데 할아버지에게도 직업이 있었다. 할아버지는 남자라면 누구나 직업을 가져야 하고, 또 자기 직업에 자부심을 가져야 한다고 말씀하셨다. 할아버지는 정말 그러셨다. 할아버지의 직업이라는 것은 할아버지의 스코틀랜드 쪽 가계로부터 수백 년 동안 전해 내려온 위스키 제조업이었다.

산에 살지 않는 사람들은 누가 위스키를 제조한다고 하면 그다지

nals hire fellers to run off whiskey, not caring what kind of whiskey it is, just so they run off a lot of it—and fast. Such men will use potash or lye to "turn" their mash quick and give their whiskey a good "bead." They'll run their whiskey through sheet iron or tin and truck radiators, which has all kinds of poisons and can kill a man.

Granpa said such fellers ought to be hung. Granpa said you could make bad judgments about any trade, giving it a bad name, if you judged by the worst that was carrying on the trade.

Granpa said his clothes suit was as spankin' good as the day he married up in it, fifty-odd years ago. He said the tailor that made it had taken pride in his work; howsoever, there was tailors that didn't. Your judgment of the tailoring trade was dependent on which kind of tailor ye went by. Same as the whiskey-making trade. Which is right.

Granpa would never put anything in his whiskey, not even sugar. Sugar is used to stretch out the whiskey and make more of it; but Granpa said it was not pure whiskey when this was done. He made pure whiskey; nothing but corn in the makins.

He also had no patience atall with aging whiskey. Granpa

좋은 눈으로 바라보지 않는다. 하지만 그런 비난을 받아야 하는 사람은 대도시에 사는 범법자들이다. 그런 사람들은 사람들을 고용해서 대량으로 위스키를 만들어낸다. 위스키의 품질은 아랑곳하지 않고 그저 많이, 빨리 만들어내는 데만 신경을 쓴다. 그런 사람들은 맥아를 빨리 발효시키고 위스키에 그럴듯한 '거품'을 주려고 양잿물이나 산화칼륨을 쓴다. 게다가 위스키를 거를 때도 체 대신에 철그물이나 주석그물, 때로는 트럭의 라디에이터를 쓰곤 한다. 이런 것들은 모두 독성이 있어서 사람을 죽일 수도 있는데 말이다.

할아버지는 그런 놈들은 목을 매달아야 한다고 하셨다. 어떤 직업이 만들어낸 것 중에서 가장 나쁜 것만 보고 판단한다면 나쁜 평가를 받고 오명을 쓰지 않을 직업이 단 하나도 없다고 하시면서.

할아버지의 한 벌뿐인 양복은 50년 전 그걸 입고 결혼식을 올리던 때에 그러했듯이 지금도 변함없이 산뜻하다, 그 양복을 만든 재봉사는 자기 일에 자부심을 느낄 것이다, 하지만 세상에는 그렇지 않은 재봉사도 있게 마련이다, 그러니 재봉사라는 직업에 대한 판단은 어떤 재봉사를 만나느냐에 달려 있다, 그건 위스키 제조업의 경우도 마찬가지라는 게 할아버지의 설명이셨다. 일리 있는 말씀이었다.

할아버지는 위스키 속에 일절 아무것도 넣지 않았다. 설탕조차 넣지 않았다. 설탕은 위스키의 농도를 흐려서 양을 불리는 데 사용되곤 했다. 하지만 할아버지는 옥수수만을 사용해서 그야말로 100퍼센트 순수 위스키를 만들곤 하셨다.

또 할아버지는 위스키를 숙성시킨다는 이야기를 들으면 참지 못

said he had heard all his life this 'un and that 'un mouthing off about how much better aged whiskey was. He said he tried it oncet. Said he set some fresh whiskey back and let it set for a week and when he tasted of it, it didn't taste one lick-damn different from all the other whiskey he made.

Granpa said that where folks got that at was letting whiskey set in barrels for a long time until it picked up the scent and color of the barrels. He said if a damn fool wanted to smell of a barrel, he'd ought to go stick his head in one and smell of it, then go git hisself a drink of honest whiskey.

Granpa called such people "barrel sniffers." He said he could put stump water in a barrel and let it set long enough and sell it to such folks, and they would drink it because it smelled like a barrel.

Granpa was right put out about the whole whiskey barrel mess. He said the thing was likely started—if it could be checked out—by big shots that could afford settin' their whiskey up for years at a time. This way they squeezed out the little man who couldn't afford to set his whiskey back to git a barrel smell. He said they spent a creekfull of money to sell their whiskey as having a better barrel smell than anybody else's, and so total fooled a lot of 'possum-

하셨다. 할아버지는 평생 동안 이런저런 놈들이 오래된 위스키가 더 좋다고 떠들어대는 이야기를 무수히 들어왔다고 하셨다. 그래서 한 번은 실험을 해보셨단다. 막 만든 위스키 중에서 얼마를 들어내놓았다가 한 일주일 정도 지나서 맛을 봤는데, 다른 위스키 맛과 눈곱만치도 차이가 나지 않았다.

사람들이 그렇게 느끼는 건 위스키를 오랫동안 통 안에 넣어두면, 나무통의 냄새와 색깔이 위스키에 배기 때문이다, 그렇게 통 냄새를 맡고 싶은 머저리 같은 놈이라면 통 속에다 대가리를 처박고 실컷 냄새를 맡고 나서 깨끗한 위스키를 마시면 될 게 아니냐는 게 할아버지의 주장이셨다.

할아버지는 그런 사람들을 '통 중독자'라 불렀다. 나무 그루터기에 고인 물을 통 속에 오래 담아두었다가 그런 사람들에게 팔면 통 냄새가 물씬 날 테니까 좋아라고 마실 거라고 욕을 하시면서.

사실 할아버지는 위스키통을 둘러싸고 벌어지는 그 모든 소동에 대해서 불같이 화를 내시며 이렇게 퍼붓곤 하셨다.

"그런 소동은 확인해보면 알겠지만, 몇 년치 위스키를 한꺼번에 갖출 수 있는 부자 회사들이 퍼뜨린 게 틀림없어. 이런 식으로 해서 통 냄새가 밸 만큼 위스키를 오래 저장해둘 수 없는 가난한 제조업자들을 쥐어짜는 거야. 그들은 엄청난 돈을 뿌려가면서 자기들 위스키가 다른 위스키들보다 더 좋은 통 냄새가 난다고 선전을 해대지. 이런 선전에 넘어가는 닭대가리같이 멍청한 놈들은 무슨 수를 써서든 그런 술을 마시려고 하고. 하지만 아직도 세상에는 통 중독자가

headed idjits that they'd ought to drink it. But there was still sensible folks, Granpa said, who had not taken up barrel sniffin', and so the little man could still git by.

Granpa said that since whiskey-making was the only trade he knowed, and since I was five coming on to six, then he reckined I would have to learn that trade. He advised that when I got older, I might want to switch trades but I would know whiskey-making, and could always have a trade to fall back on in times when I was pushed otherwise to make a living.

I seen right off that me and Granpa had a fight on our hands with the big shots that was pushing barrel sniffin' whiskey; but I was proud that Granpa had taken me in to learn the trade.

Granpa's still was back up in the Narrows where the spring branch run out of the creek. It was set back in laurels and honeysuckle so thick that a bird couldn't find it. Granpa was proud of it, for it was pure copper: the pot and the cap arm and the coil, which was called a "worm."

It was a little still as stills go, but we didn't need a big one. Granpa only made one run a month, which always come out to eleven gallons. We sold nine gallons to Mr.

되지 않은 지각 있는 사람들이 있어서 가난한 제조업자들이 그런대로 살아갈 수가 있는 거야."

위스키 제조업이 자신이 알고 있는 유일한 직업이었던 할아버지는, 이제 내 나이도 여섯 살이 다 되어가자 이 일을 배워두는 게 좋겠다는 생각을 하셨던 듯하다. 할아버지는 내가 나이가 들어 직장을 때려치우거나 다른 방법으로는 생계를 꾸려갈 수 없을 때 써먹을 수 있을 테니, 위스키 만드는 법을 배워두라고 나에게 권하셨다.

나는 할아버지와 내가 힘을 합쳐 싸워야 하는 상대가 바로 통 냄새 위스키를 밀어붙이는 부자 회사들이란 걸 단박에 알아차렸다. 그래도 나는 할아버지가 나를 택해서 그 기술을 가르쳐주는 것이 무척 자랑스러웠다.

할아버지의 증류기는 실개천들이 모여들어 시내를 이루는 곳에 있었다. 그 증류기는 빽빽한 월계수와 인동덩굴 속에 깊이 파묻혀 있어서 하늘을 나는 새들도 찾아내기 힘들 정도였다. 할아버지는 자신의 증류기를 무척 자랑스러워하셨다. 솥과 뚜껑꼭지, '벌레'라 부르는 코일까지 모두 순동으로 만들어진 증류기였다.

다른 것들보다는 작은 증류기였지만 큰 것이 필요하지도 않았다. 할아버지는 한 달에 한 번씩 11갤런(약 42리터)의 위스키를 만들어냈다. 그중 9갤런을 사거리에서 가게를 하는 젠킨스 씨에게 1갤런(약 3.8리터)당 2달러씩을 받고 팔았다. 그것은 옥수수가 만들어낸 것치고는 꽤 큰 액수였다.

우리는 그 돈으로 생필품을 샀고 적으나마 저축도 했다. 할머니는

Jenkins, who run the store at the crossroads, at two dollars a gallon which you can see was a lot of money for our corn.

It bought all the necessaries and put a little money back besides, and Granma kept that in a tobacco sack stuffed down in a fruit jar. Granma said that I had a share in it, for I was working hard and learning the trade too.

Our two gallons we kept there. Granpa liked to have some in his jug for occasional liquorin' and settin' in before company, and Granma used considerable of it in her cough medicine. Granpa said it was also necessary for snake bite, spider bite, heel bruises and lots of things like that.

I seen right off that stillin'—if you done it proper—was hard work.

Most people making whiskey used white corn. We didn't have any. We used Indian corn, which is the only kind we grew. It is dark red and give our whiskey a light red tint ... which nobody else had any like. We was proud of our color. Everybody knew it when they saw it.

We would shell the corn, Granma helped, and some of it we put in a tow sack. We poured warm water over the sack and let it lay in the sun or in the winter by the fireplace. You had to turn the sack two or three times a day to keep

남은 돈을 담배쌈지에 넣어서 과일항아리 속에 넣어두셨다. 할머니는 나도 힘들게 일하고 기술을 배웠으니 그 속에는 내 몫도 있다고 하셨다.

남은 2갤런은 그냥 집에 두었다. 할아버지는 가끔가다 한 번씩 마시거나 친구들이 왔을 때 내놓을 요량으로, 술을 집 안에 두는 걸 좋아하셨다. 할머니는 주로 감기약 만드는 데 술을 쓰셨다. 또 뱀이나 거미한테 물리거나 발에 멍이 들었을 때도 술이 필요했다.

나는 얼마 안 가 술 증류시키는 일이 제대로 하려면 보통 힘든 일이 아니라는 것을 알았다.

다른 사람들은 위스키를 만들 때 하얀 옥수수를 주로 썼지만 우리는 그렇게 하지 않았다. 우리는 붉은 인디언 옥수수만 길렀기 때문에 술 만들 때도 그것만 썼다. 거무칙칙한 붉은빛을 띤 인디언 옥수수는 술 색을 약간 붉게 만들었다. 이런 색을 내는 위스키는 없었다. 우리는 우리 위스키의 색이 자랑스러웠다. 그걸 보면 누구라도 만든 사람이 누구인지 알 테니 말이다.

술 만드는 일은 우선 옥수수자루에서 알을 떼내는 것으로 시작한다. 이때는 할머니도 도와주셨다. 떼낸 옥수수알 중 일부는 자루 속에 집어넣고 따뜻한 물을 부어 햇볕에 쪼이거나, 겨울이면 자루째 불 곁에 두었다. 옥수수알이 잘 섞이도록 하려면 하루에도 두세 번씩 자루를 뒤집어주어야 한다. 이렇게 4, 5일 지나면 기다란 싹들이 올라온다.

떼낸 다른 옥수수알들은 갈아서 가루로 만들었다. 제분업자에게

the corn stirred up. In four or five days it had long sprouts.

The other shelled corn we ground up into meal. We couldn't stand the expense of taking it to a miller, for he would take out a toll. Granpa had built his own grist mill. It had two rocks set against each other, and we turned them with a handle.

Me and Granpa would tote the meal up the hollow and the Narrows to the still. We had a wood trough that we stuck in the spring branch and ran water to the pot 'til it was filled three quarters full. Then we poured the meal in and started a fire under the pot. We used ash wood for ash makes no smoke. Granpa said that more than likely any wood would be all right, but there was no sense in taking a chance. Which was right.

Granpa fixed me a box which we set on a stump by the pot. I stood on the box and stirred the meal water while it cooked. I couldn't see over the top and never seen exactly what I was stirring, but Granpa said I done good and was never knowed to let a batch scorch. Even when my arms got tired.

After we cooked it, we drawed it off through a slop arm in the bottom, into a barrel, and added the sprout corn which

가져가면 꽤 많은 돈이 들었기 때문에 우리가 직접 갈아 썼다. 할아버지에게는 손수 만든 맷돌이 있었다. 돌에 붙은 손잡이를 돌리면 아래위 돌 두 개가 서로 어긋나게 돌아가도록 만든 맷돌이었다.

할아버지와 나는 그렇게 빻은 옥수수 가루를 골짜기 위쪽, 증류기가 있는 곳까지 가져갔다. 물은 나무 홈통을 개울에 연결하여 끌어다 썼다. 가마솥에다 4분의 3 정도가 되도록 물을 채우고 나면, 빻은 가루를 가마솥에 붓고 솥에 불을 지폈다. 땔감으로는 연기가 안 나는 숯을 썼다. 할아버지는 무슨 나무를 쓰든 상관없지만, 굳이 발각될 위험을 무릅쓰는 건 무모한 일이 아니겠느냐고 하셨다. 옳은 말씀이었다.

할아버지는 가마솥 옆의 나무 그루터기 위에다 상자를 놓고, 그 위에 나를 올려주셨다. 나는 그 상자 위에 서서 옥수수 가루 푼 물이 익을 때까지 휘저었다. 그렇게 해도 가마솥 높이가 내 키보다 더 커서 가마솥 안을 넘겨볼 수는 없었기 때문에 한 번도 내가 과연 잘 젓고 있는 건지 알 수가 없었다. 하지만 할아버지는 내가 잘하고 있다고 칭찬하시면서 눕지 않게 계속 저으라고 하셨다. 너무 많이 저어서 팔이 떨어져 나갈 만큼 아픈데도 말이다.

옥수수 가루 푼 물이 익어서 죽처럼 되면, 우리는 가마솥 바닥에 설치한 비스듬한 관으로 그것을 빼내 통 속으로 옮겼다. 그러고 나면 싹 틔운 옥수수알을 함께 통 속에 붓고 발효가 될 때까지 뚜껑을 덮어두었다. 발효가 다 되려면 4, 5일 정도가 걸린다. 그동안은 날마다 한 번씩 그곳까지 가서 저어주어야 했다. 할아버지는 이렇게 하

we had ground up. Then we covered the barrel and let it set. It would set for about four or five days, but each day, we had to go and stir it up. Granpa said it was "working."

After four or five days, there would be a cap of hard crust on it. We would break up the cap, until it was about gone and then we was ready to make a run.

Granpa had a big bucket and I had a little one. We dipped out the barrel and poured the beer—that's what Granpa called it—into the pot. Granpa set the cap on the pot, and we put our wood to fire under it. When the beer boiled, it sent steam up through the cap arm which was connected to the worm, the coil of copper tubing running around in circles. The worm was set in a barrel, and we had cold water from the spring branch running in our trough through the barrel. This made the steam turn back to liquid, and the worm come out at the bottom of the barrel. Where it come out, we had hickory coals to strain off the bardy grease which would make you sick if you drank it.

After all of this you would think we would get a lot of whiskey ... but we only got about two gallons. We set the two gallons aside and drained off the "backings," which didn't turn to steam, in the pot.

는 걸 '익힌다'고 하셨다.

4, 5일이 지나면 옥수수죽 위에 단단한 막이 만들어지는데, 우리는 그 막을 부숴서 증류할 준비를 갖추었다.

할아버지는 큰 물통, 나는 작은 물통을 가지고 통에 든 맥주(할아버지는 옥수수막 아래에 있던 발효액을 맥주라고 부르셨다)를 퍼내가마솥에다 부었다. 그런 다음 할아버지는 가마솥의 뚜껑을 덮고 가마솥에 불을 지폈다. 그러면 맥주가 끓어오르면서 솟아오른 증기가뚜껑에 붙은 관을 지나 지렁이관, 즉 나선형의 구리관 속으로 들어간다. 증기를 다시 액체로 바꾸려면 지렁이관이 든 통을 계속 식혀야 했다. 그래서 우리는 그 통을 차가운 시냇물이 흐르도록 만든 물길 가운데에다 놓아두었다. 지렁이관을 나온 액체가 통 바닥에 고이면, 그 액체 위에다 히커리나무로 만든 숯을 띄워 몸에 안 좋은 기름성분을 빨아들이게 했다.

이 일들을 모두 마치고 나면 꽤 많은 위스키가 생길 줄 알겠지만…… 실제로 우리 손에 들어오는 위스키는 겨우 2갤런 정도밖에되지 않는다. 우리는 그 2갤런을 옆으로 치워놓고 증기로 바뀌지 않고 가마솥에 그대로 남아 있는 술지게미에서 물기를 짜냈다.

그러고 난 다음에는 그릇 전부를 깨끗하게 씻어야 했다. 걸러낸 2갤런을 할아버지는 '진국'이라 불렀는데, 알코올 농도가 200도가넘을 것이라고 했다. 우리는 이 진국과 지게미를 함께 가마솥 속에집어넣고 다시 한 번 불을 지폈다. 물을 약간 더 붓는 것 말고는 아까와 똑같은 과정이 되풀이된다. 이렇게 하면 이번에는 11갤런의 위

Then we had to scrub the whole thing down. The two gallons we had, Granpa called them "singles." He said they was over two hundred proof. We put the backings and the singles back in the pot, started the fire, and done it an over again, adding some water. This time, we got our eleven gallons.

As I say, it was hard work and I never could figure how some folks would say that lazy, good-for-nothings made whiskey. Whoever says that without a doubt has never made any.

Granpa was the best at his trade. Whiskey can be ruined a lot more ways than it can be made good. The fire can't be too hot. If you let the workings lay too long, vinegar sets up; if you run early, it's too weak. You must be able to read a "bead," and judge its proofing. I seen why Granpa taken such pride in his trade, and I tried to learn.

Some things I could do which Granpa said he didn't hardly see how he had managed until I come along. He would lower me into the pot after a run, and I scrubbed it out. Which I always done as fast as I could, for it was usually pretty hot. I toted ash wood and kept everything stirred up. It kept us busy.

스키가 나온다.

앞서도 말했지만 위스키를 만드는 건 아주 힘든 일이다. 나로서는 사람들이 어째서 위스키 만드는 일을 게으르고 일확천금을 노리는 놈들이나 하는 짓이라고 하는지 이해할 수가 없다. 아마 틀림없이 한 번도 위스키를 만들어보지 않은 사람들이 하는 이야기일 것이다.

할아버지는 정말 솜씨가 좋으셨다. 위스키 만드는 법은 무척 까다로워서 질 좋은 위스키를 만들어낼 가능성보다 실패할 가능성이 항상 더 컸다. 불이 너무 세도 안 되고 너무 오래 익혀도 식초 냄새가 난다. 거꾸로 덜 익히면 술의 농도가 약해진다. 발효 '거품'을 읽을 줄도 알아야 한다. 그걸 보고 판단해야 하는 것이다. 나는 할아버지가 왜 그렇게 자기 일에 자부심을 갖는지 이해할 수 있을 것 같았다. 그래서 나도 그 기술을 배우려고 애썼다.

내가 할 수 있는 일들을 도와드리노라면 할아버지는, 내가 오기 전까지 혼자서 어떻게 해왔는지 도저히 믿기지 않는다고 말씀하시곤 했다. 증류가 끝난 후 할아버지가 나를 안아올려 가마솥 안에 넣어주면, 가마솥을 북북 문질러 씻는 것도 내 일이었다. 가마솥 안은 뜨거웠기 때문에 그 일은 최대한 빨리 해치우지 않으면 안 되었다. 숯을 나르고, 솥 안에 옥수수 가루를 붓고 섞는 일도 내 몫이었다. 할아버지나 나나 눈코 뜰 새 없이 바빴다.

우리가 증류기에서 일하는 동안 할머니는 개들을 데리고 집에 있다가, 누가 산으로 올라오는 눈치가 보이면 블루보이를 풀어서 우리 있는 곳으로 올려보내곤 하셨다. 후각이 제일 예민한 블루보이가 우

When me and Granpa was at the still, Granma kept the dogs locked up. Granpa said if anybody was to come up the hollow, then Granma was to turn loose Blue Boy and send him up the trail. Blue Boy, having the best nose, would pick up our scent and show up at the still and then we would know somebody was on the trail.

Granpa said he started out using ol' Rippitt, but ol' Rippitt commenced eating the leftover backings and got drunk. He taken to it regular. Granpa said ol' Rippitt might near turned to steady liquorin' before he put a stop to it. Once he led ol' Maud to the still and she got drunk too. So he switched to Blue Boy.

There are many other things that a good mountain whiskey-maker must know. You have to be careful to clean up good after a run, because if you don't it will smell of sour mash. Granpa said the law was just like hound dogs and had noses fer smell that could pick up a mash scent miles away. Granpa said he reckined that this was where the name "law dogs" come from. He said if you could check it out, they was all handed down from a special bred-up line, used by kings and such, like hounds to track folks. But Granpa said if I ever had occasion to see any of

리 냄새를 찾아서 증류기 있는 곳까지 오면, 우리는 누가 산을 올라오고 있다는 걸 알게 된다.

처음에는 블루보이가 아니라 리핏을 전령으로 썼는데, 어느 날인가부터 리핏이 남은 술지게미를 먹고 취하기 시작하더라고 한다. 그후 리핏은 산에 올라올 때마다 버릇처럼 취했고, 나중에는 거의 만성적인 알코올중독 상태가 되었다. 결국 할아버지는 리핏에게 그 일을 그만두게 하고 모드한테 시켰다. 하지만 그 개도 같은 꼴이었다. 그래서 다시 바꾼 개가 블루보이였다고 한다.

산에서 위스키 만드는 사람이 반드시 알아둬야 할 일들은 이외에도 많다. 증류를 끝내고 나면 신경 써서 주변을 말끔히 치우는 건 무엇보다 중요한 일이다. 그렇게 하지 않으면 신 냄새가 주변을 진동한다. 할아버지는 순사란 건 사냥개와 같아서 몇 킬로미터나 떨어진 곳의 술지게미 냄새도 맡을 수 있는 코를 가졌다고 하셨다. '개코순사'란 말이 생겨난 것도 그 때문인 것 같다고 하시면서. 또 할아버지는 조사해볼 수 있으면 밝혀지겠지만, 그런 사람들은 왕이나 귀족들 밑에서 사냥개처럼 다른 사람들 뒷조사를 하고 다니던 집안 출신인 게 틀림없다, 내가 그 사람들을 만날 기회가 있으면 알게 되겠지만, 그런 사람들한테는 뭔가 독특한 냄새가 나기 때문에 산사람들 중에는 그 사람들이 가까이 오면 금방 알아차릴 수 있는 사람들도 있다고 하셨다.

물통을 가마솥에 부딪치지 않는 것도 중요한 주의 사항 중의 하나였다. 산속에서 물통과 가마솥이 부딪치는 소리는 십리 밖에서도 들

them, I would notice they all had a smell about them too ... which helped folks some in knowing they was about.

Also you had to be careful not to knock your bucket against the pot. You can hear a bucket striking a pot for maybe two miles in the mountains. This cause me considerable worry until I got on to it, for I had to dip my bucket in the barrel, tote it to the pot, climb up the stump and box, and lean way over to dump in the beer. I shortly got to where I never struck my bucket.

You could not sing nor whistle neither. But me and Granpa talked. Regular talk will carry a long way in the mountains. Most folks don't know—the Cherokees do—that there is a range of tone you can talk in that when it carries will sound like mountain sounds: wind in the trees and blush and maybe running water. That's the way me and Granpa talked.

We listened to the birds while we worked. If the birds fly off and the tree crickets stop singing—look out.

Granpa said there was so many things to handle in your head that I was not to worry about picking it up all at oncet; that it would come and be nature to me after a while. Which eventually it did.

리게 마련이다. 이 때문에 나는 익숙해지기 전까지 온 신경을 곤두세운 채 일했다. 통 안의 술지게미를 물통으로 퍼내 가마솥에 부을 때마다, 키가 작은 나는 나무 그루터기와 상자 위에 올라서는 것으로도 모자라 솥 쪽으로 몸을 기울여야 했다. 그런 만큼 가마솥에 통을 부딪칠 확률이 컸다. 하지만 얼마 가지 않아 실력이 늘었는지 한 번도 물통을 부딪치지 않고 일할 수 있게 되었다.

또 산속에서는 노래를 부르거나 휘파람을 불어선 안 된다. 하지만 이야기를 나누는 건 상관없다. 사실 산속에서는 보통 말소리라도 멀리까지 들리는 법이다. 하지만 체로키는 알지만 다른 사람들은 잘 모르는 사실의 하나로, 사람들이 말하는 톤 중에는 그 소리가 멀리 퍼졌을 때 산의 소리, 즉 나무나 덤불 사이에 이는 바람소리나 졸졸 흐르는 물소리처럼 들리는 소리들이 있다. 할아버지와 나는 이 톤으로 이야기를 나누곤 했다.

또 우리는 일하는 동안 새소리를 주의해서 들었다. 새들이 날아가고 나무 귀뚜라미가 우는 걸 그치면 조심해야 한다.

할아버지는, 머릿속으로 판단해야 할 일이 한두 가지가 아니다, 하지만 한꺼번에 이것저것 모두 신경 쓰려고 애쓸 필요는 없다, 얼마 안 있으면 자연스럽게 몸에 밸 거라고 하셨다. 사실 나중에 가서는 그 말대로 되었다.

할아버지는 자신이 만든 위스키마다 병뚜껑을 긁어서 표시를 했다. 일종의 상표였다. 할아버지의 상표는 도끼 모양이었다. 이 근방 산에 있는 다른 사람들은 아무도 이 표시를 쓰지 않았다. 그들에게

Granpa had a mark for his whiskey. It was his maker's mark, scratched on top of every fruit jar lid. Granpa's mark was shaped like a tomahawk, and nobody else in the mountains used it. Each maker had his own mark. Granpa said that when he passed on, which more than likely he would eventually do, I would git the mark handed down to me. He had got it from his Pa. At Mr. Jenkins' store, there was men who come in and would not buy any other whiskey but Granpa's, with his mark.

Granpa said that as a matter of fact, since me and him was more or less partners now, half of the mark was owned by me at the present time. This was the first time I had ever owned anything, as to call it mine. So I was right proud of our mark, and seen to it, as much as Granpa, that we never turned out no bad whiskey under our mark. Which we didn't.

I guess one of the scaredest times of my life come about while making whiskey. It was late winter, just before spring. Me and Granpa was finishing up our last run. We had sealed the half-gallon fruit jars and was putting them in the tow sacks. We always put leaves in the tow sacks too, for this helped us to keep from breaking our jars.

도 각자 자기 나름의 상표가 있었다. 할아버지는 그 도끼 상표를 언젠가는 나한테 물려주겠노라고 하셨다. 할아버지도 증조할아버지한테 그 상표를 물려받았던 것이다. 젠킨스 씨네 가게에는 도끼 상표가 그려진 할아버지의 위스키 외에 다른 것은 사지 않으려는 손님들도 있었다.

할아버지는 내가 이미 할아버지의 동업자이기 때문에 그 상표의 반은 지금도 내 것이라고 하셨다. 내 것이라고 할 만한 무언가를 가져보기는 그때가 처음이었다. 그래서 나는 우리 상표가 무척 자랑스러웠다. 할아버지가 그러셨던 것처럼, 나도 우리 상표를 욕되게 할 나쁜 위스키는 절대로 만들지 않기로 결심했다. 사실 우리는 한 번도 그런 적이 없었다.

그런데 내 평생에서 가장 무서웠던 일이 위스키를 만드는 동안에 일어났다. 그때는 봄이 막 시작되려고 하던 늦겨울이었다. 마지막 증류 작업도 끝내고, 우리는 위스키를 넣은 반 갤런짜리 병들을 봉해서 자루 속에 담고 있었다. 병이 부딪쳐 깨지지 않도록 나뭇잎들도 함께 자루 속에 넣었다.

할아버지는 위스키병이 가득 든 커다란 자루 두 개를 한꺼번에 옮기곤 하셨다. 나는 반 갤런짜리 병 세 개가 든 작은 자루를 맡았다. 나중에는 병 네 개까지 옮길 수 있게 되었지만 이 당시에는 아직 세 개밖에 옮기지 못했다. 그래도 나한테는 꽤 큰 짐이어서 산길을 내려가는 동안 몇 번이나 내려놓고 한참씩 쉬었다 가곤 했다. 할아버지도 그러셨다.

Granpa always carried two big tow sacks with most of the whiskey. I carried a little tow sack with three half-gallon jars. I eventually got to where I could carry four jars, but at that time I could only carry three. It was a pretty big load for me, and toting it back down the trail, I would have to stop considerable to set it down and rest. Granpa did too.

We was just finishing our sacking when Granpa said, "Damn! There's Blue Boy!"

There he was, laying by the side of the still with his tongue hanging out. What scared me and Granpa was that we didn't know how long he had been there. He had come up without a word and laid down. I said, "Damn!" too. (As I say, me and Granpa occasional cussed when we wasn't around Granma.)

Granpa was already listening. All the sounds was the same. The birds had not flown away. Granpa said, "Ye taken up your sack and head back down the trail. Iff'n ye see somebody, step off the trail 'til they pass. I'll take time to clean up and hide the still and go down t'other mountain side. I'll meet ye at the cabin."

I grabbed up my sack and throwed it over my shoulder so fast, it nearly jerked me over back'ards but I wobbled out,

병을 자루에 넣는 걸 막 끝냈을 때 할아버지의 나지막한 비명 소리가 들렸다.

"빌어먹을! 블루보이잖아!"

맙소사! 블루보이가 증류기 옆에서 혀를 늘어뜨리고 앉아 있었다. 무엇보다 우리를 당황하게 만든 건 그 개가 언제부터 거기 그렇게 앉아 있었는지 모른다는 점이었다. 그 개는 산 위로 올라오면 절대 짖지 않고 그렇게 엎드려 있곤 했다. 나도 "빌어먹을!"이라고 중얼거렸다(앞에서 말했지만 할아버지와 나는 근처에 할머니가 안 계시면 심심찮게 욕을 하곤 했다).

할아버지는 벌써 귀를 세우고 계셨다. 모든 소리가 그대로였다. 새들도 아직은 날아가지 않고 나무에 그대로 앉아 있었다. 할아버지가 말씀하셨다.

"너는 네 자루를 갖고 먼저 산 아래로 내려가거라. 가다가 누가 보이면 그 사람들이 지나갈 때까지 풀숲에 숨어 있도록 해라. 나는 그 사이에 증류기를 씻어서 숨겨놓고 산 반대편으로 내려갈 테니. 헛간에서 만나기로 하자."

나는 자루를 움켜쥐고 재빨리 어깨에다 둘러멨다. 어찌나 세차게 휘둘렀던지 뒤로 휘청 자빠질 뻔했지만 간신히 중심을 잡고 서둘러 칼길 위로 올라섰다. 겁이 났다…… 하지만 이럴 수밖에 없다는 걸 알고 있었다. 무엇보다 증류기가 우선이었으니까.

평지에 사는 사람들은 아마 결코 이해하지 못할 것이다. 증류기를 두들겨 부수는 게 산사람들에게 어떤 의미를 갖는지. 그것은 시카고

fast as I could and got on the Narrows trail. I was scared ... but I knew this was necessary. The still come first.

Flatlanders could never understand what it meant to bust up a mountain man's still. It would be as bad as the Chicargo fire to the people in Chicargo. Granpa's still had been handed down to him, and now, at his age, it was not likely that he could ever replace it. To have it busted up would not only put me and Granpa out of business, it would put me and him and Granma where it would be practical intolerable to make a living.

There was no way atall of living on twenty-five cent corn, even if you had enough corn to sell—which we didn't—and even if you could sell it—which we couldn't.

Granpa didn't have to explain to me how desperate it was that we save the still. So I taken off. It was hard to trot with the three fruit jars in my sack.

Granpa sent Blue Boy with me. I kept my eye on Blue Boy, walking just ahead of me, for he could pick a scent out of the wind long before you could hear anything.

The mountains rose high on either side of the Narrows trail, and there was just room to walk on the bank of the spring branch. Me and Blue Boy had come maybe halfway

사람들에게 시카고 전체가 불타는 것과 같은 최악의 사태였다. 할아버지의 증류기는 증조할아버지에게서 물려받은 것이다. 게다가 지금 할아버지 나이로 새것을 산다는 건 절대 불가능하다. 그것이 부서지면 할아버지와 내가 직업을 잃게 될 뿐 아니라, 우리 식구 모두가 먹고살 길이 막막해질 것이다.

1부셸에 25센트 하는 옥수수만으로는 도저히 생계를 꾸려갈 수 없다. 우리는 그렇지도 못했지만 설사 팔 옥수수가 수북이 쌓여 있고, 그것을 팔 수 있다고 하더라도 말이다.

증류기 감추는 게 얼마나 절박한 일인지 굳이 설명할 필요도 없었다. 그래서 나는 두말 않고 먼저 산을 내려갔다. 하지만 병 세 개가 든 자루를 짊어지고 뛰기란 보통 힘든 일이 아니었다.

할아버지는 블루보이를 나와 함께 가게 해주셨다. 나는 바로 앞에서 걸어가는 블루보이에게서 눈을 떼지 않았다. 그 개는 내가 인기척을 느끼기 훨씬 전에 바람에 실려오는 냄새를 잡아낼 수 있을 테니 말이다.

칼길 양편은 깎아지른 듯한 산비탈이어서 걸을 수 있는 공간이라곤 좁다란 개울둑뿐이었다. 블루보이와 함께 칼길을 반 정도 내려갔을 때였다. 저 아래 산골짜기에서 개들이 컹컹대며 짖는 소리가 들렸다.

할머니가 개들을 몽땅 풀어놓았던 것이다. 개들은 산길을 따라 뛰어올라오면서 계속 짖어대고 있었다. 뭔가 안 좋은 일이 생긴 게 틀림없었다. 나와 블루보이는 걸음을 멈추었다. 칼길로 들어선 개들

down the Narrows when we heard a big racket break out down on the hollow trail.

Granma had turned all the dogs loose and they was howling and baying up the trail. Something was wrong. I stopped and Blue Boy did too. The dogs were coming on, turning up the Narrows toward us. Blue Boy raised his ears and tail and sniffed the air; hairs ruffled on his back, and he started walking stiff-legged ahead of me. I sure appreciated ol' Blue Boy right then.

Then there they was. They come around the bend of the trail all of a sudden and stopped and looked at me. They 'peared like an army, though thinking back it was likely not more than four of them. They were the biggest fellers I had ever seen and they had badges shining on their shirts. They stood and stared at me like they had never seen such before. I stopped and watched them too. My mouth got clacker dry and my knees commenced to wobble.

"Hey!" one of them hollered, "by God ... it's a kid!"

Another one said, "A damn Indian kid!" Which, with me wearing moccasins, deer pants and shirt ... with my hair long and black, I couldn't hardly see no way of passing as anything else.

이 우리 쪽으로 오고 있었다. 블루보이는 귀와 꼬리를 세운 채 계속 코를 킁킁거렸다. 등의 털까지 곤두선 그 개의 걸음걸이는 긴장으로 몹시 뻣뻣했다. 과연 블루보이였다.

바로 그 순간 그 사람들이 나타난 것이다. 산모퉁이를 돌아서 불쑥 모습을 드러낸 그들은 나를 보더니 깜짝 놀라 걸음을 멈추었다. 나중에 다시 생각해보니 겨우 네 명밖에 안 되는 사람들이었는데 일개 소대는 되는 것처럼 느껴졌다. 하나같이 덩치가 컸고, 윗도리에 번쩍이는 배지를 달고 있었다. 그 사람들은 생판 처음 보는 물건을 보듯이 가만히 서서 나를 쳐다보았다. 나도 걸음을 멈추고 그들을 바라보았다. 입 안이 바싹바싹 마르고 무릎이 후들거렸다.

"맙소사!…… 어린애잖아!"

그중에 한 사람이 고함을 질렀다.

"인디언 애새끼야!"

다른 사람이 말했다.

모카신을 신고, 사슴가죽으로 만든 바지에다 셔츠…… 게다가 길고 검은 머리까지…… 인디언이 아니라고 나설 방도는 도저히 없었다.

한 사람이 앞으로 나서며,

"얘야, 그 자루에 뭐가 들었니?"

라고 묻는데, 다른 남자 한 명이 고함을 질렀다.

"저 개 조심해!"

블루보이가 슬금슬금 그 사람들 쪽으로 걸어가고 있었다. 블루보이는 낮은 소리로 으르렁거리면서 이빨을 드러냈다. 블루보이는 자

One of them said, "What'cha got in that sack, kid?" And another one hollered, "Look out for that hound!"

Blue Boy was walking real slow toward them. He was growling low and showing his teeth. Blue Boy meant business.

They started walking, cautious, up the trail toward me. I seen that I could not get around them. If I jumped in the spring branch they would catch me, and if I run back up the trail I would be leading them to the still. That would put me and Granpa out of business and it was my responsibility, same as Granpa's, to save the still. I taken to the side of the mountain.

There is a way to run up a mountain; if you ever have to run up a mountain ... which I hope you don't. Granpa had showed me the way Cherokees do it. You don't run straight up, you run along the side and angle up as you go. But you don't hardly run on the ground; this is because you place your feet on the high side of brush and tree hunks and roots, which gives you good footing, so you'll never slip. You can make fast time. This is what I did.

Instead of angling up the mountain away from the men ... which would have taken me back up the Narrows ... I headed up the side that led down the trail, toward the men.

기가 할 일이 무엇인지 잘 알고 있었다.

그 사람들이 조심조심 내 쪽으로 걸어오기 시작했다. 그들을 뚫고 달아날 수는 없었다. 그리고 개울에 뛰어든다면 쉽게 잡힐 것이고, 도로 산 위로 달아나면 증류기 있는 곳으로 그 사람들을 데려가는 꼴이 될 것이다. 그러면 할아버지와 나는 직업을 잃을 것이다. 그것은 내 책임이었다. 증류기를 지키는 것이 할아버지의 책임인 것처럼. 나는 가파른 산등성이로 도망치는 쪽을 택했다.

산등성이를 뛰어오르려면 요령을 알아야 한다. 되도록이면 여러분에게는 그런 일이 없기를 바라지만 혹시 그럴 경우가 생긴다면 말이다. 할아버지는 나에게 체로키들이 어떻게 산등성이를 뛰어오르는지 보여주셨다. 똑바로 위로 올라가면 안 된다. 비스듬하게 각도를 잡아서 옆으로 오르도록 해야 한다. 덤불이나 둥치, 나무뿌리에 발을 딛게 되므로 땅을 밟고 달리는 일은 거의 없다. 이런 것들은 좋은 버팀대가 되기 때문에 절대 미끄러지는 법이 없다. 또 이렇게 하면 빨리 달릴 수 있었다. 내가 쓴 방법이 바로 이것이었다.

하지만 산 위쪽으로 방향을 잡는 대신…… 그렇게 하면 도로 칼길과 만나게 될 판이었으므로…… 나는 그 사람들과 마주 보는 쪽의 산등성이를 오르기 시작했다. 그렇게 해야 아래쪽 길과 만날 수 있을 터였다.

이 때문에 나는 그 사람들 머리 바로 위를 지나가게 되었다. 그들도 길에서 벗어나 덤불을 헤치면서 내 쪽으로 다가왔다. 그중 한 사람에게 까딱했으면 발목을 잡힐 뻔했다. 그 사람은 내가 딛고 서 있

This made me pass right over their heads. They broke off the trail toward me, thrashing in the brush, and one of them nearly reached my foot as I passed. He did manage to grab the brush I had stepped on and was so close I might near knew he was going to kill me right off. But Blue Boy bit him in the leg. He hollered and fell back'ards on the men behind him, and I kept running.

I heard Blue Boy, he was growling and fighting. He got kicked or hit, because I heard the wind go out of him, and he yelped, but he was right back fighting again. I was running all the time—fast as I could—which wasn't too fast as the fruit jars was slowing me up.

I heard the men clambering up the mountain behind me and about that time, the rest of the hounds hit. I could tell ol' Rippitt's growling and howling plain, and ol' Maud's. It all sounded pretty fearful, mixed in with the men yelling and hollering and cussing. Later on, Granpa said he heard it plumb over on the other mountain and it sounded like an entire war had broke out.

I kept running as long as I could. After a while I had to stop. I felt like I would bust; but I didn't stop long. I kept going until I was settin' right on top of the mountain. The

던 덤불을 움켜쥐려고 몸을 뻗었다. 그 남자가 하도 가까이 다가오는 바람에 이제 나는 이 사람 손에 죽겠구나라는 생각까지 들었다. 그런데 바로 그때 블루보이가 그 남자의 다리를 물었다. 그는 비명을 지르면서 자기 뒤에 서 있던 사람들 위로 넘어졌고 덕분에 나는 계속 달아날 수 있었다.

블루보이의 으르렁거리며 싸우는 소리가 등 뒤에서 들려왔다. 발에 채거나 얻어맞았는지 잠시 깨깽거리던 블루보이는 금방 다시 으르렁거리며 그들과 싸웠다. 나는 잠시도 쉬지 않고 내처 달렸다. 내딴에는 젖 먹던 힘까지 다 내서 죽을 둥 살 둥 달렸다. 하지만 자루속에 든 병 무게로 몸이 자꾸 뒤로 처지는 바람에 그다지 빠르지는 않았다.

그 사람들이 내 뒤에서 산을 기어올라오는 소리가 들렸다. 그리고 그때쯤에는 나머지 개들이 싸우는 소리도 들렸다. 리핏의 으르렁거리는 소리와 모드의 컹컹거리는 소리가 또렷이 들려왔다. 그 모든 소리들은 그 사람들이 내지르는 비명과 고함과 욕설 소리에 뒤섞여 무시무시한 느낌이 들게 했다. 나중에 할아버지는 맞은편 산을 오르다가 그 소리를 들었는데 세상이 온통 난리가 난 줄 알았다고 하셨다.

죽어라고 달리다보니 숨이 끊어질 것처럼 힘들었다. 어쩔 수 없이 잠시 멈춰야 했다. 하지만 오래 서 있지는 않았다. 나는 산꼭대기까지 간 다음에야 주저앉았다. 마지막에는 자루를 질질 끌면서 기어올라가야 했다. 녹초가 될 만큼 지쳤던 것이다.

산꼭대기에 도착했을 때까지도 개와 사람들 소리는 여전히 들렸

last part of the climbing I had to drag my fruit jars, I was that wore out.

I could still hear the dogs and men. They were moving back down the Narrows trail, and then the hollow trail. It was a continuous squalling, cussing and yelling all the way; like a big ball of sound that rolled down the trail until I couldn't hear it anymore.

Though I was so tired I couldn't stand up, I felt right good about it, for they didn't go near the still, and I knew Granpa would be pleased. My legs was weak and so I laid down in the leaves and slept.

When I woke up, it was dark. The moon had come up over the far mountain, nearly full and was bringing light to the hollows, way down below me. Then I heard the hounds. I knew Granpa had sent them after me, for they didn't bay like they did on a fox trail; their voices sounded kind of whining, like they was trying to get me to answer them.

They had picked up my trail, for they were angling up the mountain. I whistled and heard them yelp and bark. In a minute, they was covering me up, licking my face and jumping all over me. Even ol' Ringer had come, and him might near blind.

다. 그 소리들은 칼길 아래쪽으로 움직여가더니 골짜기로까지 내려 갔다. 그러는 동안에도 개 짖는 소리, 욕하는 소리, 고함 소리 따위 는 쉬지 않고 계속되었다. 마치 커다란 소리 공이 산길을 따라 굴러 내려가는 것 같았다. 드디어 산은 본래의 평온을 되찾았다.

일어날 수도 없을 만큼 지쳤지만 그래도 기분은 굉장히 좋았다. 그 사람들은 증류기 근처에는 얼씬도 못했다…… 할아버지도 무척 기뻐하시겠지. 다리에 힘이 없어서 일어서지도 못하고 낙엽 속에 드 러누워 있던 나는 이런 생각을 하며 잠이 들었다.

잠에서 깨어보니 벌써 어두운 밤이었다. 먼 산 위로 달이 솟아 있 었다. 거의 다 찬 보름달이었다. 저 아래 산골짜기로 내려가는 길이 훤히 내려다보였다. 그때 개들 짖는 소리가 들렸다. 할아버지가 나 를 찾으려고 개들을 풀었던 것이다. 여우몰이를 할 때는 개들이 그 런 식으로 짖지 않는다. 개들은 나더러 들리면 대답하라고 말하는 것처럼 낑낑대는 소리를 냈다.

내 자취를 찾아냈는지 개들이 산꼭대기 쪽으로 달려왔다. 내가 휘 파람을 불자 개들은 컹컹거리며 짖어댔다. 잠시 후 나를 에워싼 개 들은 내 얼굴을 핥거나 내 둘레를 펄쩍거리며 뛰어다녔다. 거의 장 님이나 마찬가지인 링거까지 왔다.

나는 개들과 함께 산에서 내려왔다. 모드는 참을 수가 없었던지 할아버지와 할머니에게 나를 찾아낸 걸 알리려고 앞서 뛰어가면서 짖어댔다. 아마 칭찬을 독차지하고 싶어서였을 것이다. 냄새는 하 나도 맡지 못하는 주제에 말이다.

Me and the hounds come down off the mountain. Ol' Maud couldn't stand it, and run ahead barking and howling to tell Granma and Granpa I had been found. Aiming to take all the credit herself, I reckoned, though she couldn't smell a lick.

As I come down the hollow I saw Granma, out in the trail. She had lit the lamp and was holding it before her like she had set a light to guide me home. Granpa was with her.

They didn't come up the trail but stood and watched as I come along with the dogs. I felt good about it. I still had my fruit jars and had not broke any of them.

Granma set the lamp down and knelt to meet me. She grabbed me so hard, she nearly made me drop my fruit jars. Granpa said he would carry the fruit jars the rest of the way.

Granpa said that he couldn't have done any better hisself, and him going on seventy-odd years. He said that I was likely coming on to be the finest whiskey-maker in the mountains.

Granpa said I might wind up being better'n him. Which I knew wasn't likely, but I was proud he said it.

Granma never said anything. She toted me the rest of the way home. But I could of made it, more than likely.

골짜기로 내려오자 할머니가 길에 나와 서 있는 것이 보였다. 할머니는 나를 집까지 인도해줄 불을 켜놓기라도 한 것처럼 등잔을 앞으로 치켜들고 서 계셨다. 할아버지도 할머니 옆에 서 계셨다.

할아버지와 할머니는 내 쪽으로 걸어오시지 않고 그냥 그 자리에 선 채 내가 개들과 함께 내려오는 것을 지켜보고 계셨다. 나도 그렇게 하는 게 더 좋았다. 나는 여전히 자루를 짊어지고 있었다. 술병은 하나도 깨뜨리지 않았다.

할머니가 등잔을 땅에 내려놓으시더니 무릎을 꿇고 나를 향해 팔을 벌렸다. 하도 세게 껴안는 바람에 하마터면 자루를 떨어뜨릴 뻔했다. 이제부터 집까지는 할아버지가 자루를 들어주겠노라고 하셨다.

할아버지는 지금까지 칠십 평생 동안 이렇게 멋지게 해치워본 건 처음이라고 하셨다. 그러면서 할아버지는 나에게 산에서 가장 뛰어난 위스키 제조업자가 될 소질이 있다고 칭찬하셨다.

할아버지는 내가 당신보다 더 좋은 술을 만들게 될 거라고 하셨다. 그렇지 않을 거라는 건 알고 있었지만 그래도 할아버지가 그렇게 칭찬해주니 무척 자랑스러웠다.

할머니는 아무 말도 하지 않으셨다. 하지만 할머니는 집까지 나를 업어주셨다. 집까지 걸어갈 힘 정도는 나한테도 남아 있었는데 말이다.

Trading with a Christian

$\mathcal{T}$he next morning, all the dogs was still jumping around, stiff-legged and proud. They knew they had done something which helped. I felt proud too ... but I wasn't uppity about it, because such was part of the whiskey-making trade.

Ol' Ringer was missing. Me and Granpa whistled and hollered for him, but he didn't show up. We walked all around the cabin clearing, but he wasn't to be found anywhere. So we set off with the hounds to find him. We went up the hollow trail and the Narrows but could find no trace of him anywhere. Granpa said we had better backtrack up the mountain the way I had come down the night before. We did; first through the brush tangles, searching, and then up the mountain. Blue Boy and Little Red found him.

Ringer had run into a tree. Maybe it was the last tree he had run into, for Granpa said it looked like he had run into a lot of trees or else been hit with a club. His head was bloody

기독교인과 거래하다

다음 날 아침까지도 개들은 펄쩍거리며 뛰어다니거나 몸을 뻣뻣하게 치켜세운 채 자랑스럽게 걸어다녔다. 자기들이 뭔가 중요한 일을 해냈다는 걸 알고 있었던 것이다. 나도 자랑스러웠다…… 하지만 나는 우쭐해하지는 않았다. 결국 그것도 위스키 만드는 기술의 일부였으니 말이다.

그런데 링거가 보이지 않았다. 할아버지와 내가 휘파람도 불고 이름도 부르면서 오두막 주변을 뒤지며 다녔지만 링거의 모습은 보이지 않았다. 우리는 개들을 풀어서 링거를 찾기로 했다. 골짜기를 지나 칼길이 있는 곳까지 올라갔지만 그래도 흔적을 찾을 수 없었다. 할아버지는 내가 전날 밤 내려온 산꼭대기까지 길을 되짚어 올라가면서 찾아보는 게 낫겠다고 하셨다. 우리는 덤불마다 일일이 뒤져가면서 산 위로 올라갔다. 그때 블루보이와 리틀레드가 링거를 찾아냈다.

링거는 나무와 박치기를 한 것 같았다. 아마 그 나무가 링거가 부딪친 마지막 나무였을 것이다. 할아버지는 링거가 그 전에도 여러 번 다른 나무들에 부딪친 것 같다고 하셨다. 링거는 마치 방망이로 두들겨맞은 것처럼 머리가 온통 피투성이인 채로 옆으로 누워 있었

all over and he lay on his side. His tongue was stabbed through with his teeth. He was alive, and Granpa picked him up in his arms and we carried him down the mountain.

We stopped at the spring branch, and me and Granpa washed the blood from his face and loosened his tongue from the teeth. There was gray hairs over his face and when I saw them I knew that ol' Ringer was very old and had no business running off in the mountains looking after me. We sat with him by the spring branch, and in a little while he opened his eyes; they were old and bleary and he could barely see.

I bent low to ol' Ringer's face and told him I 'preciated him looking for me in the mountains, and I was sorry. Ol' Ringer didn't mind, he licked my face, letting me know he'd just as soon do it all over again.

Granpa let me help carry ol' Ringer down the trail. Granpa carried most of him, but I toted his hind feet. When we got to the cabin, Granpa laid him down and said, "Ol' Ringer is dead." And he was. He had died on the trail, but Granpa said he knowed that we had come and got him, and that he was on his way home, and so he felt good about it. I felt some better too—though not much.

다. 또 뾰쪽한 송곳니에 혀가 찔려 있었다. 하지만 링거는 살아 있었다. 할아버지는 링거를 안고 산을 내려왔다.

우리는 개울가에서 링거의 얼굴에 묻은 피를 씻어내고 혀도 이에서 빼냈다. 링거의 얼굴에 난 털은 회색이었다. 나를 찾아 산꼭대기까지 올라오기에는 링거는 너무 늙었던 것이다. 우리는 개울 옆에 그를 뉘었다. 그러자 잠시 후 링거가 눈을 떴다. 힘없고 초점을 잃은 눈이었다. 아무것도 안 보이는 것 같았다.

나는 몸을 숙여 링거의 얼굴에 대고 나를 찾으러 와줘서 고맙다, 그리고 미안하다는 말을 했다. 링거가 내 얼굴을 핥았다. 신경 쓰지 마라, 다시 한 번 그런 일이 일어나도 또 그렇게 하겠다고 말하기라도 하는 것처럼.

나는 할아버지를 도와 링거를 산 아래로 데려갔다. 할아버지가 옮기신 거나 마찬가지였지만 그래도 뒷발은 내가 잡았다. 오두막집에 이르자 할아버지는 링거를 내려놓고 말씀하셨다.

"링거는 죽었다."

그랬다. 오는 도중에 숨을 거둔 것이다. 하지만 할아버지는 우리가 자기를 집으로 데려가는 줄 알고 있었을 테니 마음이 편했을 것이라고 하셨다. 그 말을 들으니 나도 좀 마음이 풀렸다. 많이는 아니었지만.

할아버지는 링거가 충성스럽게 제 할 일을 하고 산에서 죽었으니, 산에 사는 개라면 누구나 원하는 명예로운 최후를 맞은 것이라고 하셨다.

Granpa said ol' Ringer died like all good mountain hounds want to die: doing for their folks and in the woods.

Granpa got a shovel. We carried ol' Ringer up the hollow trail, up by the corn patch that he prided so in guarding. Granma come along too, and all the hounds followed, whining, with their tails between their legs. I felt the same.

Grandpa dug ol' Ringer's grave at the foot of a little water oak. It was a pretty place; red sumach all around in the fall, and a dogwood tree standing by with white blooms in the spring.

Granma laid a white cotton sack in the bottom of the grave, and placed ol' Ringer on it and wrapped it around him. Granpa put a big board over ol' Ringer, so the 'coons couldn't dig him up. We covered up the grave. The hounds stood around, knowing it was ol' Ringer, and ol' Maud whined. Her and ol' Ringer had been partners at the corn patch.

Granpa pulled off his hat and said, "Good-bye, ol' Ringer." I said good-bye ol' Ringer, too. And so we left him, under the water oak tree.

I felt total bad about it, and empty. Granpa said he knew how I felt, for he was feeling the same way. But Granpa said everything you lost which you had loved give you that

할아버지가 삽을 쥐었다. 우리는 링거를 산골짜기의 옥수수밭이 있는 곳으로 옮겼다. 링거가 그토록 자랑스러워하며 지키던 밭이었다. 할머니도 따라오셨고 개들도 모두 뒤따랐다. 개들은 꼬리를 다리 사이에 사린 채 낑낑거리면서 따라왔다. 나도 그런 기분이었다.

할아버지는 자그마한 떡갈나무 발치에다 링거를 묻을 자리를 팠다. 그곳은 가을이면 빨간 옻나무가 가득하고 봄이면 층층나무가 새하얀 꽃을 피우는 아름다운 자리였다.

할머니가 구덩이 바닥에 하얀 목면 자루를 깔고 그 위에 링거를 놓았다. 그러고는 자루로 개를 감쌌다. 할아버지는 너구리가 파내지 못하도록 링거의 몸 위에다 커다란 판자 하나를 놓았다. 우리는 무덤의 흙을 덮었다. 개들이 둘러서서 바라보고 있었다. 그 무덤이 링거의 것이라는 걸 알고 있었던 것이다. 모드는 낑낑거렸다. 모드와 링거는 옥수수밭을 함께 지키던 좋은 단짝이었다.

모자를 벗어든 할아버지가 말했다.

"링거야, 잘 가거라."

나도 링거에게 작별인사를 했다. 그러고 나서 우리는 떡갈나무 밑에 잠든 그를 떠났다.

나는 가슴이 뻥 뚫린 것처럼 허전하고 마음이 아팠다. 할아버지는 네 기분이 어떤지 잘 안다, 나도 너하고 똑같은 기분을 맛보고 있다, 사랑했던 것을 잃었을 때는 언제나 그런 기분을 느끼게 된다, 그것을 피할 수 있는 유일한 방법은 아무것도 사랑하지 않는 것뿐이지만, 그렇게 되면 항상 텅 빈 것 같은 느낌 속에 살아야 하는데 그건

feeling. He said the only way round it was not to love any-thing, which was worse because you would feel empty all the time.

Granpa said, supposin' ol' Ringer had not been faithful, then we would not be proud of him. That would be a worse feeling. Which is right. Granpa said when I got old, I would remember ol' Ringer, and I would like it—to remember. He said it was a funny thing, but when you got old and remembered them you loved, you only remem-bered the good, never the bad, which proved the bad didn't count nohow.

But we had to get on with our trade. Me and Granpa toted our wares over the cutoff trail to Mr. Jenkins' cross-roads store. "Wares" is what Granpa called our whiskey.

I liked the cutoff trail. We went down the hollow trail, and before we reached the wagon ruts, we turned and beared left to the cutoff trail. It ran over the ridges of the mountains that sloped toward the valley like big fingers pushing out and resting in the flatlands.

The hollows we crossed were shallow between the ridges and easy to climb out of. The trail was several miles long;

더 나쁘지 않겠느냐고 말씀하셨다.

할아버지는 링거가 그다지 충실한 개가 아니어서 우리가 별로 자랑스럽게 여기지 않았다고 해보자, 그러면 아마 기분이 더 안 좋았을 것이다, 하고 말씀하셨다. 맞는 말씀이었다. 또 할아버지는 내가 나이가 들면 링거 생각이 날 것이고, 또 그렇게 생각을 떠올리는 걸 좋아하게 될 것이다, 참 묘한 일이지만 늙어서 자기가 사랑했던 것들을 떠올리게 되면 좋은 점만 생각나지 나쁜 점은 절대 생각나지 않는다, 그게 바로 나쁜 건 정말 별거 아니라는 걸 말해주는 것 아니겠느냐고 하셨다.

그래도 살아남은 우리는 계속 일을 해야 했다. 할아버지와 나는 물건을 짊어지고 사거리의 젠킨스 씨 가게로 가는 지름길을 걸어가고 있었다. '물건'이란 건 할아버지가 우리 위스키를 가리킬 때 쓰는 말이었다.

나는 지름길로 다니는 게 좋았다. 골짜기길을 내려오다가 마차들이 다니는 큰길까지 가지 않고 왼쪽으로 방향을 꺾으면 지름길이 나왔다. 그 길은 마치 커다란 손가락마냥 산등성이를 타고 쭉 올라가다가 계곡으로 비스듬하게 내려온 다음 평지에서 다시 올라가기를 반복했다.

산등성이 사이의 계곡들은 그다지 깊지 않아서 쉽게 가로지를 수 있었다. 몇 킬로미터에 걸쳐 뻗어 있는 그 길 양쪽에는 소나무와 삼나무, 감나무, 인동덩굴 따위들이 즐비했다.

passing through stands of pine and cedar on the slopes; persimmon trees and honeysuckle vine.

In the fall of the year, after frost had turned the persimmons red, I would stop on the way back and fill my pockets, and then run to catch up with Granpa. In the spring, I done the same thing, picking blackberries.

Oncet, Granpa stopped and watched me pick blackberries. It was one of the times he was put out about words, and how folks was fooled by them. Granpa said, "Little Tree, did ye know that when blackberries is green, they is red?"

This total confused me, and Granpa laughed. "The name is give to blackberries to describe 'em by color ... folks use the color green meaning they ain't ripe ... which when they ain't ripe, they are red." Which is true.

Granpa said, "That's how the damn fool word-using gits folks all twisted up. When ye hear somebody using words agin' somebody, don't go by his words, fer they won't make no damn sense. Go by his tone, and ye'll know if he's mean and lying." Granpa was pretty much down on having too many words. Which was reasonable.

There was also hickor'nuts, chinkapins, walnuts and chestnuts usually laying by the trail side. So, no matter

가을이 되어 서리가 내리고 나면 감들이 발갛게 익는다. 나는 걸음을 멈추고 그것들을 호주머니 가득 주워 담곤 했다. 그러고 나서 할아버지를 따라잡으려면 달려야 했다. 봄에는 블랙베리를 따느라고 같은 일이 벌어지곤 했다.

한번은 할아버지가 걸음을 멈추고 내가 블랙베리 따는 것을 지켜보고 계셨다. 이때도 할아버지는 말 때문에 신경이 곤두서 계셨다. 사람들이 멍청하게 말에 내둘리고 있다고 생각하신 것이다. 갑자기 할아버지가 물었다. "작은 나무야, 블랙베리는 '퍼럴' 때 빨갛다는 걸 아니?"

이게 무슨 말인가…… 나는 어리둥절했다. 할아버지가 내 얼굴을 쳐다보며 웃음을 터뜨리셨다. "색깔로 나타낸답시고…… 저것들을 블랙베리라고 부르잖아? 그런데 사람들은 아직 익지 않은 걸 퍼렇다고 하거든…… 그런데 저 블랙베리는 익지 않으면 빨갛잖아?" 사실이었다.

이제 할아버지는 정색한 얼굴로 말씀하셨다.

"말 많은 그 빌어먹을 놈의 자식들이 이렇게 모든 걸 엉망진창으로 만들어버린단 말이야. 앞으로 너는 누가 다른 사람 헐뜯는 말을 하면 그 말을 가지고 판단하면 안 된다. 그런 건 아무 쓰잘데기도 없는 거니까. 그것보다 말투를 잘 들어봐. 그러면 그놈이 비열하게 거짓말을 하고 있는지 아닌지 알 수 있을 테니."

할아버지는 세상에 말이 너무 많은 게 문제라고 몹시 언짢아하셨다. 틀린 말이 아니었다.

what time of year it was, coming back from the crossroads store kept me busy gathering.

Totin' our wares to the store was a pretty good job. I would sometimes fall far behind Granpa, carrying my three fruit jars in the sack. When I did, I knew he would be settin' down somewhere ahead, and when I got to him, we would rest.

When you toted that-a-way, by going from one settin' down place to another, it was not so hard. When we got to the last ridge, me and Granpa always set down in the bushes while we looked for the pickle barrel in front of the store. If the pickle barrel was not settin' out front that meant everything was all right. If it was settin' out front that meant the law, and we was not to deliver our wares. Everybody in the mountains watched for the pickle barrel, for other people had wares to deliver too.

I never saw the pickle barrel settin' out front, but I never failed to look for it. I had learned that the whiskey-making trade had a lot of complications to it. But Granpa said every trade has, more or less, some complications.

He said did ye ever think how it would be in the dentist trade, having to look down folks' mouths all the time, day

지름길 양편에는 히커리나무 열매와 밤, 도토리, 호두 따위들이 지천으로 널려 있었다. 그래서 사실 계절을 가리지 않고, 사거리 가게에서 돌아올 때면 나는 항상 뭘 줍느라고 바빴다.

물건을 사거리 가게까지 짊어지고 가는 것은 꽤 큰일이었다. 술병 세 개가 든 자루를 낑낑거리며 메고 가던 나는 할아버지보다 한참씩 뒤처져서 걷는 게 다반사였다. 내가 할아버지를 따라잡을 때는 할아버지가 어딘가에서 기다려주었을 때였다. 그렇게 해서 할아버지를 따라잡고 나면 우리는 그곳에서 잠깐씩 쉬었다 가곤 했다.

이렇게 한 휴식처에서 다른 휴식처로 옮겨가는 식으로 쉬엄쉬엄 걸었기 때문에 그렇게 힘들지는 않았다. 하지만 마지막 산등성이에 이르면 우리는 언제나 덤불 속에 앉아 쉬면서 가게 앞에 피클 통이 있는지 살펴보았다. 피클 통이 가게 앞에 나와 있지 않으면 만사가 순조롭다는 뜻이었다. 반대로 그게 문 앞에 놓여 있으면 그건 순사가 왔다는 뜻이기 때문에 우리 물건을 가게로 가져가서는 안 되었다. 산사람들은 누구나 그곳에 오면 피클 통이 있는지부터 살폈다. 그들도 하나같이 가게에 넘길 물건들을 갖고 있었으니까.

나는 가게 앞에 피클 통이 있는 걸 한 번도 본 적이 없지만, 그게 있는지 없는지 살피는 일을 게을리 하지 않았다. 위스키 제조업이란 게 보통 복잡한 직업이 아니란 건 진작부터 느끼고 있던 터였다. 하지만 많고 적고의 정도 차이는 있겠지만 이 세상에 복잡하지 않은 직업은 없다는 게 할아버지의 설명이셨다.

치과의사라는 직업을 생각해봐라, 허구한 날 다른 사람 입 속을

in and day out, nothing but mouths? He said such a trade would drive him total crazy and that the whiskey-making trade, with all its complications, was a sight better trade for a feller to be in. Which is right.

I liked Mr. Jenkins. He was big and fat and wore over-alls. He had a white beard that hung down over the bib of his overalls, but his eard was near totally without hair; it shined like a pine knob.

He had all kinds of things in the store: big racks of shirts and overalls and boxes of shoes. There was barrels with crackers in them, and on a counter he had a big hoop of cheese. Also on the counter he had a glass case which had candy laid on the shelves. There was all kinds of candy and looked like there was more candy than he could ever run out of. I never seen anybody eat any of it, but I guess he sold some or he wouldn't have had it.

Every time we delivered our wares, Mr. Jenkins asked me if I would go to his woodpile and pick up a sack of wood chips for the big stove that set in the store. I always did. The first time, he offered me a big stick of striped candy, but I couldn't rightly take it just for picking up wood chips, which wasn't hardly no trouble atall. He put it

들여다봐야 하는 그 직업이 오죽하겠느냐, 아마 완전히 돌고 말 것이다, 그에 비하면 아무리 복잡해도 위스키 제조업 쪽이 사내라면 한번 해볼 만한 직업이 아니겠느냐고 하시면서. 옳은 말씀이었다.

나는 젠킨스 씨가 좋았다. 그는 덩치가 크고 뚱뚱했으며 항상 멜빵바지를 입고 있었다. 턱에는 멜빵바지의 단추 있는 데까지 늘어지는 멋진 허연 수염을 달고 있었지만, 머리에는 머리털이 거의 없었다. 그의 머리는 소나무 옹이처럼 윤이 났다.

젠킨스 씨네 가게에는 없는 게 없었다. 커다란 선반 위에는 셔츠와 멜빵바지, 신발 상자들이 놓여 있었고, 크래커가 가득 든 통들도 있었다. 카운터에는 커다란 치즈 덩어리도 있었다. 또 카운터 위에는 칸을 질러 사탕을 가득 넣어둔 유리 상자도 있었다. 그 안에는 온갖 종류의 사탕이 들어 있었다. 도저히 다 팔 수 있을 것 같지 않았다. 다른 사람들이 사탕 먹는 걸 본 적은 한 번도 없었지만 그래도 젠킨스 씨가 조금은 팔았을 것이다. 그렇지 않았더라면 그렇게 진열해놓지도 않았을 테니까.

우리가 물건을 가져가면 젠킨스 씨는 내게 땔나무 더미 있는 곳으로 가서 가게에 있는 커다란 난로에 넣을 장작 한 묶음을 가져다달라고 부탁하곤 하셨다. 그때마다 나는 그 부탁을 들어주었다. 그러면 그는 줄무늬가 그려진 커다란 막대사탕을 나에게 내밀곤 했다. 하지만 겨우 장작 한 묶음 가져다준 걸로 그런 걸 받는 건 옳지 않았다. 그 정도 일은 아주 쉽게 해낼 수 있는 일이었으니까. 그러면 젠킨스 씨는 그 막대사탕을 유리 상자 속에 넣어두고 오래돼서 치워버리

back in the case, and found another piece which was old and which he was going to throw away. Granpa said that it was all right for me to take it, seeing as how Mr. Jenkins was going to throw it away, and it would not be of benefit to anybody. So I did.

Every month, he come across another old stick, and I guess I might near cleaned out his old candy. Which he said helped him out a lot.

It was at the crossroads store where I got slickered out of my fifty cents. It had taken me a long time to accumulate the fifty cents. Granma would put aside a nickel or dime in a jar for me each month we delivered our wares.

It was my part of the trade. I liked to carry it, all in nickels and dimes, in my pocket when we went to the crossroads store. I never spent it and each time when we got home I put it back in the fruit jar.

It was a comfort to me, carrying it in my pocket to the store, and knowing it was mine. I kind of had my eye on a big red and green box which was in the candy case. I didn't know how much it cost, but I was figuring that maybe next Christmas I would buy it for Granma ... and then we would eat what was in it. But as I say, I got slick-

려 했던 사탕을 찾아냈다. 이번에는 할아버지도, 젠킨스 씨가 그걸 버리려고 하던 걸 알고 있었다, 그 정도면 내가 받아도 괜찮겠다고 하셨다. 그냥 버리면 아무한테도 도움이 안 된다고 하시면서. 그래서 나는 그 사탕을 받았다.

젠킨스 씨는 우리가 갈 때마다 또 다른 오래된 사탕을 찾아내곤 하셨다. 그래서 나는 젠킨스 씨네 가게의 오래된 사탕은 거의 다 내가 치워주는 게 아닐까란 생각이 들었다. 젠킨스 씨는 내가 자신을 아주 많이 도와주고 있다고 하셨다.

내가 50센트를 사기당한 것도 이 사거리 가게에서였다. 내가 그 50센트를 모으는 데는 정말 오랜 시간이 걸렸다. 물건을 넘겨주고 돈을 받으면 할머니는 그때마다 5센트나 10센트를 내 것으로 따로 챙겨 항아리 속에 넣어주셨다.

그건 일을 한 대가로 받은 내 몫이었다. 사거리 가게로 갈 때면 나는 그 동전들을 몽땅 호주머니에 넣어서 가져가길 좋아했다. 하지만 쓴 적은 한 번도 없었다. 집에 돌아오면 그 돈들은 다시 얌전히 항아리 속으로 들어가곤 했다.

그걸 주머니에 넣어 가게로 가져가면서 그 돈들이 모두 내 거라고 생각하면 그럴 수 없이 마음이 뿌듯했다. 가게에 들어서면 내 눈은 사탕 진열대 속에 든 빨갛고 파란 커다란 상자에서 떠날 줄을 몰랐다. 값이 얼마나 되는지는 모르지만 다음 크리스마스 때면 할머니에게 사다드릴 수 있을 것이다…… 그러면 우리는 그 속에 든 것을 먹게 되겠지…… 그런데 그렇게 되기 전에 그만 50센트를 사기당하고

ered out of my fifty cents before then.

It was about dinnertime of a day right after we had delivered our wares. The sun was straight overhead and me and Granpa was resting, squattin' down under the store shed with our backs against the store. Granpa had bought some sugar for Granma and three oranges which Mr. Jenkins had. Granma liked oranges, which I did too, when you could get them. Seeing Granpa had three, I knew I would get one.

I was eating on my stick candy. Men commenced to come to the store in twos and threes. They said a politician was coming and was going to make a speech. I don't know that Granpa would have stayed, for as I say he didn't give a lick-damn about politicians, but before we got rested here come the politician.

He was in a big car, kicking up rolls of dust from the road, so everybody saw him a long way off before he got there. He had some feller driving his car for him, and he got out of the back seat. There was a lady in the back seat with him. All the time the politician talked, she throwed out little cigarettes that she had smoked part of. Granpa said they were ready-roll, tailor-made cigarettes, which

만 것이다.

물건을 넘겨주고 나니 거의 점심시간이 다 되어가고 있었다. 해가 머리 꼭대기에서 내리쬐고 있어, 할아버지와 나는 가게 벽에다 등을 대고 가게 차양 밑에 쭈그리고 앉아 쉬고 있었다. 할아버지는 젠킨스 씨네 가게에서 할머니에게 줄 설탕 약간과 오렌지 세 개를 샀다. 사실 나도 그랬지만 오렌지는 할머니가 무척 좋아하셨다. 할아버지가 세 개를 산 걸로 봐서 그중 하나는 내가 먹게 될 거라는 걸 알았다.

나는 막대사탕을 열심히 빨아먹고 있었다. 사람들이 삼삼오오 짝을 지어 가게로 몰려들기 시작했다. 정치가가 와서 연설을 할 거라고 했다. 이제 할아버지는 더 이상 쉬고 있지 않을 것이다. 앞에서도 말했지만 할아버지는 정치가 따위는 빌어먹을 놈들이라 여기고 있었다. 그런데 우리가 휴식을 끝내기도 전에 그만 그 정치가가 먼저 우리 있는 곳으로 오고 말았다.

그 사람은 길에 먼지구름을 일으키는 커다란 차를 타고 왔다. 그래서 그 사람이 그곳에 도착도 하기 전에 사람들은 멀리서부터 그를 쳐다보고 있었다. 차를 모는 운전사가 따로 있어서 그는 차 뒷문을 열고 나왔다. 뒷자리에는 여자 한 명도 같이 타고 있었다. 정치가가 연설을 하는 동안 그 여자는 반밖에 안 피운 가느다란 담배를 창밖으로 던지곤 했다. 할아버지는 저런 담배는 미리 종이에 말려서 나오는 기성복 같은 담배로, 자기 담배 마는 것도 귀찮아하는 게으른 부자들이 피우는 것이라고 하셨다.

그 정치가는 차에서 내리자 사람들과 일일이 악수를 나누었다. 하

rich people smoked as they was too lazy to roll their own.

The politician come around and shook everybody's hand; though he didn't shake mine nor Granpa's. Granpa said this was because we looked like Indians and didn't vote nohow, so we was of practical no use whatsoever to the politician. Which sounds reasonable.

He wore a black coat and had a white shirt with a ribbon tied at his neck; it was black and hung down. He laughed a lot and 'peared to be mighty happy. That is, until he got mad.

He got up on a box and commenced to get worked up about conditions in Washington City ... which he said was total going to hell. He said it wasn't a thing in the world but Sodom and Gomorrah, which I guess it was. He got madder and madder about it and untied the ribbon around his neck.

He said the Catholics was behind every damn bit of it. He said they was practical in control of the whole thing, and was aiming to put Mr. Pope in the White House. Catholics, he said, was the rottenest, low-downest snakes that ever lived. He said they had fellers called priests that mated women called nuns, and the young'uns that come of the matin', they fed them to a pack of dogs. He said it was

지만 할아버지와 내 손만은 잡지 않았다. 할아버지는 우리가 인디언이라서 그랬을 거라고 하셨다. 인디언은 아예 투표를 하지 않으니 그 정치가한테는 우리가 아무 쓸모 없는 존재가 아니겠느냐고 하면서. 그럴듯한 설명이었다.

그 사람은 검은 코트와 하얀 셔츠를 입고 목을 리본으로 묶고 있었다. 검은색의 그 리본은 밑으로 늘어져 있었다. 자주 웃는 걸 봐서 기분이 꽤 좋은 것 같았다. 사실 그가 미치기 전까지는 그랬다.

상자 위에 올라선 그 사람은 워싱턴 시의 상황에 대해서 열심히 이야기하기 시작했다…… 그곳은 완전히 지옥이었다. 그 사람은 그곳이 소돔과 고모라와 하등 다를 바 없다고 했다. 내가 듣기에도 그랬다. 그 사실을 놓고 갈수록 흥분하던 그는 드디어 목에 맨 리본까지 풀어헤쳤다.

이 모든 죄악의 배후에는 가톨릭교도들이 있다. 사실 가톨릭교도들이야말로 그 모든 것을 손에 쥐고 흔드는 사람들이다. 그 사람들은 교황을 백악관에 앉히려고 온갖 수작을 다 부리고 있다. 가톨릭은 지금까지 있었던 것 중에서 가장 썩고 가장 추악한 종교다. 그 사람들은 성직자라고 하는 남자들과 수녀라는 여자들이 짝짓기를 한다. 그렇게 해서 낳은 애들은 증거를 없애려고 들개에게 던져준다. 일찍이 본 적도 들은 적도 없는 끔찍한 일이 일어나고 있다…… 그 정치가는 이렇게 떠들어댔다.

그의 목소리는 점점 커져서 거의 비명에 가까웠다. 워싱턴 시에서 벌어지는 끔찍한 상황을 생각하면 그가 그러는 것도 무리가 아니었

the awfulest thing he had ever seen nor heard tell of. Which it was.

He got to hollerin' pretty loud about it, and I guess, conditions being what they was in Washington City, it was enough to make a man holler. He said if it wasn't for him puttin' up a fight agin' them, that they would be in total control and spread plumb down to where we was at ... which sounded pretty bad.

He said if they did, they would put all the womenfolks in convents and such ... and would practical wipe out the young'uns. There didn't seem hardly any way atall to whip them unless everybody sent him to Washington City to see that it was done; and he said even then it would be a hard fight, because fellers was selling out to them all over the place, for money. He said he wouldn't take no money, as he had no use for it, and was total agin' it.

He said he felt like might near giving up sometimes and quittin' and just takin' it easy, like we done.

I felt right bad, takin' it easy; but when he finished talking, he got down from the box and commenced to laugh and shake hands with everybody. Which it looked like he had plenty of confidence he could handle the situation in

다. 그 남자는 자기가 그들과 싸우지 않는다면 워싱턴 시는 완전히 가톨릭교도들의 손아귀에 들어갈 것이며, 우리가 사는 이곳까지 악의 씨를 퍼뜨릴 것이다……고 했다. 듣기만 해도 정말 오싹한 소리였다.

그렇게 되면 그 사람들은 여자들은 몽땅 수도원 같은 데 집어넣을 것이고…… 태어난 아기들은 몽땅 없애버릴 것이다. 가톨릭교도들을 쓸어버리려면 모두가 힘을 합쳐 그 남자를 워싱턴 시로 보내는 것 외에는 달리 방법이 없을 것 같았다. 그는, 그렇게 해도 아주 힘든 싸움이 될 것이다, 왜냐하면 가톨릭교도들은 돈으로 사람들을 매수하기 때문이다, 하지만 자기는 돈 따위는 한 푼도 받지 않는다, 자기는 돈을 쓸 줄도 모르고 또 돈이라면 아주 싫어하는 사람이라고 했다.

그 사람은 다 때려치우고 우리 같은 사람들처럼 그냥 속 편하게 살아갈 생각도 가끔씩 한다고 했다.

편하게 살겠다니, 나로서는 그 말이 무척 섭섭했다. 하지만 연설을 마치고 상자에서 내려온 그 남자는 다시 웃으면서 사람들과 악수를 나누기 시작했다. 그 모습을 보니 그 정치가가 포기하지 않고 워싱턴 시의 상황을 바꾸기 위해 열심히 노력하리란 걸 알 수 있었다. 또 충분히 그럴 자신도 있는 것 같았다.

덕분에 내 기분도 좀 나아졌다. 저 사람은 다시 그곳으로 돌아가 가톨릭 무리들을 싹 휩쓸어버릴 것이다.

정치가가 사람들과 악수를 하고 이야기를 나누는 동안에 한 남자가 조그만 누런 송아지 한 마리를 목에 줄을 묶어 끌고 사람들이 몰

Washington City.

I felt a little better about it, dependent on his gittin' back up there so he could whip the Catholics and such.

While he was shaking hands and talking to folks, a feller walked up to the fringe of the crowd leading a little brown calf on a rope.

He stood around watching the crowd and shook hands twicet with the politician, each time he come by. The little calf stood spraddle-legged behind him with its head down. I got up and edged over to the calf. I petted it oncet, but it wouldn't lift its head. The feller looked down at me from under a big hat. He had sharp eyes that crinkled nearly shut when he smiled. He smiled.

"Like my calf, boy?"

"Yes, sir," I said, and stepped back from the calf, as I didn't want him to think I was bothering it.

"Go ahead," he said, real cheerful. "Go ahead and pet the calf. Ye won't hurt 'em." I petted the calf.

The feller spit tobacco juice over the calf's back. "I can see," he said, "that my calf takes to ye ... more'n anybody he's ever taken up with ... seems like he wants to go with ye." I couldn't tell that the calf looked the way he said, but

려 있는 곳으로 왔다.

그는 그곳에 서서 사람들을 둘러보고 있다가 두 번이나 정치가가 곁을 지나칠 때마다 그와 악수를 나누었다. 송아지는 그 남자 뒤에서 머리를 떨군 채 엉거주춤 다리를 벌리고 서 있었다. 나는 일어나서 송아지한테로 갔다. 내가 등을 쓰다듬어주었지만 송아지는 머리를 들지 않았다. 그 남자는 커다란 모자 밑으로 나를 내려다보았다. 그 남자는 웃으면 거의 눈이 보이지 않는 쭉 째진 눈을 갖고 있었다. 그가 웃었다.

"애야, 송아지가 마음에 드니?"

"예." 나는 송아지한테서 한 발 물러섰다. 내가 송아지를 괴롭힌다고 생각할 수도 있을 테니 말이다.

"괜찮아, 괜찮아. 쓰다듬어주렴. 넌 송아지를 괴롭힐 것 같지 않구나." 그 남자는 환하게 웃으면서 말했다. 그래서 나는 다시 한 번 송아지를 쓰다듬어주었다.

그 남자는 송아지 등 위로 담뱃진을 찍 하고 뱉어냈다.

"난 알 수 있어. 이 송아지는 네가 마음에 들었어…… 지금까지 만난 사람들 중에서 최고로…… 송아지가 너와 함께 가고 싶어하는구나."

나로서는 송아지가 정말 그 남자가 말한 대로 하고 싶어하는지 알 수 없었다. 하지만 이건 저 사람 송아지이니 저 남자는 잘 알 것이다. 그 사람이 내 앞에 무릎을 꿇고 앉았다.

"너, 돈 가진 것 있니?"

it was his calf, and he ought to know. The feller knelt down in front of me. "Have you got any money, boy?"

"Yes, sir," I said, "I got fifty cents." The feller frowned, and I could see it wasn't much money and was sorry that it was all I had.

He smiled after a minute and said, "Well, this here calf is worth more'n a hundred times that much." I seen right off it was worth that much. "Yes, sir," I said, "I wasn't figuring no way atall to buy it." The feller frowned again. "Well," he said, "I'm a Christian man. Somehow or 'nother, even cost-ing me all that this here calf is worth, I feel in my heart ye'd ought to have it, the way it's taken up with ye." He thought on this for a while, and I could see right off that it pained him a lot to think of parting with the calf.

"I ain't—ner wouldn't take him atall, mister," I said.

But the feller held up his hand to stop me. He sighed, "I'm a'goin' to let ye have the calf, son, fer fifty cents fer I feel it's my Christian duty, and—no—I won't take no fer an answer. Jest give me yer fifty cents, and the calf is your'n."

Since he put it that-a-way, I couldn't hardly turn him down. I taken out all my nickels and dimes and give them

"예, 50센트요."

그 사람은 얼굴을 찡그렸다. 그걸 보자 나는 그게 별로 큰돈이 아니라는 걸 알았다. 나는 가진 게 그것뿐이라서 미안했다.

잠시 후 그가 다시 웃음을 띠고 말했다. "음, 여기 이 송아지는 그것보다 백 배는 더 비싼 거야."

나도 그 송아지에게 그만한 값어치가 있다는 건 금방 알 수 있었다. "예, 저도 송아지를 사려는 생각은 안 했어요."

그 남자가 다시 인상을 찡그렸다. "음, 말이지, 나는 기독교도야. 그래서 말인데, 여기 있는 이 송아지가 아무리 비싼 거라 해도 네가 저놈을 가져야 할 것 같은 생각이 드는구나. 송아지를 네가 갖는 방법이 없을까?"

그 남자는 잠시 이 문제에 대해 생각했다. 그 사람은 송아지와 헤어지는 게 무척 마음 아픈 것 같았다.

"아, 아니에요, 아저씨. 나는 저 송아지를 데려갈 생각이 조금도 없어요."

내가 이렇게 말했지만 그 사람은 손을 들어 내 말을 가로막았다. 그는 한숨을 쉬었다.

"얘야, 나는 50센트만 받고 저 송아지를 너에게 주겠다. 그게 기독교도로서 해야 할 일이라고 생각하거든. 그리고…… 아, 아니야, 네 대답을 듣고 있을 새가 없구나. 그냥 50센트를 나한테 다오. 그러면 송아지를 줄 테니."

그 사람이 하도 일사천리식으로 일을 진행하는 바람에 나로서는

to him. He passed the calf's rope to me, and walked off so quick, I didn't know which way he went.

But I felt mighty proud of my calf, even though I had more or less taken advantage of the feller—him being a Christian, which, as he said, handicapped him somewhat. I pulled my calf around to Granpa and showed it to him. Granpa didn't seem as proud of my calf as I was, but I reckined it was because it was mine, and not his. I told him he could have half of it, seeing as how we was practically partners in the whiskey-making trade. But Granpa just grunted.

The crowd was breaking up around the politician, everybody being more or less agreed that the politician had better git to Washington City right off and fight the Catholics. He passed out pieces of paper. Though he didn't give me one, I got one off the ground. It had his picture on it, showing him smiling like there wasn't a thing wrong in Washington City. He looked real young in the picture.

Granpa said we was ready to set out for home, so I put the politician's picture in my pocket, and led my calf behind Granpa. It was pretty hard going. My calf couldn't hardly walk. It stumbled and wobbled along, and I pulled on the

말릴 재간이 없었다. 나는 주머니에 있던 동전을 몽땅 꺼내 그 사람에게 건네주었다. 그 사람은 송아지 목을 맨 줄을 나에게 넘겨준 다음 잽싸게 가버렸다. 어느 길로 갔는지도 모를 정도로 잽싸게.

하지만 나는 내 송아지가 자랑스러웠다. 비록 그 사람한테 좀 손해를 입히긴 했지만, 그래도 그 사람은 자기 입으로 말했듯이 기독교도니까 다소 손해를 보더라도 괜찮을 것이다. 나는 송아지를 끌고 할아버지가 앉아 계신 곳으로 갔다. 할아버지에게 송아지를 보여드렸다. 그런데 할아버지는 내 송아지에 대해서 나만큼 자랑스럽지 않으신 것 같았다. 아마 할아버지 송아지가 아니고 내 송아지라서 그런가보다는 생각이 들었다. 그래서 나는 할아버지에게 우린 위스키 제조업에서도 동업자나 다름없으니 송아지의 반도 할아버지 것이라고 말씀드렸다. 그래도 할아버지는 조금도 달갑지 않으신지 뭐라고 툴툴거리기만 하셨다.

정치가 둘레에 모여 있던 사람들이 흩어지고 있었다. 정도 차이는 있었지만 모두들 그 정치가를 한시바삐 워싱턴 시로 보내서 가톨릭 교도들과 싸우게 하는 게 좋겠다고 생각하는 얼굴들이었다. 정치가가 종이를 나눠주었다. 나는 직접 받지는 못했지만 땅에 떨어진 것을 주워서 보았다. 종이에는 그 사람의 사진이 실려 있었다. 워싱턴 시에서는 아무 일도 일어나지 않는 듯 웃고 있는 사진이. 사진 속의 정치가는 정말 젊어 보였다.

우리도 집으로 갈 채비를 하자는 듯 할아버지가 자리에서 일어나셨다. 나는 정치가의 사진을 주머니에 집어넣고 내 송아지를 끌면서

rope best I could. I was afraid if I pulled too hard, my calf would fall down.

I was beginning to worry if I would ever get it to the cabin, and that maybe it was sick ... even though it was worth a hundred times what I paid for it.

By the time I got to the top of the first ridge, Granpa was nearly at the bottom fixing to head across a hollow. I seen I would be left behind, so I yelled, "Granpa ... do ye know any Catholics?" Granpa stopped. I pulled harder on my calf and commenced to catch up. Granpa waited until me and the calf come up to him.

"I seen one, oncet," Granpa said, "at the county seat." Me and the calf caught up, and was resting as hard as we could. "One I seen," Granpa said, "didn't look particular mean ... though I figgered he had been in some kind of scrape ... he had got his collar twisted up, and more than likely was jest drunk enough that he failed to notice it. He 'peared to be, howsoever, peaceful enough."

Granpa set down on a rock, and I seen he was going to give some thought to it, for which I was glad. My calf had his front legs spraddled in front of him and was pantin' pretty hard.

할아버지 뒤를 따라갔다. 그런데 걷기가 굉장히 힘들었다. 송아지가 좀체 걸으려 하지 않던 것이다. 송아지는 엉거주춤, 비틀비틀하면서 간신히 간신히 걸음을 옮겼다. 나는 있는 힘을 다해 줄을 당겼다. 너무 세게 당겨서 송아지가 쓰러질까봐 겁이 날 정도로.

이제 나는 송아지가 과연 우리 집까지 무사히 갈 수 있을지 걱정이 되기 시작했다. 아픈 건지도 몰라…… 그래도 내가 산 것보다 백 배는 더 비싼 송아지일 거야.

첫 번째 능선 꼭대기까지 간신히 올라가보니 할아버지는 벌써 저 아래쪽 골짜기를 가로질러 건너고 계셨다. 이대로 가다간 완전히 뒤처지고 말 것이다. 나는 큰 소리로 고함을 질렀다.

"할아버지, 가톨릭교도를 본 적이 있으세요?"

할아버지가 걸음을 멈추셨다. 나는 송아지를 더 세게 잡아끌면서 걸음을 재촉했다. 할아버지는 송아지와 내가 가까이 다가갈 때까지 기다려주셨다.

"개척촌에서 한 번 본 적이 있어."

할아버지가 대답하셨다. 드디어 할아버지를 따라잡은 송아지와 나는 헥헥거리며 숨을 가다듬었다.

"그 사람은 특별히 추잡해 보이지는 않던데…… 좀 곤란한 상황에 빠진 것처럼 보이기는 했지만…… 옷깃은 엉망으로 구겨지고, 곤드레만드레 취해서 정신을 차리지 못하고 있었거든. 하지만 아주 순한 얼굴이었어."

할아버지는 돌멩이 위에 걸터앉아서 눈썹을 찡그리며 그 당시 일

"Howsoever," Granpa said, "iff'n ye taken a knife and cut fer half a day into that politician's gizzard, ye'd have a hard time finding a kernel of truth. Ye'll notice the son of a bitch didn't say a thing about gittin' the whiskey tax taken off ... 'er the price of corn ... 'er nothin' else fer that matter." Which was right.

I told Granpa that I had noticed the son of a bitch never said a word about it.

Granpa reminded me that "son of a bitch" was a new cuss word, and was not to be used no way atall around Granma. Granpa said he didn't give a lick-damn if priests and nuns mated every day in the week, no more'n he cared how many bucks and does mated. He said that was their matin' business.

Granpa said that as far as them feedin' young'uns to dogs, that there would never come a day when a doe would feed her young to a dog, ner a woman, so he knowed that was a lie. Which is right.

I commenced to feel some better about the Catholics. Granpa said that wasn't no doubt in his mind that the Catholics would like to git control ... but he said, iff'n ye had a hog and ye didn't want it stole, jest git ten or twelve

을 더듬으셨다. 잘됐구나 싶었다. 내 송아지는 할아버지 앞에 앞다리를 엉거주춤 벌리고 서서 괴로운 듯이 숨을 몰아쉬고 있었다.

다시 할아버지가 입을 열었다.

"그런데 말이다, 네가 칼을 쥐고 한나절 내내 그 정치가 놈의 뱃속을 뒤져봐라. 눈곱자기만큼이라도 진실을 찾을 수 있나. 너도 들었지? 아무리 들어봐도 그 후레자식은 위스키세라든가…… 옥수수값이라든가…… 그 비슷한 것들 이야기는 한마디도 하지 않았잖아."

맞는 말씀이었다.

나는 할아버지에게 그 후레자식이 그런 것들에 대해서는 한마디도 하지 않은 걸 나도 알고 있었노라고 맞장구쳤다.

그랬더니 할아버지는, '후레자식'이라는 말은 새 욕설이니까 할머니가 계실 때는 절대로 써서는 안 된다고 주의를 주고, 자신은 신부와 수녀들이 정말로 날마다 짝짓기를 하는지에 대해서는 하나도 관심 없으며, 수사슴과 암사슴이 얼마나 자주 짝짓기를 하는지에 대해서도 신경 쓰지 않는다, 게다가 어쨌든 짝짓기는 그 사람들 일이라고 하셨다.

또 할아버지는, 갓난애들을 개한테 준다고 했지만, 암사슴이 자기 새끼를 개한테 주는 일은 절대 없다, 그건 여자들도 마찬가지다, 그러니까 그 사람이 거짓말을 한 것이라고 하셨다. 맞는 말씀이었다.

그러자 가톨릭교도들에 대한 나쁜 감정이 좀 걷히기 시작했다. 할아버지는 다시 당신 생각에도 가톨릭교도들이 권력을 쥐고 흔들려는 건 분명한 것 같다…… 하지만 네가 돼지 한 마리를 갖고 있다고

men to guard it, each one of which wanted to steal it. He said that hog would be safe as in yer own kitchen. Granpa said they was all so crooked in Washington City, that they had to watch one another all the time.

Granpa said that they was so many trying to git control, it was a continual dogfight all the time anyhow. He said the worst thing wrong with Washington City was it had so many damn politicians in it.

Granpa said, that even being that we went to a hardshell Baptist church, he would sure hate to see the hardshells git control. He said they was total agin' liquor drinking except maybe some fer theirselves. He said they would dry the whole country up.

I seen right off there was other dangers besides the Catholics. If the hard-shells got control, me and Granpa would be put out of the whiskey-making trade, and would likely starve to death.

I asked Granpa if it wasn't likely that the big shots, which made barrel sniffin' whiskey, wasn't trying to git control too; us putting a dent in their trade and all, so they could put us out of business. Granpa said that without a doubt they was trying hard as they could, bribing politi-

하자, 그것을 도둑맞고 싶지 않아서 여남은 사람들더러 그 돼지를 지키라고 한다면 그 사람들 하나하나가 다 돼지를 훔치려들 것이 아니겠느냐, 그럴 바에야 차라리 돼지를 자기 집 부엌에 놔두는 게 제일 안전하지 않겠느냐, 워싱턴 시에 있는 사람들은 하나같이 심보가 비뚤어진 놈들이라 서로가 서로를 감시하느라 잠 한숨 못 잘 것이라고 하셨다.

"권력을 잡으려는 사람들이 하도 많으니 닭싸움이 내내 끊이지를 않는 거야. 뭐니뭐니해도 워싱턴 시의 가장 큰 문제는 너무 많은 정치가들이 그곳에 산다는 데 있어."

또 할아버지는 우리가 설사 비타협파 침례교회에 다닌다 하더라도 당신은 비타협파 침례교도들이 권력을 잡는 건 반대한다고 하셨다. "그 교파는 자기네들 종교의식에서 쓰이는 약간의 술을 빼고는 술 마시는 걸 절대 금지하기 때문에 나라 안에 있는 모든 술을 깡그리 말려버릴 거야"라고 하시면서.

그래서 나는 가톨릭교도 말고도 또 다른 위험이 있다는 걸 알았다. 만일 비타협파가 권력을 잡으면 나와 할아버지는 위스키 만드는 일을 할 수 없게 될 것이고, 그러면 우리는 굶어 죽게 될 것이다.

나는 할아버지에게 그 통 냄새 나는 위스키를 만드는 부자들은 권력을 잡으려 하지 않을지, 그래서 우리를 함정에 빠뜨려 우리 일거리를 몽땅 빼앗아가지 않을지 물어보았다. 틀림없이 그 사람들은 그렇게 하려고 온갖 애를 다 쓰고 있을 것이며, 날마다 워싱턴 시의 정치가들에게 뇌물을 갖다 바치고 있을 거라는 게 할아버지의 대답이

cians practical every day in Washington City.

Granpa said they was only one thing certain. The Indian was not never going to git control. Which appeared not likely.

While Granpa was talking my calf laid down and died. He just laid over on his side and there he was. I was standing in front of Granpa holding onto the rope, and Granpa pointed behind me and said, "Yer calf is dead." He never owned to half of it being his.

I got down on my knees and tried to prop its head up and get it on its feet, but it was limp. Granpa shook his head, "It's dead, Little Tree. When something is dead ... it's dead." Which it was. I squatted by my calf and looked at it. It was might near close to being as bad a time as I could remember. My fifty cents was gone, and the red and green box of candy. And now my calf—being worth a hundred times what I paid for it.

Granpa pulled his long knife from his moccasin boot and cut the calf open and pulled out its liver. He pointed at the liver. "It's speckled and diseased. We can't eat it."

It looked to me like there wasn't anything atall that could be done with it. I didn't cry—but I might near did. Granpa

셨다.

할아버지는 한 가지만은 확실하다고 말씀하셨다. 인디언들만은 절대 권력을 잡으려 하지 않으리라는 것. 과연 그럴 것 같았다.

할아버지가 이야기하시는 동안 내 송아지가 쓰러져서 죽었다. 송아지는 옆으로 쓰러진 채 그냥 그대로 누워 있었다. 나는 할아버지 앞에 서서 줄을 잡고 있었는데, 할아버지가 내 뒤쪽을 가리키면서 말씀하셨다.

"네 송아지가 죽었구나."

할아버지는 송아지의 반을 끝까지 당신 걸로 하지 않으셨다.

나는 쪼그리고 앉아서 송아지의 머리를 들어올려 제 발로 서도록 만들어보려 했다. 하지만 송아지는 꼼짝도 하지 않았다. 할아버지가 머리를 흔들었다.

"송아지는 죽었단다. 작은 나무야, 뭔가가 죽었다는 건 말이야…… 그건 죽은 거야."

송아지도 그랬다. 나는 쭈그리고 앉아서 죽은 송아지를 바라보았다. 내가 기억할 수 있는 한 최악의 순간이 눈앞에 닥치고 있었다. 50센트와 빨갛고 파란 사탕 상자는 이미 사라졌다. 그런데 이제 내가 준 돈보다 백 배는 더 비싼 송아지까지 사라지고 있었다.

할아버지는 모카신에 꽂혀 있던 긴 칼로 송아지의 배를 갈라 간을 꺼냈다. 할아버지가 간을 가리켰다.

"얼룩덜룩한 걸 보니 병에 걸린 거야. 먹을 수도 없어."

죽은 송아지를 가지고 할 수 있는 건 아무것도 없는 것 같았다. 나

knelt and skinned the calf. "Reckin Granma would give ye a dime fer the skin; likely she can use it," he said. "And we'll send the dogs back ... they can eat the calf." Reckin that was all that could be made of it. I followed Granpa down the trail—carrying the hide of my calf—all the way to the cabin.

Granma didn't ask me, but I told her I couldn't put my fifty cents back in the jar, for I had spent it for a calf—which I didn't have. Granma give me a dime for the hide and I put that in the jar.

It was hard to eat that night, though I liked ground peas and corn bread.

While we was eating, Granpa looked at me and said, "Ye see, Little Tree, ain't no way of learning, except by letting ye do. Iff'n I had stopped ye from buying the calf, ye'd have always thought ye'd ought to had it. Iff'n I'd told ye to buy it, ye'd blame me fer the calf dying. Ye'll have to learn as ye go."

"Yes, sir," I said.

"Now," Granpa said, "what did ye learn?"

"Well," I said, "I reckin I learned not to trade with Christians."

는 울지는 않았지만 거의 울기 일보 직전이었다. 할아버지는 쭈그리고 앉아서 송아지 가죽을 벗겼다.

"이걸 할머니한테 갖다 드리면 가죽 값으로 10센트는 줄 게다. 가죽은 쓸모가 있거든. 그리고 집에 돌아가면 개들을 이리로 보내자…… 개들이라면 이 송아지를 먹을 거야."

내가 생각해도 그게 가장 좋은 방법일 것 같았다. 나는 송아지 가죽을 짊어진 채 할아버지 뒤를 따라 집까지 터벅터벅 걸어갔다.

할머니가 물어보지도 않았는데 나는 할머니에게 50센트를 병에 도로 넣을 수 없다는 것과 그 돈을 송아지 사는 데 썼다는 것, 그런데 그 송아지는 죽어버렸다는 것을 고백했다. 할머니가 가죽 값으로 10센트를 주셨다. 나는 그 돈을 받아 항아리 속에 넣었다.

그날 저녁 식사는 내가 좋아하는 완두콩과 옥수수빵이었지만 나는 입맛이 하나도 없었다.

저녁을 드시던 할아버지가 나를 바라보며 말씀하셨다.

"자, 봐라, 작은 나무야. 나는 네가 하는 대로 내버려둘 수밖에 달리 방법이 없었단다. 만약 내가 그 송아지를 못 사게 막았더라면 너는 언제까지나 그걸 아쉬워했겠지. 그렇지 않고 너더러 사라고 했으면 송아지가 죽은 걸 내 탓으로 돌렸을 테고. 직접 해보고 깨닫는 것 말고는 방법이 없단다."

"그래요, 할아버지."

"자, 그런데 너는 뭘 깨달았니?" 할아버지가 물으셨다.

"음, 제 생각에는요, 기독교도와 거래를 해서는 안 된다는 걸 깨달

Granma commenced to laugh. I didn't see hardly any-thing funny atall about it. Granpa looked dumbstruck; then he laughed so hard he choked on his corn bread. I figgered I had learned something funny but I didn't know what it was.

Granma said, "What ye mean, Little Tree, is that ye'll be likely to have caution at the next feller who tells you how good and what a fine feller he is."

"Yes, ma'am," I said, "I reckin."

I wasn't sure about anything ... except I had lost my fifty cents. Being plumb wore out, 1 went to sleep at the table and my head come down in my supper plate. Granma had to wash ground peas off my face.

That night I dreamed the hard-shells and Catholics come amongst us. The hard-shells tore up our still, and the Catholics et up my calf.

A big Christian was there, smiling at the whole thing. He had a red and green box of candy and said it was worth a hundred times as much, but I could have it for fifty cents. Which I didn't have—fifty cents; and so could not buy it.

앉어요."

할머니가 갑자기 웃기 시작하셨다. 내 말이 뭐가 그리 우스운지 알 수가 없었다. 어안이 벙벙해 있던 할아버지도 할머니와 똑같이 웃기 시작하셨다. 얼마나 심하게 웃으셨는지 옥수수빵이 목에 걸리기까지 하셨다. 나는 내가 깨달은 게 뭔가 재미있는 거라는 건 알겠는데 왜 그런 건지는 알 수가 없었다.

할머니가 웃음을 그치고 말씀하셨다.

"작은 나무야, 그러니까 다음부터는 제 입으로 자기가 착하고 좋은 사람이라고 떠벌리는 사람한테는 조심하겠다는 뜻이지?"

"예, 할머니, 그래요."

하지만 확실히 이해되는 건 아무것도 없었다…… 50센트를 잃어버렸다는 사실 말고는. 완전히 녹초가 된 나는 저녁 식탁에서 꾸벅꾸벅 졸다가 얼굴을 접시에 박았다. 할머니가 내 얼굴에 묻은 완두콩을 닦아주셨다.

그날 밤 나는 비타협파 침례교도들과 가톨릭교도들이 우리 집으로 쳐들어오는 꿈을 꾸었다. 비타협파는 우리 증류기를 두들겨 부수고, 가톨릭교도들은 송아지를 통째로 잡아먹었다.

그 자리에는 덩치 큰 기독교도 한 사람이 히죽히죽 웃으면서 서 있었다. 그 사람은 빨갛고 파란 사탕 상자를 가지고 있었는데, 백 배나 더 비싼 것이지만 50센트만 주면 나에게 주겠다고 했다. 하지만 나에게는 50센트가 없었다. 그래서 나는 그 사탕 상자를 사지 못했다.

At the Crossroads Store

*G*ranma taken a pencil and paper and showed me how much I had lost on my trade with the Christian. Turns out, I didn't lose but forty cents, as I cleared a dime off the calf hide. I put the dime in my fruit jar and didn't take it in my pocket no more, it being safer in the jar.

On our next run I made a dime, and Granma upped it with a nickel. This give me twenty-five cents, so I was beginning to get my money built back up.

Though I had lost fifty cents at the store, I always looked forward to delivering our wares; though carrying my tow sack was a pretty good job.

I was learning five words a week out of the dictionary, and Granma would explain the meanings, then had me put the words in sentences. I used my sentences considerable on the way to the store. This would get Granpa to stop while he figured out what I was saying. I could catch up and rest with my fruit jars. Sometimes Granpa would totally knock out

사거리 가게에서

할머니는 연필과 종이를 가져와서 기독교도와의 거래에서 내가 얼마나 손해를 보았는지 나에게 보여주셨다. 나는 손해 본 액수가 40센트라는 걸 알았다. 송아지 가죽 값으로 10센트를 할머니에게서 받았으니까. 나는 그 10센트를 항아리에 넣어두고, 꺼내서 주머니에 넣고 다니는 일은 두 번 다시 하지 않았다. 항아리 쪽이 훨씬 더 안전해 보였다.

다음번 위스키 거래에서 나는 10센트를 벌었다. 거기다 할머니가 5센트를 덤으로 얹어주셨기 때문에 내 전 재산은 이제 25센트가 되었다. 이렇게 해서 나는 잃었던 돈을 다시 모아가고 있었다.

가게에서 50센트를 잃긴 했지만 그래도 나는 언제나 물건 넘겨주는 날이 오기를 손꼽아 기다렸다. 자루를 짊어지고 가는 게 꽤 힘든 일이긴 했지만.

나는 한 주마다 사전에 있는 단어 다섯 개씩을 익히고 있었다. 할머니는 단어의 뜻을 설명해주신 다음에 그 단어를 넣어 문장을 만들어보도록 시키셨다. 나는 가게로 가는 동안 내가 만든 문장들을 큰 소리로 외우곤 했다. 그러면 할아버지는 내가 무슨 말을 하는지 생각하시느라 걸음을 멈추셨다. 그 틈에 나는 할아버지를 따라잡아 술

words, saying I didn't have to use that word no more, which speeded me up considerable in the dictionary.

Like the time I had got down to the word "abhor." Granpa had got way ahead of me on the trail, and I had been practicing a sentence with that word so I hollered to Granpa, "I abhor briers, yeller jackets and such."

Granpa stopped. He waited until I had caught up with him, and set down my load of fruit jars. "What did ye say?" Granpa asked.

"I said, 'I abhor briers, yeller jackets and such,'" I said.

Granpa looked down at me so steady-hard that I commenced to feel uneasy about the whole thing. "What in hell," Granpa said, "has whores got to do with briers and yeller jackets?"

I told him that I didn't have no way in the world of knowing, which I didn't, but the word was "abhor" and it meant that you couldn't hardly stand something.

Granpa said, "Well, why don't ye just say ye can't stand it, instead of using 'abwhore'?" I said I couldn't figure that out myself but it was in the dictionary. Granpa got pretty worked up about it. He said the meddlesome son of a bitch that invented the dictionary ought to be taken out and shot.

병들이 든 자루를 내려놓고 쉬곤 했다. 할아버지가 단어를 완전히 박살 내는 일도 자주 있었다. 그따위 단어는 더 이상 쓸 필요가 없다고 하시면서 말이다. 그럴 때면 나의 사전 진도는 꽤 빨라졌다.

'abhor(미워하다)'라는 단어와 씨름하고 있을 때도 그랬다. 할아버지는 나보다 한참을 앞서 걸어가고 계셨다. 그래서 그 단어를 넣어 문장 만들기를 하던 나는 할아버지 쪽을 향해 고함을 질러야 했다.

"나는 찔레나무와 말벌 따위는 정말 싫다(abhor)."

할아버지가 걸음을 멈추고 내가 따라잡을 때까지 기다리셨다. 할아버지를 따라잡은 나는 내 술병 자루를 내려놓았다.

"너 뭐라고 그랬냐?"

할아버지가 물으셨다.

"나는 찔레나무와 말벌 따위는 정말 싫다고 했어요."

갑자기 할아버지가 엄한 얼굴을 하고 나를 내려다보셨다. 하도 정색을 하시는 바람에 나는 영문도 모른 채 당황하기 시작했다. 할아버지가 말씀하셨다.

"도대체 매춘부(whore)가 찔레나무나 말벌하고 무슨 관계가 있단 말이냐?"

그래서 나는 할아버지가 무슨 말을 하는지 도통 모르겠다, 나는 그렇게 말하지 않고 'abhor'이라고 했다, 'abhor'이란 뭔가가 참을 수 없을 만큼 싫은(couldn't hardly stand) 걸 말한다고 했다.

그러자 할아버지는,

"그렇다면 어째서 'abwhore' 대신에 'can't stand'라고 하지 않

Granpa said that more'n likely this same feller had worked up half a dozen more words that could discolor the meaning of the same thing. He said this was why politicians could git away with slicker'n folks and always claiming they didn't say this 'er that—or that they did. Granpa said, if you could check it out, the damn dictionary was either put up by a politician or they was some behind it. Which sounds reasonable.

Granpa said I could just knock out that word. Which I did. There was usually a lot of men around the store in the winter time or during laying-by time. "Laying-by" time was usually in August. That was the time of year after the farmers had done with plowing and hoeing weeds out of their crops four or five times; and the crops was big enough now that they "laid by," that is, no hoeing or plowing, while the crops ripened and they waited to do the gathering.

After we delivered our wares, and Granpa got paid, and I had picked up the wood chips for Mr. Jenkins and taken the stick of old candy off his hands, me and Granpa always squatted under the store shed with our backs against the wall and kind of stretched out the time.

Granpa had eighteen dollars in his pocket ... of which I

는 거냐?"

라고 하셨다. 왜 그런지는 나도 모르겠지만 사전에 그런 단어가 있다고 하자, 할아버지는 굉장히 화가 치미시는 듯했다. 사전 같은 걸만들어낸 후레아들놈의 자식들은 모두 싹 쓸어서 총살시켜버려야한다고 펄펄 뛰셨으니 말이다.

할아버지는, 같은 뜻의 말을 요리 바꾸고 조리 바꾸어서 여섯 개씩 만들어내는 작자들이 바로 그런 놈들일 것이다, 정치가들이 이런말도 안 했다, 저런 말도 안 했다고 하면서 사람들을 감쪽같이 속이고 발뺌할 수 있는 것도 다 그 때문이다, 조사해보면 알겠지만 정치가야말로 저 망할 놈의 사전을 만든 장본인이거나 배후 인물일 거라고 하셨다. 그럴듯한 말씀이었다.

할아버지는 그따위 단어는 싹 빼버리라고 했다. 그래서 나는 그렇게 했다. 겨울철이나 버려두기철이 되면 언제나 많은 사람들이 가게로 모여들곤 했다. 8월경이 '버려두기철'이다. 이때는 씨를 뿌리고난 뒤에 네댓 번씩 하는 김매기도 끝나고, 곡식들도 이제 충분히 자라서 그냥 '버려두면' 되는 때였다. 다시 말해 괭이질이나 쟁기질은더 이상 할 필요가 없고 곡식이 익어서 추수할 때만 기다리면 되는때였다.

물건을 건네주고 할아버지가 돈을 받고, 땔나무를 날라다준 대가로 내가 젠킨스 씨에게서 오래된 막대사탕을 건네받고 나면, 우리는언제나 가게 밖 차양 밑에서 벽에 등을 대고 앉아 한참씩 쉬곤 했다.

할아버지 호주머니 속에는 18달러가 들어 있었다…… 집에 가면

would get at least a dime when we got home. He had usually bought sugar or coffee for Granma ... sometimes, a little wheat flour, if things was going good. Besides, we had just finished up a pretty hard week in the whiskey-making trade.

I always finished off the stick of old candy while we set. It was a good time.

We listened to the men talking about things. Some of them said there was a depression and fellers was jumping out of winders in New York and shootin' theirselves in the head about it. Granpa never said anything. Which I didn't either. But Granpa told me that New York was crowded all up with people who didn't have enough land to live on, and likely half of them was run crazy from living that-a-way, which accounted for the shootins and the winder jumping.

Usual, there was somebody cuttin' hair at the store. They would set a straight chair under the shed and take turns gettin' their hair sheared by a feller.

Another man—everybody called him "Old Man Barnett" —jumped teeth. Not many people could "jump teeth." This was when you had a bad tooth and had to get it taken out.

Everybody liked to watch Old Man Barnett working, jumping teeth. He would set the feller whose tooth he was

그중에서 적어도 10센트는 나한테 줄 것이다. 할아버지는 할머니에게 줄 커피와 설탕을 빠뜨리지 않고 사곤 했는데, 때때로 형편이 괜찮을 때는 밀가루도 조금 샀다. 게다가 우리는 위스키를 만들고 운반하는 그 힘든 일들을 이제 막 끝낸 참이었다.

나는 언제나 그 오래된 막대사탕을 다 먹을 때까지 그곳에 앉아 있곤 했다. 기분 좋은 시간이었다.

우리는 그렇게 앉아서 사람들이 이런저런 일들에 대해 이야기하는 것을 듣고 있었다. 불경기라서 뉴욕에는 창에서 뛰어내리거나 자기 머리에 총을 쏘아 자살하는 사람들이 많다는 이야기를 하는 사람들도 있었다. 할아버지는 한마디도 하지 않으셨다. 그건 나도 마찬가지였다. 하지만 할아버지는 나중에 나한테 뉴욕이란 곳은 사람들이 너무 많아서 살 땅이 모자라기 때문에 뉴욕 사람들 중 반 정도는 미쳐 있고, 그래서 총으로 자살하거나 창문에서 뛰어내리는 일이 생기는 것이라고 설명해주셨다.

가게에는 이발하는 사람이 언제나 한두 명 있게 마련이었다. 그런 사람들은 차양 밑에 놓인, 등받이가 똑바른 의자에 앉아서 이발사에게 자기 머리를 맡겼다.

모두들 '바넷 노인'이라 부르는 또 한 사람은 이빨 뽑는 일을 했는데, 사람들은 이걸 가리켜 '이빨을 날린다'고 했다. 하지만 이빨이 썩어서 뽑아야 하는 사람 말고는 '이빨을 날리는' 사람은 그다지 많지 않았다.

바넷 노인이 이빨 날리는 모습은 모두가 좋아하는 구경거리였다.

going to jump down in a chair. Then he would heat up a wire over a fire until the wire was red hot. He stuck the wire on the tooth and then taken a nail and placed it against the tooth, and with a hammer, he hit it a secret way. The tooth just jumped out on the ground. He was right proud of his trade, and would make everybody stand back while he done it so they wouldn't nobody learn it.

One time, another old feller about the same age as Old Man Barnett—they called him Mr. Lett—he come to get a bad tooth jumped. Old Man Barnett set Mr. Lett down in the chair and heated up his wire. He stuck the wire to Mr. Lett's tooth, but Mr. Lett wrapped his tongue around the wire. He bellered louder'n a bull and kicked Old Man Barnett in the stomach, knocking him over backwards.

This made Old Man Barnett mad and he hit Mr. Lett in the head with a chair. They got to fighting on the ground until everybody crowded in and pulled them apart. They stood cussing one another awhile—or leastwise Old Man Barnett was cussing—you couldn't understand what Mr. Lett was saying, but he was mad!

Finally they calmed down and a bunch of men held Mr. Lett and drawed out his tongue and poured turpentine on

그는 이빨을 날리려는 사람을 의자에 앉힌 다음, 우선 철사를 불 위에 놓아 벌게질 때까지 달구었다. 그러고는 이빨에다 이 철사를 고정한 다음 다시 못 하나를 이빨에 대고 망치로 쳤는데, 망치로 치는 방법은 그만의 비밀이었다. 이렇게 하면 이빨이 톡 튀어나와 땅에 떨어지곤 했다. 그는 자기 기술을 무척 자랑스러워했기 때문에 자기가 이빨을 뽑는 동안 그걸 보고 배우는 사람이 없도록 모두 자기 등 뒤에 서게 했다.

그런데 한번은 바넷 노인과 비슷한 연배인 레트라는 또 다른 노인이 썩은 이빨을 날리려고 찾아왔다. 바넷 노인은 레트 노인을 의자에 앉히고 철사를 달구었다. 그러고는 그 철사를 레트 노인의 이빨에다 고정시킨 것까지는 좋았는데, 레트 노인이 그만 혀를 그 철사에 갖다 대고 말았다. 레트 노인은 황소울음 같은 고함을 지르며 바넷 노인의 배를 걷어찼다. 바넷 노인은 뒤로 벌렁 자빠졌다.

화가 난 바넷 노인도 의자로 레트 노인의 머리를 내리쳤다. 두 사람은 모두 달려들어 뜯어말릴 때까지 땅 위를 뒹굴며 뒤엉켜 싸웠다. 그러고도 한참 동안 두 사람은 서로 욕을 해대며 싸웠다. 적어도 바넷 노인만은 확실히 그랬다. 레트 씨가 말하는 것은 아무도 알아들을 수 없었지만, 어쨌든 그도 불같이 화가 나 있었던 것만은 확실했다!

마침내 상황이 진정되자 사람들 몇몇이 레트 노인을 붙잡아 혀를 끄집어낸 다음 거기다 테레빈유를 부었다. 레트 노인은 가버렸다. 바넷 노인의 이빨 날리기가 실패하는 걸 본 건 그때가 처음이었다.

it. He left. It was the first time I ever saw Old Man Barnett fail to jump a tooth, and he didn't take it lightly. He taken pride in his trade and went around explaining to everybody why it was that he hadn't jumped that tooth. He said it was Mr. Lett's fault. Which I reckin it was.

I made up my mind right then that I was not ever going to have a bad tooth. Or if I did, I wasn't going to tell Old Man Barnett about it.

At the store is where I got acquainted with the little girl. She would come with her Pa during laying-by time, or in the winter. Her Pa was a young man who wore ragged overalls and was, most time, barefooted. The little girl was always barefooted, even when it was cold.

Granpa said they was sharecroppers. He said sharecroppers didn't own no land, or nothing else to speak of—usually not even a bedstead or a chair. They would work on somebody else's land and would sometimes get half of what the owner got for his crop, but mostly they just got a third. They called it working on "halves," or on "thirds."

Granpa said by the time everything was taken out, what they had et all year, and the seed and fertilizer cost—which the landlord paid for—and use of mules, and about everything

그래서 그는 그 일을 가볍게 넘기려 하지 않았다. 자기 직업에 자부심을 갖고 있던 그는 둘러선 사람들한테 무슨 까닭으로 이빨을 날리지 못했는지 설명했다. 레트 씨의 잘못이라는 게 그의 설명이었다. 내 생각에도 그런 것 같았다.

하지만 나는 절대 이빨을 썩게 해서는 안 되겠다고 마음먹었다. 또 설사 썩더라도 바넷 노인한텐 절대 그 이야기를 하지 않을 작정이었다.

그 가게에서 나는 조그만 여자애 한 명과 친해졌다. 그 애는 버려두기철이나 겨울철이 되면 자기 아버지와 함께 가게에 들르곤 했다. 여자애의 아버지는 아직 젊은 사람으로 거의 언제나 너덜너덜한 멜빵바지를 입고 맨발로 다녔다. 작은 여자애도 언제나 맨발이었다. 날씨가 추운 겨울에도 말이다.

할아버지 설명에 따르면 그들은 소작농이었다. 소작농은 자기 토지도 없고, 이렇다 할 만한 게 아무것도 없는 사람들이었다. 심지어는 침대나 의자 같은 것조차 갖고 있지를 않았다. 소작농들은 다른 사람 밭에서 일해준 대가로 때로는 수확의 반 정도를 받는 경우도 있지만, 대개는 3분의 1만을 받았다. 그래서 사람들은 그걸 '반타작'이니 '3분의 1타작'이니 하고 불렀다.

하지만 할아버지 설명으로는 막상 그때가 되면 모든 것을 다 내놓게 된다고 했다. 즉 그 사람들이 1년 동안 먹은 양식과, 지주가 미리 빌려준 종자대와 비료대, 노새 사용료, 그 외 이런저런 것들을 까고 나면 소작농 손에 떨어지는 건 입에 풀칠할 정도밖에 안 된다는 것

else, it always turned up that the sharecropper didn't actual make nothing but something to eat. And not much of that.

Granpa said the bigger family that a sharecropper had, the better chance he had of gittin' on with a landlord, for then everybody in the family worked in the fields. A big family could do more work. He said sharecroppers all tried to have big families, for it was necessary. He said the wives worked in the fields, pickin' cotton and hoeing and such, and put their babies under shade trees or somewheres to scuffle for theirselves.

Granpa said Indians would not do it. He said he would take to the woods and run rabbits fer a living before he'd do it. But he said somehow or another some folks got caught in it and couldn't git out.

Granpa said it was the fault of the damn politicians who spent all their time yammerin' around using up words instead of working at the trade they was supposed to work at. He said some landlords was mean and some wasn't, like everybody else, but it always come out at "settlin' up" time, after the crops was gathered, that more'n likely there was a big disappointment.

That's why sharecroppers moved every year. Every win-

이다. 그리고 그것마저도 얼마 안 됐다.

또 할아버지는 식구 수가 많은 소작농일수록 지주한테 일감을 받기가 유리하다고 설명해주었다. 식구 수대로 몽땅 밭에서 일하게 되기 때문에 식구가 많을수록 일을 더 많이 하게 되는 것이다. 그래서 소작농들은 한결같이 자식들을 많이 낳으려고 했다. 하지만 여자들도 밭에서 일을 하고 목화를 따고 김매기를 해야 하기 때문에 아기를 돌볼 여유는 없었다. 아기들은 나무 그늘 같은 데를 혼자서 기어다니며 놀곤 했다.

할아버지는 인디언들은 절대 그런 일을 하지 않는다고 하셨다. 그런 일을 하느니 차라리 산에 가서 토끼나 잡는 게 낫겠다고 하시면서. 하지만 이런저런 사정으로 그 길에 한번 발을 들여놓은 사람들은 거기서 평생 벗어나지 못한다고 하셨다.

할아버지는 이 모든 것이 자기들 할 일은 내팽개치고 이러니저러니 말들만 늘어놓는 빌어먹을 놈의 정치가들 탓이라고 하셨다. 어떤 경우든 다 그렇지만 지주 중에도 나쁜 사람도 있고 그렇지 않은 사람도 있는데, 그건 언제나 곡식을 거둬들이고 난 다음 '결산할' 때가 되면 판가름 나곤 했다. 그러나 대부분은 소작농들이 크게 실망하는 쪽이었다.

이 때문에 소작농들은 해마다 이리저리 옮겨다니곤 했다. 겨울이 되면 소작농들은 새로운 지주를 찾아나섰다. 다행히 새 지주를 찾아내면 그들은 새 지주의 땅에 딸린 오두막집으로 옮겨간다. 밤이 되면 소작농 가족의 엄마와 아빠는 그 오두막집의 부엌 식탁에 앉아서

ter they would hunt for a new landlord and find one. They would move to another shack, and set around the kitchen table at night, the Pa and Ma, and build up dreams as to how this year on this place they was going to make it.

Granpa said they held on to that all during spring and summer until the crops was gathered, then it was all bitter again. That's why they moved every year, and folks that didn't understand, called them "shiftless," which Granpa said was another damn word, like calling them "irresponsi-ble," fer having so many young'uns—which they had to do.

Me and Granpa talked about it on the trail home and he got so worked up about it that we rested might near an hour.

I got worked up about it too, and seen right off that Granpa had a total understanding of politicians. I told Granpa that the sons of bitches ought to be run off. Granpa stopped talking about it, and cautioned me again that "son of a bitch" was brand-new cuss words that carrried much starch and that Granma would total put us out of the cabin if I used them around her. I marked that down right then. It was a pretty powerful set of words.

The little girl come and stood in front of me one day while I was squattin' under the store shed eating the old

'올해' '이 땅'에서 이루려는 꿈들을 설계하곤 했다.

그 사람들은 그 꿈에 매달려, 곡식을 거둬들이기 전인 봄 여름 동안 열심히 일했다. 하지만 수확이 끝났을 때 그들에게 남는 것은 또한 번의 쓰디쓴 배신감뿐이다. 이 때문에 그 사람들은 해마다 이곳저곳으로 옮겨다니게 되는 것이다. 이걸 이해하지 못하는 사람들은 소작농더러 '떠돌이'라고 하지만, 이 말 역시 아무 쓰잘데기 없는 말이라고 할아버지는 말씀하셨다. 또 그 사람들이 자식을 많이 낳는다고 해서 '무책임하다'는 것도 마찬가지다. 그 사람들은 그럴 수밖에 없는 것이다.

할아버지와 나는 집으로 돌아가는 길에 이런 이야기들을 나누었다. 할아버지는 어찌나 흥분하셨던지 거의 한 시간 동안 길가에 앉은 채 이야기를 하셨다.

그 이야기를 들으니 나도 화가 났다. 나는 할아버지가 정치가들의 본질을 정말 잘 꿰뚫고 있다고 생각했다. 그래서 그런 후레자식들은 당장에 싹 쓸어버려야 한다고 했더니, 할아버지는 이야기를 멈추고 내게 다시 한 번 주의를 주었다. '후레자식'은 다른 사람이 듣기에 아주 거북살스러운 새 욕설이라서 할머니가 계시는 데서 그 욕을 했다가는 우리는 집에서 완전히 쫓겨날지도 모른다는 것이다. 나는 할아버지의 주의를 마음에 단단히 새겨두었다. 사실 그건 꽤 강도가 센 욕설이었다.

어느 날 내가 가게 차양 밑에서 오래된 사탕을 먹으며 앉아 있을 때였다. 그 작은 여자아이가 걸어와 내 앞에 섰다. 그 아이의 아버지

candy. The little girl's Pa was in the store. She had tan-
gled-up hair and her teeth was rotten; I hoped Old Man
Barnett didn't see her. She wore a tow sack for a dress and
just stood looking at me, and crossing her toes back and
forth in the dirt. I felt right bad, eating the candy, and so I
told her she could lick on it for a while, if she didn't bite
off any, for I would have to have it back. She took the
candy and licked on it pretty regular.

She said she could pick a hundred pounds of cotton in a
day. She said she had a brother that could pick two hundred
pounds and that her Ma—when she was feeling right—
could pick three hundred. She said she had knowed her Pa
to pick five hundred pounds if he picked into the nighttime.

She said they didn't put rocks in their pickin' sacks nei-
ther, to cheat on the weight, and was knowed for giving a
honest day's work. She said her whole and entire family
was knowed for that.

She asked me how much cotton I could pick, and I told
her I had never picked none. She said she figgered that; for
everybody knowed that Indians was lazy and wouldn't
work. I taken back my candy. But she said, after that, that
it wasn't because we could help it—that we was just dif-

는 가게 안에 들어가 있었다. 여자아이의 머리는 헝클어졌고 이빨은 썩어 있었다. 바넷 노인이 저 애를 보지 말아야 할 텐데…… 자루 같은 옷을 입은 그 애는 발로 흙을 차 먼지를 풀풀 일으키면서 가만히 나를 쳐다보고 있었다. 나 혼자 사탕을 먹는 게 왠지 미안했다. 그래서 나는 그 애에게 깨어 먹지만 않는다면 사탕을 잠시 빨아 먹어도 좋다고 했다. 그러자 그 애는 사탕을 받아들고는 허겁지겁 빨기 시작했다.

그 애는 자기가 하루에 목화 100파운드를 딸 수 있다고 했다. 그리고 하나뿐인 자기 오빠는 200파운드를 딸 수 있고, 엄마는 건강이 좋으면 300파운드까지 딸 수 있으며, 자기 아빠는 밤늦게까지 따면 500파운드까지 딸 수 있다고도 했다.

또 그 여자애는, 자기들은 무게를 속이려고 자루에다 돌멩이를 집어넣는 일 따위는 하지 않는다, 자기네 식구들은 하나같이 정직하다고 평판이 나 있다고 했다.

그 애는 나에게 목화를 얼마나 딸 수 있느냐고 물었다. 내가 한 번도 따본 적이 없다고 했더니 그 애는 그럴 줄 알았다, 인디언들이 게으르고 일하려 하지 않는다는 건 누구나 알고 있는 사실이라고 했다. 나는 내 사탕을 도로 달라고 했다. 그러자 그 애는 그 말에 이어서, 우리가 일을 안 하려고 해서 그런 게 아니라 그냥 사는 방식이 다르고, 그래서 뭔가 다른 일을 할 거라고 했다. 나는 그 애한테 사탕을 좀 더 빨아먹도록 했다.

아직 겨울이었다. 그 여자애는 자기 식구들이 산비둘기 울음소리

ferent and maybe we done other things. I let her lick some more on the candy.

It was still wintertime, and she said their family was all listening for the turtledove. It was well knowed, she said, that whatever direction you heard the turtledove calling, that was the direction you was going to move the next year.

She said they had not heard it yet, but was expecting to just anytime, for they had been total cheated by the landlord, and her Pa had fell out with him so they had to move. She said her Pa had come to the store to see about talking to somebody there that might want a good family on their place which was knowed for giving honest work and causing no trouble atall. She said she expected they would come up with about the best place they could have ever thought of, for her Pa said the word was gittin' around about what hard workers they was, and so next year they would be settin' pretty.

She said that after the crops was in on the new place they would be going to, she was going to git a doll. She said her Ma said it would be a store-bought doll that had real hair and eyes that would open and close. She said more than likely she would git a whole lot of other things too, as they would be practical rich.

를 기다리고 있다고 했다. 산비둘기 울음소리가 어느 쪽에서 들리느냐에 따라 내년에 옮겨갈 곳이 정해진다는 것이다.

그 여자애는 아직 산비둘기 소리를 듣지는 못했지만 얼마 안 있어 곧 듣게 될 거다, 왜냐하면 자기들은 지주한테 완전히 속아서 자기 아빠가 지주와 갈라섰기 때문에 이사를 가야 한다, 자기 아빠가 이 가게로 온 건 정직해서 아무 문제도 일으키지 않는다고 소문이 자자한 자기네 가족을 원하는 사람이 있는지 알아보려는 것이다, 자기 생각에 자기들은 지금까지 중에서 제일 좋은 땅에서 일하게 될 것 같다, 자기 아빠가 그러시는데 자기들이 열심히 일하는 농부라는 소문이 이 일대에 짜하니 났기 때문이다, 그래서 내년이면 자기들은 아주 잘살게 될 거라고 했다.

또 그 애는 새 땅에서 추수를 하고 나면 엄마 아빠가 인형을 사주기로 했다고 했다. 자기 엄마 말로는 가게에서 파는 인형인데, 머리카락도 진짜이고 눈도 감았다 떴다 한다는 것이다. 또 자기들은 진짜 부자가 될 것이기 때문에 인형 말고도 온갖 것을 다 가질 수 있을 거라고도 했다.

나는 그 애에게 우리는 옥수수밭이 있는 산골짜기 말고는 땅이 없고, 우린 산사람이어서 평지 농사에 대해서는 전혀 모른다고 했다. 그리고 나한테 10센트가 있다고 했다.

그 여자애가 보고 싶어했지만, 나는 그건 집에 있는 항아리 속에 들어 있다, 이전에 기독교도에게 50센트를 도둑맞은 적이 있기 때문에 돈을 가지고 다니지 않는다, 또 다른 사람에게 10센트까지 사

I told her we didn't own no land, except the mountain hollow with our corn patch, and that we was mountain folk with no use atall for valley farming and flatlands. I told her I had a dime.

She wanted to see it, but I told her it was at home in a fruit jar. I said I didn't carry it because a Christian had slickered me out of fifty cents oncet, and I was no wise figuring for another'n to slicker me out of my dime.

She said she was a Christian. She said she got the Holy Ghost oncet at a bush arbor meetin' and got saved. She said her Pa and Ma got the Holy Ghost practical every time they went and said they would talk in the unknown tongue when they got it. She said being a Christian made you happy and that bush arbors was times when they was happiest, being full of the Holy Ghost and all. She said I was going to hell as I hadn't been saved.

I seen right off she was a Christian, for while she was talking, she had licked my stick candy down to practical a nub. I got back what was left of it.

I told Granma about the little girl. Granma made a pair of moccasin slippers. The top part of the moccasins she made with some of my calf hide, leaving the hair on. They

기당하는 건 현명한 짓이 아니지 않겠느냐고 말했다.

그 여자애는 자기도 기독교도라고 했다. 그 애는 언젠가 부흥회에서 성령이 자기에게 임해서 자기는 구원받았다고 했다. 또 자기 엄마, 아빠는 부흥회에 나갈 때마다 성령이 임해서 알아들을 수 없는 말을 한다, 기독교도가 되면 누구나 행복해질 수 있고, 특히 부흥회에 참여하면 성령으로 충만한 행복한 순간을 맛볼 수 있다고 했다. 또 그 애는 내가 구원받지 않았기 때문에 지옥에 떨어질 것이라고 했다.

그 애가 기독교도라는 건 금방 알 수 있었다. 이야기를 하면서 내 막대사탕을 거의 다 빨아 먹은 걸로 봐서 말이다. 나는 그나마 남은 것까지 없어지기 전에 얼른 사탕을 도로 받았다.

나는 집에 와서 할머니에게 그 작은 여자애 이야기를 했다. 할머니가 모카신 한 켤레를 만들었다. 신 앞쪽은 털이 그대로 달려 있는 내 송아지 가죽을 대었다. 예쁜 신발이었다. 할머니는 모카신 앞쪽에 조그만 빨간 구슬 두 개씩을 달아주셨다.

다음 달, 사거리 가게에 갔을 때 나는 그 신을 그 애에게 주었다. 그 애가 신발을 신어보았다. 나는 우리 할머니가 널 위해 만든 건데 돈은 한 푼도 안 들었다고 했다. 그 애는 자기 발을 내려다보면서 가게 앞을 왔다 갔다 뛰어다녔다. 또 몸을 구부려 손가락으로 빨간 구슬들을 건드려보는 걸로 봐서 그 신이 아주 마음에 든 것 같았다. 나는 그 애에게 앞부분 가죽은 내가 우리 할머니에게 판 송아지 가죽에서 잘라낸 것이라고 알려주었다.

were pretty. Granma put two little red colored beads on the top of each moccasin.

Next month, when we went to the store, I give the moccasins to the little girl and she put them on. I told her Granma made them for her, and they didn't cost nothing. She run up and down in front of the store, watching her feet, and you could tell she was proud of the moccasins for she would stop and run her fingers over the red beads. I told her the hair hide come from my calf, which I had sold to Granma.

When her Pa come out of the store, she followed him down the road, skipping in her moccasins. Me and Granpa watched them. When they got a little ways down the road, the man stopped and looked at the little girl. He talked to her, and she pointed back towards me.

The man went to the side of the road and cut a keen switch from a persimmon bush. He held the little girl by one arm and whipped her on the legs, hard, and on the back. She cried, but she didn't move. He whipped her until the switch wore out ... and everybody under the store shed watched ... but they didn't say anything.

Then he made the little girl set down in the road and pull off the moccasins. He come walking back, holding the

자기 아빠가 가게 밖으로 나오자 그 애는 아빠 뒤를 따라갔다. 그 애는 모카신을 신고 깡충거리며 뛰어갔다. 할아버지와 나는 두 사람을 쳐다보고 있었다. 그런데 길 아래로 얼마쯤 걸어가던 그 남자가 걸음을 멈추고 그 여자애를 쳐다보았다. 그가 뭐라고 말하자 그 애가 등을 돌려 내 쪽을 가리켰다.

그 남자는 길옆으로 가더니 감나무에서 가느다란 나뭇가지 하나를 꺾었다. 그는 그 애를 한 팔로 잡고 감나뭇가지로 다리를 세게 때렸다. 그 다음에는 등을 매질했다. 여자애는 울었지만 달아나지는 않았다. 그는 나뭇가지가 부러질 때까지 그 애를 때렸다…… 가게 차양 아래 있던 사람들 모두가 그 광경을 쳐다보았다…… 하지만 말을 하는 사람은 아무도 없었다.

그 남자는 그 애를 길 가운데 앉히고 모카신을 벗게 하더니, 그 모카신을 들고 되돌아왔다. 할아버지와 내가 일어섰다. 그는 할아버지한테는 눈길 한 번 주지 않고 똑바로 나 있는 곳으로 걸어와 나를 내려다보았다. 그의 얼굴은 굳어 있었고 눈은 번쩍거렸다. 그는 모카신으로 나를 쿡 찔렀다. 내가 두 손으로 받아들자 그는 이렇게 말했다.

"우린 동정 따위는 받지 않아…… 아무한테도…… 특히나 이교도 야만인들한테는!"

나는 가슴이 졸아들 것처럼 겁이 났다. 하지만 그는 그 말만 하고는 휙하니 몸을 틀더니 누더기가 다 된 멜빵바지를 펄럭이며 길 아래로 걸어가버렸다. 그가 여자애 곁을 지나쳐 가자 그 애도 그 뒤를

moccasins in his hand, and me and Granpa stood up. He didn't pay any attention to Granpa, but walked right up and looked down at me, and his face was hard and his eyes shining. He poked the moccasins at me—which I taken— and he said, "We'uns don't take no charity ... from nobody ... and especial heathen savages!"

I was right scared. He whirled around and walked off down the road, his ragged overalls flapping. He walked right by the little girl, and she followed him. She wasn't crying. She walked stiff with her head up real proud and didn't turn to look at anybody. You could see the big red stripes on her legs. Me and Granpa left.

On the trail, Granpa said he didn't bear the sharecropper no ill. Granpa said he reckined that pride was all he had ... how-soever misplaced. He said the feller figgered he couldn't let the little girl, ner any of his young'uns, come to love pretty things for they couldn't have them. So he whipped them when they showed a liking for things they couldn't have ... and he whipped them until they learned; so that in a little while, they knowed they was not to expect them things.

They could look forward to the Holy Ghost as gittin' their happy times, and they had their pride—and next year.

따라갔다. 이제 그 애는 울지 않았다. 그 애는 자신들이 무척 자랑스럽다는 듯 머리를 꼿꼿이 세우고 걸었지만 사람들 있는 쪽으로 얼굴을 돌리지는 않았다. 우리는 그 애 다리에 벌건 줄이 쭉쭉 간 것을 볼 수 있었다. 할아버지와 나도 그 자리를 떠났다.

집으로 오는 길에 할아버지는 그 소작농의 마음이 이해된다 하셨다.

"그 사람이 가진 건 자부심밖에 없을 거야…… 좀 잘못 발휘되기는 했지만. 그 친구는 그 여자애나 자기 자식 중의 누군가가 자기들이 가질 수 없는 걸 좋아하도록 내버려둘 수 없었던 거야. 그래서 자기들이 가질 수 없는 걸 받아들고 좋아할 때는 매를 드는 거란다…… 애들이 깨달을 때까지 매를 때리지…… 그렇게 매를 맞고 나면 아이들도 그런 것들을 바라서는 안 된다는 걸 깨닫게 된단다."

대신 그 사람들은 행복을 느끼게 해주는 성령을 찾으면 될 것이다. 게다가 그들에게는 긍지가 있고 희망찬 내년이라는 꿈도 있지 않은가.

할아버진 내가 아직 이해를 잘 못하는 것도 무리가 아니라고 하셨다.

"나도 몇 년 전에 비슷한 경험을 한 적이 있어. 길가에 있는 어느 소작인의 오두막집 곁을 지나갈 때였어. 웬 남자 한 명이 집에서 나와 뒤꼍으로 걸어가더구나. 그런데 그 뒤꼍에는 그 집의 두 딸이 나무 그늘에 앉아서 시어스로벅의 카탈로그를 보고 있었어.

남자는 회초리를 잡더니 다리에서 피가 날 때까지 애들을 때렸어.

Granpa said he didn't fault me fer not catching on right off. He said he had the advantage, fer years ago, as he walked a trail near a sharecropper's shack, he had seen a feller come out in his backyard where two of his little girls was looking, settin' under a shade tree, at a Sears Roebuck catalog.

Granpa said that feller took a switch and whipped them young'uns 'till the blood run out of their legs. He said he watched, and the feller took the Sears Roebuck catalog and he went out behind the barn. He burned up the catalog, tore it all up first, like he hated that catalog. Granpa said then the feller set down against the barn, where nobody could see him, and he cried. Granpa said he seen that and so he knowed.

Granpa said ye had to understand. But most people didn't want to—it was too much trouble—so they used words to cover their own laziness and called other folks "shiftless."

I toted the moccasin slippers home. I put them under my tow sack where I kept my overalls and shirt. I didn't look at them; they reminded me of the little girl.

She never come back to the crossroads store, ner her Pa. So I reckin they moved.

I figgered they heard the turtledove from far away.

내가 쳐다보고 있는 것도 모르고. 그 남자는 카탈로그를 빼앗아 헛간 뒤로 가져갔어. 그 남자는 그 카탈로그가 정말 미워죽겠다는 듯이 쫙쫙 찢어서는 불에 태워버렸지. 그러고 나더니 그 친구는 아무도 보지 않는 헛간 뒤에 주저앉아서 흐느껴 우는 거야. 그걸 보고 나서야 나도 비로소 이해가 가더구나.”

할아버지는 나도 이해를 해야 한다고 하셨다.

“하지만 대부분의 사람들은 그러려고 하지 않아. 그렇게 하려면 힘이 들거든. 그래서 사람들은 자기 게으름을 감추려고 이런저런 말들을 함부로 하고, 다른 사람들더러 ‘떠돌이’라고 부른단다.”

나는 모카신을 들고 집으로 돌아왔다. 나는 그 신을 내 멜빵바지와 셔츠가 든 삼베 자루 아래쪽에다 집어넣었다. 나는 두 번 다시 그 신을 보고 싶지 않았다. 그걸 보면 그 여자아이 일이 떠오를 것이다.

그 애도, 그 애 아버지도, 두 번 다시 사거리 가게에 모습을 나타내지 않았다. 이사를 간 것 같았다.

아마 그들은 멀리서 울어대는 산비둘기 울음소리를 들었을 것이다.

A Dangerous Adventure

*I*ndian violets come first in the mountain springtime. Just about when you figure there won't be a spring, there they are. Icy blue as the March wind, they lie against the ground, so tiny that you'll miss them unless you look close and sure.

We picked them there on the mountainside. I helped Granma, until our fingers would get numb in the raw wind. Granma made a tonic tea from them. She said I was a fast picker. Which I was.

On the high trail, where the ice still crunched beneath our moccasins, we got evergreen needles. Granma put them in hot water and we drank that too. It is better for you than any fruit, and makes you feel good. Also the roots and seeds of skunk cabbage.

Once I learned how, I was the best at acorn gathering. At first I would take each acorn as I found it to Granma's sack; but she pointed out that I could wait until I got a

위험한 고비

봄에 산에서 가장 먼저 피는 꽃이 인디언 제비꽃이다. 그 꽃은 아직 봄이 오려면 멀었다고 생각하는 바로 그 순간에 피어났다. 3월 바람처럼 창백하게 푸른 그 꽃은 엎드리듯이 땅에 바싹 붙어 있는데다 하도 작아서, 자세히 살펴보지 않으면 못 보고 지나가기 십상이다.

우리는 산허리에서 이 꽃들을 따곤 했다. 억센 바람에 손이 곱아들 때까지 나는 할머니를 도와 꽃을 땄다. 할머니는 그걸로 몸에 좋은 차를 만드셨다. 할머니가 나더러 정말 빨리 딴다고 칭찬해주셨다. 그건 사실이었다.

그리고 아직 녹지 않고 남은 얼음이 모카신 밑에서 부석부석 밟히는 산 높은 곳에서는 늘푸른나무의 잎도 땄다. 할머니는 그것들도 뜨거운 물에 넣고 끓여 차로 마셨다. 사실 그 차는 어떤 과일보다 더 몸에 좋은 건강식품이었다. 앉은부채의 뿌리와 씨들도 그랬다.

일단 요령을 터득하고 난 나는 도토리 줍는 기술자가 되었다. 처음에는 한 알을 주울 때마다 할머니 자루에 갖다 넣곤 했지만, 얼마 안 가 한 줌이 모인 다음에 자루에 넣으면 훨씬 많이 주울 수 있다는 걸 알았다. 할머니가 가르쳐주신 요령이었다. 나한테는 도토리 줍는 게 아주 쉬운 일이었다. 키가 작아 땅과 가까웠기 때문이다. 그래

handful before I run to the sack. It was easy for me, being close to the ground, so that I soon was able to get more acorns in the sack than Granma.

She ground them up into a meal that was yellow-gold, and mixed hickor'nuts and walnuts in the meal and made bread fritters; which there has never been anything to taste like.

Sometimes she had an accident in the kitchen and spilled sugar in the acorn meal. She would say, "Durn me, Little Tree. I spilt sugar in the acorn meal." I never said anything but when she did that I always got an extra fritter.

Me and Granpa was both pretty heavy acorn fritter eaters.

Then sometime there in late March, after the Indian violets had come, we would be gathering on the mountain and the wind, raw and mean, would change for just a second. It would touch your face as soft as a feather. It had an earth smell. You knew springtime was on the way.

The next day, or the next (you would commence to hold your face out for the feel), the soft touch would come again. It would last a little longer and be sweeter and smell stronger.

Ice would break and melt on the high ridges, swelling the ground and running little fingers of water down into

서 나는 얼마 안 가 할머니보다 더 많은 도토리를 자루에 넣을 수 있게 되었다.

도토리를 맷돌에 갈면 누런 금색 가루가 된다. 할머니는 이 금색 가루에다 히커리나무 열매와 밤을 섞어서 튀김과자를 만들었다. 그건 정말이지 무엇과도 비길 수 없는 맛이었다.

때때로 할머니는 부엌에서 설탕을 도토리 가루 속에 엎지르는 실수를 저지르곤 하셨다. 그러면 할머니는 언제나 이렇게 말씀하셨다.

"아이구 이런, 작은 나무야, 도토리 가루 속에 그만 설탕을 쏟고 말았구나."

이럴 때 나는 절대 입을 열어 대꾸하지 않았다. 하지만 할머니가 그런 실수를 저질렀을 때에는 특별 튀김과자를 맛볼 수 있다는 걸 알고 있었다.

할아버지와 나는 둘 다 튀김과자 먹기 선수였다.

인디언 제비꽃이 한창 피어나는 3월말경이 되면, 우리는 자주 산에 들어가 꽃도 따고 열매도 줍곤 했다. 그러다보면 차갑고 매섭게만 느껴지던 바람이 어쩌다 잠깐 달라지는 걸 느낄 때가 있다. 깃털처럼 부드럽게 볼을 만지작거리고 지나가는 그 바람엔 흙냄새가 배어 있었다. 그 바람은 저 멀리서 봄이 오고 있는 중이라는 걸 알려주는 전령이었다.

다음 날이나 그 다음 날 (얼굴을 가만히 내밀고 있다보면) 뺨을 어루만지는 부드러운 바람의 감촉을 다시 한 번 느끼게 된다. 그것은 날이 갈수록 조금씩 더 길어지고 더 달콤해지며 더 강한 냄새를 풍

the spring branch.

Then the yellow dandelions poked up everywhere along the lower hollow, and we picked them for greens—which are good when you mix them with fireweed greens, poke salat and nettles. Nettles make the best greens, but have little tiny hairs on them that sting you all over when you're picking. Me and Granpa many times failed to notice a nettle patch, but Granma would find it and we would pick them. Granpa said he had never knowed anything in life that, being pleasurable, didn't have a damn catch to it— somewheres. Which is right.

Fireweed has a big purple flower on it. It has a long stalk which you can peel and eat raw, or you can cook it and it is like asparagus.

Mustard comes through on the mountainside in patches that look like yellow blankets. It grows little bright canary heads with peppery leaves. Granma mixed it with other greens and sometimes ground the seeds into paste and made a table mustard.

Everything growing wild is a hundred times stronger than tame things. We pulled the wild onions from the ground and just a handful would carry more flavor than a

긴다.

산꼭대기의 얼음이 갈라져 녹으면 땅은 본래의 폭신함을 되찾아 가고, 작은 물줄기들은 다시금 개울가로 흘러들었다.

그러고 나면 아래쪽 골짜기는 노란 민들레 꽃밭 천지가 된다. 우리는 민들레꽃들을 따서 샐러드로 만들어 먹었다. 분홍바늘꽃이나 자리공, 쐐기풀 따위를 섞어서 먹으면 맛이 좋았다. 그중에서도 쐐기풀이 가장 맛있었지만, 쐐기풀에는 작은 가시가 붙어 있어서 따려면 손이나 팔 여기저기를 찔리곤 했다. 할아버지와 나는 쐐기풀밭을 못 보고 지나치는 때가 많았지만, 할머니는 잘도 찾아내셨다. 그러면 우리는 그것들을 따야 했다. 할아버지는 쓸모 있는 것일수록 더 얻기 힘들게 마련이라고 하셨다. 옳은 말씀이었다.

커다란 자주색 꽃이 피는 분홍바늘꽃에는 긴 줄기가 달려 있다. 이 줄기는 껍질을 벗기고 생으로 먹을 수도 있고 요리를 해서 먹어도 되는데, 아스파라거스와 비슷한 맛이 났다.

산허리를 빙 돌아가며 무리 지어 자라는 겨자는 노란 담요를 깔아 놓은 것처럼 보였다. 줄기 꼭대기에는 작고 밝은 선황색 꽃이 피었고 잎은 매운 맛이 났다. 할머니는 그것들을 다른 나물과 섞어서 샐러드를 만들기도 하고, 때로는 씨를 갈아 반죽처럼 만들어 겨자 양념으로 쓰기도 하셨다.

야생으로 자란 것들은 사람이 기르는 것들에 비해 백 배나 강한 맛을 가지고 있다. 우리는 가끔 가다 야생 양파를 찾아내곤 했는데, 한 줌 정도만 있으면 재배한 양파 3, 40킬로그램과 맞먹을 정도로

bushel of tame onions.

As the air warms, and rains come, the mountain flowers pop colors out like paint buckets have been spilled all over the mountainsides. Firecracker flowers have long, rounded, red blooms that are so bright they look like painted paper; the harebell pushes little bluebells, dangling on stems as fine as vines, from amongst rocks and crevices. Bitterroot has big lavender-pink faces with yellow centers that hug the ground, while moonflowers are hidden deep in the hollow, long-stemmed and swaying like willows with pink-red fringes on top.

Different kinds of seed are born at different body heats in Mon-o-lah's womb. When She first begins warming, only the tiniest flowers come through. But as She warms more, bigger flowers are born, and the sap starts running up in the trees, making them swell like a woman at birthing time until they pop open their buds.

When the air gets heavy so it's hard to breathe, you know what's coming. The birds come down from the ridges and hide in the hollows and in the pines. Heavy black clouds float over the mountain, and you run for the cabin.

From the cabin porch we would watch the big bars of

강한 맛을 낼 수 있었다.

날씨가 따뜻해지고 비가 내리면 산허리를 빙 돌아가며 페인트통을 엎지르기라도 한 것처럼 온 산이 온갖 색깔의 꽃들로 뒤덮였다. 길고 둥글고 붉은 꽃송이를 피우는 파이어크래커는 꽃색이 어찌나 밝은지 꼭 색종이처럼 보였다. 바위틈에서 자라는 초롱꽃나무는 핏줄처럼 가느다란 줄기에 매달려 달랑거리는 작고 푸른 종 모양의 꽃을 피우곤 했다. 또 쇠비름은 가운데가 노랗고 커다란 라벤더-핑크색의 꽃을 피운 채 땅 위를 기어갔고, 골짜기 깊은 곳에서 숨어 피는 문플라워는 긴 줄기 위로 분홍색 꽃을 매단 채 갈대처럼 바람에 흔들렸다.

씨앗들이 대지의 여신인 모노라의 자궁 속에서 열을 받아 싹을 틔우는 온도는 각각 다르다. 대지가 이제 막 따뜻해지기 시작할 무렵에는 아주 작은 꽃들만이 피어난다. 대지가 좀 더 따뜻해지면 좀 더 큰 꽃들이 피어나고, 나무에도 수액이 돌기 시작한다. 더불어 나무들은 임신한 여자처럼 기지개를 켜며 부풀어오르다가 드디어 가지 끝에 일제히 새싹들을 터뜨리게 된다.

곧이어 태풍의 계절이 몰려온다. 무거운 공기 때문에 숨 쉬기도 힘들어지면 새들은 산등성이에서 내려와 골짜기나 소나무 사이로 숨고, 시커먼 먹구름이 산 위로 깔릴 정도가 되면 사람들도 오두막집으로 뛰어들곤 한다.

오두막집 베란다에 서서 바라보고 있노라면 거대한 번개 기둥이 산꼭대기 위에서 족히 1초 이상 번쩍이는 걸 볼 수 있다. 그 번개 기

light that stand for a full second, maybe two, on the mountaintop, running out feelers or lightning wire in all directions before they're jerked back into the sky. Cracking claps of sound, so sharp you know something has split, wide open—then the thunder rolls and rumbles over the ridges and back through the hollows. I was pretty near sure, a time or two, that the mountains was falling down, but Granpa said they wasn't. Which of course, they didn't.

Then it comes again—and rolls blue fireballs off rocks on the ridge tops and splatters the blue in the air. The trees whip and bend in the sudden rushes of wind, and the sweep of heavy rain comes thunking from the clouds in big drops, letting you know there's some real frogstrangling sheets of water coming close behind.

Folks who laugh and say that all is known about Nature, and that Nature don't have a soul-spirit, have never been in a mountain spring storm. When She's birthing spring, She gets right down to it, tearing at the mountains like a birthing woman clawing at the bed quilts.

If a tree has been hanging on, having weathered all the winter winds, and She figures it needs cleaning out, She whips it up out of the ground and flings it down the moun-

둥은 하늘 저편으로 사라지기 전에 사방으로 가로지르는 더듬이 같은 빛의 가지로 하늘을 수놓곤 했다. 그 뒤를 이어 어김없이 뭔가가 쩍 갈라지는 것 같은 날카로운 천둥 소리가 꽝! 하고 울려대고…… 천둥 소리는 산등성이를 굴러 내려가다가 산골짜기 깊은 곳으로 사라져갔다. 나는 산 한두 개가 무너진 게 틀림없다고 생각했다. 하지만 할아버지는 그렇지 않을 거라고 하셨다. 물론 그렇지 않았다.

다시 번개가 쳤다. 푸른 불덩이가 산꼭대기의 바위를 정통으로 때린 다음 그 푸른 불꽃을 공중으로 퍼뜨렸다. 갑자기 돌풍이 몰아치며 나뭇가지들이 휘어지더니 그 뒤를 이어 후두둑거리는 굵은 빗방울들이 떨어지면서 시커먼 구름에서 장대비가 퍼붓기 시작했다. 진짜 숨도 못 쉴 정도로 엄청난 큰비가 곧 들이닥치리란 걸 알리면서.

자연의 비밀은 이미 다 밝혀졌고, 자연에 영혼 따위는 없다고 하면서 비웃는 사람들은 산속의 봄태풍을 한 번도 겪어보지 못한 사람들일 것이다. 자연이 봄을 낳을 때는 마치 산모가 이불을 쥐어뜯듯 온 산을 발기발기 찢어놓곤 한다.

겨울 찬바람을 악착같이 버티고 살아남은 나무가 있는데, 자연이 그걸 없애버리려고 마음먹었다고 하자. 자연은 그 나무를 땅에서 뿌리째 뽑아 산 아래로 굴려버린다. 온갖 관목과 나뭇가지들 사이를 훑고 지나가다가 약하다고 느끼는 것이 있으면 그 바람 손가락으로 말끔히 없애버리는 게 바로 자연이다.

자연이 보기에 없애버려야 하는데 바람의 힘으로 쓰러뜨릴 수 없을 때는, 그저 꽝! 하고 내리치면 된다. 그러면 그 자리에는 번갯불

tain. She goes over the branches of every bush and tree, and after She feels around a little with Her wind fingers, then She whips them clean and proper of anything that is weak.

If She figures a tree needs removing and won't come down from the wind, She just whams! and all that's left is a torch blazing from a lightning stroke. She's alive and paining. You'll believe it too.

Granpa said She was—amongst other things—tidying up any afterbirth that might be left over from last year; so Her new birthing would be clean and strong.

When the storm is over, the new growth, tiny and light, timid-green, starts edging out on the bushes and tree limbs. Then Nature brings April rain. It whispers down soft and lonesome, making mists in the hollows and on the trails where you walk under the drippings from hanging branches of trees.

It is a good feeling, exciting—but sad too—in April rain. Granpa said he always got that kind of mixed-up feeling. He said it was exciting because something new was being born and it was sad, because you knowed you can't hold onto it. It will pass too quick.

April wind is soft and warm as a baby's crib. It breathes

에 맞아 불타오르는 거대한 횃불만이 남게 된다. 자연은 살아 있고 출산의 진통을 겪는다. 산에서 봄을 맞아본 적이 있는 사람이라면 누구라도 그것을 알 수 있다.

할아버지는 무엇보다도 작년의 모든 묵은 찌꺼기들을 자연이 깨끗이 쓸어 없애는 중이라고 표현하셨다. 그래야 자연의 새로운 출산이 정갈하고 튼튼한 것으로 될 수 있다고 하시면서.

태풍이 지나고 나면 작고 밝은 연초록빛의 새로운 생명들이 덤불이나 나뭇가지에서 얼굴을 내밀기 시작한다. 그러면 자연은 4월의 비를 내려준다. 부드럽고 촉촉한 비에 젖은 산골짜기가 안개로 뿌예지면 나뭇가지에 매달린 물방울들이 걸어다니는 길 위로 똑똑 떨어진다.

4월의 비에는 상쾌하고 들뜬 기분과 왠지 모를 서글픔이 함께 배어 있다. 할아버지도 항상 그런 감정들이 뒤범벅된 느낌을 받는다고 하셨다. 그 비는 들뜨게 만든다. 뭔가 새로운 것이 태어나기 때문이다. 또 그 비는 서글픈 기분을 갖게 한다. 아무도 그걸 붙잡아둘 수 없다는 걸 알기 때문이다. 그건 눈 깜짝할 새에 스러져가는 그리움 같은 것이었다.

반대로 4월의 바람은 아기 요람처럼 부드럽고 따스했다. 그 바람은 야생 사과나무가 분홍빛 반점을 가진 하얀 꽃을 만개할 때까지 부드러운 숨결을 내뿜곤 했다. 인동덩굴보다 더 감미로운 그 꽃향기를 따라 벌들이 무리 지어 꽃으로 몰려들었다. 연분홍 꽃잎에 보라색 꽃술을 가진 칼미아는 골짜기에서 꼭대기까지 산 어디서나 자란

on the crab apple tree until white blossoms open out, smeared with pink. The smell is sweeter than honeysuckle and brings bees swarming over the blossoms. Mountain laurel with pink-white blooms and purple centers grow everywhere, from the hollows to the top of the mountain, alongside of the dogtooth violet that has long, pointed yellow petals with a white tooth hanging out (they always looked to me like tongues).

Then, when April gets its warmest, all of a sudden the cold hits you. It stays cold for four or five days. This is to make the blackberries bloom and is called "blackberry winter." The blackberries will not bloom without it. That's why some years there are no blackberries. When it ends, that's when the dogwoods bloom out like snowballs over the mountainside in places you never suspicioned they grew: in a pine grove or stand of oak of a sudden there's a big burst of white.

The white farmers gathered out of their gardens in late summer, but the Indian gathers from early spring, when the first greens start growing, all through the summer and fall, gathering acorns and nuts. Granpa said the woods would feed you, if you lived with the woods, instead of tearing

다. 길고 뾰족한 노란 꽃잎들과 길게 늘어진 하얀 이빨 하나(내 보기에는 항상 혓바닥이 늘어진 것처럼 보였지만)를 가진 얼레지 역시 그랬다.

그렇게 해서 4월 들어 최고로 따스해지는가 싶을 때 갑자기 추위가 닥친다. 4, 5일 정도 머물다 가는 이 추위는 블랙베리를 꽃피게 만든다고 해서 '블랙베리 추위'라고 불렸다. 이 추위가 오지 않으면 블랙베리는 꽃이 피지 않는다. 어쩌다 블랙베리가 열리지 않는 해가 있는 것도 이 때문이다. 블랙베리 추위가 끝나면 이번에는 갑작스레 층층나무들이 눈이라도 내린 것처럼 온 산등성이에 커다랗고 하얀 꽃봉오리를 터뜨리는데, 그것들은 소나무나 떡갈나무 숲같이 전혀 생각하지 못한 곳에서도 피어났다.

백인 농부들은 늦여름이 되어서야 밭에서 수확을 하지만 인디언들은 최초의 풀들이 자라기 시작하는 이른 봄부터 시작해서 도토리 같은 견과류 열매를 줍는 여름과 가을까지 계속해서 수확을 한다. 할아버지는 숲을 손상시키지 않고 숲과 더불어 산다면 숲이 우리를 먹여 살릴 것이라고 하셨다.

하지만 그렇게 하려면 해야 할 일도 꽤 많았다. 나는 덩굴열매 따는 데도 선수였다. 몸집 작은 나는 덩굴이 우거진 곳에도 들어갈 수 있었고, 딸기를 따려고 몸을 구부릴 필요도 없었다. 그래서 한 번도 덩굴열매를 따느라고 피곤해진 적이 없었다.

산에는 온갖 덩굴열매들이 있었다. 듀베리, 블랙베리, 할아버지가 고급 와인 담그는 데 쓴다고 하셨던 양딱총나무 열매, 그리고 허

them up.

However, there is a right smart bit of work to it. I figured I was more than likely best at berry picking, for I could get in the middle of a berry patch and never have to bend down to reach the berries. I never got much tired of picking berries.

There were dewberries, blackberries, elderberries, which Granpa said makes the best wine, huckleberries and the red bearberries, which I could never find had any taste to them, but Granma used them in cooking. I always brought back more red bearberries in my bucket as they were not good to eat, and I et berries fairly regular while I was picking them. Granpa did too. But he said it wasn't like he was wasting them, because we would eventually eat them anyway. Which was right. Poke salat berries, however, are poison and they will knock you deader than last year's corn stalk. Any berries you see the birds don't eat, you had better not eat.

During berry picking time, my teeth, tongue and mouth was a pretty continual deep blue color. When me and Granpa delivered our wares, some flatlanders around the crossroads store remarked that I was sick. Occasional a new flatlander would get worked up about it when he saw

클베리와, 나는 아무 맛도 느낄 수 없었지만 할머니는 요리 재료로 쓰곤 했던 빨간 월귤나무 열매도 있었다. 월귤나무 열매는 먹어도 맛이 없어서 내 양동이 속에는 언제나 이 열매가 제일 많았다. 나머지 열매들은 따는 즉시 부지런히 입으로 들어가곤 했다. 할아버지도 그러셨다. 낭비하는 게 아니라 어차피 뱃속에 들어갈 거니 괜찮다는 게 할아버지의 주장이셨다. 맞는 말씀이었다. 하지만 자리공 열매에는 독이 있어서 그걸 먹었다가는 작년에 거둔 옥수숫대보다 더 꼬치꼬치 말라서 자리에 눕고 만다. 그래서 새들이 먹지 않는 열매는 함부로 입에 대지 않는 게 좋다.

덩굴열매 따는 계절 동안 내 이와 혀와 입에는 계속해서 시퍼런 물이 들어 있었다. 그래서 할아버지와 내가 물건을 건네주러 사거리 가게로 가면 내가 어디가 아픈가보다고 쑤군거리는 평지 사람들도 있었다. 때때로 처음 보는 평지인은 내가 병에 걸린 채 돌아다닌다고 화를 내기도 했다. 할아버지는 그 사람들이 덩굴열매 따기가 어떤 건지 전혀 모르는 무식쟁이들이라고 하면서 나더러 하나도 신경 쓸 것 없다고 하셨다. 사실 나는 아무 신경도 쓰지 않았다.

새들은 야생 버찌 근처에서 장난을 치곤 했는데, 7월경이 되면 햇빛을 담뿍 받은 버찌가 단맛을 더해가며 익어갔다.

나른한 여름 한낮, 점심을 먹고 할머니가 낮잠을 주무시면 할아버지와 나는 이따금 뒷문 계단에 앉아 있곤 했다. 그럴 때면 으레 할아버지의 부추김이 시작된다.

"산 위로 가서 뭐 재미있는 게 없나 찾아보자."

me. Granpa said they showed their ignorance of what a berry picker had to put up with and I wasn't to pay any attention to them. Which I didn't.

The birds had a trick about wild cherries. Along about July, the sun would have been on the cherries just enough.

Sometimes, in the lazy sun of summer, after dinnertime, when Granma would be napping, me and Granpa would be setting on the back door stoop. Granpa would say. "Let's go up the trail, and see what we can find." Up the trail we would go, and set down in the shade of a cherry tree with our backs to the trunk. We would watch the birds.

One time we watched a thrush turn flips on a limb and wobble out to the end, like he was walking a tightrope, and then he walked plumb off the end. A robin got to feeling so good, that he wobbled right up to me and Granpa and lit up on Granpa's knee. He fussed at Granpa and told him what he thought about the whole thing. He eventually decided he would sing, but his voice squeaked and he give it up. He staggered off into the brush, with me and Granpa practical laughing ourselves sick. Granpa said he laughed so hard it hurt his gizzard. Which it did mine too.

We saw a red cardinal eat so many cherries that he

우리는 산 위로 올라가 버찌나무 그늘 아래, 그 나무둥치에다 등을 대고 앉아서 새들을 구경하곤 했다.

한번은 개똥지빠귀 한 마리가 나뭇가지 위를 폴짝거리며 뛰어서 가지 끝으로 오더니 마치 줄타기라도 하는 것처럼 공중에다 발을 내디뎠다. 물론 땅 위로 떨어지다가 다시 날아오르기는 했지만 말이다. 또 언젠가는 기분이 무척 좋아진 울새가 우리 머리 위로 포르륵 날아오더니 할아버지 무릎 위에 올라앉았다. 그 새는 재잘재잘거리면서 할아버지에게 자기가 세상만사를 어떻게 생각하고 있는지 떠들어댔다. 그러더니 드디어 노래를 들려주기로 작정했는데 그만 목소리가 끽끽거리며 갈라져 나오는 바람에, 그 새는 노래 부르기를 그만두고 뒤뚱거리며 덤불 속으로 숨어버렸다. 할아버지와 난 배꼽을 잡고 웃었다. 할아버지는 어찌나 웃었는지 배가 다 아프다고 하셨다. 그건 나도 마찬가지였다.

또 언젠가는 홍관조 한 마리가 버찌를 하도 많이 먹어서 땅에 쓰러져 기절해 있는 걸 발견한 적도 있었다. 우리는 그 새를 나뭇가지가 두 갈래로 갈라진 사이에 올려놓아주었다. 밤사이에 다른 짐승들한테 잡아먹히지 않도록 말이다.

다음 날 아침 일찍 할아버지와 내가 나무 있는 곳으로 가보니, 그 새는 그때까지도 자고 있었다. 할아버지가 톡톡 건드려서 깨웠더니 그 새는 그게 기분 나쁜 듯 일어나 두어 번 할아버지 머리 위로 내려앉았다. 할아버지가 모자를 휘저어 쫓아버리자, 이번에는 개울가에 내려앉은 그 새는 물속에다 머리를 집어넣었다 빼더니…… 헐떡거

keeled over and passed out on the ground. We put him in the crotch of a tree so he wouldn't get killed by something during the night.

Early the next morning me and Granpa went back to the tree and there he was, still sleeping. Granpa punched him awake, and he got up feeling mean. He flew down at Granpa's head a time or two, and Granpa had to slap at him with his hat to make him go on. He flew down to the spring branch and stuck his head in the water and taken it out ... and puffed and spewed and looked around like he was personally going to whip the first thing he saw.

Granpa said he believed that ol' cardinal held me and him personally responsible for his condition, though Granpa said he ought to know better. Granpa said he had seen him before—he was an old-time cherry eater.

Every bird that comes around your cabin in the mountains is a sign of something. That's what the mountain folks believe, and if you want to believe you can, for it's so. I believed. So did Granpa.

Granpa knew all the bird signs. It is good luck to have a house wren live in your cabin. Granma had a little square cut out of the top corner in the kitchen door, and our house

리면서 먹은 걸 다 게워냈다. 그러고는 뭐든 눈에 띄기만 하면 가만 안 두겠다는 얼굴을 하고 주위를 두리번거렸다.

그 홍관조는 그렇게 된 걸 우리 탓으로 여기는 눈치였다. 하지만 할아버지는 그 새도 이제 철 좀 들어야 한다고 말씀하셨다. 할아버지는 그 새를 그전부터 알고 있었다고 했다. 그 새는 본래 버찌라면 사족을 못 썼다.

산속 오두막집으로 찾아오는 새들은 하나같이 뭔가 징조를 나타낸다. 산사람들은 누구나 그렇게 믿었다. 여러분 또한 원한다면 믿을 수 있다. 사실이 그러니까. 나와 할아버지도 믿었다.

할아버지는 어떤 새가 어떤 징조를 나타내는지 누구보다 잘 알고 계셨다. 굴뚝새가 오두막집에 둥지를 틀고 사는 것은 좋은 징조였다. 할머니가 부엌문 위쪽 구석에 굴뚝새가 들락거릴 수 있는 네모난 구멍을 만들어주자, 암놈 한 마리가 부엌 난로 위 서까래 위에다 둥지를 틀었다. 암놈이 그 둥지에 앉아서 알을 품고 있는 동안, 수놈은 네모난 구멍을 들락거리며 먹이를 물고 왔다.

굴뚝새는 새를 좋아하는 사람들 근처에 살기를 좋아한다. 우리 집 새는 둥지에 느긋하게 앉아서 등잔불에 반짝이는 작고 까만 유리구슬 같은 눈을 빛내며 부엌에 있는 우리를 내려다보곤 했다. 더 자세히 보려고 내가 의자를 끌고 가 그 위에 올라서서 쳐다보고 있으면, 그 새는 깍깍거리며 나더러 뭐라 투덜거리곤 했지만, 그래도 둥지를 떠나지는 않았다.

그 새는 나한테 깍깍거리길 좋아했다. 그렇게 하면 이 집에서 자

wren flew in and out, building her nest on the eave log over the kitchen stove. She nested there, and her mate would come and feed her.

House wrens like to be around people who love birds. She would cozy down in her nest and watch us in the kitchen with little black bead eyes that shined in the lamp-light. When I would drag a chair close and stand on it, so I could get a better look, she would fuss at me; but she wouldn't leave her nest.

Granpa said she loved to fuss at me. It proved to her that she was more than likely more important in the family than I was.

Whippoorwills start singing at dusk. They get their name from their call for that is what they say: whip-or-will, over and over. If you light the lamp, they will move closer and closer to the cabin and will eventually sing you to sleep. They are a sign of night peace and good dreams, Granpa said.

The screech owl hollers at night, and is a complainer. There's only one way to shut up a screech owl; you lay a broom across the open kitchen door. Granma done this and I've never seen it fail. The screech owl will always stop complaining.

기가 나보다 더 중요한 존재라는 느낌을 가질 수 있어서라는 게 할 아버지의 설명이었다.

주위에 어스름 저녁빛이 내리기 시작하면 쏙독새가 울기 시작한 다. 이 새는 울음소리 때문에 그런 이름이 붙었다. 불빛을 좋아하는 그 새는 등잔불을 켜놓으면 조금씩 조금씩 오두막집 가까이로 날아 와 노래를 부르고 사람들은 그 새의 자장가를 들으며 잠이 든다. 이 쏙독새 우는 소리를 들으면 밤에 잠을 잘 자고 좋은 꿈을 꾸게 된다 고 한다.

부엉이는 밤에 울어대는데 그 울음소리가 꼭 투덜대는 소리 같다. 부엉이 울음소리를 그치게 하는 방법은 딱 한 가지뿐이다. 부엌문을 열어놓고 빗자루를 가로질러 놓으면 된다. 할머니는 번번이 이 방법 을 쓰셨는데 한 번도 실패하는 걸 본 적이 없었다. 부엉이는 그때마 다 그 투덜대는 울음소리를 그치곤 했던 것이다.

붉은옆구리검은멧새는 낮에만 노래를 부른다. 이 새 이름도 울음 소리에서 따왔다. 이 새가 오두막집 가까이 와서 노래 부르면, 그것은 여름 한철 내내 우리가 병에 걸리지 않으리라는 확실한 보증이었다.

또 파랑어치 새가 오두막집 주위에서 날아다니면 그것은 우리가 조만간 굉장히 멋지고 즐거운 시간을 누리게 되리라는 징조였다. 파 랑어치는 익살꾼이어서 가지 끝에서 폴짝거리며 뛰어오르거나 재 주를 넘어 다른 새들을 놀리곤 했다.

홍관조는 가까운 시일 안에 돈이 생기리라는 소식을 알려주는 새 다. 그리고 소작인들이 믿는 것과 달리 산사람들에게 산비둘기 소리

The joree only sings in the day, and he is called joree because that is all he ever sings ... jo-ree ... over and over, but if he comes close to the cabin, he is a certain sign that you will not get sick atall for the entire summer.

The blue jay playing around the cabin means you are going to have plenty of good times and fun. The blue jay is a clown and bounces on the ends of branches and turns flips and teases other birds.

The red cardinal means you are going to get some money, and the turtledove doesn't mean to mountain folk what they mean to a sharecropper. When you hear a turtle-dove, it means that somebody loves you and has sent the turtledove to tell you.

The mourning dove calls late at night and never comes close. He calls from far back in the mountain and it is a long, lonesome call that sounds like he is mourning. Granpa said he is. He said if a feller died and didn't have anybody in the whole world to remember him and cry for him, the mourning dove would remember and mourn. Granpa said if you died somewheres far off, even across the great waters, that if you was a mountain man you would know you would be remembered by the mourning

는, 누군가 당신을 사랑하는 사람이 전하는 사랑의 메시지다.

또 다른 종류의 산비둘기인 문상 비둘기는 밤이 깊어져야 울기 시작하고, 오두막집 근처로는 절대 다가오지 않는다. 멀리 맞은편 산에서 메아리처럼 들려오는 그 울음소리는 워낙 길고 슬픈 여운을 남겨서, 정말로 죽은 사람을 애도하는 울음처럼 들리곤 했다. 할아버지는 문상 비둘기는 실제로 그렇게 운다고 하셨다. 만약 어떤 사람이 죽었는데, 세상천지를 통틀어 그를 기억해주는 사람도 없고 울어주는 사람도 없다고 하자. 그럴 때 그 사람을 그리워하고 슬퍼해주는 게 바로 문상 비둘기라는 것이다. 만약 아득히 멀리 떨어진 어떤 곳, 예컨대 대양 저 너머 있는 곳에서 어떤 사람이 죽었는데 그 사람이 산사람이라면, 그는 문상 비둘기가 자신을 위해 슬퍼해주리라는 것을 안다. 그 사실을 알기 때문에 그 사람의 마음은 평온을 얻게 되는 것이다. 이 사실을 알게 되어 나 역시 마음이 편안해졌다.

만일 여러분이 사랑하는 사람이 죽어서 그 사람을 그리워한다면, 문상 비둘기는 절대 그 사람을 위해서 울지 않는다고 할아버지는 말씀하셨다. 문상 비둘기는 슬퍼해줄 사람이 없는 다른 누군가를 위해서만 우는 것이다. 이 사실을 알고 있으면 비둘기가 우는 소리도 그렇게 처량하게 들리지는 않는다. 그래서 늦은 밤 침대에 누워 있을 때 문상 비둘기 우는 소리가 들려오면, 나는 돌아가신 엄마를 떠올리곤 했다. 그러면 그다지 외로운 느낌이 들지 않았다.

다른 생물들도 그렇겠지만 새들도 자신을 사랑해주는 사람을 알아본다. 여러분이 새들을 사랑한다면 그들은 여러분 주위로 찾아올

dove. He said it lent a matter of peace to a feller's mind, knowing that. Which I know it did for my mind.

Granpa said if you recollected somebody you loved who had passed on, then the mourning dove would not have to mourn him. You would know then that he was mourning for somebody else, and they didn't sound might near as lonesome. When I heard him, late at night, while I lay in my bedstead, I would remember Ma. Then I wasn't as lonesome.

Birds, just like everything else, know if you like them. If you do, then they will come all around you. Our mountains and hollows was filled with birds: mockingbirds and flickers, red-winged blackbirds and indian hens, meadowlarks and chip-wills, robins and bluebirds, hummingbirds and martins—so many that there is no way to tell of them all.

We stopped trapping in the spring and summer. Granpa said that there was no way in the world that a feller could mate and fight at the same time. He said animals couldn't either. Granpa said even if they could mate and you hunting them, they could not raise their young, and so you would eventual starve to death. We taken pretty heavy to fishing in the spring and summer.

것이다. 우리 산과 골짜기에는 그야말로 온갖 새들이 다 모여들었다. 앵무새, 딱따구리, 붉은날개검은새, 알락해오라기, 들종다리, 멧새, 개똥지빠귀, 파랑새, 벌새, 흰털발제비…… 도저히 다 이야기할 수 없을 만큼 많은 새들이 있었다.

우리는 봄과 여름 동안에는 덫을 놓지 않았다. 짝짓기와 싸움을 동시에 할 수 있는 사람이 세상에 존재하지 않는 것처럼 동물들도 마찬가지라는 게 할아버지의 설명이었다. 또 할아버지는 설령 짝짓기를 하고 난 다음이라 해도 사람들이 사냥을 계속하고 있으면, 그들은 새끼를 낳아 기를 수가 없고, 그렇게 되면 결국 우리 인간도 굶어 죽고 말 것이라고 하셨다. 그래서 할아버지와 나는 동물들의 번식기인 봄과 여름 동안에는 주로 물고기만 잡았다.

인디언은 절대 취미 삼아 낚시를 하거나 짐승을 사냥하지 않는다. 오직 먹기 위해서만 동물을 잡는다. 즐기기 위해서 살생하는 것보다 세상에 더 어리석은 짓은 없다고 할아버지는 분개하곤 하셨다. 할아버지는, 그 모든 것들이 정치가의 머리에서 나온 것이 분명하다, 전쟁이 끝나면 사람을 죽이러 갈 수 없으니까 그동안 살인하는 방법을 잊지 않기 위해 동물을 상대로 그 짓을 하게 하는 것이다, 어리석은 자들은 그야말로 눈곱만치의 생각도 없이 살생을 당연한 놀이로 알고 그 짓을 일삼고 있지만, 조사해볼 수만 있다면 정치가들이 그것들을 시작한 걸 알 수 있을 거라고 하셨다. 과연 그럴 것 같았다.

우리는 버드나무의 낭창낭창한 가지로 바구니를 만들어 물고기

The Indian never fishes or hunts for sport, only for food. Granpa said it was the silliest damn thing in the world to go around killing something for sport. He said the whole thing, more than likely, was thought up by politicians between wars when they wasn't gittin' people killed so they could keep their hand in on killing. Granpa said that idjits taken it up without a lick of thinking at it, but if you could check it out—politicians started it. Which is likely.

We made fish baskets out of willows. We wove the willows together and made baskets maybe three feet long. At the mouth of the basket, we turned the willow ends down and sharpened them into points. This way, the fish could swim into the basket, and the little ones could swim back out, but the big fish couldn't come out through the sharp points. Granma baited the baskets with meal balls.

Sometimes we baited them with fiddle worms. You get fiddle worms by driving a stob in the ground and rubbing, or "fiddling," a board across the top of the stob. The fiddler worms will come out on top of the ground.

We toted the baskets up the Narrows to the creek. There we tied them with a line to a tree and lowered them into the water. The next day we would come back and get our fish.

잡는 도구로 썼다. 버드나뭇가지를 엮어 만든 그 바구니는 약 1미터 길이의 가늘고 긴 원통형 바구니로, 입구 언저리에서 끝을 깎아 뾰족하게 만든 가지 끝을 안쪽으로 되접어 넣어두었다. 그렇게 하면 바구니 속으로 들어간 물고기가 빠져나오려고 할 때, 작은 물고기는 도로 나올 수 있지만 큰 물고기는 뾰족한 가짓살에 걸려 빠져나올 수가 없다. 바구니 안에는 할머니가 만든 조그마한 고깃덩어리를 넣어두었다. 물고기를 유인하는 미끼였다.

바이올린 땅벌레를 미끼로 사용한 적도 있었다. 그 벌레를 잡으려면 말뚝을 땅에 박은 다음 말뚝 머리를 판자로 문질러 끼익끼익 소리를 내면 된다. 바이올린을 켜듯이 말이다. 그러면 바이올린 땅벌레가 땅 위로 기어나온다.

그렇게 해서 만든 바구니 몇 개를 들고 우리는 산 위쪽 칼길과 이어진 시내로 갔다. 우리는 그곳에서 바구니들을 한 줄로 나란히 묶은 다음 줄 하나를 길게 이어 시냇가 나무에 붙들어매었다. 그 다음, 바구니를 물속에 담가둔다. 그리고 다음 날 다시 와서 물고기를 꺼내면 된다.

바구니를 끌어올려보면 그 안에는 커다란 메기와 큰입우럭 같은 것들이 들어 있었다. 때론 블루길도 잡혔으며, 송어가 들어 있던 적도 있었고, 거북이 잡힌 적도 있었다. 이것들을 겨자 잎사귀와 함께 끓여 먹으면 무척 맛이 있었다. 나는 바구니를 물속에서 들어올릴 때가 제일 좋았다.

할아버지는 물고기를 손으로 잡는 법을 가르쳐주셨다. 이 때문에

There would be big catfish and bass in the basket ... sometimes a brim, and once I got a trout in my basket. Sometimes we caught turtles in the baskets. They are good when cooked with mustard greens. I liked to pull up the baskets.

Granpa taught me to hand fish. This was how, the second time in my five years of living, I nearly got killed. The first time, of course, was working in the whiskey trade when the tax law might near caught me. I was more than certain sure they would have taken me to the settlement and hanged me. Granpa said, more than likely they wouldn't have as he had never knowed such case to happen. But Granpa didn't see them. They wasn't chasing him. This time, however, Granpa nearly got killed too.

It was in the middle of the day, which is the best time to hand fish. The sun hits the middle of the creek and the fish move back under the banks to lie in the cool and doze.

This is when you lay down on the creek bank and ease your hands into the water and feel for the fish holes. When you find one, you bring your hands in easy and slow, until you feel the fish. If you are patient, you can rub your hands along the sides of the fish and he will lie in the water while

만 5년 동안의 내 짧은 생애에서 두 번째로 죽을 뻔한 사건이 일어났다. 첫 번째 사건이란 물론 밀주 감독관들에게 잡힐 뻔했던 그 일을 말한다. 그때 붙잡혔더라면 마을로 끌려가서 교수형을 당했을 거야, 그 당시 나는 이렇게 굳게 믿고 있었다. 할아버지는 그런 일이 일어났다는 얘기를 한 번도 들어본 적이 없는 걸로 봐서는 그들이 그렇게까지는 하지 않았을 거라고 하셨지만. 하지만 어쨌든 할아버지는 그들과 맞닥뜨린 것도 아니었고, 쫓겨 달아나지도 않았다. 그런데 두 번째 사건에서는 나뿐만 아니라 할아버지까지 목숨을 잃을 뻔했던 것이다.

그때는 물고기를 손으로 잡기에 가장 좋은 시간인 한낮이었다. 해가 시냇물 바로 위에서 내리쬐고 있어서 물고기들은 시냇가 둑 밑으로 숨어들어가 시원한 그늘 속에서 낮잠을 즐기는 시간이었다.

이럴 때는 시냇가 둑에 배를 대고 엎드려 물속에 조심조심 손을 집어넣고 물고기 구멍을 찾아야 한다. 구멍을 찾으면 물고기가 만져질 때까지 가만가만히 손을 구멍 속으로 밀어넣는다. 끈기를 가지고 구멍 속을 더듬다보면 물고기 옆구리를 쓰다듬게 되는데, 그러는 동안에도 물고기는 아무것도 모르고 잠에 빠져 있곤 했다.

그러면 한 손으로는 물고기 머리 뒤를 잡고 또 다른 한 손으로는 꼬리를 잡아 물 밖으로 끌어내면 되는 것이다. 이 기술을 배우려면 좀 시간이 걸린다.

그 사건이 일어났을 때, 할아버지는 둑 위에 배를 깔고 엎드려 계셨다. 벌써 메기 한 마리를 잡으신 후였다. 나는 물고기 구멍을 찾아

you rub him.

Then you take one hold behind his head, the other on his tail, and lift him out of the water. It takes some time to learn.

This day, Granpa was laying on the bank and had already pulled a catfish out of the water. I couldn't find a fish hole, so I went a ways down the bank. I lay down and eased my hands into the water, feeling for a fish hole. I heard a sound right by me. It was a dry rustle that started slow and got faster until it made a whirring noise.

I turned my head toward the sound. It was a rattlesnake. He was coiled to strike, his head in the air, and looking down on me, not six inches from my face. I froze stiff and couldn't move. He was bigger around than my leg and I could see ripples moving under his dry skin. He was mad. Me and the snake stared at each other. He was flicking out his tongue—nearly in my face—and his eyes was slitted—red and mean.

The end of his tail began to flutter faster and faster, making the whirring sound get higher. Then his head, shaped like a big V, began to weave just a little, back and forth, for he was deciding what part of my face to hit. I knew he was

내지 못해서 둑 아래쪽으로 약간 내려갔다. 그곳에 엎드린 나는 물고기 구멍을 찾으려고 물속에 손을 집어넣었다. 그런데 바로 옆에서 무슨 소리가 들렸다. 처음에는 옷이 스치는 것처럼 들리던 그 소리는 점점 빨라지는가 싶더니 순식간에 귀에 거슬리는 기분 나쁜 소리로 바뀌었다.

소리 나는 쪽으로 고개를 돌렸다. 방울뱀이었다. 긴 몸을 둘둘 말아 똬리를 틀고 앉은 그놈은 머리를 바짝 치켜세운 채 나를 내려다보고 있었다. 내 얼굴에서 불과 15센티미터밖에 떨어지지 않은 곳이었다. 몸이 뻣뻣하게 얼어붙은 나는 움직일 수가 없었다. 그놈의 몸통은 내 다리보다 굵었다. 나는 꺼칠한 껍질 밑에서 그놈의 근육이 꿈틀거리는 것을 볼 수 있었다. 그놈은 독이 올라 있었다. 나와 뱀은 서로를 노려보았다. 날름거리며 내미는 혀는 거의 내 얼굴에 닿을 지경이었고, 가늘게 찢어진 그 눈은 빨갛고 징그러웠다.

꼬리 끝이 탈탈거리면서 점점 더 빨리 움직이기 시작했다. 그에 따라 그놈의 방울 소리도 점점 더 높아져갔다. 그러자 커다란 브이(V) 자 모양의 그놈 대가리가 앞뒤로 조금씩 흔들리기 시작했다. 내 얼굴의 어느 부분을 공격할지 재는 것 같은 동작이었다. 나는 그놈이 이제 금방 공격해오리란 걸 알았지만 한 걸음도 움직일 수가 없었다.

갑자기 마주 보고 있는 나와 뱀 위로 검은 그림자가 드리워졌다. 발소리는 전혀 들을 수 없었지만 나는 그게 할아버지의 그림자라는 것을 알았다. 할아버지는 마치 날씨 이야기라도 하는 것 같은 낮고

about to strike me but I couldn't move.

A shadow fell on the ground over me and the snake. I hadn't heard him coming atall but I knew it was Granpa. Soft and easy, like he was remarking about the weather, Granpa said, "Don't turn yer head. Don't move, Little Tree. Don't blink yer eyes." Which I didn't. The snake raised his head higher, getting ready to hit me. I thought he would not stop raising up.

Then, of a sudden, Granpa's big hand come between my face and the snake's head. The hand stayed there. The rattler drew up higher. He begun to hiss, and rattled a solid whirring sound. If Granpa had moved his hand ... or flinched, the snake would have hit me square in the face. I knew it too.

But he didn't. The hand stayed steady as a rock. I could see the big veins on the back of Granpa's hand. There was beads of sweat standing out too, shining against the copper skin. There wasn't a tremble nor a shake in the hand.

The rattler struck, fast and hard. He hit Granpa's hand like a bullet; but the hand never moved atall. I saw the needle fangs bury up in the meat as the rattler's jaws took up half his hand.

Granpa moved his other hand, and grabbed the rattler

부드러운 말투로 가만히 말씀하셨다.

"고개 돌리지 마라. 움직이지도 말고. 눈도 깜박이면 안 된다."

나는 아무것도 움직이지 않았다. 모든 공격 준비를 다 갖춘 뱀의 머리가 더 높이 쳐들렸다. 이제 그놈이 공격을 멈춘다는 것은 불가능했다.

그때였다. 할아버지의 커다란 손이 번개처럼 내 얼굴과 뱀의 머리 사이로 끼어들었다. 그 손은 움직이지 않고 그 자리에 멈춰 있었다. 방울뱀은 머리를 더 높이 쳐들고 쉿쉿거리기 시작했다. 새된 방울 소리도 더불어 더 높아졌다. 만일 할아버지가 손을 움직이거나 움츠린다면…… 뱀은 내 얼굴을 정면으로 공격할 것이다. 나도 그 사실을 알고 있었다.

그러나 할아버지는 그렇게 하지 않으셨다. 그 손은 바위처럼 굳건하게 그 자리에 버티고 있었다. 할아버지 손등의 굵은 핏줄이 선명하게 내 눈에 들어왔다. 구릿빛 손등에는 햇빛을 받아 반짝이는 땀 방울들이 솟아 있었다. 하지만 할아버지의 손은 흔들리지도 떨리지도 않았다.

뱀은 눈 깜짝할 새에 칼날처럼 강하게 공격해 들어왔다. 마치 총알처럼 할아버지의 손을 문 것이다. 그래도 할아버지의 손은 꿈쩍도 하지 않았다. 아귀처럼 벌어진 입이 할아버지의 손을 절반쯤 물었을 때, 날카로운 어금니가 살 속 깊이 박히는 모습이 내 눈에 선연히 들어왔다.

순간, 할아버지는 다른 한 손으로 뱀 대가리 뒤쪽을 붙잡고 있는

behind the head, and he squeezed. The rattler come up off the ground and wrapped himself around and around Granpa's arm. He thrashed at Granpa's head with his rattling end, and beat him in the face with it. But Granpa wouldn't turn loose. He choked that snake to death with one hand, until I heard the crack of backbone. Then he throwed him on the ground.

Granpa set down and whipped out his long knife. He reached over and cut big slashes in his hand where the snake had bit. Blood was running over his hand and down his arm. I crawled over to Granpa ... for I was weak as dishwater, and didn't think I could walk. I pulled myself to standing by holding onto Granpa's shoulder. He was sucking the blood out of the knife slash and spitting it on the ground. I didn't know what to do, so I said, "Thankee, Granpa." Granpa looked at me and grinned. He had blood smeared over his mouth and face.

"Helldamnfire!" Granpa said. "We showed that son of a bitch, didn't we?"

"Yes, sir," I said, feeling better about the whole thing. "We showed that son of a bitch." Though I couldn't rightly recall as having much to do with the showing.

힘을 다해 죄었다. 뱀은 몸을 풀면서 땅에서 떨어지더니 할아버지의 팔을 친친 감았다. 딸랑거리는 꼬리 끝이 할아버지의 머리와 얼굴을 세차게 때렸다. 하지만 할아버지는 쥔 손의 힘을 풀지 않았다. 할아버지는 한 손으로 뱀이 숨이 막혀 죽을 때까지 목을 졸랐다. 마침내 등골 부서지는 소리가 투둑 하고 들렸다. 그러자 할아버지는 축 늘어진 뱀을 저쪽으로 집어던져버렸다.

할아버지는 땅바닥에 앉으시더니 재빠르게 긴 칼을 꺼냈다. 할아버지는 칼 끝을 물린 상처가 있는 손바닥에 대고 한일(一)자로 그었다. 뿜어져 나온 피가 손에서 팔꿈치로 흘러내렸다. 나는 할아버지에게로 기어갔다…… 젖은 솜처럼 힘이 쭉 빠진 탓에 걸을 수 있을 것 같지가 않았던 것이다. 나는 할아버지의 어깨를 붙잡고서야 간신히 몸을 일으킬 수 있었다. 할아버지는 칼로 벤 곳에서 피를 빨아내 땅바닥에 뱉어내는 일을 계속하셨다. 나는 어떻게 하면 좋을지 몰라서 그저 "고마워요, 할아버지"라고만 말했다. 할아버지는 나를 쳐다보더니 피식 웃으셨다. 입과 얼굴이 피로 범벅이 되어 있었다.

"빌어먹을 자식! 이만하면 우리 둘이서 그 망할 놈의 짐승한테 본때를 보여준 셈이지?"

할아버지가 이렇게 말씀하시는 걸 들으니 그제야 좀 안심이 되었다. "예, 할아버지. 우린 그 망할 놈의 짐승한테 본때를 보여줬어요." 하지만 내가 정말로 뱀을 해치우는 데 도움이 되었는지는 잘 기억나지 않았다.

할아버지의 손이 점점 부어오르기 시작했다. 색깔마저 검푸르게

Granpa's hand commenced to get bigger and bigger. It was turning blue. He taken his long knife and split the sleeve of his deer shirt. The arm was twice as big as his other one. I got scared.

Granpa taken off his hat and fanned his face. "Hot as hell," he said, "fer this time of year." His face looked funny. Now his arm was turning blue.

"I'm going for Granma," I said. I started off. Granpa looked after me and his eyes stared off, faraway.

"Reckin I'll rest a spell," he said, calm as syrup. "I'll be along directly."

I run down the Narrows trail, and I guess maybe that nothing but my toes touched the ground. I couldn't see good, for my eyes was blinded with tears though I didn't cry. When I turned onto the hollow trail, my chest was burning like fire. I commenced to fall down, running down the hollow trail, sometimes in the spring branch, but I scrambled right up again. I left the trail and cut through briers and bushes. I knew Granpa was dying.

The cabin looked crazy and tilted when I run into the clearing, and I tried to yell for Granma ... but nothing would come out. I fell through the kitchen door and right

변해갔다. 할아버지는 사슴가죽 셔츠의 소매를 칼로 찢었다. 그 팔은 다른 쪽 팔보다 두 배는 더 굵어 보였다. 나는 더럭 겁이 났다.

할아버지는 모자를 벗어 얼굴에 부채질을 했다. "끔찍하게 덥구나. 이맘때치고는." 할아버지의 얼굴 모양이 이상하게 변해가고 있었다. 이제는 팔도 시퍼렇게 변하고 있었다.

"할머니를 모시고 올게요." 이렇게 말하고 나는 벌떡 일어섰다. 내 모습을 쫓는 할아버지의 두 눈은 아득히 먼 곳을 보는 것처럼 초점이 흐려져갔다.

"난 잠깐 쉬었다가 금방 뒤따라가마." 할아버지는 꿈결처럼 잦아드는 목소리로 말씀하셨다.

나는 칼길을 달려 내려갔다. 발이 땅에 닿는 느낌 말고는 아무것도 느껴지지 않았다. 소리 내 울지는 않았지만 쏟아지는 눈물 때문에 앞이 잘 보이지 않았다. 골짜기 길로 내려섰을 때 내 가슴은 타는 것처럼 뜨거웠다. 몇 번이나 넘어지는 바람에 길 아래로 구르기도 하고 시냇물 속에 처박히기도 했다. 하지만 그때마다 기어올라와서 또다시 달렸다. 나는 한시라도 더 빨리 가려고 길을 벗어나 가시덤불과 관목이 우거진 지름길로 질러갔다. 나는 알고 있었다. 할아버지가 죽어가고 계신 것을!

간신히 오두막집 빈 터로 뛰어든 내 눈에는 집이 이상하게 빙빙 도는 것처럼 보였다. 할머니를 부르려고 했지만…… 내 목에서는 아무 소리도 나지 않았다. 나는 그대로 부엌문을 박차고 뛰어들어가 할머니 품으로 뛰어들었다. 할머니는 나를 껴안고 내 얼굴에 차가운

into Granma's arms. Granma held me and put cold water on my face. She looked at me steady and said, "What happened—where?" I tried to get it out. "Granpa's dying ..." I whispered, "rattlesnake ... creek bank." Granma dropped me flat on the floor, which knocked the rest of the wind out of me.

She grabbed a sack and was gone. I can see her now; full skirt, with hair braids flying behind and her tiny moccasin feet flying over the ground. She could run! She had not said anything, "Oh Lord!" or nothing. She never hesitated nor looked around. I was on my hands and knees in the kitchen door, and I hollered after her, "Don't let Granpa die!" She never slowed down, running from the clearing up the trail. I screamed as loud as I could, and it echoed up the hollow, "Don't let him die, Granma!" I figured, more than likely, Granma wouldn't let him die.

I turned the dogs out and they took off after Granma, howling and baying up the trail. I ran behind them, fast as I could.

When I got there, Granpa was laying flat out. Granma had propped his head up, and the dogs was circling around, whining. Granpa's eyes was closed and his arm was nearly

물을 부어주셨다. 할머니가 나를 지그시 내려다보며 물었다.

"어디서, 무슨 일이 난 거냐?"

나는 온몸의 힘을 다 짜내 입을 열었다. "할아버지가 돌아가시려고 해요…… 방울뱀에게…… 시냇가에서요……"

할머니가 날 안고 있던 손을 놓는 바람에 나는 마룻바닥으로 그대로 떨어졌다. 마지막 남은 기운까지 모두 내 몸에서 빠져나간 것 같았다.

할머니는 자루 하나를 거머쥐고 곧바로 집 밖으로 달려나갔다. 그제야 할머니의 모습이 눈에 들어왔다. 펄럭이는 긴 치마와 뒤로 날리는 땋은 머리, 모카신을 신은 작은 발이 날 듯이 빠르게 뛰어가고 있었다. 할머니가 달리시다니! 방금 내 이야기를 들었을 때 할머니는 아무 말도 하지 않으셨다. '아아, 하느님!'이란 말조차 꺼내지 않으셨다. 망설이지도 않았고 두리번거리지도 않았다. 무릎과 손으로 기어서 부엌문 쪽으로 간 나는 할머니 등 뒤에다 대고 소리를 질렀다.

"할머니, 할아버지가 돌아가시게 하면 안 돼요!"

할머니는 달리던 걸음을 늦추지 않고 빈 터를 지나 산길로 뛰어올라갔다. 나는 젖 먹던 힘까지 다 짜내서 다시 한 번 고함을 질렀다. 산골짜기 가득 메아리가 울려퍼졌다.

"할아버지가 돌아가시게 하면 안 돼요, 할머니!"

할머니가 가셨으니 할아버지는 절대 돌아가시지 않을 거야. 나는 마음속으로 굳게 믿었다.

나는 개들을 풀어서 할머니 뒤를 따라가게 했다. 개들은 한꺼번에

black.

Granma had slashed his hand again and was sucking on it, spitting blood on the ground. When I stumbled up, she pointed to a birch tree. "Pull the bark off, Little Tree."

I grabbed Granpa's long knife and stripped the bark off the tree. Granma built a fire, using the birch bark to start it, for it will burn like paper. She dipped water out of the creek and hung a can over the fire and commenced to put roots and seeds into it; and some leaves that she had taken from the sack. I don't know all of what was used, but the leaves was lobelia, for Granma said that Granpa had to have it to help him breathe.

Granpa's chest was moving slow and hard. While the can was heating, Granma stood and looked around. I hadn't seen anything atall ... but fifty yards off, against the mountain, there was a quail nesting on the ground. Granma undid her big skirt and let it drop on the ground. She hadn't anything on under it. Her legs looked like a girl's, with long muscles moving under the copper skin.

She tied the top of the skirt together, and tied rocks around in the bottom of the skirt. Then she moved on the quail's nest like a wind whisper. Just at the right time—she

짖어대면서 산길을 따라 뛰어올라갔다. 나도 헉헉거리면서 그 뒤를 따라갔다.

그곳에 이르고 보니 할아버지는 큰대 자 모양으로 누워 계셨고, 할머니는 할아버지의 머리를 받쳐들고 앉아 계셨다. 개들은 낑낑대면서 그 둘레를 맴돌았다. 할아버지의 눈은 감겨 있었고, 물린 쪽 팔은 이제 시커멓게 변해 있었다.

할머니는 할아버지의 손에 또 다른 칼자국을 내고 피를 빨아내 바닥에다 뱉어내고 계셨다. 내가 비틀거리며 다가가자 할머니는 자작나무를 가리켰다. "작은 나무야, 저 나무껍질을 벗겨 오너라."

나는 할아버지의 긴 칼을 잡고 서둘러 나무껍질을 벗겨냈다. 할머니가 자작나무 껍질을 불씨 삼아 불을 피웠다. 자작나무 껍질은 종이처럼 불이 잘 붙는다. 할머니는 깡통에 시냇물을 퍼 담아와 불에 올려놓았다. 그러고는 집에서 가져온 자루에서 꺼낸 풀뿌리와 씨앗들, 그리고 마른 잎 약간을 깡통 속에 넣고 끓이기 시작했다. 그 식물들이 무슨 쓸모가 있는지는 전혀 알 수 없었다. 다만 마른 잎들이 로벨리아 잎인 건 나도 알 수 있었다. 그것을 마시면 할아버지의 숨쉬기가 편안해질 거라고 할머니가 말씀하신 걸로 봐서 말이다.

할아버지의 가슴은 느리고 힘들게 아래위로 오르락내리락거렸다. 깡통의 물이 끓기를 기다리는 동안 할머니는 일어서서 주위를 둘러보셨다. 내 눈에는 아무것도 들어오지 않았다…… 하지만 50미터쯤 떨어진 곳에 산비탈을 배경으로 메추라기 한 마리가 땅 위에 둥지를 틀고 있었다. 무슨 생각을 하셨는지 할머니는 그 통 넓은 긴

knew—the quail rose off the nest, and she threw the skirt over it.

She brought the quail back, and while it was still alive, she split it from breastbone to tail, and spraddled it, kicking, over Granpa's snake bite. She held the kicking quail on Granpa's hand for a long time, and when she took it off, the quail had turned green all over its inside. It was poison from the snake.

The evening wore on, and Granma worked over Granpa. The dogs set around us in a circle, watching. Nighttime fell, and Granma had me build up the fire. She said we had to keep Granpa warm and couldn't move him. She taken her skirt and laid it over him. I taken off my deer shirt and laid it on him too, and was taking off my britches, but Granma said that wasn't necessary, as my britches wasn't hardly big enough to cover one of Granpa's feet. Which they wasn't.

I kept the fire going. Granma had me build another fire near Granpa's head and so I kept them both going. Granma laid down by Granpa, holding close to him, for she said her body heat would help ... and so I laid by Granpa on the other side; though I reckined my body wasn't hardly big

치마를 벗어서 땅바닥 위로 떨어뜨렸다. 속에는 아무것도 입지 않으셨다. 구릿빛 피부 밑에서 움직이는 기다란 근육을 가진 할머니의 다리는 소녀처럼 늘씬했다.

할머니는 치마 윗단의 양쪽을 묶고 난 다음, 아랫단 쪽으로 돌멩이를 싸서 묶었다. 할머니는 부드러운 바람처럼 날렵하게 메추라기 둥지 쪽으로 다가갔다. 할머니는 언제 치마를 던져야 할지 정확히 알고 계셨다. 메추라기가 둥지 위로 날아오르는 순간, 할머니는 치마를 투망 삼아 메추라기에게로 내던졌다.

메추라기를 불 옆으로 가져온 할머니는 칼로 살아 있는 메추라기를 가슴부터 꼬리까지 갈랐다. 그러고는 꿈틀거리는 그놈의 몸을 벌려 할아버지의 물린 상처에다 꼭 눌렀다. 할머니는 몸부림치는 메추라기를 할아버지의 손에 댄 채 한참 동안 붙들고 계셨다. 나중에 떼내보니 메추라기의 뱃속은 온통 새파란 초록색으로 변해 있었다. 뱀의 독이 옮아간 것이다.

날이 저물고 있었지만 할머니는 개의치 않고 할아버지 간호에 계속 매달렸다. 개들은 둥그런 원을 그리고 쭉 둘러앉아서 우리를 지켜보고 있었다. 주변에는 서서히 땅거미가 내려앉기 시작했다. 할머니가 나더러 불을 더 세게 피우라고 시키셨다. 할아버지가 움직일 수 없었기 때문에 그 자리에서 몸을 따뜻하게 해드려야 했던 것이다. 할머니는 치마로 할아버지를 덮어드렸다. 나도 사슴가죽 셔츠를 벗어서 덮어드렸다. 바지도 벗으려 하자, 할머니는 내 바지가 워낙 작아서 할아버지의 한쪽 다리도 제대로 덮지 못할 거라고 하시며

enough to heat up much of Granpa. But Granma said I helped. I told Granma I didn't see hardly any way atall that Granpa would die.

I told her how it all happened, and that I reckined it was my fault for not watching. Granma said it wasn't anybody's fault, not even the rattlesnake's. She said we wasn't to place fault ner gain on anything that just happened. Which made me feel some better, but not much.

Granpa commenced to talk. He was a boy again, running through the mountains, and he told all about it. Granma said this was because he was recollecting while he was sleeping. He talked, off and on, all night. Just before dawn, he quietened and begun to breathe easy and regular. I told Granma the way I see it, there wasn't might near any way atall that Granpa could die now. She said he wasn't going to. So I went to sleep in the crook of his arm.

I woke at sunup ... just as the first light topped the mountain. Granpa set up, all of a sudden. He looked down at me, and then at Granma. He said, "By God! Bonnie Bee, a feller can't lay his body down nowheres without you stripping buck naked and hunching at 'em."

Granma slapped Granpa's face and laughed. She rose

말리셨다. 사실 그건 그랬다.

나는 불이 꺼지지 않도록 계속 불을 지켰다. 할머니는 나에게 할아버지의 머리맡에다 또 하나의 불을 피우게 하셨다. 덕분에 나는 불 두 개를 다 지켜야 했다. 할머니는 할아버지 옆에 바싹 붙어서 누우셨다. 할머니의 체온이 할아버지 몸을 따뜻하게 하는 데 도움이 될 거라고 하시면서…… 나도 반대편에서 할아버지 옆에 누웠다. 내 몸은 작아서 그다지 많은 체온을 나누어줄 수 있을 것 같지 않지만, 할머니는 도움이 될 거라고 하셨다. 나는 할머니에게 할아버지가 돌아가시는 일은 도저히 생각할 수도 없는 일이라고 말했다.

나는 할머니에게 어떻게 그런 일이 일어났는지 이야기해드리고, 조심하지 않은 내 잘못이라고 털어놓았다. 하지만 할머니는 그건 누구의 탓도 아니며, 심지어 방울뱀의 탓도 아니라고 하셨다. 또 이미 일어난 일을 놓고 잘잘못을 따져서는 안 된다고 하셨다. 그 이야기를 들으니 마음이 훨씬 가벼워졌다. 물론 그래도 많이는 아니었지만.

할아버지가 작은 소리로 중얼거리기 시작하셨다. 그것은 산속을 뛰어다니던 어린 시절 이야기였다. 할아버지는 그때 이야기를 다 늘어놓았다. 할아버지가 주무시면서 옛날 일을 꿈꾸고 있기 때문에 그런 잠꼬대를 한다는 게 할머니의 설명이었다. 끊어졌다 이어졌다 하면서 할아버지의 중얼거림은 밤새도록 계속되었다. 새벽이 가까워지고서야 비로소 할아버지의 잠꼬대가 멈추었다. 이제 할아버지는 편안하고 규칙적으로 숨을 쉬고 계셨다. 내가 할머니에게 이제 할아버지가 돌아가실 염려는 없는 것 같다고 하자, 할머니도 그렇게 되

and put on her skirt. I knew Granpa was all right. He wouldn't leave for home until he had skinned the rattler. He said Granma would make a belt for me, from its skin. Which she did.

We headed down the Narrows trail for the cabin, the dogs running ahead. Granpa was a little weak-kneed, and held Granma close, helping him to walk, I reckined. I trotted along behind them, feeling might near the best I had ever felt since coming to the mountains.

Though Granpa never mentioned putting his hand between me and the snake, I figured, next to Granma, more than likely Granpa kinned me more than anybody else in the world, even Blue Boy.

지는 않을 거라고 하셨다. 그래서 나는 할아버지의 팔에 안겨 잠 속으로 빠져들어갔다.

나는 아침 햇살을 받고 눈을 떴다…… 마침 해가 산꼭대기 위로 떠오르고 있었다. 갑자기 할아버지가 벌떡 일어나 앉으셨다. 할아버지는 나를 내려다보고 나서 할머니를 쳐다보았다. 할아버지의 목소리는 쾌활했다.

"굉장하군, 보니 비! 역시 나는 당신이 벌거벗고 내 곁에서 붙어 자지 않으면 잠을 잘 수가 없어."

할머니가 할아버지의 얼굴을 살짝 두드리며 웃으셨다. 그러고는 자리에서 일어나 치마를 입으셨다. 나는 할아버지가 괜찮아졌다는 것을 알았다. 할아버지는 뱀의 껍질을 벗기고 나서야 산을 내려가기 시작했다. 할아버지는 할머니가 방울뱀 껍질로 내 벨트를 만들어줄 거라고 하셨다. 할머니는 진짜로 나중에 그렇게 해주셨다.

우리는 칼길을 지나 집으로 향했다. 개들이 앞장서 뛰어갔다. 할아버지는 무릎에 힘이 없어서 할머니의 부축을 받으며 걸었다. 나는 두 분 뒤를 출랑거리면서 쫓아갔다. 이 산에 온 이후로 이렇게 기분이 좋았던 건 처음이었다.

할아버지는 나와 뱀 사이에 당신의 손을 집어넣었던 일에 대해서 한마디도 하지 않으셨지만, 나는 할아버지가 이 세상에서 할머니 다음으로 나를 사랑한다는 것을, 또 블루보이보다 나를 더 사랑한다는 것을 알게 되었다.

The Farm in the Clearing

That night by the creek, laying next to Granpa, I guess I was surprised to find out Granpa had ever been a boy. But he had.

Through the night, his mind taken him back, and he was a boy again. Granpa was nine years old in 1867. He had the run of the mountains. His Ma was Red Wing, full Cherokee, and he was raised like all Cherokee young, which meant he could ramble as he pleased in the mountains.

The land was occupied by Union soldiers and run by politicians. Granpa's Pa had fought on the losing side. He had enemies ... and so didn't venture out of the mountains hardly any atall. Granpa run errands to the settlement when it was needed, for nobody paid any attention to an Indian boy.

It was on one of his ramblings that Granpa found the little valley. It was deep between high mountains and growed

어느 빈 터에 걸었던 꿈들

시냇가에서 할아버지 옆에 꼭 붙어 자던 그날 밤, 나는 할아버지에게도 어린 소년이었던 시절이 있었다는 걸 알고 무척 놀랐다. 하지만 그건 사실이었다.

그 밤 내내 할아버지의 마음은 옛날로 거슬러올라가 다시 어린 소년이 되었다. 1867년에 할아버지는 아홉 살이었다. 그 당시 할아버지는 산을 달리는 주자(走者)였다. 할아버지의 어머니, 즉 증조할머니인 붉은 날개는 순수 체로키족이었다. 그래서 할아버지는 체로키족의 다른 아이들이 그랬던 것처럼 마음대로 산속을 돌아다니며 뛰어놀며 자랐다.

그 당시는 북부 연방군들이 이 땅을 점령하고 있었고, 나라는 정치가들의 손에서 놀아나고 있었다. 증조할아버지는 전쟁에서 진 남군 편에서 싸웠다. 그래서 증조할아버지는 산 밖으로는 한 걸음도 내디디려 하지 않으셨다. 덕분에 개척촌까지 심부름 가는 일은 항상 할아버지가 도맡아 하셨다. 조그만 인디언 소년에게 신경을 쓰는 사람은 아무도 없었기 때문이다.

그렇게 산속을 헤매고 다니던 어느 날, 할아버지는 작은 골짜기 하나를 발견했다. 그 골짜기는 양쪽으로 높은 산 사이에 끼어 있어

up with weeds and bushes and tangled over with vines. Nothing had been planted in the valley in a long time, but Granpa could tell that once it had been planted, for it was cleared of trees.

An old house set at the end of the valley, close to the mountains. It had a sagging porch and bricks falling off the chimney and for a while Granpa paid no attention to the house. Then he commenced to see life around it and knew somebody was living in it. He slipped down closer, off the mountain, to watch through the bushes at the people around the house. They wasn't much.

There wasn't a chicken on the place, like most white people had, or a cow for milking, nor a mule for plowing. There wasn't anything except some broke-down farming tools laying aside an old barn. The people looked about like the place.

The woman looked frailed and wore-out to Granpa. She had two young'uns who looked worse; little girls with old faces. They was dirty and had stringy hair and legs like canes.

An old black man lived in the barn. He was bald with a white fringe of hair around his head. Granpa figured he

서 꽤 깊은 곳이었다. 그곳에는 풀과 관목이 우거져 있었고 덩굴식물들이 빽빽하게 엉켜 있었다. 오랫동안 사람 손이 닿은 흔적은 없었지만, 나무들이 베어지고 없는 걸로 봐서 예전에는 그곳이 밭이었다는 것을 알 수 있었다.

골짜기 끝, 산 쪽으로 바싹 붙은 곳에 허름한 오두막집 한 채가 서 있었다. 앞쪽 베란다는 기울어져 있었고, 굴뚝의 벽돌은 무너져내린 상태였다. 처음 한동안 할아버지는 그 오두막집에 별 관심을 두지 않았다. 그런데 집 둘레에 사람이 살고 있는 흔적이 있었다. 누군가가 그 집에서 살고 있는 것이 확실했다. 할아버지는 산비탈을 미끄러져 내려가 집 쪽으로 더 가까이 다가가 덤불 뒤에 몸을 숨긴 채 그 집을 가만히 지켜보고 있었다. 살고 있는 사람 수는 많지 않았다.

그 집에는 백인 집이라면 흔히 기르는 닭도 없었고, 젖소나 경작용 노새도 보이지 않았다. 낡은 헛간 벽에 세워진 부서진 농기구 몇 개를 빼고는 아무것도 없었다. 그곳에 사는 사람들은 그 황폐한 땅과 닮은 모습을 하고 있었다.

야위고 피곤에 전 듯한 여자 한 사람이 있었다. 그 여자에게는 아이 둘이 딸려 있었는데, 그 애들의 몰골은 더 비참했다. 어린 여자애는 여위어서 노인 같은 얼굴을 하고 있었다. 꾀죄죄한 모습에 때에 전 머리는 엉겨붙어 있었고, 다리는 사탕수수처럼 가늘었다.

헛간에는 늙은 흑인 남자가 살고 있었다. 가장자리 쪽으로 약간 남은 흰머리를 빼곤 머리는 거의 다 벗겨져 있었다. 그 흑인은 다리를 질질 끌며 간신히 걸어다녔다. 또 땅바닥에 머리를 박기라도 할

was dying, for he shuffled along, barely walking, and he was stooped over toward the ground.

Granpa had been about to turn away when he saw somebody else. It was a man wearing what was left of a ragged gray uniform. He was tall and he had one leg. He come out of the house, stabbing along on a hickory sapling that he had strapped to the stump of his other leg. Granpa watched while the one-legged man and the woman walked to the barn. They strapped leather harness on themselves, and Granpa couldn't figure what they was doing until he saw them going to the valley in front of the house.

The old black man followed them. He was staggering along trying to hold up plow stocks. They got in front of the house and commenced to bend and pull in their harness. The old black man tried to guide the plow. Granpa thought they was crazy, trying to pull a plow like a mule. But they pulled it. Not very far at a time—only a few steps —but they pulled it. They would stop and start again.

They wasn't doing much good. If the old black man tilted the plow too much, it went deep in the ground, so they couldn't pull, and so they would have to back up, while the old black man pulled and hauled at the plow, falling down

것처럼 심하게 허리를 굽히고 다니는 걸로 봐서 얼마 안 가 죽을 사람처럼 보였다.

할아버지가 몸을 돌려 그곳을 떠나려는 순간 또 한 사람의 남자가 눈에 들어왔다. 그는 누더기가 다 된 더러운 회색 군복(남군의 군복)을 입고 있었다. 키는 컸지만 다리 하나가 잘려나가고 없었다. 그는 잘린 다리 밑에 댄 히커리나무 의족을 짚으면서 집에서 걸어나왔다. 할아버지는 그 외다리 남자와 여자가 헛간으로 가는 걸 지켜보았다. 두 사람은 밭 갈 때 노새에게 채우는 가죽끈 마구(馬具)를 자기들 몸에 둘렀다. 도대체 뭘 하려는 거지? 할아버지는 그들이 집 앞 골짜기로 가는 것을 보고서야 비로소 그 까닭을 알 수 있었다.

늙은 흑인도 그 뒤를 따라갔다. 그는 비척거리고 걸으면서 앞의 두 사람이 매달고 있는 쟁기가 쓰러지지 않게 붙들고 있으려고 애썼다. 드디어 집 맞은편으로 온 남자와 여자는 몸을 굽혀 쟁기를 끌기 시작했다. 늙은 흑인은 쟁기의 방향을 잡으려고 낑낑거렸다. 사람이 노새처럼 쟁기를 끌려 하다니! 할아버지는 그들이 미쳤다고 생각했다. 하지만 그들은 포기하지 않았다. 한 번에 움직이는 거리도 불과 두세 걸음밖에 안 되었지만, 그래도 그들은 계속해서 끌었다. 멈춰 섰다가는 다시 끌고 또 멈추고를 반복했다.

일은 별로 진척되지 않았다. 늙은 흑인이 쟁기의 각도를 너무 기울이면 쟁기날이 땅속에 깊이 박혀서 쟁기를 끌 수가 없게 된다. 이럴 때는 다시 뒤로 움직여줘야 흑인이 쟁기를 잡아 뺄 수 있었다. 흑인은 쟁기를 잡아 빼다가 넘어지곤 했지만, 그때마다 다시 일어나

and getting up again, trying to get the plow set again. It was too shallow for real turning of land. Granpa figured they would never get it plowed.

He left that evening, while they was still at it, pulling and tugging. He come back the next morning to watch. They was in the field when Granpa got to his hiding place. They hadn't plowed enough ground to even see over the weeds. While Granpa watched, the plow point hung under a root and jerked the old black man down. He stayed down a long time on his hands and knees before he got back up. That's when Granpa saw the Union soldiers.

He moved back into a deep fern growth and kept his eye on them. They didn't scare him, for though he was only nine years old, Granpa was Indian-wise, and could move right through the whole patrol without them seeing him, and he knew it.

There was a dozen men in the patrol, all on horseback. A big man with stripes of yellow on his arms was leading them, and they were stopped back in a pine grove, watching the plowing too. They watched for a while, then rode on out of sight.

Granpa went hand fishing on a creek, and come back by

쟁기를 제대로 박으려고 애쓰곤 했다. 하지만 그들이 아무리 노력해도 땅을 갈아엎는 깊이가 너무 얕아서, 도저히 그 토지를 경작할 수 있을 것 같지 않았다.

할아버지는 날이 저물고 나서야 그곳을 떠났다. 세 사람은 그때까지도 쟁기를 끌고 밀며 악전고투를 벌이고 있었다. 다음 날 아침, 할아버지는 어찌 되었는지 알아보려고 그곳으로 다시 갔다. 어제 그 덤불 속에 몸을 숨기고 바라보니 세 사람은 벌써 밭에 나와 있었다. 무성한 잡초 너머로 보아도 일이 거의 진척되지 않았다는 것을 알 수 있었다. 할아버지가 지켜보고 있을 때, 쟁기의 날 끝이 나무 밑동에 걸리는 바람에 늙은 흑인이 꼬꾸라졌다. 그 노인은 손과 무릎을 땅에 댄 채 한참 동안을 엎드려 있은 후에야 자리에서 일어설 수 있었다. 할아버지가 북부 연방군 병사들을 본 것이 바로 이때였다.

할아버지는 뒤로 물러서서 빽빽한 풀고사리 뒤로 가 숨었다. 하지만 할아버지는 병사들에게서 눈을 떼지 않았다. 두렵지는 않았다. 아직 아홉 살밖에 안 되긴 했지만 이미 인디언의 지혜를 몸에 익히고 있던 터라, 그 순찰부대원들에게 들키지 않고 그들 사이를 빠져나가는 일 따위는 쉽게 할 수 있었다.

그 순찰부대의 병사들은 모두 열두 명이었다. 모두 다 말을 타고 있었다. 팔에 노란 완장을 두른 덩치 큰 남자가 그들을 지휘하고 있었다. 그들은 소나무 숲에서 말을 멈추고 세 사람이 쟁기를 끄는 모습을 지켜보았다. 그들은 한동안 아무 말 없이 지켜보고 있더니 말머리를 돌려 그 자리를 떠났다.

late that evening with his fish. They was still at it, but going so slow and tired they was practical crawling. Then Granpa's hawk eyes caught the yellow flash in the trees. It was the Union patrol leader, back in the pines. He was by himself and he was watching again. Granpa slipped onto a back trail to home.

That night he got to figuring. He figured the Union soldier with the yellow stripes was up to meanness, and he determined he would warn the people in the old house that they was being watched. Next morning, he set himself to do just that.

He got to his hiding place, but Granpa was shy of people. He waited, trying to figure how to go about it. They was out in the field, jerking at the old plow again. He had about decided he would leap out in the field, holler what he wanted to tell them, and then run. But he was too late; he saw the Union soldier with the yellow stripes.

He was still a ways off in the pines, and he had another horse with him but nobody was on it. As he come closer, Granpa saw it was not a horse but a mule. It was the worst-looking mule Granpa had ever seen, hip bones sticking out, and ribs. Its ears flopped down over its bony face, but

할아버지는 시냇가로 내려가서 맨손으로 물고기를 잡았다. 할아버지가 잡은 고기를 가지고 그곳으로 돌아온 것은 그날 저녁 늦게였다. 세 사람은 아직 밭에 그대로 있었다. 하지만 일이 워낙 그들 체력에 부치는 데다 지친 그들은 거의 땅바닥을 기다시피하고 있었다. 그때 할아버지의 매처럼 날카로운 눈에 맞은편 나무들 사이에서 움직이는 노란색 띠가 잡혔다. 아까 왔던 순찰대장이 소나무 숲으로 다시 돌아온 것이다. 이번에는 부하들을 거느리지 않고 혼자였다. 그는 이번에도 밭 쪽을 바라보며 세 사람이 쟁기질하는 모습을 지켜보고 있었다. 할아버지는 살그머니 그곳을 빠져나와 집으로 돌아왔다.

그날 밤 할아버지는 곰곰이 생각했다. 노란 완장을 차고 있는 그 연방군 대장은 뭔가 몹쓸 짓을 꾸미고 있는 것이 틀림없었다. 할아버지는 그 낡은 집에 살고 있는 사람들에게, 그들이 감시당하고 있다는 사실을 알려주기로 결심했다. 다음 날 아침에 깨어났을 때만 해도 할아버지는 그렇게 하기로 다시 한 번 마음을 굳게 먹었다.

할아버지는 으레 숨던 덤불로 갔다. 하지만 워낙 부끄럼이 많은 성격인 할아버지는 그 일을 어떻게 처리할지 생각하느라 한참 동안 그냥 서 있었다. 그 세 사람은 벌써 밖에 나와서 낡아빠진 쟁기를 붙잡고 씨름하고 있었다. 이윽고 할아버지는 밭으로 뛰어가서 해주고 싶은 말을 한 다음 달아나기로 마음을 정했다. 그러나 이미 늦었다. 덤불에서 뛰어나가려는 찰나, 또다시 할아버지의 눈에 노란 완장을 두른 대장의 모습이 들어왔다.

그는 이번에도 말에 올라탄 채 멀찌감치 떨어진 소나무 숲에 서

it was a mule. The Union soldier was driving the old mule ahead of him. Just as he got to the edge of the woods, the soldier strapped the old mule with a whip, and it taken out, across the field. The soldier stayed back in the woods on his horse.

The woman saw the mule first. She dropped her harness and stared at the mule running across the field. Then she hollered, "Lord God almighty! H'it's a mule. He's sent us a mule!"

She taken out after the mule, running through the bushes. The old black man taken out too, running and falling, trying to catch up.

The mule run straight toward where Granpa was hiding. When it got close, Granpa jumped up and waved his arms and the mule swerved back into the field and headed for the woods over to one side. The soldier had circled his horse in the woods, and he scared the mule back into the field. Neither Granpa nor the soldier was noticed, for the woman and the old black man had their eyes on the mule.

The one-legged man was trying to run, stumping his hickory sapling into the ground, and falling flat down every few steps. The two young'uns was running, holler-

있었다. 그런데 그의 곁에는 사람이 타고 있지 않은 말 한 마리가 더 있었다. 아니, 가까이서 보니 그것은 말이 아니라 노새였다. 그것은 할아버지가 한 번도 본 적이 없을 만큼 정말 볼품없는 노새였다. 엉덩이뼈와 늑골은 앙상하게 드러나 있었고, 두 귀는 뼈만 남은 얼굴 위에서 천조각처럼 펄럭이고 있었다. 그렇지만 그래도 노새인 것은 분명했다. 연방군 대장은 그 늙어빠진 노새를 자기 앞으로 끌어낸 다음, 노새를 앞장세운 채 숲 가장자리까지 와서 채찍으로 힘차게 노새를 갈겼다. 노새는 숲을 뛰쳐나와 밭을 가로질러 갔다. 대장은 말을 타고 다시 소나무 숲 안쪽으로 물러났다.

노새를 처음 발견한 사람은 여자였다. 쟁기 끄는 마구를 벗어젖힌 그 여자는 노새에게서 눈을 떼지 않고 밭을 가로질러 달려갔다. 여자의 고함 소리가 들렸다.

"아아, 전능하신 하느님! 노새야! 하느님이 노새를 보내주셨어!"

여자는 노새 뒤를 좇아 덤불도 아랑곳하지 않고 달렸다. 늙은 흑인도 자꾸 넘어지면서 노새를 잡으려고 좇아갔다.

노새는 할아버지가 숨어 있는 쪽으로 똑바로 달려왔다. 노새가 가까이 다가왔을 때 할아버지가 팔을 휘저으며 그 앞을 막아섰다. 그 바람에 놀란 노새는 방향을 바꾸어 밭을 지나 다시 맞은편 숲 쪽으로 달렸다. 이번에는 숲에 있던 대장이 노새를 가로막았다. 그도 노새를 겁주어 밭으로 다시 좇아 보냈다. 여자와 늙은 흑인은 노새한테만 정신이 팔려서 할아버지나 대장의 존재는 전혀 눈치 채지 못했다.

외다리 남자도 히커리나무 의족으로 땅을 짚으며 달려보려 했지

ing through briers, trying to head the mule off.

The old mule got confused and run back through the whole crowd of them. The woman grabbed his tail. He jerked her off her feet but she held on, the mule dragging her through the bushes, tearing off her dress. The old black man sprung at the mule and got hold on his neck. He was flung around like a rag doll, but he held on like he would die if he turned loose. The old mule give it up and stopped.

The one-legged man and the young'uns come up. He put a leather strap around the old mule's head. They all walked around the old mule, petting him and rubbing him like he was the finest mule in the world. Granpa thought the old mule commenced to feel pretty good about the whole thing.

Then they all knelt down in the field in a circle around the old mule, and stayed a good while that way, with their heads turned to the ground.

Granpa watched them hitch the mule to the plow. First one would plow behind the mule then another'n—even the young'uns. Granpa watched from the bushes and kept his eye on the soldier watching them from the woods.

The valley got to be something that Granpa kept watch

만 몇 발자국 못 가 넘어지고 넘어지고 했다. 두 여자아이들도 노새의 머리를 돌리려고 소리를 지르며 가시나무 덤불 사이를 헤치고 다녔다.

정신이 없어진 늙은 노새는 사람들이 몰려서 있는 곳 한가운데를 뚫고 지나가려 했다. 이때 여자가 잽싸게 노새의 꼬리를 붙잡았다. 노새한테 끌리는 바람에 다리가 공중에 붕 떴지만, 여자는 악착같이 잡은 손을 놓지 않았다. 노새가 여자를 끌고 덤불로 뛰어드는 바람에 여자의 옷이 온통 다 찢기고 말았다. 그때 흑인이 노새를 덮쳐 노새의 목을 감싸안았다. 봉제인형처럼 붕붕 내둘리면서도, 노인은 손을 놓으면 죽기라도 할 것처럼 필사적으로 노새의 목을 붙잡고 매달렸다. 드디어 노새도 지쳤는지 모든 것을 포기하고 얌전해졌다.

외다리 남자와 여자애들이 달려왔다. 남자가 노새의 목에 가죽끈을 둘러맸다. 그들은 그 노새가 세상에서 가장 멋진 노새이기라도 한 것처럼, 노새 주위에 모여 노새를 쓰다듬기도 하고 토닥여주기도 했다. 그렇게 하자 노새도 기분이 훨씬 좋아진 것 같았다.

그러고 나자 그들은 그 늙은 노새를 가운데 두고 밭에 꿇어앉아 기도를 드렸다. 땅을 내려다보며 머리를 숙인 그들은 한참 동안 그 자세로 앉아 있었다.

할아버지는 그들이 노새에게 쟁기를 매는 것을 지켜보았다. 한 사람이 노새 뒤에서 쟁기를 부리며 밭을 갈고 나면 그 다음 사람이 기다렸다는 듯이 이어받아 노새를 몰았다. 여자아이들까지도 이 일에 가담했다. 할아버지는 덤불 속에서 이 모습을 줄곧 지켜보고 있었

on right regular. He had to see how the plowing would come out. In three days' time, they had turned a quarter of the field.

On the morning of the fourth day, Granpa saw the Union soldier drop a white sack at the end of the field. The one-legged man saw him too. He half lifted his hand to wave, like he wasn't sure he'd ought to. The Union soldier done the same, and rode off into the woods. It was a sack of seed corn.

The next morning, when Granpa got to the valley, the Union soldier was dismounted in front of the house. He was talking with the one-legged man and the old black man. Granpa edged in close to hear them.

In a little while the Union soldier was plowing the old mule. He had the plow lines tied and looped around his neck, and Granpa could tell he knew his business. Every once in a while, he would stop the mule. He would reach down and get a handful of fresh turned earth and smell of it. Sometimes he would even taste it. Then he would crumble the dirt in his hand and start plowing again.

Turned out, he was a sergeant, and he was a farmer from Illinois. Usually, he couldn't show up to plow until nearly sundown, when he could slip away from the army post.

다. 또 소나무 숲 속에서 그 사람들을 지켜보고 있는 대장에게서도 눈을 떼지 않았다.

그 골짜기에 들르는 일은 이제 할아버지에게 중요한 일과가 되었다. 밭을 얼마나 갈았는지 확인하고 싶었던 것이다. 노새가 오고 사흘째 되는 날, 그들은 밭의 4분의 1정도를 갈아엎었다.

나흘째 되는 날 아침, 할아버지는 그 연방군 대장이 밭 끝자락에 흰 자루 하나를 놓고 가는 걸 보았다. 외다리 남자도 그를 보았다. 외다리 남자는 엉거주춤한 자세로 손을 흔들었다. 마치 손을 흔들어도 좋을지 어떨지 알 수 없다는 투로. 그 대장도 똑같이 그런 몸짓으로 손을 흔들더니 말을 타고 숲으로 가버렸다. 자루 속에 든 것은 씨앗용 옥수수였다.

다음 날 아침, 할아버지가 빈 터에 가보니 연방군 대장이 말에서 내려 오두막집 앞에서 외다리 남자와 늙은 흑인과 함께 이야기를 나누고 있었다. 할아버지는 그들의 이야기를 들으려고 바싹 다가갔다.

잠시 후 이번에는 대장이 늙은 노새에게 매달린 쟁기를 부리기 시작했다. 그가 쟁기의 가죽끈 끝을 묶어서 자기 목에 거는 걸 보고, 할아버지는 대장이 그 일을 잘해낼 사람이라는 걸 알았다. 그는 쟁기를 부리면서 잠깐잠깐씩 노새를 멈춰 세웠다. 그는 그때마다 허리를 굽혀 일궈진 신선한 흙 한 줌을 집어 냄새를 맡아보곤 했다. 때로는 맛을 보기까지 했다. 손에 쥔 흙덩이를 부수어 떨어뜨리고 난 그는 다시 쟁기를 부리기 시작했다.

나중에 안 일이지만 그의 계급은 하사였고, 일리노이 주 출신의

But he come and plowed nearly every day.

One evening he brought a skinny private with him. He looked too young to be in the army, but he was. He commenced coming with the sergeant every evening. He brought little bushes with him. They was apple trees.

He would set one out on the edge of the field and work at it for an hour, getting it set in and watered. He would pat the ground around it, prune it up, fix frames of wood to put around it, and then set back and look at it like it was the first apple tree he had ever seen.

The two little girls taken to helping him, and in a month's time he had completely ringed the field with apple trees. Turned out, he was from New York and come from apple raising as his trade. By the time he had all his apple trees put out, the rest of them had the entire valley planted in corn.

Granpa left a dozen catfish on the front porch after dark one time. The next evening, they cooked the catfish and was eating them off a table set under a tree in the yard. Occasionally, while they was eating, the sergeant or the woman would stand up and wave toward the mountains, inviting Granpa in. They knew an Indian had left the fish but they could never spot Granpa, they just waved at the

농부였다. 그는 대개 근무시간이 지난 저녁 무렵이 되어서야 골짜기로 찾아왔다. 하지만 거의 날마다 꼬박꼬박 찾아와 쟁기질을 하곤 했다.

어느 날 저녁, 그가 빼빼 마른 이등병 한 명을 데려왔다. 군에서 근무하기에는 너무 어려 보이는 얼굴이었다. 하지만 그도 병사였다. 그 어린 병사는 그 다음부터 하루도 빠지지 않고 하사와 함께 골짜기에 들렀다. 그는 작은 묘목들을 가지고 왔다. 사과나무 묘목이었다.

어린 병사는 한 시간이나 걸려서 밭 귀퉁이에 묘목 한 그루를 심고 물을 주었다. 그는 흙을 두들겨 다지고 잔가지를 잘라내고 묘목 옆에 받침목을 세웠다. 그러고 나서 뒤로 물러선 그는 사과나무라고는 생전 처음 보는 것처럼 그것을 바라보고 서 있었다.

두 여자아이가 그의 일을 도와주었다. 한 달이 채 안 가 밭 주변은 사과나무로 빙 둘러싸였다. 나중에 밝혀진 바로 그 말라깽이 병사는 뉴욕 주 출신으로 사과 농사를 짓다가 군에 온 젊은이였다. 그가 사과나무를 다 심었을 무렵, 나머지 사람들도 밭을 다 갈고 옥수수 씨앗을 뿌릴 수 있었다.

한번은 할아버지가 어두워질 때를 기다려 그 집 현관 앞에 메기 열두 마리를 두고 왔다. 다음 날 저녁 무렵에 가보니, 그들은 뜰에 있는 나무 밑에 식탁을 놓고 빙 둘러앉아 메기 요리를 먹고 있었다. 때때로 하사나 여자가 식사를 하다 일어나 산을 향해 손을 흔들었다. 할아버지에게 오라고 손짓하는 것이었다. 그들도 물고기를 두고 간 사람이 인디언이라는 건 알았지만, 할아버지 모습을 본 적이 한 번

mountains. Not being Indian, they could never tell how to separate a wrong color from the woods around it. Granpa never went in. He left them some more fish, though. He would hang the fish on tree limbs near the yard, for he was afraid to go on the front porch anymore.

Granpa said he left them the fish because, them not being Indian, and so being ignorant, they would likely total starve to death before they could get their crop in. And too, he was not, nowise, going to be outdone by a Union soldier, ner any two of them, though he drawed the line at crop raising, not taken up too favorable with plowing and such.

The skinny private and the little girls drawed water from the well at dusk every evening. They toted buckets, sloshing water, and watered every apple tree. This went on while the other was hoeing and thinning the corn. Granpa realized the Union sergeant was as total crazy about hoeing as he had been about plowing. The corn was up, dark green, which meant it was a good corn crop. The apple trees taken to sprigging green.

It was summer then; the days long, and dusk evening slow in coming. The sergeant and the private could get in two or three hours work before they had to leave and go

도 없었기 때문에 그냥 산을 향해 손을 흔들 수밖에 없었던 것이다. 인디언이 아니었던 그들은 주변 수풀과 할아버지의 색채 차이를 구별할 수 없었다. 할아버지는 그들이 손짓을 해도 앞으로 나서지 않았다. 그 대신 할아버지는 물고기를 더 많이 잡아서 갖다주었다. 할아버지는 잡은 고기들을 뜰 옆의 나무에다 매달아두었다. 현관 쪽으로 더 이상 가까이 갔다가는 들킬 것 같았기 때문이다.

할아버지가 그들에게 물고기를 갖다준 것은, 인디언이 아니라서 산에서 살아가는 방식을 전혀 모르는 사람들이라 밭에서 수확을 하기도 전에 모조리 굶어 죽고 말 것 같아서였다. 게다가 할아버지에게는 연방군 하사와 젊은 병사와의 경쟁에서 절대 지고 싶지 않은 기분도 있었다. 쟁기 부리는 일 같은 건 애당초 좋아하지도 않았고, 밭농사에 깊이 관여할 생각은 추호도 없었지만 말이다.

말라깽이 병사와 두 여자아이는 날마다 어스름해질 무렵이면 우물에서 물을 길었다. 그들은 출렁이는 물통을 들고 다니며 사과나무 한 그루 한 그루마다 물을 주었다. 그동안 나머지 사람들은 괭이로 밭에 있는 잡초를 매거나 옥수수를 솎아냈다. 쟁기로 땅을 갈 때도 그랬지만, 연방군 하사는 제초 작업에도 이상하리만치 열심이었다. 옥수수들은 쑥쑥 자라서 진한 녹색 이파리를 달고 있었다. 풍작이었다. 사과나무에도 싱싱한 녹색 잎들이 자라났다.

이윽고 여름이 되었다. 해가 길어지면서 어두워지는 시각도 늦어졌다. 하사와 젊은 병사는 부대로 돌아갈 때까지 두세 시간을 밭에서 한껏 일할 수 있게 되었다.

back to the army post.

In the cool of the dusk, just as the whippoorwills started to sing, they would all stand in the front yard and look out over the field. The sergeant smoked his pipe, and the two little girls stood close as they could to the skinny private. His hands was always caked with dirt from clawing around his apple trees, for he would not trust a hoe to work around them.

The sergeant would take his pipe in his hand. "It's good land," he would say with his eyes on the field like he would eat the ground if he could.

"Yes," the one-legged man would say, "it's good land."

"Best corn crop I ever seed," the old black man would say. He would say it every evening. Granpa said he slipped close, but all they ever done was stand and stare at the fields ... and say the same things every evening, like the field was some kind of natural wonder they was all supposed to stare at. The skinny private would always say, "Wait a year—when them apple trees start blooming ... you ain't never seen nothing like it." The little girls would giggle, which made them look younger.

The sergeant would point with his pipe. "Now next year,

시원한 땅거미가 내려앉고 쏙독새가 울기 시작하면, 그들은 모두 집 앞뜰에 서서 밭을 둘러보곤 했다. 하사는 파이프 담배를 피웠고, 두 여자아이는 말라깽이 병사에게 바싹 붙어섰다. 사과나무 둘레의 흙을 손가락으로 긁어 모으느라 말라깽이 병사의 양손에는 언제나 진흙이 말라붙어 있었다. 그는 행여 묘목의 뿌리가 다칠까봐 절대 괭이로 흙을 긁지 않았다.

파이프를 손에 든 하사는 밭에서 눈을 떼지 않은 채 언제나 이렇게 입을 열었다.

"좋은 땅입니다."

마치 할 수만 있다면 그 땅을 먹기라도 할 듯한 말투였다.

"그래요, 좋은 땅이지요."

그 다음 말을 외다리 남자가 받고 나면,

"제가 지금껏 길러본 중에서 가장 좋은 옥수수예요."

늙은 흑인도 빠지지 않고 거들었다.

그들은 저녁마다 이렇게 똑같은 말들을 나누었다. 할아버지가 그들의 이야기를 더 잘 들으려고 살그머니 다가가도, 그들이 하는 일은 그렇게 모여 서서 밭을 바라보고…… 매일 저녁 똑같은 이야기를 나누는 게 전부였다. 그 밭에는 거부할 수 없게 그들의 눈을 잡아당기는 자연의 신비가 머물러 있는 듯했다.

말라깽이 병사는 항상 이렇게 말했다.

"1년만 기다려보세요. 저 사과나무들이 꽃을 피우기 시작하면, 그렇게 멋진 광경은 두 번 다시 보기 힘들 겁니다."

you'll want to clear that little neck of brush against the far mountain. It'll make maybe three, four acres of corn."

Granpa could see the little valley was looking might near like there was nothing else could be done to it. He said it looked like they had everything set. He commenced to lose interest in the whole thing. But then the Regulators come.

They rode in one evening when the sun was still high, a dozen of them. They had fancy uniforms and guns, and represented the politicians who passed new-set laws and raised taxes.

Riding up to the house yard, they planted a pole in the yard, and on top of the pole they put a red flag. Granpa knew what the red flag meant. He had seen it around in the settlements. It meant some politician wanted your property, and so they raised the taxes on it high enough that you couldn't pay it. Then they put up the red flag, meaning they was going to take it over.

The one-legged man, the woman, and the old black man and the young'uns, all come out of the field with their hoes when they saw the Regulators. They bunched up in the yard. Granpa saw the one-legged man throw down his hoe and go in the house. In a minute, he stumped back out and

병사의 이야기가 그렇게 재미있는지 어린 여자아이들은 그가 말할 때마다 언제나 킥킥거리며 즐겁게 웃었다. 그 아이들을 나이만큼 어려 보이게 만드는 천진한 웃음이었다.

하사는 손에 쥔 파이프로 산 쪽을 가리켰다.

"내년에는 저쪽 산모퉁이에 있는 덤불을 걷어내고 밭을 만드십시오. 옥수수밭 3, 4에이커 정도는 나올 겁니다."

할아버지가 보기에 그 작은 골짜기에는 더 이상 갈아엎을 땅이 있을 것 같지 않았다. 그들이 할 수 있는 건 다 끝낸 것 같았다. 할아버지는 그들이 하는 일에 흥미를 잃어가기 시작했다. 그런데 토지 감독관이 찾아온 것이 바로 이때였다.

어느 날, 아직 해가 걸려 있는 오후 늦은 시각에 열 명이 넘는 감독관들이 말을 타고 그곳을 찾아왔다. 그들은 우스꽝스런 제복을 입고 모두 허리에 총을 차고 있었다. 그들은 세금을 더 많이 거두기 위해 새로운 법안을 의회에서 통과시킨 정치가의 하수인들이었다.

집 앞뜰까지 말을 타고 온 그들은 뜰에다 말뚝을 박고 말뚝 꼭대기에다 붉은 기를 매달았다. 붉은 기가 무엇을 뜻하는지는 할아버지도 알고 있었다. 개척촌 여기저기서 자주 보았던 것이다. 어떤 정치가가 다른 사람의 땅을 보고 탐이 났다고 하자. 그 정치가는 그 땅에 땅주인이 도저히 낼 수 없는 무거운 세금을 부과한다. 그러고 나면 그 땅에는 붉은 기가 세워진다. 그것은 얼마 안 있으면 그 땅이 다른 사람 손으로 넘어가리라는 것을 나타내는 표시였다.

감독관들이 오는 모습을 보고 외다리 남자와 그의 아내, 늙은 흑

he had an old musket in his hands. He pointed it at the Regulators.

The Union sergeant rode up. The skinny private wasn't with him. The sergeant got off his horse and stepped between the Regulators and the one-legged man. About that time, a Regulator fired his gun, and the sergeant staggered back, looking surprised and hurt. His hat tumbled off his head, and he fell to the ground.

The one-legged man shot off his musket and hit a Regulator, and the Regulators commenced firing their guns. They killed the one-legged man and he fell off the porch. The woman and little girls run screaming to him. They tried to prop him up but Granpa knew he was dead, for his neck was limp.

Granpa saw the old black man run at the Regulators with his hoe raised up in the air. They shot him two or three times and he fell, laying over his hoe handle. Then they rode off.

Granpa took to the back trail, for he was sure they would circle about, making to know that they hadn't been seen. He told his Pa about it and expected there would be trouble over it, but there wasn't.

인, 여자아이들까지 괭이를 손에 든 채 밭에서 나왔다. 그들은 무리를 이루며 앞뜰에 모여 섰다. 외다리 남자가 괭이를 집어던지고 집 안으로 들어가는 것이 보였다. 금방 다시 다리를 절룩거리며 걸어나오는 그의 손에는 구식 소총이 들려 있었다. 그는 감독관들을 향해 총부리를 겨눴다.

그때 하사가 말을 타고 달려왔다. 말라깽이 병사는 함께 있지 않았다. 하사는 말에서 뛰어내리더니 감독관들과 외다리 남자 사이로 끼어들었다. 바로 그 순간, 감독관 한 사람이 느닷없이 총을 쏘았다. 하사의 몸이 퉁기듯이 뒤로 젖혀졌다. 그 얼굴에는 놀라움과 고통이 칼날처럼 선명하게 새겨져 있었다. 먼저 그의 머리에서 모자가 굴러떨어지고, 그 다음 그의 몸이 땅으로 넘어졌다.

외다리 남자도 구식 소총을 쏘아 감독관 한 사람을 쓰러뜨렸다. 나머지 감독관들의 총이 일제히 불을 뿜었다. 외다리 남자는 벌집이 되어 베란다에서 굴러 떨어졌다. 여자와 어린 딸들이 비명을 지르며 달려왔다. 그들은 그 남자를 일으켜 세우려 했지만, 할아버지는 그가 이미 죽었다는 것을 알았다. 남자의 목이 꺾여 있었던 것이다.

할아버지의 눈에 늙은 흑인이 괭이를 휘두르며 감독관을 향해 달려드는 모습이 들어왔다. 두세 발의 총성이 울리고 나자, 노인은 괭이자루 위로 맥없이 쓰러졌다. 감독관들은 말을 타고 서둘러 돌아갔다.

할아버지도 서둘러 그곳을 빠져나왔다. 그 패거리들은 사건을 목격한 사람이 있는지 주변을 샅샅이 뒤지며 알아볼 것이다. 집으로

Granpa found out in the settlement how it was passed off. The politicians passed it out that it looked like an uprising, and they was going to have to be reelected to handle it and get more money for what looked like a war. People got worked up about it, and told the politicians to go to it. Which they did.

A rich man took over the valley. Granpa never knew what happened to the woman and the young'uns. The rich man brought in sharecroppers. The land and weather being as it is, you can't raise apples in big enough bunches to make real money, so they plowed up the apple trees.

Word was passed that a private from New York deserted the army. He was posted as a coward, running out on a uprising and all.

Granpa said they boxed the sergeant up to send his remains and such back to Illinois. He said when they went to fix him and dress him, one of his hands was clenched into a fist. They tried to unclench the fist, and finally had to take tools to do it. They got his fist open, but there wasn't anything in it worthwhile. Nothing but a handful of black dirt fell out.

돌아온 할아버지는 증조할아버지에게 어떤 일이 일어났는지 이야기했다. 할아버지는 뭔가 소란이 일어날 걸로 기대했다. 하지만 그런 일은 일어나지 않았다.

개척촌에 갔을 때 할아버지는 그 사건이 어떻게 변질되고 있는지 알았다. 정치가들은 그 사건이 일종의 폭동이었으며, 그런 폭동을 막기 위해서라도 자신들이 재선되어야 하고, 또 폭동과 같은 전쟁 상황에 대비하기 위해서 더 많은 세금을 거둬야 한다고 떠들어댔다. 사람들은 거기에 대해서 한참 동안 설왕설래하고 나더니, 정치가들에게 알아서 하라고 맡겨버렸다. 그래서 그들은 그렇게 했다.

산골짜기의 토지는 어느 돈 많은 부자에게 넘어갔다. 할아버지는 그 일이 있은 후 여자와 어린 두 딸이 어떻게 되었는지 한 번도 소식을 듣지 못했다. 부자는 소작인을 고용했다. 지질과 기상 조건상 그 골짜기에서는 돈이 될 만큼 많은 사과를 생산할 수 없었다. 그래서 그들은 사과나무를 모두 파내버렸다.

뉴욕 주 출신의 한 병사가 탈영했다는 소문이 돌았다. 그 정도 폭동이 무서워서 도망치다니, 겁쟁이라며 사람들은 그를 비웃었다.

하사의 시신은 나무 상자에 넣어져 유족들이 있는 일리노이 주로 보내졌다. 시신을 씻기고 옷을 갈아입히던 사람들은 그의 한쪽 손이 꽉 쥐어져 있는 것을 발견했다. 사람들은 기를 쓰고 그 주먹을 펴보려 했다. 급기야 도구까지 동원해서 억지로 그 손을 폈을 때, 예상과 달리 그 손 안에는 값나가는 어떤 것도 없었다. 펼쳐진 손바닥에서는 검은 흙 한 줌이 주르르 흘러내렸을 뿐이다.

A Night on the Mountain

$\mathcal{M}$e and granpa thought Indian. Later people would tell me that this is naive—but I knew—and I remembered what Granpa said about "words." If it is "naive," it does not matter, for it is also good. Granpa said it would always carry me through ... which it has; like the time the big-city men made a trip to our mountains.

Granpa was half Scot, but he thought Indian. Such seemed to be the case with others, like the great Red Eagle, Bill Weatherford, or Emperor McGilvery or McIntosh. They gave themselves, as the Indian did, to nature, not trying to subdue it, or pervert it, but to live with it. And so they loved the thought, and loving it grew to be it, so that they could not think as the white man.

Granpa told me. The Indian brought something to trade and laid it at the white man's feet. If he saw nothing he wanted, he picked up his wares and walked off. The white man, not understanding, called him an "Indian giver"

산꼭대기에서의 하룻밤

할아버지와 나는 인디언식으로 생각했다. 나중에 사람들은 나더러 너무 순진하다는 말들을 했다. 하지만 나는 알았다. 그리고 그때마다 할아버지가 '말'에 대해서 이야기하시던 것들을 떠올렸다. '순진한' 것이라면 그것은 아무 문제도 아니었다. 순진하다는 것은 좋은 것이기도 했기 때문이다. 할아버지는 순진하기 때문에 내가 언제나 잘해낼 것이라고 하셨…… 실제로도 그랬다. 예를 들면 어느 날, 도회지에서 온 사람들이 우리 산을 찾아왔을 때 그랬던 것처럼 말이다.

할아버지는 반이 스코틀랜드계 혈통이었지만 자신을 인디언으로 여기고 있었다. 그런 예는 다른 사람들한테서도 찾을 수 있다. 저 위대한 붉은 독수리와 빌 웨더포드, 맥길버리 황제, 매킨토시 같은 사람들이 모두 그랬다. 그들은 인디언들이 그러하듯이 자신들을 자연에 내맡겼다. 자연을 정복하거나 이용하려들지 않고 자연과 더불어 살아간 것이다. 그래서 그들은 자신이 인디언이라고 생각하길 좋아했고, 그 마음은 갈수록 커져서 마침내는 자신들을 백인으로 생각할 수 없게 되었다.

할아버지가 이런 이야기를 해주신 적이 있다. 인디언은 뭔가 팔고

meaning one who gives and then takes back. This is not so. If the Indian gives a gift, he will make no ceremony of it, but will simply leave it to be found.

Granpa said the Indian held his palm up to show "peace," that he held no weapon. This was logical to Granpa but seemed funny as hell to everybody else. Granpa said the white man meant the same thing by shaking hands, except his words was so crooked, he had to try to shake a weapon out of the sleeve of the feller who claimed he was a friend. Granpa was not given much to handshaking, as he said he didn't like for a man to try to shake something out of his sleeve after he had presented himself as a friend. It was total distrustful of a man's word. Which is reasonable.

As to folks saying, "How!" and then laughing when they see an Indian, Granpa said it all come about over a couple of hundred years. He said every time the Indian met a white man, the white man commenced to ask him: how are you feeling, or how are your people, or how are you getting along, or how is the game where you come from, and so on. He said the Indian come to believe that the white man's favorite subject was how; and so, being polite, when he met the white man, he figured he would just say how,

싶은 물건이 있으면 그것을 백인의 발 곁에 놓는다. 백인이 전혀 갖고 싶어하지 않으면 인디언은 그 물건을 집어들고 말없이 가버린다. 이것을 이해하지 못하는 백인들은 그것을 '인디언 선물'이라고 부른다. 주었다가 도로 가져가는 선물이라는 뜻이다. 이것은 사실과 다르다. 인디언이 누군가에게 선물을 줄 때는 아무 형식도 차리지 않고 그저 상대방의 눈에 띄는 곳에 선물을 놓아두고 그냥 가버린다.

인디언은 '우의(友誼)'의 표시로 손바닥을 펴서 들어올려 보인다. 아무 무기도 갖고 있지 않다는 뜻이다. 할아버지의 눈에는 충분히 이치에 맞는 이 행위가 백인들에게는 우스꽝스럽게 비치곤 했다. 백인들은 악수로 같은 뜻을 표현하지만, 악수라는 것은 감칠 듯이 다정한 말을 입에 올리면서도 친구라고 하는 상대가 혹시라도 소매 속에 총을 숨기고 있을까봐 그것을 떨어뜨리기 위해 흔들어대는 행위라는 게 할아버지의 주장이셨다. 할아버지는 악수를 좋아하지 않았다. 일단 친구라고 생각한 상대를 의심하며 소매에서 뭔가를 떨어뜨리려는 사람이 좋게 보일 리 없었던 것이다. 그것은 상대방의 말에 대한 철저한 불신을 뜻했다. 나도 그 의견에 동감이었다.

인디언을 만나면 백인이 "How!"라고 말하고 키득거리는 것에 대해서, 할아버지는 200년 전에 일어났던 일들에 그 원인이 있다고 하셨다. 그 당시 인디언이 백인을 만나면 백인들은 언제나 'how(어떤가?)'라고 묻는 것으로 시작했다. 기분이 어떤가? 라든가, 당신 부족들은 어떤가? 지내기는 어떤가? 혹은 당신이 있는 곳의 사냥감은 어떤가?…… 하는 식으로 말이다. 그래서 인디언들은 백인이 좋아

and then let the son of a bitch talk about whichever how he wanted to. Granpa said people laughing at that was laughing at an Indian who was trying to be courteous and considerate.

We had delivered our wares to the crossroads store and Mr. Jenkins said two big-city men had been there. He said they was from Chattanooga and drove a long black automobile. Mr. Jenkins said they wanted to talk to Granpa.

Granpa looked at Mr. Jenkins from under his big hat.

"Tax law?"

"No," Mr. Jenkins said. "They wasn't law atall. Said they was in the whiskey trade. Said they heard tell you was a good maker and they wanted to put you in a big still, and that you could get rich working for them."

Granpa didn't say anything. He bought some coffee and sugar for Granma. I picked up the wood chips and taken the old candy off Mr. Jenkins' hands. Mr. Jenkins fidgeted around to hear what Granpa had to say about it, but he knew Granpa too well to ask.

"They said they would be back." Mr. Jenkins said.

Granpa bought some cheese ... which I was glad, as I liked cheese. We walked out, and didn't hang around the

하는 화제가 how로 시작되는 것이라고 믿게 되었다. 그 때문에 인디언들은 백인을 만났을 때 예의를 갖추려면 how라고만 말하고, 그 버르장머리 없는 백인들이 직성이 풀릴 때까지 how라고 말하도록 내버려두면 된다고 생각했다. 할아버지는 인디언들이 how라고 말하는 것을 비웃는 사람들은 예의 바르고 사려 깊게 행동하려는 인디언을 비웃는 것이라고 말씀하셨다.

어느 날, 할아버지와 내가 물건을 짊어지고 사거리 상점에 갔을 때, 주인인 젠킨스 씨는 도회지에서 두 사람이 와 있다고 말했다. 그는 그 사람들이 채터누가에서 왔고, 기다란 검은 승용차를 몰고 왔다고 했다. 또 젠킨스 씨는 그 두 사람이 할아버지를 만나고 싶어한다고 전했다.

할아버지는 큰 모자 그늘 밑에서 젠킨스 씨를 쳐다보았다.

"세무 관리요?"

"아니오. 관리가 아니고 위스키 판매업을 하는 사람이라더군요. 당신이 훌륭한 위스키를 만든다는 소문을 들었다고 하면서 커다란 증류기를 제공하고 싶다고 했어요. 그러니 그 사람들과 손잡고 일하면 당신은 큰 부자가 될 수 있을 거요."

할아버지는 더 이상 아무 말도 하지 않고 할머니에게 줄 커피와 설탕을 샀다. 나는 여느 때처럼 나뭇단을 가져다준 보답으로 젠킨스 씨에게서 오래된 사탕을 받았다. 젠킨스 씨는 할아버지의 대답을 듣고 싶어서 안절부절못했다. 하지만 그는 할아버지를 잘 아는 터라 직접 물어보지는 않았다.

store; but headed straight off up the trail. Granpa walked fast. I hadn't time to pick berries and had to do away with the old candy while I was in a continual trot behind Granpa.

When we got to the cabin Granpa told Granma about the big-city men. He said, "You stay here, Little Tree. I'm going to the still and lay some more covering branches over it. If they come, you let me know." He taken off, up the hollow trail.

I set on the front porch watching for the big-city men. Granpa had not hardly gone from sight when I saw them and told Granma. Granma stayed back, standing in the dogtrot, and we watched them coming up the trail and across the foot log.

They had fine clothes like politicians. The big fat man wore a lavender suit and white tie. The skinny man had on a white suit and black shirt which shined. They wore big-city hats made of fine straw.

They walked right up to the porch, though they didn't mount the steps. The big man was sweating pretty bad. He looked at Granma. "We want to see the old man," he said. I figured he was sick, for his breathing was bad and it was

"그 사람들은 금방 돌아오겠다고 했어요." 젠킨스 씨가 말했다.

할아버지는 치즈를 약간 샀다…… 나는 치즈를 좋아했기 때문에 기분이 무척 좋았다. 우리는 가게 밖으로 나왔지만 머뭇거리지 않고 곧바로 집으로 향했다. 할아버지는 빠른 속도로 걸으셨다. 덩굴열매 딸 틈이 없었던 것은 물론이고, 사탕도 할아버지 뒤에서 종종걸음을 치며 따라가는 동안에 먹어야 했다.

집에 도착한 할아버지는 할머니에게 도회지에서 온 남자들 이야기를 했다. 그리고 내게는 이렇게 부탁했다.

"작은 나무야, 너는 여기에 있거라. 나는 증류기가 있는 곳에 가서 나뭇가지를 더 덮어놓으마. 그 사람들이 오거든 내가 알 수 있게 신호를 하도록 하고."

할아버지는 골짜기길로 올라가셨다.

나는 앞베란다에 앉아서 도회지 사람들이 오는지 망을 보았다. 할아버지의 모습이 채 사라지기도 전에 두 사람의 모습이 눈에 들어왔다. 나는 할머니에게 그 사실을 알렸다. 할머니는 내 뒤쪽 '개 통로'에 가만히 서 계셨다. 우리는 그들이 산길을 올라와 통나무다리를 건너는 모습을 지켜보고 있었다.

두 사람은 정치가만큼 좋은 옷을 입고 있었다. 뚱뚱한 남자는 엷은 자주색 양복에 흰 넥타이를 하고 있었고, 마른 사람은 흰 양복에 광택이 나는 검은 셔츠를 입고 있었다. 둘 다 가느다란 짚으로 엮은 도시풍 모자를 쓰고 있었다.

그들은 곧장 베란다 앞까지 왔지만 계단으로 올라오지는 않았다.

hard to see his eyes. His eyes looked slitted, way back in swelled-up fat.

Granma didn't say anything. I didn't either. The big man turned around to the skinny man. "The old squaw doesn't understand English, Slick."

Mr. Slick was looking around over his shoulder, though I didn't see anything behind him. He had a high voice. "Screw the old squaw," he said, "I don't like this place, Chunk—too far back in the mountains. Let's get outa here." Mr. Slick had a little mustache.

"Shut up," Mr. Chunk said. Mr. Chunk pushed his hat back. He didn't have any hair. He looked at me setting in the chair.

"The boy looks like a breed," he said. "Maybe he understands English. Do you understand English, boy?"

I said, "I reckin."

Mr. Chunk looked at Mr. Slick. "Hear that ... he reckins." They got tickled about this and laughed right loud about it. I saw Granma move back and turn Blue Boy out. He headed up the hollow for Granpa.

Mr. Chunk said, "Where's your Pa, boy?" I told him I didn't recollect my Pa; that I lived here with Granpa and

뚱뚱한 남자는 땀을 많이 흘리는 편이었다. 그가 할머니를 쳐다보면서 말했다.

"이 집 영감님을 만났으면 합니다."

그는 몸 어딘가가 안 좋은 사람 같았다. 숨소리가 거칠었고 눈도 거의 보이지 않았다. 그의 두 눈은 불룩한 살덩어리에 묻혀서 가늘게 찢어져 보였다.

할머니는 아무 대답도 하지 않았다. 나 역시 아무 말이 없자, 뚱뚱한 남자는 말라깽이 동료를 돌아보며 말했다.

"슬리크, 저 인디언 할멈은 영어를 모르는 모양이야."

뭔가 켕기는 사람처럼 슬리크 씨가 자기 어깨너머로 뒤를 돌아보았다. 하지만 그의 뒤에는 아무도 없었다. 그는 높은 목소리를 가진 사람이었다.

"할망구를 윽박질러봐. 나는 이런 곳이 맘에 안 들어, 청크. 산속에 너무 깊이 들어왔잖아. 여기서 나가는 게 좋겠어."

슬리크 씨의 코 밑에는 작은 콧수염이 달려 있었다.

"입 닥쳐!"

청크 씨는 모자를 뒤로 젖혔다. 그의 머리에는 머리카락이 한 올도 없었다. 그는 의자에 앉아 있는 내 쪽으로 머리를 돌렸다.

"이 애는 혼혈이니, 영어를 할 수 있을지 몰라. 얘, 꼬마야, 영어할 줄 아니?"

"그런 것 같아요."

내 대답을 듣고 청크 씨가 슬리크 씨를 돌아보았다.

Granma. Mr. Chunk wanted to know where Granpa was, and I pointed back up the trail. He reached in his pocket and took out a whole dollar and held it out toward me. "You can have this dollar, boy, if you take us to your Granpa."

He had big rings on his fingers. I seen right off that he was rich and more than likely could afford the dollar. I taken it and put it in my pocket. I knew figures pretty well. Even splitting with Granpa, I would get back the fifty cents which I had been slickered out of by the Christian.

I felt pretty good about the whole thing, leading them up the trail. But as we walked I commenced to think. I couldn't take them to the still. I led them up the high trail.

As we walked up the high trail, I felt kind of bad about it, and I didn't have any idea in the world what I was going to do. Mr. Chunk and Mr. Slick, however, was in fine spirits. They pulled off their coats and walked long behind me. Each one had a pistol in his belt. Mr. Slick said, "Don't remember your Pa, huh kid?" I stopped and said I hadn't no recollection of him atall. Mr. Slick said, "That would make you a bastard, wouldn't it, kid?" I said I reckined, though I had not got to the B's in the dictionary and had

"자네, 들었나…… 할 수 있대."

처음에는 서로 마주 보며 겸연쩍은 웃음을 흘리던 그들은 얼마 안가 큰 소리로 웃기 시작했다. 그 사이에 할머니는 집 뒤쪽으로 가서 블루보이를 풀었다. 블루보이는 할아버지를 찾아서 계곡으로 쏜살같이 뛰어올라갔다.

"아빠는 어디 있니, 꼬마야?" 청크 씨가 다시 물었다.

나는 그에게 아빠를 기억하지 못하며, 여기서 할아버지 할머니와 함께 살고 있다고 대답했다. 그러자 청크 씨는 그럼 할아버지는 어디 있느냐고 다시 물었다. 나는 집 뒤쪽의 산길을 가리켰다. 청크 씨는 주머니를 뒤지더니 1달러짜리 은화를 꺼내 내게 내밀었다.

"우리를 할아버지 있는 곳으로 데려다주면 이 돈을 주마, 꼬마야."

그의 손가락에는 커다란 반지가 여러 개 껴 있었다. 나는 그가 부자여서 1달러쯤은 얼마든지 줄 수 있는 사람이란 걸 금방 알았다. 나는 그것을 받아서 주머니 속에 넣었다. 나도 셈을 할 줄 안다. 이 1달러를 할아버지와 나누더라도 기독교도에게 사기당한 50센트를 고스란히 되찾을 수 있다!

그렇게 생각하니 기분이 무척 좋았다. 나는 그들을 데리고 산길을 올라갔다. 그렇지만 걷기 시작하자 증류기 있는 곳으로 그들을 데려가서는 안 된다는 생각이 들었다. 그래서 나는 산꼭대기 가는 길로 그들을 데려갔다.

산 위로 올라가면서 나는 불안해지기 시작했다. 그 다음에 어떻게 해야 할지 아무 생각도 떠오르지 않았다. 그러나 청크 씨와 슬리크

not studied that word. They both laughed until they commenced coughing. I laughed too. They seemed like happy fellers.

Mr. Chunk said, "Hell, they're all a bunch of animals." I said we had lots of animals in the mountains ... wildcats and wild hogs; and me and Granpa had seen a black bear oncet.

Mr. Slick wanted to know if we had seen one lately. I said we hadn't but we had seen signs. I pointed to a poplar tree where a bear had taken a claw swipe. "There's a sign right there," I said. Mr. Chunk jumped sideways like a snake had struck at him. He bumped into Mr. Slick and knocked him down. Mr. Slick got mad. "Goddam you, Chunk, you nearly knocked me off the trail! If you had knocked me down there ... " Mr. Slick pointed down into the hollow. Him and Mr. Chunk both leaned over and looked down. You could barely see the spring branch, far below us.

"God almighty," Mr. Chunk said, "how high are we? Hell, if you slipped off this trail, you'd break your neck." I told Mr. Chunk I didn't know how high we was, but I reckined it was pretty high; though I had never give any thought to it.

씨는 기분이 꽤 좋은 것 같았다. 그들은 윗도리를 벗고 내 뒤에 한참 처져서 따라왔다. 두 사람 다 허리에 총을 차고 있었다. 슬리크 씨가 내게 말을 걸었다.

"꼬마야, 아빠에 대한 것은 기억이 나지 않는다고?"

나는 걸음을 멈추고 전혀 기억나지 않는다고 대답했다.

"그럼 넌 사생아인가보구나. 그렇지, 꼬마야?"

나는 그럴 거라고 대답했다. 아직 사전에서 B까지 진도가 나가지 않아 '사생아(bastard)'라는 말의 뜻을 알지 못했는데도 말이다. 두 사람은 너무 심하게 웃는 바람에 기침까지 했다. 나도 덩달아 웃었다. 두 사람 다 무척 쾌활한 사람들인 것 같았다.

청크 씨가 다시 입을 열었다.

"제기랄, 이곳은 온통 짐승투성이구먼."

나는 산에는 짐승들이 무척 많다, 살쾡이, 멧돼지…… 게다가 할아버지와 나는 언젠가 흑곰을 본 적도 있다고 말해주었다.

슬리크 씨는 우리가 곰을 본 게 최근의 일인지 알고 싶어했다. 그래서 나는 실제로 보지는 않았지만 남긴 흔적을 보았다고 대답했다. 나는 곰 발톱 자국이 남아 있는 미루나무를 가리켰다.

"아, 저 나무에 자국이 있어요."

청크 씨는 갑자기 뱀에게 습격이라도 당한 것처럼 옆으로 홱 물러섰다. 그 바람에 그는 슬리크 씨와 부딪쳤고, 슬리크 씨는 엉덩방아를 찧었다. 슬리크 씨는 화가 났다.

"망할 놈의 자식, 청크! 산비탈로 굴러 떨어질 뻔했잖아! 네가 저

The higher we got, the more Mr. Chunk and Mr. Slick coughed. They also fell farther and farther behind me. Once I come back down the trail looking for them, and they were sprawled out under a white oak. The white oak had poison ivy all around its roots. They was laying in the middle of it.

Poison ivy is pretty and green, but you had better not lay in it. It will pop welts out all over you and make sores that will last for months. I didn't say anything about the poison ivy. They was already in it anyway, and I didn't want to make them feel worse about things. They was looking pretty bad.

Mr. Slick raised his head up. "Listen, you little bastard," he said, "how much farther we got to go?" Mr. Chunk didn't raise his head. He laid there in the poison ivy with his eyes closed. I said we was nearly there.

I had been thinking. I knew that Granma would send Granpa up the high trail after me, so when we got to the top of the mountain, I was going to tell Mr. Slick and Mr. Chunk that we would just set down and wait; that Granpa would be along directly. Which he would. I figured it would work all right and I could keep the dollar, seeing as

기서 날 넘어뜨렸으면······"

슬리크 씨가 저 아래쪽 계곡을 가리켰다. 두 사람은 목을 쑥 빼고 나란히 아래를 내려다보았다. 저 멀리 아래쪽에 실처럼 가는 시냇물이 보였다.

"하느님 맙소사! 도대체 얼마나 올라온 거야? 젠장, 떨어지면 뼈도 못 추리겠군."

나는 청크 씨에게 우리가 얼마나 높은 곳에 있는지는 나도 모르지만 꽤 높을 거라고 말했다. 비록 그전에는 높다는 생각 같은 건 한 번도 해본 적이 없었지만 말이다.

높이 올라갈수록 청크 씨와 슬리크 씨의 기침도 심해졌다. 그들은 점점 더 뒤처졌다. 한번은 그들을 찾으러 도로 내려가보니 그들은 흰참나무 아래에서 큰대 자로 뻗어 누워 있었다. 흰참나무의 뿌리 근처에는 독담쟁이가 자라고 있었다. 두 사람은 그 한가운데에 누워 있었다.

독담쟁이는 눈으로 보기에는 예쁜 녹색 이파리들이지만, 그 속에 눕는 일 같은 건 하지 않는 게 현명하다. 온몸이 지렁이가 기어가는 것처럼 부어오르고, 따끔거리며 아픈 증세가 몇 개월씩 계속된다. 나는 그들에게 독담쟁이에 대해서 말하지 않았다. 어쨌든 엎질러진 물이라 굳이 이야기를 해서 그들 기분을 상하게 하고 싶지 않았던 것이다. 그렇지 않아도 그들은 몸이 안 좋은 것 같았다.

내가 내려가자 슬리크 씨가 머리를 들었다.

"사생아 꼬마, 잘 들어. 도대체 얼마를 더 가야 하나?"

how I would have, more or less, taken them to Granpa.

I set off up the trail. Mr. Slick helped Mr. Chunk out of the poison ivy patch and they kind of staggered along behind me. They left their coats in the patch. Mr. Chunk said they would get the coats on the way back.

I got to the top of the mountain a long time before they did. The high trail was part of a lot of trails, old Cherokee trails that ran along the rim of the mountain, but forked, going down the mountain on the other side, and forked four or five times on the way down. Granpa said the trails led maybe a hundred miles back into the mountains.

I set down under a bush where the trail made a fork; one branch running the top of the mountain, the other dipping over the mountain down the other side. I figured I would wait on Mr. Chunk and Mr. Slick, and we would all set here until Granpa come.

It took them a long time. When they finally come over the top of the mountain, Mr. Chunk had his arm over Mr. Slick's shoulders. He had hurt his foot, more than likely, for he was limping and hopping pretty bad.

Mr. Chunk was saying that Mr. Slick was a bastard. Which surprised me, as Mr. Slick had not said anything

청크 씨는 얼굴을 들지도 않고 눈을 감은 채로 독담쟁이 한가운데 그대로 누워 있었다. 나는 이제 다 왔다고 대답했다.

나는 아까부터 계속 궁리를 했다.

'할머니는 내가 산꼭대기로 온 걸 아시니까 할아버지를 뒤따라 보내실 것이다. 그러니까 산꼭대기에 도착하면 슬리크 씨와 청크 씨에게 할아버지가 곧 오실 테니까 앉아서 잠깐 기다리자고 말하자. 할아버지는 얼마 안 있어 오실 거야. 틀림없이 그럴 거야.'

나는 모든 일이 잘 풀려나갈 것이며, 어쨌든 그들을 할아버지에게 데려다준 셈이니까 1달러를 가질 수 있을 것이라고 생각했다.

나는 다시 산길을 오르기 시작했다. 슬리크 씨가 청크 씨를 부축하여 독담쟁이 있는 곳에서 일으켜 세웠다. 두 사람은 비틀거리면서 내 뒤를 따라왔다. 둘 다 윗도리는 독담쟁이 위에 벗어 던져두고 왔다. 돌아가는 길에 다시 집어가면 되니까 괜찮다고 청크 씨는 말했다.

내가 산꼭대기에 도착한 것은 두 사람보다 훨씬 먼저였다. 지금 온 길은 산의 능선을 누비고 다니던 체로키들이 낸 산길들 중의 하나인데, 반대쪽으로 내려가면 얼마 안 가 길이 갈라지고, 다시 내려가다보면 또 몇 갈래로 갈라지기를 반복했다. 할아버지는 산속까지 그물망처럼 엮여 있는 길을 모두 합치면 400리는 될 것이라고 했다.

나는 산꼭대기 바로 밑, 길이 갈라지는 지점의 덤불 아래에 앉았다. 한쪽은 산꼭대기로 이어지는 길이었고, 또 다른 한쪽은 산의 반대편으로 내려가게 되어 있는 길이었다. 나는 그곳에서 기다리다가 청크 씨와 슬리크 씨가 도착하면, 할아버지가 오실 때까지 그곳에

about being a bastard too. Mr. Chunk was saying that Mr. Slick was the one who originally thought up the idea of putting mountain hicks to work for them. Mr. Slick said it was Mr. Chunk's idea to pick this damn Indian and that Mr. Chunk was a son of a bitch.

They was talking so loud, they passed right by me. I didn't have a chance to tell them we had all ought to wait, as Granpa had learnt me not to interrupt when people was talking. They went on down the trail on the other side of the mountain. I watched them until they disappeared amongst the trees, heading into a deep cleft between the mountains. I figured I had better wait on Granpa.

I didn't have to wait long. Blue Boy showed up first. I saw him sniffing my trail, and he come up, tail wagging. In a minute I heard a whippoorwill. It sounded exactly like a whippoorwill ... but as it was not dusk dark yet, I knew it was Granpa. I whippoorwilled back, might near as good.

I saw his shadow slipping through the trees in the late evening sun. He wasn't following the trail, and you could never hear him, if he didn't want to be heard. In a minute there he was. I was glad to see him.

I told Granpa that Mr. Slick and Mr. Chunk had gone on

앉아 기다리자고 말할 작정이었다.

두 사람이 산꼭대기 위로 모습을 드러내기까지는 꽤 오랜 시간이 걸렸다. 뚱뚱한 청크 씨는 슬리크 씨의 어깨에 팔을 두르고 심하게 절뚝거리면서 걸어왔다. 발을 다친 것 같았다.

청크 씨는 슬리크 씨를 사생아라고 부르고 있었다. 나는 그 말을 듣고 깜짝 놀랐다. 아까는 슬리크 씨가 자신도 사생아라는 말을 전혀 하지 않았는데…… 청크 씨는 애초에 산골 촌놈한테 일을 맡기겠다는 발상을 한 게 슬리크 씨가 아니냐고 따졌다. 슬리크 씨도 지지 않았다. "새삼스럽게 인디언 영감을 찾자고 한 건 너 아니었냐, 이 후레자식아!"

두 사람은 소리소리 지르면서 내 앞을 지나쳐 갔다. 나는 그들에게 여기서 기다려야 한다는 말을 할 기회를 잡을 수 없었다. 다른 사람이 말을 하고 있을 때 끼어들어선 안 된다는 할아버지의 가르침을 늘상 받아왔기 때문이다. 두 사람은 그대로 곧장 산 반대쪽으로 나 있는 길로 내려가기 시작했다. 나는 그들의 뒷모습이 나무들 사이로 사라지는 것을 보고 있었다. 그들이 가는 곳은 양쪽 산 사이에 낀 험한 골짜기로 들어서는 길이었다. 나는 그냥 이곳에서 할아버지를 기다리는 게 낫겠다고 판단했다.

그다지 오래 기다릴 필요도 없었다. 블루보이가 먼저 모습을 드러냈다. 나는 내 자취를 냄새 맡으면서 꼬리를 흔들고 올라오는 블루보이를 보았다. 문득 쏙독새 소리가 들렸다. 틀림없이 쏙독새 소리 같은데…… 하지만 그러기에는 아직 그렇게 어두워지지 않았다. 그

down the trail, and also everything I could remember they said while we was walking. Granpa grunted and didn't say anything, but his eyes narrowed down.

Granma had sent us vittles in a sack, and me and Granpa set down under a cedar and ate. Corn pone and catfish cooked in meal taste good in the air of a high mountain. We finished off all of it.

I showed Granpa the dollar, which I reckined if Mr. Chunk figured I had done my job I could keep. I told Granpa soon as we got some change we could split it. Granpa said I had done my job, as he was here to see Mr. Chunk. Granpa said I could keep the whole dollar.

I told Granpa about the green and red box at Mr. Jenkins' store. I said I figured, more than likely, it wasn't much over a dollar. Granpa said he figured that too. Far off, we heard a yell down in the cleft of the mountain. We had plumb forgot about Mr. Chunk and Mr. Slick.

It was getting dusk dark. Whippoorwills and chip-wills had started singing on the side of the mountain. Granpa stood up and cupped his hands around his mouth. "WHO-OOOOOOOEEEEEEEEEE!" Granpa hollered down the mountain. The sound bounced off another mountain as

래서 나는 그게 할아버지의 소리라는 것을 깨닫고 나도 쏙독새 소리로 응답했다. 거의 비슷하게 흉내를 냈지 싶다.

늦은 오후 햇살을 비스듬하게 받으며 나무 사이를 빠져나오는 할아버지의 그림자가 보였다. 할아버지는 길을 따라온 것이 아니었다. 발소리조차 나지 않았다. 할아버지는 원할 때면 언제든지 이렇게 미끄러지듯 걸을 수 있었다. 드디어 할아버지가 내 앞에 나타났다. 할아버지를 다시 만나니 무척 반가웠다.

나는 슬리크 씨와 청크 씨가 산 아래쪽으로 내려갔다는 것과, 또 여기까지 올라오는 동안에 그들이 떠들어대던 말들을 생각나는 대로 전부 이야기했다. 할아버지는 뭐라고 우물거리셨지만 입 밖에 내지는 않으셨다. 대신 할아버지는 눈썹을 있는 대로 찡그리셨다.

할머니가 자루에 음식을 담아서 보내주어 우리는 삼나무 밑에 앉아서 그것들을 먹었다. 높은 산 위에서 먹는 옥수수빵과 밀가루를 묻혀 요리한 메기는 정말 맛이 기가 막혔다. 우리는 그것들을 깨끗이 먹어치웠다.

나는 주머니에서 1달러짜리 은화를 꺼내서 할아버지에게 보여드렸다. 내가 일을 잘해냈다고 청크 씨가 판단하면 내 몫이 될 수 있는 돈이었다. 나는 할아버지에게 잔돈으로 바꾸면 둘이서 절반씩 나눌 수 있을 것이라고 말했다. 할아버지는 자신이 청크 씨를 만나러 여기에 왔으니 내 할 일을 다한 것이라고 하시며, 1달러는 통째로 내 것이라고 하셨다.

나는 젠킨스 씨 가게에서 보았던 빨갛고 파란 무늬의 그 상자에

plain as if Granpa had been over there; then it bounced into the cleft and on up the hollows, getting weaker and weaker. There wasn't any way of figuring where the sound had come from. The echoes had barely died away when we heard three gun shots from down in the cleft. The sound bounced around and traveled off.

"Pistols," Granpa said. "They're answering with pistol fire."

Granpa cut loose again. "WHOOOOOOEEEEEEEE!" I did too. Which both of us hollering made the echoes jump and bounce even more. The pistol went off again, three times.

Me and Granpa kept hollering. It was fun, listening to the echoes. Each time the pistol answered us, until it didn't answer the last time.

"They're out of bullets," Granpa said. It was dark now. Granpa stretched and yawned. "No need me and ye thrashing around down there tonight, Little Tree, trying to git 'em out. They'll be all right. We'll git 'em tomorrrow." Which suited me.

Me and Granpa pulled spring boughs under the cedar tree to sleep on. If you're going to sleep out in the moun-

대해서 이야기했다. 내가 그 사탕 상자가 1달러는 넘지 않을 것 같다고 하자, 할아버지도 그렇게 생각한다고 하셨다. 저 멀리 아래쪽에서 외침 소리가 들렸다. 골짜기 쪽에서 나는 소리였다. 청크 씨와 슬리크 씨 일을 깜빡 잊고 있었던 것이다.

사방에 어둠이 깔리고 있었다. 산자락에서 쏙독새와 산새들이 울기 시작했다. 할아버지가 일어서서 양손을 입에 대고 고함을 질렀다.

"야아아아…… 호오오오……"

할아버지는 아래쪽을 향해 길게 소리를 질렀다. 맞은편 산에 부딪친 그 소리는 마치 할아버지가 그쪽으로 건너가기라도 한 것처럼 또렷하게 되돌아왔다. 다시 아래쪽 골짜기로 가서 부딪친 그 소리는 계곡 아래로 굴러 내려가면서 점점 약해졌다. 메아리가 이렇게 번져가면 첫 소리가 어디서 왔는지 도저히 짐작할 수가 없다. 그런데 메아리가 거의 사라졌을 때 우리는 산 아래쪽 골짜기에서 울리는 세 발의 총성을 들을 수 있었다. 그 소리도 이곳저곳에서 메아리를 만들어내며 사라져갔다.

"총이야! 놈들이 총성으로 대답하고 있어."

할아버지가 다시 한 번 고함을 질렀다.

"야아아아…… 호오오오……"

나도 뒤따라 외쳤다. 우리 두 사람의 외침 소리로 메아리들은 서로 뒤엉켜 튀어오르며 춤을 추었다. 다시 세 발의 총소리가 들려왔다.

할아버지와 나는 계속 고함을 질렀다. 메아리에 귀를 기울이는 건 무척 재미있는 일이다. 총소리는 우리들이 소리칠 때마다 답을 보내

tains during spring and summer, you had better sleep on spring boughs. If you don't, red bugs will eat you up. Red bugs are so little, you can't hardly see them with the naked eye. They are all over leaves and bushes, by the millions. They will crawl on you and bury up in your skin, causing rashes of bumps to break out all over you. Some years they are worse than others. This was a bad red bug year. There are also wood ticks.

Me and Granpa and Blue Boy crawled up on the spring boughs. Blue Boy curled up by me and felt warm in the sharp air. The boughs were soft and springy. I commenced yawning.

Me and Granpa clasped our hands behind our heads and watched the moon come up. It was full and yellow, slipping over a far mountain. We could see might near a hundred miles, Granpa said, mountains humping and dipping in the moon spray, making shadows and deep purples in their hollows. Fog drifted along in threads, far below us ... moving through the hollows, snaking around the sides of the mountains. One little patch of fog would come around the end of a mountain like a silver boat and bump into another one and they would melt together and take off up a hollow. Granpa

왔다. 하지만 어느 순간, 총소리는 더 이상 들리지 않았다.

"총알이 떨어졌구나."

할아버지는 이렇게 말씀하셨다. 이제 주변은 완전히 어두워졌다. 할아버지는 기지개를 켜고 나서 하품을 했다.

"작은 나무야, 저 사람들을 도와주러 굳이 이 밤에 저 아래까지 달려 내려갈 필요는 없을 것 같구나. 그냥 놔둬도 괜찮을 거다. 내일 아침에 도와주러 가도록 하자꾸나."

나 역시 그러는 것이 좋겠다고 생각했다.

할아버지와 나는 삼나무 아래에 어린 가지들을 깔고 그 위에서 잠을 잤다. 봄이나 여름에 산에서 야영을 할 때는 어린 가지들 위에서 자는 것이 제일 좋다. 그렇지 않으면 빨간 진드기들에게 온통 빨아 먹히고 만다. 빨간 진드기는 워낙 작아서 맨눈으로는 볼 수가 없다. 몇백 만 마리나 되는 놈들이 풀잎마다 덤불마다 새까맣게 깔려 있는 것이다. 그것들은 사람에게 들러붙어서 살 속으로 파고들기 때문에 온몸에 좁쌀 같은 발진이 돋곤 한다. 빨간 진드기가 유달리 극성을 부리는 해가 있다. 올해가 바로 그런 해였다. 산속에는 나무진드기라는 또 다른 진드기 종류도 있었다.

할아버지와 나, 그리고 블루보이는 어린 가지로 만든 침대에 기어 올라갔다. 블루보이는 몸을 구부리고 내 옆에 누웠다. 차가운 밤기운 속에서 따뜻한 체온이 느껴졌다. 가지들은 부드럽게 쿨렁거렸다. 나는 졸음이 몰려와 하품을 하기 시작했다.

할아버지와 나는 머리 밑에 깍지를 끼고 똑바로 누워서 달이 뜨는

said the fog looked alive. Which it did.

A mockingbird set up song right near us in a high elm. Far back in the mountains, we heard two wildcats mating. They sounded like they were screaming mad, but Granpa said mating feels so good that cats can't help but scream about it.

I told Granpa I would might near like to sleep on a mountaintop every night. He said he would too. A screech owl screeched down below us, and then there was yells and screams. Granpa said it was Mr. Chunk and Mr. Slick. He said if they didn't settle down, they would disturb practical all the birds and animals on the mountainside. I went to sleep looking at the moon.

Me and Granpa woke at dawn. There is not anything like dawn from the top of the high mountain. Me and Granpa, and Blue Boy too, watched it. The sky was a light gray, and the birds getting up for the new day made fuss and twitters in the trees.

Away across a hundred miles, the mountaintops humped like islands in the fog that floated below us. Granpa pointed to the east and said, "Watch."

Above the rim of the farthest mountain, on the end of the

것을 바라보았다. 둥그렇고 노란 달이 저 먼 산 위로 미끄러지듯이 올라왔다. 오늘 밤에는 백 리 앞까지도 볼 수 있겠다고 할아버지가 말씀하셨다. 분무기로 뿌려놓은 듯한 달빛 속에서 산들은 부드러운 곡선을 그리며 솟아 있었고, 깊은 그림자가 드리워진 골짜기들은 진보라색으로 물들어 있었다. 저 멀리 우리 발밑에서는 안개가 띠를 이루며 떠다녔다…… 안개들은 골짜기들을 스쳐 지나가기도 하고, 산자락을 뱀처럼 휘감기도 했다. 조그만 안개띠 하나가 은빛 배처럼 산허리를 돌아나오더니 또 다른 안개띠와 부딪쳤다. 두 줄기 안개는 서로 함께 어우러지며 뒤섞이더니 이번에는 산골짜기 위로 휘휘 솟아오르기 시작했다. 할아버지는 안개가 살아 있는 것 같다고 말씀하셨다. 실제로 그랬다.

우리 바로 옆에 있는 느릅나무 꼭대기에 앵무새가 자리를 잡고 앉아 노래를 불렀다. 산 저 뒤쪽에서는 살쾡이들이 짝짓기하는 소리도 들렸다. 그놈들은 미친 것처럼 비명을 질렀다. 짝짓기를 하면 아주 기분이 좋기 때문에 살쾡이들도 저런 소리를 내지 않을 수 없다고 할아버지가 설명해주셨다.

나는 매일 밤 산꼭대기에서 잤으면 좋겠다고 할아버지에게 말씀드렸다. 할아버지 자신도 그렇다고 하셨다. 바로 아래쪽에서 올빼미가 새된 소리를 지르며 울었다. 그런데 짐승의 소리가 아닌 비명 소리와 고함 소리가 저 멀리 아래쪽에서 들려왔다. 할아버지는 청크 씨와 슬리크 씨의 소리라고 하셨다. 그들이 조용히 하지 않으면 산허리의 새들과 짐승들이 무척 괴로울 거라고 하시면서. 나는 달을

world, a pink streak whipped across, a paintbrush swept a million miles across the sky. Morning wind picked up and hit our faces and me and Granpa knew the colors and the morning birth had come alive. The paintbrush run up in streaks—red, yellow and blue. The mountain rim looked like it had caught fire; then the sun cleared the trees. It turned the fog into a pink ocean, heaving and moving down below.

The sun hit me and Granpa in the face. The world had got born all over again. Granpa said it had, and he taken off his hat and we watched it for a long time. Me and Granpa had a feeling, and I knew right off that we would come again to the mountaintop and watch the morning come.

The sun cleared the mountain and floated free in the sky, and Granpa sighed and stretched. "Well," he said, "ye and me have got work to do. Tell ye what," Granpa scratched his head, "tell ye what," he said again, "ye trot down to the cabin and tell Granma we'll be up here awhile. Tell her to fix ye and me something to eat and put it in a paper sack, and fix them two big-city fellers something to eat and put it in a tow sack. Can ye remember now—paper sack and

바라보다 잠이 들었다.

우리는 첫새벽에 눈을 떴다. 높은 산 위에서 바라본 새벽은 다른 무엇과도 비교할 수 없을 만큼 멋진 것이었다. 할아버지와 나, 블루 보이까지 포함하여 우리 모두가 그 모습을 지켜보았다. 하늘은 밝은 회색빛을 띠고 있었고, 숲에서는 새들이 일어나 새로운 하루를 맞이하기 위해 푸득거리고 짹짹거리며 수선을 떨었다.

우리 발밑에는 까마득히 먼 곳까지 뿌연 안개바다가 펼쳐져 있었다. 산봉우리들은 그 위로 머리를 들이밀고, 마치 자신들이 진짜 바다 위에 솟아오른 섬들인 것 같은 모습을 연출했다. 할아버지가 동쪽을 가리키셨다.

"봐라!"

세상의 끝, 아스라이 보이는 산등성이 위로 거대한 붓으로 칠해놓은 듯한 분홍빛 줄이 드넓은 하늘 전체를 가로지르며 깔려 있었다. 아침 바람이 불어와 우리 얼굴을 때렸다. 이제 그 분홍빛 띠는 빨강, 노랑, 파랑의 줄무늬로 변해갔다. 나와 할아버지는 그 색깔들이 무엇을 뜻하는지 알고 있었다. 아침이 탄생하고 있는 중이었다. 멀리 있는 산등성이가 불이 붙은 것처럼 눈부시게 빛나는가 싶더니, 드디어 해가 숲 위로 머리를 내밀었다. 해는 발밑에 자욱이 깔린 안개바다를 넘실거리는 분홍빛 바다로 바꾸었다.

햇빛이 할아버지와 내 얼굴을 때렸다. 온 세상이 불타는 것처럼 벌게졌다. 할아버지는 항상 그래왔다고 하시면서 모자를 벗으셨다. 우리는 그 광경을 한참 동안 바라보고 서 있었다. 할아버지와 나는 같

tow sack?" I said I could. I started off.

Granpa stopped me. "And Little Tree," he said, and commenced grinning about something, "before Granma fixes the two fellers something to eat, ye tell everything ye can recollect that the two fellers said to ye." I said I would, and I set off down the trail. Blue Boy went with me. I heard Granpa commence to call up Mr. Chunk and Mr. Slick. Granpa was yelling, "WHOOOOOOOOEEEEEEEEE!" I would have liked to stayed and hollered too, but I didn't mind running down the trail, especially early in the morning.

This was the time of morning when all the creatures were coming out for the day living. I saw two 'coons, high in a walnut tree. They peeped down at me and talked as I passed under them. Squirrels chattered and leapt across the trail. They set up and fussed at me as I walked by. Birds dipped and fluttered all along the trail, and a mockingbird followed me and Blue Boy a long way, dipping down at my head, teasing. Mockingbirds will do this if they know you like them. Which I do.

When I got to the cabin clearing, Granma was setting on the back porch. She knew I was coming, I figured, by watching the birds, though I suspicioned that Granma

은 생각을 나누고 있었다. 그리고 난 알았다. 우리는 언젠가 이 산꼭대기로 와서 아침이 태어나는 것을 다시 한 번 보게 될 것이라는 걸.

어느새 해는 발목을 잡아당기던 산에서 벗어나 하늘 가운데 동그마니 떠 있었다. 할아버지는 숨을 한 번 크게 내쉬고, 기지개를 켜듯이 온몸을 쭉 뻗고 나더니 이렇게 말씀하셨다.

"자, 우린 할 일이 있어. 네가 할 일은……"

할아버지는 머리를 긁적이시더니 다시 한 번 같은 말을 반복했다.

"네가 할 일은 뭐냐 하면, 먼저 집으로 가서 할머니에게 우리가 이곳에 좀 더 있게 될 것 같다고 전하는 거다. 그리고 너와 내가 먹을 걸 요리해서 종이 봉지에 담아달라고 하고, 저 도회지 사람들이 먹을 만한 건 따로 조리해서 마대에 담아달라고 해라. 종이 봉지와 마대, 잊어버리지 않겠지?"

나는 구분할 수 있다고 말하고 집을 향해 걸음을 떼놓기 시작했다.

그때 할아버지가 나를 다시 불러세우면서 뭔가 재미있는 생각이 떠오른 것처럼 실실 웃으셨다.

"그리고 작은 나무야, 할머니가 그 두 사람 먹을 걸 조리하기 전에 그 친구들이 네게 떠들었던 것들을 모조리 할머니에게 얘기해드려라."

나는 그러겠노라고 하고 길을 따라 뛰어 내려갔다. 블루보이가 따라왔다. 등 뒤에서 할아버지가 청크 씨와 슬리크 씨에게 외치는 소리가 들렸다.

"야아아아아아, 호오오오오……"

could smell anybody coming, for she was never surprised.

I told her Granpa wanted something to eat in a paper sack for me and him, and for Mr. Chunk and Mr. Slick, something to be put in a tow sack. Granma commenced to cook up the vittles.

She had fixed mine and Granpa's, and was frying fish for Mr. Chunk and Mr. Slick, when I recollected to tell her what they had said. While I was telling her, of a sudden she pulled the frying pan off the fire and got out a pot which she filled with water. She dropped Mr. Chunk and Mr. Slick's fish in the pot. I reckined she had decided to boil their fish instead of frying, but I had never seen her use the root powders, in cooking, that she put in their pot. Their fish got a good boiling.

I told Granma Mr. Chunk and Mr. Slick 'peared to be good-spirited fellers. I told her that I originally thought we was all laughing because I was a bastard, but it turned out, what they was more than likely laughing at was Mr. Slick's being one too, as I had heard Mr. Chunk remind him.

Granma put some more root powders in the pot. I told her about the dollar—that Granpa said I had done my job and could keep it. Granma said I could keep it too. She put

나도 할아버지와 함께 소리를 지르고 싶었다. 그렇지만 산길을 달려 내려가는 것도 싫진 않았다. 특히 이렇게 이른 아침 시간에는 말이다.

온갖 생물들이 하루 생활을 시작하기 위해 밖으로 나오는 아침 시간이었다. 호두나무의 높은 가지에 너구리 두 마리가 앉아 있었다. 그놈들은 나를 내려다보고 있다가, 내가 그 나무 밑을 지나자 뭐라고 말을 걸었다. 다람쥐들이 수다를 떨며 길을 가로질러 폴짝거리고 뛰어갔다. 그 옆을 지나치려니까 다람쥐들은 앞발을 모으고 일어서서 찌익찌익하고 내게 떠들어댔다. 산길을 걸어내려오는 동안 온갖 새들이 날개를 퍼덕이며 내 앞으로 날아다녔다. 앵무새 한 마리는 나와 블루보이 뒤를 한참 동안이나 따라오다가, 내 머리 위에 내려앉아서 장난을 걸었다. 앵무새들은 자기를 좋아하는 사람을 만나면 이렇게 한다. 나는 앵무새를 무척 좋아했다.

오두막집에 도착하자 뒤쪽 베란다에 할머니 모습이 보였다. 할머니는 새들 모습을 보고 내가 내려오는 걸 알고 계셨던 것 같았다. 사실 할머니는 사람이 갑자기 나타나도 한 번도 놀란 적이 없었다. 그래서 나는 할머니가 냄새를 맡아서 알아내는 게 아닐까란 생각을 하고 있었다.

나는 할머니에게 종이 봉지에는 할아버지와 내가 먹을 것을 담고, 청크 씨와 슬리크 씨가 먹을 음식은 마대에 따로 넣어달라고 부탁했다. 할머니는 곧장 부엌으로 들어가 요리를 하기 시작했다.

할아버지와 내가 먹을 걸 조리하고 난 할머니는 청크 씨와 슬리크 씨가 먹을 생선을 튀기기 시작했다. 그때 할아버지가 말했던 것이

the dollar in my fruit jar for me but I didn't tell her about the red and green box. There was not any Christians about, as I knew of, but I wasn't going to take any chances.

Granma boiled the fish until the steam got heavy. Her eyes was watering down over her face and she was blowing her nose. She said she reckined it was the steam. Granma put the fish for the big-city fellers in the tow sack and I set off up the high trail. Granma turned all the hounds out, and they went with me.

When I got to the top of the mountain, I didn't see Granpa. I whistled and he answered from halfway down the other side. I went down the trail. It was narrow and shaded over with trees. Granpa said he had practical called up Mr. Chunk and Mr. Slick out of the cleft. He said they was answering him pretty regular and ought to be coming in sight pretty soon.

Granpa taken their sack of fish and hung it down from a tree limb, right over the trail where they couldn't miss it. Me and Granpa moved back up the trail a ways, and set down under persimmon bushes to eat our dinner. The sun was might near straight up.

Granpa made the dogs lay down, and we et on our corn

떠올랐다. 나는 그들이 떠들어대던 말들을 기억나는 대로 할머니에게 이야기해드렸다. 한창 이야기를 하는데, 갑자기 할머니가 프라이팬을 불에서 내려놓더니 대신 물을 가득 부은 냄비를 올려놓으셨다. 할머니는 청크 씨와 슬리크 씨가 먹을 생선을 냄비 속에 집어넣었다. 튀기지 않고 생선찜으로 만들기로 마음을 바꾸신 것 같았다. 또 할머니는 나무뿌리 가루도 냄비 속에 집어넣었다. 나는 이제까지 한 번도 할머니가 요리할 때 그 가루를 넣는 걸 본 적이 없었다. 생선은 금방 부글부글 끓었다.

나는 할머니에게, 청크 씨와 슬리크 씨는 아주 쾌활한 사람들인 것 같다, 처음에는 내가 사생아라서 우리 모두가 웃었다고 생각했는데, 나중에 알고 보니 슬리크 씨도 사생아여서 그걸 두고 웃은 것 같다, 청크 씨가 슬리크 씨를 그렇게 부른 걸로 봐서 그건 확실하다고 말씀드렸다.

할머니가 나무뿌리 가루를 다시 한 번 집어 냄비 속에 넣었다. 나는 1달러에 대해서도 할머니에게 이야기했다. 내 할 일을 다했으니 그 돈을 가져도 된다고 한 할아버지의 말씀도 전해드렸더니, 할머니도 같은 의견이라고 하셨다. 할머니는 그 돈을 내 항아리에 집어넣으셨다. 하지만 나는 빨갛고 파란 상자에 대해서는 말하지 않았다. 근처에 기독교도가 없다는 건 나도 알고 있었지만, 그래도 주의해서 나쁠 건 없다고 생각했다.

할머니는 김이 자욱이 오를 때까지 생선을 끓였다. 할머니는 눈물을 줄줄 흘렸고 코까지 연방 풀어대셨다. 할머니는 김 탓인 것 같다

pone and fish. Granpa said it had taken him some time to get Mr. Chunk and Mr. Slick to understanding which direction they was to take toward his voice but they was finally coming. Then we saw them.

If I had not known them right well, I couldn't have recollected as having ever seen them before. Their shirts was tore up complete. They had big cuts and scratches over their arms and faces. Granpa said it looked like they had run through brier patches. Granpa said he couldn't figure how they got all the big red lumps on their faces. I didn't say anything—as it was none of my business—but I figured it was from laying in the poison ivy vines. Mr. Chunk had lost a shoe. They come up the trail slow and heads down.

When they saw the tow sack hanging over the trail, they taken it loose from the tree limb and set down. They ate all of Granma's fish, and argued pretty regular over which was getting the most of it. We could hear them plain.

After they finished eating, they stretched out on the trail in the shade. I figured Granpa would go down and get them up, but he didn't. We just set and watched. After a while, Granpa said it was better to let them rest awhile.

고 하시면서 도회지 사람들이 먹을 생선을 마대에 담아주셨다. 나는 다시 산길을 올라갔다. 할머니가 개들을 모두 풀었기 때문에 개들도 나와 함께 산으로 올라갔다.

산꼭대기에 도착해보니 할아버지의 모습이 보이지 않았다. 휘파람을 불자 산 반대편 중턱쯤에서 대답이 들려왔다. 나도 그쪽으로 내려갔다. 그 길은 좁고 나무가 빽빽이 우거져 있었다. 할아버지는 두 사람을 골짜기에서 불러 올렸다고 하시면서, 두 사람이 할아버지의 고함 소리에 상당히 규칙적으로 대답하는 걸로 봐서 얼마 안 있으면 모습을 나타낼 것이라고 하셨다.

할아버지는 내 손에서 생선이 든 자루를 받아 나뭇가지에 매달았다. 길 바로 위라서 그 사람들도 금방 찾을 수 있을 터였다. 길을 약간 도로 올라와 작은 감나무숲에 자리를 잡은 할아버지와 나는 점심을 먹기 위해 종이 봉지를 열었다. 해는 이제 거의 머리 꼭대기 바로 위에 솟아 있었다.

할아버지는 우리가 옥수수빵과 생선을 먹는 동안 개들을 엎드려 있게 했다. 할아버지는 소리를 듣고 찾아오려면 어느 쪽으로 방향을 잡아야 할지 청크 씨와 슬리크 씨를 이해시키는 데 꽤 애를 먹었지만, 이제 드디어 그 사람들이 제대로 찾아오고 있다고 하셨다. 그러자 두 사람의 모습이 시야에 들어왔다.

내가 그 사람들을 잘 알지 못했더라면 틀림없이 그들을 알아보지 못했을 것이다. 셔츠는 갈가리 찢어지고 팔과 얼굴은 찢기고 긁힌 상처투성이였다. 마치 가시덤불 사이를 뚫고 나온 사람들 같았다.

They didn't rest long.

Mr. Chunk jumped up. He was bent over and holding his stomach. He run into the bushes at the side of the trail and pulled his britches down. He squatted and commenced to yell, "Oh! Goddam! My insides is coming out!" Mr. Slick done the same thing. He yelled too. They groaned and hollered and rolled on the ground. In a little while, both of them crawled out of the bushes and laid down on the trail. They didn't lay down long, but jumped up and done it all over again. They taken on so loud that the dogs got excited and Granpa had to quieten them.

I told Granpa it 'peared to me that they was squatting in a poison ivy patch. Granpa said it looked like they was. Also, I told Granpa, they was wiping theirselves with poison ivy leaves. Granpa said more than likely they was. One time, Mr. Slick run from the trail back into the poison ivy patch but did not get his britches down in time. He commenced to have some trouble after that with flies buzzing over him. This went on for might near an hour. After that, they laid flat out in the trail, resting up. Granpa said more than likely it was something they had ate which didn't agree with them.

얼굴 전체가 온통 벌겋게 부어오른 건 왜 그런지 도무지 알 수가 없다고 할아버지가 속삭이셨다. 그들이 그렇게 된 건 틀림없이 어제 독담쟁이 위에 드러누운 것 때문일 것이다. 하지만 그건 내 탓이 아니었기 때문에 나는 아무 말도 하지 않았다. 청크 씨는 한쪽 발에 신발을 신고 있지 않았다. 두 사람은 어깨를 축 늘어뜨린 채 휘청거리며 걸어 올라왔다.

길 위에 마대가 매달려 있는 것을 본 그들은 그것을 끌렀다. 그들은 길바닥에 주저앉아서 할머니가 보낸 생선을 허겁지겁 먹어치우기 시작했다. 그 와중에도 서로 상대방이 더 많이 먹었다고 하면서 다투길 그치지 않았다. 우리가 앉은 자리에서 그들 소리가 또렷이 들렸다.

식사를 마치고 나자 두 사람은 그늘진 길바닥에 드러누워버렸다. 나는 할아버지가 그곳으로 내려가 그들을 일으켜 세울 걸로 생각했는데 왠지 그렇게 하시지 않았다. 우리는 그대로 앉아서 그들의 모습을 지켜보고 있었다. 할아버지는 그들이 쉬었다 가게 잠시 놔두는 것이 좋겠다고 말씀하셨다. 그러나 그들의 휴식은 얼마 가지 않아 끝이 났다.

청크 씨가 벌떡 일어났다. 몸을 구부린 채 배를 움켜잡고 있었다. 그는 길옆 풀숲으로 뛰어들더니 바지를 끌어내렸다. 쭈그리고 앉은 그의 입에서는 비명 소리가 흘러나왔다.

"아이구 젠장! 뱃속이 다 뒤집히는 것 같구나."

슬리크 씨도 휴식을 끝내고 풀숲으로 달려가 신음 소리를 내기 시

Granpa stepped out in the trail and whistled down to them. Both of them got on their hands and knees and looked up toward me and Granpa. Leastwise, I think they looked at us, but their eyes were swelled might near shut. Both of them yelled.

"Wait a minute," Mr. Chunk hollered. Mr. Slick kind of screamed, "Hold on, man—for God's sake!" They got to their feet and scrambled up the trail. Me and Granpa went on up the trail to the top of the mountain. When we looked back, they was limping behind us.

Granpa said we might as well go back down the trail to the cabin, as they could now find their way out, and would be along d'rectly. So we did.

It was late sun by the time me and Granpa got to the cabin. We set on the back porch with Granma and waited for Mr. Chunk and Mr. Slick to come along. It was two hours later and dusk dark when they made it to the clearing. Mr. Chunk had lost his other shoe and 'peared to tip-toe along.

They made a wide circle around the cabin, which surprised me, as I figured they wanted to see Granpa, but they had changed their minds. I asked Granpa about keeping

작했다. 그렇게 두 사람은 신음하고, 소리를 지르고, 땅 위를 굴러 다녔다. 얼마 뒤 덤불에서 기어나온 두 사람은 다시 길바닥에 드러 눕고 말았다. 하지만 그다지 오래지 않아 그들은 다시 벌떡 일어났고 풀숲으로 뛰어들어가는 일을 반복해야 했다. 그들이 어찌나 시끄 럽게 난리를 쳐댔던지 개들이 그르렁거리며 흥분하기 시작했다. 할 아버지가 개들을 달랬다.

내가 할아버지에게 그 사람들이 돌담쟁이 위에 쭈그리고 앉아 있 는 것 같다고 하자, 할아버지도 그런 것 같다고 하셨다. 그래서 내가 또 돌담쟁이 이파리로 밑을 닦는 것 같다고 말했더니, 할아버지도 정말 그런 것 같다고 하셨다. 한번은 풀숲으로 뛰어들어간 슬리크 씨가 바지를 제때 내리지 못했다. 그 다음부터 그는 붕붕거리며 날 아드는 파리 때문에 한참 동안 시달려야 했다. 이런 일이 한 시간쯤 계속되자, 그들은 길바닥으로 와서 완전히 뻗고 말았다. 할아버지 는 그들이 먹은 게 그들 체질에 맞지 않았던 모양이라고 하셨다.

할아버지가 길로 내려서시더니 그들이 있는 아래쪽을 향해 휘파 람을 불었다. 손과 무릎만으로 간신히 몸을 일으킨 그들이 할아버지 와 내가 있는 쪽을 올려다보았다. 아니, 더 정확하게 말하면 우리를 보는 것 같았다고 해야 할 것이다. 눈꺼풀이 퉁퉁 부어 있어서 눈이 보이지 않았던 것이다. 두 사람이 동시에 소리쳤다.

"잠깐 기다려요."

청크 씨가 비명을 질렀다. 슬리크 씨도 새된 소리를 냈다.

"제, 제발 거기 있어요."

my dollar. He said I could, as I had done my part of the job. It was not my fault if they changed their minds. Which is reasonable.

I followed them around the cabin. They crossed the foot log and I hollered and waved to them, "Good-bye, Mr. Chunk. Good-bye, Mr. Slick. I thankee for the dollar, Mr. Chunk."

Mr. Chunk turned and 'peared to shake his fist at me. He fell off the foot log into the spring branch. He grabbed at Mr. Slick and nearly pulled him off, but Mr. Slick kept his balance and made it across. Mr. Slick reminded Mr. Chunk that he was a son of a bitch, and Mr. Chunk, as he crawled out of the spring branch, said that when he got back to Chattanooga—if he ever did—he was going to kill Mr. Slick. Though I don't know why they had fell out with one another.

They passed out of sight down the hollow trail. Granma wanted to send the dogs after them, but Granpa said no. He said he figured they was total wore out.

Granpa said he reckined it all come about from a misunderstanding on Mr. Chunk and Mr. Slick's part, regarding me and Granpa working for them in the whiskey trade. I

겨우겨우 몸을 지탱하고 일어선 두 사람은 휘청거리며 올라오기 시작했다. 할아버지와 나는 다시 산꼭대기까지 올라갔다. 뒤를 돌아보니, 그들은 절뚝거리며 우리 뒤를 따라오고 있었다.

할아버지는 이제 우리는 집으로 내려가도 괜찮겠다고 하셨다. 이제 그 사람들도 길을 알 테니 제대로 내려올 거라고 하시면서. 우리는 그렇게 했다.

할아버지와 내가 오두막집에 도착했을 때는 늦은 오후가 다 된 시간이었다. 우리 세 사람은 뒷문 베란다에 앉아서 청크 씨와 슬리크 씨가 내려오기를 기다렸다. 두 사람이 빈 터에 모습을 드러낸 것은 그러고도 두 시간이 더 지나서 주위가 어둑어둑해질 무렵이었다. 청크 씨는 나머지 한쪽 신발까지 잃어버렸는지 발끝으로 걸었다.

그런데 그들은 곧장 집으로 오지 않고 집을 피해서 빙 돌아 내려갔다. 나는 깜짝 놀랐다. 할아버지를 만나고 싶어하는 걸로 생각했기 때문이다. 그런데 그들은 마음을 바꾼 모양이었다. 할아버지에게 1달러를 가져도 괜찮을지 물어보았더니, 내 할 일을 다했으니 괜찮다, 그 사람들이 마음을 바꾼 건 내 탓이 아니라고 하셨다. 맞는 말씀이었다.

나는 오두막집을 돌아나와 그들 뒤를 따라갔다. 그 사람들은 통나무 다리를 건너고 있었다. 나는 두 사람을 향해서 손을 흔들며 소리쳤다.

"잘 가세요, 청크 씨. 잘 가세요, 슬리크 씨. 청크 씨, 1달러 고마워요."

청크 씨가 뒤를 돌아보더니 내게 주먹을 흔들었다. 그 순간 그는

figured more than likely it was too.

It had all taken up the best part of two days of mine and Granpa's time. I had, however, come out a dollar ahead. I cautioned Granpa that I was still willing and stood ready to split the dollar with him as we was partners, but he said no, I had earned the dollar without any connection in the whiskey trade. Granpa said all things considered it was not bad pay for the work. Which it wasn't.

통나무다리에서 미끄러져 개울 아래로 굴러 떨어졌다. 발이 미끄러지면서 청크 씨가 슬리크 씨를 붙잡는 바람에 슬리크 씨까지 떨어질 뻔했지만, 다행히 슬리크 씨는 균형을 유지하면서 잽싸게 통나무다리를 건넜다. 슬리크 씨가 청크 씨에게 "이 후레자식아!"라고 욕을 했다. 간신히 개울가로 기어오른 청크 씨도 채터누가로 가면, 정말 그렇게만 된다면 반드시 슬리크 씨를 죽이고 말겠다고 맞받았다. 나는 두 사람 사이가 어째서 그렇게 나빠졌는지 알 수가 없었다.

드디어 산골짜기 아래로 내려간 그들은 자취를 감추었다. 할머니가 개들을 보내 그 사람들 뒤를 쫓는 것이 좋겠다고 하셨지만, 할아버지는 그 사람들이 완전히 지쳐 있기 때문에 별문제 없을 거라며 괜찮다고 말리셨다.

할아버지는 그 두 사람이 그 지경이 된 건 할아버지와 내가 자신들의 위스키 장사를 도와주리라고 잘못 생각했기 때문이라고 하셨다. 나도 같은 생각이었다.

그 사람들 덕분에 할아버지와 나는 만 이틀이나 되는 소중한 시간을 빼앗겨버렸다. 그렇지만 나한테는 1달러가 남았다. 나는 다시 한번 동업자로서 그 1달러를 기꺼이 나눌 용의가 있다고 할아버지에게 조심스럽게 제안했지만 할아버지는 거절하셨다. 그 1달러는 위스키 장사와는 별개로 번 것이라는 게 그 이유였다. 할아버지는 모든 걸 고려해봤을 때 일에 비해서 그다지 나쁜 돈벌이는 아니라고 하셨다. 사실 그랬다.

Willow John

*P*lanting is a busy time. Granpa decided when we would begin. He would run his finger into the ground and feel for the warmth; then shake his head, which meant we wasn't going to start planting.

So we would have to go fishing or berry picking or general woods rambling, if it wasn't the week to work at the whiskey trade.

Once you start planting, you have to be careful. There are times when you can't plant. You must begin by remembering that anything growing below ground, such as turnips or 'taters, these have to be planted in the dark by the moon, otherwise your turnips and 'taters won't be any bigger than a pencil.

Anything that grows above ground, such as corn, beans, peas and such, must be planted in the light of the moon. If it isn't, you'll not make much of a crop of it.

When you have figured this out, there are other things.

윌로 존

씨 뿌리는 때가 다가오면 우리는 바빠진다. 그때를 정하는 사람은 할아버지였다. 할아버지는 흙 속에 손가락을 찔러넣어보고는 온도를 재었다. 할아버지가 머리를 흔들면, 아직 씨 뿌릴 때가 되지 않았다는 뜻이다.

씨 뿌리기에는 이르고 위스키를 만드는 주간도 아닐 때, 우리는 고기를 잡거나 열매를 따거나, 혹은 흔히 그렇듯이 숲 속을 돌아다니며 시간을 보냈다.

씨 뿌리기를 할 때는 주의해야 할 것들이 있다. 씨를 뿌릴 수 없는 때가 있기 때문이다. 땅 밑에서 자라는 순무나 감자 같은 것들은 달 없는 밤에 심어야 한다. 그렇지 않으면 순무와 감자는 연필 크기만큼밖에 굵어지지 않는다.

반대로 땅 위에서 자라는 옥수수나 콩, 완두콩 같은 것들은 달빛 아래에서 심어야 한다. 그렇게 하지 않으면 그다지 많은 수확을 기대할 수 없다.

이 정도는 기본이고, 그 외에 다른 주의 사항들도 많다. 대개의 사람들은 달력에 실린 별자리를 보고 씨 뿌릴 시기를 결정한다. 예를 들어 덩굴콩을 심으려면 쌍둥이자리일 때가 가장 좋다. 그렇지 않으

Most people go by the signs in the almanac. For example, you plant running beans when the sign is in the arms to make the best beans. If you don't, you will have a lot of blooms but no beans.

There is a sign for everything. Granpa, however, didn't need an almanac. He went by the stars d'rect.

We would set on the porch in the spring night, and Granpa would study the stars. He would have them set, how they formed on the ridge of the mountain. He would say, "Stars're right for running beans. We'll plant some tomorrow if the east wind ain't blowing." Even with the stars right, Granpa would not plant running beans if the east wind was blowing. He said the beans would not produce.

Then, of course, it could be too wet—or too dry—to plant. If the birds quietened, you didn't plant either. Planting is a pretty tedious proposition.

When we got up in the morning, we might be all set to do some planting, going by the stars the night before. But right off, we would see that the wind was not right or the birds, or it could be too wet or too dry. So we would have to go fishing.

Granma said she suspicioned some of the signs had to do

면 꽃은 만발해도 열매는 맺지 못한다.

이처럼 작물마다 파종하기에 적당한 때가 있다. 하지만 할아버지에겐 달력이 필요 없었다. 별의 위치를 보고 직접 판단할 수 있었기 때문이다.

봄날 밤이면 할아버지는 베란다에 앉아서 별을 관찰했다. 할아버지는 산등성이 위에 떠 있는 별자리의 모양과 위치를 살펴보고,

"별자리를 보니 덩굴콩을 심는 것이 좋겠구나. 내일 동풍이 불지 않으면 어디 좀 심어볼까?"

라고 하셨다. 할아버지는 별자리가 적당해도 동풍이 부는 날에는 덩굴콩 파종을 하지 않았다. 콩알이 열리지 않는다고 하시면서.

물론 너무 습하거나 건조해도 씨를 뿌릴 수 없다. 새가 울지 않고 조용한 날도 파종하지 않는 것이 좋다. 이처럼 씨를 뿌리려면 여러 가지 많은 것들을 고려해야 한다.

아침에 일어나서 아무 문제가 없으면 우리는 지난밤에 별을 보고 정해둔 대로 파종을 시작한다. 그렇지만 바람이 적당하지 않거나, 새들이 조용하거나, 또 너무 습하거나 건조하면 우리는 밭농사를 제쳐두고 물고기를 잡으러 갔다.

할머니는 씨 뿌리기에 좋은 날인지 아닌지에 대한 할아버지의 판단이 물고기를 잡으러 가고 싶은 기분에 좌우되는 게 아닌지 의심스러워하셨다. 이에 대해 할아버지는, 여자들은 복잡한 것을 이해하지 못한다, 여자는 뭐든지 단순하고 쉽게 생각하지만 세상은 그렇게 움직이지 않는다, 여자들은 태어날 때부터 의심 많은 성격이기 때문

with Granpa's fishing feelings. But Granpa said women couldn't understand complications. He said women thought everything was simple and plain out. Which it wasn't. He said women couldn't help it, because they was born suspicious in the first place. Granpa said he had seen day-old females that looked suspicious at a sucking tit.

When the day was just right, we planted corn mostly. That was our main crop for we depended on it for eating and feeding ol' Sam, and it was our money crop in the whiskey trade.

Granpa laid off the rows with the plow and ol' Sam. I didn't lay off any rows. Granpa said I was mostly a turning plow man. Me and Granma dropped the seeds in the rows and covered them up. On the sides of the mountain Granma planted the corn with a Cherokee planting stick. You just jab it in the ground and drop in the seed.

We planted lots of other things: beans, okra, 'taters, turnips and peas. We planted the peas around the fringe of the patch, near the woods. This attracted deer in the fall. Deer are crazy about peas and will come twenty miles through the mountains to a pea patch. We always got an easy deer for winter meat. We also planted watermelons.

에 그럴 수밖에 없다, 돌도 안 된 여자아이가 입에 무는 장난감을 의심스런 눈초리로 바라보는 것을 본 적도 있다고 반박하셨다.

온갖 요소들이 다 잘 들어맞을 때는 우리는 주로 옥수수를 심었다. 옥수수는 우리의 일용할 양식인 동시에 노새인 샘의 먹이였으며, 위스키 원료로 사용되어 우리가 현금을 만질 수 있게 해주는 환금(換金) 작물이었다.

할아버지는 샘에게 쟁기를 끌게 하여 고랑을 일궜다. 나는 고랑을 일구기에는 아직 무리였다. 하지만 할아버지는 쟁기 부리는 일이 점점 능숙해지고 있다고 칭찬해주셨다. 고랑에 씨를 뿌리고 흙을 덮는 건 할머니와 내가 했다. 할머니는 비탈이 가파른 산허리 쪽에는 체로키의 씨 심기용 막대기를 써서 옥수수를 심었다. 이것은 막대기로 흙을 찔러 구멍을 내고, 그 속에 씨앗을 떨어뜨리는 것으로 간단히 일이 끝났다.

그 외에도 우리는 콩, 오크라, 감자, 순무, 완두콩 따위들을 심었다. 완두콩은 산 쪽의 밭둑을 따라서 빙 둘러가며 심었다. 완두콩은 사슴이 좋아했다. 가을이 되어 완두콩이 익으면 80리나 멀리 떨어진 곳에서도 냄새를 맡고 찾아올 정도로 사슴들은 완두콩이라면 사족을 못 썼다. 우리는 그중 만만한 한 마리를 잡아서 겨울용 고기로 말려두었다가 먹곤 했다. 우리는 수박도 심었다.

할아버지와 나는 볕이 잘 들지 않는 밭고랑 끝을 골라서 수박씨를 듬뿍 심었다. 할머니는 수박밭치고는 너무 넓다고 불평하셨지만, 할아버지는 다 먹지 못하면 언제라도 사거리 가게로 가지고 가서 팔

Me and Granpa picked out a shady end of the patch and planted watermelons pretty heavy. Granma said it was a mighty big watermelon patch. But Granpa said what we couldn't eat, we could always tote to the crossroads store and more than likely make a lot of money selling them.

The way it turned out, by the time the watermelons got ripe me and Granpa found out the watermelon market had collapsed. The best you could get for the biggest watermelon you had was a nickel, if you could sell it. Which wasn't likely.

Me and Granpa figgered it out on the kitchen table one evening. Granpa said that a gallon of whiskey weighed about eight or nine pounds, for which we got two dollars; and he didn't hardly see no way in the world that we could tote a twelve-pound watermelon to the crossroads store for a nickel—not unless the whiskey trade fell through, which was not likely. I told Granpa it looked to me like we would have to eat all the watermelons.

Watermelons are might near the slowest growing things ever planted. Beans get ripe—okra—peas—just about everything, and the watermelons just lay there, continually green and growing. I checked on the watermelons fairly heavy.

면 큰돈이 될 거라고 하셨다.

그런데 수박이 익기 시작할 즈음 할아버지는 수박 값이 폭락했다는 것을 알았다. 가장 큰 수박 덩어리라고 해봐야 겨우 5센트밖에 받지 못했다. 그것도 팔 수 있을 때 그렇다는 이야기고, 사실은 팔 가능성도 거의 없었다.

어느 날 밤, 할아버지와 나는 부엌 식탁에 앉아 계산을 뽑아보았다. 할아버지 계산에 따르면, 무게가 4킬로그램 정도 되는 위스키 1갤런을 팔면 2달러를 받을 수 있는데, 한 덩이에 6킬로그램이나 되는 수박을 낑낑대고 메고 가도 겨우 5센트밖에 못 받는 걸로 나왔다. 할아버지는 위스키 장사를 할 수 없게 되었다면 또 모르지만 그렇게까지 손해볼 수는 없다고 하셨다. 나는 아무래도 우리가 몽땅 먹어치우는 게 제일 좋겠다는 의견을 내놓았다.

수박은 다른 작물에 비해서 익는 데 시간이 많이 걸린다. 콩과 오크라와 완두콩이 차례로 익어가고 수확할 때가 되어도, 수박만은 그냥 밭에 죽치고 앉아 여전히 시퍼런 채로 크기만 자꾸 커져간다. 나는 뻔질나게 수박밭을 드나들며 수박이 익었는지 살펴보곤 했다.

수박은 틀림없이 익은 것처럼 보여도 그렇지 않을 때가 많다. 익은 수박을 알아맞히는 일도 씨 뿌리기에 맞먹을 만큼 복잡한 일이었다.

저녁 식탁에서 내가 할아버지에게 익은 수박처럼 보이는 걸 찾아냈노라고 이야기한 것만도 벌써 여러 번이었다. 나는 매일 아침 저녁으로 수박밭을 둘러보았다. 또 지나갈 기회가 있을 때는 낮에도 자주 들르곤 했다. 내가 그렇게 이야기하면 할아버지는 그때마다 밭

When you are certain that the watermelons are ripe, they're not. Finding and testing out a ripe watermelon is might near as complicated as planting.

Several times at the supper table I told Granpa that I suspicioned I had found a ripe watermelon. I checked the patch every morning and evening, sometimes at dinnertime too, if I was passing by. Each time, we would go up to the patch and Granpa would check it out. It wouldn't be ready. One evening at the supper table, I told Granpa that I was might near certain that I had found the watermelon we was looking for, and he said we would check it out the next morning.

I was up early, waiting. We got to the patch before sunup and I showed Granpa the watermelon. It was dark green and big. Me and Granpa squatted down by the watermelon and studied it. I had already studied it pretty heavy the evening before, but I went over it again with Granpa. After we studied it awhile, Granpa decided it looked near enough ripe to give it the thump test.

You have to know what you are doing to thump test a watermelon and make any sense out of it. If you thump it and it sounds like a—think—it is total green; if it sounds—thank—it is green but is coming on; if it goes—thunk—then you

으로 함께 올라가서서 수박을 살펴보시곤 했다. 하지만 그때마다 할아버지의 대답은 아직 아니라는 것이었다. 어느 날 밤, 그때도 저녁 식사를 하면서 나는 할아버지에게 이번에는 우리가 찾던 수박인 게 거의 확실하다고 했고, 할아버지는 언제나처럼 그럼 내일 아침에 살펴보자고 하셨다.

나는 아침 일찍 일어나서 할아버지를 기다렸다. 우리는 해가 뜨기 전에 밭에 다다랐다. 어젯밤에 이야기한 수박을 내가 손가락으로 가리켰다. 짙은 녹색의 큰 놈이었다. 우리 둘은 그 수박 옆에 쪼그리고 앉아서 이리저리 살펴보았다. 나는 어제 저녁에도 몇 번이나 살펴보았지만 할아버지와 같이 또 한번 확인해보았다. 잠시 살펴보던 할아버지는 거의 다 익은 것 같으니 한번 두드려보는 게 좋겠다고 하셨다.

수박을 두드려볼 때는 이 점을 알아둬야 한다. '팅' 소리가 나는 수박은 아직 하나도 익지 않은 것이고, '탱' 하는 소리가 나면 지금 바야흐로 익고 있는 중이며, '텅' 소리가 나는 수박이라야 완전히 익은 것이다. 하지만 할아버지 말씀에 따르면, 이 세상 모든 진리가 그러하듯이, 이렇게까지 해도 수박을 잘랐을 때 원하던 결과를 얻을 가능성은 항상 반 정도밖에 되지 않는다.

할아버지는 문제의 수박을 두드려보았다. 꽤 세게 두드렸다. 할아버지는 아무 말도 하지 않으셨다. 하지만 내가 얼굴을 가까이 대고 표정을 살펴보아도 머리를 옆으로 흔들지도 않으셨다. 이것은 좋은 징조였다. 수박이 완전히 익은 것은 아니지만, 그렇다고 포기하기에는 아직 이르다는 뜻이었다. 할아버지가 다시 한 번 수박을 두

have got you a ripe watermelon. You have got two chances to one against you, as Granpa said is true in everything.

Granpa thumped the watermelon. He thumped it hard. He didn't say anything, but I was watching his face close and he didn't shake his head, which was a good sign. It didn't mean the watermelon was ripe, but no head shake meant he hadn't give up on it. He thumped it again.

I told Granpa it sounded might near like a thunk to me. He set back on his heels and studied it a little more. I did too.

The sun had come up. A butterfly lit on the watermelon and set there, flexing his wings open and closed. I asked Granpa if it wasn't a good sign, since it seems to me I had heard that a butterfly lighting on a watermelon near about made it certain the watermelon was ripe. Granpa said he had never heard of that sign, but it could be true.

He said as near as he could tell, it was a borderline case. He said the sound was somewheres between a thank and a thunk. I said it sounded like that to me too, but it 'peared to lean pretty heavy toward the thunk. Granpa said there was another way we could check it out. He went and got a broom sedge straw.

If you lay a broom sedge straw crosswise on a watermel-

드렸다.

내가 '텅'에 가깝게 들리는 것 같다고 하자, 할아버지는 몸을 약간 뒤로 젖히고 앉아 다시 한 번 수박을 관찰했다. 나도 할아버지가 하는 대로 따라 했다.

아침 해가 떠올랐다. 나비 한 마리가 날아와 수박 위에 앉았다. 나비는 날개를 폈다 접었다 하면서 한동안 그곳에 앉아 있었다. 나는 할아버지에게 그게 좋은 징조인지 어떤지 물어보았다. 나비가 앉은 수박은 익은 것이라는 이야기를 들은 적이 있는 것 같았기 때문이다. 할아버지는 그런 이야기는 한 번도 들어보지 못했지만, 그럴지도 모르겠다고 하셨다.

할아버지는 최대한 정확하게 표현하면 '탱'과 '텅'의 중간 소리가 난다고 하셨다. 말하자면 익을락 말락 한 상태라는 것이다. 나한테도 그렇게 들리긴 했지만, 그래도 나로서는 '텅' 쪽에 좀 더 가까운 것 같았다. 할아버지는 알아낼 수 있는 또 다른 방법이 있다면서 어디선가 쇠풀 지푸라기 한 가닥을 찾아오셨다.

그 지푸라기를 수박 위에 가로로 놓았을 때 지푸라기가 꼼짝 않고 그대로 있으면 그것은 아직 익지 않은 것이고, 반대로 지푸라기가 수박 위에서 세로로 회전하면 익은 것이다. 할아버지가 지푸라기를 수박 위에 올려놓았다. 잠시 가만히 있던 지푸라기가 조금 돌고 나더니 멈췄다. 우리는 웅크리고 앉아 눈도 깜박이지 않고 그 모습을 바라보았다. 지푸라기는 더 이상 움직이려 하지 않았다. 내가 할아버지에게, 틀림없이 지푸라기가 너무 길어서 그런 것이다, 익었어

on and it just lays there, the watermelon is green. But if the broom sedge straw turns from crosswise to lengthwise, then you have got a ripe watermelon. Granpa laid the broom sedge straw on the watermelon. The straw laid there a minute, then it turned a ways and stopped. We set watching it. It wouldn't turn anymore. I told Granpa I believed the straw was too long, which made the ripe inside the watermelon have too much work turning it. Granpa taken the straw off and shortened it. We tried it again. This time it turned more and might near made it lengthwise.

Granpa was ready to give up on it, but I wasn't. I got down so I could watch the straw pretty close, and I told Granpa it 'peared to be moving, slow but steady, toward being lengthwise. Granpa said that could be because I was breathing on it, which didn't count, but he decided not to give up on it. He said if we let it lay until the sun was straight overhead, about dinnertime, then we could pick it from the vine.

I kept a close check on the sun. Seemed like it rolled around and just set on the mountain rim, determined to make a long morning of it. Granpa said the sun acted that way sometimes, like when we was plowing and figuring to

도 지푸라기가 길면 돌리기 힘들 거라고 말씀드렸더니, 할아버지는 지푸라기를 잘라서 길이를 짧게 만들었다. 우리는 다시 한 번 시도했다. 이번에는 지푸라기가 좀 더 많이 돌아서 수박의 세로 쪽으로 거의 가까이 다가갔다.

할아버지는 이제 포기하시려는 듯했다. 하지만 나는 포기하지 않고 얼굴을 지푸라기 가까이에 갖다댔다. 잠시 후 느리지만 조금씩 돌아가고 있다고 하자, 할아버지는 아마 내 숨결이 닿기 때문에 그럴 거라고 하셨다. 할아버지는 그런 건 중요하지 않다고 하시면서도 포기하지 않기로 생각을 바꾸셨다. 할아버지는 해가 머리 위로 올라오는 점심때까지 기다렸다가 수박을 따면 괜찮겠다고 하셨다.

나는 열심히 해를 지켜보았다. 그런데 해는 아침 시간을 늘리기로 작정이라도 한 것처럼 위로 올라가지 않고 도로 옆걸음질하더니 산등성이에 눌러앉아버렸다. 할아버지는 해가 그런 식으로 움직이는 일이 가끔 있다, 특히 오후 늦게 밭일을 끝내고 한시바삐 냇가에서 몸을 씻고 싶다는 생각을 열심히 하고 있을 때는 더 그렇다고 하셨다.

또 할아버지는 우리가 무슨 일엔가에 몰두해서 해가 아무리 더디게 움직여도 눈길 한 번 주지 않으면, 해도 게으름 피우는 것을 포기하고 자기 일을 계속해나갈 것이라고 하셨다. 그래서 우리는 그렇게 하기로 했다.

우리는 부지런히 오크라를 따기 시작했다. 오크라는 빨리 자라기 때문에 자주 따줘야 했다. 열심히 따면 딸수록 열매를 더 많이 맺기 때문이다.

go washing in the creek, late of evening.

Granpa said if we got busy doing something, and made out that we didn't give a lick-damn about how slow the sun moved, that he would give up and git on with his business. Which we did.

We busied ourselves cutting okra. Okra grows fast and you have to keep it cut. The more okra you cut off a stalk, the more you will have grow back.

I moved along the row ahead of Granpa and cut all the okra that growed low on the stalk. Granpa followed me and cut the high okra. Granpa said he suspicioned that me and him was the only ones who had ever figured how to cut okra without bending over or pulling down the stalks. All morning we cut okra.

We reached the end of a row and there was Granma. She grinned. "Dinnertime," she said. Me and Granpa broke into a run for the watermelon patch. I got there first, and so got to pull the watermelon from the vine. But I couldn't lift it. Granpa carried it to the spring branch and let me roll it in— splosh; it was so heavy it sunk down beneath the cold water.

It was late sun before we got it out. Granpa laid down on the bank and reached deep into the water and brought it up.

나는 할아버지 앞에 서서 밭고랑을 따라가면서 줄기 아래쪽에 달린 오크라들을 몽땅 따냈고, 할아버지는 내 뒤를 따라오면서 높은 곳에 달린 것들을 따셨다. 할아버지는 줄기를 끌어내리거나 몸을 구부리지 않고 오크라를 몽땅 따낼 수 있는 방법을 생각해낸 사람은 아마 우리뿐일 거라고 하셨다. 어쨌든 우리는 오전 내내 오크라만 열심히 땄다.

어느 밭고랑 끝에 이르니 할머니가 웃으며 서 계셨다.

"점심시간이란다."

할아버지와 나는 수박밭을 향해서 돌진했다. 먼저 도착한 내가 그 수박을 덩굴 사이에서 끌어냈다. 하지만 내 힘으로는 도저히 들 수가 없었다. 그래서 수박을 시냇가까지 옮겨온 것은 할아버지였고, 수박을 시냇물 속으로 밀어넣은 것은 나였다. 풍덩! 수박은 어찌나 무거웠던지 차가운 물 밑으로 가라앉았다.

우리가 수박을 물에서 끌어올린 것은 늦은 오후였다. 할아버지는 시냇가에 배를 깔고 엎드려 물속 깊이 양손을 집어넣어 수박을 꺼내셨다. 할아버지는 수박을 안고 큰 느릅나무 그늘로 가져가셨다. 할머니와 나도 그 뒤를 따라갔다. 우리는 수박을 가운데 놓고 둘러앉아서 짙은 녹색 껍데기에 맺힌 차가운 물방울들을 바라보았다. 뭔가 의식을 치르는 것 같았다.

할아버지는 긴 칼을 치켜든 채 할머니 얼굴과 내 얼굴을 차례로 쳐다보셨다. 할아버지는 두 눈을 동그랗게 뜨고 입을 딱 벌리고 있는 내 모습에 소리 내어 웃으셨다. 한 번 칼을 밀어넣자, 수박은 칼날

He carried it, me and Granma following, to the shade of a great elm. There we sat around it in a circle, watching the cold water bead on the dark green skin. It was a ceremony.

Granpa pulled out his long knife and held it up. He looked at Granma and then at me, and laughed at my open mouth and big eyes watching; then he cut—the watermelon splitting ahead of the knife, which means it is good. It was. When it was opened out, the juice made water balls on the red meat.

Granpa cut the slices. Granma and him laughed as the juice run down my mouth and over my shirt. It was my first watermelon.

Summer eased along. It was my season. My birthday being in the summer made it my season; that is the custom of the Cherokee. And so my birthday lasted, not a day but a summertime.

It is the custom, during your season, to be told of your birthplace; of your father's doings; of your mother's love.

Granma said I was lucky, and more than likely one in a hundred million. She said I was born from nature—of Mon-o-lah—and so had all the brothers and sisters of which she had sung my first night in the mountains.

이 채 닿기도 전에 두꺼운 껍데기에 쫙 하고 금을 그으며 갈라졌다. 잘 익었다는 징조였다. 사실 그랬다. 갈라진 수박을 열어보니 잘 익은 빨간 과육 위에 이슬방울 같은 과즙들이 솟아올랐다.

할아버지가 수박을 잘게 잘라주셨다. 할아버지와 할머니는 내 입에서 수박물이 흘러내려 셔츠 위로 뚝뚝 떨어지는 것을 보고 웃으셨다. 그것은 내가 태어나서 처음 먹어본 수박이었다.

여름이 서서히 지나가고 있었다. 여름은 나의 계절이다. 여름에 태어났기 때문이다. 그 사람이 태어난 계절이 바로 그 사람의 계절이 되는 것이 체로키의 관습이다. 그렇기 때문에 내 생일은 하루로 끝나지 않고 여름 내내 계속되었다.

자신이 태어난 계절에 태어난 고향과 아버지가 한 일, 어머니의 사랑 등에 대한 이야기를 어른들로부터 듣는 것 역시 체로키의 관습이었다.

할머니 말씀에 따르면 나는 1억 명 중에 한 번 있을까 말까 할 만큼 좋은 운을 타고 태어났다고 한다. 나는 자연에서, 어머니인 모노라에게서 태어났다. 그렇기 때문에 내가 이 산에 온 첫날 밤에 할머니가 노래하신 것처럼 자연 속의 모든 것을 형제자매로 가질 수 있었다.

할머니는 나무와 새와 시냇물, 게다가 비와 바람에게서까지 아낌없는 사랑을 받을 수 있는 사람은 좀체 없다고 하셨다. 그래서 나에게는 살아 있는 동안 언제라도 돌아갈 수 있는 집과 형제들이 있는 셈이었다. 다른 애들은 부모가 죽고 나면 외로움을 느끼지만 나는

Granma said very few was picked to have the total love of the trees, the birds, the waters—the rain and the wind. She said as long as I lived I could always come home to them, where other children would find their parents gone and would feel lonesome; but I wouldn't ever be.

We sat on the back porch, in the dusk of summer evenings. The dark crept down the hollows while Granma talked soft. Sometimes she would pause and not go on for a long time, and then she would smooth her face with her hands and talk some more.

I told Granma I was right proud of the whole thing; and right off, I could tell that I wasn't afraid of dark in the hollows anymore.

Granpa said I had the uppers on him, being born special and all. He said he wished he had been picked out for such. Granpa said he had always been hampered with a suspicion of being frightened of the dark, and now would total depend on me to lead him about in dark situations. Which I told him I would.

Now I was six. Maybe it was my birthday that reminded Granma time was passing. She lit the lamp nearly every evening and read, and pushed me on my dictionary studying.

그럴 필요가 없었던 것이다.

우리는 뒷베란다에 앉아서 여름날 저녁의 어스름을 맞이하곤 했다. 할머니가 조용조용 이야기를 해주시는 동안 어둠은 어느새 골짜기 아래로 기어들었다. 때때로 할머니는 입을 다물고 한참 동안 가만히 계시다가, 양손으로 얼굴을 쓰다듬고 나서 다시 이야기를 계속하시곤 했다.

할머니의 이야기를 듣고 나는 나 자신이 무척 자랑스러우며, 덧붙여 이제는 산골짜기가 아무리 깜깜해도 겁나지 않는다고 말씀드렸다.

할아버지는 나에게, 그렇게 많은 것을 갖고 태어난 나는 무척 특별한 존재로 할아버지보다 한 수 위라는 것과, 그것들은 할아버지 자신도 평생 갖고 싶어하던 것들이라고 하셨다. 또 할아버지 자신은 언제나 어둠이 무서워서 조마조마해하고 있으니, 이제 어둠 속에서 할아버지를 모시고 다니는 것은 전적으로 나한테 달려 있다고 하셨다. 나는 그러겠노라고 했다.

이제 나는 여섯 살이 되었다. 할머니에게 세월이 흘러가고 있음을 절실하게 느끼게 해준 것은 아마 내 생일이었을 것이다. 이제 할머니는 거의 매일 밤 등잔불을 밝혀놓고 책을 읽어주셨으며 사전 공부를 계속 시키셨다. 나는 이제 B항목까지 진도가 나갔다. 그런데 사전의 한 페이지가 찢겨지고 없었다. 할머니는 그 페이지에는 별로 중요한 단어가 없다고 말씀하셨다. 그 다음번 개척촌에 갔을 때 할아버지는 도서관에서 사전 한 권을 샀다. 75센트나 했다.

할아버지는 전부터 이런 사전을 가지고 싶었노라고 하시면서 그

I was down into the B's, and one of the pages was torn out. Granma said that page was not important, and the next time me and Granpa went to the settlement, he paid for and bought the dictionary from the library. It cost seventy-five cents.

Granpa didn't begrudge the money. He said he had always wanted that kind of dictionary. Since he couldn't read a word that was in it, I suspicioned that he had other using for it, but I never saw him touch it.

Pine Billy came by. He taken to coming more often after the watermelons ripened. Pine Billy liked watermelons. He wasn't uppity atall about the money he had got from the Red Eagle snuff company, nor the reward for the big-city criminals. He never mentioned it, so we never asked him about it.

Pine Billy said he figgered the world was coming to a end. He said all the signs pointed that way. He said there was rumors of wars, and famine had set on the land; banks was mostly closed and what wasn't closed was being robbed all the time. Pine Billy said there wasn't any money to be had hardly atall. He said that folks was still jumping out of winders in the big cities whenever the notion took them. Out in Oklahoma, he said, the wind was blowing

돈을 조금도 아까워하지 않으셨다. 할아버지는 그 안에 든 단어를 전혀 읽지 못하시기 때문에, 나는 할아버지가 뭔가 다른 용도로 그 사전을 사용할 것이라고 생각했다. 하지만 그 뒤로 나는 할아버지가 사전에 손대시는 것을 한 번도 본 적이 없었다.

파인 빌리가 찾아왔다. 그는 수박이 익기 시작하고 나서는 전보다 더 자주 놀러 왔다. 파인 빌리는 수박을 좋아했다. 그는 붉은 독수리 표 가루담배 회사로부터 받았을 상금과 도회지 수배자 체포로 받았을 현상금을 놓고 조금도 잘난 척하지 않았다. 그는 그 일에 대해서 전혀 언급하지 않았다. 그래서 우리도 묻지 않았다.

파인 빌리의 말에 따르면 세계는 종말이 가까워지고 있었다. 모든 징후가 그것을 증명하고 있다는 것이다. 전쟁이 일어나리라는 소문이 돌고, 기근은 이미 시작되었으며, 은행은 대부분 문을 닫았고, 문을 닫지 않은 곳이라 해도 늘상 강도만 맞고 있었다. 파인 빌리는 돈이 씨가 말라버린 것 같다고 했다. 대도시에서는 발작적으로 창문에서 뛰어내리는 사람들이 여전히 끊이지 않고, 멀리 오클라호마 주에서는 태풍으로 모든 것이 다 날아갔다는 이야기도 했다.

태풍 이야기는 우리도 알고 있었다. 할머니가 '인디언 연방'(우리는 언제나 오클라호마 주를 인디언 연방이라고 불렀다. 인디언에게서 빼앗아 주州를 만들기 전까지 그곳은 인디언의 부족국가들이 있던 곳이었기 때문이다)에 사는 친척들에게 편지를 보냈던 것이다. 친척들은 답장에서 태풍 이야기를 적어 보내왔다. 그들은 경작해서는 안 될 그 푸른 풀밭을 백인들이 쟁기로 갈아엎어놓았는데, 태풍

away the ground.

We knew about that. Granma wrote to our kin in the Nations (we always called Oklahoma "the Nations" for that is what it was supposed to be, until it was taken from the Indians and made a state). They told us about it, in letters; how white men had turned grazing ground up with a plow, ground that was not supposed to be plowed. The wind was blowing it away.

Pine Billy said he determined to git saved since the end was near. He said fornicatin' had always been his biggest block toward gittin' saved. He said he fornicated at dances where he played, but he laid most of the faulting on the girls. He said they would not leave him alone. He said he had tried going to bush arbor meetings to git saved, but there was always girls around them too that kept after him to fornicate. He said he had found an old preacher who was too old to fornicate, he figgered, because he was holding a bush arbor meeting and was preaching, no-holds-barred, agin' fornicatin'.

Pine Billy said that this old preacher made you feel like, at the time, that you would totally give up fornicatin'. Pine Billy said that was what it took to save you—feeling that

이 몰아치는 바람에 흙들이 다 날아가고 말았다고 적어놓았다.

파인 빌리는 세상의 종말이 임박했기 때문에 구원받을 결심을 했다고 털어놓았다. 그는 '간음'이 자신의 구원에 가장 큰 장애물이 되고 있으며, 자신이 잘 다니는 댄스 파티에서 간음을 한다고 했다. 하지만 그는 더 큰 잘못은 자신이 아니라 여자들 쪽에 있다, 여자들이 자기를 가만히 내버려두지 않는다, 구원을 얻기 위해서 부흥회 같은 데도 가보곤 했지만, 거기도 여자가 너무 많아서 언제나 자신이 간음하도록 만든다고 푸념했다. 그는 최근에 부흥회에서 간음하기에는 너무 나이가 많은 목사를 만났다고 한다. 이 늙은 목사는 간음에 강력히 반대하는 설교를 했다.

그가 하는 설교를 들으니, 파인 빌리는 여색을 밝히는 자신의 버릇을 금방이라도 깨끗이 고쳐줄 듯한 기분이 들었다고 한다. 그는 그 순간에 그런 식으로 느끼는 것이야말로 구원을 얻는 지름길이 아니겠느냐, 세상이 종말에 가까워지고 있으니 자기는 다시 그 사람에게 돌아가 구원을 받을 작정이다, 원시 침례교는 한 번이라도 구원을 받으면 영원히 구제받는다고 믿기 때문에, 나중에 약간 본래대로 돌아가 쬐끔 간음하는 일이 있더라도 자신은 여전히 구원받은 상태이므로 고민할 필요가 조금도 없다고 했다.

그래서 자기는 원시 침례교가 자기 성격과 잘 맞는 종교인 것 같고 또 마음도 많이 끌린다고 했다. 그것은 내가 보기에도 그랬다.

그 여름날의 저녁 어스름 속에서 파인 빌리는 자주 바이올린을 켜곤 했다. 세상이 종말에 가까워지고 있으니 당연한 일이지만, 그가

way at the time. He said he was going back and git saved—the world coming to an end, and all. Oncet you was saved, the primitive Baptists believed, you was always saved. If you backslid a little into some fornicatin', you was still saved, and more than likely had nothing to worry about.

Pine Billy said he leaned more toward the primitive Baptist as his religion. Which sounded reasonable to me.

Pine Billy played his fiddle in the dusk evenings of that summer. Could be it was because the world was coming to a end, but his music was sad.

It made you feel like this was the last summer; that you had already left it and wanted it back, and here you was all the time. You wisht he hadn't started playing, for you ached —and then you hoped he wouldn't stop. It was lonesome.

We went to church every Sunday. We walked the same trail that me and Granpa used to deliver our wares, for the church was a mile past the crossroads store.

We had to leave at daybreak, for it was a long walk. Granpa put on his black suit and the meal-sack shirt that Granma had bleached white. I had one too and wore clean overalls. Me and Granpa buttoned the top buttons on our

연주하는 음악은 모두 슬픈 곡들이었다.

그 음악 소리를 듣고 있으면 언제나 이것이 마지막 여름이 될 거라는 느낌이 들었다. 또 이미 지나가버린 것 같아 되돌리고 싶기도 하고, 그런가 하면 여름이 영원히 계속될 듯 싶기도 하고…… 마음이 아파 바이올린 따위는 애초에 시작하지 않았으면 좋았을 거라고 생각하다가도, 멈추지 않고 계속 연주했으면 하고 바라기도 하고…… 어쨌든 무척이나 쓸쓸한 음색이었다.

우리는 일요일마다 교회에 갔다. 교회 가는 길은 할아버지와 내가 물건을 건네주러 갈 때 지나가는 바로 그 길이었다. 교회는 사거리 상점보다 1.5킬로미터 정도 더 간 곳에 있었다.

교회까지 가려면 먼 거리여서 우리는 날이 새자마자 집을 나서곤 했다. 할아버지는 할머니가 밀가루 자루를 하얗게 표백해 만들어준 셔츠에다 검은 양복을 입으셨다. 나도 할아버지 것과 똑같은 셔츠에다 깨끗한 멜빵바지를 입었다. 우리 두 사람은 셔츠의 맨 윗단추까지 잠가, 교회 갈 때에 어울리는 단정한 복장을 했다.

할아버지는 동물 기름을 발라 윤을 낸 검은 구두를 신으셨다. 걸을 때마다 그 구두는 삐걱거리는 소리를 냈다. 모카신에 익숙한 할아버지가 신기에는 힘들 거라고 생각했지만 할아버지는 아무 말도 하지 않고 그냥 터벅거리며 걸음을 옮기곤 하셨다.

할머니와 나는 모카신을 신었기 때문에 한결 편했다. 나는 할머니의 모습이 무척 자랑스러웠다. 할머니는 일요일이면 주황과 노랑,

shirts which made us proper for church.

Granpa wore his black shoes that he tallowed to shine. The shoes clumped when he walked. He was used to moccasins. I figured it was a painful walk for Granpa, but he never said anything, just clumped along.

Me and Granma had it easier. We wore moccasins. I was proud of how Granma looked. Every Sunday she wore a dress that was orange and gold and blue and red. It struck her at the ankles and mushroomed out around her. She looked like a spring flower floating down the trail.

If it hadn't been for the dress and Granma enjoying the outing so much, I suspicioned that Granpa would never have gone to church. Not counting the shoes, he never taken much to churching.

Granpa said the preacher and the deacons pretty much had a choke-hold on religion. He said they done the determining on who was going to hell and who wasn't, and if a feller didn't watch it, pretty soon he was worshipping the preacher and the deacons. So he said to hell with it. But he didn't complain.

I liked the walk to church. We didn't have to carry our load of wares, and as we walked the cutoff trail, day broke

파랑, 빨강 무늬가 들어간 긴 치마를 입으셨다. 복사뼈까지 내려오는 그 치마는 허리를 감싸고 버섯처럼 퍼져서, 산길을 내려가는 할머니의 모습은 마치 한 송이 봄꽃 같았다.

그 치마가 없었고, 할머니가 외출하는 것을 그렇게까지 기뻐하지 않으셨다면, 아마 할아버지는 절대 교회에 가지 않으셨을 것이다. 익숙하지 않은 구두는 놔두고라도 할아버지는 교회 가는 것을 그리 달가워하지 않으셨다.

할아버지는, 목사와 교회 집사들이 종교를 융통성 없이 만드는 데 크게 이바지하고 있다, 그들은 누가 지옥행이고 누가 아닌지까지 자기들 멋대로 결정해버린다, 그렇기 때문에 조심하지 않으면 하느님이 아니라 목사와 집사를 숭배하게 된다, 정말 그런 일은 딱 질색이라고 하셨다. 그래도 할아버지는 다른 사람들 앞에서 드러내놓고 불평하지는 않으셨다.

나로서는 무거운 물건을 낑낑대고 운반하지 않아도 되는, 교회 가는 길이 즐거웠다. 지름길을 따라 걷다보면 앞쪽에서 아침 해가 떠올랐다. 햇빛은 골짜기 아래로 쏟아져 내려와 이슬방울들을 반짝이게 하고, 다채로운 나무 그림자들을 그려내어 우리 눈을 즐겁게 해주었다.

교회는 도로에서 쑥 들어간 숲 한 귀퉁이에 있었다. 조그마하고 페인트칠도 하지 않았지만 깔끔한 건물이었다. 일요일날 교회 앞뜰로 들어서면, 할머니는 걸음을 멈추고 몇몇 여자들과 인사를 나누었다. 그렇지만 할아버지와 나는 곧장 윌로 존이 있는 곳으로 갔다.

ahead of us. The sun hit the dew on the valley down below and made tree patterns where we walked.

The church set back off the road in a scope of trees. It was little and wasn't painted, but it was neat. Every Sunday, when we walked into the church clearing, Granma stopped to talk to some women; but me and Granpa headed straight for Willow John.

He always stood back in the trees, away from the people and the church. He was older than Granpa but he was as tall; full Cherokee with white plaited hair hanging below his shoulders, and a flat-brimmed hat pulled low to his eyes ... like the eyes were private. When he looked at you, you knew why.

The eyes were black, open wounds; not angry wounds, but dead wounds that lay bare, without life. You couldn't tell if the eyes were dim, or if Willow John was looking past you into a dimness far away. Once, in later years, an Apache showed me a picture of an old man. It was Go-khla-yeh, Geronimo. He had the eyes of Willow John.

Willow John was over eighty. Granpa said that long ago, Willow John had gone to the Nations. He had walked the mountains, and would not ride in a car or train. He was

월로 존은 언제나 사람들과 교회 건물에서 떨어진, 숲 뒤쪽에 서 있었다. 월로 존은 할아버지보다 더 연세가 많았지만 키는 할아버지만큼 컸다. 순수 체로키인 그분은 인디언식으로 땋은 백발을 어깨 아래까지 드리우고, 납작한 차양이 붙은 모자를 눈 있는 데까지 눌러쓰곤 하셨다. 눈을 감추기라도 할 것처럼…… 그분의 눈을 한번 본 사람들은 왜 그렇게 하는지 이유를 알 수 있었다.

그 검은 눈 속에는 상처가 담겨 있었다. 분노로 가득한 상처가 아니라, 벌거벗긴 채 무심하게 놓여 있는 듯한 상처. 그의 눈이 본래 흐린지, 아니면 그가 우리 뒤쪽 멀리를 바라보고 있는지는 아무도 알 수 없었다. 한참 세월이 지난 다음에 아파치족 한 사람이 나에게 늙은 노인의 사진을 보여준 적이 있었다. 고클라예,[11] 즉 제로니모의 사진이었다. 그 사진에서 제로니모는 월로 존과 똑같은 눈을 하고 있었다.

월로 존은 이미 여든 살이 넘었다. 할아버지 말씀에 따르면 월로 존은 아주 오래전에 인디언 연방에 다녀온 적이 있었다. 그는 자동차도 기차도 타지 않고 걸어서 산들을 지나 그곳을 찾아갔다. 그는 간지 3년 만에 되돌아왔지만 그곳에서 있었던 일에 대해서는 아무 이야기도 하지 않았다. 단지 "인디언 연방 따위는 없었다"고만 말했다.

그래서 우리는 교회에 갈 때마다 나무들 뒤에 서 있는 월로 존에게 먼저 갔다. 할아버지와 월로 존은 서로 껴안고 한참 동안 그대로 서 있곤 했다. 똑같이 커다란 모자를 눌러쓰고, 키가 큰 두 노인은 아무 말도 하지 않았다. 뒤늦게 할머니가 오시면 월로 존은 허리를 굽

gone three years and came back; but he would not talk of it. He would only say there was no Nation.

And so we always walked to him, standing back in the trees. Granpa and Willow John put their arms around each other and held each other for a long time; two tall, old men with big hats—and they didn't say anything. Then Granma would come, and Willow John would stoop and they would hold each other for a long time.

Willow John lived past the church, far back in the mountains; and so, the church being about halfway between us, it was the place they could meet.

Maybe children know. I told Willow John that there was going to be lots of Cherokees before too long. I told him I was going to be a Cherokee; that Granma said I was natural-born to the mountains and had the feeling of the trees. Willow John touched my shoulder and his eyes showed a far back twinkle. Granma said it was the first time he had looked like that in many years.

We would not go into the church until everybody else was in. We always sat on the back row; Willow John, then Granma, me, and Granpa set next to the aisle. Granma held Willow John's hand during church, and Granpa put his arm

혀서 할머니를 포용했다. 이번에도 할머니와 윌로 존은 껴안은 채 한참 동안 서 있었다.

윌로 존은 교회를 지나서도 한참 더 가야 하는 깊은 산속에 살고 있었다. 그래서 우리 집과 윌로 존 집의 중간쯤에 위치하고 있는 교회가 우리들의 만남의 장소 역할을 했다.

아직 어려서 그랬을 테지만, 나는 윌로 존에게 이제 오래지 않아 체로키들의 수가 많아질 것이며, 나도 어엿한 한 사람의 체로키가 되겠노라고 말했다. 그러자 할머니도, 내가 타고난 산사람이고, 숲의 감정을 갖고 있다고 거드셨다. 윌로 존이 내 어깨에 손을 올려놓으셨다. 그분의 눈 속 아득하게 깊은 곳에서 반짝이는 빛 같은 것이 보였다. 나중에 할머니는 윌로 존이 그런 눈빛을 보인 건 몇 년 만에 처음 있는 일이라고 말씀하셨다.

우리는 다른 사람들이 모두 교회 안으로 들어가고 난 다음에야 비로소 교회 안으로 들어가 자리를 잡았다. 우리는 언제나 뒷줄에 앉았다. 통로에서 가장 먼 곳, 벽 쪽으로 윌로 존이 앉았고, 그 다음에는 할머니와 내가 앉았으며, 마지막으로 할아버지가 통로 쪽에 앉았다. 할머니는 예배 보는 동안 내내 윌로 존의 한쪽 손을 잡고 계셨고, 할아버지는 등받이 너머로 팔을 뻗쳐 할머니 어깨에 손을 얹고 계셨다. 그러면 나는 한 손으로는 할머니의 손을 쥐고, 또 한 손은 할아버지의 무릎 위에 올려놓았다. 이렇게 하면 따돌림당하는 느낌이 들지 않는다. 다만 이 자세를 취하려면 무릎을 편 채 발이 의자 밖으로 튀어나오게 다리를 쭉 뻗고 앉아야 하기 때문에, 발이 계속 저린 상태

across the bench back and laid his hand on Granma's shoulder. I taken to holding Granma's other hand and putting a hand on Granpa's leg. This way I was not left out, though my feet always went to sleep as they stuck straight out over the seat rim.

Once, after we taken our seats, I found a long knife laying where I set. It was as long as Granpa's and had a deer skin sheath that was fringed. Granma said Willow John gave it to me. That is the way Indians give gifts. They do not present it unless they mean it and are doing it for a reason. They leave it for you to find. You would not get the gift if you didn't deserve it, and so it is foolish to thank somebody for something you deserve, or make a show of it. Which is reasonable.

I give Willow John a nickel and a bullfrog. The Sunday I brought it, Willow John had hung his coat on a tree while he waited for us, and so I slipped the bullfrog and the nickel into his pocket. It was a big bullfrog I had caught in the spring branch and had fed bugs until he was practical a giant.

Willow John put on his coat and went into church. The preacher called for everybody to bow their heads. It was quiet so that you could hear people breathing. The preacher

로 있게 되는 것이 문제긴 했지만 말이다.

한번은 의자에 앉으려고 하다가 내가 앉는 의자 위에 긴 칼이 놓여 있는 것을 발견했다. 할아버지의 칼만큼 긴 그 칼은 술장식이 달린 사슴가죽 칼집 속에 들어 있었다. 윌로 존이 나에게 선물로 주는 것이라고 할머니가 말해주셨다. 이것이 인디언이 선물을 주는 방법이다. 인디언은 절대 무슨 뜻을 달거나 이유를 붙여서 선물하지 않는다. 선물을 할 때는 그냥 상대방의 눈에 띄는 장소에 놔두고 가버린다. 선물을 받는 쪽은 자신이 그것을 받을 자격이 있다고 생각하지 않으면 받지 말아야 한다. 따라서 자신에게 그럴 자격이 있다고 생각하고 선물을 받은 사람이 보낸 사람에게 고맙다고 인사를 하거나, 다른 사람들에게 자랑하거나 하는 짓은 어리석은 일이라고 한다. 맞는 말이었다.

나는 윌로 존에게 5센트짜리 동전 하나와 황소개구리 한 마리를 선물하기로 했다. 그날, 윌로 존은 코트를 나뭇가지에 걸어놓고 우리를 기다리고 있었다. 나는 개구리와 동전을 그 코트 주머니 속에 몰래 집어넣었다. 황소개구리는 무척 큰 놈이었다. 시냇가에서 잡은 이후로 벌레를 먹여 엄청난 크기로 길러놓았던 것이다.

윌로 존은 코트를 걸치고 교회로 들어갔다. 예배가 시작되자 목사는 모두에게 머리를 숙이자고 말했다. 사람들의 숨소리만 들릴 정도로 교회 안은 쥐 죽은 듯 조용했다. 목사가 말했다.

"주여……"

그러자 묵직하면서도 굵은 소리가 대답했다.

said, "Lord ... " and then the bullfrog said, "LARRR-RRRRRUPP!" deep and loud. Everybody jumped and one man ran out of the church. A feller hollered, "God almighty!" and a woman screamed, "Praise the Lord!"

Willow John jumped too. He reached his hand in his pocket, but he didn't take out the frog. He looked over at me and the twinkle come again to his eyes; this time not so far back. Then he smiled! The smile broke across his face, wider and wider—and he laughed! A deep, booming laugh that made everybody look at him. He didn't pay any attention to them atall. I was scared, but I laughed too. Tears commenced to water in his eyes and roll down the creases and wrinkles of his face. Willow John cried.

Everybody got quiet. The preacher stood with his mouth open and watched. Willow John paid no attention to anybody. He didn't make a sound, but his chest heaved and his shoulders shook, and he cried a long time. People looked away, but Willow John and Granpa and Granma looked straight ahead.

The preacher had a hard time getting started again. He didn't mention the frog. He had tried once before to preach a sermon regarding Willow John, but Willow John never

"그르르르르르럭!"

개구리 소리였다! 모두가 깜짝 놀라 머리를 들었고, 밖으로 달아나는 남자도 있었다. 한 남자는 "오오, 전능하신 주여!"라고 외쳤고, 한 여자는 째지는 듯한 소리로 "주를 찬양하라!"고 고함을 질렀다.

윌로 존도 한순간 깜짝 놀라는가 싶더니 곧 손을 주머니에 찔러넣어보았다. 하지만 그는 개구리를 꺼내보거나 하지는 않았다. 윌로 존이 고개를 돌려 나를 쳐다보았다. 그의 눈이 다시 반짝였다. 이번에는 그전처럼 그렇게 아득하게 깊지 않았다. 그러더니 그가 웃음을 짓는 게 아닌가! 웃음은 점차 그의 얼굴 전체로 번져갔고, 드디어는 그가 소리 내어 웃기 시작했다! 뱃속에서 울리는 듯한 굵직한 웃음소리였다. 모두가 그를 쳐다보았다. 하지만 윌로 존은 남의 눈 따위는 전혀 아랑곳하지 않고 계속해서 웃어댔다. 일이 이렇게 되는 바람에 처음에는 겁을 먹었던 나도 따라 웃기 시작했다. 윌로 존의 눈에서 눈물이 솟더니 뺨의 주름을 타고 흘러내렸다. 윌로 존이 울고 있었다!

교회 안은 물을 끼얹은 듯 조용해졌다. 목사는 입을 벌리고 눈을 둥그렇게 뜬 얼굴로 서 있었다. 하지만 윌로 존은 다른 사람들의 존재 따위는 잊고 있었다. 소리 내어 울지는 않았지만 그의 가슴은 들먹거렸고, 그의 어깨는 흔들렸다. 그는 한참 동안 그렇게 울었다. 사람들이 곁눈질을 했지만, 윌로 존과 할아버지와 할머니는 머리를 똑바로 든 채 정면을 보고 있었다.

목사가 겨우겨우 설교를 다시 시작했다. 목사는 개구리에 대해서

paid him any attention. He always looked straight before him, like the preacher wasn't there. The sermon had been on paying proper respect to the Lord's house. Willow John would not bow his head for prayers and he wouldn't take off his hat.

Granpa never commented on it. And so I thought on it, over the years. I figured it was Willow John's way of saying what he had to say. His people were broken and lost, scattered from these mountains that was their home and lived upon by the preacher and others there in the church. He couldn't fight, and so he wore his hat.

Maybe when the preacher said, "Lord ... " and the frog said, "LARRRRRRRRUPP!" the frog was answering for Willow John. And so he cried. It broke some of the bitterness. After that, Willow John's eyes always twinkled and showed little black lights when he looked at me.

At the time I was sorry, but later I was glad I give Willow John the frog.

Every Sunday, after church, we went into the trees near the clearing and spread our dinner. Willow John always brought game in a sack. It would be quail, or venison, or fish. Granma brought corn bread and vegetable fixings. We

일절 언급하지 않았다. 예전에 한 번, 목사가 월로 존을 놓고 설교를 하려 했던 적이 있다. 월로 존은 콧방귀조차 뀌지 않았다. 사실 월로 존은 목사 따위는 안중에도 없다는 듯이 항상 똑바로 앞만 바라보고 있었다. 그날의 설교는 주(主)의 집에 맞는 적절한 예의를 갖추자는 내용이었다. 그러나 월로 존은 그 후로도 여전히 기도할 때 머리를 숙이지 않았으며, 모자를 벗지도 않았다.

할아버지는 이 사건에 대해서 한 번도 언급하시지 않았다. 하지만 나는 그 후로도 두고두고 이 일을 떠올리곤 했다. 그것은 가슴에 쌓인 것을 분출하는 월로 존 식의 방법이었을 것이다. 고향이었던 이 산야에서 쫓겨난 그의 동족들은 뿔뿔이 흩어져 행방도 알지 못한 채 사라져가고 있는데, 이제 그 산야에는 교회에 모여든 목사와 백인 신도들이 대신 들어와 살고 있다. 월로 존에게는 그들과 싸울 힘이 없었다. 그래서 그분은 교회에서도 모자를 벗지 않았다.

목사가 "주여⋯⋯"라고 했을 때, 아마 개구리는 굵은 목소리로 "그르르르르르럭!"이라고 하여 월로 존을 대신해 대답해주었을 것이다. 그래서 그분은 울었다. 어쨌든 그 사건으로 그분의 마음속에 뭉쳐 있던 응어리가 조금은 풀린 것 같았다. 그 다음부터 월로 존의 눈은 언제나 반짝였고, 나를 바라보는 그분의 얼굴에는 이제 검은 그림자가 많이 걷혀 있었다.

나는 그 당시는 괜한 짓을 했다고 후회했지만, 나중에 가서 생각하니 월로 존에게 개구리를 준 것이 무척 잘한 일 같아 기뻤다.

교회에서 예배가 끝나면 우리는 빈 터 근처의 숲 속으로 들어가

ate there in the shade of big elms and talked.

Willow John would say the deer was moving farther back to high ground in the mountains. Granpa would say the fish baskets yielded such and so. Granma would tell Willow John to bring her his mending.

As the sun tilted and hazed the afternoon, we would get ready to leave. Granpa and Granma would each hug Willow John, and he would touch my shoulder with his hand, shy.

Then we would leave, walking across the clearing toward our cutoff trail. I would turn to watch Willow John. He never looked back. He walked, arms not swinging but straight by his sides, in a long, loping awkward step. Always looking to neither side; misplaced somehow— touching this fringe of the white man's civilization. He would disappear into the trees, following no trail that I could see, and I would hurry to catch up with Granpa and Granma. It was lonesome, walking the cutoff trail back home in the dusk of Sunday evenings, and we did not talk.

도시락을 펼쳤다. 월로 존은 언제나 사냥한 것을 자루에 넣어가지고 왔다. 메추라기나 사슴 고기, 때로는 물고기 같은 것들이었다. 할머니는 옥수수빵과 야채 반찬을 준비해 왔다. 우리들은 커다란 느릅나무 그늘에 앉아 그것들을 먹으며 이야기를 나누었다.

월로 존이 더 높은 산 쪽으로 사슴들이 이동하기 시작했다는 이야기를 하시면, 할아버지는 물고기 바구니에 이런저런 물고기가 잡혔다는 이야기를 하셨고, 할머니는 역시 할머니답게 월로 존에게 옷 수선할 것이 있으면 가져오라는 이야기를 하시곤 했다.

해가 서쪽으로 기울고 주변에 늦은 오후의 엷은 안개가 끼기 시작하면 우리는 떠날 준비를 했다. 할아버지와 할머니가 번갈아 월로 존을 포옹하고 나면, 월로 존은 부끄럼 많은 소년처럼 내 어깨에 머뭇머뭇 손을 올려놓곤 하셨다.

그러고 나면 우리는 발길을 돌렸다. 나는 빈 터를 가로질러 지름길을 향해 걸음을 옮기다가 월로 존이 가는 쪽을 뒤돌아보곤 했다. 그는 절대 돌아보는 일이 없었다. 그는 백인 문명의 언저리에 손을 댄 것이 뭔가 잘못되기라도 한 것처럼 팔조차 안 흔들고 똑바로 앞만 바라보며 성큼성큼 큰 걸음으로 걸어갔다. 드디어 그의 모습이 나무 뒤로 이어진 길을 따라 숲 속으로 사라지고 나면, 나는 돌아서서 할아버지와 할머니를 잡으러 서둘러 뛰어가곤 했다. 일요일 저녁 어스름 속에서 집으로 가는 지름길을 따라 걷는 우리 가슴에는 표현하기 힘든 쓸쓸함이 밀려들었다. 우리는 묵묵히 발걸음을 옮겼다.

Will ye walk aways with me, Willow John? Not far;
A year or two, at ending of your time.
We'll not talk. Nor tell the bitter of the years.
Maybe laugh, occasional; or find a cause for tears;
Or something lost, could be, we both might find.

Will ye set a spell with me, Willow John? Not long;
A minute, measured by your length on earth.
We'll pass a look or two; we both will know
And understand the feeling; so when we go
We'll take comfort that we kin the other's worth.

Will ye linger at our leaving, Willow John? Just for me.
Lingering reassures and comforts us who part.
Memories of it help to slow the quickened tears
With recalling of you, in the later years;
And soften, some, the haunting of the heart.

윌로 존, 우리와 함께 걷지 않을래요? 그리 멀지는 않겠지요.

1년이나 2년, 당신의 생애가 끝날 때까지.

그 비통한 세월에 대해서는 말하지도 묻지도 맙시다.

때로는 웃기도 하겠지요. 때로는 울기도 할 테구요.

아니면 우리 둘이서 잃어버린 무언가를 찾아낼지도 모르지요.

윌로 존, 조금만 더 함께 있어주지 않을래요? 그리 오래는 아니겠지요.

지상에서의 시간으로 쳐도 겨우 한순간.

우린 한두 번 쳐다보는 걸로도 서로의 마음을 알고 느끼겠지요.

그래서 마침내 떠나갈 때가 와도, 서로를 이해하는 우리는

편안한 마음으로 보낼 수 있겠지요.

윌로 존, 잠시만 더 있어주지 않을래요? 이 나를 위해서.

헤어져야 할 우리, 서로 다독거려주고 위로해줍시다.

그러면 먼 훗날 당신을 생각할 때마다

내 성급한 눈물은 위로받고,

가슴에 새겨진 아픔도 좀은 풀리겠지요.

Church-going

*G*ranpa said that preachers got so taken up with theirselves that they got the notion they personal held the door handle on the pearly gates and wouldn't let nobody in without their say-so. Granpa figgered the preachers thought God didn't have nothing atall to do with it.

He said a preacher had ought to work and git to know how hard a dollar was come by, then he wouldn't throw money around like its use was going to end tomorrow. Granpa said that good, hard work, whether it was in the whiskey trade or whatever, would keep a preacher out of mischief. Which sounds reasonable.

People being so scattered, there was not enough to keep more than one church going. This led to some complications because there was so many different kinds of religion; folks believing so many different things that it made for disagreements.

There was hard-shell Baptists who believed that what was

교회 다니기

할아버지는 이런 이야기를 하셨다. 목사란 사람들은 하나같이 제멋대로여서, 천당으로 들어가는 문의 손잡이를 자신이 쥐고 있고, 자신이 '허락'하지 않는 한 누구도 그곳으로 들어갈 수 없는 걸로 생각하고 있다. 할아버지는 목사들이 신(神)조차도 그 결정에는 참견할 수 없는 걸로 생각하는 것 같다고 하셨다.

할아버지는, 목사도 일을 해야 하고, 1달러를 벌기가 얼마나 힘든지 알아야 한다, 그러면 아무리 목사라 하더라도 내일이면 돈이 아무 쓸모 없어질 것처럼 돈을 낭비하는 짓 따위는 하지 않을 것이다, 반드시 위스키 제조업이 아니라도 괜찮지만, 진심으로 땀 흘려 일한다면 목사들이 과오에서 벗어날 수 있을 거라고 하셨다. 일리 있는 말씀이었다.

사람들이 워낙 뿔뿔이 흩어져서 살기 때문에 한 가지 종류의 교회만으로는 사람들의 요구에 제대로 맞출 수가 없다. 이 때문에 복잡한 문제가 생긴다. 종파가 워낙 많다보니 사람마다 각각 다른 교리를 믿게 되고, 또 그로 인해 온갖 불화가 생기는 것이다.

비타협파 침례교도들은 일어나려고 하는 일은 일어날 수밖에 없으며, 그에 대해 인간이 개입할 여지는 전혀 없다고 믿었다. 그런가

going to happen was going to happen and there was nothing you could do about it. There was Scot Presbyterians who would get stomping mad at such a notion. Each bunch could total prove out their viewpoint by the Bible. Which led to confusion as far as I was concerned as to what the Bible was talking about.

Primitive Baptists believed in taking up a "love offering" of money for the preacher and the hard-shells did not believe in paying a preacher anything. Granpa leaned toward the hard-shells on this point.

All the Baptists believed in baptizing, that is, getting total sunk under the waters in a creek. They said you could not be saved without it. The Methodists said that was wrong; that sprinkling on top of the head with water done the trick. They would each one whip out their Bibles there in the churchyard to prove out what they said.

It 'peared like the Bible told it both ways; but each time it told it, it cautioned you had better not do it the other way or you would go to hell. Or that's what they said it said.

One feller was of the Church of Christ. He said if you called the preacher "Reverend" that you would flat go to hell. He said you could call him "Mr." or "brother," but

하면 그런 견해에 미친 듯이 반대하는 스코틀랜드 장로파들도 있다. 각 교파들은 하나같이 자신들의 견해가 성경에 씌어진 그대로이며, 성경을 보면 자신들이 옳다는 것을 명명백백하게 증명할 수 있다고 떠들어댔다. 그러니 나로서는 과연 성경이 무슨 이야기를 하는 건지 도무지 알 수가 없었다.

원시 침례교도들은 목사를 위해 '사랑의 헌금'을 걷는 일이 중요하다고 여겼지만, 같은 침례교라도 비타협파들은 어떤 헌금도 해선 안 된다고 믿고 있었다. 할아버지는 이 점에선 비타협파와 생각을 같이했다.

또 침례교도들은 누구나 침례, 즉 시냇물 속에 온몸을 완전히 담그는 의식을 중요시했다. 그들은 이렇게 하지 않으면 구원받지 못한다고 주장했다. 하지만 감리교도들은 물을 머리 꼭대기에 뿌려주는 것만으로도 충분하다고 맞섰다. 이 두 교파의 사람들은 자신들이 옳다는 것을 증명하기 위해 교회 뜰에 서서 성경책을 펼쳐 보이곤 했다.

사실 성경책에는 두 가지 방법이 다 적혀 있는 것 같았다. 하지만 어느 한쪽의 방법을 이야기할 때마다 다른 방법으로 해서는 안 되고, 그렇지 않으면 지옥으로 떨어지고 말 것이라는 경고도 함께 적혀 있었다. 아니, 더 정확하게 말하면 내가 직접 본 것은 아니고 그들 말에 따르면 그렇게 적혀 있다고 한다.

구세주파인 어떤 남자는 목사를 목사님(Reverend)이라고 불렀다가는 당장에 지옥행이라고 했다. 그 사람의 주장은 목사를 'ㅇㅇ 씨,' 'ㅇㅇ 형제'라고 부르는 것은 상관없지만 '목사님'이라고 해서는 안

you had better not call him "Reverend." He had him a place in the Bible to prove it out; but a bunch of others proved out, also in the Bible, that you had better call him "Reverend," or you would go to hell.

The Church of Christ feller was bad outnumbered and got hollered down, but he was stubborn and would not give it up. He made it a point to walk up to the preacher every Sunday morning and call him "Mr." This led to hard feelings between him and the preacher. Once they nearly come to blows in the churchyard but was separated.

I determined that I was not going to have anything atall to do with water around religion. And I was not going to call the preacher anything. I told Granpa it 'peared to be more than likely the safest thing to do, as you could easy git shipped down to hell depending on how the Bible was thinking at the time.

Granpa said if God was as narrer-headed as them idjits that done the arguin' about piddlin' such, then Heaven wouldn't be a fit place to live anyhow. Which sounds reasonable.

There was one family of Episcopalians. They was rich. They come to church in a car. It was the only car in the churchyard. The man was fat and wore a different suit

된다는 것이다. 그는 성경책을 펼쳐 자신의 주장이 옳다는 걸 밝혀주는 구절을 보여주었다. 그러자 그보다 훨씬 더 많은 사람들이 역시 성경 속에서 목사를 '목사님'이라고 불러야 하고, 그렇지 않으면 지옥에 떨어진다는 구절을 찾아냈다.

구세주파의 그 남자는 워낙 중과부적인지라 그 자리에서는 기를 펴지 못했지만, 원체 고집불통이어서 자기 주장을 꺾으려 하지 않았다. 그는 매주 일요일 아침이면 일부러 목사가 있는 곳으로 찾아가 목사를 ○○ 씨라고 불렀다. 이 때문에 남자와 목사 사이는 갈수록 험악해져, 한번은 교회 뜰에서 몸싸움을 벌일 지경에까지 이르렀다가 사람들이 뜯어말린 사건도 있었다.

나는 물과 관계된 종교상의 분쟁에 대해서는 절대 관여하지 않기로 마음먹었다. 또 나는 목사를 어떤 호칭으로도 부르지 않을 작정이었다. 나는 할아버지에게, 이게 가장 안전한 방법인 것 같다, 그때그때마다 성경에 어떻게 적혀 있는지를 생각하다가는 어이없게 지옥으로 떨어지고 말 것 같다고 말씀드렸다.

할아버지는 신이 그런 하찮은 일로 언쟁하는 멍청이들처럼 속이 좁다면 천당이라도 그다지 살기 좋은 곳은 아닐 거라고 말씀하셨다. 일리 있는 말씀이었다.

우리가 다니는 그 교회에는 성공회파에 속하는 가족도 있었다. 그들은 부자여서 자가용을 타고 교회에 왔다. 교회 뜰에 세워진 차라고는 그 차 한 대뿐이었다. 그 집의 뚱뚱한 남자는 일요일마다 거의 항상 양복을 바꿔 입고 왔다. 여자는 커다란 모자를 썼고, 몸집 역시

might near every Sunday. The woman wore big hats; she was fat too. They had a little girl who always wore white dresses and little hats. She looked up all the time at something, though I could never determine what she was looking at. They always put a dollar in the collection plate. It was the only one in the plate every Sunday. The preacher met them at their car door and opened it for them. They set in the front row.

The preacher would be preaching. He would make a point, and look over at the front row and say, "Ain't that right, Mr. Johnson?" Mr. Johnson would give a little jerk of his head, certifying more or less that it was a fact. Everybody would look over to get Mr. Johnson's head jerk, and then settle back satisfied as it was so.

Granpa said he reckined Episcopalians had a total knowhow on the entire thing and didn't have to waller around on the fringes worrying about water and such. He said they knowed where they was going and was closemouthed about letting anybody else git in on it.

The preacher was a skinny man. He wore the same black suit every Sunday. His hair stuck out on all sides and he had the appearance of being nervous all the time. Which

뚱뚱했다. 그들에게는 어린 외동딸이 있었는데, 언제나 하얀 드레스에 작은 모자를 쓰고 있었다. 그 여자애는 항상 얼굴을 위로 쳐들고 뭔가를 올려다보고 있었다. 나로서는 무엇을 보는지 도무지 알수 없었다. 그들은 언제나 헌금함에 1달러씩을 넣었다. 그것은 일요일마다 헌금함에 담기는 유일한 1달러짜리였다. 그들의 차가 들어서면 목사는 그 앞까지 달려가 차문을 열어주며 그들을 반겼다. 그들은 언제나 맨 앞줄에 앉았다.

목사는 설교를 하다가 설교단에서 몸을 쑥 내밀고 맨 앞줄을 향해이렇게 묻곤 했다.

"그렇지 않습니까, 존슨 씨?"

그러면 존슨 씨는 목사가 말한 게 사실이라는 걸 확인해주기 위해고개를 끄덕였다. 또 다른 사람들도 하나같이 목을 쭉 내밀고 존슨씨가 머리를 끄덕이는 것을 지켜보고 나서야, 정말 그렇다고 만족스러워하며 다시 똑바로 앉곤 했다.

할아버지는 성공회파 사람들은 노련한 사람들이어서 물 같은 사소한 문제들로 다른 사람과 담을 쌓는 일 따위는 하지 않는다고 하셨다. 그들은 자신들의 행선지가 천당이라고 믿었지만, 다른 사람들을 그 길로 끌어들이기 위해 설득하지는 않았다.

목사는 깡마른 남자였는데, 언제 봐도 똑같은 검은 양복을 입고있었다. 그의 머리는 사방으로 뻗쳐 있었으며, 항상 들뜬 듯한 모습을 하고 있었다. 사실 그는 그렇게 안정된 사람은 아니었다.

나는 한 번도 그의 곁에 다가간 적이 없지만, 그는 교회 뜰에 모여

he was.

He was friendly to folks in the churchyard, though I never went up to him; but when he got in total control, standing in the pulpit, he got mean. Granpa said this was because he knowed it was agin' the rules for anybody to jump up and challenge him while he was preaching.

He never said anything about water, which was disappointin'. I was interested in finding out the way you had better not use it. But he laid it heavy on the Pharisees. He would get to working up on the Pharisees and come down out of the pulpit and run up the aisle toward us. Sometimes he would might near lose his breath, he got so mad at them.

One time he was giving the Pharisees hell and had come down the aisle. He would holler about them and suck in his breath so hard his throat would rattle. He run down close to where we was setting, and pointed his finger at me and Granpa and said, "You know what they was up to ... " It 'peared like he was accusing me and Granpa of having something to do with the Pharisees. Granpa set up in his seat and give the preacher a hard look. Willow John looked toward him and Granma held his arm. The preacher turned

있는 사람들에게 친근하게 대했다. 하지만 설교단에 올라서서 다른 사람들을 내려다보는 위치에 서면, 그의 태도는 금방 잘난 척하는 것으로 바뀌었다. 할아버지 말씀에 따르면 설교 중에 뛰어드는 무례한 사람은 없을 것이라고 생각하기 때문에 목사가 그렇게 건방지게 행동한다는 것이다.

그 목사는 한 번도 '물' 문제를 언급하지 않았다. 그래서 나는 실망했다. 나는 차라리 물을 아예 쓰지 않았으면 좋겠다고 생각하고 있었던 것이다. 하지만 목사는 바리새파[12]에 대해서는 자주 언급했다. 이야기가 바리새파에 이르면 흥분한 목사는 교단에서 내려와 사람들이 앉아 있는 통로로 들어서곤 했다. 어찌나 심하게 분개하는지 그가 숨이 넘어가는 게 아닌가라는 생각이 들 때도 가끔 있었다.

한번은 바리새파 따위는 지옥에 가야 한다고 하면서, 목사는 그날도 통로로 뛰어들었다. 바리새파들에게 얼마나 고함을 지르고 열을 올렸던지 그는 목소리까지도 칼칼하게 변해 있었다. 그는 우리가 앉아 있는 뒷줄로 가까이 오더니 할아버지와 나를 손가락으로 가리켰다.

"너희는 알 것이다. 그들이 무슨 일을 꾸미고 있는가……"

그는 할아버지와 내가 바리새파와 관계가 있는 걸로 오해한 것 같았다. 할아버지가 자세를 고쳐 앉더니 목사를 엄한 얼굴로 노려보았다. 윌로 존도 매서운 눈초리로 목사를 노려보았다. 덕분에 할머니는 윌로 존의 팔을 붙들고 있어야 했다. 그제서야 목사는 몸을 돌려 다른 사람을 가리켰다.

할아버지는, 자신은 바리새파라고는 한 사람도 아는 사람이 없

off to pointing at somebody else.

Granpa said he had never knowed any Pharisees and was not going to have any son of a bitch accusing him of having knowledge of nothing they had done. Granpa said the preacher had better commence to point his finger some'eres else. Which after that he did. I reckined he saw the look in Granpa's eye. Willow John said the preacher was crazy and would bear close watching. Willow John always carried a long knife.

The preacher also had a total disliking for Philistines. He was continually raking them up one side and down the other. He said they was, more or less, as low-down as Pharisees. Which Mr. Johnson nodded his head that it was so.

Granpa said he got tired of hearing the preacher raking somebody over all the time. He said he didn't see any earthly reason for gittin' the Pharisees and Philistines stirred up; there was enough trouble as it was.

Granpa always put something in the collection plate, though he disagreed with paying preachers. He said it paid the rent on our bench, he reckined. Sometimes he give me a nickel that I could put in. Granma never put anything in and Willow John would not look at the collection plate

고, 어떤 후레자식이라도 바리새파들이 무슨 일을 꾸미고 있는지 모른다고 해서 자신을 비난하도록 내버려두지 않을 것이다, 그러니 목사는 다른 사람을 손가락으로 가리키는 게 신상에 좋을 거라고 하셨다. 사실 그 다음부터 목사는 그렇게 했다. 그 목사는 할아버지의 눈 속에 들어 있는 표정을 보았을 것이다. 윌로 존은 윌로 존대로 저 목사는 머리가 돌았기 때문에 한시도 눈을 떼서는 안 된다고 말씀하셨다. 윌로 존은 항상 긴 칼을 갖고 다녔다.

또 그 목사는 블레셋 사람[13]들도 끔찍하게 싫어했다. 그는 그들의 행위 하나하나를 들춰내어 씹어대면서, 블레셋 사람들도 바리새파 만큼이나 비열한 무리들이라고 떠들었다. 그때마다 존슨 씨는 정말 그렇다는 듯이 고개를 끄덕였다.

할아버지는 목사가 항상 남의 흠을 들춰내고 비난하는 데 진저리가 난다고 하셨다. 바리새파니 블레셋 사람이니 하면서 소란을 일으킬 이유가 도대체 어디 있단 말인가, 그게 아니라도 싸움거리는 이미 충분하지 않은가라고 하시면서.

교회에 갈 때마다 할아버지는 헌금함에 얼마간의 돈을 넣으셨다. 할아버지는 목사에게 헌금한다는 생각에는 반대하지만, 교회에 와서 앉아 있던 자릿값으로 내는 거라고 생각하면 괜찮다고 하셨다. 때로는 나더러 5센트짜리 동전을 헌금함에 넣으라고 시키기도 하셨다. 할머니는 헌금함 속에 뭔가를 집어넣은 적이 한 번도 없었으며, 윌로 존은 헌금함이 바로 앞에서 지나가도 쳐다보려고도 하지 않았다.

할아버지는 그 사람들이 헌금함을 저런 식으로 계속 윌로 존의 코

when they passed it.

Granpa said if they kept continually sticking the collection plate under Willow John's nose, that Willow John would take something out of it; figuring they was continually offering him some of it.

Once a month there was testifying time. This is when people would stand up, one by one, and tell how much they loved the Lord, and what all bad they had done. Granpa would never do it. He said all it done was cause trouble. He said he knew personal of several men who had been shot afterward when they had told something they had done to a feller, and the feller hadn't knowed about it until he heard tell of it from the church. Granpa said such wasn't any business but his own. Granma and Willow John didn't stand up.

I told Granpa I felt more or less like he did about it and was not going to stand up either.

One man said he was saved. He said he was going to stop liquorin' up; said he had been liquorin' around fairly heavy for a number of years and now was not going to do it anymore. Which made everybody feel good; him trying to better himself. People shouted, "Praise the Lord!" and

앞에 바싹 들이대다가는, 윌로 존은 자신한테 주는 걸로 생각하여 얼마쯤 실례할지도 모른다고 하셨다.

한 달에 한 번씩 자신의 죄를 고백하는 시간이 있었다. 이 시간이 되면 한 사람씩 일어나 자신이 하느님을 얼마나 사랑하는지 이야기한 다음, 자신이 저지른 나쁜 일들을 깡그리 털어놓았다. 하지만 할아버지는 절대 그 짓을 하려 하지 않으셨다. 할아버지는, 그런 걸 해봤자 문제만 생길 뿐이다, 자신은 사람들 몇 명이 어떤 한 남자에게 저지른 일을 고백하자 그 남자가 그 사람들을 총으로 쏜 사건을 알고 있다, 사실 총을 쏜 그 남자는 그 사람들이 교회에서 고백하는 것을 듣기 전까지는 전혀 모르고 있었다, 그러니 그런 일들은 자기만 알고 있으면 되지 않겠느냐고 하셨다. 할머니와 윌로 존 역시 신앙고백을 하려고 일어선 적이 한 번도 없으셨다.

내 생각도 할아버지와 같았기 때문에 나도 일어서지 않겠다고 말씀드렸다.

한번은 어떤 남자가 일어나서 자신은 구원받았노라고 말했다. 술 마시는 걸 그만두게 되었다는 것이다. 그는 벌써 몇 년 동안 심하게 술을 마셔댔는데, 이제 더 이상 술을 마시지 않게 되었다고 했다. 그러자 착하게 살겠다는 그의 이야기를 듣고 기분이 좋아진 사람들이 "주를 찬양하라!" "아멘"이라고 외쳤다.

누군가가 일어서서 자신이 저지른 잘못을 고백하기 시작하면, 교회 저 구석 쪽에 앉아 있는 남자는 매번 이렇게 외쳤다.

"모두 다 말하라! 모두 다 고백하라!"

"Amen!"

Every time somebody got up and started telling the bad things he had done, a man over in a corner would always holler, "Tell it all! Tell it all!" He would keep this up every time it 'peared they was going to stop, and they would try to think of something else bad they had done. Sometimes they come out with some pretty bad things, which they might not have done if the man had not been hollering. He never did stand up.

One time a woman stood up. She said the Lord had saved her from wicked ways. The man in the corner hollered, "Tell it all!"

Her face turned red, and she said she had been fornicatin'. She said she was going to stop. She said it was not right. The man hollered, "Tell it all!" She said she had done some fornicatin' with Mr. Smith. There was a commotion while Mr. Smith disassociated hisself from the bench he was on and come walking down the aisle. He walked real fast and went out the church door. About that time two fellers on a back bench got up and eased out the door without hardly any commotion atall.

She called out two more names with which she had done

그 남자는 고백하는 사람이 이야기를 중단할 듯한 기미만 보이면 언제나 이렇게 외치곤 했다. 그러면 고백하는 사람은 머리를 짜내어 자신이 저지른 또 다른 잘못을 생각해내려고 애썼다. 때로는 그 남자가 그렇게 고함을 질러대지 않았더라면 절대 고백하지 않았을, 꽤 심한 잘못들을 털어놓는 사람들도 있었다. 하지만 문제의 그 남자는 자신의 죄를 고백하러 일어선 적이 한 번도 없었다.

언젠가는 한 여자가 일어났다. 그 여자는 주께서 자신을 부정한 길에서 벗어나게 해주었노라고 말했다. 아니나 다를까, 구석에 앉은 남자가 외쳤다.

"다 말하라!"

그 여자의 얼굴이 벌게졌다. 그 여자는 자신이 간음했지만 이젠 그만둘 것이라고 했다. 그건 옳지 않은 일이었다고 하면서. 그 남자가 다시 고함을 질렀다.

"몽땅 다 털어놔라!"

그 여자는 스미스 씨와 몇 번 간음했노라고 털어놓았다. 스미스 씨가 앉아 있던 자리에서 일어나 통로를 지나 교회 밖으로 나가는 동안 사람들은 술렁거렸다. 스미스 씨가 잽싸게 사라지고 나자, 이번에는 뒷자리에 앉아 있던 두 남자가 가만히 일어나 사람들이 눈치채지 못하는 사이에 문밖으로 자취를 감추었다.

그 여자는 자기와 간음을 저지른 두 남자의 이름을 더 말했다. 모두들 그녀가 정말 장한 일을 했다고 하면서 입을 모아 칭찬했다.

예배가 끝나고 교회 밖으로 나갈 때, 남자들은 그 여자와 거리를

some fornicatin'. Everybody was praising her and telling her she had done right.

When we left the church house, the men all walked wide around the woman and would not speak to her. Granpa said they was scared to be seen talking to her. Some of the womenfolks, however, crowded around her and beat her on the back and patted her and told her she had done the right thing.

Granpa said these was women who was wanting to know about their own menfolks, and they figgered if they showed how comforting it was to talk and how good you got treated by talking, they could git some more fornicatin' women to testify.

Granpa said if they did, it would be a hell of a mess. Which it would.

Granpa said he hoped the woman didn't change her mind and decide to go back to fornicatin'. He said she would be in for a disappointment. He said she would not find anybody hardly atall to fornicate with, less'n he was drunk and out of his senses.

Every Sunday before preaching started there was a special time set aside when anybody could stand up and tell about folks who needed help. Sometimes it would be a

두고 멀찌감치 떨어져 걸었고, 그 여자에게 말을 걸지 않았다. 할아버지는 남자들이 그 여자와 얘기하는 게 다른 사람들 눈에 띌까봐 겁을 내기 때문이라고 하셨다. 그러나 여자들 쪽은 그녀 주위에 몰려들어 등을 두드리거나 쓰다듬으면서 그녀가 정말 장한 일을 했노라고 떠들어댔다.

할아버지는 이 여자들은 자기 남편의 꼬리를 잡고 싶어서 그러는 것이며, 고백하면 얼마나 마음이 편해지고 사람들의 칭송을 받게 되는지 보여주어서 간음한 또 다른 여자들을 알아낼 속셈이라고 하셨다.

그러나 할아버지는 진짜로 여자들이 그렇게 너도나도 고백하고 나선다면 아마 끔찍한 상황이 벌어질 거라고 하셨다. 내 생각에도 그럴 것 같았다.

또 할아버지는, 이번에 고백한 그 여자가 마음을 바꿔서 또다시 간음하기로 마음먹지 않았으면 좋겠다, 왜냐하면 그 여자는 무척 실망할 것이기 때문이다, 아마 그 여자는 술주정뱅이나 정신이 나간 사람 말고는 자신과 더불어 간음할 남자를 도저히 찾아내지 못할 것이라고 하셨다.

일요일마다 설교가 시작되기 전에, 누구라도 일어나서 도움이 필요한 사람들에 대해서 이야기할 수 있는 시간이 특별히 마련되어 있었다. 도움이 필요한 사람들이란 옮겨갈 곳이 정해지지 않아서 먹을 식량이 하나도 없는 소작농 가족일 수도 있었고, 때로는 화재로 집이 몽땅 불타버린 사람일 수도 있었다.

그러면 사람들은 다음 일요일날 교회에 올 때, 그들에게 도움이

sharecropper between movings who didn't have anything to eat for his family, or somebody whose house had burned down.

All the people in the church would bring things to help. We always carried a lot of vegetables in the summertime, which we had plenty of. In the winter we would carry meat. One time Granpa made a hickory limb chair and seated it with stripped deer hide for a family that had lost their furniture in a fire. Granpa taken the man aside there in the churchyard and give him the chair and spent a long time showing him how to make it.

Granpa said if you showed a feller how to do, it was a lot better than giving him something. He said if you learnt a man to make for hisself, then he would be all right; but if you just give him something and didn't learn him any- thing, then you would be continually giving to the man the rest of your natural life. Granpa said you would be doing the man a disservice, for if he become dependent on you, then you taken away his character and had stole it from him.

Granpa said some folks liked to just continually give because it made them feel uppity, and better than the feller

될 만한 것들을 가져오곤 했다. 우리는 여름에는 남아도는 야채를 듬뿍 가져갔고, 겨울에는 고기를 가지고 갔다. 한번은 할아버지가 히커리나무로 틀을 짜고, 앉는 자리에는 사슴가죽을 댄 의자를 만들어, 불이 나서 가구를 잃은 가족에게 준 적도 있었다. 할아버지는 그 집 남자를 교회 뜰 한쪽 구석으로 데리고 가 의자를 건네주고 난 다음, 한참 시간을 들여 그것을 만드는 방법까지 자세히 가르쳐주셨다.

할아버지는, 남에게 무언가를 그냥 주기보다는 그것을 만드는 방법을 가르쳐주는 게 훨씬 좋은 일이다, 받는 사람이 제 힘으로 만드는 법을 배우면 앞으로는 필요할 때마다 만들면 되지만, 뭔가를 주기만 하고 아무것도 가르쳐주지 않으면 그 사람은 평생 동안 남이 주는 것을 받기만 할지도 모른다, 그러면 그 사람은 끊임없이 다른 사람에게 의존하게 되기 때문에 결국 자신의 인격이 없어지고 자신의 인격을 도둑질당하는 셈이 되지 않겠는가, 이런 식으로 하면 그 사람에게 친절한 것이 도리어 불친절한 것이 되고 만다고 하셨다.

어떤 사람들은 계속해서 주는 것을 즐긴다. 그렇게 하면 받는 사람보다 자신이 잘났다는 허세와 우월감을 맛볼 수 있기 때문이다. 그러나 정말로 해야 할 일은 받는 사람의 자립심을 일깨울 수 있는 작은 뭔가를 가르쳐주는 것이다.

그런데 인간의 천성이 묘해서 허세 부리고 잘난 척하는 사람을 용케 냄새 맡고 먼저 접근하는 자들도 있다. 할아버지는, 이런 사람들은 자신들을 낚아채려는 사람의 개가 되고 말았으니 정말 불쌍한 사

they was giving to; when all they had to do was learn the feller a little something which would make him dependent on hisself.

Granpa said human nature being what it was they was some fellers found out that some people liked to feel uppity. He said these fellers got to be such sorry men that they was anybody's dog that would hunt them. They got down to where they would rather be a hound to Mr. Upitys than to be their own man. He said they continually whined about what they needed, when what they needed was some learning done by a hard boot stuck in their backside.

Granpa said some nations was uppity in the same way and would give and give so they could call theirselves big shots, when if they had their heart in the right place, would learn the people to who they was giving how to do for theirselves. Granpa said these nations wouldn't do this because then the other people would not be dependent on them, and that's what they was after in the first place.

Me and Granpa was creek washing when he got to talking about it. He got worked up on the whole thing and we had to crawl out on the bank, or he would, more than likely, have drowned in the waters. I asked Granpa who Moses

람들이다, 그 사람들은 타락하여 자기 두 발로 선 인간이기를 포기하고 잘난척 씨의 개가 되는 쪽을 택했다, 그리고 자기들이 필요한 것이 있으면 그때마다 깽깽대곤 하지만, 그 사람들에게 필요한 것은 구둣발로 엉덩이를 힘껏 걷어차여서 뭔가를 좀 배우는 것뿐이라고 하셨다.

할아버지는 또 이런 말도 하셨다. 마찬가지로 나라들 중에도 허세를 부리고 잘난 척하면서 스스로를 맏형이라 부르며 주고 또 주기만 하는 나라들이 있다, 사실 그 나라들이 올바른 사고방식을 가졌다면 공짜로 주는 대신에 상대방 나라들이 혼자 힘으로 어떻게 해야 할지 가르쳐주었을 테지만, 그 나라들은 절대 그렇게 하지 않는다, 그러면 상대방 나라 국민들은 더 이상 그 나라에 의존하지 않을 것이고, 오히려 자신을 따라잡으려 할 것이기 때문이다.

할아버지가 이런 이야기들을 하신 것은 시냇가에서 몸을 씻고 있을 때였다. 이 모든 일들에 할아버지가 너무 심하게 흥분하시는 바람에 우리는 둑 위로 기어올라와야 했다. 그렇게 하지 않으면 할아버지가 발을 헛디뎌 물에 빠지실 게 거의 확실했기 때문이었다. 언젠가 한번은 할아버지에게 모세가 누군지 물은 적이 있었다.

할아버지는 목사가 씩씩거리고 고함을 지르며 떠들어댄 것 말고는 모세에 대해서 생판 아무것도 모른다, 목사는 모세가 예수의 제자인 12사도 중 한 사람이라고 했다고 하셨다.

모세에 대해서는 남들한테 전해들은 것밖에 말해줄 게 없기 때문에, 내가 당신의 말을 곧이곧대로 믿어서는 안 된다고 미리 주의를

was.

Granpa said he had never got a right clear picture of Moses, what with the preacher a'suckin' air and rattling and hollering. The preacher said Moses was a disciple.

Granpa cautioned me not to take his word as bound oath, because he couldn't tell me anything except what he had heard about Moses.

He said Moses taken up with a girl in some bull rush reeds, which he understood growed on the riverbank. He said this was natural, but the girl was rich, and as a matter of fact belonged to a mean son of a bitch called Faro. He said Faro was always killing people. Faro got it in for Moses, more than likely on account of the girl. Which causes some trouble today.

Granpa said Moses hid out and taken the people with him that Faro was trying to kill. He said Moses headed out into a country that didn't have any water in it; and Moses taken a stick and hit a rock and some water come out of it. Granpa said he had no notion atall how he done it ... but that is what he heard.

Granpa said Moses wandered around for years with no idee whatsoever as to where he was going. As a matter of

주신 할아버지가 해주신 모세 이야기는 이랬다.

모세는 강변의 갈대숲에서 한 소녀와 맺어졌다. 그걸로 봐서 그는 그 강둑에서 자란 것 같다. 어쨌든 여자와 남자가 만나는 것 자체는 자연스런 일이지만, 문제는 그 소녀가 부자였고, 사실상 파로(파라오)라고 하는 후레자식의 여자라는 데 있었다. 파로는 끊임없이 사람들을 죽였다. 아마 틀림없이 그 여자애 때문이겠지만, 파로는 모세도 죽이려고 했다. 할아버지는 요즘에도 그런 일은 문제를 만들어 내지 않느냐고 하셨다.

모세는 몸을 숨기고 파로가 죽이려고 하던 다른 사람들을 자기 편으로 끌어들였다. 모세는 그들을 물이라곤 한 방울도 나오지 않는 불모지로 데려갔다. 모세가 지팡이를 잡고 바위를 두드렸더니 거기에서 물이 흘러나왔다. 할아버지는 어떻게 해서 모세가 그런 일을 해냈는지 전혀 이해가 가지 않지만, 어쨌든 당신이 들은 바로는 그랬다고 하셨다.

모세는 자신이 어디로 가고 있는지, 어디로 가야 할지도 모르면서 오랜 세월 동안 헤매고 다녔다. 사실 그는 자기를 따르던 사람들을 그곳에 데려간 것 말고는 아무것도 한 일이 없었다. 그들은 그곳이 어떤 곳이든 갔다. 모세는 그렇게 헤매고 다니던 도중에 죽고 말았다.

할아버지는 삼손이라는 남자가 나타난 것이 바로 그 즈음인 것 같다고 하셨다. 삼손은 언제나 말썽만 일으키는 블레셋인들을 많이 죽였다. 하지만 그가 무슨 까닭으로 블레셋인들과 싸웠는지, 블

fact, he never did git there but the people that kept foller-
ing him around did git there. Wherever it was they was
going. He said Moses died while he was still wandering
around.

Granpa said Samson come in there somewheres and
killed a lot of Philistines who was always making trouble.
He said he didn't know what the fight was about, or if the
Philistines was Faro's men or not.

Granpa said a conniving woman got Samson drunk and
cut his hair off. He said the woman fixed Samson so his
enemies could git at him. Granpa couldn't recollect the
woman's name, but he said it was a good Bible lesson; that
you was to watch out for conniving women who tried to
git ye drunk. Which I said I would.

Granpa taken great satisfaction from learning me that
Bible lesson. It was, more than likely, the only one he had
ever learnt anybody.

Looking back on it, me and Granpa was pretty ignorant
of the Bible. And, I guess, confused as to all the technical
ways by which you got to Heaven. Me and Granpa more or
less figgered we was out of the whole thing, technical
wise, for we never could get it reasoned out to make any

레셋인들이 파로의 부하인지 아닌지는 할아버지도 모르겠다고 하셨다.

그런데 어떤 여자 한 명이 삼손을 배신하여 곤드레만드레 취하게 만든 다음 그의 머리를 완전히 밀어버렸다. 그러고는 삼손을 꽁꽁 묶어서 적에게 넘겼다. 할아버지는 그 여자 이름은 기억해낼 수 없지만, 이 이야기는 성경이 주는 좋은 교훈의 하나라고 하셨다. 즉 술에 취하도록 만들려는 여자는 적과 손잡은 배반자일 수 있으므로 조심해야 한다는 것이다. 나는 앞으로 조심하겠노라고 대답했다.

할아버지는 성경에서 교훈을 끄집어내어 나에게 가르쳐줄 수 있었던 것에 대단히 만족해하셨다. 할아버지가 교훈을 가지고 다른 사람을 가르친 것은 아마 이때가 처음이자 마지막이 아니었나 싶다.

지금 돌이켜보면 할아버지도 나도 성경에 대해서 무척 무지했던 게 사실이다. 특히나 우리는 천당 가는 그 복잡한 의식 절차에 대해서 몹시 혼란스러워했다. 할아버지와 나는 의식 절차를 포함하여 그 모든 문제에 대해 어느 정도 거리를 두었다. 아무리 따져봐도 한 번도 납득이 가는 결론을 얻을 수 없었던 것이다.

한번 뭔가를 단념하고 나면 그 사람은 일종의 방관자가 된다. 할아버지와 나는 종교상의 의식 절차에 대해서는 방관자로 행동했다. 사실 우리는 그 문제에 대해서 안달복달하고 싶은 생각이 조금도 없었다…… 이미 포기했기 때문이었다.

할아버지는, 내가 물 문제를 잊기로 한 건 정말 잘한 일이다, 할아버지 자신도 오래전에 그 문제를 완전히 놓아버렸는데, 그때 이후로

sense atall.

Once you give up on something, then you are kind of an onlooker. Me and Granpa was onlookers when it come to technical church religion, and had no anxious feeling about it atall ... as we had give it up.

Granpa said I had just as well fergit about the water situation. He said he had totally give up on it a long time ago, and felt better since that time.

He said he, privately speaking, couldn't reason as to what in the hell water had to do with it.

I felt the same way and so give up on the water.

훨씬 마음이 편해졌다고 하셨다.

그리고 할아버지는 우리끼리 하는 얘기지만, 도대체 지옥이 물과 무슨 관계가 있는지 알 수 없다고 하셨다.

나도 그렇게 느꼈기 때문에 물 문제는 더 이상 생각 않기로 했다.

Mr. Wine

*H*e had come all through the winter and the spring, once a month, regular as sundown, and spent the night. Sometimes he would stay over with us a day and another night. Mr. Wine was a back peddler.

He lived in the settlement, but walked the mountain trails with his pack on his back. We always knew about the day he would come, and so when the hounds bayed me and Granpa would go down the hollow trail to meet him. We would help him carry his pack to the cabin.

Granpa would carry the pack. Mr. Wine usually had a clock with him that he let me carry. He worked on clocks. We didn't have one, but we helped him work on his clocks on the kitchen table.

Granma would light the lamp and Mr. Wine would put a clock on the table and open its insides. I was not tall enough to see by setting down, so I always stood on a chair next to Mr. Wine and watched him take out little

와인 씨

그 분은 겨울과 봄 동안 한 달에 한 번씩, 해가 지는 것만큼이나 규칙적으로 우리 집에 찾아와 하루씩을 묵고 갔다. 때로는 이틀 밤을 묵는 경우도 있었다. 와인 씨는 등짐장수였다.

와인 씨는 개척촌에 살고 있었지만, 보따리를 등에 짊어지고 산으로 다니며 장사를 했다. 우리는 그가 오는 날이 언제인지 알고 있었기 때문에, 개들이 짖기 시작하면 골짜기길을 달려내려가 그를 마중하곤 했다. 우리는 그를 도와서 그의 짐을 우리 집으로 옮겼다.

할아버지는 보따리를 들어주었고, 나는 와인 씨가 언제나 가지고 다니는 시계를 옮겼다. 그는 시계를 수리하는 일도 했다. 우리 집에는 시계가 한 대도 없었지만, 그가 시계를 수리할 수 있도록 부엌 식탁을 빌려주었다.

할머니가 등잔에 불을 붙이면, 와인 씨는 시계를 식탁 위에 올려놓고 나사를 풀어서 속을 열었다. 의자에 앉아서 볼 만큼 키가 크지 않았던 나는 와인 씨 옆의 의자에 올라서서 그가 작은 태엽이며 금색 나사 따위를 떼어내는 것을 지켜보았다. 와인 씨의 손이 쉬지 않고 일하는 동안, 할아버지와 그분은 이런저런 이야기를 나누셨다.

와인 씨의 연세는 아마 거의 백 살 정도는 되었을 것이다. 그는 새

springs and gold screws. Granpa and Mr. Wine talked while he worked on the clocks.

Mr. Wine was maybe a hundred years old. He had a long white beard and wore a black coat. He had a little round black cap that set on the back of his head. Mr. Wine was not his real name. His name started off with Wine, but it was so long and complicated we couldn't get it straight, so we called him Mr. Wine. Mr. Wine said it didn't matter. He said names was not important, it was more or less how you said it. Which is right. Mr. Wine said some Indian names was beyond anything atall that he could say proper so he made up names hisself.

He always had something in his coat pocket; usually an apple, one time he had an orange. But he could not remember anything.

We would eat supper in dusk evening; then, while Granma cleared the table, Mr. Wine and Granpa would set in rockers and talk. I would pull my chair between them and set too. Mr. Wine would be talking and stop. He would say, "It seems like I'm forgetting something, but I don't know what it is." I knew what it was, but would not say anything. Mr. Wine would scratch his head and comb his

하얀 수염을 가슴까지 늘어뜨리고, 언제나 검은 코트를 입고 다녔으며, 머리 뒤쪽으로 작고 둥근 검은 모자를 딱 붙여 쓰고 있었다. 와인이 그의 본명은 아니었다. 그의 이름은 와인 뭐라고 시작되지만 하도 길고 복잡해서 도저히 다 기억할 수가 없었다. 그래서 우리는 그를 그냥 와인 씨라고 불렀다. 와인 씨 자신도 그런 건 중요하지 않다고 말씀하셨다. 그는 이름 따위는 중요하지 않기 때문에 어떤 식으로 불러도 좋다고 하셨다. 맞는 말씀이었다. 와인 씨는 인디언들 이름 중에도 자신이 제대로 발음하지 못하는 것들이 있어서 이쪽에서 멋대로 지어 부른다고 하셨다.

와인 씨의 코트 주머니에는 항상 무언가가 들어 있었다. 대개는 사과 한 알이었지만, 오렌지였던 적도 한 번 있었다. 하지만 와인 씨 자신은 그 사실을 까맣게 잊고 있었다.

날이 어둑어둑해질 무렵, 저녁을 먹고 나서 할머니가 식탁을 치우시는 동안 와인 씨와 할아버지는 흔들의자에 앉아 이야기를 나누셨다. 내가 다가가 두 분 사이에 놓은 내 의자에 앉으면, 와인 씨는 하던 이야기를 멈추고 이렇게 말씀하셨다.

"아무래도 뭔가 잊고 있는 것 같은데…… 뭔지 알 수가 없구먼."

나는 그게 뭔지 알고 있었지만 아무 말도 하지 않았다. 와인 씨는 머리를 긁적거리기도 하고 손가락으로 수염을 훑기도 하셨다. 할아버지도 와인 씨를 도와주려 하지 않았다. 마침내 와인 씨가 나를 내려다보면서 물으셨다.

"작은 나무야, 내가 잊은 게 뭔지 좀 생각해봐주지 않을래?"

beard with his fingers. Granpa wouldn't help atall, Finally Mr. Wine would look down at me and say, "Could you help me remember what it is, Little Tree?"

I would tell him, "Yes, sir, more than likely, you was totin' something in your pocket that you couldn't recollect."

Mr. Wine would jump straight up in his chair and slap at his pocket and say, "Whangdaggle me! Thank you Little Tree, for reminding me. I'm gettin' so I can't think." Which he was.

He would pull out a red apple that was bigger than any kind raised in the mountains. He said he run acrost it and picked it up, and was intending to throw it away, as he didn't like apples. I always told him I would take it off his hands. I stood ready to split with Granma and Granpa, but they didn't like apples either. Which I did. I saved the seeds and planted them along the spring branch, intending to raise lots of trees that give up that kind of apple.

He could not remember where he put his glasses. When he worked on the clocks, he wore little glasses on the end of his nose. They were held together with wire and the handles that went behind his ears had cloth wrapped

그러면 나는 이렇게 말했다.

"그럴게요. 와인 씨 주머니 속에 들어 있는 것 때문에 그런 것 아닐까요?"

자리에서 벌떡 일어난 와인 씨가 자신의 주머니를 두드려보았다.

"어이쿠, 그래. 맞아! 작은 나무야, 알려줘서 고맙구나. 나이가 들수록 더 잘 까먹는다니까."

확실히 그는 건망증이 심했다.

와인 씨는 주머니에서 빨간 사과 한 알을 꺼냈다. 이 근처 산에서 나는 어떤 종자의 사과보다도 더 컸다. 와인 씨는 다니다가 우연히 눈에 띄어서 따두었는데, 자신은 사과를 좋아하지 않기 때문에 버릴 작정이었노라고 하셨다. 그렇다면 그 사과를 내가 받아도 되겠느냐고 그에게 물었다. 나는 할아버지 할머니와도 나눠 먹을 생각이었는데 두 분 다 사과를 좋아하지 않는다고 말씀하셨다. 나로 말할 것 같으면 사과를 굉장히 좋아한다. 나는 사과씨를 잘 보관해두었다가 개울가를 따라 심었다. 그렇게 큰 사과가 열리는 사과나무들을 잔뜩 기르고 싶었던 것이다.

와인 씨는 안경을 어디에 두었는지 잊어버리는 일도 많았다. 시계 수리를 할 때 그는 코끝에 걸치는 작은 안경을 쓰곤 했는데, 동그란 렌즈 두 개는 철사로 연결했고, 귀 뒤로 거는 테에는 헝겊이 감겨 있었다.

할아버지에게 말을 걸 때 와인 씨는 일하던 걸 멈추고 안경을 머리 위로 올렸다. 그러고 나서 다시 일을 시작하려 하면 안경이 보이

around them.

He would stop working and push his glasses up on his head while he talked to Granpa. When he started back to work, he couldn't find them. I knew where they was. He would feel around on the table and look at Granpa and Granma, and say, "Now where in devil's torment is my glasses?" Him and Granpa and Granma would all grin at each other, feeling foolish that they didn't know. I would point to his head and Mr. Wine would slap hisself on the head, total stumped that he had left them there.

Mr. Wine said he could not work on his clocks if I had not been there to help him find his glasses. Which he couldn't.

He learnt me to tell time. He would twist the hands of the clock around and ask me what time it was, and would laugh when I missed. It didn't take me long before I knew everything.

Mr. Wine said I was getting a good education. He said there wasn't hardly any young'uns atall my age that knew about Mr. Macbeth or Mr. Napoleon, or that studied dictionaries. He learnt me figures.

I could already figure money somewhat, being in the

지 않는다. 물론 나는 어디 있는지 알고 있었다. 와인 씨는 식탁 위를 더듬어보다가 할아버지와 할머니를 쳐다보며 말씀하셨다.

"귀신이 장난을 쳤나? 안경이 어디로 갔지?"

세 분은 서로 얼굴을 바라보면서 그런 것도 모르다니 자신들이 참 멍청하다는 듯이 웃음을 흘리셨다. 그때 내가 손가락으로 와인 씨의 머리를 가리키면, 와인 씨는 손바닥으로 자기 이마를 찰싹 치곤 했다. 그런 곳에다 안경을 놔두다니 정말 질린다는 뜻이었다.

와인 씨는 내가 옆에서 안경 찾는 걸 도와주지 않았더라면 자신은 시계를 수리할 수 없었을 거라고 하셨다. 실제로 그랬을 것이다.

와인 씨는 나에게 시계 보는 법을 가르쳐주셨다. 시계바늘들을 돌려가면서 몇 시인지 나더러 알아맞혀보라고 하셨다. 틀리면 큰 소리로 웃었다. 나는 얼마 안 가 시계 보는 법을 완전히 익힐 수 있게 되었다.

와인 씨는 내가 아주 좋은 교육을 받고 있다고 하셨다. 내 또래 애들 중에서 맥베스 씨나 나폴레옹 씨에 대해 알고 있는 아이는 아마 거의 없을 것이며, 사전을 공부하고 있는 아이도 없을 거라고 하면서. 그분은 나에게 산수도 가르쳐주셨다.

나는 위스키 거래 덕분에 그 즈음엔 돈 계산도 어느 정도 할 수 있었다. 한번은 와인 씨가 종이와 몽당연필을 꺼내시더니 숫자들을 쭉 써내려갔다. 그러고는 숫자 쓰는 법에서부터 덧셈, 뺄셈, 곱셈하는 법까지 가르쳐주셨다. 옆에서 구경하시던 할아버지는 당신이 알고 있는 누구보다도 내가 더 계산을 잘한다고 칭찬해주셨다.

whiskey trade, but Mr. Wine would take out some paper and a little pencil and put figures down. He would show me how to make the figures and how to add them, and take away, and multiply. Granpa said I was might near better than anybody he had ever seen, doing figures.

Mr. Wine gave me a pencil. It was long and yeller. There was a certain way you sharpened it, so that you didn't make the point too thin. If you made the point too thin it would break, and you would have to sharpen it again; which used up the pencil for no need atall.

Mr. Wine said the way he showed me how to sharpen the pencil was the thrifty way. He said there was a difference between being stingy and being thrifty. If you was stingy, you was as bad as some big shots which worshipped money and you would not use your money for what you had ought. He said if you was that way then money was your god, and no good would come of the whole thing.

He said if you was thrifty, you used your money for what you had ought but you was not loose with it. Mr. Wine said that one habit led to another habit, and if they was bad habits, it would give you a bad character. If you was loose with your money, then you would get loose with your time,

와인 씨가 내게 연필 한 자루를 주셨다. 기다랗고 노란 연필이었다. 연필 깎는 데도 요령이 있다. 연필심을 너무 가늘게 깎으면 안 된다. 심을 너무 가늘게 하면 금방 부러져버려 연필을 또 깎아야 한다. 그렇게 되면 쓰지도 않으면서 연필 길이만 점점 짧아져갈 뿐이다.

와인 씨는 나에게 가르쳐준 연필 깎는 방법을 절약하는 방법이라고 하셨다. 인색한 것과 절약하는 것은 다르다. 돈을 숭배하여 돈을 써야 할 때도 쓰지 않는 일부 부자들만큼이나 나쁜 게 인색한 것이다. 그런 식으로 살면 돈이 그 사람의 신(神)이 되기 때문에 그 사람은 인생에서 어떤 착한 일도 하지 못한다.

하지만 써야 할 때 돈을 쓰면서도 낭비하지 않는 것은 절약하는 것이다. 와인 씨는 버릇은 또 다른 버릇을 만들어내게 마련이라서, 나쁜 버릇을 가지고 있으면 결국 성격도 나빠진다고 했다. 그래서 돈을 낭비하는 버릇이 있는 사람은 시간을 낭비하게 되고, 그 다음엔 생각을 허술히 낭비하게 되며, 결국 나중에 가서는 모든 걸 낭비하게 된다. 정치가들은 모든 사람들이 이렇게 허술해지면 권력을 쥘 절호의 기회가 왔다고 여긴다. 그리하여 정치가는 느슨한 사람들 위에 군림하다가 얼마 안 가 독재자로 변한다. 와인 씨는 절약하는 사람들은 절대 자기 머리 위에 독재자를 갖는 법이 없다고 하셨다. 옳은 말씀이었다.

와인 씨는 정치가에 대해서 할아버지와 나와 견해가 같았다.

할머니는 와인 씨가 오면 그때마다 실을 약간씩 사곤 했다. 5센트짜리 동전 한 개로 조그만 실꾸러미는 두 개를, 큰 거라면 한 개를 살

loose with your thinking and practical everything else. If a whole people got loose, then politicians seen they could get control. They would take over loose people and before long you had a dictator. Mr. Wine said no thrifty people was ever taken over by a dictator. Which is right.

He had the same consideration as me and Granpa for politicians.

Granma usually bought some thread from Mr. Wine. Little spools of thread was two for a nickel and there was big spools that was a nickel apiece. Sometimes she bought buttons, and once she bought some red cloth with flowers on it.

There was all kinds of things in the pack; ribbons of every color, pretty cloth and stockings, thimbles and needles, and little shiny tools. I would squat by the pack when Mr. Wine opened it on the floor and he would hold up things and tell me what they was. He give me a figuring book.

The book had all the figuring in it, and told you how to do it. This was so I could learn to do figuring all through the month. I got so far ahead each month that when Mr. Wine come by, he was total stumped.

수 있었다. 가끔 단추를 살 때도 있었다. 한번은 꽃무늬가 있는 빨간 천을 사신 적도 있었다.

와인 씨의 짐보따리 속에는 온갖 종류의 물건들이 들어 있었다. 온갖 색깔의 리본들과 예쁜 천과 양말, 골무, 바늘, 그 외 반짝이는 여러 바느질 도구들. 나는 와인 씨가 짐보따리를 마루에 펼칠 때마다 옆에 쭈그리고 앉아서 열심히 구경하곤 했다. 그러면 와인 씨는 물건들을 들어올리며 그게 뭔지 설명해주었다. 언젠가 그분은 산수 책 한 권을 나에게 주셨다.

그 책에는 온갖 셈들과 셈하는 법에 대한 설명들이 들어 있었다. 그 책 덕분에 나는 그 달 내내 산수 공부를 할 수 있었고, 어찌나 진도가 많이 나갔던지 와인 씨는 우리 집에 올 때마다 혀를 내두르곤 하셨다.

와인 씨는 셈을 익히는 것이 중요하다고 하셨다. 그는 교육이란 것은 두 개의 줄기를 가진 한 그루의 나무와 같다고 하셨다. 한 줄기는 기술적인 것으로, 자기 직업에서 앞으로 발전해가는 법을 가르친다. 그런 목적이라면 교육이 최신의 것들을 받아들이는 것에 자신도 찬성이라고 와인 씨는 말씀하셨다. 그러나 또 다른 한 줄기는 굳건히 붙들고 바꾸지 않을수록 좋다. 와인 씨는 그것을 가치라고 불렀다.

와인 씨는, 정직하고, 절약하고, 항상 최선을 다하고, 다른 사람들을 배려하는 것을 가치 있게 여기는 것이야말로 다른 어떤 것보다 중요하다, 만일 이런 가치들을 배우지 않으면 기술면에서 아무리 최신의 것들을 익혔다 하더라도 결국 아무 쓸모도 없다고 했다.

Mr. Wine said figuring was important. He said education was a two-part proposition. One part was technical, which was how you moved ahead in your trade. He said he was for getting more modern in that end of education. But, he said, the other part you had better stick to and not change it. He called it valuing.

Mr. Wine said if you learnt to place a value on being honest and thrifty, on doing your best, and on caring for folks; this was more important than an on be. He said if you was not taught these values, then no matter how modern you got about the technical part, you was not going to get anywheres atall.

As a matter of fact, the more modern you got without these valuings, then you would more than likely use the modern things for bad and destroying and ruining. Which is right, and not long after that was proved out.

Every once in a while we had a hard time fixing the clocks, so Mr. Wine would stay with us a day and another night. Once he brought a black box with him which he said was a Kodak. He could take pictures with it. He said he was not very good at it—taking the pictures. He said some folks had ordered the Kodak and he was taking it to them,

사실 이런 가치들을 무시한 채 현대적이 되면 될수록, 사람들은 그 현대적인 것들을 잘못된 일, 부수고 파괴하는 일에 더 많이 쓴다고 하셨다. 맞는 말씀이었다. 그리고 오래지 않아 그분의 말이 옳다는 것을 밝혀주는 사건이 일어났다.

시계 수리가 힘들고 시간이 많이 걸릴 때면 와인 씨는 우리 집에서 하룻밤을 더 묵다 가곤 하셨다. 한번은 와인 씨가 검은 상자 하나를 들고 오셨다. 코닥 사진기라고 하면서 그걸로 사진을 찍을 수 있다고 하셨다. 그분은, 자신도 그 기계를 써서 사진을 찍는 데 능숙한 것은 아니라고 하셨다. 어떤 사람들이 이 코닥 사진기를 주문해서 갖다주는 길이지만, 어쨌든 여기서 우리 사진을 찍는다고 해서 기계가 닳지는 않을 것이며, 사용한 흔적이 남지도 않을 것이라며 우리 사진을 찍어주셨다.

와인 씨는 내 사진과 할아버지 사진 한 장씩을 찍었다. 그 상자는 찍는 사람이 해를 마주 보고 있지 않으면 사진을 찍으려 하지 않았다. 와인 씨 자신도 그 복잡한 기계와 친해지기 힘들다고 하셨다. 그 점은 할아버지도 마찬가지셨다. 할아버지는 그 물건을 의심스러워하셨기 때문에 딱 한 장밖에 사진 찍는 것을 허락하지 않으셨다. 할아버지는, 지금까지 한 번도 저런 물건이 있다는 얘기를 들어본 적이 없다, 그러니 나중에 시간이 지나서 어떤 결과가 나올지 알 때까지는 저런 처음 보는 물건은 쓰지 않는 게 상책이라고 하셨다.

와인 씨는 할아버지에게 나와 함께 서 있는 자신의 모습을 사진기로 찍어달라고 부탁하셨다. 그 사진 한 장을 찍는 데 오후 한나절이

but he said it would not hurt it atall or show any use if he taken our picture.

He taken a picture of me, and of Granpa too. The box would not take the picture unless you was facing d'rect at the sun, and Mr. Wine said he was not too took up with the whole contraption anyhow. Granpa wasn't either. He was suspicious of the thing and would not stand but for one picture. Granpa said you never knowed about them things and it was best not to use anything new like that until you found out what would happen over a period of time.

Mr. Wine wanted Granpa to take a picture of me and him. It took us practical all evening to take it. Me and Mr. Wine would get all set. He would have his hand on my head, and we would both be grinning at the box. Granpa would say he couldn't see us through the little hole. Mr. Wine would go to Granpa and get the box leveled up and come back. We would stand again. Granpa would say we would have to move over a ways, as he couldn't see anything but an arm.

Granpa was nervous about the box. I suspicioned he figured they was something in it that was liable to get out. Me and Mr. Wine faced the sun so long that neither one of us

다 지나갔다고 해도 과언이 아니다. 와인 씨와 나는 뻣뻣한 자세로 그 상자 앞에 섰다. 와인 씨의 한쪽 손은 내 머리 위에 얹혀 있었고, 두 사람 모두 상자를 향해 씩 웃는 얼굴을 했다. 그런데 작은 구멍을 한참 동안 들여다보시던 할아버지가 아무리 봐도 우리 모습이 보이지 않는다고 하셨다. 와인 씨가 할아버지에게로 가더니 상자의 각도를 약간 올리고 나서 제자리로 돌아왔다. 우리는 또다시 자세를 잡았다. 그러자 할아버지는 이번엔 팔 하나밖에 보이지를 않으니 좀 옆으로 움직이라고 주문하셨다.

할아버지는 그 검은 상자를 꺼림칙하게 여기셨다. 속에서 뭔가가 확 튀어나올 걸로 생각하시는 듯했다. 와인 씨와 나는 워낙 오랫동안 해를 마주 보며 서 있느라 눈이 부셔서 한동안 아무것도 볼 수가 없었다. 드디어 할아버지가 사진 한 장을 찍으셨다. 하지만 솜씨가 그리 좋지는 않으셨던가보다. 다음 달에 와인 씨가 완성된 사진을 가지고 왔을 때, 할아버지와 내 모습은 사진 속에서 또렷이 보였지만, 할아버지가 찍은 사진에서는 와인 씨와 내가 함께 있는 모습을 찾을 수 없었다. 우리는 그 사진에서 몇몇 나무 꼭대기들의 모습과 그 위쪽의 작은 얼룩 몇 개를 찾아낼 수 있었다. 한참 동안 그 사진을 연구하고 난 할아버지는 그 얼룩들이 새가 틀림없다고 환호성을 올리셨다.

할아버지는 그 새 사진을 무척 자랑스러워하셨다. 나도 그랬다. 할아버지는 사진을 사거리 상점에 가지고 가서 젠킨스 씨에게 보여주고는, 그 새 사진을 당신이 손수 찍었노라고 자랑하셨다.

could see a thing before Granpa finally got the picture taken. It didn't work out though. The next month when Mr. Wine brought the pictures, mine and Granpa's showed up plain, but me and Mr. Wine was not even in the picture that Granpa had taken. We could make out the tops of some trees and some specks above the trees; which after studying the picture awhile Granpa said was birds.

Granpa was proud of the bird picture and I was too. He taken it to the crossroads store and showed it to Mr. Jenkins, and told him he had personally taken the picture of the birds.

Mr. Jenkins couldn't see good. Me and Granpa worked at it for might near an hour, pointing out the birds; and he finally saw them. I figured me and Mr. Wine was more than likely standing somewhere down below the birds.

Granma would not have her picture taken. She would not say why, but she was suspicious of the box and would not touch it.

After we got the pictures back, Granma was taken with them. She studied them a lot and put them on the log over the fireplace, and was continually watching them. I believe she would have stood for a picture after that; but we didn't

그런데 젠킨스 씨는 시력이 좋지 않았다. 할아버지와 내가 그 새들을 손가락으로 가리키면서 젠킨스 씨에게 납득시키고, 젠킨스 씨가 마침내 새 모습을 알아보게 되기까지 아마 한 시간은 꼬박 걸리지 않았나 싶다. 와인 씨와 나는 그 새들이 날아다니는 하늘 저 아래쪽 어딘가에 서 있었을 것이 확실했다.

할머니는 사진 찍히는 것을 완강히 거부하셨다. 그 까닭은 말씀하시지 않았지만, 그 상자를 꺼림칙하게 여기시면서 아예 만지려고도 하지 않으셨다.

그렇지만 완성된 할아버지와 내 사진을 보자 할머니는 완전히 마음을 뺏기고 말았다. 할머니는 그 사진들을 보고 또 보고 하시더니, 난로 위 통나무 가로대 위에 올려놓으셨다. 그러고 나서도 할머니는 그 사진에서 거의 눈을 떼지 못하셨다. 나는 할머니가 이제는 당신의 사진을 찍도록 허락하시리라고 여겼다. 하지만 이번에는 사진기가 없었다. 이미 와인 씨가 그것을 주문한 사람들에게 배달해주었던 것이다.

와인 씨는 사진기 주문을 또다시 받을 거라고 했지만 그것은 실현되지 않았다. 그 여름이 와인 씨의 마지막 여름이었기 때문이다.

여름이 작별을 고하고 있었다. 여름은 한껏 졸린 듯 마지막을 향해 느릿느릿 움직였다. 쨍쨍거리며 눈부신 하얀빛을 흩뿌리던 해도 누렇고 뿌연 황금색으로 바뀌어, 오후 하늘의 기세를 누그러뜨린 채 여름의 죽음을 재촉하고 있었다. 할머니는 길고 긴 잠을 잘 준비를 하는 것이라고 하셨다.

have the Kodak, as Mr. Wine had to deliver it to the people who had ordered it.

Mr. Wine said he was going to get another Kodak but he didn't for this was his last summer.

Summer was getting ready to die, dozing away the days at the ending. The sun commenced to change from the white heat of life to a hazing of yeller and gold, blurring the afternoons and helping summer die. Getting ready, Granma said, for the big sleep.

Mr. Wine made his last trip. We didn't know it then, though me and Granpa had to help him across the foot log and up the steps of the porch. Maybe he knew.

When he unstrapped his pack, there on the cabin floor, he taken out a yeller coat. He held it up and the lamp shined on it like gold. Granma said it reminded her of wild canaries. It was the prettiest coat we had ever seen. Mr. Wine turned it round and round in the lamp light and we all looked at it. Granma touched it, but I didn't.

Mr. Wine said he didn't have any sense and was always forgetting things, which he was. He said he had made the coat for one of his great-grand young'uns which lived acrost the big waters, but he made the size for what his

와인 씨가 마지막으로 우리 집에 들르셨다. 물론 그 당시 우리는 그게 마지막인 걸 몰랐다. 통나무다리를 건너고 계단을 오를 때 할 아버지와 내가 부축해드리기까지 했는데도 말이다. 하지만 어쩌면 와인 씨 자신은 알고 있었는지도 모른다.

오두막집 마루 위에 펼친 보따리에서 와인 씨는 노란 코트 한 벌을 꺼내셨다. 와인 씨가 그 코트를 들어 보이자, 코트는 등잔 불빛을 받 아 금색으로 번쩍였다. 할머니는 그걸 보니 야생 카나리아가 생각난 다고 하셨다. 그것은 우리가 지금까지 본 것 중에서 가장 멋진 코트 였다. 와인 씨는 등잔불 아래에서 코트를 앞뒤로 돌려가며 보여주셨 다. 우리 모두 넋을 잃고 그 모습을 바라보았다. 할머니가 손끝으로 살그머니 그 코트를 만져보셨지만 나는 코트에 손을 대지 않았다.

와인 씨는 항상 뭔가를 잊어버리곤 해서 큰일이라고 한탄하셨다. 사실 그분은 그랬다. 와인 씨는 그 코트를 멀리 바다 건너에 사는 증 손자에게 주려고 만들었는데, 그 사이에 세월이 흐른 걸 그만 깜박 잊고 증손자가 어렸을 때의 몸집에 맞추었다고 하셨다. 만들고 나서 야 와인 씨는 완전히 잘못 만들었다는 것을 깨달았다. 이제 그 옷을 입을 사람은 어디에도 존재하지 않았다.

와인 씨는, 다른 사람이 쓸 수도 있는 물건을 버리는 건 죄악이다, 이제 자신은 늙어서 더 이상 죄를 짓는 것을 감당할 수 없다, 그래서 어찌나 걱정이 되는지 잠도 잘 못 자고 있다, 만일 그 옷을 입어주어 자신을 도와줄 사람을 찾아내지 못하면 자신은 완전히 쓰러지고 말 것이라고 하셨다. 우리 모두 잠시 동안 그 문제를 연구했다.

great-grand young'un was years ago. After he got it made, then he remembered that it was a total misfit. Now there wasn't anybody could wear it.

Mr. Wine said it was a sin to throw something away that could be used by somebody. He said he was so worried that he couldn't sleep, because he was getting old and couldn't stand any more sin put on him. He said if he couldn't find somebody which would favor him by wearing the coat that he reckined he was total lost. We all studied on that for a while.

Mr. Wine had his head bowed and looked like he was done lost already. I told him I would try to wear it.

Mr. Wine looked up and his face broke out in a grin amongst the whiskers. He said he was so forgetful he had plumb forgot to ask me for the favor. He pulled hisself up and danced a little jig around and said I had totally lifted a sin and a big load off of him. Which I had.

Everybody put the coat on me. Granma pulled on the sleeve, while I stood there with it on. Mr. Wine smoothed the back and Granpa pulled the bottom down. It fit perfect; as I was the same size as Mr. Wine had remembered his great-grand young'un.

고개를 숙이고 앉아 있는 와인 씨의 모습을 보니 지금 당장이라도 쓰러지지 않을까 걱정이 되었다. 나는 그분에게 그 옷을 내가 입으면 어떻겠느냐고 물었다.

번쩍 고개를 든 와인 씨의 수염 가득한 얼굴에는 기쁜 웃음이 번져갔다. 그분은, 나에게 그런 호의를 베풀어달라고 부탁하는 걸 까맣게 잊고 있었다니, 정말 자신은 건망증이 심하다고 하셨다. 그분은 정말 기분이 좋으신지 일어서서 잠시 지그춤까지 추시며, 내 덕분에 죄를 완전히 벗고 무거운 짐을 내려놓을 수 있게 됐다고 기뻐하셨다. 내가 그분을 그렇게 크게 도와드린 것이다.

그러고 나자 모두가 달라붙어 나에게 코트를 입히기 시작했다. 옷을 다 입고 세 분 앞에 서자, 할머니는 코트의 소매를 펴주셨고, 와인 씨는 등을 털어주셨으며, 할아버지는 옷자락을 아래로 반듯하게 당겨주셨다. 나에게 딱 맞았다. 와인 씨가 생각하고 있던 증손자의 몸집이 내 몸집과 똑같았던 모양이다.

나는 할머니가 잘 보실 수 있게 불빛 아래에서 몸을 이리저리 돌렸으며, 할아버지가 소매를 보실 수 있도록 팔을 쭉 뻗어 보이기도 했다. 우리 모두 그 옷을 손으로 만져보았다. 어찌나 부드럽고 매끄러운지 손끝에서 미끄러졌다. 와인 씨는 얼마나 기쁜지 울기까지 하셨다.

나는 코트를 입고 저녁을 먹느라 접시 위로 입을 쭉 내밀고 음식을 흘리지 않도록 조심했다. 잘 때도 입고 자고 싶었지만, 할머니가 입고 자면 구겨질 거라고 말리셨다. 대신 할머니가 그 코트를 침대

I turned round and round in the light, for Granma to see all sides. I held out my arms so Granpa could see the sleeves, and we all felt of it. It was soft and slid smooth and easy under our hands. Mr. Wine was so happy that he cried.

I wore my coat when we et supper and was careful to keep my mouth over the plate and not spill anything on it. I would have slept in it, but Granma said sleeping in it would make it wrinkle. She hung it on the post of my bed so I could look at it. The moonlight coming through my winder made it shine even more.

Laying there, looking at the coat, I determined right off that I would wear it to church and to the settlement. I might even wear it to the crossroads store when we delivered our wares. It 'peared to me that the more I wore it, the more sin would get lifted off Mr. Wine.

Mr. Wine slept on a pallet quilt. He laid it out on the floor of the settin' room, across the dogtrot from our sleeping rooms. I told him he could use my bed, as I liked to sleep on a pallet, but he would not do it.

That night, as I lay abed, somehow or other I got to thinking that even though I was doing Mr. Wine a favor, maybe I'd ought to thank him for the yeller coat. I got up

기둥에 걸어주셔서, 나는 침대에 누워 그 옷을 쳐다볼 수 있었다. 창문으로 새어 들어오는 달빛에 코트는 아까보다 더 밝게 빛났다.

침대에 누워 코트를 쳐다보면서 교회 갈 때도, 또 개척촌에 갈 때도 입고 가야겠다고 마음먹었다. 사거리 상점에 물건을 넘겨주러 갈 때도 입고 갈 작정이었다. 내가 코트를 자주 입으면 입을수록 와인 씨의 죄가 점점 가벼워질 것처럼 느껴졌다.

와인 씨는 짚을 엮어 만든 자리에서 주무셨다. 그분은 내 침실에서 '개 통로'를 지나면 있는 거실 바닥에다 그 짚자리를 폈다. 나는 짚으로 엮은 자리를 좋아하기 때문에 내 침대와 바꿔도 좋다고 제안했지만, 와인 씨는 그렇게 하려 하지 않으셨다.

그날 밤, 침대에 누워서 나는 여러 가지 생각을 했다. 설사 와인 씨를 위해서 해준 일이라고 해도 노란 코트를 줘서 고맙다는 인사는 해야 할 것 같았다. 자리에서 일어나 발끝으로 살금살금 걸어 개 통로를 지난 뒤, 거실문을 가만히 밀고 안을 들여다보았다. 와인 씨는 자리 위에 무릎을 꿇고 앉아 머리를 숙이고 계셨다. 기도를 하시는 것 같았다.

와인 씨는 자신에게 큰 기쁨을 안겨준 작은 소년에게 감사하고 있었다. 나는 그 작은 소년이 바다 건너에 사는 그의 증손자일 거라고 생각했다. 그분은 부엌 식탁에 초를 켜놓고 계셨다. 나는 가만히 서 있었다. 남이 기도할 때는 소리 내면 안 된다고 할머니에게 배웠기 때문이다.

잠시 후에 와인 씨가 얼굴을 들어 나를 바라보더니, 들어오라고

and tiptoed across the dogtrot and eased open the door. Mr. Wine was kneeling on his pallet and had his head bowed. He was saying prayers, I figured.

He was giving thanks for a little boy who had brought him so much happiness; which I figured was his great-grand young'un acrost the big waters. He had a candle lit on the kitchen table. I stood quiet, for Granma had learnt me not to make a noise while people was saying prayers.

In a minute, Mr. Wine looked up and saw me. He told me to come in. I asked him why he had lit the candle, when we had a lamp.

Mr. Wine said all his folks was acrost the big waters. He said there was not but one way he could be with them. He said he only lit the candle at certain times, and they lit a candle at the same time, and that they was together when they did this for their thoughts was together. Which sounds reasonable.

I told him we had folks scattered far off in the Nations, and had not figured such a way as that to be with them. I told him about Willow John.

I said I was going to tell Willow John about the candle. Mr. Wine said Willow John would understand. I plumb

하셨다. 나는 등잔이 있는데 왜 촛불을 켰느냐고 물었다.

와인 씨는, 자신의 가족들은 모두 넓은 바다 건너에 살고 있어서 그들과 함께 있을 수 있는 방법은 딱 한 가지밖에 없다, 자신과 가족들이 매일 밤 정해진 시간에 똑같이 촛불을 켜는 것이다, 이렇게 촛불을 켤 때면 서로의 생각이 하나가 되기 때문에 아무리 멀리 떨어져 있어도 함께 있을 수 있다고 하셨다. 과연 그럴 것 같았다.

나는 와인 씨에게, 우리에게도 저 멀리 인디언 연방에 흩어져 살고 있는 친척들이 있는데, 그들과 함께 있을 수 있는 그런 방법이 있는 걸 몰랐다고 하면서 윌로 존 이야기를 해드렸다.

내가 윌로 존에게 촛불 이야기를 해줄 작정이라고 하자, 와인 씨는 윌로 존이라면 반드시 이해할 거라고 대답하셨다. 나는 촛불 이야기에 푹 빠져서 와인 씨에게 노란 코트를 주어서 고맙다고 인사하려던 걸 까맣게 잊고 말았다.

다음 날 아침 와인 씨는 돌아갔다. 우리는 와인 씨가 통나무다리 건너는 것을 도와드렸다. 와인 씨는 산길을 걸을 때면 이전에 할아버지가 깎아주신 히커리나무로 만든 지팡이를 짚으셨다.

등에 짊어진 짐 무게 때문에 구부정하게 허리를 구부린 와인 씨는 그 히커리 지팡이를 짚으면서 더듬더듬 산길을 내려가셨다. 잊어버리고 있던 게 떠오른 것은 와인 씨의 모습이 보이지 않고서였다. 나는 와인 씨 뒤를 따라 달려갔다. 그러나 와인 씨는 벌써 한참 아래쪽에서 내려가고 있었다. 나는 따라가는 것을 포기하고 고함을 질렀다.

"와인 씨! 노란 코트 고마워요!"

forgot to thank Mr. Wine for the yeller coat.

He left the next morning. We helped him acrost the foot log. Granpa had cut a hickory stick and Mr. Wine used it as he walked.

He went down the trail, hobbling slow, using the hickory stick and bent under the weight of his pack. He was out of sight when I remembered I had forgot. I run down the trail, but he was far below me, picking his way along. I hollered, "Thankee for the yeller coat, Mr. Wine." He didn't turn and so did not hear me. Mr. Wine was not only bad about forgettin'; he couldn't hear good either. I figured, coming back up the trail, that him always forgettin' he would understand how I forgot too.

Even though I was doing him a favor—wearing the yeller coat.

뒤돌아보지 않는 걸 보면 들리지 않는 것 같았다. 와인 씨는 건망증만 심한 것이 아니었다. 귀도 어두웠다. 오두막집으로 되돌아오면서 와인 씨 자신이 건망증이 심하니 내가 깜박 잊은 것도 용서해주리라는 생각이 들었다.

노란 코트를 입어주는 것이 와인 씨에게 도움이 되는 일이긴 했지만 말이다.

Down from the Mountain

*F*all came early to the mountains that year. First, along the rims high against the sky, the red and yellow leaves shook in a brisking wind. Frost had touched them. The sun turned amber and slanted rays through the trees and into the hollow.

Each morning, the frost worked its way farther down the mountain. A timid frost, not killing, but letting you know that you couldn't hold onto summer no more than you could hold back time; letting you know that the winter dying was coming.

Fall is nature's grace time; giving you a chance to put things in order, for the dying. And so, when you put things in order, you sort out all you must do ... and all you have not done. It is a time for remembering ... and regretting, and wishing you had done some things you have not done ... and said some things you had not said.

I wished I had thanked Mr. Wine for the yeller coat. He

산을 내려가다

그 해 가을은 그 어느 때보다 빨리 찾아왔다. 가을을 처음으로 알려주는 것은 하늘을 등지고 서 있는 높은 산등성이들을 따라 빨갛고 노란 단풍잎들이 시원스레 불어대는 바람 속에서 흔들리는 모습이다. 그곳에는 벌써 서리가 내렸다. 이제 호박색으로 변한 해는 골짜기 숲 사이로 비스듬한 빛을 내리쬐었다.

서리는 아침마다 조금씩 더 산 아래쪽으로 내려왔다. 그것은 한 번에 모든 것을 죽이는 본격적인 서리가 아니라, 시간을 되돌릴 수 없듯이 더 이상 여름을 붙잡고 있을 수 없으며, 죽음의 겨울이 다가오고 있다는 것을 미리 알려주는 엷디엷은 서리였다.

가을은 죽어가는 것들을 위해 정리할 기회를 주는, 자연이 부여한 축복의 시간이다. 이렇게 정리해나갈 때 사람들의 마음속에는 했어야 했던 온갖 일들과…… 하지 않고 내버려둔 온갖 일들이 떠오른다. 가을은 회상의 시간이며…… 또한 후회의 계절이기도 하다. 사람들은 하지 못한 일들을 했기를 바라고…… 하지 못한 말들을 말했기를 바란다……

나 역시 와인 씨에게 노란 코트를 받고 고맙다는 인사를 하지 못한 것을 후회하고 있었다. 그 달에 와인 씨는 오시지 않았다. 우리는

didn't come that month. We set on the porch in late evenings and watched the hollow trail, and listened; but he didn't come. Me and Granpa determined we would go to the settlement to see about him.

Frost touched the hollow; light, barely reminding. It turned the persimmon red and ran yellow trimmings around the edges of the poplar and maple leaves. The creatures who was to stay the winter worked harder putting up their stores so not to die.

Blue jays made long lines, flying back and forth to the high oaks, carrying acorns to their nests. Now they didn't play or call.

The last butterfly flew up the hollow. He rested on a cornstalk where me and Granpa had stripped the corn. He didn't flex his wings, just set, and waited. He had no purpose in storing food. He was going to die, and he knew it. Granpa said he was wiser than a lot of people. He didn't fret about it. He knew he had served his purpose, and now his purpose was to die. So he waited there in the last warm of the sun.

Me and Granpa got in stove wood and fireplace logs. Granpa said we had grasshoppered around all summer and

그날 저녁 늦게까지 베란다에 앉아서 골짜기길을 바라보며 귀를 기울였다. 그렇지만 와인 씨는 오시지 않았다. 할아버지와 나는 가까운 시일 안에 개척촌에 나가 그의 근황을 알아보기로 했다.

서리는 골짜기까지 밀고 내려왔다. 너무나 약해서 얼핏 보면 거의 눈치 채지 못할 만큼 엷었지만, 서리는 감을 발갛게 익히고 미루나무와 단풍나무 잎을 물들여갔다. 겨울을 넘겨야 하는 동물들은 먹이를 비축하느라 여느 때보다 더 바쁘게 움직였다.

파랑어치들은 기다랗게 줄을 지어 떡갈나무에서 떡갈나무로 날아다니며 도토리를 부지런히 둥지로 옮겼다. 이제 그들은 장난을 치거나 울지 않았다.

그해의 마지막 나비 한 마리가 골짜기로 날아왔다. 나비는 우리가 옥수수를 따낸 옥수숫대 위에 앉았다. 그놈은 날개를 폈다 접었다 하지도 않고 그냥 가만히 앉아서 기다리고 있었다. 그놈은 먹이를 모을 생각도 없는 것 같았다. 나비는 죽어가고 있었다. 나비 스스로도 그것을 알고 있었다. 할아버지는 그놈이 보통 인간들보다 더 현명하다고 말씀하셨다. 나비는 다가오는 죽음을 놓고 안달하지 않았다. 나비는 자신이 할 바를 다했으니 이제 죽는 것만이 자신의 유일한 목적이라는 걸 알고 있었다. 그래서 그는 옥수숫대 위에 앉아 태양의 마지막 온기를 쬐면서 죽음을 기다리고 있는 것이다.

할아버지와 나는 화덕과 난로에 쓸 땔감을 모았다. 할아버지는 우리가 여름 내내 메뚜기처럼 여기저기 돌아다니며 일했으니, 이제 겨울에 따뜻하게 집에 들어앉아 쉬려면 서둘러야 한다고 말씀하셨다.

now was pushed to get our winter's warm settled up. Which we had.

We dragged dead tree trunks and heavy limbs from the mountainside into the clearing. Granpa's axe flashed in the evening sun and rang and echoed up the hollow. I toted in the wood chips for the kitchen bin and racked the fireplace logs against the cabin side.

This is what we was doing when the politicians came. They said they was not politicians, but they was. A man and a woman.

They would not take the rockers offered to them, but set straight in the high back chairs. The man wore a gray suit and the woman wore a gray dress. The dress was choked so tight around her neck that I figured it made her look the way she did. The man held his knees together like a woman. He kept his hat on his knees and was nervous, for he continually turned the hat round and round. The woman wasn't nervous.

The woman said that I had ought to leave the room, but Granpa said that I set in on everything there was to set in on. So I stayed and set in my little rocker and rocked.

The man cleared his throat and said people was con-

우리는 열심히 땔감을 날랐다.

죽은 나무의 줄기나 굵은 가지들을 산허리에서 빈 터까지 끌고 오면, 할아버지의 도끼날이 저녁 햇살을 받아 번쩍이는가 싶다가, 곧이어 나무 갈라지는 소리가 턱 하고 났다. 그 소리는 골짜기를 가득 채우며 메아리쳐 갔다. 나는 나무 토막들은 부엌의 큰 상자에 채우고, 난로에 쓸 장작들은 오두막집 바깥벽을 따라서 쌓아올렸다.

그 정치가들이 찾아온 게 우리가 한창 겨울 준비에 쫓기고 있던 바로 이때였다. 그들 스스로는 정치가가 아니라고 했지만 우리가 보기에는 정치가들이 틀림없었다. 그들은 남자 한 사람과 여자 한 사람이었다.

우리가 흔들의자를 권했지만 두 사람은 굳이 사양하고 등받이가 높은 의자에 등을 꼿꼿이 세운 자세로 앉았다. 남자는 회색 양복을 입고 있었고, 여자는 회색 드레스를 입고 있었다. 칼라가 목을 꽉 죄는 드레스였다. 그 여자가 짓고 있는 그 숨막힐 것 같은 얼굴은 아마 그 때문인 것 같았다. 그 남자는 여자처럼 양무릎을 딱 붙이고 앉아 무릎에다 모자를 올려놓고 있었다. 그 남자는 마음이 불안한지 모자를 손으로 계속 돌려댔다. 오히려 침착한 것은 여자 쪽이었다.

그 여자가 나를 방에서 내보내야 한다고 말했지만, 할아버지는 이 집에서 일어나는 문제라면 마땅히 이 아이도 알아야 한다며 반대하셨다. 그래서 나는 방 안에 남아서 내 작은 흔들의자를 흔들며 앉아 있었다.

남자가 몇 번 헛기침을 하더니 용건을 꺼냈다. 사람들이 내 교육

cerned about my education and such. He said that it had ought to be looked after. Granpa said it was. He told them what Mr. Wine said.

The woman asked Granpa who Mr. Wine was, and he told her all about Mr. Wine—though he didn't mention how Mr. Wine was always fergittin' everything. The woman sniffed her nose and brushed around at her skirts like she figured Mr. Wine was somewheres about and fixing to get under her dress.

I seen right off she total discounted Mr. Wine; which she did us too. She give Granpa a paper which he give to Granma.

Granma lit the lamp and set at the kitchen table to read the paper. She started to read it out loud but she stopped. She read the rest of it to herself. When she finished she stood up and leaned over—and blew out the lamp.

The politicians knew what this meant. I did too. They stood up in the half-light and stumbled out the door. They didn't say good-bye.

We waited in the dark, a long time after they left. Granma lit the lamp and we set at the kitchen table. I couldn't see what was on the paper, as my head only come above the

을 비롯한 여러 문제들에 대해서 몹시 걱정하고 있다, 아이들은 제대로 된 교육을 받아야 한다는 이야기였다. 할아버지는 지금 그렇게 하고 있다고 하시면서, 내가 좋은 교육을 받고 있다고 한 와인 씨의 이야기를 그대로 전해주었다.

여자는 와인 씨가 어떤 사람이냐고 물었다. 할아버지가 와인 씨에 관한 모든 걸 이야기해주었다. 물론 와인 씨가 건망증이 심하다는 이야기는 하시지 않았지만. 여자는 콧방귀를 뀌고 나더니 치마를 손으로 이리저리 훑어내렸다. 와인 씨가 이 근처 어딘가에 숨어 있다가 치마 아래로 기어들기라도 할 것처럼 생각하는 모양이었다.

그 여자는 와인 씨 따위는 일고의 가치도 없다는 듯이 제쳐두었다. 그녀는 와인 씨만이 아니라 우리에게도 그런 식의 태도로 대했다. 그녀가 종이쪽지 한 장을 꺼내 할아버지에게 건넸다. 할아버지는 그것을 다시 할머니에게 넘겼다.

등잔불을 밝혀 부엌 식탁에 올려놓은 할머니가 식탁에 앉아서 종이쪽지를 읽기 시작했다. 처음에는 모두가 들을 수 있게 소리 내어 읽던 할머니의 목소리가 갑자기 뚝 그쳤다. 할머니는 입을 다문 채 그 종이에 적힌 내용을 눈으로만 읽어갔다. 다 읽고 나자 할머니는 일어나서 몸을 굽히더니 등잔불을 입으로 불어 꺼버렸다.

할머니의 몸짓이 무엇을 뜻하는지는 나도 알고 있었지만 그 정치가들이라고 모르지 않았다. 두 사람은 흐릿한 어둠 속에서 일어나 더듬거리며 문밖으로 나갔다. 그들은 우리에게 잘 있으라는 인사조차 하지 않았다.

table edge, but I listened.

The paper said some people had filed with the law. It said I was not being done right by. The paper said Granma and Granpa had no right to keep me; that they was old and had no education. It said Granma was a Indian and Granpa was a half-breed. Granpa, it said, had a bad reputation.

The paper said Granma and Granpa was selfish, and being that way was total hampering me for the rest of my continual life. They was selfish, it said, because they just wanted comfort in their old age and was putting me out, more or less, to give it to them.

The paper had things to say about me, but Granma would not read it out loud. It said that Granpa and Granma had so many days in which they could come in court and give answer to it. It said otherwise I was to be put in a orphanage.

Granpa was total stumped. He taken off his hat and laid it on the table, and his hand shook. He rubbed his hat with his hand and just set, looking at the hat and rubbing it.

I went and set in my rocker by the fireplace and rocked. I told Granma and Granpa that I figgered I could up my dictionary learning to practically ten words a week. I told them

우리는 그들이 사라진 뒤 한참 동안 어둠 속에 그대로 앉아 있었다. 드디어 할머니가 등잔에 다시 불을 붙이자 우리 세 사람은 부엌 식탁에 앉았다. 식탁 위로 간신히 머리만 나올 만큼 키가 작았던 나는 종이쪽지에 씌어 있는 것을 볼 수 없었다. 대신 나는 할머니가 읽어주시는 것을 들었다.

그 종이에는 이렇게 적혀 있었다. 몇몇 사람들이 내가 부당한 취급을 받고 있다고 법에 고소했으며, 할아버지와 할머니는 나를 양육할 자격이 없다, 두 분 다 늙은 데다가 교육도 받지 못했으며, 할머니는 인디언이고 할아버지도 반은 인디언이다, 더구나 할아버지는 평판이 좋지 않다……

또 할아버지 할머니는 이기적인 사람들이어서 나의 인생을 가로막는 크나큰 장애물이 되고 있다, 오로지 자신들의 노후를 안락하게 보내기만을 원하고 있으며, 또 그러기 위해서 나를 밖으로 내돌리고 있다……

그 종이에는 나에 관한 이야기들도 적혀 있었지만, 할머니는 그 부분은 소리 내어 읽지 않으셨다. 또 거기에는 할아버지 할머니가 법정에 나가서 반론을 제기할 수 있는 기간도 적혀 있었다. 반론이 없으면 나는 곧바로 고아원에 수용될 거라고 했다.

할아버지는 완전히 얼이 빠지신 것 같았다. 모자를 벗어 식탁 위에 올려놓는 손이 떨리고 있었다. 할아버지는 모자를 쓰다듬다가는 멈추고, 멍하니 쳐다보다가는 또 쓰다듬고 하셨다.

나는 난로 옆의 내 흔들의자에 앉아 삐걱거리며 의자를 흔들기 시

that more than likely I could up it even more—maybe to a hundred. I was learning to read, and I told them I seen right off that I was going to have to double up on my reading, and I reminded them what Mr. Wine had said about my figgering; which, even though he didn't count none with the politicians, it still showed I was moving ahead.

I couldn't stop talking. I tried to stop, but I couldn't. I rocked harder and harder, and talked faster and faster.

I told Granpa I was in no wise hampered atall; that I figgered I was gittin' the uppers on just about everything. Granpa would not answer me. Granma held the paper and stared at it.

I seen they figgered they was what the paper said they was. I said they wasn't. I said it was the other way around; that they comforted me, and I was more than likely about the worst thing that had come along for them to have to mind about. I told Granpa I had burdened them up pretty heavy and they had not, in no wise, burdened me. I told them I stood ready to tell the law this very thing. But they wouldn't talk.

I said I was gittin' ahead otherwise too, learning a trade and all. I told Granpa that I was total certain no other

작했다. 나는 할아버지 할머니에게, 한 주일 동안 익히는 사전의 단어 수를 열 개로 늘려도 충분히 잘할 수 있을 것 같다, 아니, 그보다 훨씬 더 많이, 백 개까지 늘려도 좋다고 말했다. 그 당시 나는 읽기도 배우는 중이었다. 그래서 나는 두 분에게 지금 당장부터 읽는 분량을 두 배로 늘리겠으며, 내가 셈을 참 잘한다고 와인 씨가 칭찬하셨던 건 두 분도 아시지 않느냐, 그 정치가들은 와인 씨의 말을 깡그리 무시했지만, 그래도 와인 씨의 칭찬은 내 공부가 잘 진행되고 있는 걸 증명하는 게 아니겠느냐고 말씀드렸다.

입을 다물고 있을 수가 없었다. 말을 멈춰야 한다고 생각했지만 멈춰지지가 않았다. 내 흔들의자는 점점 더 세게 흔들렸고, 내 말투는 점점 더 빨라졌다.

할아버지와 할머니가 내 인생을 가로막고 있다는 건 도대체 말도 안 되는 소리다. 나는 모든 면에서 발전해가고 있다. 내가 이렇게 떠들어댔지만 할아버지는 여전히 아무 말씀이 없으셨고, 할머니는 손에 든 종이쪽지만을 뚫어지게 바라보고 계셨다.

나는 두 분이 그 종이쪽지에서 이야기하는 대로라고 생각하시는 것은 아닐지 걱정이 되었다. 나는, 두 분은 절대 그렇지 않다, 오히려 거기에 씌어 있는 것들은 전부 거꾸로다, 두 분은 언제나 나를 보살펴주셨고, 나는 오히려 두 분이 늘상 신경을 써야 하는 짐덩어리라고 말씀드렸다. 나는 또 할아버지에게, 두 분이 나에게 짐을 지운 것이 아니라 내가 두 분 어깨에 무거운 짐이 되고 있다, 나는 이 모든 것을 기꺼이 법에 가서 이야기하겠다고 했다. 하지만 그래도 두 분

young'un my age was learning a trade.

Granpa looked at me for the first time. His eyes was dull. He said maybe, the law being like they was, that we had ought not to mention about the trade.

I went to the table and set on Granpa's leg. I told him and Granma I would not go with the law. I said I would go back in the mountains and stay with Willow John, until such time as the law forgot about the whole thing. I asked Granma what a orphanage was.

Granma looked at me across the table. Her eyes didn't look right either. Granma said a orphanage was where they kept young'uns who didn't have a Pa and a Ma. She said they was lots of young'uns there. She said the law would come looking if I went back and stayed with Willow John.

I seen right off that the law might find our still if they taken to looking. I didn't mention Willow John again.

Granpa said we would go to the settlement in the morning and see Mr. Wine.

We left at daybreak, down the hollow trail. Granpa had the paper to show Mr. Wine. Granpa knew where he lived, and when we got to the settlement we turned down a side street. Mr. Wine lived over a feed store. We went up long

은 여전히 입을 열지 않으셨다.

나는 읽기와 쓰기, 셈 외에 위스키 거래 같은 면에서도 갈수록 능숙해지고 있다, 아마 내 나이에 거래하는 법까지 배우는 아이는 절대 없을 것이라고 할아버지에게 말씀드렸다.

처음으로 할아버지가 내 얼굴을 쳐다보셨다. 흐린 눈빛이었다. 할아버지는 어쨌든 법이란 건 으레 그런 거니까 위스키 거래에 대한 말은 절대 해서는 안 된다고 하셨다.

나는 식탁으로 돌아가 할아버지 무릎 위에 앉았다. 나는 두 분에게, 나는 법을 따라가지 않을 작정이며, 법이 이 일들을 완전히 잊을 때까지 산속 더 깊은 곳으로 들어가서 윌로 존과 함께 살겠노라고 말하고 나서, 고아원이 어떤 곳이냐고 할머니에게 물었다.

할머니가 식탁 너머에서 내 쪽을 바라보셨다. 할머니의 눈 역시 별로 좋아 보이지 않았다. 할머니는, 고아원이란 곳은 엄마와 아빠가 없는 아이들을 맡아주는 곳이며, 그래서 그곳에는 애들이 아주 많다고 하셨다. 또 할머니는 내가 윌로 존이 있는 곳으로 달아난다면 법이 나를 찾으러 올 것이라고 하셨다.

나는 법이 나를 본격적으로 찾기 시작하면 우리 증류기까지 찾아내고 말 것이라는 사실을 금방 깨달았다. 그래서 나는 윌로 존이 있는 곳으로 가서 숨겠다는 말을 두 번 다시 하지 않았다.

할아버지는 내일 아침 개척촌에 가서 와인 씨를 만나보자고 하셨다.

우리는 새벽에 집을 나와 골짜기를 내려갔다. 할아버지는 와인 씨에게 보여주려고 그 종이쪽지도 가지고 갔다. 할아버지는 와인 씨가

ladder steps, that wobbled as we climbed up the side of the feed store. The door was locked. Granpa shook it and knocked on it ... but nobody answered. There was dust over the glass and Granpa wiped it away and looked in. He said there wasn't anything in there.

We walked slow back down the steps. I followed Granpa around to the front of the feed store, and we went in.

Coming out of the noontime sun, it was dark in the store. Me and Granpa stood for a minute to get our sight. A man was leaning against the counter.

"Howdy," he said, "what fer ye?" His stomach hung over the belt of his britches.

"Howdy," Granpa said, "we was looking for Mr. Wine, the feller which lives over yer store."

"Mr. Wine ain't his name," the man said. He had a toothpick in his mouth which he worked from side to side. He sucked on the toothpick and taken it out and frowned at it, like it tasted bad.

"In fact," he said, "he ain't got no name no more. He's dead."

Me and Granpa was stumped. We didn't say anything. I felt hollow inside and my knees weakened. I had built up a

사는 곳을 알고 계셨다. 마을에 도착하자 우리는 어떤 골목길로 들어 갔다. 와인 씨는 식료품가게 2층에 살고 계셨다. 우리는 가게 옆쪽에 붙어 있는 긴 사다리계단을 올라갔다. 사다리는 삐걱거리며 흔들렸 다. 문은 잠겨 있었다. 할아버지가 문을 흔들기도 하고 두드리기도 해보았지만…… 대답이 없었다. 문 유리에 잔뜩 묻은 먼지를 닦고 안 을 들여다보던 할아버지는 방 안이 텅 비어 있다고 말하셨다.

우리는 계단을 천천히 도로 내려왔다. 나는 할아버지를 따라갔 다. 할아버지는 건물 앞쪽을 돌아 식료품가게 안으로 들어갔다.

한낮의 강한 햇빛 속에 있다가 가게 안으로 들어서니 어둠침침했 다. 할아버지와 나는 가게 안이 눈에 익을 때까지 잠시 그대로 서 있 었다. 이윽고 한 남자가 카운터에 기대어 서 있는 모습이 보였다.

"아, 무슨 일이신가요?" 남자의 커다란 배가 바지 벨트 위로 늘어 져 있었다. 할아버지가 대답하셨다.

"실례합니다. 와인 씨를 찾고 있는데…… 이 가게 2층에 사시는 분 말입니다."

"그 사람 이름은 와인이 아닌데." 남자는 입에 이쑤시개를 넣고 이쪽저쪽으로 움직였다. 입을 오므려 이쑤시개를 쭉 빨며 입에서 잡 아뺀 그는 이쑤시개 맛이 몹시 안 좋았던지 그걸 보며 인상을 찌푸 렸다.

"사실 그 노인네한테는 이름이라는 게 이미 없긴 하지만요. 죽었 거든요."

할아버지와 나는 갑자기 멍해져서 잠시 말을 잃고 서 있었다. 갑

pretty heavy dependence on Mr. Wine as handling our situation. I figured Granpa had counted heavy on it too; for he didn't know what to do next.

"Yer name be Wales?" the fat man asked.

"It be," Granpa said. The fat man walked behind the counter, reached under it and dragged out a tow sack. He swung it up on the counter. It was full of something.

"The old man left this here fer ye," he said. "See, the tag. Got yer name on it." Granpa looked at the tag, though he couldn't read it.

"He had everything tagged," the fat man said. "Knew he was going to die. Even had a tag tied around his wrist telling where to ship the body. Knew exactly how much it cost too ... left the money in an envelope ... right down to the penny. Stingy. No money left over. Just like a damn Jew."

Granpa looked up, hard, from under his hat. "Paid his obligations, didn't he?"

The fat man got serious. "Oh yes ... yes ... I had nothin' against the old man, didn't know him. Nobody much did. Spent all his time wandering around in the mountains."

Granpa swung the tow sack over his shoulder. "Could

자기 가슴속에 구멍이 뻥 뚫리고 무릎이 약해진 것 같았다. 내 신변에 닥친 사태를 해결하는 데 있어 와인 씨에게 꽤 많이 의존하고 있었나보다. 다음에 어떻게 해야 할 바를 모르시는 걸로 봐서 할아버지 역시 그러신 것 같았다.

"당신이 웨일즈요?" 뚱뚱보 가게 주인이 물었다.

"그렇소." 할아버지가 대답하자, 남자는 카운터 뒤로 돌아가더니 몸을 굽혀 삼베 자루 하나를 끄집어냈다. 그는 그 자루를 카운터 위에다 놓았다. 자루 속은 뭔가로 꽉 차 있었다.

"그 노인네가 이걸 당신에게 남겼어요. 보시오, 이 꼬리표. 당신 이름이 적혀 있지 않소?" 할아버지는 글씨를 읽을 수 없었지만 그래도 그 꼬리표를 가만히 들여다보셨다.

"그 노인네, 물건이란 물건은 몽땅 다 꼬리표를 달아놨어요. 죽을 거라는 걸 알았던지, 원. 자기 몸을 어디로 실어 보내달라고 하면서 자기 손목에까지 꼬리표를 묶어놨더라니까요. 비용이 얼마나 드는지도 정확히 알고 있었더라구요…… 봉투에 돈을 넣어서 남겼는데, 글쎄 1전 한 푼 틀리지 않더라니까요. 노랑이 같으니라구. 그것 말고는 돈이라곤 한 푼도 안 남겼어요. 과연 유대인 놈들답다니까."

할아버지가 모자 밑에서 눈을 들어 가게 주인을 엄한 얼굴로 쳐다보았다. "집세는 다 지불했을 텐데요."

뚱뚱보 남자의 얼굴이 긴장했다. "아아, 예, 물론이죠…… 저야 뭐 특별히 그 노인을 싫어할 이유가 없지요. 잘 알지도 못했으니까요. 아마 그 노인을 잘 아는 사람은 아무도 없을걸요. 내내 산속을 헤

ye d'rect me to a lawyering man?" The fat man pointed across the street. "Right in front of ye, up the stairs, 'tween them buildings."

"Thankee," Granpa said. We walked to the door.

"Funny thing," the fat man said after us, "the old Jew, when we found him; the only thing he hadn't tagged was a candle. The dern fool had it lit and burning right beside him."

I knew about the candle, but I didn't say anything. I knew about the money too. Mr. Wine was not stingy; he was thrifty, and paid his obligations, and seen that his money was used in the right manner.

We went across the street and up the steps. Granpa toted the sack. Granpa knocked on a door that had glass across the top and lettering on it.

"Come in ... come in!" The voice sounded like you wasn't supposed to knock. We went in.

A man was leaning back in a chair, behind a desk. He had white hair and looked old. When he saw me and Granpa he got up, slow. Granpa taken off his hat and set down the tow sack. The man leaned over his desk and stuck out his hand. "My name is Taylor," he said, "Joe

매고 다녔으니 말이오."

할아버지는 그 삼베 자루를 어깨에 멨다. "변호사가 있는 곳이 어디인지 가르쳐줄 수 있소?" 그 남자가 길 건너를 손으로 가리켰다. "바로 요 앞이오. 저 건물 사이에 있는 계단을 올라가면 돼요."

"고맙소." 할아버지가 인사를 한 후, 우리는 문 쪽으로 걸어갔다.

그때 뚱뚱보가 다시 우리 등 뒤에다 대고 입을 열었다.

"재미있는 건, 죽어 있는 것을 발견했을 때 저 늙은 유대인이 양초에만 꼬리표를 붙이지 않았더라구요. 그걸 자기 옆에다 놔두고 불을 켜놓는 바람에 잊었던 거지요."

나는 그 양초가 무엇을 뜻하는지 알고 있었지만 아무 말도 하지 않았다. 나는 돈에 대한 것도 알고 있었다. 와인 씨는 절대로 노랑이가 아니다. 절약하는 사람일 뿐이다. 그는 자기가 갚아야 할 돈은 남김없이 지불하여 누구에게도 피해를 입히지 않았다.

우리는 거리를 가로질러 건물 사이에 있는 계단을 올라갔다. 할아버지는 그 삼베 자루를 짊어진 채 노크를 하셨다. 글씨가 적힌 유리를 끼운 문이었다.

"들어와요…… 그냥 들어와요!" 누가 노크까지 하고 들어오리라고는 생각도 못한 것 같은 목소리였다. 우리는 안으로 들어갔다.

한 남자가 책상 너머 의자에 기대앉아 있었다. 백발의 나이 든 노인이었다. 그는 우리를 보더니 천천히 일어났다. 할아버지는 모자를 벗고 삼베 자루를 바닥에 내려놓으셨다. 남자가 책상 위로 몸을 기울여 할아버지에게 손을 내밀었다. "제 이름은 테일러입니다. 조

Taylor."

"Wales," Granpa said. Granpa taken his hand, but didn't shake it. He turned loose of it and handed Mr. Taylor our paper.

Mr. Taylor set down and taken eyeglasses out of a vest pocket. He leaned on the desk and read the paper. I watched him. He frowned. He looked at the paper for a long time.

When he finished, he folded the paper slow and handed it back to Granpa. He looked up. "You've been in jail— whiskey-making?"

"Oncet," Granpa said.

Mr. Taylor got up and walked to a big window. He looked down in the street a long time. He sighed; and didn't look at Granpa. "I could take your money, but it wouldn't do any good. Government bureaucrats that run these things don't understand mountain people. Don't want to. I don't think the sons of bitches understand anything." He was looking a long way off at something out the window. He coughed. "Nor Indians. We'd lose. They'll take the boy."

Granpa put on his hat. He taken his purse from his forward pants pocket and unsnapped and felt around. He laid

테일러."

"웨일즈입니다." 할아버지는 그 사람의 손을 잡긴 했지만 아래위로 흔들지는 않으셨다. 할아버지가 잡은 손을 놓더니 문제의 그 종이쪽지를 테일러 씨에게 건네주었다.

테일러 씨는 자리에 앉은 다음 조끼 주머니에서 안경을 꺼내 썼다. 그는 책상 위로 몸을 수그린 채 그 쪽지를 읽기 시작했다. 나는 그의 얼굴을 가만히 쳐다보고 있었다. 그의 얼굴은 그 쪽지를 읽어가는 사이에 점점 찌푸려졌고, 그는 그렇게 잔뜩 찌푸린 얼굴로 오랫동안 그 종이를 들여다보고 있었다.

드디어 테일러 씨가 종이쪽지를 천천히 도로 접어서 할아버지에게 돌려주었다. 그는 자리에 앉은 채 할아버지를 올려다보며 물었다. "감옥에 간 적이 있군요. 위스키 제조로?"

"딱 한 번 있소." 할아버지가 대답하셨다.

테일러 씨가 일어나서 커다란 창 쪽으로 걸어갔다. 그는 그곳에 서서 한참 동안 바깥 거리를 내려다보고 있었다. 이윽고 한숨을 쉬고 난 그가 다시 입을 열었다. 하지만 여전히 등을 돌린 채였다. "당신 돈을 받고 이 일을 맡을 수도 있겠지만, 그래봤자 아무 도움도 안 될 거요. 이런 문제를 다루는 정부 관리들은 산사람들을 조금도 이해하지 못해요. 이해하고 싶어하지 않는 거지요. 그 자식들은 정말 아무것도 모르고 있어요." 창밖 저 멀리에 있는 뭔가를 쳐다보며 서 있던 그는 기침을 하고 나서 다시 말을 이었다. "인디언에 대해서는 더 말할 것도 없지요. 재판해봤자 우린 질 거요. 놈들은 결국 이 아이

a dollar on Mr. Taylor's desk. We left. Mr. Taylor was still looking out the window.

We walked out of the settlement, Granpa leading, rotin' the tow sack. Mr. Wine was gone. I knew we had lost.

It was the first time I could keep up, easy, with Granpa. He walked slow. His moccasins dragged in the dirt. I figured he was tired. We was on the hollow trail when I asked him, "Granpa, what is a damn Jew?"

Granpa stopped and didn't look back at me. His voice sounded tired too. "I don't know; something is said about 'em in the Bible, somewheres or other; must go back a long ways." Granpa turned around. "Like the Indian ... I hear tell they ain't got no nation, neither." Granpa looked down at me. His eyes looked like Willow John's.

Granma lit the lamp. We opened the tow sack there on the kitchen table. There was rolls of red cloth and green and yeller cloth for Granma; needles, thimbles and spools of thread. I told Granma it looked like Mr. Wine had might near emptied his pack into the tow sack. She said it looked that way to her.

There was all manner of tools for Granpa. And books. A figuring book and a little black book that Granma said had

를 데리고 갈 거요."

할아버지는 모자를 쓴 다음 바지 주머니에서 지갑을 꺼내셨다. 지갑을 열어 그 속을 뒤지던 할아버지는 1달러짜리 은화를 꺼내 테일러 씨의 책상 위에 가만히 올려놓으셨다. 그러고 나서 우리는 그 방을 나왔다. 테일러 씨는 그때까지도 여전히 창밖을 보고 있었다.

우리는 개척촌을 빠져나왔다. 할아버지가 삼베 자루를 등에 짊어지신 채 앞서 걸으셨다. 나는 와인 씨의 죽음으로 우리가 잃은 것이 무엇인지 알고 있었다.

나는 생전 처음으로 힘들이지 않고 할아버지를 따라잡을 수 있었다. 할아버지의 발걸음은 무거웠다. 할아버지는 먼지 많은 길 위를 모카신을 질질 끌며 걸으셨다. 나는 할아버지가 피곤하신가보다고 생각했다. 골짜기길로 접어들었을 때 할아버지에게 물어보았다. "할아버지, 유대인 놈들이 뭐예요?"

할아버지는 멈춰 섰지만 뒤돌아보지는 않았다. 목소리도 피곤하게 들렸다. "난 잘 모르겠다. 성경책 같은 데 그 사람들 이야기가 적혀 있는 것 같았어. 아무튼 먼 옛날 이야기야." 할아버지가 돌아서셨다. "인디언처럼…… 유대인도 나라를 갖지 못했다는 이야기를 들었다." 할아버지가 나를 내려다보시며 이렇게 말씀하셨다. 윌로 존처럼 깊고 아득한 눈빛이었다.

할머니가 등잔불을 켜시고 나자, 할아버지가 식탁 위에서 와인 씨의 삼베 자루를 여셨다. 빨갛고 파랗고 노란 두루마리 천들과 바늘, 골무, 실타래 같은 것들이 와르르 쏟아졌다. 와인 씨가 할머니에게

valuing sayings in it for me. There was a book with pictures of boys and girls and dogs. It had writing in it and was brand-new, for it still shined. I figured Mr. Wine was going to bring it on his next trip, if he didn't forget. That was all; we thought.

Granpa picked up the empty sack and started to put it on the floor. Something bumped in the sack. Granpa turned it up. A red apple rolled out on the table. It was the first time that Mr. Wine had recollected the apple. Something else rolled out and Granma picked it up. It was a candle and it had one of Mr. Wine's tags on it. Granma read it. It said: Willow John.

We didn't eat much supper. Granpa told about our trip to the settlement; about Mr. Wine and what Mr. Taylor had said.

Granma blew out the lamp and we set by the fireplace in the half-dark of a new moon coming through the winder. We didn't light a fire. I rocked.

I told Granma and Granpa they was not to feel bad about it. I said I didn't. More than likely I would like the orphanage, with all the young'uns and such being there. I said it would not take long to satisfy the law, more than likely,

드리는 것들이었다. 내가 할머니에게 와인 씨는 자기 짐보따리에 있던 것들 대부분을 이 삼베 자루에 집어넣은 것 같다고 말씀드리자, 할머니가 보시기에도 그렇다고 하셨다.

와인 씨가 할아버지에게 드리는 온갖 공구들과 함께 책 몇 권도 들어 있었다. 셈본 책 한 권과, 할머니 말씀에 따르면 내가 읽으면 꽤 좋을 내용이 담긴 작고 검은 책 한 권, 그리고 남자아이들과 여자아이들, 개들 그림이 그려진 그림책 한 권이었다. 그림책 안에는 글이 적혀 있었다. 그 책은 표지가 반들반들한 새 책이었다. 잊어버리지만 않았다면 와인 씨는 다음번에 올 때 틀림없이 그 책을 가져오셨을 것이다. 자루의 내용물은 이게 전부인 것 같았다.

할아버지가 빈 자루를 들어서 마루 위에 내려놓으셨다. 그때 자루에서 뭔가가 부딪치는 소리가 났다. 할아버지가 다시 자루를 들고 털어보니 빨간 사과 한 알이 탁자 위로 굴러 나왔다. 와인 씨가 사과를 잊지 않고 보관해둔 것은 이것이 처음이었다. 그런데 굴러 나온 것에는 사과 말고도 다른 하나가 더 있었다. 양초 한 자루였다. 할아버지가 집어드신 그 양초에는 와인 씨의 꼬리표가 달려 있었다. 할머니가 '윌로 존에게'라고 적힌 그 꼬리표를 읽으셨다.

우리 세 사람 다 식욕이 없어서 저녁은 먹는 둥 마는 둥 했다. 할아버지가 개척촌에 다녀온 결과에 대해서, 와인 씨의 일과 테일러 씨가 말한 것에 대해서 할머니에게 이야기하셨다.

할머니가 등잔불을 불어서 끄셨다. 우리 셋은 난로 옆에 앉았지만 불을 피우지는 않았다. 나는 흔들의자를 흔들었다. 창문을 통해 초

and I could come back.

Granma said we had three days, and then I was to be delivered up to the law. We didn't talk anymore. I didn't know what to say. We all three rocked, our chairs creaking slow, far into the night and we didn't talk.

When we went to bed, for the first time since Ma died I cried, but I put the blanket in my mouth and Granma and Granpa did not hear me.

We filled up the three days, living hard as we could. Granma went everywhere with me and Granpa, up the Narrows to Hangin' Gap. We taken Blue Boy and the hounds. One morning, early in the dark, we taken the high trail. We set on top of the mountain and watched day break over the rims. I showed Granpa and Granma my secret place.

Granma spilt sugar in practical everything she cooked. Me and Granpa eat fairly heavy on meal cookies.

The day before I was to leave, I slipped off over the cut-off trail to the crossroads store. Mr. Jenkins said the red and green box was old, and so he would sell it for sixtyfive cents, which I paid him. I bought a box of red stick candy for Granpa, which cost a quarter. This left me a dime out

승달의 희미한 어둠이 비쳐 들어왔다.

나는 할아버지 할머니에게 너무 걱정하지 마시라고 하면서, 나도 걱정하지 않겠다, 애들이 그렇게 많다고 하니 얼마 안 있으면 그 고아원이 좋아지게 될 것이다, 그리고 법의 요구를 들어주는 데 그리 오랜 시간이 걸리지는 않을 테니 금방 다시 집으로 돌아오게 될 거라고 말씀드렸다.

할머니는 우리에게 남은 것은 3일뿐이며, 3일이 지나면 나를 법에 데려가야 한다고 하셨다. 누구도 더 이상 말하려 하지 않았다. 나역시 무슨 말을 해야 할지 몰랐다. 방 안에는 세 개의 흔들의자가 천천히 삐걱거리는 소리 말고는 아무 소리도 들리지 않았다. 우리는밤이 깊을 때까지 그렇게 말없이 앉아 있었다.

침대에 들었을 때, 나는 엄마가 죽고 난 후 처음으로 울었다. 하지만 담요를 입 안에 쑤셔넣어 할아버지 할머니에게 우는 소리가 들리지 않도록 했다.

우리는 남은 3일간을 최대한 열심히, 그리고 최대한 충실하게 보냈다. 할머니도 할아버지와 내가 가는 곳이면 어디든 함께 가셨다. 칼길 위 하늘협곡으로 갈 때도 따라가셨다. 블루보이와 개들도 데리고 다녔다. 아직 컴컴한 첫새벽에 일어나서 산 위로 올라간 우리는 산꼭대기에 앉아 산등성이 너머로 아침 해가 솟아오르는 모습을 바라보았다. 또 나는 두 분에게 내 비밀 장소도 보여드렸다.

할머니는 거의 모든 요리에 실수로 설탕을 엎지르곤 하셨다. 덕분에 할아버지와 나는 옥수수 쿠키를 배불리 먹을 수 있었다.

of the dollar I had got from Mr. Chunk.

That night Granpa cut my hair. He said it was necessary, for it might be hard on me, looking like a Indian and all. I told Granpa I didn't care. I said I had just as soon look like Willow John.

I was not to wear my moccasins. Granpa stretched my old shoes. He taken a piece of iron and pushed it into the shoes, punching the leather of the uppers out over the soles. My feet had growed.

I told Granma I would leave my moccasins under my bed, as I would more than likely be back pretty soon, and they would be handy. I put my deer shirt on the bed. I told Granma that it could stay there as nobody would be sleeping in my bed until I come back.

I hid the red and green box in Granma's meal bin where she would find it in a day or two; and put the box of stick candy in Granpa's suit coat. He would find it Sunday. I had only taken out one piece to more or less prove it out. It was good.

Granma would not go to the settlement for the leaving. Granpa waited in the clearing for me, and Granma knelt down on the porch and held me like she held Willow John.

떠나기 전날, 몰래 집을 빠져나온 나는 지름길로 해서 사거리 상점까지 갔다. 젠킨스 씨는 그 빨갛고 파란 상자는 오래된 것이어서 65센트만 내면 된다고 하셨다. 나는 할아버지에게 드리려고 값이 25센트인 빨간 막대사탕 한 상자도 샀다. 그리고 나니까 청크 씨에게서 받은 1달러 중에서 10센트만이 남았다.

그날 밤, 할아버지가 내 머리를 잘라주셨다. 할아버지는 인디언처럼 보이면 내가 견디기 힘들 테니 머리를 자르는 게 좋겠다고 하셨다. 나는 할아버지에게, 그런 건 아무래도 상관없다, 이제 얼마 안 있으면 나도 윌로 존처럼 보일 거라고 말했다.

모카신을 신고 갈 수도 없었다. 할아버지가 내 낡은 구두를 펴서 늘여주셨다. 할아버지는 쇳덩어리를 구두 속에 집어넣고 겉부분의 가죽을 쇠망치로 두들기셨다. 그 사이에 내 발이 커진 것이다.

나는 할머니에게 어차피 곧 돌아올 테니 모카신을 내 침대 밑에 두고 가는 게 편할 것 같다고 했다. 사슴가죽 셔츠는 침대 위에 올려놓았다. 어차피 내가 돌아올 때까지 내 침대에서 잘 사람도 없을 테니 그곳에 놔둘 수 있지 않겠느냐고 하면서.

나는 빨갛고 파란 사탕 상자를 할머니의 옥수수 가루 통 속에다 넣어두었다. 아마 하루나 이틀만 있으면 할머니의 눈에 띌 것이다. 또 막대사탕 상자는 할아버지의 양복 주머니 속에 넣어두었다. 할아버지는 일요일은 되어야 그것을 발견하실 것이다. 그냥 맛만 볼 요량으로 막대사탕 하나를 꺼내서 먹어보았다. 정말 맛이 좋았다.

할머니는 나를 배웅하러 개척촌까지 따라가고 싶지 않으신 모양

I held her too. I tried not to cry, but I did, some. I had on my old shoes, which if I stretched my toes, they didn't hurt. I wore my best overalls and my white shirt. I wore the yeller coat. In my tow sack, Granma had put two more shirts and my other pair of overalls, and my socks. I would not carry anything else, for I knew I would be back. I told Granma I would.

Kneeling there on the porch, Granma said, "Do ye recollect the Dog Star, Little Tree? The one we look at in the dusk of evening?" I said I did. And Granma said, "Wherever ye are—no matter where—in the dusk of evening, ye look at the Dog Star. Me and Granpa will be Granma too. We will remember." I told her I would remember too. It was like Mr. Wine and his candle. I asked Granma to tell Willow John to look at the Dog Star too. Which she said she would.

Granma held me by the shoulders and looked at me. She said, "The Cherokees married your Pa and Ma. Will ye remember that, Little Tree? No matter what is said ... remember."

I said I would. Granma turned me loose. I picked up my tow sack and followed Granpa out of the clearing. Across

이었다. 할아버지가 빈 터에서 나를 기다리고 계시는 동안, 할머니는 베란다에 무릎을 꿇고 앉아 월로 존을 안을 때처럼 나를 꼭 껴안아주셨다. 나도 할머니를 힘껏 껴안았다. 울지 않으려고 했지만 눈물이 나왔다. 예전에 신던 구두를 신고 발가락 끝을 쭉 펴보았지만 아프지 않았다. 나는 하얀 셔츠 위에다 가진 것 중에서 가장 좋은 멜빵바지를 입고 노란 코트를 걸쳤다. 할머니가 셔츠 두 벌과 멜빵바지 하나, 양말 따위를 삼베 자루 속에 넣어주셨다. 곧 돌아올 거였기 때문에 그 이상의 짐은 가져가고 싶지 않았다. 나는 할머니에게 금방 돌아오겠노라고 말했다.

베란다에 무릎을 꿇고 앉은 할머니가 말씀하셨다.

"작은 나무야, 늑대별[14] 알지? 저녁에 어두워지기 시작하면 보이는 별 말이야." 내가 안다고 하자, 할머니가 당부하셨다. "어디에 있든지 간에 저녁 어둠이 깔릴 무렵이면 꼭 그 별을 쳐다보도록 해라. 할아버지와 나도 그 별을 볼 테니까. 잊어버리지 마라."

나는 잊지 않겠노라고 했다. 늑대별은 와인 씨의 촛불과 같은 것이었다. 나는 월로 존에게도 늑대별을 보라는 이야기를 전해달라고 할머니에게 부탁했다. 할머니는 꼭 그렇게 하겠노라고 약속하시고는 내 양어깨를 잡고 눈을 들여다보셨다.

"체로키들이 너의 아버지와 어머니를 맺어주었단다. 그것을 잊지 마라, 작은 나무야. 어떤 말을 들어도…… 그것을 기억해라."

내가 고개를 끄덕이자 할머니가 손을 놓으셨다. 나는 내 삼베 자루를 집어들고 할아버지 뒤를 따라 빈 터를 떠났다. 통나무다리를

the foot log, I looked back. Granma was standing on the porch, watching. She raised her hand and touched her heart, and pushed the hand after me. I knew what she meant.

Granpa had on his black suit. He had his shoes on too, and we both kind of clumped along. Down the hollow trail, pine branches swept low and held my arms. An oak limb reached out fingers and pulled the tow sack off my shoulder. A persimmon bush grabbed my leg. The spring branch commenced to run harder and jump and fuss, and a crow flew down across us and cawed over and over ... and then set on a high tree top and cawed and cawed. All of them was saying, "Don't go, Little Tree ... don't go, Little Tree ... " I knew what they was saying. And so my eyes blinded and I stumbled along behind Granpa. The wind rose and moaned and picked at the tail of my yeller coat. Dying briers reached over the trail path and hung theirselves on my legs. A mourning dove called, long and lonesome — and was not answered, so I knew she was calling for me.

Me and Granpa had a hard time making it down the hollow trail.

We waited in the bus station; me and Granpa setting on a

건널 때 뒤를 돌아보았다. 할머니는 베란다에 그대로 서서 이쪽을 바라보고 계셨다. 할머니가 한쪽 손을 들어서 가슴에 댔다가 그 손을 나를 향해 내밀었다. 나는 할머니가 말하고 싶은 것이 무엇인지 알고 있었다.

할아버지는 검은 양복에 나처럼 구두를 신고 계셨다. 우리 두 사람은 터벅거리고 걸으며 골짜기길을 내려갔다. 낮게 드리운 소나무 가지들이 자꾸 내 팔을 붙잡았다. 떡갈나무가 가지 끝 손가락들을 뻗어서 내 어깨에서 삼베 자루를 벗겨내려 했다. 또 어린 감나무들은 내 발을 휘감았다. 시냇물도 점점 더 세게 달리며 물보라를 일으키고 요란한 물소리를 냈다. 까마귀 한 마리가 우리 머리 바로 위까지 아슬아슬하게 내려와서 몇 번이나 울더니…… 다시 높은 나뭇가지에 날아올라 까악거리며 울었다. 모두가 이렇게 말하고 있었다.

"가지 마, 작은 나무야…… 가지 마……"

나는 그들이 무슨 말을 하는지 알고 있었다. 그때마다 눈앞이 뿌옇게 흐려지는 바람에 나는 할아버지 뒤에서 몇 번이고 넘어질 뻔했다. 바람이 불더니 슬픈 소리를 내며 내 노란 코트 자락을 붙잡았다. 그리고 다 말라가는 찔레나무는 길로 비어져 나와 내 발을 붙들었다. 문상 비둘기 한 마리가 길고 외로운 울음소리를 냈다. 응답하는 소리가 없는 걸 보니 나를 위해 우는 게 틀림없었다.

무거운 발걸음으로 골짜기길을 내려오는 우리의 마음도 발걸음만큼이나 무거웠다.

우리는 버스 정류장 의자에 앉아서 기다렸다. 나는 삼베 자루를

bench. I held my tow sack in my lap. We was waiting for the law.

I told Granpa I didn't hardly see how he was going to make it in the whiskey trade, me not being there to help. Granpa said it would be hard. He would have to double up on his work time. I told Granpa that more than likely I would be back pretty quick, and he wouldn't have to double up long. Granpa said more than likely I would. We didn't say much else.

A clock ticked on the wall. I could tell the time, and I told Granpa. There wasn't many people in the bus station. A woman and a man. Times being hard, Granpa said, folks wasn't traveling by paying ways. Which they wasn't.

I asked Granpa, reckin if the mountains run down as far as the orphanage. Granpa said he didn't know. He had not been there. We waited some more.

The woman came in. I knew her; it was the woman in the gray dress. She come up to me and Granpa, and when Granpa stood up, she handed him some papers. Granpa put them in his pocket. She said the bus was waiting. She said, "We don't want any fuss now. Let's get on with it. What has to be done, has to be done; best for everybody."

양무릎으로 꼭 죄면서 앉아 있었다. 우리는 법이 오기를 기다렸다.

할아버지에게 내가 없어서 도와드릴 수가 없으니 위스키 만드는 건 어떡하냐고 말씀드렸더니, 할아버지는 아마 힘들어서 시간이 두 배는 걸릴 거라고 하셨다. 내가 금방 다시 돌아올 테니 두 배로 걸리는 건 그렇게 오래가지 않을 거라고 했더니, 할아버지도 아마 틀림없이 그럴 거라고 하셨다. 우리 이야기는 거기서 그쳤다.

벽시계가 째깍거리며 가고 있었다. 나는 시계를 볼 수 있었기 때문에, 할아버지에게 시간을 알려드렸다. 정류장 안에는 사람들이 거의 없었다. 남자 여자 한 사람씩뿐이었다. 불경기라서 사람들이 굳이 돈을 들여가며 여행하지는 않는 모양이라고 할아버지가 말씀하셨다. 정말 그런 것 같았다.

나는 할아버지에게 산들이 고아원 있는 곳까지 계속 이어지고 있는지 물어보았다. 할아버지는 그곳에는 한 번도 가본 적이 없어서 잘 모르겠노라고 대답하셨다. 좀 더 시간이 흘렀다.

한 여자가 정류장 안으로 들어왔다. 나는 그 여자를 알고 있었다. 회색 옷을 입고 우리 집에 찾아왔던 그 여자였다. 그 여자가 우리 있는 곳으로 다가왔다. 할아버지가 일어서자 그 여자는 서류 몇 장을 할아버지에게 건넸다. 할아버지는 잠자코 그것들을 받아 주머니에 찔러넣었다. 그 여자는 버스가 기다린다고 말했다.

"이제 아무 소란도 일어나지 않길 바라요. 서두르자구요. 해야 할 일은 어차피 해야지요. 모두를 위해서 그렇게 하는 게 좋아요."

나는 그 여자가 무슨 말을 하는지 이해할 수 없었다. 할아버지 역

Which I didn't know what she was talking about. Granpa didn't either. She was all business. She taken a string out of her purse and tied it around my neck. It had a tag on it, like one of Mr. Wine's tags. The tag had writing on it. Me and Granpa followed her out the back of the bus station to the bus.

I had my tow sack throwed over my shoulder. Granpa knelt there, by the open door of the bus, and held me like he held Willow John. He held me a long time, kneeling on the pavement with both his knees. I whispered to Granpa. I said, "I'll more than likely be back, d'rectly." Granpa squeezed me that he heard.

The woman said, "You'll have to go now." I didn't know whether she was talking to me or Granpa. Granpa stood up. He turned and walked off and he didn't look back.

The woman picked me up and set me on the step of the bus, which I could have made it myself. She told the bus driver to read my tag, and so I stood for him while he read it.

I told the bus driver I didn't have a ticket and wasn't right sure about riding as I didn't have any money. He laughed and said the woman had give him my ticket. There wasn't but three people on the bus. I went back and set

시 그러신 것 같았다. 그 여자의 태도는 철저히 사무적이었다. 그 여자는 가방에서 끈 하나를 꺼내더니 그것을 내 목에 걸었다. 그 끈에는 와인 씨의 그것과 비슷한 꼬리표가 달려 있었고, 그 꼬리표에도 뭔가 글자가 적혀 있었다. 할아버지와 나는 그 여자를 따라 버스 정류장 안쪽에 서 있는 버스로 걸어갔다.

나는 내 삼베 자루를 어깨에다 둘러멨다. 열려 있는 버스문 옆에 다다르자, 할아버지는 땅바닥에 무릎을 꿇고 앉아 월로 존을 껴안을 때처럼 나를 힘껏 껴안았다. 할아버지는 도로 위에 양무릎을 댄 채 오랫동안 그렇게 나를 안고 있었다. 내가 할아버지에게 가만히 속삭였다.

"곧 돌아올게요." 그 말을 들은 할아버지는 나를 더 힘껏 껴안으셨다.

여자가 재촉했다. "이제 그만 가야 해요."

나에게 말하는 건지 할아버지에게 말하는 건지 알 수가 없었다. 할아버지가 일어나시더니 등을 돌리고 걸어가셨다. 할아버지는 뒤를 돌아보지 않으셨다.

나 혼자서도 충분히 할 수 있는데도 그 여자는 나를 안아서 버스 발판 위에 올려주었다. 그러고는 운전사에게 내 목에 있는 꼬리표를 읽어보라고 재촉했다. 나는 운전사가 그것을 읽는 동안 그를 마주 보며 가만히 서 있어야 했다.

나는 돈이 한 푼도 없었기 때문에 차표도 돈도 갖고 있지 않은데 타도 되는 건지 모르겠다고 했더니, 운전사가 웃으면서 내 차표는

down by a winder where maybe I could see Granpa.

The bus started up and moved out of the station. I saw the woman with the gray dress watching. We moved down the street and I couldn't find Granpa anywhere. Then I saw him. He was standing on the corner of the street by the bus station. He had his hat pulled down low and his hands hung down by his sides.

We went by him and I tried to raise the winder, but I didn't know how. I waved, but he didn't see me.

As the bus passed on, I run to the back of the bus and looked out the back winder. Granpa was still there, watching the bus. I waved and hollered, "Good-bye Granpa. I'll be back more than likely pretty quick." He didn't see me. I hollered some more. "I'll more than likely be back d'rectly, Granpa." But he just stood. Getting smaller and smaller in the late evening sun. His shoulders sloped. Granpa looked old.

그 여자한테서 받았노라고 말해주었다. 버스에 탄 승객은 딱 세 사람뿐이었다. 나는 뒤쪽으로 걸어가 창가 쪽 자리에 앉았다. 거기라면 할아버지의 모습이 보일지도 모른다.

드디어 버스가 움직이기 시작하더니 정류장을 빠져나가기 시작했다. 회색 옷 입은 여자가 버스를 지켜보고 있는 모습이 먼저 눈에 들어왔다. 버스가 거리 쪽으로 움직였지만 할아버지의 모습은 어디에서도 찾을 수 없었다. 도로 모퉁이에 서 계신 할아버지의 모습이 눈에 들어온 것은 버스가 정류장을 완전히 벗어난 다음이었다. 할아버지는 모자를 눈까지 깊숙이 내려쓰신 채 양팔을 축 늘어뜨리고 서 계셨다.

버스가 할아버지 옆을 지나갔다. 창을 밀어올리려고 해봤지만 어떻게 하는 건지 알 수가 없었다. 손을 흔들어도 할아버지는 보지 못하시는 것 같았다.

버스가 할아버지 옆을 지나치자, 나는 버스 뒤쪽으로 달려가 뒤창문에 매달렸다. 할아버지는 버스를 쳐다보면서 여전히 그곳에 서 계셨다. 나는 손을 흔들며 외쳤다.

"안녕히 계세요, 할아버지! 금방 돌아올게요." 그러나 할아버지의 눈은 날 보고 있지 않았다. 나는 계속해서 외쳤다.

"금방 돌아올 거예요, 할아버지!" 할아버지는 여전히 그냥 그대로 서 계셨다. 저녁 노을 속에서 그 모습은 점점 작아져갔다. 어깨를 떨군 할아버지는 몹시 늙어 보였다.

The Dog Star

When you don't know how far you are going, it is far away. Nobody had told me. I reckin Granpa didn't know.

I couldn't see over the backs of the seats in front of me, and so I watched out the winder; the houses and trees going by, and then just trees. It got dark and I couldn't see anything.

I peeped around the seat up the aisle, and saw the road ahead shining in the bus lights. It all looked the same way.

We stopped at a bus station in a town and stayed a long time, but I didn't get off or move from my seat. I figgered more than likely I was safer where I was.

After we left the town, there was nothing else to watch. I kept my tow sack in my lap, for it felt like Granpa and Granma. It smelled kind of like Blue Boy. I dozed off.

The bus driver wakened me. It was morning and drizzling rain. We had stopped in front of the orphanage and when I got off the bus a white-headed lady was waiting

늑대별

어디까지 가야 하는지 짐작도 가지 않을 때는 본래 길이 더 멀게 느껴지는 법이다. 아무도 내게 내가 가는 곳이 어딘지 가르쳐주지 않았다. 할아버지는 모르셨을 것이고……

앞좌석의 등받이가 높아서 앞을 바라보지 못하는 나는 창 쪽에 앉아 바깥 경치를 구경했다. 집들과 나무들이 스쳐 지나가더니, 버스가 개척촌을 빠져나가자 보이는 거라곤 나무들뿐이었다. 하지만 날이 어두워지는 바람에 그마저도 보이지 않게 되었다.

나는 이번에는 통로 쪽 자리에 앉아 버스 안을 이리저리 둘러보았다. 버스의 전조등에 앞쪽 도로가 훤히 비치는 게 보였다. 하지만 그것은 언제까지나 똑같은 풍경이었다.

버스는 어떤 마을의 정류장에서 꽤 오래 멈춰 서 있었다. 하지만 나는 버스에서 내리거나 자리를 뜨지 않고 자리에 그대로 앉아 있었다. 버스 안에 있는 것이 훨씬 안전하게 느껴졌던 것이다.

버스가 마을을 빠져나오자 또다시 볼 것 하나 없는 똑같은 광경이 계속되었다. 나는 내 삼베 자루를 무릎 사이에 끼고 앉아 있었다. 그 삼베 자루가 할아버지와 할머니처럼 느껴졌다. 또 그 삼베 자루에서는 블루보이의 냄새가 나는 것 같았다. 나는 어느 사이엔가 잠이 들었다.

under an umbrella.

She had on a black dress that come to the ground and she looked like the lady in the gray dress, but she wasn't. She didn't say anything. She bent and taken hold of my tag and read it. She nodded to the bus driver and he closed his door and left. She straightened up and frowned a minute and sighed. "Follow me," she said, and led the way, walking slow, through iron gates. I put my tow sack over my shoulder and followed her.

We went through the gates with big elms on each side which rustled and talked as we passed. The lady taken no notice whatsoever, but I did. They had heard about me.

We walked across a big yard toward some buildings. I could keep up easy. When we got to the door of a building, the lady stopped. "You are going to see the Reverend," she said. "Be quiet, don't cry and be respectful. You can talk, but only when he asks a question. Do you understand?" Which I told her I did.

I follered her down a dark hall and we went into a room. The Reverend was sittin' at a desk. He didn't look up. The lady set me down in a straight chair in front of his desk. She tiptoed out of the room. I put my tow sack in my lap.

운전사가 나를 깨웠다. 벌써 아침이었다. 창밖에서는 가는 비가 내리고 있었고, 버스는 고아원 앞에 멈춰 서 있었다. 내가 버스에서 내리자, 우산을 받쳐든 흰머리의 여자가 기다리고 있었다.

그 여자는 땅까지 질질 끌리는 검은 옷을 입고 있었다. 언뜻 보기에는 회색 옷을 입은 여자처럼 보였지만, 가까이에서 보니 달랐다. 그 여자는 입도 벙긋하지 않고 허리를 구부려 내 목에 걸린 꼬리표를 잡더니 적힌 걸 읽었다. 그녀가 고개를 끄덕이자 운전사는 버스 문을 닫고 떠났다. 그 여자는 그대로 우뚝 서서 잠시 인상을 찡그리더니 한숨을 쉬었다. "따라와라." 그 여자는 이렇게 말하고 앞장서서 천천히 철문 안으로 들어갔다. 나는 삼베 자루를 어깨에 메고 뒤따라갔다.

우리는 양쪽으로 커다란 느릅나무가 서 있는 문을 지나갔다. 우리가 지나갈 때 그 느릅나무들이 수군대며 이야기를 걸어왔다. 그 여자는 전혀 눈치 채지 못하는 것 같았지만 나는 알 수 있었다. 그 느릅나무들은 내 이야기를 들은 게 틀림없었다.

우리는 커다란 뜰을 가로질러 여러 채의 건물들이 서 있는 쪽으로 걸어갔다. 쉽게 뒤따라갈 수 있었다. 어떤 건물 앞에 이르자 그 여자가 멈춰 섰다. "이제 목사님을 만나게 될 거야. 울거나 하지 말고 얌전히 있어야 돼. 예의 바르게 행동하고. 말은 해도 괜찮지만 질문을 받았을 때만이야. 알아들었지?" 나는 그러겠노라 했다.

그 여자를 따라 어두운 복도를 지나 어떤 방 안으로 들어갔다. 목사는 책상에 앉아 있었다. 그는 우리가 들어가도 얼굴을 들지 않았

The Reverend was busy, reading papers. He had a pink face which looked like he washed it fairly heavy, for it shined. He didn't have any hair to speak of, though I seen some around his ears.

There was a clock on the wall, and I told the time. I didn't say it out loud. I could see rain running down the winder in back of the Reverend. The Reverend looked up.

"Stop swinging your legs," he said. He said it right hard. Which I did.

He studied some more at the papers. He laid the papers down and taken up a pencil which he turned end over end in his hands. He put his elbows on the desk and leaned over as I didn't come up very high for him to see.

"These are hard times," he said. He frowned like he was personal settin' on the hard times. "The State hasn't the money for these matters. Our Denomination has agreed to take you—possibly against our better judgment, but we have."

I commenced to feel right bad about the Denomination having to mess with the whole thing. I didn't say anything, as he had not asked me a question.

He turned the pencil over and over again; which was not

다. 그 여자는 책상을 정면으로 바라보는 딱딱한 의자에 나를 앉히고는, 발끝걸음으로 방에서 나갔다. 나는 삼베 자루를 무릎 사이에 놓았다.

목사는 서류를 읽느라 바빴다. 그는 번들거리는 분홍빛 얼굴을 하고 있었다. 얼굴을 너무 많이 씻어서 그런 것 같았다. 귀 언저리에 남아 있는 약간을 빼고 나면 그의 머리엔 이렇다 할 만한 머리카락이 없었다.

벽에는 시계가 걸려 있었다. 나는 시각을 읽었지만 소리 내어 말하지는 않았다. 목사가 앉은 뒤쪽 유리창문 아래로 빗방울이 굴러 떨어지는 모습이 보였다. 갑자기 그가 얼굴을 들었다.

"다리 흔들지 마!" 몹시 엄한 말투였다. 나는 시키는 대로 했다.

목사는 서류 몇 장을 더 훑어보고 나더니, 서류를 책상 위에 내려놓고 연필을 집어들었다. 연필은 그의 손가락 끝에서 빙빙 돌기 시작했다. 그는 책상 위에다 팔꿈치를 대고 내 쪽으로 몸을 기울였다. 내가 작아서 잘 보이지 않았기 때문이다.

"요즘은 심한 불경기야." 그는 자기 개인의 처지가 심한 불경기이기라도 한 것처럼 눈살을 찌푸렸다. "주(州) 정부에서는 이런 일들에 예산을 대주지 않아. 그런데도 우리 교단에서는 너를 여기에 받아들이기로 했다. 아마 그러지 않는 편이 더 나았겠지만, 어쨌든 우린 널 받아들이기로 했다."

나 역시 이 모든 일들을 이렇게 엉망진창으로 만들어놓은 그 교단 때문에 기분이 나빠지기 시작했다. 그러나 나는 아무 말 없이 앉아

sharpened thrifty, for the point was too thin. I suspicioned he was looser than he put hisself up to being. He commenced again. "We have a school you can attend. You will be assigned small work details. Everybody here does some work; something you are probably not accustomed to. You must follow the rules. If you break them, you will be punished." He coughed. "We have no Indians here, half-breed or otherwise. Also, your mother and father were not married. You are the first, the only bastard we have ever accepted."

I told him what Granma had said; that the Cherokees married my Pa and my Ma. He said what Cherokees done didn't count none whatsoever. He said he had not asked me a question. Which he hadn't.

He commenced to get worked up about the whole thing. He stood up and said his Denomination believed in being kind to everybody; kind to animals and such.

He said I did not have to go to the church services and the evening chapels; as bastards, according to the Bible, could not be saved. He said I could go to listen in on it more or less, if I was quiet and set in the back and taken no part whatsoever.

Which I didn't mind, as me and Granpa had already give

있었다. 그가 나한테 묻지 않았기 때문이다.

그는 다시 손가락 사이에 연필을 끼워 빙빙 돌렸다. 그 연필은 심이 뾰족한 걸로 보아 절약하는 방법으로 깎지 않은 걸 알 수 있었다. 나는 그가 겉보기보다는 마음을 허술히 하는 사람일지 모른다고 생각했다. 그가 다시 말을 시작했다. "이곳에는 네가 다닐 수 있는 학교가 있어. 그리고 넌 작은 일 한두 가지를 맡게 될 거다. 여기서는 누구든지 일을 하게 되어 있어. 너한테는 익숙하지 않을 테지만. 그리고 규칙은 꼭 지켜야 한다. 규칙을 어기면 벌을 주겠다." 목사는 기침을 한 번 하고 나서 말을 이었다. "여기는 순종이든 혼혈이든 간에 인디언이라곤 한 사람도 없어. 게다가 너의 어머니 아버지는 정식으로 결혼하지도 않았어. 우리가 사생아를 받아들인 건 정말이지 네가 처음이다."

나는 할머니가 말해주신 것을 목사에게 이야기했다. 체로키들이 아빠와 엄마를 결혼시켰다고. 목사는 체로키가 한 일 따위는 아무래도 상관없다고 하면서, 자기는 나에게 질문하지 않았노라고 화를 냈다. 그건 사실이었다.

목사는 그 모든 일에 흥분하기 시작했다. 그는 의자에서 일어나 자기 교단은 누구에게나, 심지어는 동물에게조차 친절한 게 신조라고 했다.

그는 나더러 교회 예배와 저녁 채플 예배에 참석하지 않아도 된다고 하면서, 성경에 따르면 사생아는 어떻게 해도 도저히 구제받을 수 없기 때문이라고 했다. 그는 목사의 설교를 듣고 싶으면 들어도

up, technical-wise, on the entire thing.

He said he seen by the papers on his desk that Granpa was not fittin' to raise a young'un, and that I more than likely had not ever had any discipline. Which I hadn't, I don't reckin. He said Granpa had been in jail.

I told him I might near got hung oncet myself. He stopped with his pencil in the air and his mouth opened. "You what?" He hollered.

I said I might near got hung by the law oncet; but I got away. I told him if it hadn't been for the hound dogs, I reckin I would have got hung. I didn't tell him where the still was; as this might lead to puttin' me and Granpa out of the whiskey trade.

He set down at his desk and put his face in his hands, like he was crying. He shook his head back and forth. "I knew this was the wrong thing to do," he said. He said it two or three times. Which I wasn't sure which thing was wrong he was talking about.

He set so long shaking his head in his hands that I suspicioned he was crying. I commenced to feel might near as bad as him about the whole thing, and was sorry I had brought up about might near being hung. We set like this

좋지만, 교회 맨 뒤에 입을 다물고 앉아서 절대 예배 보는 데 끼어들지 말아야 한다고 했다.

그런 것은 나로서는 아무래도 좋았다. 어차피 할아버지와 나는 천당 가는 그 모든 의식 절차에 대해서는 일찌감치 포기하고 있던 터였다.

또 그는 자기가 책상 위에서 본 서류에 의하면, 할아버지는 어린 아이를 기르는 데 적합하지 않다, 내가 예의범절이라곤 하나도 배우지 못했을 게 확실하다고 떠들어댔다. 하지만 나는 그렇게 생각하지 않았다. 그는 또 할아버지가 감옥에 다녀온 적도 있다고 했다.

그래서 나 자신도 거의 교수형을 당할 뻔한 적이 있었노라고 하자, 그는 연필 돌리던 손을 멈추고 고함을 질렀다. "네가? 뭣 때문에?"

나는 한 번 법에게 붙잡혀서 교수형을 당할 뻔했지만 다행히 달아났다, 걔들이 도와주지 않았더라면 나는 교수형을 당했을 거라고 설명했지만, 증류기가 있는 곳에 대해서는 절대 말하지 않았다. 그걸 말하게 되면 할아버지와 나는 영영 위스키 장사를 못하게 될 것이라고 생각했던 것이다.

목사는 의자로 돌아가 양손으로 얼굴을 감쌌다. 마치 울고 있는 것처럼 보였다. 그는 머리를 절레절레 흔들었다. "이런 끔찍한 일이 있으리라는 건 진작에 알고 있었어." 그는 두세 번 이렇게 중얼거렸다. 나로서는 끔찍한 일이 무엇인지 알 수가 없었다.

목사가 하도 오랫동안 양손으로 얼굴을 감싼 채 머리를 계속 흔들

awhile.

I told him not to cry. I told him I was not hurt in anyway atall and was not nor ever had got worked up about it. I told him however, that ol' Ringer died. Which was my fault.

He raised up his head and said, "Shut up! I have not asked you a question!" Which he hadn't. He taken up his papers. "We'll see ... we'll try, with the Lord's help. It may be that you belong in a reform school," he said.

He rung a little bell on his desk and the lady come jumping in the room. She had stood outside all the time, I reckined.

She told me to foller her. I taken up my tow sack and put it over my shoulder and said, "Thankee," but I didn't say Reverend. Even if I was a bastard and going to hell, I was not in any ways figgering to go any faster, since it hadn't been settled whether you was to call such "Reverend" or "Mister." Like Granpa said, if you was not pushed, there was not any sense atall running unnecessary chances.

The wind rose up as we left the room and splattered the winder hard. The lady stopped and looked. The Reverend turned and looked at the winder too. I knew word had come about me, from the mountains.

어댔기 때문에 나는 그가 울고 있는 줄 알았다. 그래서 그 모든 일에 대해서 나도 그만큼이나 기분이 안 좋아지기 시작했고, 교수형당할 뻔한 얘기를 꺼낸 것이 미안했다. 우리는 한동안 이런 모양으로 앉아 있었다.

나는 그에게 울지 말라고 하면서, 어쨌든 나는 눈곱만치도 다치지 않았으며, 그 일에 대해 그 사람들을 원망해본 적도 없다, 다만 그 와중에서 링거가 죽었는데 그건 내 잘못이라고 했다.

목사가 머리를 들더니 이렇게 외쳤다. "입 닥쳐! 너에게 묻지 않았어!" 그건 그랬다. 그는 서류들을 움켜쥐었다. "우린 두고 보겠다…… 주님의 도우심으로 애도 써보겠고…… 그래봤자 네 녀석은 소년원행이 되겠지만."

목사가 책상 위의 작은 종을 울리자 예의 그 여자가 순식간에 방 안으로 뛰쳐들어왔다. 계속 문밖에 서 있었던 모양이었다.

그 여자는 나에게 따라오라고 했다. 나는 삼베 자루를 집어들어 어깨에 멘 다음, 목사에게 "고맙습니다"라고 인사했다. 그러나 목사님이란 말은 붙이지 않았다. 비록 내가 사생아여서, 그 때문에 어차피 지옥에 갈 거라고 해도, '목사님'이라고 부를지, 'OO 씨'라고 부를지 정하지 않았다고 해서, 어쨌든 더 빨리 지옥에 떨어질 것 같지는 않았다. 할아버지가 말씀하셨듯이 궁지에 몰린 것도 아닌데 쓸데없는 위험을 무릅쓸 필요는 없는 것이다.

방을 나서려 하자 갑자기 바람이 세차게 불어와 창문을 흔들었다. 그 여자가 발걸음을 멈추고 돌아보았다. 목사도 창문을 쳐다보았

My cot set in a corner. It was separate from the others except for one, which was pretty close to me. It was a big room and had twenty or thirty boys who stayed there. Most of them was older than me.

My job was to help sweep up the room every morning and every evening. I done it easy; but when I didn't sweep under the cots good enough, the lady made me do it over again. Which happened fairly regular.

Wilburn slept on the cot that was closest to mine. He was a lot older than I was; maybe eleven. He said he was twelve. He was tall and skinny and had freckles all over his face. He said he would not ever get adopted by anybody and would have to stay there until he was might near eighteen. Wilburn said he didn't give a damn. He said when he got out, he was going to come back and burn the orphanage down.

Wilburn had a clubfoot. It was his right foot and turned plumb inwards, making the toes of his high foot scrape his left leg when he walked and the right side of him kind of jumped along.

Me and Wilburn didn't play in any of the games in the yard. Wilburn couldn't run, and I reckin I was too little and

다. 나는 그 바람이 내 안부를 물어보기 위해 산이 보낸 전령이란 걸 알았다.

내 침대는 방 제일 구석에 있었다. 내 침대와 꽤 가까이 붙어 있는 딱 하나의 침대를 빼고는 다른 아이들에게서 한참 떨어진 곳이었다. 그 방은 아주 커서 20~30명은 됨직한 남자애들이 함께 썼다. 대개가 다 나보다 나이 많은 아이들이었다.

내가 해야 하는 일은 매일 아침저녁으로 방 청소를 돕는 일이었다. 나는 힘들이지 않고 그 일을 해냈지만, 침대 밑까지 말끔히 청소하지 않으면 흰머리 여자에게서 다시 하라는 명령을 받곤 했다. 그런 일은 거의 매번 일어났다.

나와 가장 가까운 침대에서 자는 아이의 이름은 월번이었다. 그는 나보다 나이가 훨씬 더 많아서 열한 살 정도는 되어 보였다. 하지만 그는 자기가 열두 살이라고 말했다. 그는 큰 키에 말라깽이였고 얼굴은 주근깨투성이였다. 그는 아무도 자신을 양자로 데려가지 않을 것이기 때문에 열여덟 살이 될 때까지 여기에 눌어붙어 있게 될 것이다, 그렇더라도 자기는 상관없다, 대신 여기서 나가면 반드시 돌아와 이 고아원에 불을 지르고 말겠다고 했다.

월번은 한쪽 발이 굽었다. 오른발이 안쪽으로 활처럼 굽어서 걸을 때는 그 발끝이 왼쪽 다리를 스치곤 했다. 또 그 때문에 오른다리가 짧아서 몸 전체를 오른쪽으로 절룩이며 걸어야 했다.

나와 월번만은 운동장에서 벌어지는 어떤 놀이에도 가담하지 않았다. 월번은 달릴 수가 없었기 때문이고, 나는 작은 데다 노는 방법

didn't know how to play. Wilburn said he didn't give a damn. He said games was for babies. Which is right.

Me and Wilburn set under a big oak in the corner of the yard during playtime. Sometimes when the ball come far out in the yard, I would run and get it and throw it back to the boys who was playing the game. I could throw good.

I talked to the oak tree. Wilburn didn't know it, for I didn't use words. She was old. With winter coming on, she had lost most of her talking leaves, but she used her naked fingers in the wind.

She said she was getting sleepy, but was going to stay awake to send back to the mountain trees that I was here. She said she would send it on the wind. I told her to tell Willow John, which she said she would do.

I found a blue marble under the tree. You could see all the way through it and when you held it up to one eye and shut the other one, everything looked blue. Wilburn told me what it was, for I had not seen a marble.

He said you wasn't supposed to look through marbles, you was supposed to thump them on the ground; but if I thumped mine, somebody would take it away from me, as somebody had lost it.

을 몰랐기 때문이다. 그는 상관없다면서 놀이란 건 어린애들이나 하는 짓이라고 했다. 나에게도 그렇게 보였다.

나와 월번은 노는 시간이면 운동장 구석에 서 있는 큰 떡갈나무 밑에 앉아 있었다. 때때로 공이 빠져서 우리 있는 곳까지 굴러 오면 내가 달려가서 놀이를 하는 아이들에게 던져주곤 했다. 나도 썩 잘 던지는 편이었다.

나는 그 떡갈나무에게 말을 걸었다. 속으로만 말했기 때문에 월번은 알아차리지 못했다. 그 떡갈나무는 늙은 나무였다. 겨울이 오고 있었기 때문에 소리를 낼 수 있는 이파리들은 거의 다 떨어졌지만, 대신 나무는 벌거숭이 가지를 바람 속에서 움직여 말을 했다.

나무는 이제 막 잠이 들려던 참이었지만, 내가 여기 있다는 걸 산의 나무들에게 알려줄 때까지는 자지 않고 깨어서 그 소식을 바람에 실어 보내겠노라고 했다. 내가 월로 존에게도 전해달라고 부탁하자 떡갈나무는 그러겠노라고 했다.

떡갈나무 밑에서 파란 유리구슬 하나를 발견했다. 그것은 투명해서 한쪽 눈을 감고 다른 쪽 눈으로 들여다보면 모든 게 다 파랗게 보였다. 그게 뭔지 월번이 가르쳐주었다. 나는 그때까지 한 번도 유리구슬을 본 적이 없었던 것이다.

월번은 유리구슬이란 건 그렇게 뚫어지게 들여다보라고 있는 게 아니라, 땅 위에서 다른 유리구슬과 부딪치며 놀라고 있는 것이라고 했다. 하지만 내가 그것을 가지고 노는 것을 보면 틀림없이 구슬을 잃어버린 사람이 있을 테니, 그 애가 와서 그것을 빼앗아갈 것이라

Wilburn said, finders keepers, losers weepers; and they could go to hell. I put the marble in my tow sack.

Every oncet in a while, all the boys lined up in the hall by the office and men and ladies come by and looked at them. They was looking for somebody to adopt. The white-headed lady in charge of us said I was not to line up. Which I didn't.

I watched them from the door. You could tell who got picked. They would stop in front of the one they wanted and talk to him; and they would all go into the office. Nobody ever talked to Wilburn.

Wilburn said he didn't give a damn, but he did. Every time it was line-up day, Wilburn put on a clean shirt and overalls. I watched Wilburn.

When he was in line, he always grinned at everybody that come by and taken his clubfoot and hid it behind his other leg. But they wouldn't talk to him. Every night after line-up day, Wilburn peed on his cot. He said he done it deliberate. He said he done it to show them what he thought of their damn adopting.

Whenever Wilburn peed on his cot, the white-headed lady would make him take his mattress and blankets out-

고 했다.

월번은 주운 사람이 임자이고, 잃은 사람만 손해라고 하면서, 그렇게 해서 잃은 값을 치르는 것이라고 했다. 그래서 나는 그 유리구슬을 내 삼베 자루 속에 넣어두었다.

어쩌다 한 번씩 고아원에 있는 애들 모두가 목사 집무실 옆에 붙은 강당에서 줄을 서곤 했다. 그러고 있으면 아저씨 아주머니들이 찾아와서 아이들을 한 명 한 명 자세히 살펴본다. 양자로 삼을 애를 고르는 것이다. 우리를 감독하는 흰머리 여자는 나에게는 줄을 서지 말라고 했다. 그래서 나는 줄을 서지 않았다.

나는 문 뒤에서 그들의 모습을 구경했다. 누가 뽑혔는지는 나라도 금방 알 수 있었다. 그 사람들은 마음에 드는 아이 앞에서는 으레 걸음을 멈추고 말을 걸게 마련이었다. 그러고 나면 그들은 아이를 데리고 사무실로 들어갔다. 월번에게 말을 건네는 사람은 지금까지 아무도 없었다.

월번 자신은 아무래도 상관없다고 했지만 실제로는 그렇지 않은 것 같았다. 그는 줄서기를 하는 날이면 언제나 깨끗한 셔츠와 멜빵바지로 갈아입었다. 나는 월번을 자세히 관찰했다.

줄을 서고 있을 때 월번은 언제나 다가오는 모든 사람들에게 웃는 얼굴을 보였으며, 굽은 오른쪽 발을 다른 쪽 발 뒤로 감추곤 했다. 그렇지만 그들은 그에게 말을 걸지 않았다. 줄서기를 하고 난 날이면 월번은 밤에 자다가 오줌을 쌌다. 그는 그 빌어먹을 놈의 양자 고르기에 대해 자기가 어떻게 생각하는지 그 사람들에게 보여주려고 일

side the next day and lay them in the sun. Wilburn said he didn't care. He said if they messed with him much, he was going to pee on his cot every night.

Wilburn asked me what I was going to do when I growed up. I told him I was going to be a Indian like Granpa and Willow John and live in the mountains. Wilburn said he was going to rob banks and orphanages. He said he would rob churches too, if he could find out where they kept their money. He said, more than likely, he would kill everybody that run banks and orphanages, but he would not kill me.

Wilburn cried at night. I never let on I knew, for he stuck his blanket in his mouth, which I figgered he didn't want anybody to know. I told Wilburn he could more than likely get his foot fixed straight when he got out of the orphanage. I give him my blue marble.

Chapel services was held at dusk evening, just before supper time. I didn't go, and skipped supper too. This give me a chance to watch the Dog Star. There was a winder halfway down the room from my cot, and from it I could see the Dog Star real plain. It rose in the dusk with a bare twinkle and got brighter as night darkened.

I knew Granma and Granpa was watching it, and Willow

부러 그렇게 한 것이라고 말했다.

월번이 오줌을 싼 다음 날 아침이면, 흰머리 여자는 월번에게 요와 담요를 햇볕에 내다 말리라고 명령했다. 월번은 자기는 신경 안 쓴다, 만일 그들이 그렇게 자꾸 자기를 들쑤신다면 자기는 밤마다 침대에 오줌을 싸줄 거라고 했다.

월번은 나에게 자라서 무엇을 할 거냐고 물었다. 나는 할아버지와 월로 존 같은 인디언이 되어서 산속에서 살 거라고 대답했다. 월번은 자기는 은행과 고아원을 털 작정이고, 돈을 놔두는 곳이 어디인지만 알면 교회도 털 작정이다, 아마 그렇게 되면 은행과 고아원을 경영하는 놈들을 모두 죽이겠지만, 나는 죽이지 않겠노라고 했다.

월번은 밤마다 침대에서 울었다. 나는 모르는 척했다. 입을 담요로 막고 우는 걸로 봐서 다른 사람에게 우는 걸 알리고 싶지 않은 모양이었으니까. 나는 월번에게 이 고아원에서 나가 치료를 받게 되면 틀림없이 발이 펴질 거라고 위로하면서 파란 유리구슬을 그에게 주었다.

고아원에서는 저녁 어둠이 깔릴 무렵에 채플 예배를 보았다. 그것이 끝나고 나면 곧이어 저녁 식사 시간이었다. 나는 예배에 참석하지 않았기 때문에 저녁 식사 시간에도 빠졌다. 덕분에 나는 저녁마다 늑대별을 바라볼 수 있었다. 내 침대에서 몇 발자국 떨어진 곳에 창문이 있었는데, 나는 그 창문으로 늑대별이 반짝이는 것을 또렷이 볼 수 있었다. 그 별은 저녁 어스름이 내리기 시작하면 창백한 얼굴로 빛을 비추다가 밤이 어두워질수록 점점 더 밝은 빛을 토해냈다.

할아버지와 할머니, 월로 존까지 저 별을 보고 있을 것이다. 나는

John. I stayed by the winder every evening for an hour and watched the Dog Star. I told Wilburn if he wanted to skip supper some night, he could watch it with me, but they made him go to chapel and he wouldn't give up supper. He never watched it.

At first when I commenced to watch it I tried to think up things during the day that I would remember that night, but I found out that this was not necessary.

All I had to do was watch. Granpa sent me remembrance of me and him settin' on top of the mountain, watching the day birthing, with the sun hitting the ice and sparkling. I heard him plain as speaking, "She's coming alive!" And there by the winder, I would say, "Yes, sir, she's coming alive!"

Me and Granpa went back fox huntin' watching the Dog Star; with Blue Boy and Little Red, and ol' Rippitt and Maud. We laughed might near until we couldn't stand it at ol' Rippitt.

Granma sent remembrances of the root gathering and the times she spilt sugar in the acorn meal. And the time she caught me and Granpa on our hands and knees in the corn patch, braying like a mule at ol' Sam.

저녁마다 창가에 한 시간씩 서서 늑대별을 바라보았다. 나는 윌번에게 언젠가 저녁 식사를 거를 생각이 있으면 나와 함께 그 별을 볼 수 있을 거라고 했지만, 그는 채플에 나가야 하는 데다 저녁 식사를 포기할 생각이 전혀 없었다. 그 때문에 그는 한 번도 그 별을 보지 못했다.

처음 그 별을 바라보기 시작했을 때는, 그 별을 보며 떠올릴 일들을 낮 동안에 미리 생각해두려고 애썼다. 하지만 나는 얼마 안 가 그럴 필요가 없다는 걸 깨달았다.

그저 쳐다보는 것만으로도 충분했다. 그러면 할아버지가 나에게 추억들을 보내주셨다. 할아버지와 나는 아침의 탄생을 지켜보면서 산꼭대기에 앉아 있다. 햇빛을 받은 얼음이 찬란한 빛을 뿜으며 반짝거리고, 할아버지의 목소리가 똑똑히 들린다.

"산이 깨어나고 있어!"

그러면 나는 그 창가에 서서 이렇게 대답한다.

"네, 할아버지. 산이 깨어나고 있어요!"

또 할아버지와 나는 늑대별을 보면서 여우몰이를 하던 그날로 되돌아가기도 했다. 블루보이와 리틀레드, 늙다리 리핏과 모드까지 모두 따라나섰다. 우리는 리핏 때문에 배가 아파 견딜 수 없을 지경이 될 때까지 실컷 웃었다.

할머니는 약초 뿌리 캐던 때와 도토리 가루 속에 설탕을 쏟던 때의 추억을 보내주셨다. 또 할아버지와 내가 옥수수밭에서 네 발로 엎드려 샘에게 노새 울음으로 울어 보이던 모습을 보시고 어이없어하시던 때의 추억도 보내주셨다.

She sent me a picture of my secret place. The leaves was all fallen, brown and rust and yeller on the ground. Red sumach hemmed it like a ring of fire torches that would not let anybody in but me.

Willow John sent me pictures of the deer in the high ground. Me and Willow John laughed about the time I put the frog in his coat pocket. Willow John's pictures would get fuzzy, for his feeling was strong on something. Willow John was mad.

Every day I watched the clouds and the sun. If it was cloudy, I would not be able to watch the Dog Star. When this happened, I stood by the winder and listened to the wind.

I was put in a grade of school. We done figgering which I already knew; for Mr. Wine had taught me. A big fat lady headed up the learning. She meant business and would not tolerate any foolishness atall.

One time she held up a picture that showed a deer herd coming out of a spring branch. They was jumping on one another and it looked like they was pushing to get out of the water. She asked if anybody knew what they was doing.

할머니는 내 비밀 장소가 어떻게 되었는지도 똑똑히 보여주셨다. 갈색과 노랑, 빨강의 이파리들이 땅 위에 가득 떨어져 뒤덮고 있었다. 새빨간 옻나무가 활활 타는 횃불 고리처럼 그곳을 둘러싸고 있어서 나 이외의 누구도 발을 들여놓을 수 없게 지키고 있었다.

윌로 존은 높은 산에 사는 사슴들의 모습을 보내주었다. 윌로 존과 나는 내가 그분 주머니에 개구리를 넣어두었던 때를 떠올리며 함께 웃었다. 그런데 윌로 존이 보내준 영상은 갈수록 흐릿해졌다. 그분이 다른 무슨 일에 마음을 빼앗기고 있기 때문이었다. 윌로 존은 몹시 화가 나 계셨다.

나는 날마다 해와 구름의 모습을 주의 깊게 관찰했다. 하늘이 흐려 있으면 밤이 되어도 늑대별을 볼 수 없다. 그럴 때면 나는 창가에 서서 바람 소리에 귀를 기울였다.

그들은 나를 1학년 반에 넣었다. 그 반에서는 와인 씨가 가르쳐준 덕분에 이미 알고 있는 셈법들을 배우고 있었다. 뚱뚱하고 덩치 큰 여자가 수업을 끌어갔다. 그 여자는 무척 사무적이어서 눈곱만치의 어리석은 행동도 용서하려 하지 않았다.

한번은 그 여자가 사진 한 장을 들어 보였다. 사슴 두 마리가 시냇물을 건너는 모습이 찍혀 있었다. 어찌나 서로 펄쩍거리며 뛰어오르고 있던지, 마치 누군가한테 떼밀려서 물 밖으로 솟아오른 것같이 느껴졌다. 덩치 큰 여자는 사슴들이 뭘 하고 있는지 누구 아는 사람 있느냐고 물었다.

한 아이가 무언가에 쫓기고 있는 것 같다, 아마 사냥꾼이 아니겠

One boy said they was running from something, more than likely a hunter. Another boy said they didn't like water and was hurrying to get across. She said this was right. I raised my hand.

I said I seen right off they was mating; for it was buck deer that was jumping the does; also, I could tell by the bushes and trees that it was the time of the year when they done their mating.

The fat lady was total stumped. She opened her mouth, but didn't say anything. Somebody laughed. She slapped her hand on her for'ad and walled her eyes back and dropped the picture. I see right off she was sick.

She staggered back'ards a step or two before she got aholt of her total senses. Then she run at me. Everybody got quiet. She grabbed me by the neck and commenced to shake me. Her face got red and she commenced to holler, "I should have known—we all should have known ... filth ... filth ... would come out of you ... you ... little bastard!"

I hadn't no way in the world of knowing what she was hollering about, and stood ready to set it right. She shaken me some more and then clasped her hand behind my neck and pushed me out of the room.

느냐고 했다. 그러자 또 다른 아이 하나가 사슴은 물을 싫어하기 때문에 서둘러 건너려는 중이라고 말했다. 그 여자는 뒤에 말한 아이의 설명이 맞다고 했다. 내가 손을 들었다.

나는 수사슴이 암사슴의 엉덩이 위로 뛰어오른 걸 보면 그들이 짝짓기하는 중인 게 틀림없다, 게다가 주위의 풀이나 나무 모습들을 보더라도 그때가 사슴들이 짝짓기하는 철이란 건 쉽게 알 수 있는 일이라고 했다.

그 뚱뚱한 여자는 갑자기 얼이 빠진 것 같았다. 그 여자가 입을 벌렸지만, 그 입에서 무슨 말이 나오지는 않았다. 누군가 웃었다. 그 여자는 손바닥으로 이마를 치더니 눈을 질끈 감았다. 그 여자가 들고 있던 사진이 바닥으로 떨어졌다. 그 여자는 어디가 아픈 모양이었다.

한두 걸음 뒤로 비실비실 물러서다가 겨우 정신을 수습한 그 여자가 갑자기 내 쪽으로 달려왔다. 교실 전체가 순식간에 쥐 죽은 듯 조용해졌다. 그 여자는 내 멱살을 움켜쥐더니 이리저리 흔들어댔다. 그 여자는 얼굴을 벌겋게 붉히면서 고함을 질렀다. "진작에 알았어야 했는데…… 우리 모두 진작 알았어야 했는데…… 이, 이렇게 추잡스럽다니…… 이 사생아 녀석아!"

나는 그 여자가 왜 그렇게 악을 써대는지 도무지 알 수가 없었다. 나는 오해를 바로잡으려고 했다. 하지만 그 여자는 나를 몇 번 더 흔들어대고 나서 내 목덜미를 움켜쥔 채 교실 밖으로 끌고 나갔다.

우리는 강당을 지나 목사의 집무실로 갔다. 그 여자는 나더러 문 밖에서 기다리라고 하고는 방으로 들어가 문을 닫아버렸다. 내가 서

We went down the hall to the Reverend's office. She made me wait outside and shut the door behind her. I could hear them talking, but could not understand what they was saying.

In a few minutes she come out of the Reverend's office and walked off down the hall without looking at me. The Reverend was standing in the door. He said, real quiet, "Come in." I went in.

His lips was parted like he was going to grin, but he wasn't. He kept running his tongue over his lips. There was sweat on his face. He told me to take off my shirt. Which I did.

I had to pull my overall galluses off my shoulders, and when I got my shirt off, this made me have to hold up my overalls with both hands. The Reverend reached behind his desk and taken up a long stick.

He said, "You are born of evil, so I know repentance is not in you; but praise God, you are going to be taught not to inflict your evil upon Christians. You can't repent ... but you shall cry out!"

He cut loose with the big stick acrost my back. The first time it hurt; but I didn't cry. Granma had learnt me. Oncet

있는 곳에서도 그들이 말하는 게 들렸지만 도무지 무슨 말인지 이해가 되지 않았다.

2, 3분 후에 목사 집무실에서 나온 그 여자는 나에게는 눈길 한 번 주지 않고 그대로 걸어가버렸다. 목사가 문 옆에 서 있었다. "이리 들어와." 얼음처럼 조용한 목소리였다. 나는 안으로 들어갔다.

목사의 입은 살짝 벌어져 금방이라도 웃을 것처럼 보였다. 하지만 그렇지 않았다. 그는 계속해서 자기 입술을 혓바닥으로 핥았다. 얼굴에는 땀방울이 맺혀 있었다. 그가 나에게 셔츠를 벗으라고 해서 나는 시키는 대로 했다.

셔츠를 벗으려면 멜빵바지의 끈을 어깨에서 끌어내려야 했다. 이 때문에 나는 멜빵바지를 양손으로 잡고 있어야 했다. 목사가 책상 뒤에서 굵직한 막대기 하나를 집어들었다.

"너는 악의 씨를 받아서 태어났어. 그러니 애초에 너한테 회개 같은 게 통할 리 없다는 건 알고 있어. 그렇지만 주님의 은총으로 너의 사악함이 다른 기독교도들을 물들이지 못하도록 가르쳐줄 수는 있지. 회개하지는 못하겠지만…… 울게 만들 수는 있지!"

그는 그 굵다란 막대기로 내 등을 내리쳤다. 처음에는 몹시 아팠지만, 그래도 울지는 않았다. 할머니가 예전에 가르쳐주신 적이 있다. 내가 발톱을 뽑아야 했을 때…… 인디언이 고통을 참는 방법을…… 인디언들은 몸의 마음을 잠재우고, 대신 몸 바깥으로 빠져나가 영혼의 마음으로 고통을 느끼지 않고 고통을 바라본다.

몸의 고통을 느끼는 것은 육체의 마음뿐이고, 영혼의 마음은 영혼

when I stumped off my toenail ... she learnt me how the Indian bears pain. He lets his body mind go to sleep, and with his spirit mind, he moves out of his body and sees the pain—instead of feeling the pain.

The body mind only feels body pain. The spirit mind only feels spirit pain. So I let my body mind sleep.

The stick splattered and splattered acrost my back. After a while it broke. The Reverend got another stick. He was panting hard. "Evil is stubborn," he said while he was panting. "But praise God, right will prevail."

He kept swinging his new stick until I fell down. I was wobbly but I got up. Granpa said if ye could stay on yer feet, more than likely, ye would be all right.

The floor tilted a little, but I seen right off I could make it. The Reverend was out of breath. He told me to put my shirt on. Which I did.

The shirt soaked up some of the blood. Most of the blood had run down my legs into my shoes, as I didn't have any underwearing to catch it. This made my feet sticky.

The Reverend said I was to go back to my cot and I was not to eat supper for a week. Which I didn't eat supper anyway. He said I was not to go back to the grade or leave

의 고통만을 느낀다. 그래서 나는 매를 맞으면서 몸의 마음을 잠재 웠다.

짝짝 소리 내며 내 등을 후려치던 막대기는 결국 부러지고 말았다. 목사는 다른 막대기를 또 가져왔다. 그는 심하게 헐떡이고 있었다.

"악이란 본래 끈질긴 거지. 하지만 주님의 은총으로 정의가 이길 것이다!" 그는 말하는 동안에도 숨을 헐떡였다.

그가 다시 막대기를 휘둘렀다. 얼마 안 가 나는 바닥에 쓰러지고 말 았다. 좀 비틀거리긴 했지만 다시 일어설 순 있었다. 이전에 할아버지 는 자기 두 발로 설 수 있는 한 별일 없을 거라고 말씀하신 적이 있다.

바닥이 약간 기울어져 보였지만 그것도 금방 괜찮아졌다. 목사는 거의 숨이 멎을 지경이었다. 나에게 셔츠를 다시 입으라고 했다. 나 는 시키는 대로 했다.

셔츠가 등에서 흐르는 피를 좀 빨아들이긴 했지만 대부분의 피는 다리를 타고 흘러내려 그대로 신발 속으로 들어갔다. 속옷을 입지 않 아서 피를 흡수할 수 없었기 때문이다. 신발 안이 피로 질척해졌다.

목사는 내 침대로 돌아가라고 하면서 앞으로 일주일 간 저녁 식사 는 없다고 했다. 어차피 나는 저녁을 먹고 있지 않는 터였으니 상관 없었다. 또 그는 앞으로 일주일 동안 수업을 받을 수 없으며, 방 밖으 로 나와서도 안 된다고 덧붙였다.

멜빵끈을 어깨에 걸치지 않는 게 한결 덜 아팠다. 그래서 나는 그날 저녁 창가에 서서 멜빵바지를 손으로 잡은 채 늑대별을 바라보았다.

나는 할아버지와 할머니, 그리고 월로 존에게 그 일을 이야기했

the room for a week neither.

It felt better not to use my galluses, so that evening at dusk, I held up my overalls when I stood by the winder and watched the Dog Star.

I told Granpa and Granma and Willow John about it. I told them I had no way in the world of knowing how I made the lady sick; nor what come over the Reverend. I told them I stood ready to make amend, but the Reverend said I couldn't, as I was born evil and would not know how.

I told Granpa that it 'peared to me that more than likely I couldn't hardly no way atall handle the situation. I said I wanted to come home.

It was the first time I ever went to sleep watching the Dog Star. Wilburn wakened me under the winder when he got back from supper. He said he left supper early so as to see about me. I slept on my stomach.

Wilburn said when he growed up and left the orphanage and taken to robbing orphanages and banks and such, that he would kill the Reverend right off. He said he didn't care if he did go to hell, like I was.

Every evening after that, when dusk brought the Dog Star up, I told Granma and Granpa and Willow John I

다. 나는 세 분에게 내가 무슨 짓을 했기에 그 뚱뚱한 여자가 그렇게 펄펄 날뛰었는지, 또 목사는 왜 그렇게 화가 났는지 도무지 알 수가 없다, 잘못한 게 있으면 기꺼이 고칠 작정이지만, 목사는 내가 악의 씨로 태어나서 고칠 방법이 없다고 말했다는 이야기도 해드렸다.

나는 할아버지에게 나로서는 지금 이 상황을 도저히 어떻게 해볼 수 없다, 집으로 돌아가고 싶다고 말씀드렸다.

내가 늑대별을 보다가 잠이 든 것은 이때가 처음이었다. 저녁을 먹고 돌아온 월번이 창문 밑에서 잠든 나를 발견하고 깨워주었다. 그는 내 일이 걱정돼서 저녁을 서둘러 먹고 돌아오는 길이라고 했다. 나는 창 밑에서 배를 바닥에 대고 자고 있었다.

월번은 자기가 자란 고아원을 나간 다음 고아원과 은행을 털게 되면 맨 먼저 목사를 죽여버리겠노라고 말했다. 자기도 나처럼 지옥에 떨어지는 것 따위는 신경 쓰지 않는다고 하면서.

그날 이후 매일 저녁 땅거미가 내리고 늑대별이 반짝이기 시작하면 나는 할아버지, 할머니, 그리고 윌로 존에게 집에 돌아가고 싶다고 하소연했다. 나는 그들이 보내주는 영상도 받지 않았고, 그들이 보내주는 소리에도 귀를 막았다. 오로지 집으로 돌아가고 싶다는 말만을 계속했다. 늑대별은 빨개졌다가 하얘졌으며 다시 빨갛게 변했다.

3일째 밤이 되자 늑대별은 두터운 구름 뒤로 숨어버렸고, 강한 바람이 전신주를 쓰러뜨리는 바람에 고아원은 새까만 어둠 속에 갇혔다. 나는 그분들이 내 말을 들었다는 것을 알았다.

그분들이 어떻게든 해주실 것이다. 나는 그렇게 믿었다. 겨울이

wanted to come home. I would not see the pictures they sent, nor listen. I told them I wanted to come home. The Dog Star turned red and whitened and turned red again.

Three nights later, the Dog Star was hid by heavy clouds. Wind tore down a light pole and the orphanage was dark. I knew they had heard.

I commenced to expect them. Winter come on. The wind sharpened and cried around the building at night. Some didn't like it, but I did.

Outside now, I spent all my time under the oak tree. She was supposed to be asleep, but she said she wasn't, on account of me. She talked slow—and low.

Late one evening, just before we was to go in, I thought I seen Granpa. It was a tall man and he wore a big black hat. He was moving away from me down the street. I run to the iron fence and I hollered, "Granpa! Granpa!" He didn't turn.

I run down the fence as far as it went and he was disappearing. I hollered loud as I could, "Granpa! It's me, Little Tree!" But he didn't hear, and was gone.

The white-headed lady said Christmas was might near on us. She said everybody was to be happy and sing. Wilburn

오고 있었다. 밤이면 살을 에는 듯한 차가운 바람이 건물을 감싸고 돌며 울부짖었다. 그런 걸 싫어하는 사람도 있지만 나는 겨울바람이 좋았다.

이제 나는 밖에 나올 때마다 언제나 떡갈나무 밑에서 혼자만의 시간을 보냈다. 떡갈나무는 벌써 잠들었을 거라고 생각했는데 그렇지 않았다. 나 때문이었다. 떡갈나무는 느리고 낮은 목소리로 이야기를 나누었다.

어느 날 저녁 늦게 막 방으로 돌아가려 할 때 고아원 문밖을 지나는 할아버지의 모습을 본 것 같았다. 키가 헌칠하니 큰 그 남자는 커다란 검은 모자를 쓰고 있었다. 그 남자는 거리 저쪽으로 걸어가고 있었다. 나는 철책으로 달려가 고함을 질렀다. "할아버지! 할아버지!" 그 사람은 돌아보지 않았다.

나는 철책을 따라 달리면서 그 사람의 모습이 사라질 때까지 목이 터져라 큰 소리로 고함을 질러댔다. "할아버지, 저예요! 작은 나무예요!" 하지만 그 남자는 듣지 못했는지 그냥 가버리고 말았다.

흰머리 부인이 이제 얼마 안 있으면 크리스마스가 올 텐데, 그날이 되면 모두가 행복하게 노래 부를 거라고 했다. 윌번은 자기들이 채플에서 온갖 노래를 다 부른다면서, 크리스마스까지 다 외워야 하기 때문에 목사 주위에 빙 둘러서서 하얀 악보를 든 병아리 새끼들처럼 노래 연습을 해야 한다고 말했다. 그들이 연습하는 노랫소리는 나에게도 들렸다.

흰머리 부인이 샌디클로스(산타클로스)가 오고 있다고 하자, 윌번

said they sung all kind of songs in the chapel. He said they had to learn the songs and the pets got to stand up around the Reverend like chickens with white sheets on and bellered at the songs. I could hear them.

The white-headed lady said Sandy Claws was coming. Wilburn said that was a pile of shit.

Two men brought in a tree. They had on suits like politicians. They laughed and grinned and said, "Looky here, boys, what we have brought you. Isn't that nice? Now isn't that nice? You have your very own Christmas tree!"

The white-headed lady said it was real nice and she told everybody to tell the two politicians it was real nice and to thank them. Which everybody did.

I didn't. There was no cause atall to cut the tree. It was a male pine and it died slow, there in the hall.

The politicians looked at their watches and said they couldn't stay long, but they wanted everybody to be happy. They said they wanted everybody to take some red paper and put it on the tree. Everybody did except me and Wilburn.

The politicians left and hollered, "Merry Christmas!" when they went out the door. We all stood around and looked at the tree for a while.

은 똥 같은 수작이라고 중얼거렸다.

어느 날 두 남자가 나무를 가져왔다. 둘 다 정치가 같은 양복 차림이었다. 그들은 기분이 좋은지 몇 번이나 큰 소리로 웃었다. "자, 얘들아! 우리가 뭘 가져왔는지 보렴. 멋있지 않니, 응? 멋있지 않아? 이제 너희들도 크리스마스 트리를 갖게 된 거야!"

흰머리 여자는 정말로 멋있다고 말한 다음, 그렇게 좋은 나무를 줘서 정말 고맙다는 인사를 드리라고 아이들을 재촉했다. 모두들 소리를 합쳐 정치가들에게 인사했다.

하지만 나는 잠자코 있었다. 멀쩡한 나무를 자를 이유가 도대체 어디에 있단 말인가? 수소나무인 그 나무는 뿌리가 잘린 채 강당 안에서 서서히 죽어가고 있었다.

그 정치가들은 손목시계를 들여다보더니, 이제 돌아가봐야 한다면서 모두들 행복하기를 바란다고 했다. 또 그들은 모두들 빨간색 종이를 받아서 나무에 매다는 게 어떻겠느냐고 제안했다. 나와 윌번을 뺀 모두가 시키는 대로 했다.

정치가들은 "메리 크리스마스!"를 크게 외치면서 문밖으로 나갔다. 넓은 방에 남은 우리들은 한동안 나무를 바라보며 서 있었다.

흰머리 부인이 내일은 크리스마스 이브니까 샌디클로스가 점심 때쯤 선물을 갖고 올 거라고 하자, 윌번은 "샌디클로스가 이브날 낮에 오는 건 우습지 않느냐"고 물었다. 흰머리 여자가 얼굴을 찡그렸다. "좋아, 윌번. 너는 해마다 같은 말을 하는군. 이제 너도 샌디클로스가 가야 할 곳이 많다는 건 잘 알겠지? 그리고 샌디클로스도, 샌

The white-headed lady said that tomorrow was Christmas Eve and that Sandy Claws would come with presents about noontime. Wilburn said, "Ain't that a funny time for Sandy Claws to be coming on Christmas Eve?" The white-headed lady frowned at Wilburn. She said, "Now Wilburn, you say that every year. You know very well that Sandy Claws has got to go a lot of places. You also know that he and his helpers have a right to be home with their families on Christmas Eve. You should be thankful they take the time —any time—to come and give you Christmas."

Wilburn said, "Bullshit."

Sure enough, the next day four or five cars come up to the door. Men and ladies got out and had packages in their arms. They had on funny little hats and some of them had little bells in their hands. They rung the bells and hollered, "Merry Christmas!" They hollered this over and over. They said they was Sandy Claws' helpers. Sandy Claws come in last.

He had on a red suit and had pillers stuffed under his belt. His beard was not real, like Mr. Wine's; it was tied on and hung limp below his mouth. It didn't move when he talked. He hollered, "Ho! Ho! Ho!" He kept hollering this

디클로스의 심부름꾼들도, 이브날 저녁에는 집에서 가족과 지낼 권리가 있다는 것도 알고 있겠지? 시간이야 어찌 되었든 일부러 찾아와서 크리스마스 선물을 나눠주는 것만으로도 고맙게 생각해야지."

"헛소리하구 있네." 윌번은 투덜거렸다.

과연 다음 날 점심때가 되자 네다섯 대의 차들이 몰려와 건물 앞에 멈췄다. 차에서 내리는 신사 숙녀분들의 팔에는 한아름씩 되는 꾸러미들이 안겨 있었다. 또 그들은 모두 하나같이 우스꽝스러운 작은 모자를 쓰고 있었으며, 그중 몇몇은 작은 종을 손에 쥐고 있었다. 그들은 종을 흔들어대면서 고함을 질렀다. "메리 크리스마스!" 그들은 이 말을 몇 번이나 반복해서 외쳤다. 그들은 자신들을 샌디클로스의 심부름꾼들이라고 했다. 샌디클로스는 맨 나중에 왔다.

그는 빨간 옷을 입고 있었는데, 배 안에 베개를 잔뜩 쑤셔넣어 벨트 있는 곳이 불룩하니 솟아 있었다. 와인 씨 수염과 달리 턱수염도 가짜여서 턱 밑에서 끈으로 붙들어매여 있었다. 말을 할 때도 그 수염은 움직이지 않았다. "허! 허! 허!" 샌디클로스는 큰 소리로 이 소리만을 계속했다.

흰머리 여자가 우리더러 다들 행복한 표정을 지으며 그들에게 "메리 크리스마스" 하고 큰 소리로 마주 외치라고 시켰다. 우리는 그렇게 했다.

한 여자가 나에게 오렌지 하나를 주었다. 나는 고맙다고 인사했다. 그런데 그 여자는 가지 않고 내 옆에 그대로 선 채 이렇게 말했다. "얘야, 이렇게 맛있는 오렌지를 먹지 않을 거니?" 할 수 없이 나는

over and over.

The white-headed lady said we was all to be happy and holler back "Merry Christmas!" at them. Which everybody did.

A lady give me a orange, which I thanked her for it. She kept standing over me and saying, "Don't you want to eat the nice orange?" So I et it while she watched me. It was good. I thanked her again. I told her it was a good orange. She asked me if I wanted another one. I told her I reckined. She went off somewheres and never did get another one. Wilburn got a apple. It was not as big as the ones Mr. Wine was always fergittin' he had in his pocket.

I wisht then that I had saved a piece of my orange, which I would have if the lady hadn't been pushing me to eat it. I would have traded some of it for some of Wilburn's apple. I was partial towards apples.

The ladies all commenced ringing their bells and holllering, "Sandy Claws is going to give out the gifts! Gather round in a circle! Sandy Claws has something for you!" We all gathered round in a circle.

When Sandy Claws called out your name, you had to step forward and get your gift from him. Then you was to

그 여자가 보는 앞에서 먹기 시작했다. 맛이 좋았다. 나는 맛있는 오렌지라고 하면서 다시 한 번 고맙다고 인사했다. 그러자 그 여자가 하나 더 먹겠느냐고 물었다. 내가 그렇다고 하자, 그 여자는 어디론가 사라졌다. 하지만 그 여자는 두 번 다시 돌아오지 않았다. 월번은 사과를 받았다. 와인 씨가 언제나 주머니에 넣어둔 채 잊어버리곤 하던 사과보다는 훨씬 작았다.

나는 오렌지를 좀 남겨두었으면 좋았을 거라고 후회했다. 그 여자가 먹으라고 그렇게 몰아치지만 않았더라도 그냥 갖고 있었을 것이다. 그랬더라면 월번의 사과와 바꿔 먹을 수 있었을 텐데. 나는 사과를 아주 좋아하니까 말이다.

여자들이 손에 들고 있던 종을 울리면서 소리를 질러대기 시작했다. "이제 샌디클로스가 선물을 나눠주신답니다! 자, 둥그렇게 모여요! 샌디클로스가 여러분들에게 선물을 하나씩 주실 거예요!" 우리는 모두들 샌디클로스를 둘러싸고 둥그렇게 모였다.

샌디클로스가 이름을 부르면 그 아이는 앞으로 나가서 선물을 받았다. 선물을 받고 나서는 얌전하게 서서 샌디클로스가 머리를 쓰다듬어주기를 기다렸다가, 고맙다는 인사를 하고 난 뒤 원래 자리로 돌아가면 된다.

그러고 나면 여자들 중 한 명이 선물받은 아이에게 달려가 큰 소리로 이렇게 재촉한다. "선물을 풀어보렴! 그렇게 멋진 선물을 풀어보지 않을 거니?" 갈수록 혼란스러워졌다. 나눠준 선물의 수가 많아짐에 따라 여자들도 점점 더 부산하게 방 안 이쪽저쪽을 누비고

stand while he patted you on the head and rubbed your hair. Then you thanked him for it.

One of the ladies would be right on you hollering, "Open up your gift! Aren't you going to open up the nice gift?" Which got confusing, the more was given out; as ladies was running this away and that away trying to foller everybody around.

I got my gift, and thanked Sandy Claws. He rubbed me on the head and said, "Ho! Ho! Ho!" A lady commenced hollering at me to open it up; which I was trying to do. I finally got the wrapping off.

It was a cardboard box with the picture of a animal on it. Wilburn said it was the picture of a lion. The box had a hole in it, and you was supposed to pull a string through the hole, and it would sound like a lion, Wilburn said.

The string was broke, but I fixed it. I tied a knot in it. The knot would not come through the hole, which made the lion not growl much. I told Wilburn it sounded more like a frog to me.

Wilburn got a water pistol; but it leaked. He tried to shoot with it, but the water kind of angled down. Wilburn said he could pee farther than that. I told Wilburn we could

다니면서 떠들어댔으니 말이다.

나도 선물을 받고 샌디클로스에게 인사했다. 그는 내 머리를 쓰다듬으며 "허! 허! 허!"라는 말만 했다. 금세 한 여자가 쫓아와 어서 선물을 풀어보라고 재촉했다. 서둘러 풀어보려 했지만 잘 되지 않았다. 나는 겨우겨우 포장지를 뜯어내는 데 성공했다.

그건 동물 그림이 그려진 두꺼운 마분지 상자였다. 윌번은 그게 사자 그림이라고 가르쳐주었다. 상자에는 작은 구멍이 뚫려 있었다. 그 구멍에 끼워진 끈을 당기면 사자 울음소리가 들릴 거라고 윌번이 말했다.

그런데 끈이 끊어져 있었다. 나는 상자 안쪽에서 매듭을 묶어 고쳤다. 그런데 끈이 매듭에 걸려 잘 당겨지지 않아 그런지, 사자의 으르렁거리는 소리가 잘 나지 않았다. 나는 윌번에게 개구리 우는 소리처럼 들린다고 말했다.

윌번이 받은 것은 물총이었다. 하지만 물이 새서 그런지 방아쇠를 당겨도 간신히 찔끔거리며 날아갈 뿐 힘이 없었다. 윌번은 자기 오줌이 이것보다는 더 멀리 나갈 거라고 말했다. 나는 윌번에게 미국풍나무즙이 조금만 있어도 물이 새는 곳을 때울 수 있을 거라고 말했지만, 이 근처 어디에 미국풍나무가 있는지 알 길이 막막했다.

여자 한 명이 막대사탕을 나눠주며 돌아다니고 있었다. 나도 하나를 받았다. 그런데 잠시 후, 나하고 다시 부딪치자, 그 여자가 사탕하나를 또 주었다. 나는 덤으로 받은 그 사탕을 윌번과 나눠 먹었다.

샌디클로스가 외쳤다. "잘 있어요, 여러분! 내년에 또 만납시다!

more than likely fix it if we had some sweet gum; but I didn't know where there was a sweet gum tree thereabouts.

A lady come by passing out a piece of stick candy to everybody. I got one. She bumped into me again and give me another piece. I split the extry with Wilburn.

Sandy Claws started hollering, "Good-bye everybody! See you next year! Have a Merry Christmas!" All the men and ladies started hollering the same thing and ringing their bells.

They went out the front door and got in their cars and taken off. Everything seemed quiet after that. Me and Wilburn set on the floor by our cots.

Wilburn said the men and ladies come out of a chamber in town and a country club. He said they come out every year so they could feel good when they went and got drunk. Wilburn said he was tired of the whole thing. He said when he got out of the orphanage, he was not never going to pay any attention to Christmas, whatsoever.

Just as dusk begun to fall, they all had to go to the chapel for Christmas Eve. I stayed by myself, and as it got darker, I could hear them singing. I stood by the winder. The air was clear and the wind was still. They sung about a star,

메리 크리스마스!" 신사 숙녀분들도 일제히 똑같은 말을 외치며 종들을 울려댔다.

그들은 현관문 밖에 세워놓은 차를 타고 사라져버렸다. 그러고 나자 갑자기 세상이 조용해졌다. 나와 월번은 방으로 돌아와 침대 옆 바닥에 앉았다.

월번은 그 사람들이 마을의 상공회의소와 컨트리클럽에서 왔다고 했다. 그는, 그 사람들이 해마다 이곳을 찾아와 실컷 즐기고 난 다음에는 자기들끼리 가서 술을 퍼마시며 논다고 하면서, 이제 이런 일들은 정말 신물이 난다, 자기가 고아원에서 나가면 크리스마스 같은 건 콧방귀나 뀔 거라고 했다.

주위가 어두워지기 시작하자 모두들 크리스마스 이브 예배를 보러 나가야 했다. 방 안에는 나 혼자뿐이었다. 땅거미가 한층 짙어지고 있었다. 그들이 부르는 노랫소리가 들려왔다. 나는 창가에 섰다. 공기는 맑고 바람도 조용했다. 그들은 별에 관한 노래를 하고 있었다. 귀를 세우고 자세히 들어보았지만 늑대별은 아니었다. 나는 늑대별이 떠오르는 걸 지켜보았다.

그날의 채플 예배는 무척 길었다. 부르는 노래도 무척 많은 것 같았다. 덕분에 나는 늑대별이 하늘 높이 솟아오를 때까지 바라보고 있을 수 있었다. 나는 별을 보며 할아버지와 할머니, 윌로 존에게 집에 돌아가고 싶다고 말했다.

크리스마스날에는 근사한 점심이 나왔다. 각자의 접시에는 닭다리 하나에다 목이나 모래주머니 중 어느 한쪽이 놓였다. 월번은 이

but it wasn't the Dog Star, for I listened close. I watched the Dog Star rising bright.

They stayed a long time, singing in the chapel, so I got to watch the Dog Star until it rose high. I told Granma and Granpa and Willow John I wanted to come home.

Christmas Day we had a big dinner. Each one of us got a chicken leg and either a neck or a gizzard. Wilburn said it was always that-a-way. He said he figured they raised special chickens that didn't have nothing but legs, necks and gizzards. I liked mine and et it all.

After dinner we could do as we pleased. It was cold outside and everybody stayed in except me. I went acrost the yard and carried my cardboard box and set under the oak tree. I set a long time.

It was nearly time for dusk and me to go in, when I looked up toward the building.

There was Granpa! He was coming out of the office and walking toward me. I dropped my cardboard box and run at him, hard as I could. Granpa knelt and we held each other and did not speak.

It was getting dark and I couldn't see Granpa's face under the big hat. He said he had come to see about me,

것도 언제나 이런 식이었노라고 하면서, 아마 그들은 다리와 목과 모래주머니뿐인 특수한 닭이라도 기르고 있는 모양이라고 비꼬았다. 나는 닭고기를 좋아했기 때문에 남김없이 다 먹어치웠다.

점심 식사 후에는 각자 하고 싶은 대로 지내도 좋다고 했다. 밖은 추워서 나 말고는 아무도 나가려 하지 않았다. 나는 선물로 받은 마분지 상자를 들고 뜰을 가로질러 걸어가 떡갈나무 아래 앉았다. 나는 오랫동안 그곳에 앉아 있었다.

땅거미가 내리고 있었다. 이제 방으로 돌아가야 할 시간이었다. 문득 눈을 들어 건물 쪽을 바라보았다.

할아버지다! 할아버지가 사무실에서 나와 내가 있는 곳으로 걸어오고 계셨다. 나는 손에 들고 있던 상자도 내려놓고 할아버지를 향해 달렸다. 나는 온 힘을 다해 달려, 팔을 벌린 채 무릎을 꿇고 계신 할아버지의 가슴속으로 뛰어들었다. 우리 두 사람은 한참 동안 말없이 그렇게 껴안고만 있었다.

날이 어두워지고 있어서 큰 모자 그늘 속에 가려진 할아버지의 얼굴을 볼 수 없었다. 할아버지는 내가 잘 지내는지 알아보려고 왔지만 이제 집으로 돌아가야 한다고 하시면서, 할머니는 같이 오지 못하셨노라고 말씀하셨다.

나도 같이 가고 싶었다. 다른 어느 때보다 더 강렬하게 그러고 싶었다. 하지만 그렇게 말하면 할아버지가 걱정하실까봐 겁이 났다. 그래서 나는 집에 가고 싶다는 말이 목까지 올라오는 걸 간신히 삼키고 나서 할아버지와 함께 문으로 걸어갔다. 할아버지는 거기서 다

but had to go back home. He said Granma couldn't come.

I wanted to go—worst I ever felt—but I was afraid it would cause Granpa trouble. So I didn't say I wanted to go home. I walked with him to the gate. We held one another again, but Granpa walked off. He walked slow.

I stood there a minute, watching him go away in the dark. The thought come to me that more than likely, Granpa might have trouble finding the bus station. I follered along though I didn't know where the bus station was myself, but I might be able to help.

We walked down a road, me follering behind, and then onto some streets. I saw Granpa cross a street and come up behind the bus station. There was lights where he was standing. I hung around the corner where I was.

It was quiet, being Christmas Day and practical nobody was about. I waited awhile and then I hollered. "Granpa, more than likely I could help ye with the bus lettering."

Granpa didn't act stumped atall. He waved for me to come on over. I ran. We stood at the back of the station, but I couldn't make out which lettering was which.

In a little while a loudspeaker told Granpa which one was his bus. I walked over to the bus with him. The door

시 한 번 나를 끌어안으시더니 일어나서 가버리셨다. 할아버지는 천천히 걸으셨다.

나는 잠시 그곳에 서서 할아버지가 어둠 속으로 사라지는 모습을 지켜보고 있었다. 그러자 그때 할아버지가 버스 정류장을 잘 찾아낼 수 있을지 모르겠다는 생각이 떠올랐다. 할아버지 뒤를 따라 뛰어갔다. 나 자신도 버스 정류장이 어디 있는지는 몰랐지만 그래도 어쨌든 도와드릴 수는 있을 것이다.

할아버지는 길을 따라 내려가고 계셨다. 나는 그 뒤를 따라갔다. 이윽고 길들이 여러 갈래로 갈라지는 곳에 이르자 할아버지는 그 길 중 하나를 건너 버스 정류장 뒤쪽으로 가서 서셨다. 할아버지가 서 계신 곳에는 가로등이 켜져 있었다. 나는 길모퉁이에서 엉거주춤한 자세로 그 모습을 보며 서 있었다.

크리스마스여서 그런지 정류장 안에는 아무도 없었다. 정류장 안은 쥐 죽은 듯이 조용했다. 한참 망설이다 드디어 마음을 정한 내가 소리를 질렀다. "할아버지, 제가 행선지를 읽어드릴게요."

할아버지는 조금도 놀라신 것 같지 않았다. 할아버지는 나더러 그곳으로 건너오라고 손짓을 하셨다. 나는 할아버지 있는 곳으로 달려갔다. 우리는 정류장 뒤편에 서서 버스 안내판을 보았지만, 나로서는 어느 버스가 어디로 간다는 건지 도무지 알 수가 없었다.

얼마 후 할아버지가 타야 할 버스가 어느 것인지 알려주는 방송이 나왔다. 나는 할아버지를 따라 그 버스가 있는 곳까지 갔다. 버스 문은 열려 있었다. 우리는 거기에 잠시 서 있었다. 할아버지는 딴 곳을

was open and we stood there a minute. Granpa was looking off somewheres. I pulled on his pants leg. I didn't hold on like I had done after Ma's funeral, but I kind of pulled. Granpa looked down. I said, "Granpa. I want to go home."

Granpa looked at me a long time. He reached down and swung me up in his arms and set me on top of the bus step. He come up to the step and taken out his snap purse. "I'm paying for myself and my young'un," Granpa said, and he said it hard. The bus driver looked at him, and he didn't laugh.

Me and Granpa walked to the back of the bus. I was hoping the bus driver would hurry and close the door. Eventually he did, and we started up, leaving the bus station behind.

Granpa reached his arm around me and lifted me onto his lap. I laid my head on his chest, but I didn't sleep. I watched the winder. It was frosted with ice. There wasn't any heat there in the back of the bus, but we didn't care.

Me and Granpa was going home.

바라보고 계셨다. 나는 할아버지의 바짓가랑이를 잡아당겼다. 엄마의 장례식 때처럼 할아버지의 다리를 꽉 붙들고 늘어지지는 않았지만, 그 간절한 심정은 그때와 조금도 다르지 않았다. 할아버지가 나를 내려다보셨다. "할아버지, 나 집에 가고 싶어요."

할아버지는 한참 동안 나를 쳐다보시더니 이윽고 팔을 뻗어 나를 번쩍 안아올리셨다. 할아버지는 버스의 제일 윗발판에다 나를 내려놓으시더니 당신도 버스에 올라타셨다. 할아버지는 물림쇠가 달린 지갑을 꺼내, "나하고 내 손자의 요금을 내겠소"라고 말씀하셨다. 약간 긴장된 어조였다. 운전사가 할아버지를 흘낏 쳐다보았지만 웃지는 않았다.

우리는 버스 뒤쪽으로 걸어갔다. 나는 운전사가 한시바삐 문을 닫기를 초조하게 기다리고 있었다. 드디어 버스의 문이 닫히고 버스는 정류장을 뒤로한 채 출발했다.

할아버지가 나를 안아서 무릎에 앉히셨다. 나는 할아버지 가슴에 머리를 기댔지만 자지는 않았다. 창밖을 보니 성에가 끼어 있었다. 버스 뒤편에는 온기라곤 하나도 없었지만 그런 건 아무 문제도 아니었다.

할아버지와 함께 집으로 돌아가고 있는 이 상황에서 그런 건 정말이지 아무 문제도 아니었다.

See the mountains humping and rolling high

Rimming the day birth and busting the sun

And tucking the fog sheets 'round her knees

And strumming the wind with her finger-trees

And scratching her back against the sky.

Watch the cloud banks roll and stroke her hips

Dripping whispers of sighs from the branch and bush

Hear her womb-hollows stir with the murmur of life

Feel the warm of her body, the sweet of her breath

And the rhythm of mating that thunders and cries.

Deep in her belly the water veins pulse

And nipple the roots that suckle their life

And streams from her breasts in a liquid flow

Giving life to her children she cradles in love

And adding a lilt from Her spirit mind

The melody humming of water's song.

Me and Granpa's going home.

보라, 굽이치면서 높이 솟아오른 저 산들을.

붉은 태양이 산등성이 위로 떠올라 아침을 탄생시키면,

하얀 안개 시트는 그녀의 무릎을 휘감고

그녀의 손가락인 나무들을 스쳐가는 바람은

하늘에다 대고 그녀의 등을 긁어주네.

보라, 구름들이 그녀의 엉덩이를 부드럽게 쓰다듬는 모습을.

나뭇가지와 덤불들 사이에서는 한숨 같은 속삭임이 들리고

그녀의 자궁 깊숙한 곳에서는 생명이 웅성이는 소리 들리네.

그녀의 따뜻한 체온과 달콤한 숨결,

그리고 짝짓기의 그 천둥 같은 리듬이 느껴지네.

그녀의 배 안 깊숙한 곳에서 고동치는 수맥들은,

생명을 빨아들이는 나무뿌리들에 젖줄이 되어주고

그녀의 가슴을 타고 흐르는 물줄기들을 이뤄준다네.

그녀가 사랑으로 어르는 그녀의 아이들에게 생명을 주고

그녀의 영혼에서 나오는 아름다운 노래를,

물은 그 흥얼거리는 리듬으로 들려준다네.

할아버지와 나는 이제 집으로 돌아간다네.

Home Again

$\mathcal{W}$e rode the hours away. Me and Granpa, my head on his chest and not talking, but not sleeping either. The bus stopped two or three times at bus stations, but me and Granpa stayed on. Maybe we was afraid something would happen to hold us back.

It was early morning, but still dark when me and Granpa got off the bus on the side of the road. It was cold and there was ice on the ground.

We set out up the road and after a while we turned up the wagon ruts. I saw the mountains. They loomed big and darker than the dark around us. I might near broke into a run.

By the time we turned off the wagon ruts onto the hollow trail, the dark was fading into gray. I told Granpa, of a sudden, that something was wrong.

He stopped. "What is it, Little Tree?"

I set down and pulled off my shoes. "I reckined I couldn't feel the trail, Granpa," I said. The ground felt

집으로 돌아오다

우리는 오랜 시간 버스를 타고 달렸다. 나는 머리를 할아버지 가슴에 기대고 있었다. 우리 두 사람은 말도 하지 않았고 잠도 자지 않았다. 버스는 도중에 두세 번 정류장에서 멈췄지만, 할아버지와 나는 그냥 버스에 앉아 있었다. 어쩌면 우리는 뒷덜미를 잡아챌 일이 일어날 것 같아 두려웠는지도 모른다.

할아버지와 내가 버스에서 내린 것은 아직 날이 어두운 이른 새벽이었다. 추운 날씨여서 길에는 얼음이 얼어 있었다.

우리는 길을 따라 걷기 시작했다. 마차 바큇자국이 난 길로 접어들었을 때 산들을 바라보았다. 산들은 주위의 어둠보다 더 어둡고 큰 몸집을 한 채 웅크리고 앉아 있었다. 나는 산을 향해 미친 듯이 달려가고 싶었다.

바큇자국이 난 길이 끝나고 골짜기길로 들어섰을 때, 어둠은 서서히 회색으로 엷어지고 있었다. 그때 내가 불쑥, 뭔가가 잘못된 것 같다고 말했다.

할아버지가 걸음을 멈추셨다.

"작은 나무야, 왜 그러니?"

나는 길바닥에 주저앉아 구두를 벗어버렸다.

warm and run up through my legs and over my body. Granpa laughed. He set down too. He pulled off his shoes and stuffed his socks in them. Then he stood up and throwed the shoes back toward the road as far as he could throw them.

"And ye can have them clobbers!" Granpa hollered. I throwed mine back toward the road and hollered the same thing; and me and Granpa commenced to laugh. We laughed 'til I fell down and Granpa was might near rolling on the ground hisself and tears was running down his face.

We didn't know exactly what we was laughing at, but it was funnier than anything we had laughed at before. I told Granpa if folks could see us, they would say we was white whiskey drunk. Granpa said he reckined ... but maybe we was drunk—in a way.

As we come up the trail, the first pink touched the east rim. It got warm. Pine boughs swept down over the trail and felt my face and run theirselves over me. Granpa said they was wanting to make sure it was me.

I heard the spring branch and it was humming. I run and laid down and turned my face to the water while Granpa waited. The spring branch slapped me light, and run over

"산길이 잘 느껴지지 않아요, 할아버지."

비로소 흙의 따뜻한 온기가 다리를 지나 온몸으로 퍼져갔다. 껄껄대며 소리 내어 웃으시던 할아버지도 주저앉아 구두를 벗기 시작했다. 할아버지는 양말까지 벗어서 구두 속에 쑤셔 넣으시더니, 일어나 우리가 걸어온 길 쪽을 향해 구두를 힘껏 집어던지셨다.

"이따위 것들은 너희들이나 가져라!"

할아버지가 고함을 지르셨다. 나도 걸어온 길 쪽으로 내 구두를 힘껏 집어던지면서 할아버지와 똑같이 외쳤다. 그러고 나서 우리는 웃기 시작했다. 어찌나 많이 웃었던지 나는 땅바닥에 주저앉았고, 할아버지는 눈물을 흘리시면서 거의 땅바닥을 뒹굴다시피 하셨다.

사실 뭐가 그리 우스운지 알지 못하면서도 우리는 정말 참을 수 없을 만큼 재미있고 즐거웠다. 내가 이런 모습을 남들이 보면 위스키에 취했다고 생각할 거라고 하자, 할아버지 생각에도 그럴 것 같다고 하셨다…… 하지만 어떻게 보면 우린 진짜로 취해 있었던 건지도 모른다.

산길을 따라 더 올라가자 첫새벽의 장밋빛이 동쪽 산등성이를 어루만졌다. 공기는 따뜻했다. 소나무 가지들이 길 위로 낮게 드리워져 내 얼굴을 건드리기도 하고 머리를 쓰다듬어보기도 했다. 할아버지는 소나무들이 진짜 나인지 확인해보고 싶어서 그러는 거라고 알려주셨다.

시냇물 흘러가는 소리가 들렸다. 시냇물은 노래 부르고 있었다. 나는 물가로 뛰어내려가 양손을 짚고 물 위로 얼굴을 비췄다. 내 볼

my head and felt for me—and sung louder and louder.

It was good light when we saw the foot log. The wind had picked up. Granpa said it wasn't moaning nor sighing, it was singing in the pines and would tell everything in the mountains that I was home. ol' Maud bayed.

Granpa hollered, "Shut up, Maud!" And here come the hounds acrost the foot log.

They all hit me at oncet and knocked me down. They licked me all over the face and every time I tried to get up one of them jumped on my back and there I went again.

Little Red commenced to show out by jumping all four feet in the air and twisting at the top of his jump. He would yelp as he leaped. Maud commenced doing it, and ol' Rippitt tried it and tumbled in the spring branch.

Me and Granpa was hollering and laughing and slapping at hounds as we come to the foot log. I looked to the porch, but Granma wasn't there.

I was halfway acrost the foot log and got scared, for I couldn't see her. Something told me to turn around. There she was.

It was cold, but she only had on a deerskin dress and her hair shined in the morning sun. She stood on the side of

을 가볍게 두드리기도 하고 머리에 와 부딪치기도 하면서 물방울들이 나를 만졌다. 시냇물 흐르는 소리는 갈수록 커졌다. 할아버지는 그동안 둑 위에서 기다리고 계셨다.

우리 집 통나무다리가 보였을 때는 날이 이미 훤히 밝고 난 뒤였다. 아침 바람이 불기 시작했다. 할아버지는 그 바람 소리가 슬퍼하거나 한숨 쉬는 소리가 아니라, 소나무 숲 사이를 지나 노래하면서 산의 모든 친구들에게 내가 집에 온 걸 전하는 소리라고 하셨다. 모드 짖는 소리가 들렸다.

할아버지가 고함을 지르셨다.

"모드, 그만해!"

그러자 한 무리의 개들이 쏜살같이 통나무다리를 건너왔다.

개들이 한꺼번에 달려드는 바람에 나는 엉덩방아를 찧고 말았다. 그놈들은 하나같이 달려들어 내 얼굴을 핥았고, 내가 일어서려고 하면 그때마다 등 뒤에서 또 달려들어 나를 넘어뜨리곤 했다.

리틀레드는 1미터 정도를 뛰어오른 상태에서 몸을 한 바퀴 돌리는 재주를 부렸다. 리틀레드가 기쁜 소리로 짖어대며 이렇게 펄쩍거리고 뛰어오르자 모드도 흉내를 냈다. 늙다리 리핏까지 흉내를 내려고 뛰어올랐지만, 그만 시냇물에 텀벙 빠지고 말았다.

할아버지와 나는 큰 소리로 고함을 지르며 웃고 개들을 두드리고 하면서 통나무다리까지 왔다. 오두막집 베란다 쪽을 바라보았다. 그런데 거기에 할머니 모습이 보이지 않았다.

통나무다리를 반 정도 건넜을 때 더럭 겁이 났다. 그때까지도 할

the mountain beneath the bare branches of a white oak. She was watching like she wanted to look at me and Granpa without being seen.

I hollered, "Granma!" and fell off the foot log. It didn't hurt. I splashed in the water and it was warm against the morning chill.

Granpa leaped in the air and spraddled out his legs. He hollered, "Whoooooooeeeeeee!" and hit the water. Granma run down the mountain. She run into the spring branch and dived at me, and we rolled, splashing and hollering and crying some, I reckin.

Granpa was settin' in the spring branch and throwing water up in the air. The hounds all stood on the foot log and looked at us, total stumped at the whole thing. They figgered we was crazy, Granpa said. They jumped in too.

A crow commenced to caw, settin' high atop a pine. He swooped low over us, cawing, and headed up the hollow. Granma said he was going to tell everybody I was home.

Granma hung my yeller coat by the fireplace to dry. I had had it on when Granpa come to the orphanage. I went into my room and put on my deer shirt and britches ... and my boot moccasins.

머니의 모습이 보이지 않았던 것이다. 문득 누군가가 나를 쳐다보고 있는 듯한 느낌에 주위를 두리번거렸다. 그곳에 할머니가 계셨다.

할머니는 날씨가 쌀쌀한데도 사슴가죽 옷만 입으신 채, 아침 해를 받아 머리카락을 빛내며 서 계셨다. 그곳은 산허리의, 벌거벗은 흰 참나무 가지들 밑이었다. 할머니는 나를 바라보고 계셨다. 할아버지의 모습은 눈에 들어오지도 않는 듯, 오직 나만을 바라보고 싶으신 듯한 모습으로 이쪽을 보고 계셨다.

"할머니!"

나는 이렇게 외치다가 발을 헛딛는 바람에 시냇물에 떨어지고 말았다. 다치지는 않았지만 사방으로 물이 튀었다. 아침 공기의 쌀쌀함에 비해 물은 오히려 따뜻했다.

할아버지가 공중으로 뛰어오르시더니 다리를 쩍 벌린 채 "우이이이이이이이!" 하고 고함을 지르시며 풍덩! 물속으로 뛰어드셨다. 산비탈을 뛰어내려오신 할머니도 그대로 물속으로 뛰어들어와 나를 껴안으셨다. 우리는 뒹굴고 물보라를 일으키고 고함을 지르고 좀 울기도 했다.

할아버지는 시냇물 한가운데에 주질러앉아 양손으로 물을 떠서 공중에다 뿌렸다. 개들은 통나무다리 위에 늘어서서 우리를 내려다보고 있었다. 이 예기치 않은 소란에 어안이 벙벙한 것 같았다. 우리더러 정신이 돌았다고 생각할 거라고 할아버지가 말씀하셨다. 그렇지만 얼마 안 있어 개들도 서로 앞 다투어 물속으로 뛰어들었다.

소나무 가지 제일 꼭대기에 앉은 까마귀 한 마리가 울기 시작하더

I run out the door and up the hollow trail. The hounds went with me. I looked back and saw Granpa and Granma standing on the back porch watching. Granpa was still barefooted and he had his arm around Granma. I run.

Ol' Sam snorted when I passed the barn and trotted after me aways. Up the hollow trail, and the Narrows—all the way to Hangin' Gap, I didn't want to stop running. The wind sung along with me and squirrels and 'coons and birds come out on tree limbs to watch and holler at me as I passed. It was a bright winter morning.

I come back slow down the trail and found my secret place. It was just like the picture Granma had sent me. Rust leaves was deep over the ground, under bare trees, and red sumach closed in where nobody could see. I laid on the ground a long time and talked to the sleepy trees, and listened to the wind.

The pines whispered and the wind picked up, and they commenced to sing, "Little Tree is home ... Little Tree is home! Listen to our song! Little Tree is with us! Little Tree is home!" They hummed it low and sung it higher, and the spring branch sung it too along with them. The hounds noticed, for they quit sniffing the ground and stood with

니 푸드득거리며 우리 머리 바로 위로 미끄러지듯 내려왔다. 곧바로 다시 날아오른 까마귀는 까옥거리며 골짜기 쪽으로 날아갔다. 내가 돌아온 걸 모두에게 알리러 가는 것이라고 할머니가 말해주셨다.

할머니는 내 노란 코트가 마르도록 난로 옆에 걸어주셨다. 어제 할아버지가 고아원에 오셨을 때 나는 그 코트를 입고 있었다. 나는 내 방에 가서 사슴가죽 셔츠와 바지로 갈아입었다. 그리고 모카신도 신었다……

나는 오두막집 바깥으로 뛰어나가 골짜기길을 올라갔다. 개들이 따라왔다. 뒤돌아보니 할아버지와 할머니는 뒤쪽 베란다에 서서 내 쪽을 바라보고 계셨다. 할아버지는 여전히 맨발인 채 할머니 허리에 팔을 두르고 계셨다. 나는 달렸다.

헛간 앞을 지날 때 샘영감이 콧소리를 내며 내 뒤를 몇 발자국 따라왔다. 골짜기길을 다 지나고 '칼길'로 해서 '하늘협곡'까지 나는 쉬지 않고 달렸다. 멈추고 싶지가 않았다. 바람이 나와 함께 노래 부르고, 나무 위에서 나를 내려다보던 다람쥐와 너구리, 작은 새들은 내가 지날 때마다 소리를 질렀다. 찬란한 겨울 아침이었다.

돌아가는 길은 천천히 걸어내려갔다. 내 비밀 장소에 들러보니까 할머니가 늑대별에 실어 보내준 모습과 조금도 다르지 않았다. 벌거 숭이가 다 된 나무 아래에는 구릿빛 낙엽들이 수북이 쌓여 있었고, 아무도 들여다보지 못하도록 새빨간 옻나무가 그곳을 둘러싸고 있었다. 나는 오랫동안 낙엽 위에 누운 채 잠든 나무들에게 말을 걸었고, 바람 소리에 귀를 기울였다.

their ears up and listened. The hounds knew and come closer around me and laid down, content with the feeling.

Through that short winter day, I lay in my secret place. And my spirit didn't hurt anymore. I was washed clean by the feeling song of the wind and the trees and the spring branch and the birds.

They didn't care or understand how the body minds worked, no more than the men of body minds understood or cared for them. So they did not tell me about hell, or ask me where I come from, or say anything about evil atall. They didn't know such word-feelings; and in a little while I had forgot them too.

When the sun had set behind the rim and shafted its last light through Hangin' Gap, me and the hounds walked back down the hollow trail.

As the hollow softened blue, I saw Granma and Granpa settin' on the back porch, facing up the hollow toward me, waiting, and as I come to the back porch, they stooped and we held on to one another. We didn't need words, and so did not say them. We knew. I was home.

When I pulled off my shirt that night, Granma saw the whip scars and asked me. I told her and Granpa, but I said

소나무 숲의 속삭임이 바람에 실려 들려왔다. 이윽고 그것은 노래로 변했다.

"작은 나무가 돌아왔다네…… 작은 나무가 돌아왔어! 우리 노래 들어보렴! 작은 나무가 이곳에 함께 있다네! 산으로 돌아왔어!"

처음에는 낮은 흥얼거림으로 시작된 그 노래는 점점 갈수록 높아졌다. 시냇물도 그들과 함께 노래 불렀다. 개들도 노랫소리를 알아챘는지, 땅바닥을 쿵쿵대는 것을 그만두고 귀를 쫑긋 세운 채 듣고 있었다. 노래의 의미를 알아차린 개들은 더 바싹 내 옆으로 다가와 배를 깔고 엎드렸다. 살이 닿는 감촉이 무척 따스했다.

겨울날의 짧은 낮시간을 나는 이렇게 내 비밀 장소에서 보냈다. 내 영혼은 이제 더 이상 아프지 않았다. 바람과 나무와 시냇물과 새들이 불러준 그 부드러운 노랫소리로 내 마음이 깨끗이 씻겼기 때문이다.

몸의 마음만을 가진 사람들이 자연을 이해하거나 신경 쓰지 않는 것과 마찬가지로, 자연 역시 몸의 마음에 대해서는 신경 쓰지 않았고 이해도 하지 못했다. 그래서 자연은 나에게 지옥에 대해서 말하지 않았고, 내 출생이 무엇인지 묻지 않았으며, 악의 씨에 대해서도 언급하지 않았다. 자연은 그런 말들이 만들어내는 기운이 무엇인지 몰랐다. 그래서 그들과 함께 있노라니 나도 금방 그런 말들을 잊을 수 있었다.

내가 개들과 함께 골짜기길로 내려오기 시작한 것은 태양이 산등성이 너머로 가라앉으면서 하늘협곡 사이로 마지막 햇살을 비출 때

it didn't hurt.

Granpa said he would tell the high sheriff and that nobody was to come for me again. I knew when Granpa set his mind and said it—then they would not come. Granpa said it would be best not to tell Willow John of the whipping. Which I said I wouldn't.

By the fireplace that night, Granpa told it. How they commenced to have bad feelings, watching the Dog Star, and then one evening at dusk Willow John was standing at the door.

He had walked to the cabin through the mountains. He didn't say anything, but et supper with them by the light of the fire. They didn't light the lamp and Willow John did not pull off his hat. He slept in my bed that night, but when they got up in the morning, Granpa said, Willow John was gone.

That Sunday when him and Granma went to church Willow John was not there. On a branch of the big elm, where we always met, Granpa found a message belt. It said Willow John would be back and that all was well. The next Sunday it was still there; but the Sunday after that Willow John was waiting for them. He didn't say where he had

였다.

저녁 어둠으로 하늘이 짙은 감색으로 물들었을 때, 오두막집 뒷베란다에 앉아 계신 할아버지 할머니의 모습이 보이기 시작했다. 두 분은 골짜기를 바라보며 내가 오기를 기다리고 계셨다. 내가 베란다 위로 올라가자 두 분은 몸을 웅크려 나를 껴안았다. 우리 셋은 하나가 되어 서로를 얼싸안았다. 우리에게는 말이 필요 없었다. 우리는 말 없이도 알고 있었다. 내가 집에 와 있다는 사실을!

그날 밤 내가 셔츠를 벗었을 때, 할머니가 매 맞은 상처를 보시고 어떻게 된 거냐고 물으셨다. 나는 두 분에게 그 일을 설명했지만, 이제는 전혀 아프지 않다는 말씀도 드렸다.

할아버지는 대장 보안관에게 이야기해서 두 번 다시 나를 데려가지 못하게 하겠다고 말씀하셨다. 할아버지가 마음을 정하셨으니 반드시 그렇게 하실 것이다. 그러면 그들은 두 번 다시 오지 않을 것이다. 할아버지는 매 맞은 이야기는 윌로 존에게 하지 않는 편이 좋겠다고 하셨다. 나도 그러겠노라고 약속했다.

그날 밤, 난로 옆에서 할아버지는 이런 이야기를 하셨다. 늑대별을 보면서 갈수록 불길한 예감이 들어가던 어느 날 저녁 무렵에, 불쑥 윌로 존이 찾아왔다.

윌로 존은 일부러 산길을 걸어 집까지 찾아왔다. 윌로 존은 아무 말도 하지 않고 난로의 불빛을 받으며 할아버지 할머니와 함께 저녁을 먹었다. 두 분은 끝내 등잔불을 켜지 않았고, 윌로 존은 끝내 모자를 벗지 않았다. 그날 밤 윌로 존은 내 침대에서 잤다. 그런데 다음

been, so Granpa didn't ask.

Granpa said the high sheriff sent him word that he was wanted at the orphanage, and he went. He said the Reverend looked sick and said he was signing give-up papers on me. He said he had been followed around for two days by a savage, and that the savage had eventually come into his office and said that Little Tree was to come home to the mountains. That was all the savage said, and walked off. The Reverend said he did not want any trouble with savages and pagans and such.

I knew then who it was I had seen walking away down the road that I had thought was Granpa.

Granpa said when he come out of the office and seen me, he knew at the time I was to be given up; but he didn't know if I was more taken with being around young'uns ... or wanted to come home ... so he let me decide.

I told Granpa I seen right off what I wanted to do the minute I got to the orphanage.

I told Granma and Granpa about Wilburn. I left my cardboard box under the oak tree and I knew Wilburn would find it. Granma said she would send Wilburn a deer shirt. Which she did.

날 아침에 일어나보니 윌로 존은 이미 가버리고 없었다.

일요일날, 할아버지와 할머니는 교회에 갔지만, 윌로 존은 교회에 오지 않았다. 항상 만나곤 하던 느릅나무 밑으로 가니 윌로 존의 벨트가 가지에 걸쳐져 있었다. 그것은 곧 돌아올 것이며, 모든 일이 잘될 거라는 뜻이 담긴 메시지였다. 다음 일요일까지도 벨트는 여전히 그대로 있었다. 그러나 다시 한 주가 지난 일요일에는 윌로 존이 그 느릅나무 밑에서 기다리고 있었다. 윌로 존은 어디에 갔었는지 말하지 않았다. 그래서 할아버지도 묻지 않았다.

그런데 대장 보안관에게서 연락이 왔다. 고아원에서 할아버지를 보잔다는 거였다. 할아버지가 고아원을 찾아가니, 목사는 몹시 짜증스런 얼굴로 자신은 나를 포기한다는 서류에 서명하는 중이라고 말하더란다. 목사 말로는 한 야만인이 이틀 동안이나 자기 뒤를 따라다니더니, 결국에는 사무실에까지 뛰어들어와, 작은 나무는 산에 있는 집으로 가야 된다는 말을 하더라고 했다. 그 야만인은 오직 그 말만을 하고 방을 나갔지만, 목사 자신은 야만인이나 이교도와 분쟁을 일으키는 건 딱 질색이라고 했다.

그제서야 나는 고아원 담 밖을 따라 걸어가던 사람, 할아버지라고 생각했던 사람이 누군지 알았다.

그러니까 할아버지는 사무실에서 나와 나를 만났을 때 내가 돌아갈 수 있다는 것을 이미 알고 계셨던 것이다. 다만 할아버지는 내가 다른 아이들과 같이 있고 싶어하는지…… 집으로 돌아가고 싶어하는지…… 알 수가 없었기 때문에 나에게 결정하게 만드셨던 것이다.

Granpa said he would send him a long knife, but I told Granpa more than likely Wilburn would stab the Reverend with it. Granpa didn't send it. We never heard nothing more of Wilburn.

When we went to church that Sunday, I was first across the clearing. I run way ahead of Granma and Granpa. Willow John was standing back in the trees, where I knew he would be; the old straight-brimmed black hat settin' on top of his head. I run as hard as I could and grabbed Willow John around the legs and hugged him. I said, "Thankee, Willow John." He didn't say anything but reached and touched my shoulder. When I looked up, his eyes was twinkling and shining, black deep.

나는 할아버지에게 고아원에 도착한 그 순간부터 이미 어떻게 하고 싶은지 알고 있었다고 대답했다.

나는 할아버지와 할머니에게 윌번 이야기를 해드렸다. 크리스마스에 받은 마분지 상자를 떡갈나무 밑에 두고 왔지만, 틀림없이 윌번은 찾아낼 것이다. 할머니는 윌번에게 사슴가죽 셔츠를 보내야겠다고 말씀하셨다. 나중에 할머니는 정말로 그렇게 하셨다.

할아버지는 긴 칼을 보내주겠다고 하셨다. 그렇지만 칼을 가지면 윌번은 그걸로 목사를 찌를 게 틀림없다고 말했더니, 할아버지는 마지못해 포기하셨다. 그 후 우리는 한 번도 윌번 소식을 듣지 못했다.

다음 일요일에 교회에 갔을 때, 나는 먼저 빈 터를 가로질러 숲 속으로 달려갔다. 할아버지 할머니보다 훨씬 앞서 달려갔다. 윌로 존은 생각했던 대로 숲 속에서 우리를 기다리고 있었다. 그의 머리 위에는 쭉 뻗은 둥근 테를 가진 낡은 검은 모자가 씌워 있었다. 나는 정신없이 달려가 그의 다리를 껴안았다.

"고마워요, 윌로 존!"

윌로 존은 아무 말 없이 손을 뻗어 내 어깨를 쓰다듬었다. 올려다보니 깊고 그윽하게 반짝이는 그의 눈이 나를 내려다보고 있었다.

The Passing Song

*W*e wintered good; though me and Granpa was put to it to keep up with the wood cutting. Granpa had got behind and said that if I had not come back, they would more than likely have froze that winter. Which they would.

It was a hard freeze winter. We most times had to set fires and thaw out our running lines at the still, when we run off our wares.

Granpa said hard winters was necessary occasional. It was nature's way of cleaning things up and making things grow better. The ice broke off the weak limbs of the trees, so only the strong ones come through. It cleaned out the soft acorns and chinkapins, chestnuts and walnuts, and made for a hardier food crop in the mountains.

Spring come, and planting time. We upped our corn planting, figuring to make the run of our wares a little bigger in the fall.

It was hard times, and Mr. Jenkins said the whiskey trade

죽음의 노래

그 해 겨울은 무척 행복했다. 비록 할아버지와 나는 계속해서 땔감을 해다 날라야 하긴 했지만. 할아버지가 땔감 준비를 충분히 해 놓지 못하셨던 것이다. 그래서 할아버지는 내가 돌아오지 않았더라면 두 분은 얼어 죽었을지도 모르겠다고 하셨다. 정말로 그랬을지도 모른다.

그해 겨울은 특히 혹독하게 추웠다. 그래서 위스키를 만들 때면 증류기의 긴 관이 얼지 않도록 불을 때는 게 큰일이 되었다.

때로는 혹독한 겨울도 필요하다고 할아버지는 말씀하셨다. 그것은 무엇인가를 정리하고 보다 튼튼히 자라게 하는 자연의 방식이었다. 예를 들면, 얼음은 약한 나뭇가지만을 골라서 꺾어버리기 때문에 강한 가지들만이 겨울을 이기고 살아남게 된다. 또 겨울은 알차지 못한 도토리와 밤, 호두 따위들을 쓸어버려 산속에 더 크고 좋은 열매들이 자랄 기회를 제공해준다.

드디어 겨울이 지나고 씨 뿌리는 계절인 봄이 돌아왔다. 우리는 옥수수씨를 예년보다 좀 더 많이 뿌렸다. 가을에 만들 위스키 양을 좀 더 늘릴 생각에서였다.

사거리 상점의 젠킨스 씨가, 세상이 불경기여서 모든 장사가 다

was picking up while everything else was going down. He said he reckined a feller had to drink more whiskey to fergit how bad off he was.

During the summer I come up to seven years. Granma give me the marriage stick of my Ma and Pa. It didn't have many notches on it, for they was not married long. I put it in my room across the headboard of my bed.

Summer give way to fall, and one Sunday, Willow John didn't come. We come across the clearing that Sunday but we didn't see him standing under the elm. I run far back into the trees and called, "Willow John!" He was not there. We turned back and didn't go to church. We come home.

Granma and Granpa was worried about it. I was too. He had left no sign, for we looked. Granpa said something was wrong. Me and Granpa determined to go and find him.

We set out before day, that Monday morning. By early light we was past the crossroads store and the church. After that, we commenced to walk might near straight upward.

It was the highest mountain I had ever walked. Granpa had to slow down and I kept up easy. It was an old trail, so dim you almost couldn't see it, running along a ridge that

안 되고 있는데, 위스키 거래만은 오히려 더 잘되고 있다고 말했던 것이다. 사람들이 힘든 상황을 잊으려고 위스키를 더 많이 마셔대기 때문인 것 같다고.

여름이 되자 나는 이제 일곱 살이 되었다. 할머니가 아빠와 엄마의 혼인 지팡이를 나에게 주셨다. 그 지팡이에는 칼로 그은 자국이 별로 없었다. 아빠가 일찍 돌아가시는 바람에 두 분의 결혼 생활이 그다지 길지 않았던 것이다. 나는 그 지팡이를 내 침대 머리맡에 기대놓았다.

계절이 여름에서 겨울로 바뀌어가던 어느 일요일, 윌로 존이 교회에 나오지 않았다. 그날 우리는 빈 터를 가로질러 윌로 존이 항상 기다리고 서 있던 느릅나무 아래로 갔지만 그의 모습은 보이지 않았다. 나는 숲 속 저 뒤쪽까지 달려가 외쳤다.

"윌로 존!" 그렇지만 그는 그곳에도 없었다. 우리는 예배에 참석하는 것도 그만두고 집으로 되돌아왔다.

할아버지와 할머니는 몹시 걱정스러워하셨다. 나 역시 그랬다. 찾아보았지만 윌로 존은 아무 표시도 남겨놓지 않았던 것이다. 할아버지는 무슨 일이 생긴 게 틀림없다고 하셨다. 할아버지와 나는 윌로 존을 찾아가보기로 했다.

우리는 월요일 아침, 해가 뜨기도 전에 출발했다. 아침 해가 비칠 때쯤 해서는 사거리 가게와 교회를 지나쳤다. 그 다음부터 우리는 계속 깎아지른 듯 가파른 산길만을 걸었다.

그렇게 높은 산을 올라가본 것은 그때가 처음이었다. 할아버지가

sloped upward and onto another mountain. The trail sidled up the mountain, but always it went up.

The trees was shorter and more weathered. At the top of the mountain a little fold run into the side; not deep enough to be called a hollow. Trees grew on its sides and pine needles carpeted the floor. Willow John's lodge was there.

It was not built of big logs, like our cabin, but of smaller lodge poles and set back in the trees against the bank of the fold, sheltered.

We had brought Blue Boy and Little Red with us. When they saw the lodge, they raised their noses and commenced to whine. It was not a good sign. Granpa went in first; he had to stoop to go through the door. I followed him.

There was only one room in the lodge. Willow John lay on a bed of deer hides spread over spring boughs. He was naked. The long copper frame was withered like an old tree and one hand lay limp on the dirt floor.

Granpa whispered, "Willow John!"

Willow John opened his eyes. His eyes was faraway, but he grinned. "I knew you would come," he said, "and so, I waited." Granpa found a iron pot and sent me for water. I

걸음을 늦춰주셔서 그나마 할아버지를 놓치지 않고 따라갈 수 있었다. 그것은 워낙 옛날에 만들어진 희미한 산길이라서 보통 사람들은 찾을 수도 없을 것 같았다. 그 길은 산의 능선을 따라서 위로 이어지다가 다시 또 다른 산으로 연결되고 연결되고 하였다. 그러면서도 계속 오르막으로만 이어지는 길이었다.

갈수록 나무들의 키는 작아져갔고 더 앙상해져갔다. 어떤 산꼭대기에 이르자 골짜기라고 부를 만큼 깊지는 않았지만, 산 옆면으로 약간 패인 곳이 있었다. 그 양쪽으로 소나무들이 빽빽이 들어서 있어서, 위에서 보면 바닥을 솔잎 카펫으로 깔아놓은 것처럼 보였다. 월로 존의 오두막은 그곳에 있었다.

우리 집처럼 굵은 통나무로 만들지 않고 가는 나무줄기들을 겹쳐서 만든 그 집은, 움푹 패인 곳의 둔덕을 배경 삼아 소나무 숲 속에 몸을 숨긴 듯한 모습으로 서 있었다.

우리는 블루보이와 리틀레드를 데려갔다. 그들은 오두막집을 발견하자 코끝을 세우고 낑낑거리기 시작했다. 좋은 징조가 아니었다. 할아버지가 앞장서서 집 안으로 들어가셨다. 문을 지나려면 등을 굽혀야 했다. 나도 할아버지 뒤를 따라 들어갔다.

그 오두막집에는 방이 하나밖에 없었다. 월로 존은 낭창낭창한 나뭇가지들 위에 사슴가죽을 펼쳐서 만든 침대에 알몸으로 누워 있었다. 구릿빛의 가늘고 긴 몸은 고목처럼 시들었고, 한쪽 팔은 먼지투성이 바닥 위로 힘없이 늘어져 있었다.

할아버지가 목소리를 낮춰서 불렀다. "월로 존!"

found it, trickling from rocks behind the lodge.

There was a fire pit just inside the door and Granpa built a fire and put the pot over it. He dropped strips of deer meat in the water; and after they had boiled, raised Willow John's head in the cradle of his arm and spooned the broth down him.

I got blankets from a corner and we covered Willow John. He didn't open his eyes. Night come on. Me and Granpa kept the fire going in the fire pit. The wind whistled on the mountaintop and whined around the corners of the lodge.

Granpa set cross-legged before the fire and the light flickered over his face, changing it from old, to older ... making it look like rock crags and clefts in the shadows of his cheekbones until all I could see was the eyes looking at the fire; burning black, not like flames, but like embers going out. I curled around the fire pit and slept.

It was morning when I woke. The fire was beating back fog drifting in the door. Granpa still set by the fire; like he hadn't moved atall, though I know he had kept it burning.

Willow John stirred. Me and Granpa went to his side, and his eyes was open. He raised his hand and pointed.

월로 존이 눈을 떴다. 어딘가 먼 곳을 보는 듯한 눈빛이었지만 입가에는 미소가 떠올랐다. "와줄 거라고 생각했지. 그래서 기다리고 있었네." 할아버지는 쇠냄비를 찾아내서 나더러 물을 퍼오라고 시키셨다. 나는 오두막집 뒤쪽에 있는 바위틈 사이에서 졸졸 흐르는 맑은 물을 찾아냈다.

문 바로 안쪽 바닥에 화덕이 있었다. 할아버지는 불을 피운 다음 냄비를 올려놓고, 사슴고기를 얇게 썰어서 냄비 속에 넣었다. 고기가 익자 할아버지는 월로 존의 머리를 자신의 가슴에 안고 숟가락으로 국물을 떠서 목에 흘려 넣어주었다.

할아버지와 나는 방구석에 있던 담요를 가져와 월로 존의 몸을 덮어주었다. 월로 존은 여전히 눈을 감고 있었다. 밤이 오고 있었다. 할아버지와 나는 화덕의 불이 꺼지지 않도록 불을 지폈다. 산꼭대기에서 휘몰아치며 불던 바람이 오두막집 둘레를 감싸고 돌며 서러운 울음소리를 내고 있었다.

할아버지는 모닥불 앞에서 책상다리를 하고 앉아 계셨다. 일렁이는 불꽃에 비친 할아버지의 얼굴은 시간이 지날수록 조금씩 더 늙어보였다. 광대뼈의 짙은 그림자 속에서 할아버지의 얼굴은 쩍쩍 갈라진 틈새를 가진 울퉁불퉁한 바윗덩어리였다. 이제 그 얼굴에서 보이는 것이라곤 불을 바라보고 있는 두 눈뿐이었다. 그 눈은 불꽃처럼 활활 타오르지 않고 사그라드는 잉걸불처럼 시커멓게 타오르고 있었다. 나는 화덕 옆에 웅크리고 있다가 잠이 들고 말았다.

눈을 뜨니 아침이었다. 모닥불이 문 틈새로 새어 들어오는 안개를

"Take me outside."

"It's cold out," Granpa said.

"I know," Willow John whispered.

Granpa had a hard time getting Willow John into his arms, for he was total limp. I tried to help.

Granpa carried him out the door and I dragged the spring boughs behind them. Granpa clambered up the bank of the fold to a high point and we laid Willow John on the spring boughs. We wrapped him in blankets and put his boot moccasins on his feet. Granpa folded hides and propped up his head.

The sun broke through behind us and chased the fog into the deeps, searching shade. Willow John was looking west, across the wild mountains and deep hollows, as far as you could see; toward the Nations.

Granpa went to the lodge and come back with Willow John's long knife. He put it in his hand. Willow John raised the knife and pointed to an old fir-pine that was bent and twisted. He said, "When I have gone, put the body there, close to her. She has dropped many young and warmed me and sheltered me. It will be good. The food will give her two more seasons."

도로 밀어내고 있었다. 할아버지는 어젯밤 그 자세 그대로 불 옆에 앉아 계셨다. 할아버지가 밤새 불을 지켰으리란 걸 알고 있었는데도, 마치 밤새 꼼짝도 하지 않으신 것 같았다.

월로 존이 몸을 뒤척였다. 할아버지와 내가 옆으로 다가가자 월로 존이 눈을 떴다. 월로 존은 한쪽 손을 들어 문 쪽을 가리켰다. "나를 밖에 데려다주게."

"밖은 춥다네." 할아버지가 이렇게 말하자,

월로 존이 힘없이 중얼거렸다. "알고 있네."

할아버지는 월로 존을 안아 올리느라고 한참 낑낑대며 힘을 쓰셔야 했다. 월로 존의 몸이 완전히 축 늘어져 있었기 때문이다. 나도 할아버지를 도왔다.

할아버지가 월로 존을 문밖으로 안고 가시자 나는 침대의 나뭇가지들을 끌고 뒤따랐다. 할아버지는 월로 존을 데리고 움푹 패인 곳의 둔덕 위로 올라가셨다. 우리는 나뭇가지들을 놓고 그 위에다 월로 존을 뉘었다. 우리는 월로 존의 몸을 담요로 감싸고 발에는 모카신을 신겼다. 그리고 할아버지는 사슴가죽을 접어서 월로 존의 머리 밑에 받쳐주었다.

우리 등 뒤에서 아침 해가 비치기 시작하자 주위의 안개들이 산그늘을 찾아서 깊숙한 곳으로 천천히 흩어져갔다. 월로 존은 험한 산들과 깊은 골짜기들 저 너머, 아득히 서쪽을 보고 있었다. 마치 하늘 끝을 보기라도 하는 것처럼 그는 인디언 연방을 바라보고 있었다.

할아버지가 오두막집으로 가서 월로 존의 긴 칼을 가져오셨다. 할

"We will," Granpa said.

"Tell Bee," Willow John whispered, "it will be better next time."

"I will," Granpa said.

He set down by Willow John and taken his hand. I set on the other side and taken his other hand.

"I will wait for you," Willow John told Granpa. "We will come," Granpa said.

I told Willow John that more than likely, it was the flu; Granma had said that it was going around practical everywheres. I told him I was might near certain that we could get him on his feet and down the mountain where he could stay with us. I told him the whole thing was to get on his feet, and then he could more than likely make it.

He grinned at me and squeezed my hand. "You have good heart, Little Tree; but I do not want to stay. I want to go. I will wait for you."

I cried. I told Willow John reckin if he couldn't figger on staying a little longer, maybe he could go next year when it would be warmer. I told him the hickor'nut crop would be good this winter. I told him you could might near see right off that the deer would be fat.

아버지는 그것을 월로 존의 손에 쥐여주었다. 월로 존이 칼을 들어 올려 굽고 뒤틀린 늙은 전나무 하나를 가리켰다. "내가 죽으면 저기 있는 전나무 옆에 묻어주게. 저 전나무는 많은 씨앗들을 퍼뜨려 나를 따뜻하게 해주고 나를 감싸주었어. 그렇게 하는 게 좋을걸세. 내 몸이면 2년치 거름 정도는 될 거야."

"알겠네."

"그리고 보니 비에게 전해주게. 다음번에는 틀림없이 더 나을 거라고 말이야." 월로 존의 목소리는 사그라들고 있었다.

"그러겠네."

할아버지는 월로 존 옆에 주저앉아 그의 손을 잡았다. 나도 반대쪽에 앉아서 월로 존의 다른 한 손을 잡았다.

"당신들을 기다리고 있겠네."

"우리도 곧 가겠네."

나는 월로 존에게, 틀림없이 독감에 걸린 것이다, 할머니가 그러시는데 도처에 독감이 유행하고 있다고 하셨다, 우리가 돌봐드리면 틀림없이 걸을 수 있게 될 것이다, 그렇게 되면 산을 내려가서 우리 집으로 같이 가 지내자, 그러니까 중요한 건 걸을 수 있을 정도로 회복되는 것이다, 조금만 애쓰면 틀림없이 그렇게 될 것이라고 말씀드렸다.

월로 존은 웃으며 내 손을 꼭 쥐었다. "작은 나무야, 넌 착한 마음을 가졌구나. 하지만 나는 더 이상 이곳에 있고 싶지 않단다. 이제 그만 가고 싶어. 언젠가 네가 오길 기다리마."

나는 울었다. 나는 월로 존에게, 조금만 더 머물러줄 수는 없는가,

He grinned, but he didn't answer me.

He looked far out over the mountains, toward the west; like me and Granpa was not there anymore. He begun his passing song, telling the spirits he was coming. The death song.

It begun low in his throat and rose higher and commenced to get thinner.

In a little while you couldn't tell if it was the wind, or Willow John that you heard. His eyes got dimmer as his throat muscles moved weaker.

Me and Granpa saw the spirit slipping away farther back in his eyes and we felt it leaving his body. Then he was gone.

The wind whooshed across us and bent the old fir-pine. Granpa said it was Willow John, and he had a strong spirit. We watched it, bending just the tops of the trees on the ridges, moving down the side of the mountain and raising a flock of crows into the air. They cawed and cawed and set off down the mountain with Willow John.

Me and Granpa set and watched him move out of sight over the rims and humps of the mountains. We set a long time.

Granpa said Willow John would be back, and that we

내년에 날씨가 따뜻해지고 나서 가면 되지 않는가, 올 겨울에는 히커리 열매가 많이 열려서, 이제 얼마 안 있으면 사슴이 통통하게 살이 오른 모습을 보게 될 것이라고 말했다.

윌로 존은 빙긋이 웃었지만 더 이상 말은 하지 않았다.

윌로 존은 할아버지와 내가 거기 있다는 사실도 잊은 듯, 산 너머 아득한 서쪽만을 바라보았다. 드디어 그는 정령들에게 자신이 가고 있음을 알리는 마지막 노래를 부르기 시작했다. 그것은 죽음의 노래였다.

낮게 시작된 그 노랫소리는 점차 높아지는가 싶더니 어느새 기운 없이 사그라들기 시작했다.

좀 지나자 그 노랫소리는 바람 소리인지 윌로 존의 목소리인지 더 이상 구별이 되지 않았다. 목 근육의 움직임이 점점 약해지는 데 따라 그의 눈빛도 희미해져갔다.

할아버지와 나는 그의 영혼이 눈 속 깊숙이 빨려들어가는 모습을 지켜보았다. 그의 영혼이 몸을 떠나는 것이 느껴졌다. 그러더니 그는 가버렸다.

그러고 나자 한 줄기 세찬 바람이 우리 사이를 지나쳐 가더니 늙은 전나무 가지를 흔들어댔다. 할아버지는 그 바람이 윌로 존이라고 하셨다. 그는 그만큼 강한 영혼을 갖고 계셨다. 우리는 그 바람이 산등성이에 서 있는 높은 나뭇가지들을 휩쓸고 난 뒤 산허리로 달려내려가 까마귀 떼를 공중으로 날아오르게 하는 모습을 지켜보았다. 까마귀들은 까악까악 울면서 윌로 존과 함께 산 아래로 내려갔다.

할아버지와 나는 윌로 존이 산등성이와 산봉우리들 저 너머로 사

would feel him in the wind and hear him on the talking fingers of the trees. Which we would.

Me and Granpa taken our long knives and dug the hole; as close to the old fir-pine as we could get it. We dug it deep. Granpa wrapped another blanket around Willow John's body and we laid it in the hole. He put Willow John's hat in the hole too, and let the long knife stay in his hand, where he gripped it tight.

We piled rocks heavy and deep over the body of Willow John. Granpa said the 'coons must be kept away, for Willow John was determined the tree was to have the food.

The sun was setting in the west when I follered Granpa down from the mountaintop. We had left the lodge as we had found it. Granpa carried a deer shirt of Willow John's to give to Granma.

When we reached the hollow, it was after midnight. I heard a mourning dove far back, calling. It was not answered. I knew it called for Willow John.

Granma lit the lamp when we come in. Granpa laid Willow John's shirt on the table and did not say anything. Granma knew.

We didn't go to church after that. I didn't care, for

라져가는 모습을 언제까지나 지켜보고 있었다. 우리는 오랫동안 그렇게 앉아 있었다.

할아버지는 윌로 존이 돌아올 거라고 말씀하셨다. 우리는 바람 속에서 그를 느끼고, 나뭇가지들의 속삭임 속에서 그의 목소리를 들을 것이다.

할아버지와 나는 각자의 긴 칼로 늙은 전나무에서 가장 가까운 곳에 무덤을 팠다. 우리는 깊게 팠다. 할아버지가 윌로 존의 몸에 담요 한 장을 더 감싸고 난 다음, 우리는 그의 몸을 무덤 속에 내려놓았다. 할아버지는 윌로 존의 모자를 무덤에 함께 넣었고, 잡고 있던 긴 칼을 다시 고쳐 쥐여주었다. 이제 윌로 존의 손에는 긴 칼이 꽉 쥐여 있었다.

우리는 무거운 돌들을 윌로 존의 몸 위로 잔뜩 쌓았다. 할아버지는 윌로 존이 원한 대로 전나무의 거름이 되려면 너구리가 파헤치지 못하게 해야 한다고 말씀하셨다.

해가 서쪽으로 가라앉을 무렵에야 우리는 산을 내려왔다. 할머니에게 드리려고 윌로 존의 사슴가죽 셔츠를 집어오신 것만 빼고, 할아버지는 오두막집 안을 윌로 존이 살던 그대로 놔두었다.

골짜기로 되돌아갔을 때는 이미 한밤중이 지나 있었다. 아득히 멀리서 문상 비둘기 우는 소리가 들렸다. 그 소리에 대답하는 것이 없는 걸로 봐서 윌로 존을 위해 울고 있다는 걸 알았다.

집 안으로 들어서자 할머니가 등잔에 불을 붙였다. 할아버지는 윌로 존의 셔츠를 말없이 식탁 위에 올려놓으셨다. 할머니는 무슨 일이 일어났는지 알고 계셨다.

Willow John would not be there.

We was to have two more years together; me and Granpa and Granma. Maybe we knew time was getting close, but we didn't speak of it. Granma went everywhere now with me and Granpa. We lived it full. We pointed out things like the reddest of the leaves in the fall, to make sure the others saw it, the bluest violet in the spring, so we all tasted and shared the feeling together.

Granpa's step got slower. His moccasins dragged some when he walked. I toted more of the fruit jar wares in my tow sack and taken to handling more of the heavy work. We didn't mention it.

Granpa showed me how to curve the down swing of an axe, so you moved through a log fast and easy. I pulled more of the corn than he did, leaving the ears easiest to reach for him; but I didn't say anything. I remembered what Granpa had said about ol' Ringer feeling he was still of worth. That last fall, ol' Sam died.

I told Granpa reckin we hadn't better see about another mule, and Granpa said it was a long time 'til spring; let's wait and see.

그 후로 우리는 교회에 가지 않았다. 나는 상관하지 않았다. 이제 그곳에 가도 우리를 기다리는 윌로 존이 없었으니까.

그 후, 할아버지와 할머니, 내가 함께 산 기간은 2년 정도였다. 아마 우리 모두 입 밖에 내지는 않았지만 남겨진 시간이 얼마 안 된다는 것을 깨닫고 있었을 것이다. 이제 할머니는 할아버지와 내가 가는 곳이면 어디라도 따라오셨다. 우리는 그 남은 시간 동안 충실히 살았다. 우리는 가을이면 가장 새빨간 단풍잎을 찾아냈고, 또 봄이면 가장 푸른 제비꽃을 가리키며 서로에게 알려주었다. 그렇게 해서 우리는 그 느낌을 함께 맛보고 서로 나누었던 것이다.

할아버지의 발걸음이 조금씩 느려지기 시작했다. 이제는 모카신을 약간 끌듯이 하며 걸으셨다. 나는 되도록 많은 위스키병을 내 자루 속에 넣고 짊어지려 했으며, 힘든 일도 더 많이 떠맡으려 했다. 그러나 우리는 한 번도 그런 일을 입에 올리지 않았다.

할아버지가 도끼 사용법을 가르쳐주셨다. 활 모양을 그리듯이 해서 내리치니 통나무를 쉽고 빠르게 쪼갤 수 있었다. 이제 나는 옥수수를 할아버지보다 더 많이 땄다. 할아버지가 따기 쉬운 것은 일부러 남겨두었다. 그러나 나는 그에 관해서 아무 말도 하지 않았다. 이전에 늙다리 링거에 대해서 할아버지가 "자신이 여전히 가치 있는 존재라고 느끼는 것이 중요하다"라고 말씀하신 것이 떠올랐다. 그 마지막 가을에 노새 샘영감이 죽었다.

내가 굳이 새 노새를 구할 필요는 없을 것 같다고 말씀드렸더니, 할

We taken the high trail more regular; me and Granpa and Granma. The climb was slower for them, but they loved to set and watch the mountain rims.

It was on the high trail that Granpa slipped and fell. He didn't get up. Me and Granma sided him down the mountain and he kept saying, "I'll be all right d'rectly." But he wasn't. We put him abed.

Pine Billy come by. He stayed with us and set up with Granpa. Granpa wanted to hear his fiddle and Pine Billy played. There in the lamplight, with his homemade hair-cropping hanging over his ears, and his long neck bent over the fiddle, Pine Billy played. Tears run down his face onto the fiddle and dropped on his overalls.

Granpa said, "Quit crying, Pine Billy. Ye're messing up the music. I want to hear the fiddle."

Pine Billy choked and said, "I ain't crying. I catched a c-c-cold." Then he dropped his fiddle and flung hisself at the foot of Granpa's bed and laid his head in the bedclothes. He heaved and cried. Pine Billy never was one to hold hisself in about anything.

Granpa raised up his head and hollered—weak, "Ye damn idjit; ye're gittin' Red Eagle snuff all over the bed

아버지는 봄까지 아직 시간이 많이 남았으니 기다려보자고 하셨다.

할아버지, 할머니, 나, 셋이서 산꼭대기로 오르는 일이 잦아졌다. 두 분이 산을 오르는 속도는 예전에 비해 느려졌지만, 두 분은 산꼭대기에 앉아서 주위 산줄기들을 바라보는 걸 좋아하셨다.

할아버지가 발이 미끄러져 굴러 떨어지신 것은 이렇게 산길을 오르던 도중이었다. 할아버지는 혼자 힘으로 일어서지 못하셨다. 할머니와 내가 양쪽에서 부축해서 산길을 내려왔다. 할아버지는 "이제 금방 괜찮아질 거야"라는 말만 하셨다. 하지만 그렇지가 않았다. 우리는 할아버지를 침대에 뉘어드렸다.

파인 빌리가 찾아왔다. 그는 우리 집에 머물면서 할아버지 옆에 붙어 있었다. 할아버지가 그의 바이올린 연주를 듣고 싶어하셨다. 파인 빌리는 등잔 불빛 속에서 긴 목을 바이올린 위로 기울이고, 제 손으로 짧게 자른 머리를 귀 위로 늘어뜨린 채 바이올린을 연주했다. 그의 볼을 타고 내려온 눈물이 바이올린과 멜빵바지 위로 뚝뚝 떨어졌다.

"그만 그치게, 파인 빌리. 자네가 음악을 망치고 있잖은가. 나는 자네의 바이올린 소리를 듣고 싶어."

할아버지가 꾸짖으시자, 파인 빌리는 목이 메어 대답했다. "우는 게 아니에요. 가, 감기에 걸렸어요." 그러더니 그는 바이올린을 내던지고 할아버지의 침대 발치에 쓰러졌다. 그는 머리를 침대보에 들이박고는 등을 들썩이며 흐느껴 울었다. 파인 빌리는 무슨 일이든 절제가 잘 되지 않는 남자였다.

할아버지가 간신히 머리를 들어올려 야단을 치셨다. 그러나 그 목

sheets!" Which he was.

I cried too, but I didn't let Granpa see me.

Granpa's body mind commenced to stumble and sleep. His spirit mind taken over. He talked to Willow John a lot. Granma held his head in her arms and whispered in his ear.

Granpa come back to his body mind. He wanted his hat, which I got; and he put it on his head. I held his hand and he grinned. "It was good, Little Tree. Next time, it will be better. I'll be seein' ye." And he slipped off; like Willow John had done.

I knew it was going to happen, but I didn't believe it. Granma laid on the bed by Granpa, holding him tight. Pine Billy was bawling on the foot of the bed.

I slipped out of the cabin. The hounds was baying and whining, for they knew. I walked down the hollow trail and taken the cutoff trail. I was not follering Granpa, and then I knew the world had come to an end.

I was blinded and fell and got up and walked and fell again; I don't know how many times. I come to the cross-roads store and I told Mr. Jenkins. Granpa was dead.

Mr. Jenkins was too old to walk and he sent his son, a full-growed man, to go back with me. He led me by the

소리는 무척 약했다. "바보같이! 이불이 붉은 독수리표 가루담배로 범벅이 되잖아!" 사실 그랬다.

나도 울었지만 나는 할아버지에게 우는 모습을 보이지 않았다.

할아버지의 몸의 마음이 꾸벅꾸벅 졸기 시작하고 영혼의 마음이 그것을 대신했다. 할아버지는 윌로 존과 이런저런 이야기들을 나누셨다. 할머니는 할아버지의 머리를 껴안은 채 할아버지의 귀에 대고 속삭였다.

몸의 마음이 다시 깨어났다. 할아버지가 모자를 집어달라고 하셨다. 내가 건네드리자 할아버지는 그것을 머리에 쓰셨다. 내가 손을 잡으니 할아버지의 얼굴에 가만히 웃음이 번졌다. "이번 삶도 나쁘지는 않았어. 작은 나무야, 다음번에는 더 좋아질 거야. 또 만나자." 그러고 나자 윌로 존이 그러했던 것처럼 할아버지의 영혼이 빠져나가는 것이 느껴졌다.

나는 무슨 일이 벌어지고 있는지 알고 있었지만, 믿어지지가 않았다. 할머니는 할아버지 옆에 누워 할아버지의 몸을 꼭 부둥켜안았다. 파인 빌리는 침대 발치에서 고함을 지르며 울었다.

나는 오두막집을 뛰쳐나왔다. 개들이 짖고 끙끙거리고 있었다. 그들도 알고 있었던 것이다. 나는 좁은 골짜기길을 내려와 지름길로 접어들었다. 언제나 앞장서서 걷던 할아버지의 모습은 이제 어디에도 보이지 않았다. 나는 세상이 끝장났다는 걸 알고 있었다.

나는 눈물범벅이 되어 넘어졌다가는 일어나고, 또 걷다가는 넘어지고 했다. 그렇게 수도 없이 넘어지면서 사거리 상점으로 간 나는

hand, like I was might near a baby, for I could not see the trail, nor know where I was going.

Mr. Jenkins' son and Pine Billy made the box. I tried to help. I recollected Granpa said you was obligated to pitch in when folks was trying to do for you; but I wasn't much account at it. Pine Billy cried so much, he wasn't neither. He hit his thumb with the hammer.

They carried Granpa up the high trail. Granma leading, and Pine Billy and Mr. Jenkins' son carrying the box. Me and the hounds come behind. Pine Billy kept crying, which made it hard on me to hold myself in, not wanting to trouble Granma. The hounds whined.

I knew where Granma was taking Granpa. It was to his secret place; high on the mountain trail where he watched the day birth and never got tired of it and never quit saying, "She's coming alive!" like each time was the first time he had ever seen it. Maybe it was. Maybe every birthing is different and Granpa could see that it was and knew.

It was the place Granpa had taken me first, and so I knew Granpa kinned me.

Granma didn't look as we lowered Granpa in the ground. She watched the mountains, far off, and she didn't cry.

할아버지가 돌아가신 것을 젠킨스 씨에게 알렸다.

너무 늙어서 잘 걷지 못하는 젠킨스 씨는 대신 자기 아들을 나와 함께 가도록 해주었다. 그분의 아들은 이미 어른이었는데, 마치 내가 아기라도 되는 듯 내 손을 꼭 붙잡고 데려갔다. 내가 눈물 때문에 길도 보지 못했고, 어디로 가는지 의식하지도 못했기 때문이다.

젠킨스 씨 아들과 파인 빌리가 관을 만들었다. 나도 도우려 했다. 남이 나를 도와줄 때는 내가 앞장서서 더 많이 일해야 한다고 할아버지가 가르쳐주셨기 때문이다. 그렇지만 나는 거의 그렇게 하지 못했다. 파인 빌리 역시 울음을 멈추지 못해서 별 도움이 되지 못했다. 그는 자기 엄지손가락을 쇠망치로 치고 말았다.

그들은 할아버지를 산 위로 모셔갔다. 할머니가 앞장섰고, 파인 빌리와 젠킨스 씨 아들이 관을 메고 뒤를 따랐다. 그 뒤를 또 나와 개들이 따라갔다. 파인 빌리는 여전히 울고 있었다. 할머니의 기분을 어지럽히고 싶지는 않았지만, 그 모습을 보고 있으려니 나까지도 억제할 수가 없었다. 개들도 낑낑거렸다.

나는 할머니가 할아버지를 어디로 모셔가는지 알고 있었다. 산길 높은 곳에 있는 할아버지의 비밀 장소. 할아버지가 아침의 탄생을 지켜보며, 그때마다 항상 생전 처음으로 그 모습을 보기라도 하는 것처럼 지치지도 않고, "산이 깨어나고 있어!"라고 말하시던 그곳. 아마 실제로 그랬을 것이다. 아마 각각의 탄생은 그때마다 달랐을 것이며, 할아버지는 그렇다는 걸 알고 계셨을 것이다.

할아버지는 아무에게도 이야기하시지 않았던 그곳을 나에게 처

The wind was strong, there on the mountaintop and it lifted her hair-braids and streamed them out behind her. Pine Billy and Mr. Jenkins' son walked off, back down the trail. Me and the hounds watched Granma awhile, then we slipped away.

We waited, setting under a tree halfway down the trail, for Granma to come. It was dusk when she did.

I tried to pick up Granpa's load and mine too. I ran the still, but I know our wares was not as good.

Granma got out all Mr. Wine's figgering books and pushed me on learning. I went to the settlement alone and brought back other books. I read them now, by the fireplace, while Granma listened and watched the fire. She said I done good.

Ol' Rippitt died, and later that winter, ol' Maud.

It was just before spring. I come from the Narrows down the hollow trail. I saw Granma setting on the back porch. She had moved her rocker there.

She didn't watch me as I come down the hollow. She was looking up, toward the high trail. I knew she was gone.

음으로 보여주셨다. 그래서 나는 할아버지가 나를 얼마나 사랑하시는지 알게 되었다.

할머니는 우리가 할아버지의 관을 무덤 속에 내려놓을 때 그 모습을 보시지 않았다. 할머니는 저 멀리 산을 바라보고 계셨다. 그리고 우는 모습을 한 번도 보이지 않으셨다.

바람이 심하게 불었다. 산꼭대기에서는 특히나 그랬다. 바람은 할머니의 길게 땋은 머리를 들어올려 펄럭이게 만들었다. 할아버지를 묻고 나자 파인 빌리와 젠킨스 씨 아들은 산을 내려갔다. 나와 개들은 잠시 할머니를 지켜보고 있다가 그 자리를 빠져나왔다.

우리는 산을 반 정도 내려온 뒤 나무 밑에 앉아서 할머니가 오시기를 기다렸다. 할머니는 땅거미가 내릴 무렵에야 산길을 내려오셨다.

나는 이제 할아버지가 하시던 일까지 해내려고 애썼다. 하지만 나 혼자서 증류기를 다뤄봤지만 결과는 그다지 신통치 못했다.

할머니는 와인 씨가 남겨준 셈본 책을 전부 꺼내와서 내게 부지런히 익힐 것을 독려하셨다. 나는 혼자서 개척촌으로 가 책들을 빌려왔다. 이제 내가 난로 옆에 앉아서 책을 읽노라면 할머니는 조용히 불을 바라보시면서 듣고 계셨다. 그때마다 할머니는 잘 읽는다고 칭찬해주셨다.

리핏이 죽었고, 겨울이 끝날 무렵에는 모드까지 뒤를 따랐다.

봄이 오기 직전이었다. 나는 칼길에서 골짜기길로 내려오고 있었다. 할머니가 오두막집 뒷베란다에 앉아 계시는 모습이 보였다. 할

She had put on the orange and green and red and gold dress that Granpa loved. She had printed out a note and pinned it on her bosom. It said:

Little Tree, I must go. Like you feel the trees, feel for us when you are listening. We will wait for you. Next time will be better. All is well. Granma.

I carried the tiny body into the cabin and put it on the bed and set with her through the day. Blue Boy and Little Red set too.

That evening I went and found Pine Billy. Pine Billy set up the night with me and Granma. He cried and played his fiddle. He played the wind ... and the Dog Star ... and the mountain rims ... and the day birthing ... and dying. Me and Pine Billy knew Granma and Granpa was listening.

We made the box next morning and carried her up the high trail and laid her beside Granpa. I taken the old marriage stick and buried the ends in piles of stone me and Pine Billy put at the head of each grave.

I seen the notches they made for me; right down near the end of the stick. They was deep and happy notches.

머니는 그곳에다 흔들의자를 옮겨놓으셨다.

내가 가까이 내려와도 할머니는 나를 쳐다보시지 않았다. 할머니는 저 멀리 산꼭대기 쪽을 올려다보고 계셨다. 나는 할머니가 돌아가신 걸 알았다.

할머니는 할아버지가 마음에 들어하시던, 그 주황과 초록과 빨강과 노랑 무늬의 드레스를 입고 계셨다. 할머니의 가슴 앞섶에는 나에게 쓴 편지가 꽂혀 있었다.

작은 나무야, 나는 가야 한단다. 네가 나무들을 느끼듯이, 귀 기울여 듣고 있으면 우리를 느낄 수 있을 거다. 널 기다리고 있으마. 다음번에는 틀림없이 이번보다 더 나을 거야. 모든 일이 잘될 거다. 할머니가.

나는 할머니의 그 작은 몸을 안고 오두막집 안으로 들어가 침대에 뉘었다. 나는 그날 낮 동안을 할머니 옆에서 보냈다. 블루보이와 리틀레드도 나와 함께 있었다.

저녁이 되자 나는 산을 내려가서 파인 빌리를 찾아갔다. 파인 빌리는 나와 할머니와 함께 그날 밤을 꼬박 밝혔다. 그는 울면서 바이올린을 연주했다. 그는 바람과…… 늑대별과…… 산등성이와…… 아침의 탄생과…… 죽음을 노래했다. 나와 파인 빌리는 할아버지와 할머니가 듣고 계시다는 것을 알고 있었다.

다음 날 아침, 우리는 관을 만들어 할머니를 산꼭대기까지 모셔가 할아버지 곁에 묻었다. 나는 두 분의 혼인 지팡이를 가져가, 파인 빌

I lasted out the winter; me and Blue Boy and Little Red, until spring. Then I went to Hangin' Gap and buried the still's copper pot and worm. I was not much good at it, and had not learned the trade as I had ought to. I knew Granpa would not want anybody else using it to turn out bad wares.

I took the whiskey trade money that Granma had set out for me and determined I would head west, across the mountains to the Nations. Blue Boy and Little Red went with me. We just closed the cabin door one morning and walked away.

At the farms I asked for work; if they would not let me keep Blue Boy and Little Red then I would move on. Granpa said a feller owed that much to his hounds. Which is right.

Little Red fell through creek ice in the Arkansas Ozarks and died like a hound ought to die, in the mountains. Me and Blue Boy made it to the Nations, where there was no Nation.

We worked on the farms, going west, and then the ranches on the flats.

One evening late, Blue Boy came aside my horse. He laid down and couldn't get up. He couldn't go anymore. I

리와 함께 두 분의 무덤 앞에 쌓은 돌무더기에 잘 세워두었다.

나는 두 분이 나를 위해 새겨놓은 자국들을 바라보았다. 지팡이 끝부분에 있던 그 자국들은 두 분이 느낀 깊은 행복을 나타내고 있었다.

나와 블루보이와 리틀레드는 그곳에서 남은 겨울을 보냈다. 봄이 오자 나는 하늘협곡으로 가 증류솥과 지렁이관을 땅에 묻었다. 나는 아직 그것들을 쓰기에는 무리였으며, 내가 알아야 할 만큼 충분히 기술을 배웠던 것도 아니었다. 할아버지는 누군가 다른 사람이 그것을 써서 질 나쁜 물건을 만들어내기를 원하지 않으실 것이다.

나는 할머니가 나를 위해서 모아둔 위스키 판 돈을 가지고 아득히 저 멀리, 서쪽 산들 너머에 있는 인디언 연방으로 가기로 마음먹었다. 블루보이와 리틀레드도 나와 함께 갔다. 어느 날 아침, 우리는 오두막집 문을 닫고 집을 나섰다.

가는 도중에 농장이 나오면 일하게 해달라고 부탁했다. 그러나 개가 있으면 곤란하다고 할 때는 당장 그곳을 떠났다. 할아버지는 사람들이 개에게 큰 빚을 지고 있다고 하셨다. 맞는 말씀이었다.

아칸소 주의 오자크 산지에서 리틀레드는 빙판을 잘못 밟아 시냇물에 빠져 죽었다. 산에서 살아온 개에게 어울리는 죽음이었다. 나와 블루보이는 인디언 연방으로 가는 여행을 계속했다. 실제로는 인디언 연방 같은 건 어디에도 없었지만……

우리는 농장에서 일하면서 계속 서쪽으로 갔다. 이제는 평지의 목장에서 일하는 경우가 잦아졌다.

어느 날 늦은 오후, 블루보이가 내 말 옆으로 왔다. 그 개는 그대로

taken him up, acrost my saddle, and we turned our backs on the red settin' sun of the Cimarron. We headed east.

I would not get my job back, riding off this way, but I didn't care. I had bought the horse and saddle for fifteen dollars and they was mine.

Me and Blue Boy was huntin' us a mountain.

Before day we found one. It wasn't much of a mountain, more like a hill, but Blue Boy whimpered when he seen it. I toted him to the top as the sun broke the east. I dug him a grave and he laid and watched.

He couldn't raise his head, but he let me know he knew it; for he stiffened a ear and kept his eyes on me. After that, I held Blue Boy's head, settin' on the ground. He licked my hand, when he could.

In a little while he passed on, easy, and dropped his head over my arm. I buried him deep and rocked his grave heavy against the creatures.

With his nose sense, I figgered more than likely Blue Boy was already halfway to the mountains.

He'd have no trouble atall catching up with Granpa.

쓰러지더니 일어나지 못했다. 블루보이는 이제 더 이상 한 발자국도 걷지 못했다. 나는 블루보이를 끌어올려 안장 위에 놓았다. 우리는 시머론 강의 붉은 저녁 해를 등지고 동쪽으로 돌아섰다.

나는 일하던 곳으로 돌아가지 않았다. 어차피 그 말과 안장은 15달러를 주고 산 내 것이었으니 상관없었다.

나와 블루보이는 산을 찾아 달렸다.

동트기 전 우리는 겨우 산 하나를 찾아냈다. 산이라기보다는 언덕이라고 하는 편이 더 어울렸지만, 그래도 블루보이는 그걸 보자 반갑다는 듯이 낑낑거렸다. 블루보이를 메고 산꼭대기에 오르니 해가 동쪽 하늘에서 떠올랐다. 블루보이는 엎드린 채 내가 무덤 파는 모습을 쳐다보고 있었다.

이미 머리를 들 힘조차 없었지만, 그는 그것이 자기 무덤인 줄 안다는 듯이 한쪽 귀를 세운 채 계속 나만 쳐다보고 있었다. 무덤을 다 판 다음 나는 땅바닥에 앉아 그의 머리를 내 무릎에 올려놓았다. 블루보이가 몇 번 내 손을 핥았다.

잠시 후 그의 머리가 내 팔 위로 기울어졌다. 블루보이는 무척이나 편안하게 숨을 거두었다. 나는 그를 깊이 묻고 나서 들짐승들에게 파먹히지 않도록 돌을 잔뜩 쌓았다.

블루보이는 코가 발달되어 있으니까 아마 지금쯤이면 고향 산까지 절반은 가 있을 것이다.

블루보이라면 문제 없이 할아버지 뒤를 따라잡을 것이다.

후주

1. 미국 동부의 애팔래치아 산맥 남쪽 끝에 살면서 농경과 수렵 생활을 한 수렵 인디언족. 1838~1839년에 오클라호마 주로 강제이주 당했지만, 산속으로 숨거나 달아난 사람들도 있어서, 지금은 멀리 떨어진 두 그룹으로 나뉜다. 작은 나무는 본래의 고향인 테네시 주에 머무른 그룹의 자손에 속한다.
2. 부드러운 가죽으로 뒤축이 없게 만든 인디언 신발.
3. 1919년에 만들어진 금주법을 말한다.
4. 미국의 제7대 대통령. 인디언에 대해 가혹한 입장을 취해서, 1830년에 인디언 강제이주법을 통과시켰다.
5. 1774년 북미의 13개 주 영국 식민지가 본국에 대항하기 위해 조직한 합의체. 1776년 미국 독립선언을 발표했다.
6. know의 과거형 knew는 새롭다는 뜻의 new와 발음이 같다.
7. throw의 과거형인 threw는 '…을 지나서'란 뜻의 through와 발음이 같다.
8. 1838~1839년에 걸쳐 1만 3천여 명 정도의 체로키들이 차례로 오클라호마의 보호구역으로 강제이주 당했다. 1,300킬로미터의 행진 중에 추위와 음식 부족, 병, 사고 등으로 무려 4천여 명 정도의 체로키들이 죽었다고 한다.

9. 1861~1865년, 노예제의 존속을 둘러싸고 북부와 남부 사이에서 일어난 내전. 체로키를 비롯하여 대부분의 인디언 부족들은 남부 연합에 가담하여 북부의 연방과 싸웠다. 남부의 패배로 인디언들은 이전의 조약상의 권리들을 많이 잃었다.

10. 사실 시카고는 일리노이 주에 속한 도시여서 번호판이 다를 이유가 없다.

11. 하품을 하는 남자라는 뜻. 제로니모는 미국의 인디언 정벌에 대항하여 조직적인 저항을 시도한 아파치족의 마지막 전사였다.

12. 정통 율법을 중시하는 유대교의 일파. 예수는 그들의 편협함을 비난해서 그들의 분노를 샀고, 로마 관헌에게 끌려가 처형당했다.

13. 구약성서 사무엘기에 나오는 가나안에 살던 민족으로 이스라엘 사람들과 대립했다.

14. 큰개자리에 속하는 별로 일명 시리우스라고도 한다. 겨울 하늘에 가장 밝게 빛나는 항성이다.

옮긴이 조경숙

1958년 부산에서 태어나 서울대 역사교육과를 졸업하고
영어와 일어를 우리말로 옮기는 일을 했습니다.
그동안 옮긴 책으로는 《내 영혼이 따뜻했던 날들》, 《신과 나누는 우정》,
《청소년을 위한 신과 나눈 이야기》, 《우리는 신이다》, 《사랑의 기적》 등이
있습니다.

내 영혼이 따뜻했던 날들(영한대역)

포리스트 카터 지음·조경숙 옮김

1판 1쇄 펴낸날 2010년 6월 30일 | **1판 11쇄 펴낸날** 2022년 12월 30일
펴낸이 이충호 | **펴낸곳** 길벗어린이㈜
등록번호 제10-1227호 | **등록일자** 1995년 11월 6일
주소 04000 서울시 마포구 월드컵북로 45 에스디타워비엔씨 2F
대표전화 02-6353-3700 | **팩스** 02-6353-3702 | **홈페이지** www.gilbutkid.co.kr
편집 송지현 임하나 황설경 김지원 | **디자인** 김연수 송윤정
마케팅 호종민 신윤아 이가윤 전예은 최윤경 강경선
경영지원본부 이현성 최유리 임희영 김혜윤
ISBN 978-89-5582-490-2 03840

아름드리미디어는 길벗어린이㈜의 청소년·단행본 브랜드입니다.